АЛЕКСАНДРА
МАРИНИНА
КОРОЛЕВА ДЕТЕКТИВА

ЧИТАЙТЕ ВСЕ РОМАНЫ
АЛЕКСАНДРЫ МАРИНИНОЙ:

Адрес официального сайта Александры Марининой в Интернете
http://www.marinina.ru

АЛЕКСАНДРА
МАРИНИНА

ВЗГЛЯД ИЗ ВЕЧНОСТИ

А Д

ЭКСМО
МОСКВА
2010

УДК 82-3
ББК 84(2Рос-Рус)6-4
М 26

Разработка серии и иллюстрация на обложке
Geliografic

Маринина А.
М 26   Взгляд из вечности. Книга третья. Ад : роман / Александра Маринина. — М. : Эксмо, 2010. — 480 с. — (Королева детектива).

ISBN 978-5-699-40138-3

Где же ангел-хранитель семьи Романовых, оберегавший их долгие годы от всяческих бед и несчастий? Все, что так тщательно выстраивалось годами, в одночасье рухнуло, как карточный домик. Ушли близкие люди, за сыном охотятся явные уголовники, и он скрывается неизвестно где, совсем чужой стала дочь. Горечь и отчаяние поселились в душах Родислава и Любы. Ложь, годами разъедавшая их семейный уклад, окончательно победила: они оказались на руинах собственной, казавшейся такой счастливой и гармоничной жизни. И никакие внешние – такие никчемные! – признаки успеха и благополучия не могут их утешить. Что они могут противопоставить жесткой и неприятной правде о самих себе? Опять какую-нибудь утешающую ложь? Но они больше не хотят и не могут прятаться от самих себя, продолжать своими руками превращать жизнь в настоящий ад. И все же вопреки всем внешним обстоятельствам они всегда любили друг друга, и неужели это не поможет им преодолеть любые, даже самые трагические испытания?

УДК 82-3
ББК 84(2Рос-Рус)6-4

ISBN 978-5-699-40138-3

—Что ты несешь?! — сердился Камень. — Да, я согласен, Родислав расстроился из-за того, что Люба не откликнулась на его желание, а кто бы не расстроился? Любому мужу не нравится, когда он хочет, а жена — нет. А про все остальное — это чистой воды бредни. Никогда не поверю, что Родислав пал так низко! Это ж надо такое придумать: потренироваться на жене, чтобы потом гулять по девкам! Не смей компрометировать моего героя, не смей на него клеветать.

— Да какая же тут клевета? — оправдывался Ворон, которому и самому неловко было излагать все это Камню. — Тут все правда от первого и до последнего слова.

— Ты не можешь этого знать! Ты не умеешь читать мысли! А Родислав не мог никому этого рассказывать, мужчины такими вещами друг с другом не делятся.

— А я вот знаю, — упрямился Ворон. — Не могу тебе сказать откуда, но знаю точно.

— Почему не можешь сказать? — с подозрением спросил Камень. — Что у тебя за секреты появились? Немедленно признавайся, или нашей дружбе конец.

— Ну... это... Только ты не ругайся, ладно? — забормотал Ворон. — Я тебе раньше не говорил, потому что не был уверен, и еще я боялся, что ты надо мной будешь смеяться... Дай слово, что не будешь ругаться и смеяться.

Ворон, похоже, напрочь забыл, что объявил движение протеста. И куда только девались его гордость и независимость? Камень решил не напоминать другу об этом, ему гораздо больше нравилось, когда Ворон чувствовал себя нашкодившим и виноватым. Это позволяло проявлять великодушие и ощущать себя значительным и могущественным.

— Ладно, не буду ни ругаться, ни смеяться, — пообещал он. — Говори.

— Знаешь, — Ворон понизил голос, — у меня недавно появилась странная способность как будто видеть в чужой голове.

— Мысли, что ли, читать?

— Ну, что-то типа того. Но я не у всех в голове вижу, а только у тех, на кого настроился, кого давно знаю и хорошо чувствую. Вот у Родислава вижу, у Любы вижу, иногда вижу у Лизы и у Аэллы. Я хочу тебе признаться... Помнишь, ты несколько раз у меня спрашивал, откуда я то или другое знаю, а я тебе говорил, что слышал телефонные разговоры.

— Ну, помню. Врал, что ли? — нахмурился Камень.

— Врал, — признался Ворон, понурив голову. — Никаких таких разговоров я не слышал, я в голове видел. Ну, чего, будешь меня убивать за это?

— За что? Ты же не виноват, что на тебя такой дар свалился.

— А за вранье?

— Вот за вранье тебя надо бы выпороть да все перья из тебя повыдергивать, — вынес свой вердикт Камень. — Жалко, у меня рук нет.

— А ты мне поручи, — весело подал голос с высоты Ветер. — У меня хорошо получится.

— Заткнись, кулацкий подпевала! — огрызнулся Ворон, задрав голову вверх. — Тебя никто не спрашивает.

Но Ветер никогда не страдал обидчивостью и чаще пребывал в хорошем настроении, нежели в дурном.

— Почему же? Спроси меня, и я тебе отвечу, что врать нехорошо. Некрасиво. Особенно старым друзьям. Врагам — можно, а друзьям не надо. Я, к примеру, никогда не вру, всегда говорю правду.

— То-то на тебя полпланеты обиду заковыряло, — заметил Ворон. — Ты всегда правду-матку в глаза режешь, никакой деликатности в тебе нет.

— Истина превыше всего, — авторитетно вмешался Камень. — Ветер совершенно прав, он никогда не кривит душой и честно смотрит всем в глаза.

— Ага, ты еще скажи, что это его огромное моральное достоинство! — заверещал Ворон. — Да он знаешь почему правду всегда говорит?

— Ну почему же? — прищурился Камень.

— Потому что у него мозгов не хватает подумать, прежде чем ляпнуть чего-нибудь, а надо ли вообще об этом говорить, и если надо, то какими словами. Правда — штука тонкая, с ней надо аккуратно обращаться, а то как скажешь, пусть и правду, но такими словами и таким тоном, что лучше бы уж сразу убил, чем такое говорить. Быть абсолютно честным может себе позволить только очень умное существо, а если оно не очень умное, то пусть лучше врет или вообще молчит в тряпочку.

— Правда и истина — категории этики, они не могут зависеть от интеллектуального уровня, они абсолютны и сами по себе являются самоценностью, — упорствовал Камень. — И за попрание этих категорий тебя, Ворон, надобно высечь или иным каким способом примерно наказать. Но я сегодня добрый, и я тебя прощаю. Ты до того меня расстроил с Родиславом, что у меня не осталось душевных сил на тебя сердиться.

— А чего я тебя расстроил? Чего расстроил-то? — заторопился Ворон, чувствуя, что опасность миновала, и радостно расправляя крылья. — Все, по-моему, очень даже хорошо получилось. Любочка моя совершенно права, что отказала мужу. У нее есть женская гордость, она о женской чести все правильно понимает. Как это так: одиннадцать лет он таскался неизвестно где, по чужим койкам, а теперь — здрасьте-пожалуйста, примите меня в свои объятия, потасканного и неизвестно какими болезнями зараженного. Да если бы она ему не отказала, я бы ее уважать перестал!

— А как же Родислав? Для него это было очень важно, он же не хочет быть импотентом, — встрял Ветер. — Люба бы ему уступила, и все бы у них хорошо получилось, и они бы снова полюбили друг друга. Разве плохо?

— Эк у тебя все просто, — досадливо отмахнулся Камень. — Здесь невозможно угадать, как было бы правильно, а как неправильно. Все зависит от результата. Если бы получилось так, как ты, Ветер, нарисовал, то, конечно, было бы здорово, никто и не спорит. А если бы у них все получилось и Люба стала бы любить его еще сильнее и поверила в то, что он опять ее любит, а Родислав начал бы с новой силой таскаться по бабам? Это как, по-твоему? Хорошо, что ли? Или у них бы ничего не получилось, и Родислав окончательно убедился бы в том, что он полный и безвозвратный импотент, и стал бы на этой почве психовать, запил бы или в таблетки ударился. Тоже, что ли, хорошо? Сейчас у них отношения хоть в каком-то равновесии, а этот интим мог все разрушить и испортить. Так что я склонен согласиться с Вороном, хотя за Родислава мне, конечно, ужасно обидно. Если ты, глупая птица, не ошибся и все прочитал у него в голове правильно, то Родислав сильно упал в моих глазах. Я огорчен.

— Да брось ты, — легкомысленно дунул Ветер. — Все человеческие самцы такие, других не бывает. Ты просто идеализируешь своего Родислава, потому что он твой любимчик, а он такой же, как все остальные.

— Ты не можешь судить... — начал было Камень, но Ветер не дослушал его и перебил:

— Могу я судить, могу, потому что мотаюсь испокон веку по всему свету и всякого повидал. Уж можешь мне поверить, я и за первобытными самцами наблюдал, и за древними римлянами времен братьев Гракхов, и за греками, когда там еще Платон и Сократ жили, и за галлами, и за индейцами, и за индусами. Да за всеми! Во все времена человеческие самцы мерились друг с другом длиной своего этого самого и количеством покоренных женщин: у кого больше — тот и лучше. За миллион лет так и не поумнели.

Камень в ужасе слушал то, что говорил Ветер.

— Неужели это правда? — тихо спросил он Ворона.

— Наш Ветер никогда не врет, — уныло подтвердил Ворон. — Всегда правду-матку в глаза режет. Я знал, знал, что тебя это огорчит, ты про человеков имеешь гораздо лучшее мнение, но что я мог сделать? Я же не мог его заткнуть, а он со своей правдой вечно лезет! Никакой деликатности в нем нет. Да ты не огорчайся, давай я тебе лучше интересное расскажу, хочешь?

— Хочу! — послышался с высоты голос Ветра.

— Уйди, противный, тебя не спрашивают. Расстроил Камешка до невозможности, а теперь еще интересное ему подавай! Перетопчешься.

— Рассказывай, — плаксивым тоном потребовал Камень, — отвлеки меня от печальных раздумий.

— Как вы думаете, — торжественно и неторопливо начал Ворон, — кто был тот мужчина, который спас Любу от грабителя?

— Тайный поклонник, — тут же предположил Ветер. —

Он давно влюблен в Любу, но не решается познакомиться с ней и признаться в своих чувствах.

— А ты, Камешек, как думаешь?

— Я думаю, что это просто мужественный и добропорядочный человек, который не смог смириться с тем, что на его глазах обижают слабую женщину, — строго произнес Камень.

— А вот и не угадали! — обрадовался Ворон. — Это был тот мужик, который сидел в скверике перед зданием суда, когда Геннадия Ревенко судили. Только тогда он старше выглядел, а теперь моложе. Но это точно он, я не ошибся.

— Как это ты не ошибся, когда как раз ошибся, — с упреком поправил его Камень. — Он тогда, во время суда, был моложе на девять лет, а сейчас стал старше. Вечно у тебя в голове путаница.

— Ничего не путаница! — обиделся Ворон. — Я тебе говорю как есть. Во время суда ему было лет сорок, а теперь максимум тридцать пять. Я, может, и тупой, но не слепой.

— Так это что же выходит, — от изумления Камень забыл огорчаться и изображать депрессию, — он гримировался, что ли?

— А я о чем! — подтвердил Ворон его догадку. — И когда неизвестный нам мужчина спас Лелю от маньяка и все время ходил переодеваться, он, наверное, тоже пытался внешность изменить.

— А может, это был один и тот же человек? — спросил Камень.

— Да ты лицо-то его видел или как? — снова не утерпел Ветер. — Чего мы гадаем на кофейной гуще? Лицо-то какое у него было?

— Другое, — вздохнул Ворон. — В день суда и в день Любы с сумочкой лицо было одинаковое, только возраст разный, а когда был маньяк, тогда и лицо было другое.

— Это не показатель, — живо заметил Камень. — Лицо можно какое угодно сделать при помощи грима. А помнишь, еще был какой-то кавказец, который Кольку от расправы спас?

— Так он же был кавказец, — удивился Ворон. — А эти все славяне.

— А грим?

— А акцент? — отпарировал Ворон. — Я слышал, как он говорил. Славяне так не говорят.

— А имитация? Про это ты слыхал когда-нибудь?

— Я не пойму, ты на что намекаешь? — разозлился Ворон. — На то, что все эти четыре мужика были один и тот же тип в разном гриме, а я не разглядел? Ты это хочешь сказать?

— Я не знаю, — вздохнул Камень. — Я просто спрашиваю, может такое быть или нет?

— А я тебе ответственно заявляю: этого быть не может. У них не только лица разные, но и фигуры, и походки, и голоса. И не морочь мне голову! Я пока смотрел на эпопею с сумочкой, чуть со смеху не лопнул: сумка-то из ремонта, пустая, в ней даже старого трамвайного билетика не завалялось, а этот рыцарь недоделанный гоголем смотрит, дескать, герой, сокровище спас! Любочка-то моя молодец, деликатность проявила, не стала ему говорить, что сумка пустая, наоборот, благодарила так искренне, словно у нее там вся зарплата вместе с паспортом и ключами от квартиры лежала. Умница девочка. Люблю я ее!

— Смутил ты меня, — задумчиво проговорил Камень. — Один человек Кольку спас, другой Лелю, третий Любу, ну ладно, пусть только Любину сумку, но все равно спас. У них там что, бригада спасателей семьи Романовых? Надо бы в этом деле покопаться...

* * *

Телевизор в кабинете Андрея Сергеевича Бегорского работал с выключенным звуком. На экране скрипач играл над гробом Ильи Кричевского, погибшего в последний день августовского путча в тоннеле на Садовом кольце. Похороны троих молодых людей состоялись еще 24 августа, но сюжет несколько раз повторяли по разным программам в течение следующих дней. Люба Романова сидела в кресле директора завода, сжимала в руке телефонную трубку и плакала. Она знала, что сейчас ей надо быть сильной, собранной, организованной, ей нужно все наладить и устроить, прежде чем уезжать в Нижний Новгород — именно так с прошлого года стал называться город Горький.

Два часа назад позвонила Тамара и странным ровным голосом, за которым прятались недоумение и растерянность, сообщила, что Гриши больше нет. Он был убит преступниками во время ограбления их квартиры. Сама Тамара в это время была на работе, а Григорий работал дома, выполнял срочный заказ. Для Любы не стоял вопрос о том, ехать или не ехать к сестре, вопрос был только в том, как ей организовать жизнь дома и на работе во время своего отсутствия. Ну и, разумеется, стоял вопрос о том, как уехать, то есть как и когда купить билет на сегодняшний поезд.

Первым, к кому она побежала со своей бедой, был директор завода Бегорский. Он выслушал Любу молча, плотно сжав губы и попутно делая какие-то пометки на перекидном календаре.

— Я поеду с тобой, — решительно заявил он, когда Люба умолкла. — Ничего не говори, я все равно поеду. Похоронами надо заниматься, а кто будет это делать? Томка наверняка не в себе, ты в Горьком никого и ничего не знаешь, нужно либо поднимать связи Григория, либо обращаться к моим знакомым, у меня там есть кое-кто. Ты одна не справишься.

— Андрюша...

— Ты не сможешь сделать все, что нужно и как надо, — прервал он ее тоном, не терпящим никаких возражений. — Я тебе помогу. Тебе и Томке. Теперь так: насчет билетов не беспокойся, это я устрою. Самолетом полетишь?

— Полечу, — покорно кивнула Люба. — Мне все равно, лишь бы побыстрее оказаться рядом с Тамарой. Не представляю, как она там одна.

— Родька знает?

— Нет еще. Я к тебе первому побежала. Пока никто не знает, кроме нас с тобой.

— А Николай Дмитриевич?

— Тоже нет. Надо собраться с силами, всем позвонить и сказать... Я не смогу, — Люба заплакала.

Бегорский налил воды и протянул ей стакан. Люба выпила воду залпом, стуча зубами о край стакана. Стало немножко легче.

— Родьке я сам позвоню, — сказал Андрей. — А уж с папой разговаривать придется тебе, он меня почти не знает. Какие еще проблемы надо решить?

— Завтра срок выплаты зарплаты Раисе, сиделке Лизиного сына, надо передать ей деньги. Я обычно сама это делаю. У Родика не будет времени. Кому я могу еще это поручить? Никто ведь не знает, что мы ей платим, ни Колька, ни Леля, только мы с Родиком, ты и Аэлла.

— Вот пусть Алка и передаст ей деньги.

— Но для этого мне нужно встретиться с Аэллой и отдать ей конверт...

— Ничего, — усмехнулся Андрей, — из своих заплатит, она у нас девушка не бедная, двести рублей насобирает. Вы ведь двести платите?

— Двести, — подтвердила Люба, в очередной раз поразившись цепкой памяти Бегорского.

— Когда вернешься из Нижнего — отдашь Алке. И выбрось это из головы, Алке я тоже сам позвоню, не трать на это время и силы. Что еще?

— Вещи надо собрать, — пробормотала растерявшаяся Люба. — Я же не могу ехать в том, в чем пришла на работу. Дома надо еду приготовить на несколько дней, чтобы Леля с Николашей голодными не сидели. Родик, конечно, захочет приехать на похороны, но неизвестно, отпустят ли его с работы. Если он не поедет, надо приготовить ему рубашки, носки, белье, он сам ничего не найдет. А если поедет, то собрать его вещи, он сам не сможет собраться, обязательно что-нибудь забудет. Я до сих пор во все командировки его собираю.

— Разбаловала ты его, — проворчал Бегорский. — Ладно, сейчас я выясню насчет самолета и билетов, если что — дам тебе машину, сгоняешь домой за вещами. Оставайся в моем кабинете и звони, куда там тебе надо. Нечего по таким вопросам с рабочего места звонить, у тебя там ушей больше, чем тараканов. Если надумаешь Ларису Ревенко привлекать к решению своих проблем — не стесняйся, я дам указание, ее отпустят. А Родьке я сейчас позвоню, насчет этого не беспокойся.

— Спасибо.

Бегорский вышел, а Люба собралась с мужеством и набрала номер отца. Николай Дмитриевич долго молчал, услышав печальную новость, а потом тихо заплакал. И Люба не знала, что для нее сейчас страшнее: гибель Тамариного мужа и горе сестры или вот эти тихие и беспомощные слезы отца, ее папы, генерал-лейтенанта, жесткого, мужественного, непримиримого и бескомпромиссного, папы, которого она всю жизнь любила, уважала и боялась и который всегда был для нее примером стойкости и силы. Даже на похоронах мамы он не уронил ни слезинки, а на следующий день вышел на службу, несмотря на гипертонию. Впервые Люба Романова поняла, что отец, которому в январе исполнится семьдесят шесть лет, не только стареет годами, но и слабеет душой.

И это было едва ли не так же страшно, как постигшая их семью трагическая утрата.

— Когда ты едешь? — спросил отец.

— Сегодня. Андрюша Бегорский обещал помочь с билетом. Не знаю, как получится, поездом или самолетом.

— Ты одна поедешь? Без Родислава?

— Папа, я пока ничего не знаю, я еще не разговаривала с Родиком. Может быть, его со службы не отпустят.

— А дети? Ты им сказала? Все-таки Григорий их дядя. Они поедут в Нижний?

— У Лели занятия, Коля работает. Не знаю, смогут ли они... Папа, разве это важно? Ты мне лучше скажи: ты сам хочешь ехать на похороны? Если да, то имей в виду: я собираюсь тебя отговаривать. У тебя давление, тебе нельзя волноваться. Тамаре и без того трудно сейчас, а представь, что будет, если ты там свалишься и, не дай бог, попадешь в больницу.

— Ты уверена, что я не нужен Тамаре?

В этом Люба не была уверена. Конечно, если папа приедет на похороны ее мужа, Тамаре будет приятно... Господи, что за чушь лезет в голову! Что Тамаре может быть приятно в такой момент? Для нее сейчас все черно и беспросветно, и, уж наверное, меньше всего ее интересует, приедет ли ее отец. Или интересует? Мы помним, кто в тяжелый момент оказался рядом, или по сравнению с нашим горем все это выглядит мелочами, не стоящими того, чтобы обращать на них внимание и помнить о них? Люба попыталась вспомнить, кто из родных и друзей пришел на похороны мамы Зины, но безрезультатно. Она помнила морг, гроб с телом, кладбище, могилу, комья земли и страх за отца, стоявшего очень прямо, с окаменевшим лицом, за которым пряталась такая боль, что Любе казалось — он сейчас упадет замертво прямо в мамину могилу. Кто был в толпе провожающих маму Зину? Кто пришел домой на поминки? Это напрочь стерлось из памяти. Если отец поедет в Нижний, раздавленная горем Тамара может этого даже не заметить, зато если он останется дома, Любе не придется волноваться о нем и каждые полчаса измерять ему давление. С другой стороны, отец и дома, в Москве, может так распереживаться, что выдаст гипертонический криз, а рядом никого не будет. В Нижнем он хотя бы будет постоянно на глазах у дочерей, и первую помощь в случае надобности ему окажут вовремя. Может быть, не стоит его отговаривать?

— Папа, ты нужен Тамаре, она очень любит тебя и нуждается в тебе и в твоей поддержке. Но речь сейчас не о ней, а о тебе, о твоем здоровье. Тамаре не будет лучше, если ты приедешь и заболеешь.

— Я не заболею, — твердо произнес генерал Головин. — Тамара должна знать, что рядом с ней вся ее семья. Мы все должны быть с ней. И твои дети тоже. Знаю, ты сейчас начнешь говорить, что Леля очень чувствительная и ей нельзя на похороны, но мне кажется, пора прекращать ее щадить. Вы с Родькой пылинки с нее сдуваете и превратили девчонку в беспомощную мимозу, до которой даже дотронуться нельзя. Как она жить-то будет? До самой старости под вашим крылом? И про Колькину работу ничего слышать не хочу. Похороны близкого родственника всегда были уважительной причиной для того, чтобы не выйти на работу. Если с этим проблемы, дай мне телефон Колькиного начальства, я сам им позвоню и вправлю мозги.

«Только этого не хватало! — устало подумала Люба. — Дед не знает, чем на самом деле занимается его внук. Он, наверное, умер бы на месте, если бы узнал о том, что Кольку выгнали из института, что он кооператор, варит джинсу, проигрывает огромные деньги в карты и ворует у собственных родителей. Папа думает, что Колька по собственному убеждению не стал после армии восстанавливаться в институте, где его ждали с распростертыми объятиями, что он стремится быть самостоятельным, где-то работает и ведет себя, как примерный сын, брат и внук. И нечего Коле делать в Нижнем, не приведи господь, напьется или найдет какую-нибудь картежную компанию, пропадет в ней на двое-трое суток, а потом явится избитый и обобранный. Или у Тамары что-нибудь украдет. Нет уж, пусть в Москве сидит».

— Коля сегодня утром уехал в командировку, — солгала она. — Если он позвонит домой, Леля ему скажет, что случилось, и он приедет к Тамаре, если сможет. Правда, если мы все уедем и дома никого не будет, то он ничего не узнает.

— Не в каменном веке живем, — проворчал Николай Дмитриевич. — Телефон пока еще не отменили. Позвони Кольке на работу и попроси, чтобы с ним связались и все ему передали.

— Хорошо, — пообещала Люба.

Ладно, сына она, кажется, выгородила, теперь осталось решить вопрос с Лелей, которую Люба тоже не хотела везти на похороны. Она договорилась с отцом, что тот приедет вместе с Родиславом, и взяла с него твердое обещание постоянно измерять давление, при необходимости сразу же принять лекарство и ни в коем случае не ехать при малейших признаках надвигающегося нездоровья.

Люба положила трубку, выглянула в приемную и попросила секретаршу Бегорского Надежду Павловну разыскать и вызвать в кабинет директора чертежницу Ларису Ревенко.

— Сделать вам чайку, Любовь Николаевна? — сочувственно предложила Надежда Павловна, которая была в курсе, поскольку директор, поручив ей обеспечить билеты в Нижний Новгород для него и для главного бухгалтера Романовой, объяснил ей, зачем им надо ехать. Андрей Бегорский не терпел лжи и при этом сам никогда не врал и ничего не скрывал.

Чай был вкусным и ароматным. Люба уже почти допила большую чашку, когда дверь приоткрылась и на пороге появилась Лариса.

— Тетя Люба? — удивилась она. — А мне сказали, что к директору вызывают. Не знаете зачем? Я уж чего только не передумала, пока бежала, чуть со страху не умерла. Вроде я нигде не напортачила...

— Это я тебя вызвала. Сядь, Лариса, надо поговорить.

Девушка послушно села в кресло для посетителей.

— У моей сестры Тамары несчастье. Ее мужа убили грабители. Мне нужно срочно уехать к ней.

— Дядю Гришу убили?! — всплеснула руками Лариса и вдруг расплакалась так горько, что у Любы слезы навернулись на глаза.

Лариса видела Григория всего несколько раз, когда они с Тамарой приезжали в Москву, и в последний раз это было года два назад. Неужели девочка так прониклась к нему? Или просто она остро чувствует чужую беду и умеет сопереживать?

— Как же так? — всхлипывала Лариса. — Дядя Гриша такой добрый, такой веселый, такой красивый! У какой гниды рука на него поднялась? Ой, господи, жалко как! И тетю Тамару жалко, она же так его любит. И вас жалко. Ой, тетя Любочка...

— Не надо плакать, — успокаивала ее Люба. — Лариса, успокойся, нам с тобой надо решить несколько вопросов. Мне нужна твоя помощь.

— Да, конечно, — Лариса вытащила из кармана не очень

свежий платок, вытерла слезы и высморкалась. — Извините. Просто так неожиданно... Вы скажите, что нужно, я все сделаю.

Лицо ее покраснело, и на вспухшей коже из-под слоя пудры явственно проступила ссадина на щеке. Опытным глазом Люба определила, что этой ссадине примерно дня три. Значит, опять...

Весной девяносто первого года из мест лишения свободы вернулся отец Ларисы Геннадий. Из тринадцати лет, определенных ему по приговору суда, он отсидел без малого одиннадцать и был освобожден условно-досрочно. С этого момента жизнь Ларисы и ее бабушки превратилась в длящийся кошмар, почти не имеющий перерывов. Геннадий не хотел работать, устраивался то грузчиком, то сторожем, то шофером, но через неделю или две его увольняли за пьянки и прогулы.

— Я отсидел ни за что, — твердил он. — Государство отобрало у меня лучшие годы жизни, я, безвинно осужденный, на зоне все здоровье потерял, и работать на это государство я не имею ни малейшего желания.

Пил он запойно, отбирал у дочери зарплату, а у тещи пенсию, выносил вещи из дома, но хуже всего было то, что в пьяном виде он становился агрессивным и буйным. Лариса и Татьяна Федоровна то и дело звонили уже не по телефону, а прямо в дверь Романовым, зачастую поздно вечером или среди ночи, и просили дать возможность отсидеться, пока напившийся Геннадий успокоится и уснет. Он распускал руки и орал благим матом, но жильцы ближайших квартир, которые слышали шум, милицию все-таки не вызывали: они жалели Ларису и ее бабку, которым и без того несладко пришлось. Если дочь и теща не успевали вовремя увернуться, то к Романовым они являлись уже с синяками и кровоподтеками. Судя по относительно свежей ссадине на щеке Ларисы, в последний раз увернуться она не успела.

— Это что такое? — строго спросила Люба, дотрагиваясь до лица девушки. — Опять?

Лариса молча кивнула, пряча глаза.

— Почему не пришла? Почему дома осталась? Ты что, не понимаешь, что с пьяным и буйным нельзя находиться в одном помещении? Он же убить тебя может! И не со зла, а по дури.

— Да мне неудобно, тетя Люба, — пробормотала Лариса. — Ну сколько можно у вас на шее камнем висеть? Мы и так к вам часто приходим, когда уж совсем невозможно терпеть или страшно очень. А в этот раз было ничего, он поорал, вмазал мне пару раз и успокоился. Даже бабушку не тронул.

Люба достала из сумочки ключи от квартиры и протянула Ларисе.

— Вот, возьми. Меня не будет дней пять, может, неделю. Если что — не сидите с бабушкой дома, не рискуйте зря, сразу идите к нам. Родислав Евгеньевич, скорее всего, тоже уедет, но это не точно. Может быть, его с работы не отпустят. Коля и Леля останутся дома. Я всех предупрежу, что дала тебе ключи, так что открывай дверь и заходи. И не вздумай стесняться, если с тобой или с бабушкой что-нибудь случится, лучше от этого никому не будет. И помни: если с вами что-то произойдет, твой папа снова сядет. Хотя бы его пожалейте, не подставляйтесь понапрасну. Договорились?

Лариса снова кивнула и слабо улыбнулась.

— Теперь так. Если Родислав Евгеньевич сможет уехать, то не раньше, чем послезавтра. Нужно сегодня купить продукты и приготовить ужин и обед на завтра. Деньги я тебе дам, напишу список, что купить и что приготовить. Тебе надо будет накормить Родислава Евгеньевича, помыть посуду и все убрать. Завтра утром надо будет прийти к половине восьмого и накормить его завтраком, а вечером — ужином. Справишься?

— Конечно, тетя Люба. Вы же знаете, я все умею, вы сами меня учили. А Колю и Лелю тоже надо кормить?

— Коля приходит поздно, — уклончиво ответила Люба. — И встает поздно. Нужно, чтобы была еда, он сам себе подогреет. Леля тоже сама поест.

Разогреть и съесть уже приготовленную еду — это был максимум самостоятельности Ольги Романовой, которой вот-вот должно было исполниться девятнадцать лет. Готовить она не умела, мыть за собой посуду не считала нужным. Она училась на филологическом факультете университета, изучала английскую поэзию, сама писала стихи как на русском языке, так и на английском и, как и в детстве, выдавала невротические реакции при малейших негативных эмоциях. У нее поднималась температура, начиналась тошнота и головная боль. А еще Леля Романова по-прежнему любила «страдать». Она могла часами стоять в темной комнате у окна, завернувшись в шаль и обхватив себя руками, или лежать на диване, отвернувшись к стене, и на встревоженные вопросы родителей отвечала, что ей грустно или у нее болит душа. В организации похорон и поминок Григория и в моральной поддержке Тамары она была бы самой плохой помощницей, какую только можно вообразить. Люба была твердо убеждена, что дочери не место в Нижнем Новгороде, и собиралась сделать все возможное, чтобы Леля туда не поехала. Правда, точно так же твердо Люба была уверена в том, что Леля непременно захочет поехать: во-первых, она любила Тамариного мужа и была к нему привязана, а во-вторых, похороны Григория являлись прекрасным поводом «пострадать». Любовь к дочери была у Любы сильной, но отнюдь не слепой, как не была слепой и ее любовь к сыну. Все недостатки своих детей Люба Романова видела отчетливо, но молча мирилась с ними, как привыкла мириться всегда и со всем. «Когда ты вырастешь, — учила ее бабушка Анна Серафимовна, — ты должна будешь стать такой матерью, к которой дети будут тянуться, а не такой, которую они будут бояться и слушаться только из страха. Пусть лучше не слушаются, зато будут любить». И свои отношения с детьми Люба построила именно так, как завещала бабушка. Теперь, когда дети выросли, Люба все чаще сомневалась в бабушкиной правоте, но предпринимать что-либо оказалось поздно: отношения сложились так, как сложились, и перестроить их не было никакой возможности. Зато дети ее любят и не избегают, и это представлялось ей достаточным оправданием собственных ошибок.

Господи, как же трудно оказалось уехать даже на короткие пять дней! Леля останется одна с Колей, а кто же знает, что он может выкинуть за эти дни? Люба представила себе, как Леля сидит вечером дома, читает книжку или занимается, и вдруг звонят из милиции или из больницы и сообщают, что Николай Романов избит и находится в реанимации со сложными переломами или с травмой черепа. Лелька испугается, запарикует, а ведь в такой момент нужно быть собранной и четкой, нужно успеть, пока не повесили трубку, задать массу необходимых вопросов, потом набраться терпения и дозвониться в реанимацию, что, как показывает Любин собственный опыт, очень даже непросто, там тоже задать много вопросов, потом собрать все, что нужно, и отвезти, и поговорить с врачами, и сунуть деньги медсестрам и санитаркам... Люба отлично знает, что и как нужно делать в такой ситуации, подобные звонки из милиции и больницы стали ей привычными, но Лелька... Конечно, на Ларису в этом плане надежды больше, она покрепче, да и более самостоятельная и взрослая, но не посвящать же соседку в тайные семейные трудности такого идеального дома Романовых. Остается рассчитывать только на то, что за пять-семь дней Николаша ничего не отчудит. И надо обязательно с ним поговорить, попросить, постараться объяснить. Иногда он с пониманием относится к подобным просьбам. Ведь удается же как-то скрывать от деда правду, и Коля с готовностью идет навстречу, звонит сам, когда надо, и даже, случается, сидит дома, если дед ожидается к обеду, при случае ведет с ним за столом умные беседы и изображает из себя добросовестного мелкого служащего в какой-то незначительной конторе. А если визит Николая Дмитриевича приходится на день, когда у Николаши на лице явственно видны следы побоев, то сын, как бы плохо себя ни чувствовал, уходит к друзьям, чтобы не позориться перед дедом и не вызывать у старика лишних вопросов.

Расставшись с Ларисой, Люба принялась утрясать вопрос с Колей. Ей повезло, удалось сразу же дозвониться и застать сына. Голос его, едва он услышал о несчастье, сразу из веселого и разбитного стал серьезным и деловитым.

— Мать, не парься, все будет о'кей. Скажи, что нужно. Мне поехать с тобой к тете Томе?

— Боже сохрани, — невольно вырвалось у Любы. — Не нужно, сынок, мы там без тебя справимся. Ты только постарайся, чтобы дома все было в порядке, пока нас с папой не будет.

— Да понял я, понял, — отмахнулся Коля. — Тебе самой перед отъездом что-нибудь нужно? Хочешь, я сгоняю домой, соберу твои вещи и привезу, куда скажешь?

— Спасибо, сынок, это было бы кстати, — призналась Люба. — Только я пока не знаю, когда еду и каким транспортом. Мне билет еще не принесли.

— Не вопрос, — тут же откликнулся Николаша. — Я буду на телефоне, никуда не отлучусь. Как только узнаешь — сразу же звони, я поеду домой, скажешь мне, что собрать и куда привезти. Слушай, мать, может, тете Томе бабки нужны? Похороны там, поминки, все такое... Я могу стрельнуть, если надо.

— Не нужно, — осторожно ответила Люба. — Там все организуют.

Она не говорила сыну, что Тамара достаточно состоятельна по средним советским меркам, потому что боялась. Ей было чего бояться. Сегодня он обокрал родителей, а завтра, глядишь, и до тетки доберется. А даже если и не обкрадет, то ведь может ляпнуть среди своих партнеров по картам, что у него тетка в Нижнем Новгороде имеет собственный бизнес, и в случае проигрыша эти бравые молодцы отправятся к Тамаре выколачивать долги племянника. Так что для Николаши Тамара по-прежнему была индивидуальным предпринимателем-одиночкой, парикмахером, работающим на дому и зарабатывающим чуть больше, чем раньше. На всякий случай информацию о Тамаре скрывали и от Лели, которая, не понимая истинного положения дел, могла проговориться брату, и Люба с Родиславом тряслись от страха, как бы Николай Дмитриевич не поставил внука в известность о финансовом положении тетки. Тамара, разумеется, знала правду о Коле и понимала, о чем можно говорить с племянником, а о чем не стоит, но дед ничего этого не знал и при случае вполне мог между делом упомянуть. Каждый раз, когда Головин приходил к дочери и заставал дома внука, Люба напрягалась и тщательно следила за каждым сказанным словом, стараясь вести беседу, развлекать отца и не давать вклиниваться сыну. Справедливости ради надо сказать, что сын и не особо стремился общаться с дедом, высиживал за общим столом только из вежливости и довольно скоро уходил к себе, но если дело доходило до умных разговоров, то Люба боялась даже на минуту выйти из комнаты, чтобы беседа не свернула в опасное русло.

— Я обязательно приеду на похороны, — объявил сын.

— Не нужно, — перепугалась Люба, — останься дома, с Лелечкой. Я не хочу, чтобы она жила одна.

— А пусть она тоже приедет, она же Гришу любит. Пусть попрощается с ним.

— Что ты, сынок, ей нельзя, она так распереживается, мы ее потом два месяца лечить будем.

— Думаешь? — с сомнением спросил Коля.

— Уверена. Лучше посиди дома, побудь с ней, поддержи. И обязательно приходи домой ночевать, не оставляй ее одну, ладно?

— Ладно. Но все-таки, мать, мне кажется, ты не права. Чего Лельку поддерживать? Она уже большая. А вот тете Томе наша поддержка сейчас гораздо нужнее, и будет правильно, если на похороны Гриши приедет вся семья. Лелька не развалится, если у гроба постоит, да и поминками заниматься лишние руки не помешают. Давай мы все-таки вдвоем приедем, а?

Ну да, мелькнуло в голове у Любы, ты приедешь и тут же узнаешь, что у твоей тетки собственный парикмахерский салон. Про Лелю и говорить нечего, стресс, сопровождаемый температурой, головной болью и обмороком, ей обеспечен. Нет, в Нижнем вполне достаточно старого больного отца, заботы еще и о слабенькой дочери Любе уже не вынести, все ее силы, все внимание и любовь будут нужны Тамаре.

— Нет, сынок, — твердо произнесла она, — не надо приезжать. Останьтесь с Лелей дома, нам с папой так будет спокойнее.

— Ну, как знаешь. Так я жду твоего звонка насчет того, какие вещи собрать и куда привезти.

— Спасибо. Да, еще хочу тебя предупредить, что я дала Ларисе ключи от нашей квартиры.

— Зачем это? — в голосе сына Люба уловила нескрываемое неудовольствие.

— Ты же знаешь, Геннадий сильно пьет и в подпитии буйствует. На днях он избил Ларису, у нее на лице ссадина, а она постеснялась нас беспокоить и терпела его выходки, пока он не свалился и не заснул. Я велела ей ни в коем случае не оставаться с ним дома, если он опять напьется, и приходить к нам вместе с бабушкой. Так что имей это в виду.

— Ну мать... — обиженно протянул Николаша. — Ты даешь. Мне вот еще только Ларки с бабкой не хватало, своих проблем мало.

— Коленька, тебе придется потерпеть, это всего на несколько дней. Потом мы с папой вернемся, и я возьму все на себя. Но ты уж постарайся, чтобы за эти несколько дней ничего не случилось.

— Ладно, мать, — голос Коли внезапно повеселел, — не парься, все будет в лучшем виде. Поезжай спокойно, я с двумя девками и одной бабкой как-нибудь управлюсь. Не бери ничего в голову. Я же понимаю, отчего ты дергаешься. Не волнуйся, пьяным и избитым приходить не буду, хотя и не обещаю, что буду возвращаться домой рано. У меня все-таки дело, бизнес. Да и личную жизнь отменять я не собираюсь.

Принесли билеты на самолет для Любы и Бегорского, вылет в девять вечера. Люба перезвонила сыну, и почти сразу же раздался звонок Родислава.

— Я тебе в кабинет все телефоны оборвал, пока не догадался, что ты у Андрюхи сидишь. Любаша, ну ты как?

— Уже ничего, — она скупо улыбнулась. — Сразу после Томкиного звонка, конечно, совсем плохо было, но сейчас уже получше.

— Почему ты мне не позвонила? — с упреком произнес муж. — Почему я должен был узнавать об этом от Андрюхи?

— Родинька, я так плакала... — призналась Люба. — Я боялась, что позвоню тебе и начну реветь, ты испугаешься, а я ничего толком объяснить не смогу. Мне же нужно было еще папе сказать. А так я немножко отвлеклась, пока с Ларисой вопрос решала, потом с Колей.

— А что с Колей решать? — Любе показалось, что муж на другом конце провода нахмурился.

— Он рвался поехать на похороны, пришлось его долго отговаривать и просить остаться дома с Лелей. Ты же понимаешь, ему нельзя к Тамаре. И Лелю брать я не хочу, все-таки похороны — это для нее слишком травматично. Когда ты сможешь приехать?

— Я еще не говорил с руководством, но надеюсь, что завтра вечером смогу выехать. В крайнем случае — послезавтра. Послушай, я правильно понял, что Андрюха летит сегодня вместе с тобой?

— Правильно. Он сам вызвался, я его не просила.

— С чего это вдруг? Он что, все эти годы поддерживал отношения с Томкой? Или он ради тебя затеял эту поездку?

Несмотря на давящую на сердце тяжесть, Любе на мгновение стало смешно. Родислав ревнует. Да к кому? К Андрюше Бегорскому, который за три десятка лет ни разу не бросил на Любу заинтересованного взгляда и относился к ней очень тепло, даже нежно, но исключительно дружески. Может, и вправду дело в Тамаре? Да, Андрей из тех людей, которые умеют годами поддерживать знакомство, никогда никого не бросают и не забывают, но чтобы с Тамарой... Впрочем, сейчас это не имеет ровно никакого значения. У Томы горе, и Андрей хочет помочь, вот что важно, а вовсе не то, когда он в последний раз видел Любину старшую сестру или разговаривал с ней по телефону.

Люба благоразумно перевела разговор в другое русло и принялась объяснять мужу, что Николай Дмитриевич поедет на похороны вместе с ним, что она поручила Ларисе заботы по хозяйству и дала ей ключи от квартиры и что вылетает она в девять вечера и Коля обещал собрать для нее сумку с вещами и привезти прямо в аэропорт, потому что сама она никак не успевает, ей нужно еще кое-что доделать по работе, прежде чем оставлять команду бухгалтеров и экономистов на целую неделю.

— Послушай, — спохватился Родислав, — а деньги Раисе? Надо же их как-то передать. Я никак не успею.

— Андрей сказал, что решит этот вопрос.

— Опять Андрей! Любаша, я начинаю думать...

— Перестань, Родик. Думай лучше о том, что тебе надо ехать в Нижний вместе с папой. Я боюсь, как бы ему в поезде плохо не стало. Когда заедешь за ним, возьми, пожалуйста, с собой все его лекарства и тонометр не забудь. Если тебе покажется, что что-то не так, заставь его немедленно измерить давление и смотри за ним внимательнее, ладно? Ты же знаешь папу, он будет терпеть недомогание до последнего и ни за что не признается, что плохо себя чувствует. Главное — вовремя дать лекарство, не пропустить начало приступа. Папа еще от путча в себя не пришел, а тут с Гришей такое несчастье. Он когда услышал про Гришу — заплакал. Можешь себе представить, в каком он состоянии. Я была бы тебе очень признательна, если бы ты сегодня вечером заехал к нему, не хочу, чтобы он оставался один.

Последние несколько дней стали для генерал-лейтенанта Головина тяжким испытанием. В семье он был первым, кто узнал об отстранении Горбачева в связи с невозможностью выполнять функции главы государства по состоянию здоровья. Николай Дмитриевич вставал рано и уже в 6 утра услышал сообщение по Центральному телевидению. Он немедленно позвонил Романовым и разбудил их. Люба и Родислав не могли поверить услышанному, сами включили телевизор и увидели концерт симфонической музыки, а чуть попозже на экране возникло лицо диктора, который снова зачитывал Указ, подписанный Янаевым.

— Всё, — мрачно констатировал Родислав, — реформы теперь похерят, будем возвращаться назад.

Для Любы это означало в тот момент только одно: частное предпринимательство, хозрасчет и самофинансирование окажутся под запретом, ни у Тамары, ни у нее самой не будет больше доходов, которые позволят решать финансовые вопросы с Лизой, ее детьми и сиделкой, Колин кооператив прикроют, на государственную службу без высшего образования устроиться ему будет непросто, да он и не захочет, начнет снова болтаться по притонам и затевать разные аферы в компании с сомнительными личностями, чтобы обогатиться, и наверняка попадет в тюрьму, и как дальше жить — совершенно непонятно. Когда в 9 утра радиостанция «Эхо Москвы» передала заявление Бориса Ельцина, в котором Указ Янаева был назван реакционным переворотом и прозвучал призыв к всеобщей забастовке, Люба была уже на работе и слушала радио вместе с остальными сотрудниками. Если до того момента все мысли ее были направлены на вопросы экономические — как теперь выживать? — то после выступления Ельцина ей стало страшно: ощутимо запахло гражданской войной. К концу дня страхи ее оказались подкреплены и введением комендантского часа, и входом в город подразделений Таманской и Кантемировской дивизий и дивизии имени Дзержинского. В девять вечера в программе «Время» показали многотысячную толпу у Белого дома, бронетехнику и Бориса Ельцина, который, стоя на танке, зачитывал указ о недействительности указов ГКЧП на территории России.

— Ничего себе! — ахнул Родислав, увидев эти кадры по телевизору у себя в служебном кабинете — в связи с чрезвычайным положением всем сотрудникам Министерства внутренних дел велено было находиться на рабочих местах. — Это что же получается, ГКЧП совсем ситуацию не контролирует, если допускает, чтобы по телевизору такое показывали? Как же они переворот затевали, если ничего не продумали и не подготовились? Ну, теперь победа демократии обеспечена, такой прокол путчистам даром не пройдет.

Он немедленно позвонил домой и поделился с Любой своими соображениями. Через несколько минут раздался телефонный звонок от тестя.

— Что происходит, Родислав? — строго спросил он. — Что у вас слышно? Что говорят?

— Ну, вы по телевизору сами все видели, — уклончиво ответил Родислав.

Никаких более подробных комментариев он давать не собирался, хватит и того, что он осмелился жене позвонить со своими личными соображениями. Ему было хорошо известно, что среди путчистов находится и министр внутренних дел, и председатель КГБ, посему вероятность прослушивания всех служебных телефонов весьма и весьма высока. Вопрос же о том, сколько у министра сторонников в рядах работников МВД, оставался открытым, несмотря на то что рядовые сотрудники почти поголовно были на стороне Ельцина и демократов.

Генерал Головин уклончивость зятя истолковал правильно и разговор быстро свернул, зато когда через три дня все закончилось и члены ГКЧП были арестованы, сразу же приехал к Романовым.

— Как же так можно: втихую, исподтишка, в спину! — сокрушался он. — Как можно было впрямую лгать народу о состоянии здоровья Горбачева! Не могу поверить, что это сделали коммунисты, члены той партии, которой я верно служил больше пятидесяти лет. Если эти люди — лицо партии, то мне стыдно за то, что я этой партии отдал полвека своей жизни. Если они были уверены в своей правоте, то неужели не могли сделать все как-то по-другому, достойно, открыто, заручившись поддержкой народа, чтобы руки не тряслись, словно они кур воровали?

Знаменитые кадры пресс-конференции, на которых крупным планом показывали трясущиеся руки Геннадия Янаева, демонстрировали по телевидению снова и снова, и трудно было представить, что в стране есть хоть один человек, который этих кадров не видел.

— Так народ-то их не поддерживает, — заметил Родислав. — Они это понимали, потому и действовали тайком.

— Это еще хуже, — мрачно ответил Головин. — Знать, что народ тебя не поддерживает, но все равно делать, означает, что они действовали исключительно в личных интересах, ради власти и собственной выгоды.

— Папа, не надо так, — вступила Люба, испугавшись упаднических настроений отца. — У путчистов могло и не быть собственной выгоды, просто они думали, что народ не понимает, как все плохо, а они там, наверху, все видят и все понимают и действуют во благо народа, который глупый и правды не знает.

— Любка, ты их не выгораживай, — повысил голос отец. — Если эти коммунисты считают народ быдлом, которое нужно вести на веревочке и который сам ни в чем не разберется, то это не те коммунисты, с которыми я бок о бок войну прошел, и это не та партия, которой я верно служил. Еще раз повторяю, если те, кто устроил ГКЧП, это лицо нашей партии, то вся моя жизнь прожита зря.

В тот момент он еще казался уверенным в своей правоте

и сильным, несгибаемым, но когда прощался и уходил, Люба заметила, как всего за несколько часов изменилось лицо Николая Дмитриевича. На нем проступили усталость, растерянность и глубокая печаль. Целуя отца в щеку, Люба почувствовала, как дернулись желваки у него на скулах, словно Головин пытался сдержать слезы. Она решила, что ей почудилось — не хотелось верить в то, что он так пал духом. Однако нынешние слезы отца, когда он услышал о гибели зятя, подтвердили ее худшие опасения.

* * *

На похоронах Григория Виноградова генерал Головин впервые в жизни почувствовал себя действительно старым. Он смотрел на Тамару, такую маленькую рядом с высоким Родиславом, сгорбленную, в черном платке, с резкими, заостренными чертами лица, похожую на старушку, и думал о том, что уже никогда не увидит ее красивой и счастливой, такой, какой она была на его юбилее, а до этого — в тот день, когда она впервые привела Григория знакомиться с родителями. Между этими днями прошло восемь лет, и все эти восемь лет Головин не видел свою дочь, а ведь это были годы, когда он мог постоянно видеть ее одухотворенное лицо, ее горящие глаза, ее сверкающую радостную улыбку. Восемь лет потеряно безвозвратно, потеряно из-за его упрямства и нежелания примириться с решением строптивой дочери, с ее выбором. Господи, каким мелким, каким глупым и недостойным сейчас кажется его отцовская суровость и жесткость, каким чудовищным выглядит запрет для жены Зиночки общаться с Тамарой! Как он мог быть таким упрямым и тупым? Да, ему не понравились длинные волосы Григория, его шейный платок вместо галстука, его профессия, его разговоры о свойствах самоцветов, но разве это имеет хоть какое-нибудь значение в сравнении с тем, что он восемь лет не видел дочь и что ее не было рядом, когда умирала Зиночка? Как знать, если бы он не отлучил Зиночку от Тамары, возможно, жена была бы до сих пор жива. Как знать... И как знать, если бы он не проявил тогда такой ослиной упертости и построил бы отношения со старшей дочерью и ее мужем как-то по-другому, может быть, не было бы этого дикого преступления и Гриша бы не погиб. Николай Дмитриевич живо представил себе картину: с самого начала он хорошо принял Григория, и дочь с мужем регулярно приезжают в Москву в гости к Головину, эти поездки стали традицией, особенно по дороге в отпуск и обратно, и вот сейчас, в конце августа, Томочка с Гришей возвращаются из Крыма и останавливаются у отца на несколько дней, а в это время грабители залезают в их квартиру... Да и пусть залезают, пусть берут все, что хотят, но Тамара и Гриша в Москве, в безопасности. Господи, как было бы хорошо, если бы случилось именно так! Но не случилось. И виноват в этом сам генерал Головин. Да, он помирился с дочерью, но это случилось слишком поздно для того, чтобы отношения сложились принципиально иначе. Частыми гостями в доме Головина Тамара и ее муж так и не стали. И отныне Тамара навсегда превратится в маленькую, сгорбленную, раздавленную горем старушку, и никогда больше отцу не увидеть ее красивой, счастливой и молодой. Но если Тамара — старушка, то кто же он, ее отец? Дряхлый старец, которому давно пора в могилу.

Вот и Любочка постарела, сейчас Николай Дмитриевич видит это особенно отчетливо. Черный шарф на голове ее не молодит, но он накануне заметил седину в ее волосах, так что шарф тут ни при чем. Люба стоит заплаканная, глаза опухшие, красные, хотя Николай Дмитриевич плачущей ее не видел. Прячется, наверное, рыдает тайком в подушку или в ванной запирается, так Анна Серафимовна учила: никаких слез при мужчинах, они этого не любят. Тамаре в этом году исполнилось сорок семь, Любочке сорок пять, да что говорить, Кольке уже двадцать шесть лет, если бы он успел жениться, то Любочка могла бы быть бабушкой. Его Любочка, его маленькая послушная добрая девочка — бабушка?! Родька, которого Головин знал еще сопливым пацаном, — дед? А сам Головин — прадед? Боже мой, боже мой, вся жизнь позади, все прошло, и ничего не осталось, все стареют, болеют, слабеют, и только сейчас начинаешь понимать, что было главным, но так и не увиденным и не понятым, а что — глупым, мелким, второстепенным, которое казалось таким важным, что во имя этого мелкого и второстепенного делались огромные и непоправимые глупости. И нет этим глупостям прощения.

Гражданская панихида все не заканчивалась, народу пришло очень много, и много было желающих сказать добрые прощальные слова в адрес Григория Аркадьевича Виноградова. Организацию похорон взяло на себя руководство города — муж Тамары был действительно широко известным человеком, которому многие были благодарны. Николай Дмитриевич, имевший богатый опыт присутствия на панихидах и похоронах, не мог не отметить, несмотря на горе, что выступления были неформальными и проникнутыми искренней печалью и болью. Видно, Григорий был не только превосходным мастером своего дела, но и очень хорошим человеком, коль о нем так горюют. А он, генерал-лейтенант Головин, так и не узнал по-настоящему этого человека, он сам, своими руками, своей глупостью и неуступчивостью лишил себя радости общения с умным, добрым и веселым мужем своей старшей дочери. И ничего уже нельзя исправить. И ничего невозможно переделать. Жизнь уходит, уходит, с каждой минутой ее становится все меньше, а совершенные ошибки остаются, страшные в своей постоянности и неизменности.

На следующий день после похорон Николай Дмитриевич вместе с Родиславом и Андреем Бегорским уезжал в Москву.

— Тамара, — сказал Головин, обнимая осунувшуюся и как будто ставшую еще меньше ростом старшую дочь, — если тебе будет трудно здесь — возвращайся ко мне, будем жить с тобой вдвоем. Мы теперь с тобой оба вдовые и всегда друг друга поймем. Я понимаю, у тебя здесь работа, свое дело, друзья, но если тебе покажется, что рядом со мной тебе станет легче, — знай: я всегда тебе рад.

— Спасибо, папа. Я вряд ли вернусь, но все равно спасибо, — ответила Тамара, глядя на отца сухими тусклыми глазами.

Люба осталась с сестрой еще на пару дней. Тамара держалась стойко, совсем не плакала, постоянно делала что-то по дому, но Люба видела, что мысли ее по-прежнему с мужем. Сестра то сыпала муку в кастрюлю с бульоном, то включала воду в ванной и не могла вспомнить, что собиралась делать, не то принять душ, не то постирать, не то просто умыться.

— Тома, как же ты будешь работать? — озабоченно спрашивала Люба. — Тебе нужно взять отпуск хотя бы на месяц, а лучше — на два, прийти в себя, хоть как-то восстановиться. Сейчас ты ни на что не годишься.

— Ничего, — отмахивалась Тамара, — я справлюсь. Это я такая расслабленная, потому что ты рядом. Как только ты уедешь, я соберусь, возьму себя в руки и начну работать. Работа — хорошее лекарство, наверное, самое лучшее. Не волнуйся за меня, я справлюсь, я же Стойкий Оловянный Солдатик, — она вымученно улыбнулась.

— Тома, — осторожно начала Люба, — тебе, наверное, теперь сложно будет высылать мне каждый месяц двести рублей. Гриши больше нет, тебе твои собственные доходы не позволяют...

— Глупости, — оборвала ее Тамара. — Мои доходы мне позволяют.

— Но...

— Любаня, ты пойми, — Тамара заговорила мягко и будто даже просительно, — мне сейчас очень трудно. И еще долго будет трудно. Мне нужно искать любые способы уцепиться за жизнь, будь то работа или просто помощь кому-то. А ты — не кто-то, ты моя сестра, единственная, младшая, любимая, и твои проблемы — это и мои проблемы тоже. Позволь мне поучаствовать в их решении. Если я буду знать, что должна кровь из носу заработать столько, чтобы прожить самой и отослать двести рублей тебе, я буду работать как проклятая, без сна и отдыха, я буду думать только о работе, о своем салоне, о своем деле, и это меня сейчас спасет. Понимаешь? Если ты отнимешь у меня эти злосчастные двести рублей, я начну думать, что моя работа никому не нужна и я сама никому не нужна, вот была нужна Грише, а теперь его нет — и я не нужна никому. У меня сейчас трудный период, как всегда бывает после потери близкого: пропадает мотивация. Зачем жить? Зачем работать? Зачем стремиться к успеху, к заработку? Зачем все это, если в жизни больше нет самого главного? Все теряет смысл, больше нет цели. Мне самой мало что нужно, и в принципе, все, что мне нужно, у меня уже есть. Есть квартира, есть машина, есть мебель и одежда, на кусок хлеба я заработаю, даже если буду трудиться спустя рукава, потому что ем я мало, а работа моя стоит очень дорого. Ну и что мне останется, если я буду знать, что эти двести рублей больше не нужны? Я скачусь в пропасть — даже глазом моргнуть не успею. Ты этого хочешь?

Этого Люба, конечно же, не хотела. И уезжала она из Нижнего Новгорода хотя и с тяжелым сердцем и с болью, но в то же время с уверенностью, что с сестрой все будет в порядке. Тамара справится.

* * *

Ворон рыдал, завернув шею и спрятав голову под крыло. Ветер лил горючие слезы, орошая Камня потоками холодного декабрьского дождя, который замерзал на лету и, превращаясь в колючие снежинки, сыпался и забивался Камню в ноздри и уши. Сам Камень хранил суровое молчание, изображал мужественность и судорожно глотал слезы, стараясь, чтобы друзья не заметили его слабость. Не пристало рассудительному философу проявлять эмоции и всяческую мягкотелость.

— Бедный Григорий! — отчаянно всхлипывал Ветер, который, напротив, эмоций своих не стеснялся и проявлял их всегда весьма бурно. — Такой хороший был человек! И Тамару сделал счастливой, и людей делал красивыми, и вообще... У кого только рука на него поднялась? И Тамару жалко ужасно, я по вашим рассказам представлял себе, какая она красивая, интересно одетая, модно причесанная, со сверкающими глазами, с улыбкой, а теперь она стоит как маленькая сгорбленная старушка! Просто сердце разрывается.

Ворон извлек голову из-под крыла и смахнул слезы, капающие с клюва.

— Тамару ему жалко! — сиплым от рыданий голосом огрызнулся он. — Посмотрите на него, на этого жалельщика! А Любу тебе не жалко? Моя Любочка, по-твоему, что, с боку припека к этой трагедии? Мало ей своих проблем с Родиславом и его детьми, с Николашей, с соседом Геннадием и его семейством, так еще на нее сваливаются овдовевшая и убитая горем сестра и внезапно сломленный папаня. Ну куда ей еще и это? Откуда силы взять?

— Нашел кого жалеть, — простонал Ветер. — У Любочки твоей ненаглядной, между прочим, муж есть и двое детей, а у Тамары никого. Никого! Ты хоть это понимаешь, чернокрылая твоя душонка? Она совсем одна остается, одна как перст, никому не нужная, одинокая и всеми брошенная. Скажи, Камешек! Чего ты молчишь? Скажи этому моральному уроду, кого тут надо жалеть. Ты у нас в авторитете, как скажешь — так и сделаем.

Камень откашлялся, пытаясь настроить голосовые связки таким манером, чтобы друзья не услышали старательно подавляемых слез.

— Я не имею никакого морального права указывать вам, кого надо жалеть больше, а кого меньше, — неторопливо начал он. — Императивы в таком деле неуместны. Внесу лишь некоторые коррективы.

— Ну, запел, — недовольно протянул Ворон. — Ты будто лекцию в университете читаешь. Мы про человеческие чувства говорим, и будь любезен использовать нормальную лексику, чтобы не создавалось ощущения, что мы участвуем в научной дискуссии.

— Ага, — тут же подхватил Ветер, — ты уж попонятней говори, Камешек, образованность нам свою не показывай, а то у меня лично может развиться комплекс неполноценности.

— Уроды, — проворчал Камень. — Вот ведь уроды, право слово. Мы о серьезном говорим, даже о грустном, а вам все хиханьки. Но если вам интересно мое мнение по обсуждаемой проблеме, то скажу, что насчет Тамары ты, Ветер, не прав категорически. Да, у нее нет детей, а теперь нет и мужа. Но у нее есть отец, с которым она, слава богу, помирилась, у нее есть сестра и племянники, у нее есть любимая работа и свой бизнес, и, в конце концов, у нее есть друзья. И пассаж насчет того, что у Тамары никого нет, я не принимаю. Почему это она одинокая, никому не нужная и всеми брошенная? С чего ты это взял? Из рассказа Ворона это никоим образом не следует. Да, она горюет, да, ей больно, она потеряла близкого и любимого человека, но насчет брошенности, ненужности и одиночества — я не согласен. А вот кого на самом деле ужасно жалко, так это старика Головина.

— Чего его жалеть-то? — удивился Ветер. — Он Григория никогда особо не любил, сперва вообще за человека не считал, потом вроде примирился, но искреннего расположения к нему все равно не испытывал, так только, терпел. Так что для Головина смерть зятя — это и не утрата вовсе.

— Ну да, не утрата! — тут же возмутился Ворон. — А чего же тогда старик заплакал, когда Люба ему про смерть Григория сказала? Ведь он же плакал, я точно знаю, я хоть и не видел, потому что с Любиной стороны смотрел, но я на него настроился.

— В самом деле? — скептически осведомился Камень.

— Ей-крест, не вру. Думаешь, откуда я его мысли на похоронах знаю?

— Я думаю, что ты ведь и наврать мог, ты у нас такой.

— Не смей меня подозревать! — закричал Ворон. — Подумаешь, один раз всего тебя обманул, но я же раскаялся и во всем признался, а ты теперь будешь во веки вечные меня этим попрекать. Это неблагородно с твоей стороны и невеликодушно.

— Как же тебе удалось? — продолжал допрос Камень. — Головин у нас вроде не главный герой, а ты сам говорил, что можешь настроиться только на главных, на тех, про кого давно смотришь и кого хорошо изучил.

— Ну ты скажешь! — фыркнул Ворон. — Мы с тобой что, мало про Головина смотрели? Мы про него мало знаем? Да слава богу, с пятьдесят седьмого года этот персонаж наблюдаем, тридцать четыре года как одна копеечка! Я про него много чего видел, просто тебе не рассказывал, чтобы эфир не засорять, потому что к основному действию это отношения не имело, а ты всегда ругаешься, если я отклоняюсь от основной линии. Ну вот, количество увиденного перешло в качество, тебе, как ты есть философ, данная категория должна быть понятна. Я и настроился. Теперь я у Головина в голове как у себя дома. И ответственно заявляю, что плакал он совершенно искренне. И Любочка моя, между прочим, тоже рыдала, когда в поезде в Москву из Нижнего ехала. Бегорский-то с Родиславом и с Головиным самолетом улетели, а Любе они взяли билет на поезд, причем было куплено два билета в одно двухместное купе спального вагона, чтобы у нее соседей не было...

— Умно, — заметил с высоты Ветер. — Очень дальновидно. Человек, когда с такого горестного мероприятия едет, к пустой дорожной болтовне не расположен, ему надо одному побыть. Да и выспаться не мешает как следует, если утром на работу надо. Это кто ж таким предусмотрительным оказался? Неужели Родислав?

— Ну да, щас! — ответствовал Ворон. — Будет он себе голову такими пустяками забивать. Бегорский, конечно. Сам сообразил, сам и билеты купил, Родислава даже в известность не поставил, только Любе сказал. Ну и заплатил, соответственно, из своего кармана. Любочка моя попыталась ему деньги отдать, но он, само собой, не взял. Ну так вот, села она в поезд и как начала плакать — ужас! Так до самого утра и проплакала. И не вздумайте мне говорить, что ее не за что жалеть. Раз она так плачет, значит, у нее горе, самое настоящее горе.

— Ну, значит, и у Головина горе, потому что он тоже плакал, — не сдавался Камень. — Как хотите, а я буду его жалеть, потому что он из них всех самый горький был на этих похоронах.

— Откуда ты знаешь? — упорствовал Ворон. — Ты не видел!

— А ты...

— Пацаны, кончай разборки, — вмешался Ветер, не терпевший ссор и вообще каких бы то ни было конфликтов. — У всех горе, и всех жалко. Договорились? Давайте лучше насчет Нового года подумаем.

— А чего о нем думать? — недовольно проворчал Камень. — Подумаешь, праздник придумали. Да этих праздников на нашем веку — не перечесть, не первый и не последний будет.

Он, конечно, лукавил, потому что помнил об обещании Змея встретить Новый год вместе, если только Ветра и Ворона не будет поблизости. У Камня был свой стратегический расчет.

— Но все равно это праздник, — возразил Ветер. — Я, например, планировал слетать в Канаду, там есть одно хитрое место, где очень классно Новый год встречать, но если вы тут решили устроить траур и будете сидеть и грустить, я никуда не полечу, останусь с вами и буду вас развлекать и настроение вам поднимать.

«Этого только не хватало», — подумал Камень, а вслух произнес:

— Мы не собираемся грустить и траур разводить, так что лети, куда запланировал. И вообще, поскольку для меня это не такое уж событие, лично я собираюсь в Новый год крепко спать. Не надо мне никаких праздников.

— Как это не надо? — встрепенулся Ворон. — Праздник должен быть обязательно! В жизни всегда должно быть место празднику, иначе можно заскучать и окончательно скиснуть. Нет, я не согласен, встречать Новый год непременно надо.

— Ну и встречай, только один, без меня, — пробурчал Камень, в глубине души радуясь, что стратегический план удавалось вполне успешно воплотить в жизнь. — Мне эти радости не нужны. Я философ, а не обыватель, я не нуждаюсь во внешних раздражителях, чтобы создать себе хорошее настроение. А вот выспаться мне не помешает. Если тебе так приспичило устраивать праздник, лети вместе с Ветром в Канаду и веселись там до упаду.

— И что, ты не обидишься? — прищурившись, спросил Ворон.

— Да ни в одном глазу! Я тебе серьезно говорю: лети и отмечай свой праздник, а я пока отдохну малость.

— Слушай, раз такой разговор пошел... — в голосе Ворона появились воркующие интонации, — только ты мне дай честное слово, что не обидишься. Даешь?

— Даю.

— Я чего хотел сказать-то. — Он помялся немного. — Короче, меня белочка приглашала вместе отмечать. Я ей, конечно, ничего не обещал, для меня ты — главнее, а твоих планов я еще не знал, но если ты не возражаешь, то я бы...

— Да не возражаю я, не возражаю, наоборот, я только порадуюсь за тебя, если буду знать, что ты веселишься в хорошей компании. Ну честное слово, Ворон, вот чем хочешь поклянусь: все будет в порядке. Ты встретишь праздник, Ветер тоже порезвится, а я посплю, мне только в радость будет.

— Ну, тогда я полетел, что ли? — обрадовался Ветер.

— Стой! Куда?! — закаркал Ворон. — А елку украшать? Ты нам каждый год игрушки откуда-то притаскиваешь.

— Так Камень же сказал, что ему не надо... — растерялся Ветер.

— Ему не надо, а я что, не личность? — обиделся Ворон. — Мне надо. Я же только на одну новогоднюю ночь к белочке уйду, а остальное-то время я здесь провожу, рядом с Камешком, и мне красота нужна, ощущение праздника. Так что уж будь любезен, тащи сюда игрушки.

— Да ладно, не вопрос, — согласился Ветер. — Чего ты сразу орешь-то? Сказал бы спокойно, я бы понял.

Через час рядом с Камнем лежала внушительная гора елочных украшений. Ветер попрощался и улетел в Канаду, а Ворон принялся украшать высоченную старую ель, стоящую прямо рядом с Камнем. Закончив работу, он с удовлетворением оглядел результаты собственных усилий, кое-что подправил, перевесил самую красивую игрушку так, чтобы она была хорошо видна Камню, и начал протягивать между ветками всех стоящих вблизи деревьев длинные красные с золотом и синие с серебром нитки «дождя».

— Смотри, как нарядно, — радовался Ворон. — Кругом все сверкает и переливается, а ты в центре этой красоты, как попугайчик в золоченой клетке. Нравится?

— Нравится, — признался Камень, который, несмотря на всю свою философичность и рассудительность и невзирая на заявления о том, что Новый год — это сущая безделица и вообще полная ерунда, на самом деле очень любил праздники, скрашивавшие его однообразное неподвижное существование. Однако следовало делать вид, что он все равно собирается в новогоднюю ночь крепко спать, дабы Ворон ни о чем не догадался и спокойно улетел к своей новой пассии. —

Только мне жалко, что ты столько сил на эту красоту потратил, а я же все равно буду спать, некогда мне будет порадоваться.

— Ничего, мы с тобой еще вместе порадуемся, это только кажется, что Новый год — одна секунда, на самом деле это длинный-предлинный праздник, его можно уже сейчас начинать отмечать, а закончить недели через две, как люди делают. А некоторые и дольше празднуют, аж до самого Крещения, если они православные, до девятнадцатого января. Я тебе от белочки какой-нибудь вкуснятины приволоку, и мы с тобой вместе поотмечаем, ладно?

— Договорились, — покладисто согласился Камень. — А сколько до Нового года осталось?

— Да один день всего. Сегодня тридцатое декабря. Слышь, Камешек... — Ворон снова засмущался и виновато запрыгал вокруг старого товарища.

— Говори уж, не тяни, — проворчал Камень.

— А ничего, если мы с тобой сегодня сериал смотреть не будем, а? Ну, ты понимаешь, я все-таки к даме в гости иду, в смысле — лечу, она, конечно, жуть какая хозяйственная, прямо как моя Любочка, но все-таки мать-одиночка с кучей ребятишек, негоже мне с пустыми руками к ней являться. Надо бы и к общему столу кой-чего раздобыть, и гостинцев деткам найти, и подарки всем припасти, чтобы было что под елку положить, а то как-то некрасиво выйдет.

— Конечно, конечно, — снова согласился Камень, стараясь по мере возможности не выказывать удовольствия от такого удачного расклада. — Лети, добывай все, что нужно, чтобы белочка на тебя не обижалась, она хорошая, добрая и помогает всегда, стоит только попросить, никому не отказывает. Даже если у вас на любовном фронте ничего не выйдет, все равно не стоит портить с ней отношения.

— Ты старый циник! — возмутился Ворон. — Добро надо делать просто так, от души, а не с дальним прицелом. И не стыдно тебе, философу, знатоку этики, такие вещи говорить?

— Стыдно, — признался Камень. — Я и сам чую, что сказал что-то не то, но при этом понимаю, что какая-то правда в моих словах есть, только никак не могу догадаться, какая именно. Что-то скребет у меня внутри, то ли мысль какая, то ли ощущение, а уловить не могу. Пока не могу, — уточнил он. — Но я еще подумаю над этим. Так ты сейчас насовсем улетишь или еще до Нового года вернешься?

— Наверное, насовсем. Ты же понимаешь, пока гостинцы найду, пока подарки подберу, потом сразу полечу к белочке, может, ей там помочь чего-нибудь надо, елку украсить или еще что, у меня-то быстрее получится. Ну и останусь уж с ней до самого праздника. Ничего? Ты не обижаешься?

— Птичка моя, ну сколько ж можно об одном и том же? Я ничуточки не обижаюсь, наоборот, я радуюсь за тебя, радуюсь, что у тебя протекает активная личная жизнь, что ты общаешься с другими особами, а не только со мной. Ты же мне потом все рассказываешь, ну, почти все, — деликатно уточнил Камень, — и меня это развлекает, и я вроде как вместе с тобой тоже общаюсь и живу полноценной жизнью. Что толку, если ты будешь просиживать рядом со мной целыми днями? Мы эдак с тобой со скуки протухнем. Ты — мои глаза и уши, вот и будь любезен летать, смотреть, слушать, чтобы было потом, что мне рассказать.

Камень очень напрягался в попытках не перестараться побыстрее спровадить Ворона, чтобы тот не почуял подвох, поэтому аргументы выбирал не самые убойные, а так, помягче. Ворон натуру своего друга знал отлично, и, если выдвинуть совсем уж неопровержимые аргументы, он может и забеспокоиться, ибо Камень радикализмом никогда не отличался и всегда в дискуссиях демонстрировал мягкость и умеренность.

Оставшись один, Камень набрался терпения и начал ждать. Он очень надеялся, что ждать слишком долго не придется, ведь сказал же Ворон, что Новый год уже завтра, времени-то практически не осталось, значит, Змей должен появиться если не с минуты на минуту, то по крайности с часу на час.

— Что-то под праздник тебя любопытные мысли начали посещать, — послышался свистящий шепоток.

— Ну слава богу! — Камень не скрывал своей радости. — Я уж стал бояться, что ты передумал и уполз в какую-нибудь веселую компанию.

— Да нет уж, я тут неподалеку отлеживался и от души веселился, глядя, как ты разгоняешь в разные стороны своих коллег по просмотру. Насчет Ветра я не беспокоился, ему трудно долго на одном месте сидеть, а вот наш летучий вещун вполне мог проявить свойственную ему жалостливость и добросердечие и остаться с тобой. Но ты молодец, чисто его спровадил, — похвалил Змей.

— А что ты насчет любопытных мыслей сказал? Ты что, собственно, имел в виду?

— Да то, что ты пытался, но так и не смог объяснить нашему крылатому телевизору. По поводу добра с дальним прицелом. Ты верно почуял, там есть разумное зерно, только с твоей этикой оно никак не согласуется.

— Вот я и понимаю, что не согласуется, — вздохнул Камень. — Я даже сформулировать толком свою мысль не могу. И не представляю, откуда она у меня в голове-то появилась.

— Зато я представляю, — прошипел Змей. — Это все от вашего сериала идет, а точнее — от Любы. Теперь слушай меня внимательно и не перебивай, даже если очень захочешь. Просто слушай и старайся вникнуть, потому что мысль сложная, с наскока ее не ухватишь. Никто никогда не делает добро просто так, от души. Это очередной миф, один из тех, которыми напичкана человеческая культура. Вы с Вороном, конечно, не человеки, но отношения строите по людским меркам, а ты вообще поклонник философии, которую, между прочим, люди придумали. Так что у вас с птичкой в головах те же самые ошибки живут, что и у людей. Но я отвлекся. Значит, возвращаемся к тому, что никто никогда не делает добро просто так. Более того, люди совсем ничего и никогда не делают просто так — ни добро, ни зло. У всего есть причина, и, самое главное, для всего есть цель. Вот о целях-то я и собираюсь вести речь. У каждого доброго поступка есть цель, каким бы бескорыстным он ни казался. Запомнил?

— Запомнил, — шевельнул бровями Камень. — Но не понял.

— Сейчас поймешь. Для начала запомни еще одну непреложную истину: ни одно существо, у которого есть мозг, не станет платить за то, что ему не нужно.

— Ну, это ты хватил! — не согласился Камень. — Мне Ворон сто раз рассказывал, когда мы сериалы смотрели, как люди, особенно женщины, мотаются по магазинам и делают дурацкие покупки, совершенно им не нужные. Приобретают вещи, которые потом годами валяются на полках, пылятся и только место занимают. У людей даже слово специальное для этого придумано, шопингомания или что-то вроде того.

— Прямолинейно мыслишь, — Змей сморщил лоб, выражая тем самым неудовольствие. — Да, человек купил ненужную ему вещь и заплатил за нее деньги. Но зачем он это сделал?

— И зачем? — повторил вслед за ним Камень.

— В момент покупки он испытывал удовлетворение или даже удовольствие. Ему необходимо было сделать покупку, чтобы достичь какой-то своей цели, например самому себе казаться не хуже других, тех, которые эту вещь уже имеют. Или даже бери выше — ему хотелось казаться лучше тех, кто такую покупку себе позволить не может. Ему или ей хотелось чувствовать, что он или она тоже не лыком шиты и могут купить брендовую шмотку.

— Какую-какую? — переспросил Камень, услышавший незнакомое слово.

— Брендовую. Это у людей такое слово для обозначения продукции известной фирмы. Среди человеков очень часто попадаются такие, кто вообще покупает только брендовые вещи, потому что это якобы свидетельствует о его успешности, богатстве, о его высоком статусе. В общем, у людей в головах полно мифов по поводу этих брендов и фирм, и вот, совершая покупки, они зачастую просто тешат собственное самолюбие и мелкое тщеславие. А эта потеха — дорогая, она денег стоит. Ты что же думаешь, какая-нибудь фифочка покупает пятую или десятую шубу, потому что ей зимой на улицу не в чем выйти? Нет, она платит деньги исключительно за то, чтобы чувствовать себя не хуже прочих фифочек из своего окружения. И тот факт, что она эту шубку наденет, может быть, всего два-три раза, а потом повесит в шкаф, вовсе не свидетельствует о том, что она заплатила деньги за то, что ей не нужно. Шуба как таковая ей не нужна, это правда, а вот приобретение шубы — очень даже нужно, и за это она готова платить. И платит.

— Ладно, это я понял. Но ведь покупка десятой шубы — это не доброе дело, а мы начали именно с добрых дел. Я пока связи не улавливаю.

— Да связь-то самая прямая. Механизм один и тот же. Совершая любое доброе дело, человек делает его зачем-то, а не просто так. Например, ему хочется почувствовать себя великодушным, широким, щедрым. Или ему необходимо ощущать собственную нужность, ему хочется думать, что без него не обойтись, что в нем есть потребность. Или ему, как нашей дорогой Аэлле, хочется позиционировать себя покровителем и благодетелем сирых и убогих, обделенных и несчастных, тем самым создавая у себя иллюзию собственной успешности и состоятельности. Все, что человек делает, он делает зачем-то, запомни это, мил-друг, раз и навсегда. А если кто-то станет тебя убеждать в том, что это цинизм и мизантропия, — не верь. Просто люди пока не научились сами себе говорить правду и прикрываются мифами.

— Не уверен, что ты прав, — задумчиво произнес Камень. — Ведь есть же на свете чистые душой, совершенно бескорыстные люди...

— Ой, опять ты за свое! — недовольно перебил его Змей. — Да ты вообще слышишь, о чем я тебе толкую? Чистый душой человек потому и совершает свои добрые поступки, что хочет сохранить свою душу в чистоте. В этом и состоит его личный интерес. Почему ты думаешь, что в слове «интерес» есть некая грязная подоплека? Интерес может быть очень даже благородным и морально поощряемым. Но все равно он есть, и именно он диктует людям потребность в совершении тех или иных поступков. Интерес — это и есть истинная мотивация, а удовлетворение этого интереса — истинная цель.

— Все равно это как-то... — начал было Камень, но Змей снова перебил его:

— Хорошо, давай возьмем грубую и понятную ситуацию: уход за тяжелобольным. Он лежачий, из-под него надо выносить судно, переворачивать его, смазывать пролежни, по нескольку раз в день менять постельное белье, потому что у него недержание мочи и кала и он не всегда успевает вовремя попросить «утку». В комнате стоит вонь. Кроме того, этот человек уже в маразме, неадекватен, кричит, плачет, ничего не помнит и ничего не понимает. Кормить его нужно с ложечки, и, как у маленького ребенка, половина еды оказывается на пижаме и постели. Ты можешь представить себе человека, которому было бы в радость ухаживать за таким больным?

— Ну, за деньги-то...

— Правильно. За деньги. А если без денег? Ну, включи фантазию.

— Тогда, может быть, за наследство? — предположил Камень.

— Может быть. А если и не за наследство?

— Так если этот больной твой близкий родственник, приходится ухаживать, куда ж деваться.

— Никуда не деваться, просто не ухаживать — и все. Бросить на произвол судьбы или сдать в приют. Но ведь не сдают и не бросают, а терпят и ухаживают, хотя никаких денег им за это не перепадает. Почему?

— Ну как это так? — сердито удивился Камень. — Как это можно: бросить старого больного человека на произвол судьбы. Представить себе не могу.

— А ты представь, потому что находятся такие, которые именно так и поступают. Не скажу, что они встречаются на каждом шагу, но все-таки встречаются. То есть такое поведение вполне реально. Но большинство все-таки терпит и не бросает больных стариков. Вот ты мне объясни, почему одни поступают так, а другие — эдак.

— Наверное, тем, которые больных бросают, наплевать на мнение окружающих. Все, что я знаю о людях, свидетельствует о том, что они к такому поведению относятся неодобрительно. Но, видимо, находятся человеки, которым неодобрение общества не мешает чувствовать себя вполне комфортно.

— Верно говоришь, — снова кивнул Змей. — И если следовать твоей логике, то получается, что те, кто терпеливо, сцепив зубы, ухаживает за больным, это люди, которым мнение общества не безразлично. Они не хотят, чтобы о них думали плохо, они не хотят быть изгоями в своем обществе, вот за это они и платят.

— Ишь ты! — хмыкнул Камень. — Ловко у тебя все вышло. Но ты меня все равно не убедил. Наверняка есть еще причины, по которым люди бескорыстно ухаживают за тяжелобольными.

— Назови, — предложил Змей.

— Из милосердия, из жалости. Из доброты, — твердо произнес Камень.

— А из милосердия — это как? — в голосе Змея послышались некие коварные нотки. — Из жалости — это как? Попробуй переведи эти эмоции в вербальную форму.

— В вербальную? — Камень задумался. — Я, конечно, не человек, но из всего, что я знаю о людях, можно предположить, что это будет звучать примерно так: «Мое сердце разрывается, глядя на то, какие страдания приходится переживать этому больному, и с моей стороны будет просто бесчеловечным не помочь ему». Вот так как-то.

— Умница! Теперь развей, пожалуйста, эту мысль, особенно вторую часть фразы.

— Да куда ж ее еще развивать? — удивился Камень. — Я и так вроде бы все сказал.

— А ты напрягись, попробуй.

— Ладно. Мое сердце разрывается, мне от этого больно, а я не хочу, чтобы мне было больно и чтобы сердце разорвалось. Я вижу страдания этого больного, мне кажется бесчеловечным иметь возможность помочь ему и при этом не помочь, а я — человек и не могу вести себя бесчеловечно. Я просто не буду сам себя уважать, если не окажу ему помощь. Я не могу быть бессердечным. Всё, — выдохнул Камень. — Я иссяк. Я не знаю, как еще можно развить эту мысль.

— А больше и не надо ничего, — Змей одобрительно покачал овальной головой. — Ты все сказал. Все, что нужно. Твоя милосердная личность не хочет, чтобы ей было больно и чтобы ее сердце разорвалось, она хочет сама себя уважать и не хочет быть в собственных глазах бессердечной. То есть у нее целых три интереса, а стало быть — три цели. Вот тебе и ответ на твой вопрос. Эта милосердная личность будет терпеливо ухаживать за тяжелобольным, тратить силы, нервы, здоровье, время, то есть она будет всем этим платить за достижение своих целей. И никогда в жизни эта личность не стала бы платить, если бы этих целей у нее не было. Никто не платит за то, что ему не нужно.

— Ну надо же, — восхищенно протянул Камень. — А мне и в голову не приходило. Неужели все так просто?

— Конечно, теперь тебе кажется, что просто, — рассмеялся Змей. — А ведь вначале ты даже приблизительно уловить не мог, о чем я толкую. Теперь вернемся к Любе. Тебя, как я понимаю, волнует мысль о том, ради чего она все это терпит? Да мало что просто терпит, еще и активно участвует в разгребании дерьма за своим муженьком. Верно?

— Не совсем. Для меня очевидно, что все это она делает для того, чтобы удержать Родислава, а удержать его можно только одним способом: избавлять от всяческого напряжения, делать так, чтобы с ней рядом ему было удобнее и легче, чем рядом с кем бы то ни было. Тут вроде все понятно. У Любы есть цель: сохранить брак, и за достижение этой цели она и платит такую высокую цену, а вовсе не по доброте душевной и не потому, что ей кого-то там жалко. Но все равно я чувствую, что до конца чего-то не додумываю. Там что-то еще есть, какое-то второе дно, какие-то скрытые мотивы.

— Верно говоришь. Есть такие мотивы. И между прочим,

эти скрытые мотивы — вовсе даже и не скрытые, просто они глубинные, то есть они лежат на самом донышке, под всеми остальными. И для всех людей они одинаковые.

— Да ну? — не поверил Камень. — Не может быть! Все люди разные, не может у них быть одинаковых мотивов.

— А вот и может. Тот мотив, который на самом донышке, — он у всех один. И называется он «душевный комфорт». Другое дело — способы, которыми этот душевный комфорт достигается. Вот спосо́бы у всех людей действительно разные. Одним для того, чтобы его получить, нужно быть таким же, как все, не отличаться от большинства, другим, наоборот, нужно выделяться и быть ни на кого не похожим. Одним необходимо чувствовать себя независимым от чужой воли, другим — зависимым и подчиненным, одним хочется, чтобы их любили, другим — чтобы их боялись. Короче, всем нужно разное, но нужно для одной-единственной цели: для достижения душевного комфорта. И запомни: душевный комфорт — это единственная истинная цель любого человека, все, что люди делают, они делают только ради него и во имя него.

— Ну и что насчет Любы? — нетерпеливо спросил Камень. — Ты опять отвлекаешься.

— Для Любы душевный комфорт — это осознание себя идеальной женой. А идеальная жена — это женщина, рядом с которой нет конфликтов, которую все любят, которая никогда не скандалит и не закатывает истерики и рядом с которой всем хорошо и спокойно. Бабушка Анна Серафимовна, царствие ей небесное, воспитала младшую внучку в твердом убеждении, что быть идеальной женой — это единственное предназначение женщины, которое она должна выполнить кровь из носу, чего бы ей это ни стоило. Вот Люба и выполняет. Конечно, она продолжает любить Родислава, но во имя этой любви она могла бы и отпустить его в свое время, а не предлагать ему договор. Договор-то зачем был нужен? Чтобы оставаться идеальной женой, в противном случае ей пришлось бы признать, что ее миссия не выполнена. Ты вот, поди, думаешь, что она за просто так убивается на своем хозяйстве, спать ложится позже всех, ног под собой не чует от усталости, руки все растрескались от бытовой химии и жесткой воды. Думаешь, проклинает она свою женскую долюшку, но все равно делает, потому что в ней развито чувство долга. И если ты так думаешь, то очень сильно ошибаешься. Да, она страшно устает, но спать ложится с чувством глубокого удовлетворения: у нее все начищено, намыто, настирано и наглажено, все сверкает и скрипит, все зашито-заштопано, а завтра утром она встанет раньше всех, и к завтраку у нее все будет готово, с пылу с жару, вкусненькое и свеженькое. Она — идеальная жена. Да ей в кайф это все!

— Не может быть, — с ужасом протянул Камень. — Ты точно знаешь?

— Абсолютно. И помогать Родиславу разбираться с Лизиными проблемами ей тоже в кайф, хотя она этого, конечно, не осознает. На поверхности сознания ей это все, безусловно, очень тяжело, она страшно переживает, чувствует себя униженной и даже где-то, по большому счету, оскорбленной, но поверь мне, мил-друг, Люба ни за что не стала бы платить такую высокую цену за то, что ей на самом деле не нужно. Она хочет быть женой, причем женой именно Родислава, поскольку любит его с детства и не может публично признаться в том, что ее выбор был ошибочным. Она хочет, чтобы дети видели в ней идеальную жену и мать. И чтобы отец был спокоен, видя, какая идеальная семья у его дочери. Только при этих условиях наступает душевный комфорт. Вот за это она и платит.

— Я тебе не верю, — сердито проговорил Камень. — Это не может быть правдой.

— Возможно, — согласился Змей. — Я часто ошибаюсь. Но в моих словах есть то, над чем стоит подумать. Однако вернемся к насущным проблемам.

— Это к каким же?

— К Новому году, естественно! У меня для тебя есть подарок.

— Ой, а у меня для тебя ничего нет, — расстроился Камень. — Ты же понимаешь, дружище, у меня нет возможностей...

— Да я не в претензии, — Змей тонко улыбнулся. — Ты мне уже сделал подарок тем, что разогнал свою банду любителей сериалов и дал нам с тобой возможность побыть вдвоем. А я тебе за это кое-что расскажу, дополню, так сказать, повествование. Ворон тебе небось не сказал, что врачи вынесли маленькому Денису окончательный приговор: ходить он никогда не будет. Ведь не сказал?

— Нет, — признался Камень.

— Ну, это и понятно, наш добросовестный информатор страсть как не любит про грустное рассказывать, тебя бережет, не хочет расстраивать. Ты сам не спрашиваешь — он и молчит. Так вот, Денис, несмотря на все усилия медсестры Раисы, самостоятельно передвигаться сможет только на костылях, и то чуть-чуть, по квартире. На улице придется пользоваться инвалидной коляской. В школу ходить он не будет, придется заниматься дома, учителя будут приходить, ну, там механизм обучения детей-инвалидов отработан. Плохо, конечно, что Лиза ему в учебе не поможет, у нее на уме только мужики и пьянки, но Раиса всегда рядом, а она тетка толковая. Так что до тех пор, пока у Романовых есть возможность платить ей, Денис будет обихожен. А вот с Дашей проблемы.

— Что случилось? — забеспокоился Камень.

— Ничего не случилось, просто противная она девчонка. Ей уже двенадцать лет, характер хорошо виден. Злая, завистливая, брата ненавидит, считает, что он забирает все внимание и материальные ресурсы, что из-за его болезни она растет обездоленной и несчастной. Отца ни в грош не ставит, разговаривает с ним грубо, дерзит. Впрочем, с Лизой она обходится не лучше. Единственный человек, которого Даша еще как-то побаивается, это медсестра Раиса.

— Значит, Лиза так и пьет? — грустно осведомился Камень.

— Еще как! Там уже алкоголизм в полный рост. Но поскольку Лиза, как и все сильно пьющие, не признается в том, что у нее есть проблема, то и лечиться отказывается категорически, хотя Раиса неоднократно заводила об этом разговор и с Родиславом, и с ней самой. У Лизы на все один ответ: я пью потому, что хочу, и пью столько, сколько сама считаю нужным, а захочу — и в один момент брошу, и вы все мне не указ, сначала всю мою молодую жизнь сломали и попортили, а теперь учить пытаетесь. Ну, с этими словами она к Родиславу обращается, поскольку Раиса-то к ее несчастьям отношения не имеет, а с Раисой у нее разговор другой, дескать, вы мне никто и звать вас никак, вы мне не мать и не тетка, и никакого права голоса у вас тут нету, вас наняли с мальчиком сидеть — вот и сидите. Родислав даже матери Лизиной звонил, просил воздействовать на дочь, так Лиза мать свою тоже отфутболила, ты, говорит, бросила меня в трудный момент моей жизни, помочь не захотела, оставила одну с двумя детьми, а теперь с воспитанием лезешь. У нее же все кругом виноваты в ее несчастьях, одна она — невинная страдалица. Одним словом, неумная она и грубая, и дочка в нее пошла.

— А сыночек? — поинтересовался Камень. — Ему ведь сейчас сколько?

— Шесть лет.

— И какой он? Тоже на Лизу похож?

— Что касается внешности, то тут однозначно сказать трудно, и Лиза, и Родислав — оба темноволосые и темноглазые, так что на кого из них мальчик больше похож — судить не берусь. Но вот характером он пошел в обоих. Лиза-то в юности была веселая, жизнерадостная, вот и мальчик такой же, несмотря на болезнь. А от Родислава ему достался флегматичный темперамент, то есть мальчик спокойный, не раздражительный, не капризный, всегда улыбается и хочет, чтобы всем было хорошо. Чудесный ребенок! Жаль, что такой больной. И знаешь, эта медсестра Раиса научила его во всем видеть положительные стороны, так что у Дениски самое любимое словечко теперь — «зато». День пасмурный? Зато не жарко и в комнате не душно. День жаркий и душный? Зато солнышко и вся природа ему радуется. Головка болит? Зато можно лечь поспать, и вообще, если бы болел животик, было бы куда неприятнее. Он не может ходить? Зато он может сидеть и читать, сколько вздумается. Он не может один гулять по улице? Зато он никогда не попадет под машину и его не обидят взрослые злые дядьки. И в школу можно не ходить, и не нужно вставать в семь утра, можно поспать подольше и в постели поваляться. У Дениски улыбка с лица не сходит.

— Замечательно! — обрадовался Камень. — Хоть что-то радостное ты мне сообщил, а то кругом одна сплошная мрачность: и Григория убили, и дед ослабел, и Лиза допилась до алкоголизма, и Даша грубит и дерзит, и Геннадий свою семью третирует. Никакого просвета! А как Родислав к мальчику относится?

— Любит. Я бы даже сказал — обожает. А его невозможно не любить, он весь как солнышко, просто излучает радость и позитивные эмоции. И потом, он очень умный, этим Дениска уж точно в отца пошел. Как Раиса стала к нему ходить, так он моментально читать научился, сперва Раиса ему детские книжки приносила, потом до приключений дело дошло, Майн Рид, Фенимор Купер и все такое. Сейчас он уже Жюля Верна читает, развит парень не по годам. У Раисы-то собственные книжки скоро закончились, у Лизы в доме вообще литературки отродясь не водилось, так что теперь Родислав из дому книги приносит или покупает. А парень читает быстро, у него времени-то навалом, так что книжки только успевай подноси. Раиса с ним и арифметикой занимается, только там, по-моему, дело вот-вот до алгебры дойдет, Денис все на лету схватывает и хорошо усваивает. А Родислав с Раисой договорился, что будет приходить к сыну, когда Лизы дома нет, совсем он ее видеть не хочет, так вот он с медсестрой предварительно созванивается, и та ему о Лизиных планах сообщает.

— И часто он сына навещает?

— Да мог бы и почаще, — недовольно буркнул Змей. — Днем-то он на работе, ему вырваться сложно, а вечером Лиза дома, да и сам Родислав то в командировке, то на службе допоздна, так что приходится ловить выходной день, когда Лиза усвистает на очередную попойку и Раису с мальчиком оставит. Где-то раз в месяц выходит, а бывает и реже.

— Ну как же так? — огорчился Камень. — Ты говоришь — Родислав сына обожает, а навещает так редко. Ты меня, наверное, обманываешь. Если бы он действительно любил мальчика, он бы чаще к нему приходил.

— Ох, не доведет тебя до добра твоя прямолинейность, — со вздохом произнес Змей. — Всегда у тебя все просто и понятно: раз любит — значит, хочет видеть каждый день, а если не стремится видеть каждый день, значит, не любит.

— А что, разве не так? — с вызовом спросил Камень. — Мне Ворон рассказывал...

— А ты слушай больше, он тебе еще не такое расскажет. Родислав сына, конечно, любит, но не больше всего на свете, потому что больше всего на свете он любит себя самого и собственный покой и комфорт. А Лиза и вся обстановка в ее доме этому покою и комфорту мешают. Лиза поддатая, если не пьяная в дым, к тому же сильно постаревшая и утратившая привлекательность, Даша дерзит и не слушается, Денис прикован к постели или к коляске. Много ли радости от созерцания всего этого? Дома-то у себя куда как лучше, и места больше, и чисто, и еда вкусная, и жена любящая да заботливая, и дочка вежливая и послушная. Ну, старший сынок, конечно, подкачал, но зато все остальное в полном ажуре. Ну, как тебе мой подарочек к празднику? Угодил я тебе?

— Угодил, спасибо. А больше ты ничего интересного не видел?

— У-у-у, хитрый какой, — Змей от смеха весь пошел волнами. — Все тебе сразу и выложи. Я много чего видел, о чем тебе наш летун-хлопотун не говорил, потому как сам не знает. Но первым делом все-таки праздник.

Он высоко поднял голову и прислушался, потом удовлетворенно улыбнулся.

— А вот и угощение подоспело. Ребята, заноси харчи!

Из-под раскидистых еловых лап показались три зайца, за ними потянулись лиса и молодой волк, и последним появился совсем маленький, ужасно смешной медвежонок. Они быстро сложили гостинцы и тут же исчезли, а рядом с Камнем выросла внушительная гора из орехов, моркови, капусты, конфет, кусков мясного пирога и кулебяки с капустой. Рядом на большом листе лопуха лежала жареная курица и внушительного вида копченый окорок, а чуть поодаль — бочонок с медом и две банки варенья.

— Ну как? — с гордостью спросил Змей. — Достойно праздник встретим?

— Здорово! — восхитился Камень. — Откуда такое богатство?

— Сам понимаешь, — Змей лукаво потупился. — Кто что умеет, тот то и ворует. Зайцы по огородам шастают, овощи тебе припасли, лиса курицу из сарая у кого-то стащила и сама пожарила, волк к кому-то в дом залез и порылся среди того, что к праздничному столу приготовили. Ну а медведь, сам понимаешь, больше по части сладкого. Ты не думай, малец сам-то не воровал, это его батька расстарался, а мальца в качестве посыльного отрядил.

Камень с ужасом смотрел на товарища, не понимая, как можно вот так спокойно произносить столь чудовищные слова.

— Ты хочешь сказать, что это все краденое?

— Естественно. А ты чего ожидал? Не краденые здесь только орехи, они сами по себе в лесу растут, их зайчики собрали, а все остальное пришлось у людей позаимствовать.

— Но это ни в какие ворота не лезет! Это противно моему правосознанию! — возмутился Камень. — Как ты мог даже подумать, что я прикоснусь к ворованному?! Не ожидал я от тебя.

— Знаешь, мил-друг, ты мне тут со своей философией мозги не парь, — спокойно ответил Змей. — Природа так устроена от века, что дикие животные отбирают у людей пищу. И никто это воровством не считает, хотя и принято говорить, что, к примеру, лисы и хори воруют кур, но на самом деле они не воруют, а просто добывают себе пропитание. Так природой предусмотрено. Люди сами виноваты, что так получилось, потому что куры изначально были пищей лис и хорей, а люди пришли, одомашнили их, позапирали в сараи и стали разводить для себя. А лисе что, подыхать теперь? Она ж не виновата, что у нее нету рук и ног, только лапы одни, и она не может тоже завести себе ферму и построить сарай. Ее господь другой создал. Что ей делать, если люди пищу отняли? Пойти и забрать. То же самое с зайцами: раньше росла себе дикая капуста повсюду, ешь — не хочу, но пришли люди, все распахали и засеяли, оградой обнесли, огородом назвали и давай с этого огорода себе на стол таскать, а куда бедному зайцу податься? Чем питаться? И медведь испокон веку сам за диким медом лазил, а теперь вот приходится ему, бедолаге, с пасеки воровать. Так что еще большой вопрос, кто у кого украл.

— Смутил ты меня, — удрученно пробормотал Камень. — Я такими глазами на этот вопрос не смотрел. Значит, ты считаешь, что нет ничего позорного, если мы с тобой это съедим?

— Ничегошеньки, — авторитетно заверил его Змей. — Ешь на здоровье. А пока ты питаешься, я тебе еще один подарочек преподнесу, опишу одну сценку из жизни Романовых, которая имела место аккурат после возвращения Любы из Нижнего.

* * *

Лифт не работал, и Люба шла наверх пешком, неся тяжелые сумки с продуктами и глядя себе под ноги, чтобы не оступиться на полутемной лестнице — с лампочками во всех подъездах их дома настоящая беда, кто-то с маниакальной настойчивостью выкручивал их буквально через день-два после того, как электрик ставил новые.

Она очень устала, на работе за время ее отсутствия скопилась масса документов, требующих тщательной проработки, а квартира за неделю приобрела, как показалось Любе, вид совершенно непригодный для жилья: на ванне и унитазе образовались желтые потеки, плита на кухне не сверкала, оконные стекла помутнели, посуда не блестела, как обычно, как будто ее не мыли как положено, а только слегка споласкивали под струей воды. Одним словом, дом напоминал Любе разоренное гнездо, и всю минувшую ночь она, вместо того чтобы спать, приводила его в порядок, заодно стирая накопившиеся грязные сорочки и футболки мужа и сына и Лелино белье, несмотря на то что предыдущую ночь она провела в поезде и проплакала до самого утра, не сомкнув глаз, благо ехала в купе одна. После работы она, нагруженная продуктами, купленными во время обеденного перерыва в ближайшем к заводу магазине, еще поехала к Аэлле, чтобы отдать ей деньги, заплаченные подругой медсестре Раисе, — Люба не любила иметь долги. И сейчас, возвращаясь домой и идя пешком вверх по лестнице, она чувствовала, что смертельно устала и буквально валится с ног, а ведь нужно еще готовить еду и всех кормить, а потом снова убирать, мыть и скрести.

— Тетя Люба, — донеслось до нее.

Люба оглянулась. На подоконнике, подтянув колени к груди и упершись в них лбом, сидела Лариса.

— Лариса! Что случилось? Почему ты сидишь здесь?

Девушка подняла голову, и Люба увидела, что лицо ее опухло от слез.

— Тетя Люба, простите меня, вы только не сердитесь, но я ничего не могла поделать, — заговорила Лариса. — Он опять нажрался, начал орать, я к вам убежала, а он за мной поперся, ворвался, ничего слушать не хочет, денег требует. Я не смогла его выставить. Он теперь там сидит.

— Где — там? — не поняла Люба.

— У вас, — сдавленным голосом проговорила девушка. — Это я во всем виновата, мне не нужно было ему дверь открывать.

Люба опустила сумки на пол и тяжело вздохнула.

— Зачем же ты его впустила?

— Но я не знала, что это папа, я думала, это Леля пришла...

— А в глазок посмотреть? Я ведь сколько раз тебя предупреждала: смотри в глазок, прежде чем открывать дверь.

— Я забыла, — едва слышно прошептала Лариса. — Простите меня, тетя Люба, я совсем забыла про глазок, я не думала, что у него хватит наглости к вам припереться. Что мне теперь делать?

— Ничего, — снова вздохнула Люба. — Возьми сумки, я уже замаялась их таскать, и пойдем, будем разбираться с твоим отцом.

— Мне так стыдно... — пробормотала Лариса. — Хорошо,

что вы первая пришли, если бы дядя Родик пришел раньше вас, я бы умерла от стыда.

«Ну конечно, — с неожиданной для себя горечью подумала Люба, — перед Родиком ей стыдно, а передо мной — нет. Передо мной никому не стыдно. Меня никто не стесняется, ни муж, ни сын, ни даже соседская девочка. Наверное, я сама виновата, не так себя поставила».

— А что, Лели до сих пор нет дома? — спросила она.

— Никого нет, он там один. Я тут сижу, караулю, чтобы он не вынес чего-нибудь из квартиры. Мне так в туалет хочется — ужас просто, а я отойти боюсь, вдруг папа у вас что-нибудь украдет. И в квартиру вашу возвращаться страшно, он пьяный совсем, а вы сами говорили, чтобы я его не провоцировала и с ним наедине не оставалась, когда он не в себе.

— Правильно, Лариса, правильно, — устало проговорила Люба, думая только о том, как бы разрулить ситуацию с Геннадием до возвращения мужа и детей. Незачем их нервировать и лишний раз вызывать неприязнь к соседям.

Геннадий Ревенко валялся посреди кухни на полу и оглушительно храпел. Роста он был не очень высокого, ниже Любы, но плечистый, коренастый и весил отнюдь не мало. Судя по грязной посуде и объедкам на кухонном столе, он, оставшись один в квартире, успел до того, как уснуть, основательно подкрепиться как едой, так и спиртным, обнаруженным в навесном шкафчике.

— Тетя Люба! — тихо ахнула Лариса, увидев сей незатейливый натюрморт с бесчувственным телом в центре композиции. — Какой кошмар! Да если б я знала, что он такое сделает, я бы его одного не оставила. Он, наверное, всю вашу еду съел, да? Вы мне скажите, чего не хватает, я сейчас в магазин сбегаю и все куплю, вы только...

— Успокойся, Лариса, — твердо сказала Люба. — Пойдем организуем место, куда его можно перетащить.

Она повела соседку в комнату Николаши, достала из шкафа надувной резиновый матрас и велела Ларисе привести его в надлежащий вид, превратив в спальное место. Когда матрас был надут, они принесли его на кухню и стали перекладывать на него крепко спящего мужчину, оказавшегося непомерно тяжелым даже для двух отнюдь не хрупких женщин. Люба почувствовала, как что-то хрустнуло у нее в позвоночнике и спину пронзила резкая боль, но она стиснула зубы и промолчала, тем более что боль почти сразу утихла.

Наконец Геннадий оказался на матрасе, и Люба с Ларисой, согнувшись в три погибели и ухватившись за резиновые края, потащили свою тяжкую ношу в комнату Николаши.

— А вдруг Коля рассердится, что мой папа у него в комнате валяется? — испуганно спросила Лариса.

— У тебя есть другие варианты? Леля придет с минуты на минуту, к ней в комнату его точно нельзя положить. Родислав Евгеньевич тоже скоро придет, так что и в большую комнату твоего папу определить нельзя. И на кухне оставить нельзя, мне нужно ужин готовить и всех кормить. Так куда же его девать?

— На лестницу! — осенило Ларису. — Давайте вытащим его на лестничную площадку, пусть там лежит, пока не проспится. Там он никому не помешает. Если бы мы могли его до нашей квартиры дотащить, было бы здорово, но ведь мы с вами его не допрем, больно тяжелый.

— Это верно, — согласилась Люба, пряча невольную улыбку, — не допрем. Тем более что лифт не работает. А насчет лестничной площадки — это плохая идея. Люди будут ходить мимо, он им будет мешать, и кто-нибудь обязательно вызовет милицию. Тебе это надо? А твоему папе? Хочешь, чтобы у него опять были неприятности? Пусть лучше здесь лежит, у Коли в комнате, Коля обычно приходит поздно, может, нам с тобой повезет и твой папа проснется раньше.

— А если не повезет?

— Ну, значит, не повезет, — развела руками Люба. — Пойдем на кухню, помоги мне с ужином.

Храпел Геннадий оглушительно, и ни от Лели, ни от Родислава скрыть его присутствие не удалось. Муж и дочь поморщились недовольно, но в присутствии Ларисы промолчали, и в целом семейный ужин прошел довольно мирно. Леля в черной водолазке и длинной черной юбке, с волосами, перехваченными черной лентой, — в знак траура по погибшему Григорию, — была за столом тихой и печальной, от чая отказалась и ушла к себе. Встревоженная Люба через несколько минут зашла к ней в комнату и увидела дочь возле окна в знакомой позе: Леля стояла, закутавшись в черную шаль и обхватив себя руками. Довольно высокая, она по-прежнему оставалась очень тоненькой, и то, что в детстве воспринималось как трогательная хрупкость, с годами стало больше походить на болезненную худобу. Верхний свет был выключен, горела только настольная лампа.

— Что ты, деточка? — негромко спросила Люба. — Опять грустишь? Из-за Григория?

— Это невыносимо! — буквально простонала Леля, резко оборачиваясь к матери. — У нас такое горе, такое невыразимое, невозможное горе, а за стенкой храпит пьяный мужик. Это какой-то чудовищный диссонанс, нарушение мировой гармонии! Так не может быть, не должно быть. Это оскорбление памяти дяди Гриши, это неуважение к трагедии тети Тамары. Почему он здесь? Кто позволил ему сюда прийти? Ты? Или Лариса? Неужели вы не понимаете, что у нас траур, что в доме должна быть печальная тишина, мы все перед лицом нашей общей трагедии должны побыть наедине с собой, а вы приводите в дом пьяного, грязного и, в сущности, совершенно чужого человека, уголовника, убийцу, укладываете спать рядом с нами и вынуждаете слушать его отвратительный храп. Я не понимаю, мама, как так можно. У меня душа болит от всего этого.

— Лелечка, детка, я понимаю твои чувства, — мягко заговорила Люба. — Но даже перед лицом нашего общего горя мы не можем заставить жизнь остановиться и замереть. Мы бы и хотели, но это не в наших силах. Геннадий — тяжелый алкоголик, его постоянно увольняют с работы за пьянство и прогулы, он болен, и справиться со своей болезнью сам он не может, как не может ни один алкоголик. Он сегодня напился и начал дома буянить, и Лариса ушла к нам, у нее есть ключи. Геннадий через некоторое время поднялся к нам на этаж, позвонил в дверь, и Лариса ему открыла. Она сделала это без злого умысла, она даже не предполагала, что это может быть ее отец, она была уверена, что это ты пришла или папа. Геннадий ворвался сюда, и выгнать его Лариса не сумела, у нее просто не хватило на это сил. Она очень переживает, что так вышло, она сидела на лестнице и караулила отца, боялась, что он что-нибудь возьмет у нас, ценности или деньги. Она хорошая девочка, и уж чего она меньше всего хотела, так это оскорбить память Григория. Я прошу тебя, Лелечка, будь снисходительней.

— Хорошо, мама. Но только ради тебя. И имей в виду, я туда больше не выйду. В моей комнате хотя бы этот жуткий храп не так слышен. А что будет, когда придет Коля?

— Не знаю, — призналась Люба. — Надеюсь, что Геннадия удастся разбудить и увести раньше, чем это случится. Ты же знаешь, Коля рано не возвращается.

После ужина Лариса осталась, чтобы помочь с уборкой, и к одиннадцати часам все запланированные Любой домашние работы оказались переделанными. Вполне можно было бы лечь спать. А спать так хотелось! До головокружения и тошноты. И спина продолжала ныть при каждом движении. Но разве можно ложиться, если сына до сих пор нет дома, а в его комнате валяется пьяный сосед?

— Тетя Люба, можно, я посижу на кухне, подожду, пока папа проснется? — робко спросила Лариса. — Когда он проспится, я его сразу же вытолкаю. Вы идите, ложитесь, вы же, наверное, устали как собака, а я посижу, покараулю папашку.

— Ты одна с ним не справишься, — обреченно вздохнула Люба. — И потом, что ты будешь делать, если Коля вернется? Сама станешь с ним объясняться? Коле надо где-то спать, а спать рядом с твоим храпящим отцом никто не сможет и не захочет. Давай вместе на кухне время коротать, Родислав Евгеньевич пусть в комнате отдыхает, а мы с тобой здесь посидим.

— Ой, мне так неудобно, что вы теперь из-за меня не спите... Давайте я что-нибудь нужное поделаю.

— Что, например? — улыбнулась Люба. — Мы с тобой все уже сделали.

— Ну, хотите, я вам гречку переберу, побольше, чтобы надолго хватило? Захотите сварить, а у вас уже вся крупа чистенькая. Давайте? — предложила Лариса.

— Ларочка, у нас нет гречки. Это нынче большой дефицит.

— Ну тогда давайте я соду в воде разведу и весь ваш хрусталь перемою.

— Не нужно, детка, он чистый, я недавно его мыла.

Любу до глубины души трогало желание девушки оказаться полезной и хоть как-то компенсировать причиненные ею самой и ее отцом неудобства, и в принципе в доме было чем заняться, но у Любы уже ни на что не хватало сил. Спина ныла все сильнее, и все сильнее кружилась голова. Не может же Люба дать Ларисе задание и сидеть рядом, как надсмотрщик, ей совесть не позволит, придется тоже включаться в работу. Нет, невозможно! Лучше просто посидеть и попить чаю.

Около полуночи за стенкой умолк звук работающего телевизора и под дверью большой комнаты погасла полоска света — Родислав лег спать. Лариса живо обсуждала с Любой заводские сплетни, правда, в основном говорила сама, Люба только слушала, а точнее, делала вид, что слушает, потому что слова девушки доходили до нее через два на третье, все ее мысли крутились сейчас вокруг сына, которого опять нет дома, который явится неизвестно когда и неизвестно в каком виде, а тут еще пьяный Геннадий...

— Лариса, пойдем посмотрим, как там твой папа, — предложила она. — Может быть, его удастся разбудить и увести.

Геннадий сполз с матраса и лежал на полу, раскинув руки и широко открыв рот. В комнате стоял удушливый запах перегара. Лариса присела на корточки рядом с отцом и принялась его тормошить.

— Папа, просыпайся! Давай, вставай! — громким шепотом шипела она, боясь говорить в голос, чтобы не разбудить Лелю и Родислава. — Да открывай же ты глаза, черт бы тебя взял, урод, алкаш несчастный!

Она тянула отца за руки, пыталась приподнять его плечи, дергала за ноги, но все оказывалось бесполезным. Максимум, чего удавалось достичь, это заставить Геннадия приоткрыть глаза, после чего он, с трудом сфокусировав взгляд на дочери, неразборчиво произносил:

— Ларка, сука, я тебе родной отец... — и снова проваливался в сон.

— Что здесь происходит? — послышался сзади голос Коли. — Это что такое?

За своей возней они и не услышали, как он вернулся. Николаша стоял бледный, злой и трезвый.

— Коля, помоги, пожалуйста, разбудить Геннадия и отвести его домой, — обратилась к сыну Люба, стараясь говорить так, словно ничего необычного не происходит и все в порядке вещей. — Он выпил лишнего и уснул.

— Выпил лишнего? — Коля слегка повысил голос. — Да он нажрался, как свинья, и при этом еще имел наглость явиться сюда. Или он уже здесь так набрался? А? Мы же такие хорошие соседи, мы прямо добрые самаритяне, и сироту приютим, и алкашу стакан поднесем, так, мамуля?

— Коля, перестань.

— Да я-то перестану, мне недолго, а вон он не перестанет, он так и будет сюда таскаться за милостыней, а вы так и будете его облизывать и жалеть, несчастненького и судьбой обиженного. Нас бы кто пожалел!

— Прекрати! Помоги нам его поднять.

— Может, прикажешь ему еще и задницу подтереть, когда он спьяну обгадится? — с ненавистью произнес Николай. — Да мне к нему даже прикоснуться противно.

— Тебе придется, — холодно сказала Люба. — Иначе он будет спать здесь, рядом с твоим диваном, до самого утра. Выбирай, решение за тобой.

— Не надо, тетя Люба, — испуганно заговорила Лариса, — не заставляйте Колю, я понимаю, как ему противно. Я сама справлюсь. Пусть Коля пока на кухне поужинает, а я добужусь, я его растолкаю, вот увидите.

— Я не голоден, — сухо бросил Коля.

Он сделал шаг по направлению к распростертому на полу телу и несильно пнул Геннадия ногой в бок. Потом пнул еще раз, уже посильнее.

— Коля, ты с ума сошел! — всплеснула руками Люба. — Что ты делаешь? Ты же его избиваешь.

— Ты, мамуля, не видела, как это бывает, когда действительно избивают, — ухмыльнулся Николай. — А я просто провожу легкую воспитательную работу.

И с этими словами он ударил Геннадия ногой в живот уже в полную силу. Лариса вскрикнула и зажала рот рукой, потом схватила Николая за руку и стала оттаскивать от отца.

Люба, бессильно опустив плечи, молча смотрела на эту сцену. Ее сын способен только на то, чтобы бить лежачего — спящего беспомощного человека. И то обстоятельство, что сам «лежачий» — отвратительный пьяный сосед, терроризирующий дочь и тещу и не дающий никому покоя своими выходками, Колю не оправдывает. Боже мой, кого она вырастила! И как же она любит это очаровательное чудовище, как волнуется за него, как беспокоится, как хочет, чтобы у него все было, как у нормальных людей: работа, постоянная, хорошо оплачиваемая работа, любимая и любящая жена, здоровые и веселые дети. Неужели ей, Любе, суждено когда-нибудь дожить до этого праздника? Не верится. Но если бы это когда-нибудь случилось, она бы стала самой счастливой на свете.

— Прекрати, — твердо сказала она. — Это свинство.

Геннадий между тем зашевелился, открыл глаза и попытался сесть. Лариса тут же выпустила Николашину руку, кинулась к отцу и, поддерживая его за плечи, стала пытаться приподнять и поставить на ноги.

— Папа, вставай, пойдем домой, — приговаривала она.

— А я где? — осведомился Геннадий.

— Мы с тобой у Романовых. Вставай, уже ночь, людям надо спать, пойдем домой.

— У Романовых? — глаза Геннадия приоткрылись чуть пошире. — А какого хрена мы тут делаем? Чего нас сюда занесло? Это какие такие Романовы? С первого этажа, что ли?

— С четвертого, — терпеливо объяснила Лариса. — Тетя Люба и Родислав Евгеньевич. Они нам все эти годы, что ты сидел, помогали. Ну папа же! Ну поднимайся.

Геннадий попытался подтянуть под себя ноги и опереться на них, но не удержал равновесия и рухнул, после чего сфокусировал взгляд на Николаше.

— А это кто? Хахаль твой?

— Да заткнись ты! — грубо одернула его дочь. — Это Коля, сын тети Любы. Ты в его комнате валяешься, спать ему не даешь. Давай вставай уже!

— Колька?! — обрадовался почему-то Геннадий. — Так это же совсем другое дело! Колян, братуха, пойдем выпьем! Слышь, хозяйка, налей-ка нам по рюмочке и закуски какой-никакой наваляй на газетку, не жмись, мужикам выпить надо.

Коля хладнокровно смотрел на бесплодные попытки невысокой девушки справиться с широкоплечим и довольно-таки массивным отцом.

— Не ори, — прошипела Лариса, подталкивая отца под поясницу и забрасывая его руку себе на плечо, — всю семью разбудишь. И что ж ты за урод такой, а? Почему я должна с тобой мучиться? Пока ты сидел, всем было лучше, честное слово. Вот вызову сейчас милицию, пусть тебя заберут и снова посадят, хоть отдохнем от тебя, ведь все нервы вымотал за полгода.

Геннадий внезапно совершил резкий рывок, поднялся на ноги, покачался, но устоял, сделал шаг по направлению к Николаше и схватил его за грудки.

— Да! — во весь голос заявил он. — Пусть меня снова посадят, пусть я снова безвинно сяду, вот она, ваша справедливость, вот оно, ваше государство, оно способно только невиновных сажать, а настоящие преступники пусть на свободе гуляют. И вы будете только рады!

Коля с брезгливой миной оторвал от своей футболки грязноватые, покрытые светло-рыжими волосами руки и оттолкнул соседа. Тот снова чуть не упал, но Лариса и Люба вовремя подхватили Геннадия.

— Наказания без вины не бывает, как говорил незабвенный Глеб Жеглов, — процедил Коля сквозь зубы.

— А ты знаешь? — заголосил Геннадий. — Ты знаешь, да? Ты там был? Баланду хлебал? На нарах парился? Я одиннадцать лет своей жизни ни за что отдал, за чужую вину, я все здоровье на зоне оставил, все зубы потерял, а ты чистенький, сытенький, у мамки с папкой за пазухой прожил и горя не знал, тебя небось, ежели чего, папка отмажет, а мы, простые люди, за чужие грехи должны срока мотать, конечно, за нас заступиться-то некому, никому мы не нужны, обыкновенные работяги, у нас ни денег нет, чтобы сунуть кому надо, ни блата, на нас можно всех собак повесить и галочку в отчетность поставить, дескать, раскрыли зверское убийство, душегуба с поличным взяли и под суд отдали. А я и тогда говорил, и сейчас повторю: я никого не убивал, я Надюшку мою любимую и пальцем не тронул. Только разве меня кто послушает? Всю жизнь загубили, молодые годы отняли, здоровье порушили, а теперь лишней рюмкой попрекаете? Такая, значит, ваша справедливость?

Слышать это было Любе невыносимо, чувство вины перед Геннадием, несколько притупившееся с годами, после его возвращения стало еще острее, чем много лет назад. Одно дело — просто знать, что невиновный человек сидит в тюрьме и ты ничем этому не помешал, хотя мог бы, и совсем другое — постоянно видеть его перед собой и слышать его полные горечи и ненависти слова. Тогда, одиннадцать лет назад, Люба даже предположить не могла, что это будет так трудно и так больно.

Она услышала шаги за стеной и поняла, что проснулся Родислав. Так и оказалось, муж спустя несколько мгновений, в халате, накинутом поверх пижамы, появился в комнате сына.

— Проснулся? — угрожающе произнес он. — Чего орешь? Колька, не стой, как истукан, видишь, Лариса не справляется. Давай, помогай.

Он первым подошел к Геннадию, отстранил Ларису и подхватил рвущегося в бой соседа. Высокому и сильному Родиславу не составило никакого труда удерживать пьяного мужчину в вертикальном положении, но вот заставить его идти ему одному было не под силу. Коля, скорчив презрительную мину, все-таки подключился к спасательной операции, и они вдвоем вытащили Геннадия из квартиры и поволокли на второй этаж: лифт пока так и не починили. Лариса, вполголоса ругаясь и причитая, шла впереди, подсвечивая темные лестничные пролеты при помощи спичек. Несколько раз группа чуть было не свалилась, но в конце концов все обошлось без травм. Соседа завели в квартиру и уложили на диван. Он еще порывался встать и найти выпивку, но Коля напоследок двинул его кулаком в грудь, чем заслужил неодобрительный взгляд отца.

— Спасибо вам, дядя Родик, — забормотала Лариса. — И тебе, Коля, спасибо. Вы меня простите, что так вышло, я не виновата, я не хотела, это все он, алкаш проклятый, сладу с ним нет никакого...

— Все нормально, детка, — ответил Родислав, — не переживай, не у тебя одной отец пьющий. Его можно понять, он столько лет отсидел, теперь никак не может адаптироваться к вольной жизни, ему после зоны кажется, что самое большое счастье в жизни — это поесть, выпить и выспаться. Это пройдет со временем. Надо только набраться терпения.

— Спасибо вам, — повторила Лариса сквозь слезы.

— Чего ты ее утешаешь? — сердито спросил Николаша, когда они с Родиславом поднимались по лестнице к себе в квартиру. — Тебе что, жалко его?

— Представь себе, жалко, — сухо ответил Родислав. — Тебе этого, конечно, не понять.

— Да уж конечно! — фыркнул Коля. — Где уж нам уж! Алкаша-тунеядца, уголовника, убившего свою жену, пожалеть — это вы с матерью первые. А о том, что у вас, между прочим, дети есть, вы вообще как будто забыли. Меня вы так не жалеете, как его.

— Жалеют несчастных и убогих. Разве ты несчастный и убогий? Разве ты нуждаешься в том, чтобы тебя жалели?

— Да нет, — усмехнулся Николай, — тут ты прав, это я загнул малость, жалость ваша мне на фиг не нужна, а вот помощь и понимание — от этого я бы не отказался.

— Какая помощь тебе нужна? Какое понимание? Тебе мало того, что мы с матерью с пониманием относимся ко всем твоим похождениям, к тому, что ты являешься домой среди ночи, не предупредив заранее, где ты и когда придешь, мы с пониманием относимся к тому, что ты волен в выборе знакомств, и не запрещаем тебе общаться со всякими сомнительными личностями, мы не талдычим тебе с утра до вечера о том, что играть в карты на деньги — это плохо и опасно, это не доведет тебя до добра, мы не пропиливаем тебе мозги насчет того, чтобы ты занимался нормальным чистым бизнесом и честно платил налоги. Мы с мамой исходим из того, что ты взрослый человек, тебе двадцать шесть лет и все эти азбучные истины ты отлично понимаешь сам, а если поступаешь по-своему, то это твой личный выбор, который мы должны уважать. Разве тебе мало того понимания, которое мы проявляем? Что еще ты хочешь, чтобы мы понимали?

— Ладно, убедил, — покладисто согласился Николаша, — понимания мне достаточно. А вот помощь не помешала бы.

— Какая именно? Денежная?

Родислав шел вперед, не останавливаясь, и разговаривал с сыном через плечо.

— Ну да, само собой. Если бы вы могли подкинуть мне тысяч пять «зелени»...

— Коля, опомнись, — Родислав остановился посреди лестничного пролета и повернулся к сыну, нависая над ним. — У нас нет таких денег, и тебе это отлично известно. Откуда мы, по-твоему, должны их взять? Машину продать?

— Вы же можете одолжить.

— У кого, позволь спросить?

— У Аэллы, у нее точно есть, она в деньгах купается уже много лет. Или у Бегорского, у него тоже наверняка есть.

— Ну, допустим. И как ты собираешься эти деньги отдавать?

— Да как все отдают! Прокручусь, заработаю. Да выиграю, в конце концов!

— Или проиграешь. Колька, ты вот насчет понимания что-то там такое говорил, так вот имей в виду: я тебя очень хорошо понимаю. Потому что я тебя очень хорошо знаю. Ни в какое дело ты эти деньги не пустишь, ты начнешь на них играть, и здесь результат никак не может быть гарантирован. Мы возьмем деньги в долг под честное слово и с конкретным сроком возврата, и если ты вовремя их не вернешь, нам с матерью придется отдавать долг самим. С каких денег? Где их взять? Ты об этом подумал?

— Пап, да не парься ты, Аэлла и Бегорский — свои люди, уж они-то точно с пониманием отнесутся к тому, что вы вовремя долг не отдадите, и не будут на вас наезжать, они же приличные люди, не бандиты какие-нибудь. Ты пойми, я могу одолжить деньги у серьезных людей, они дадут, но, во-первых, под проценты, а во-вторых, им нельзя будет вовремя не отдать — на счетчик поставят. Ты прав, гарантировать сроки возврата ссуды я не могу, поэтому у этих людей и не беру в долг. Ну ты можешь мне помочь один раз, а? У меня миллионное дело наклевывается! Жалко будет, если такую возможность перехватят.

— Что за дело? — нахмурился Родислав.

— Масло. Мне предлагают несколько тонн сливочного масла по смешной цене. И уже есть покупатели, которые это масло возьмут у меня в расфасованном виде за нормальную цену. Моя задача — найти деньги на покупку, снять ангар с холодильником и организовать расфасовку. Я все посчитал, даже с учетом затрат на хранение и фасовку прибыль получается огроменная! Я денег столько заработаю, что смогу начать собственный бизнес не с пустого места, и офис можно будет снять нормальный, в центре Москвы, и тачку взять, хорошую иномарку с минимальным пробегом. У меня есть знакомые с крепкими связями за границей, можно будет легко организовать совместное предприятие и качать валюту, — возбужденно говорил Коля. — Ты представляешь, какие перспективы открываются? И для всего этого нужна одна малость: чтобы вы с мамой мне немножко помогли, совсем чуть-чуть. Ну?

— Нет, — Родислав был непреклонен. — Я тебя люблю, ты мой сын, и я искренне хочу, чтобы у тебя все было в порядке. Но я слишком хорошо тебя знаю. Ни в какие басни о масле и прибылях я не верю. Ты будешь играть на эти деньги. Все, Николай, разговор окончен.

Он развернулся и продолжил путь наверх, в темноте осторожно нащупывая обутыми в домашние тапочки ногами ступени и крепко держась за перила. Коля, угрюмо надувшись, молча шел сзади, а дома сразу же ушел в свою комнату.

* * *

Камень напряженно слушал рассказ Змея, боясь упустить хоть слово.

— И что, так-таки и не дал денег? — спросил он.

— Не дал.

— Слава богу, — с облегчением выдохнул Камень.

— Это почему же «слава богу»? — заинтересовался Змей. — Ты считаешь, что Родислав поступил правильно?

— Абсолютно! Нельзя игроку давать ни копейки.

— А вдруг Коля просил действительно на дело, а не на игру? Тогда как?

— Все равно нельзя. Игрок — это характер, это состояние души, это судьба, если уж на то пошло. Даже если он собирается вложить деньги в дело, он это дело поведет так, как будто в карты играет, и все равно останется в проигрыше. У азартных игр свои законы, а у настоящего дела — свои, и как нельзя играть, опираясь на законы деловой этики, точно так же нельзя вести дела, опираясь на законы игры. Ни к чему хорошему это не приводит.

— Ну, в общем-то, верно, — согласился Змей. — Хотя мой многовековой опыт мне подсказывает, что не так все просто. То есть как философ ты, разумеется, прав, но...

— Что — «но»?

— Не знаю, — загадочно ответил Змей. — Там посмотрим.

— Так ты что же, дальше не смотрел еще? — с неудовольствием спросил Камень. — Что у тебя за манера останавливаться на самом интересном месте! Отвечай немедленно: смотрел или нет?

— Смотрел, — усмехнулся Змей.

— И что? Да не тяни ты! — рассердился Камень. — Ты мне своими замашками уже все нервы истрепал.

— Николаша одолжил деньги у серьезных людей и купил пятьдесят тонн сливочного масла. Снял место под хранение, правда, холодильника там не оказалось, вернее, он был, но через два дня сломался, пришлось за свой счет починять. Однако Коле удалось приобрести по дешевке установку для расфасовки, так что продукт можно было превратить в пачки очень быстро.

— Что значит — можно было? — не понял Камень. — Он расфасовал масло или нет? Ты можешь изъясняться более конкретно?

— Расфасовал, — вздохнул Змей. — А толку что? Пришел покупатель, проверил пару упаковок, а это оказалось не масло, а вовсе даже маргарин.

— А что, есть разница?

— И еще какая! Сливочное масло делают на молочных продуктах, а маргарин — на растительных. Вкус совсем другой, качество другое, и цена куда как ниже. Маргарин тому покупателю не был нужен, он приехал конкретно за маслом, ну, развернулся и уехал. А Коля остался с ангаром, набитым никому не нужным продуктом, да еще при сломанном холодильнике. Он, как ты понимаешь, кинулся сперва к продавцам псевдомасла, собирался права качать, дескать, как это так, обманули, не то подсунули, но их и след простыл. Он тогда побежал к людям, которые ему деньги в долг давали, так, мол, и так, обманули меня, подвели, вместо масла маргарин продали, а серьезные люди ему и отвечают: а чего ж ты, мил-человек, не проверил товар, когда деньги за него платил? Почему на веру взял? Думал, ты такой ловкий да удалый и тебя надуть никто не может? Вот как есть ты ловкий да удалый, так и возвращай долг в установленный срок вместе с процентами, в противном случае за каждый день просрочки тебе пеня будет накатывать, да немалая. Понурился наш Николаша, пригорюнился и отправился искать покупателей хотя бы на маргарин. Ясен пень, что прибыли с такого дела у него не будет, но хотя бы свое вернуть, чтобы долг отдать. А на маргарин охотников-то не находится, то есть они, конечно, есть, но цену готовы платить совсем не ту, какая Николаше нравится. У него же свой расчет, он заработать хочет. Про то, чтобы только свое вернуть, он как-то мгновенно забыл, как только на три километра от своих кредиторов отдалился. А тут еще арендодатель, владелец ангара, встал на дыбы, я, говорит, с тобой договор аренды заключил сроком на десять дней, ты обещал, что за десять дней все масло реализуешь и помещение освободишь, а ты его не освобождаешь, хотя уже месяц прошел. У меня другие люди в очереди на этот ангар стоят, я им твердо обещал, что они еще двадцать дней тому назад смогут его занять, договор подписал, аванс взял, а теперь что? Коля в ногах валяется, умоляет не выгонять, мол, товар лежит, куда его девать, а хозяин ангара уперся, мне, говорит, теперь тем людям неустойку придется выплачивать за невыполненные обязательства, так что с сегодняшнего дня цена аренды будет повышена, а нет — так выметайся со своим маслом куда хочешь. И деньги за то, что ты холодильник за свой счет починил, я тебе возвращать не собираюсь, тебе надо было — ты и починил, а мне без разницы. А время-то идет, проценты капают, счетчик тикает, серьезные люди постоянно намекают на всякие неблагоприятные обстоятельства, которые могут очень скоро в Николашиной жизни наступить, ежели чего.

— Но это же ужасно! — воскликнул Камень. — Я, конечно, слышал от Ворона, что в девяностых годах в России был дикий капитализм, но не предполагал, что он до такой степени дикий. Неужели люди именно так вели дела?

— Именно так, — подтвердил Змей. — И то, что случилось с Колей Романовым, еще не самый худший вариант, бывали ситуации и покруче.

— Ну а дальше как было?

— Еще хуже. Коле же надо не только покупателей на маргарин искать, но и аренду платить, вот он, бедолага, крутится, как может, только-только покупателей на маленькую партию товара найдет — так сразу все на аренду и уходит, никак ему не удается скопить денег, чтобы долг вернуть, и он начал активно играть, причем уже не только в карты, но и в рулетку, тогда как раз всякие подпольные казино появились. То выиграет, то проиграет, короче, сам понимаешь, игроцкая удача — дама капризная и ветреная, одному мужику верность долго не хранит. И затянулась эта масляно-маргариновая затея аж до самого конца года. Колькин долг уже до сорока тысяч долларов дорос. А в начале девяносто второго года помнишь что случилось?

— Напомни, — попросил Камень.

— Ну как же, вместо коммерческого курса иностранной валюты ввели рыночный курс, и рубль моментально упал. А на следующий день ликвидировали государственное регулирование цен. Вспомнил?

— Ах да, — спохватился Камень. — Теперь вспомнил. У них тогда цены за один день подскочили буквально на все. Они еще как-то интересно это называли, только я запамятовал, как именно.

— Шоковая терапия, — подсказал Змей.

— Точно! Там какой-то внук писателя всю эту канитель затеял. Да?

— Правильно, Камешек, именно что внук писателя, Гайдар его фамилия. Тебе Ворон книжку про Тимура и его команду пересказывал?

— Было. Но она же детская, кажется... Так что, эту книжку дед того самого шокового терапевта написал? Ну надо же! Слушай, цены подняли, а что с зарплатами? Тоже подняли?

— Как же, дожидайся, — усмехнулся Змей. — Зарплаты какими были, такими и остались, только на них теперь можно было купить в три раза меньше всего.

— И как же люди жили? Ворон говорил, что совсем плохо. А ты что скажешь?

— Да то же самое и скажу. Люди были в шоке, как внук писателя и запланировал. Но нас с тобой не все люди интересуют, а конкретная семья. Лиза, само собой, тут же подняла вопрос об увеличении дотации, поскольку деньги Родислав дает на детей, а на сто рублей теперь особенно не разживешься. Пришлось увеличить алименты. Раиса тоже попросила прибавку, и ее можно понять. Сперва Люба и Родислав впали в полное отчаяние, от их двух зарплат вообще ничего на жизнь не оставалось, спасибо еще Тамара к ситуации с Раисой отнеслась с пониманием и стала присылать больше денег. Но тут в конце января Ельцин подписал Указ «О свободе торговли», и у Бегорского дела пошли резко в гору, он же несколько совместных предприятий организовал и делал по западным технологиям всякое разное оборудование для предприятий общепита. Так что Любины доходы заметно увеличились, и Романовы вздохнули с облегчением и стали даже подумывать о том, чтобы отказаться от Тамариной помощи. Однако Тамара с этим не согласилась и заявила, что ей необходимо чувствовать себя нужной семье и, пока она не оправится от утраты, она будет присылать деньги на Раису и слышать ничего не хочет.

— Ельцин подписал указ? — задумчиво повторил Камень. — А почему Ельцин? Он что, стал министром торговли? Что-то я запутался.

— Ну ты скажешь! — расхохотался Змей. — Каким министром? Какой торговли? Ельцин у них теперь президент, самый главный. Горбачев ушел с поста, СССР распался, а Ельцин — Президент России.

— Вспомнил! — обрадовался Камень. — Беловежское соглашение. Ну все, теперь у меня в мозгах улеглось. А как же Николашин долг? Его серьезные люди индексировали или сколько было, столько и осталось?

— Ну прям-таки, осталось! Там еще и пеня наросла — будьте-нате. Пришлось Николаше прибегать к помощи еще более серьезных людей, своих партнеров по игре, чтобы они ситуацию хоть как-то разрулили. Там на высшем уровне провели несколько раундов переговоров и зафиксировали Николашин долг на уровне шестидесяти тысяч долларов, но с условием погашения в течение недели. Колька клялся и божился, что отдаст, и начал искать возможность сесть за серьезную игру с настоящими большими бабками.

— Вот идиот, а?! — буквально простонал Камень. — Ничему жизнь его не учит.

— А у него выхода нет, — спокойно заметил Змей. — Где деньги-то взять? Маргарин к тому времени он продал только наполовину, деньги, почитай, все на аренду уходят, а как цены выросли, так доходы от продажи маргарина, конечно, увеличились, но аренда возросла, цены на месте не стоят, ползут, как тесто на дрожжах. И представь себе, ему повезло, он выиграл сорок три тысячи. А неделя-то уже на исходе. Кинулся он к своим кредиторам, возьмите, говорит, пока хотя бы эти сорок три, за мной еще семнадцать, но учитывая, что я львиную долю уже принес, продлите мне срок еще на неделю. Серьезные люди носом покрутили, лбы поморщили, вспомнили, на каком высоком уровне пришлось насчет Кольки договариваться, и решили, что имеет смысл перед тем высоким уровнем как-то прогнуться, лояльность продемонстрировать, и дали ему неделю. Но строго предупредили, что если через неделю семнадцать тысяч не вернет, то будет должен уже двадцать. И далее везде.

— И как? — спросил Камень, затаив дыхание.

— Хреново. Всю неделю играл как проклятый и в карты, и на рулетке — ничего. По нулям. Даже чуть-чуть в минусе, но так, по мелочи, за проигрыш он из своих джинсовых доходов расплатился. А потом Родислав уехал вместе с группой руководителей из министерства в загранкомандировку, в Испанию, опытом обмениваться...

* * *

Проводив мужа, Люба почувствовала внезапную тревогу. В первый раз за все годы супружества Родислав уезжает в такую командировку, откуда не сможет ей позвонить. И она ему позвонить не сможет. Ей было неуютно от непривычного чувства оторванности, невозможности вступить в контакт. А вдруг с ним что-нибудь случится? Вдруг он заболеет или просто плохо себя почувствует? Люба собрала ему с собой целую аптечку, но когда объясняла мужу, куда она кладет таблетки и капли, и в каких случаях их следует принимать, и в каких дозах, Родислав не слушал ее, как, впрочем, не слушал в таких ситуациях никогда. Каждый раз, когда он собирался в командировку, Люба, складывая его чемодан, проводила подробный инструктаж, показывала, в какие пакеты она кладет носки, белье, сорочки, галстуки, а также пресловутую аптечку, в которую напихивала средства «от всех болезней», но Родислав отмахивался и говорил, что если чего-то не найдет в своем чемодане или что-то забудет, то просто позвонит ей и спросит. Он действительно постоянно звонил и спрашивал, Люба, никогда ничего не забывавшая, терпеливо и подробно отвечала на его совершенно детские и беспомощные вопросы. А как он будет звонить из Испании? Из гостиничного номера он позвонить не сможет, всю группу заранее предупредили, что поездка оплачивается валютой, которой в бюджете министерства совсем мало, и никаких дополнительных расходов быть не должно. В том числе говорили про телефонные звонки и какой-то мини-бар, о котором почти никто из выезжающих представления не имел. Наверное, можно было бы позвонить с какого-нибудь специального телефона, наподобие переговорного пункта, но это тоже за деньги, а денег-то — кот наплакал, выдали по двадцать пять долларов на человека на целую неделю. И как быть, если Родиславу что-нибудь понадобится?

За день до отъезда Родислава Люба спросила Андрея Бегорского, который часто бывал за границей, как решается вопрос с телефонными звонками, и была совершенно потрясена тем, что, оказывается, в Москву можно позвонить из любого уличного автомата, надо только иметь телефонную карту. Но карта стоит денег, и вопрос сам собой отпал. Андрей, имевший солидный запас наличной валюты, предложил дать Родиславу с собой еще денег, но тут уж не согласился сам Родислав: вывозить валюту сверх выданной на командировочные расходы было нельзя. Можно рискнуть, конечно, но Родислав к риску был не склонен, и Люба его в этом полностью поддерживала.

После отъезда Родислава прошло два дня, и Коля не явился домой ночевать. Это было далеко не в первый раз, и Люба даже не особо беспокоилась, только ужасно злилась и, конечно же, не спала всю ночь, прислушиваясь к шуму лифта и к входной двери. Днем она позвонила Коле на работу, в контору, которая занималась джинсами, но ей сказали, что Романова нет, он вообще сегодня на работу не вышел. «Опять играет, — с тоской подумала Люба. — Так увлекся, что про все забыл. Господи, неужели это никогда не кончится?»

Вечером он снова не появился, а около часа ночи раздался телефонный звонок. Люба моментально схватила трубку.

— Коля?! Когда ты придешь?

— А это от тебя зависит, мамаша, — послышался в трубке незнакомый и от этого страшный голос. — Когда заплатишь за своего сыночка, тогда и получишь его обратно.

— Кто это? — спросила Люба севшим голосом. — Где мой сын?

— Ой-ой-ой, как много вопросов, — с ехидцей ответил незнакомец. — Двадцать пять тысяч зеленых — и парень будет дома живой и здоровый. И не вздумай ментам звонить, иначе получишь не сына, а его голову. Сроку тебе — до девяти утра. В девять позвоню и скажу, куда принести деньги. И без глупостей.

В ухо ударили гудки отбоя. Люба помертвела. Что делать? К кому кидаться за помощью? Позвонить в милицию? Но Родик много раз ей рассказывал, что в последние год-два появились новые разновидности преступлений, в том числе и похищение людей, с которыми милиция пока бороться не умеет, и все действия правоохранительных органов оканчиваются полным провалом. Более того, он поведал ей о двух случаях, один из которых произошел в Иркутске, а другой — здесь, в Москве, когда непрофессионализм милиционеров привел к гибели похищенных. А вдруг, если она обратится сейчас в милицию, ей попадутся такие же непрофессионалы и она больше не увидит Колю живым? При мысли об этом у Любы оборвалось сердце и закружилась голова. Как плохо, что Родика нет рядом, он бы знал, что делать. Но позвонить ему невозможно. А даже если бы и было возможно, что он смог бы сделать оттуда, из Мадрида? Ни позвонить, кому следует, ни держать руку на пульсе. Нет, придется, видно, разбираться самой, без помощи мужа и милиции.

Она постаралась успокоиться, выпила сердечные капли, подождала, пока пульс хоть немного выровняется, и позвонила Андрею Бегорскому. Люба понимала, что звонить в час ночи в семейный дом, где растет маленькая дочка, неприлично, но у нее не было выбора. Андрей — единственный, кто может помочь хотя бы советом.

— Ты права, Любаня, — ответил Бегорский, выслушав не особенно связный рассказ Любы. — На милицию надежды нет. Надо платить. Я дам деньги.

— Ты с ума сошел! Мы не сможем отдать никогда! Это для нас непосильная сумма.

— Не сможете — значит, не сможете. Сейчас надо думать

не об этом, а о том, чтобы спасти парня. Кто знает, в лапы к каким отморозкам он попал. А вдруг его там мучают? Вдруг, если ты не принесешь деньги утром, ему начнут пальцы или уши отрезать? Может быть, они сумасшедшие или садисты. Нет, Любаня, даже и не думай. Если бы Родька был здесь, он бы точно знал, кому из его коллег можно доверять, кто не напортачит и вытащит Кольку, а поскольку Родьки нет, то самое умное, что мы с тобой можем сделать, это согласиться на их условия. Я сейчас возьму деньги и приеду к тебе, мы дождемся их звонка утром и поедем вместе.

— Ну что ты, Андрюша...

— Не спорь, — твердо сказал он. — Ты все равно не сделаешь так, как надо. Я должен быть рядом.

Через час Андрей был в квартире Романовых. Если, переступив порог, он едва узнал Любу, посеревшую и осунувшуюся от страха, то глядя на нее на рассвете, он понимал, что видит перед собой совершенно другого человека, в котором от прежней Любы не осталось вообще ничего. Перед ним сидела старуха с падающими на лоб седыми прядями, опущенными плечами и с потухшим взглядом.

— Может быть, Коли уже нет в живых, — едва шевеля губами, произнесла она. — В девять часов они позвонят, потребуют деньги, а он уже мертвый. Андрюша, я не знаю, как это пережить. А ты знаешь?

— И я не знаю, — признался Бегорский. — Но давай верить в то, что все обойдется. Мы заплатим эти чертовы деньги, и Кольку нам вернут. Когда они позвонят, обязательно потребуй, чтобы тебе дали с ним поговорить. Ни на что не соглашайся, пока не услышишь его голос.

— А если они не дадут с ним поговорить? Это будет означать, что...

— Любаша, это может означать что угодно, в том числе и то, что они просто дураки и не понимают: дать поговорить с заложником — это обязательное условие любых переговоров. Мы же с тобой не знаем, в руки к каким людям он попал. Может быть, это настоящие бандиты, которым не нужны осложнения с милицией и которые никогда не пойдут на крайние меры, а может быть, это просто молодые козлы, которые ничего этого не понимают и понимать не хотят. Они получили человека, за которого собираются взять выкуп, и так обрадовались, что у них все на мази, что упиваются собственной властью над тобой и над Колькой. Давай смотреть правде в глаза: не исключено, что его бьют, над ним издеваются, тебе не дадут с ним поговорить, но это еще ничего не значит. Надо верить в благополучный исход. Ты правильно сделала, что не стала связываться с милицией, они действительно пока не умеют справляться с такими ситуациями и могут только напортить.

Он налил себе остывшего чаю и положил руки Любе на плечи.

— Любаша, тебе бы надо поплакать.

— Зачем? — она подняла на него глаза, полные муки и отчаяния.

— Тебе станет легче. У тебя внутри все заледенело от ужаса, а лед — он ведь твердый, то есть негибкий, а значит, может треснуть от любого удара.

— От какого удара? — устало спросила Люба. — Зачем ты меня пугаешь?

— Да я не пугаю тебя, дорогая моя, я готовлю тебя к разговору с бандитами. Ты должна быть спокойной и собранной, чтобы точно слышать каждое их слово, улавливать интонацию и быстро и правильно реагировать на то, что они скажут. Если у тебя внутри будет лед, он разобьется и рассыплется от малейшего твоего напряжения, и толку от разговора не будет. Ты пойми, это очень ответственный момент, и к нему ты должна подойти в состоянии максимальной боевой готовности.

— Ты меня как будто на бой провожаешь, — Любины губы тронула слабая улыбка.

— А это и есть бой. Мы с тобой будем биться за жизнь твоего сына. Это самый главный бой в твоей жизни. Я мог бы сам поговорить с ними, когда они позвонят, но боюсь, что будет только хуже.

— Почему? Ты можешь сказать, что ты — отец, и с тобой они будут разговаривать точно так же, как со мной.

— Не могу, Любаша. А вдруг Колька им сказал, что отец в отъезде и дома только мать? Тогда они любой мужской голос будут расценивать как голос работника милиции. Это будет означать, что ты не выполнила их условия, и все моментально осложнится. Они разозлятся и злость свою начнут вымещать на Кольке. Нам с тобой это надо?

— Нет. Ты прав, у меня внутри все каменное и неподвижное. Но я не умею плакать от страха. От горя — умею, а от страха — нет. У меня даже слез нет. У меня есть только бесконечный ужас и отчаяние. Если с Колей что-нибудь случится, я этого не переживу.

— Если мы все сделаем правильно и спокойно, с ним ничего не должно случиться. Давай, Любаша, сделай что-нибудь, ну хоть ванну горячую прими. Скоро Лелька встанет, что ты ей скажешь? Правду?

— Боже сохрани! — испугалась Люба. — Леле нельзя говорить такие вещи, она очень чувствительная и тонкая девочка. Надо сделать вид, что все в порядке, накормить ее завтраком и отправить в институт.

— А как ты ей объяснишь мое присутствие? И почему ты думаешь, что она не заметит, как плохо ты выглядишь?

— А что, в самом деле плохо? — поинтересовалась Люба с полным безразличием в голосе.

— Ужасно. Как будто тебе на двадцать лет больше и ты долго и тяжело болела. Этого невозможно не заметить.

— Плохо... Я что-нибудь придумаю... — пробормотала Люба, судорожно оглядываясь в поисках зеркала.

Бегорский досадливо поморщился, схватил ее за руку и усадил на диван.

— Любаша, ты думаешь не в том направлении. Все интеллектуальные силы сейчас нужны тебе для разговора с похитителями, а ты собираешься тратить их на то, чтобы придумать какое-нибудь вранье для своей дочери. Это неправильно.

— А как правильно? — беспомощно спросила она.

— Сказать ей правду, это легче и проще.

— Но...

— Никаких «но», — строго сказал Андрей. — Леля — взрослый человек, ей двадцатый год пошел, а вы носитесь с ней, как с младенцем. Как она дальше-то жить будет?

— Андрюша, — простонала Люба, — давай не сейчас, а? У меня в голове только Коля.

— Нет, — жестко произнес Бегорский, — именно сейчас. Во сколько Леля встает?

— В семь.

Он посмотрел на часы.

— Значит, через двадцать минут. Иди в ванную, встань под горячий душ и прогрейся как следует, потом облейся ледяной водой. Когда Леля появится, я сам с ней поговорю.

— Не надо, Андрюша, — пыталась протестовать Люба. — Ну пожалей ты девочку, она не справится с такими известиями, она с ума сойдет от ужаса.

— Ничего, — усмехнулся Бегорский. — Как сойдет, так и вернется. Любка, как же ты не понимаешь, ее детство под крылом у мамы с папой закончилось, ей предстоит самостоятельная жизнь, а как она станет к ней адаптироваться, если ничего не умеет и не может ни с чем справляться самостоятельно? Ведь жизнь-то дальше будет только труднее, а не легче. Всё, не хочу ничего слушать, отправляйся в ванную и возвращайся другим человеком. Ты мне нужна собранная, сосредоточенная, спокойная и красивая. Причешись и сделай что-нибудь с лицом, ну, что вы, женщины, там обычно делаете. Краску какую-нибудь нанеси, не знаю, я в ваших тонкостях не разбираюсь.

Люба почувствовала, что сил сопротивляться у нее не осталось, и покорно поднялась. В ванной она внимательно рассмотрела себя в зеркале и ужаснулась. На голове появилось несколько новых седых прядей, которые в беспорядке спадали на лоб, глаза запали, под ними мрачно светились серо-голубые синяки, губы как будто стали тоньше и суше и покрылись беловатым налетом. Андрей прав, в таком виде нельзя показываться дочери и уверять ее, что все в порядке.

Она встала под горячие струи и закрыла глаза. Коля, сыночек... Что же ты натворил, почему допустил, чтобы твоя жизнь превратилась в кошмар? Ведь понятно, что выкрали тебя те люди, которым ты должен деньги, никому другому похищать тебя и в голову не пришло бы, мы с отцом — не бизнесмены, доходов у нас никаких особенных нет, что с нас взять? Ты запутался со своими долгами и сказал кредиторам, что у твоих родителей есть друзья, у которых можно одолжить деньги. Дальнейшее понятно без слов. Твои так называемые серьезные люди, у которых ты взял в долг, чтобы купить вагон масла, решили таким нехитрым способом заставить твоих родителей достать деньги, раз уж у тебя самого не получается уговорить нас обратиться к нашим друзьям. Хочу надеяться, что тебя там не бьют и не морят голодом, хотя как знать... Ах, Коля, Коленька! Твои кредиторы все правильно рассчитали, отца сейчас нет в стране, а я люблю тебя так сильно, что сломя голову кинусь в любую авантюру, пойду на все, чтобы тебя спасти. Деточка моя, мальчик мой, сыночек... Взрослый циничный наглый мужчина, которого я никак не могу перестать считать своим маленьким, своим родным, своим золотым сокровищем. И в который раз повторю себе: будь проклято лукавое материнское сердце, которое не мо-

жет, просто не умеет перестать любить своего ребенка, каким бы ужасным, каким бы плохим человеком этот ребенок
ни был. Ты можешь оказаться даже настолько плохим, что
сам подал идею похитить тебя. И сейчас ты сидишь вместе со
своими кредиторами в теплой комнате, закусываешь, пьешь
водку и с гадкой ухмылкой на лице ждешь, когда я принесу
деньги, чтобы отдать твои долги. Ты считаешь себя таким умным, таким ловким, ты так здорово придумал, как рассчи-
таться с долгом, как заставить меня обратиться с Андрюше
или к Аэлле, ты уверен, что я никогда ни о чем не догадаюсь и
отец тоже не догадается. Тебе даже в голову не приходит, как
хорошо мы тебя знаем. Еще в раннем детстве ты поступал
точно так же: когда тебе отказывали, ты не просил повторно,
ты уходил и делал вид, что смирился с отказом, а потом лаской и лестью добивался того, что тебе все подносили на блю-
дечке с голубой каемочкой, все разрешали, все предлагали
сами. Неужели и теперь ты поступил точно так же? Боже мой,
какой стыд, какая гадость! Я-то ладно, я перетерплю, и не такое от тебя терпела, а вот как отец на это отреагирует, если
догадается? А Андрей? Он добровольно и практически без-
возмездно отдает такие огромные деньги, чтобы тебя спасти,
он уверен, что делает благое дело, что в противном случае
тебя могут покалечить или даже убить, и ему даже невдомек,
что ничего такого страшного с тобой не происходит, что ты
сыт, пьян и вполне доволен жизнью.

А если я все-таки ошибаюсь? Если все не так, и тебя действительно держат в руках настоящие похитители, отморозки,
как их назвал Андрей, и они тебя мучают, пытают, издеваются над тобой. Или уже сделали самое ужасное... Нет, невыносимо об этом думать. Конечно, хочется, чтобы ты не оказался
мерзавцем, но еще больше хочется, чтобы ты оказался в безопасности. Пусть лучше ты будешь абсолютным подонком и
лжецом, но останешься жив и невредим. Или не лучше? Ой,
господи, какие страшные мысли приходят в голову... А если
поверить в то, что ты сам в этом замешан, и не дать денег, то
что будет дальше? Деньги-то кредиторам нужны, долг надо
возвращать, и тогда они рассердятся и начнут удерживать
тебя уже по-настоящему, будут бить, отрезать пальцы и запу-
гивать нас, пока мы не заплатим. Нет, как ни крути — все равно выходит, что придется платить. Платить чужими деньгами
и потом много лет жить в долговой кабале, потому что невозможно взять у Андрея деньги просто так, без возврата, хоть

он и сам говорит, что, мол, отдадите, когда сможете и если сможете, но надо постараться смочь, и как можно быстрее. А откуда взять такую сумму? Машина уже совсем старая, ей тринадцать лет, она вся сыплется, требует бесконечных ремонтов, ее даже за двести долларов не продашь. Отдавать, выкраивая из зарплаты? Никакой жизни на это не хватит, ты ведь, сыночек, не знаешь, что мы еще и Лизу с детьми содержим и от наших с папой зарплат мало что остается после того, как мы всех накормим и сделаем все необходимые траты. Ах, Николаша, что же ты творишь!

Люба не заметила, что говорит шепотом, а вовсе не мысленно. Как ни странно, от этих тихих, наполненных отчаянием и болью, но произнесенных вслух слов ей стало легче и даже как-то спокойнее. Сидя в комнате наедине с Андреем, она испытывала только животный страх за своего детеныша и не в состоянии была даже про себя произнести эти ужасные слова, не говоря уж о том, чтобы озвучить свои подозрения Бегорскому. Ей было стыдно перед Андреем, стыдно за то, что у нее такой сын, и стыдно оттого, что она не может перестать его любить, жалеть и беспокоиться о нем. Зато сейчас она все проговорила, и в голове прояснилось. Она почувствовала, что сможет спокойно, ничего не напутав и не испортив, провести переговоры с похитителями. Андрей был прав, горячий душ и в самом деле помог.

Она переключила кран на холодную воду и вздрогнула от обжегших кожу струй. Постояла, сколько смогла вытерпеть, потом снова включила горячую воду и снова холодную. Всё, теперь можно выходить. Люба с силой растерлась белым махровым полотенцем, кожа покраснела и начала гореть. Бросила взгляд в зеркало и поразилась произошедшей в ней перемене: она стала почти такой же, какой была всегда. Почти... Седые пряди никуда не исчезли, и синяки под глазами остались, но сами глаза уже не были потухшими, в них светились сосредоточенность и решимость. Даже овал лица словно подтянулся. Она разобрала руками волосы на пробор и внимательнее всмотрелась в свое отражение — давно пора начать краситься, седых волос уже много, а теперь и новая седина добавилась. Но цены в парикмахерских так взлетели! Была бы Тома рядом, она бы сделала Любе чудесную головку, но сестра далеко.

Люба расчесалась, собрала отросшие волосы в тугой хвост на затылке, перетянула аптечной резинкой, потом тряхнула головой, сняла резинку и отыскала в стоящей здесь же косметичке пластмассовую французскую заколку, которую Аэлла когда-то подарила Леле и которая уже года два, с тех пор как Леля стала носить короткие стрижки, валялась без дела. Вот и пригодилась. Накинув халат, Люба выскользнула из ванной, добралась до стоящего в прихожей гардероба и достала брюки и темный глухой свитер. Ей отчего-то казалось, что в привычной домашней одежде она будет расслабленной и не сможет поговорить по телефону с похитителями так, как нужно. Из комнаты до нее донеслись голоса Андрея и Лели. Значит, дочка проснулась и ждет своей очереди, чтобы занять ванную комнату. Интересно, что ей сказал Андрей? Правду? Или все-таки пощадил девочку?

Одевшись, Люба вышла в большую комнату. Андрей расхаживал взад и вперед, а Леля сидела на диване, сгорбившись и зябко кутаясь в шаль, накинутую поверх ночной сорочки.

— Лелечка, иди, ванная свободна, — сказала Люба. — Давай быстрее, уже двадцать минут восьмого, сейчас я сделаю завтрак.

— Не торопись, мама, — глухим голосом откликнулась дочь. — Я не пойду в университет. Я останусь дома.

— Почему? — всполошилась Люба. — Ты плохо себя чувствуешь? Ты заболела?

— Мама, как я, по-твоему, должна себя чувствовать, когда с моим братом произошло такое несчастье? — в голосе Лели послышался вызов. — Я останусь дома и буду ждать. Я все равно ни о чем не смогу думать, кроме Николаши, какие уж тут занятия. Университет не имеет значения, когда в семье горе.

Люба собралась было что-то возразить, но внезапно вспомнила смерть Евгения Христофоровича. Она тогда тоже прогуляла занятия в институте, потому что нужно было быть рядом с Родиком, и никакие наказания за прогул не казались важными и значимыми рядом с необходимостью помочь любимому и поддержать его.

— Хорошо, — она согласно кивнула головой, — оставайся. Но завтракать все равно надо. И умыться тоже надо. И одеться. Иди, Лелечка, иди.

И снова она поймала себя на том, что собственные боль и ужас как-то поблекли рядом с необходимостью утешить и поддержать дочь, защитить своего ненаглядного детеныша. Опять получается, что Андрей оказался прав, он сказал Леле правду, не стал ее щадить, и теперь Любе придется больше думать о дочери и меньше — о собственных переживаниях.

За завтраком Леля была молчаливой и печальной и почти ничего не ела, Любе тоже кусок в горло не лез, а Андрей поел с завидным аппетитом и не уставал нахваливать оладьи с яблоками.

— Девчонки, вы ведете себя совершенно неправильно, — говорил он. — У нас будет тяжелый день, пока непонятно, как он будет складываться, но силы нам всем точно понадобятся. Ешьте как следует.

Но Леля все равно вяло ковыряла в тарелке ножом и вилкой, а Люба послушно запихивала в себя оладьи, не ощущая ни вкуса, ни запаха.

Телефонный звонок раздался без четверти девять. Андрей взглянул на часы и усмехнулся:

— Не терпится им. Иди, Любаша, ответь.

Люба глубоко вздохнула, мысленно повторила про себя: «Не нервничать, ничего не перепутать. И обязательно потребовать, чтобы дали поговорить с Колей. Ни в чем не уступать, настаивать на своем».

— Ну и как наши дела? — осведомился звонивший. — Собрали денежки?

— Да.

— Ну тогда запоминай, мамаша...

— Нет, я ничего не буду запоминать, пока не поговорю с сыном.

— А больше ты ничего не хочешь?

— Больше ничего. Только разговор с сыном. Я должна быть уверена, что с ним все в порядке. Иначе денег не будет.

— Ты смотри, она еще условия нам ставит! — весело удивился похититель. — Или ты такая храбрая, потому что у тебя на хребте менты висят? Так ты имей в виду, если ментов наведешь — сына живым не увидишь. Я перезвоню.

Люба растерянно положила трубку и обернулась к стоящему рядом Бегорскому.

— Отключились... Он, наверное, рассердился... Я как-то не так с ним разговаривала... Я все испортила, да?

Андрей ласково обнял ее.

— Успокойся, Любаша, ты все сделала правильно. Но этот похититель же не полный идиот, он не станет долго с тобой разговаривать, потому что не может быть уверен, что рядом с тобой не стоит опер. Если твой телефон подключили к аппаратуре, то он не будет рисковать тем, что его звонок могут засечь. Он будет звонить несколько раз через короткие промежутки времени, но из разных автоматов. А если он звонит из автомата, то понятно, что Коли рядом с ним нет. Ему нужно его доставить к телефону, чтобы выполнить твое требование. Вот посмотришь, минут через десять-пятнадцать будет следующий звонок.

И опять Андрей Бегорский оказался прав, звонок последовал очень скоро.

— На, поговори с сыночком, — буркнул похититель.

Сердце у Любы замерло. Что она сейчас услышит? Слабый голос избитого и истерзанного сына? Она этого не вынесет, умрет в тот же момент. Нет, надо держать себя в руках, надо во что бы то ни стало, чего бы это ни стоило.

— Мама? — послышалось в трубке.

Мама. Не «мать», как обычно, а «мама». Наверное, ему очень плохо и очень страшно, ее маленькому Николаше, ее солнышку, ее сокровищу. Плохо, страшно и, может быть, больно.

— Коля, как ты? Как с тобой обращаются? — срывающимся голосом спросила Люба.

— Я в порядке, мам. Только сделай так, чтобы меня побыстрее отпустили, ладно? — голос сына был необычно тихим и слабым, и Люба чуть не расплакалась, но постаралась сдержаться.

— Коленька, мы нашли деньги, мы заплатим, ты там держись и ничего не бойся, мы сделаем все, чтобы тебя отпустили как можно скорее. Ты...

Но в трубке уже раздавался насмешливый голос одного из похитителей.

— Хватит, мамаша, поговорили — и будет. Ждите, перезвоню. И чтобы без глупостей.

— Ну вот видишь, — сказал Андрей, когда Люба положила трубку, — я же говорил, они будут звонить в несколько приемов из разных автоматов, чтобы их не засекли. Как Коля?

— Не знаю, — вздохнула Люба, — кажется, он очень напуган. Голосок такой тихий и слабенький... Я никогда у него такого голоса не слышала. Ты же знаешь, Коля всегда такой самоуверенный, непробиваемый... Ой, Андрюша... — она покачала головой. — Слава богу, он жив. Даже если его там избили, это уже не так страшно, это не в первый раз, я его подниму на ноги, выхожу, я привыкла. Или в больницу положу, если надо, такой опыт тоже есть.

Андрей отстранился и внимательно посмотрел на нее.

— Ты никогда не рассказывала, — медленно произнес он. — Почему?

— А что рассказывать? — в отчаянии выдохнула Люба. — Чем гордиться? Мы с Родиком от всех скрываем Колькины похождения, нам стыдно, что мы вырастили такого сына. — Она понизила голос и почти шепотом произнесла: — Мы даже от Лельки стараемся это скрыть. Он играет на деньги, пьет, гуляет, ввязывается в сомнительные авантюры, он постоянно кому-то должен, он постоянно кого-то обманывает, его подстерегают и бьют, он ворует дома деньги и ценности, чтобы расплатиться, он занят каким-то бизнесом, за который его могут в любой момент посадить, потому что там бесконечные финансовые и налоговые нарушения. Андрюша, мы с Родиком живем, как на пороховой бочке, мы не ложимся спать, пока Колька не вернется домой или хотя бы не позвонит и не скажет, что с ним все в порядке, мы каждый день ждем беды... О чем тут рассказывать? Не дай бог, папа узнает, у него и так высокое давление, и вообще он уже старенький, ему нельзя волноваться. Знаешь, папа очень ослабел после путча и смерти Григория, все это его совершенно подломило, он стал таким вялым, равнодушным, иногда плачет. Ты можешь себе представить моего папу плачущим?

— Нет, — очень серьезно ответил Бегорский. — Это невозможно представить. Я, конечно, мало его видел, всего несколько раз, но по твоим и Родькиным рассказам очень хорошо представляю Николая Дмитриевича. Он всегда был таким сильным, несгибаемым, мужественным.

— Вот именно, — кивнула Люба. — И у него остались эти самые несгибаемые представления о том, какой должна быть наша семья, какими должны быть мы с Родиком и наши дети. И если мы окажемся не такими, как он думает, он этого не перенесет. Так что от папы мы вынуждены скрывать не только Лизу и ее детей, но и проблемы с Колей.

Из своей комнаты появилась Леля и вопросительно посмотрела на мать.

— Ну что? Они же позвонили, я слышала. Почему ты ничего не говоришь?

Люба объяснила, что ей удалось поговорить с Николаем, но условия обмена похитители пока не оглашали, придется еще немного подождать. Леля отправилась на кухню варить кофе, а Люба с Андреем остались возле телефонного аппарата. Ожидание затягивалось и стало уже невыносимым, и Люба положила руку на трубку, ей казалось, что так она будет чувствовать себя ближе к сыну.

Наконец они позвонили и торопливо изложили процедуру обмена, которая оказалась довольно незамысловатой: деньги следовало положить в определенную ячейку на Павелецком вокзале и закрыть ее на определенный шифр, после чего ехать на другой конец Москвы, на Ясный проезд, и там ждать у дома номер десять.

— Я поеду с вами, — тут же заявила Леля.

— Ни в коем случае — отрезал Андрей. — Ты останешься дома.

— Но я хочу увидеть Колю! И вообще, я хочу знать, что происходит! Вы уедете, а я буду тут сидеть, как кукла, волноваться и не знать, как все проходит, где вы, что с вами и с Колей. Вдруг что-нибудь пойдет не так, а у вас даже не будет возможности позвонить мне, и я тут буду с ума сходить. Нет, нет и нет, я еду с вами.

— Нет, нет и нет, — повторил следом за ней Бегорский, — ты останешься дома, и это не обсуждается.

— Но почему?

— Потому что я так сказал. Я знаю, как лучше для всех, в том числе и для Коли.

Леля плотнее закуталась в шаль, опустила голову и тихонько заплакала, но на Андрея это не произвело ни малейшего впечатления. Люба кинулась было утешать и успокаивать дочь, однако Бегорский решительно взял ее за плечо.

— Любаша, не отвлекайся от главного. Одевайся и поедем.

— Но Леля...

— Ничего с ней не случится. Поплачет и перестанет.

После третьего звонка похитителей Люба снова начала нервничать и плохо понимала, что происходит. Андрей вывел ее из дома, усадил в свою машину, повез на вокзал, но ничего этого она как будто и не заметила, очнулась только тогда, когда машина остановилась и Андрей сунул в ее сумочку толстую пачку долларов.

— Номер ячейки помнишь?

— Да, — рассеянно кивнула она.

— И шифр?

— Помню.

— Точно? Ничего не перепутаешь? Я же велел тебе сразу все записать. Ты записала?

— Нет, я так запомнила.

— Люба, ну куда это годится! — рассердился он. — Я тебе русским языком сказал: сразу все запиши и возьми бумажку с собой. Почему ты не сделала, как я велел?

— Андрюша, — к Любе понемногу стало возвращаться самообладание, — я никогда не путаю цифры и не забываю их. Для меня цифры — как для тебя слова. Или как запись ходов в шахматной партии. Не волнуйся, я все сделаю как надо. Ты со мной пойдешь?

— Нельзя, Любаша. Если они за тобой наблюдают, то могут подумать, что я из милиции. Не надо их провоцировать. Будем делать так, как они велят, чтобы все это поскорее закончилось и Кольку вернули.

Люба вышла из машины, сделала несколько шагов в сторону здания вокзала, но внезапно вернулась, открыла дверцу и заглянула внутрь.

— Андрюша...

— Да? Что-то забыла?

— Нет, я хотела сказать... А если Колю не вернут?

— Почему не вернут? — вздернул брови Андрей. — Мы делаем все, как они сказали, мы не обратились в милицию, мы собрали деньги и беспрекословно выполняем все их требования. Почему они не вернут Колю?

— Ну, я не знаю. Может быть, они захотят еще денег. Ведь говорят же, что шантажистам нельзя платить, иначе этому не будет конца.

— Насчет шантажистов — согласен, а насчет похитителей — нет. Это совсем другое. Им всегда платят, и не только обычные люди, но и целые государства. Иди, Любаша, и не думай ни о чем плохом.

Та зима была очень снежной, припарковаться рядом с вокзалом оказалось трудно: машин много, а половина парковочных мест занята снежными кучами. Люба шла к зданию, не глядя под ноги, несколько раз споткнулась и чуть не рухнула в снег, но удержалась на ногах. Она старалась идти быстро, ей казалось, что каждый сделанный шаг приближает ее к сыну, к тому моменту, когда он окажется рядом с ней, целый и невредимый, но ноги вязли в глубоком снегу, который напал за ночь и который снегоуборочные машины еще не успели сгрести. Мимо шли люди, озабоченно спешащие на поезда или выходящие из здания с радостными лицами и букетами цветов, и Люба подумала, что отдала бы все на свете, чтобы оказаться на их месте, чтобы ее встречали с цветами, чтобы ее главной заботой было не опоздать на поезд. «Они даже не понимают, какие они счастливые! — мелькнуло в голове. — Как это хорошо, когда у тебя не похищают ребенка и тебе не нужно его спасать».

Она долго искала вход в камеру хранения и нужную ячейку, потом ее обуял страх, что она все-таки перепутала и неправильно запомнила номер и шифр. Нужная ячейка оказалась запертой. Люба в первый момент растерялась, но потом сообразила, что именно так и должно было быть. Похитители должны были занять ячейку заранее и закрыть ее на тот самый шифр, так что если набранная Любой комбинация сработает и дверца откроется, значит, она все запомнила правильно.

Дверца открылась, и Люба сразу успокоилась. Положила деньги, оглянулась и снова набрала шифр. Всё, теперь можно уходить. Она двинулась к выходу, но внезапно, повинуясь непонятному побуждению, вернулась. Дверца была открыта, ячейка пуста. Значит, они стояли где-то рядом, совсем рядом, и наблюдали за ней, а как только она отошла, забрали выкуп. Ей стало не по себе. Они здесь, они дышат ей в затылок, смотрят на нее из-за угла. Или уже не смотрят, а бегут к машине, чтобы поскорее увезти деньги? Или все-таки стоят и смотрят, проверяют, что она будет делать?

Бежать отсюда, бежать не оглядываясь! Скорее к выходу, скорее к Андрею, рядом с ним спокойно и безопасно. Выскочив из здания вокзала, Люба нашла глазами знакомую машину и стала пробираться к ней, не отрывая взгляда от смутно виднеющегося за замерзшим стеклом силуэта Андрея. Она снова не смотрела под ноги и все-таки упала, больно ударилась и опять ощутила боль в спине, так долго не оставлявшую ее после эпизода с пьяным Геннадием и окончательно утихшую только месяц назад.

Она упала прямо в глубокий сугроб, и снег набился в короткие сапожки с широкими голенищами, в рукава и за воротник шубы. Той самой шубы, которую много лет назад ей подарила Аэлла. Люба неловко встала, принялась было отряхиваться, потом махнула рукой и побежала к машине. Ногам, рукам и шее было холодно и мокро, но она не обращала на это внимания. Главное — ехать туда, где ей вернут сына.

Почти всю дорогу до Ясного проезда Люба и Андрей молчали, и только в районе Алтуфьевского шоссе Любина нервозность прорвалась желанием поговорить.

— Андрюша, а что мы дальше будем делать? Вот мы приедем к дому десять — и что?

— Будем стоять и ждать.

— Сколько?

— Не знаю, Любаша. Может быть, недолго, а может быть, несколько часов. Кто знает, какие у них планы? Может быть, им нужно время, чтобы окончательно замести следы, ведь они не могут быть уверены на сто процентов, что мы не обратились в милицию. Может быть, они захотят проверить подлинность купюр. Может быть, им нужно привезти Колю откуда-нибудь издалека, мы же не знаем, где они его держат, в Москве, в Подмосковье или за пределами области. Мы сделали все, что они требовали, и теперь нам остается только ждать. Связи с ними у нас нет. Хорошо, что мне удалось настоять и Лелька осталась дома.

— Почему? — удивилась Люба.

— Ну как же, а вдруг у похитителей будут еще какие-нибудь заморочки, как они нам об этом сообщат? Они могут только позвонить тебе домой и что-то передать Леле. Если бы дома никого не было, мы бы ни о чем не узнали.

— Так ты что, заранее об этом подумал, когда не разрешал ей ехать с нами?

— Конечно.

— Теперь я понимаю, — задумчиво пробормотала Люба.

— Что ты понимаешь?

— Что означали твои слова о том, что так будет лучше не только для нас, но и для Коли.

— Ну конечно, — усмехнулся Андрей. — Странно, что ты не поняла сразу, мне казалось, что это очевидно.

— Да нет, мне не очевидно. Но удивительно, что тебе это пришло в голову. Можно подумать, что ты уже не один раз имел дело с похитителями.

— Просто я умею считать и просчитывать не только свои действия, но и действия противника. Шахматная школа, — улыбнулся Андрей. — Мы с тобой сейчас остановимся возле автомата и позвоним тебе домой. Вдруг у Лельки есть новости?

Но у Лели никаких новостей не оказалось. Они подъехали к дому десять по Ясному проезду и сразу увидели Колю, сидящего на лавочке возле подъезда.

— Сынок! — бросилась к нему Люба, даже не дожидаясь, пока машина полностью затормозит. — Как ты, мой золотой?

Коля резво вскочил, обнял мать и зашагал вместе к ней к машине. Никаких следов побоев Люба на первый взгляд не обнаружила, лицо сына было хотя и бледным, но чистым, без синяков и царапин.

— Ты цел? — она судорожно ощупывала через толстую зимнюю куртку его плечи, руки, спину и грудь. — Тебя не били? Тебе ничего не повредили?

— Нет, мать, — довольно улыбнулся Николаша, — со мной обходились вполне культурно. Даже поесть дали. Где ты достала деньги?

— Андрей одолжил.

Люба снова села впереди, рядом с Бегорским, а Коля устроился на заднем сиденье.

— Спасибо, дядя Андрей, — горячо поблагодарил он. — Я постараюсь отдать деньги, как смогу. Правда, не обещаю, что это будет скоро, но я буду очень стараться. И спасибо вам, что были с мамой, поддержали ее.

— Да не за что, — коротко ответил Андрей, не отрывая взгляда от дороги. Снова начался сильный снегопад, вокруг потемнело, и видимость была очень плохой.

— Нет, есть, — возразил Коля. — Я же понимаю: папы нет, связаться с ним невозможно, Лельке ничего нельзя ни сказать, ни объяснить, мама осталась наедине с этим кошмаром, и неизвестно, как бы она одна справилась. Хорошо, что у нее есть такие друзья, как вы, дядя Андрей, это дорогого стоит. Я вам очень благодарен за то, что вы маму не бросили в трудную минуту. Бедная моя мамуленька! — он наклонился вперед и положил руки на плечи Любе. — Сколько же тебе пришлось вынести из-за меня, дурака!

— Что верно — то верно, — хмыкнул Андрей. — Ты действительно дурак, каких поискать.

— Все правильно, — покаянно вздохнул Николаша, — ругайте меня, корите, обзывайте любыми словами, я это заслужил. Мы куда едем? Домой?

— Домой, — подтвердила Люба. — Куда же еще?

— Разве вам не надо на работу? Вы и так на меня полдня ухлопали, уже почти половина второго.

— Я отвезу вас и поеду на завод, а маму я на сегодня отпустил, она две ночи не спала, ей надо отдохнуть, — пояснил Бегорский.

— Спасибо, — снова поблагодарил Коля, — спасибо еще раз за маму. Мамуля, мы с тобой сейчас приедем, ты разденешься, ляжешь на диван, я дам тебе подушку, накрою пушистым пледом, принесу тебе горячего чайку, включу телевизор, сяду у тебя в ногах и буду сидеть, как мышка, пока ты будешь отдыхать. А потом я разогрею обед, накрою в комнате, и мы с тобой устроим настоящую семейную трапезу. Только мы вдвоем, мать и сын. Правда, здорово?

— Ты забыл про Лелю, — пробормотала Люба.

Ее наконец отпустила нервная дрожь, она окончательно поверила в то, что сын рядом, что он жив и здоров и что кошмар закончился. На несколько минут ей удалось расслабиться, но потом вновь начался озноб. Похоже, попавший в сапоги и под шубу снег дал о себе знать — она простудилась. Впервые за много лет мысль о болезни ее не испугала: если раньше любое недомогание рассматривалось Любой как угроза налаженному быту и она заранее начинала переживать, кто же купит продукты, приготовит еду, постирает и погладит рубашки Родиславу и сделает уборку в квартире, то теперь она с неожиданным для себя самой безразличием отнеслась ко всему этому и даже испытала некоторое удовольствие, представив себе, как будет три дня лежать, ни о чем не беспокоиться и спать, спать, спать... Все равно Родика нет, и рубашки можно не стирать и не гладить, Леля вполне в состоянии сама о себе позаботиться и позавтракать, обедает она чаще всего в университете, потому что после занятий не возвращается сразу домой, а занимается в библиотеке — или в факультетской, или в Иностранке. Что же касается Коли, то он все равно мало бывает дома, питается в ресторанах, и вообще... Слишком он спокоен, слишком горячо и искренне благодарит Андрея, слишком хорошо, судя по всему, с ним обошлись его похитители. Похоже, худшие Любины подозрения оправдываются, всю эту кашу организовал и заварил он сам, чтобы вынудить мать достать деньги. Не мытьем — так катаньем.

— А что Лелька? — непонимающе спросил сын.

— Она дома, ждет тебя, даже занятия прогуляла — так разнервничалась.

— Здорово! — обрадовался Коля. — Как хорошо, что она

дома, я по ней за два дня соскучился. Тогда мы сделаем так: ты приходишь, сразу раздеваешься и ложишься, а мы с Лелькой готовим обед и ждем, когда ты отдохнешь, потом все вместе садимся за стол и долго-долго сидим и разговариваем... Нет, это плохая идея, из нас с Лелькой кулинары — как из дерьма пуля, а сегодня у нас должен быть замечательный обед, плавно переходящий в ужин, и всего должно быть много, и все должно быть вкусно, и стол должен быть накрыт как на большой семейный праздник. Дядя Андрей, а вы не могли бы отпустить с работы нашу Лариску? Она прошла у мамы хорошую школу и готовит просто замечательно. А, дядя Андрей?

— Хорошо, — усмехнулся сквозь плотно сомкнутые губы Бегорский. — Приеду в контору и позвоню в КБ, чтобы ее отпустили.

— Отлично! Тогда мы...

Николай возбужденным голосом продолжал строить грандиозные планы, а Любино сердце разрывалось на части. Одна часть, побольше, изо всех сил хотела верить в то, что все это — правда, все так и есть на самом деле, и на ее плечах лежат руки нежного и любящего сына, который понимает, каково ей пришлось за последние двое суток, и искренне хочет дать ей отдохнуть, а потом устроить матери настоящий праздник, потому что нет ничего желаннее для любой матери, чем видеть все свое семейство в сборе за общим столом. И хотя за этим столом не будет папы и Родислава, счастья это не уменьшит, потому что для матери дети всегда важнее мужа и отца, и если дети с ней рядом, довольны, спокойны и здоровы — это и есть счастье, то самое настоящее счастье, о котором так много говорят, пишут в умных книжках и снимают кино. Сегодня рядом с ней будут Коля, Леля и Лариса, за последние двенадцать лет тоже ставшая ее ребенком, которого Люба оберегала, воспитывала, лечила и учила. Да, мужа рядом не будет, но ведь он не ушел, не пропал, он в служебной командировке, да не где-нибудь в глухой дыре, а в Испании, в стране Веласкеса, Гойи, тореро и кастаньет. И осознание того, что у мужа тоже все в порядке, он успешно сделал карьеру и его даже посылают в загранкомандировки, — это тоже счастье. И папы не будет за этим общим праздничным столом, но ведь он есть, он жив, он полон сил и может сам за собой ухаживать, он достойно проживает свою спокойную старость, активно работает в совете ветеранов МВД, уже несколько лет являясь его председателем, ездит на собрания и совещания, выступает с докладами, руководит решением разных насущных вопросов, и, по большому счету, можно утверждать, что Николай Дмитриевич в полном порядке, и это тоже счастье. Любе так хотелось быть счастливой или хотя бы просто поверить в такую возможность, пусть всего на несколько часов или даже минут!

Но другая, меньшая часть ее сердца сухим звуком метронома твердила: Коля врет, он притворяется, он знает, какие слова ты хочешь услышать, и произносит именно их, чтобы подлизаться, подольститься, как он делал всю свою жизнь. Он сам разыграл историю с похищением, чтобы выманить у матери и ее друзей недостающие для выплаты долга деньги, он сам, своими руками, чуть не свел мать с ума и добавил ей седых прядей в волосах, он сам вверг собственных родителей в пучину огромных финансовых обязательств, потому что, несмотря на слова Андрея «отдадите, если сможете», Люба собиралась сделать все возможное и невозможное, чтобы отдать эти двадцать пять тысяч зеленых американских долларов. Коля — превосходный артист, он разговаривал с ней сегодня утром по телефону слабым испуганным голосом, но на самом деле сидел в тепле и уюте, вкусно ел и сладко пил и от души посмеивался над доверчивой матерью, которую так легко оказалось развести на бабки. И момент он выбрал точно — отца нет в стране, и связаться с ним невозможно. И у Любы не было выхода, несмотря на то что она все понимала. Деньги надо было найти и отдать, независимо от того, настоящее это было похищение или инсценировка, потому что если Колька действительно должен такую сумму, то долг сам собой не рассосется, он будет только расти, уж это-то Люба отчетливо понимала. И если не заплатить сейчас, то через некоторое время вопрос встанет со всей остротой, и кредиторы похитят Колю уже по-настоящему, а то и, не приведи господь, убьют в назидание нерадивым должникам. Николай на самом деле не нежный и любящий сын, а вор и подонок, а все его ласковые слова — не более чем очередной спектакль, один из бесчисленного множества спектаклей, которые он разыгрывал на протяжении всей жизни. И все его слова о том, что они вместе с Лелей и Ларисой будут сидеть с мамой за одним столом и долго-долго разговаривать, — это тоже пустой звук. Не будет у них никакого уютного семейного застолья, потому что не о чем им разговаривать. Колю интересуют только деньги, Лелю — английская поэзия, брат с сестрой давно уже не общаются, потому что не понимают друг друга, да и не стремятся понять. Леля считает, что ее старший брат бесцельно прожигает жизнь, шатаясь по кабакам и путаясь с разными девахами, Коля же называет сестренку «безмозглой мимозой», которая ничего не умеет, ничего в жизни не понимает и вянет от малейшего соприкосновения с грубыми реалиями. Что же касается Ларисы, то ей ни с Колей, ни с Лелей говорить не о чем. Она много работает, берет какие-то подработки, чтобы получить лишнюю копейку, заботится о заметно сдавшей и много болеющей бабушке, мучается с пьяницей-отцом и не может поддерживать ни разговоры о ресторанах и бизнесе, ни рассуждения об английских поэтах девятнадцатого века, стихи которых она никогда не слышала. Коля по-прежнему считает Ларису несмышленышем, маленькой глупой девчонкой, а Леля в глубине души относится к соседке высокомерно-снисходительно, хотя старается этого не проявлять и всегда встречает девушку с показным дружелюбием, примерно с таким же, с каким люди порой треплют по холке приблудного бездомного пса и кидают ему кусок колбасы, прекрасно зная, что ни за что на свете не возьмут его, ободранного и блохастого, к себе домой и не оставят жить. А Люба? Ей есть о чем поговорить со своими детьми? С Колей она давно уже только перекидывается парой слов: «привет», «пока, я пошел», «ты голоден?». Люба с удовольствием вникла бы в дела сына и, возможно, смогла бы дать ему полезные финансовые рекомендации, но Николаша ничего не рассказывает и считает родителей безнадежно отсталыми и увязшими в никому не нужных устаревших моральных представлениях. Говорить с дочерью о поэзии Люба тоже не может, потому что ничего в ней не понимает, а кроме поэзии Леля с удовольствием рассуждает только о жестокости и несправедливости мирового устройства, которые заставляют ее постоянно страдать и испытывать острую душевную боль. На эту тему Люба могла бы разговаривать с Лелей часами, пытаясь разубедить девочку, утешить ее и что-то объяснить, но Леля не расположена обсуждать свои воззрения с матерью, она твердо укрепилась в них и не желает, чтобы ее разубеждали. Ей нужно страдание, она без него жить не может, дышать не может, и никому она не позволит эту сладкую конфетку у себя отнять. Леля считает, что ее никто не понимает, ей удобно жить с этой мыслью, она дает возможность печалиться и переживать, и что же ей делать, если вдруг окажется, что мать прекрасно все понимает? Из-за чего тогда страдать? Люба отчетливо сознавала, что дочь именно поэтому и избегает разговоров с родителями: не хочет, чтобы ее разубеждали, чтобы говорили о том, что жизнь прекрасна и устроена вполне разумно и справедливо. А вдруг они приведут такие аргументы, против которых девушка не сумеет возразить? Тогда что же получится? Что вся ее печаль, ее грусть и страдание беспочвенны и она не имеет на них никакого права? Нет, на это она пойти не может! Когда-то Любе казалось, что ее дочь похожа на Тамару своей сосредоточенностью и готовностью часами сидеть в уголке и рисовать, читать или заниматься еще чем-то увлекательным. Теперь она отчетливо видела, что нет в Леле ни Тамариной жесткости и стойкости, ни ее готовности бороться и идти вперед, чего бы это ни стоило.

Остается только Лариса, с которой у Любы всегда найдется о чем поболтать — и об отце, и о здоровье бабушки, и о делах на заводе. Как же так вышло, что соседская девочка стала ей ближе родных детей? Ну, может, и не ближе, но она осталась единственной из младшего поколения, с кем Люба еще может о чем-то разговаривать.

«Дворники» исступленно метались по лобовому стеклу, счищая обильные крупные снежные хлопья, через боковые стекла было почти ничего не видно, и Любе казалось, что они отрезаны от всего мира в этом замкнутом пространстве автомобиля, и как хорошо, если бы это никогда не кончалось, и Коля всегда был бы с ней рядом, в безопасности и покое, держал бы руки на ее плечах и говорил ласковые слова, и она могла бы больше о нем не волноваться. Она закрыла глаза, прижалась щекой к руке сына, но вместо того, чтобы расслабиться, вдруг снова ощутила мокрый холод в тех местах, куда попал снег, когда она упала. И почему полному счастью всегда мешают какие-то противные мелочи?

* * *

— Ну, как тебе мой подарок? — Змей довольно улыбнулся. — Ты удовлетворен?

— Подарок отличный! Спасибо! — искренне поблагодарил Камень. — Но, если я правильно понял, ты все-таки знаешь больше, чем рассказываешь.

Змей потупился и кокетливо повел овальной головой,

мол, ваш комплимент мне приятен, но я от похвалы смущаюсь.

— Так ты мне скажи, этот маленький негодяй действительно инсценировал свое похищение?

— Действительно.

— Вот мерзавец, а? Нет, ты только подумай, какой же мерзавец!

— Согласен, — кивнул Змей.

— А я вот еще насчет Любы и Лели хотел спросить. Неужели Люба так глубоко про свою дочку понимает?

— А что тебя удивляет?

— Ну, знаешь, как-то... Странно. Люба же не профессиональный психолог, чтобы так рассуждать. Если бы ты мне это рассказал и прокомментировал, я бы не удивился, потому что ты к кому угодно в голову влезешь и самые скрытые мотивы оттуда выковыряешь, но чтоб Люба... Чудно мне это. Тем более она мать, а ты мне сам объяснял, что материнский глаз видит по-особенному, плохого не замечает, а хорошее, наоборот, преувеличивает. Почему же она про Лелю так все понимает?

— Интересно ты рассуждаешь! А то, что Люба про Колю все понимает, тебя не удивляет? Ты уж привыкни, будь добр, к мысли о том, что Люба вообще-то очень умная женщина, умная и тонкая, она сердцем правду чует, и никакого образования специального ей для этого не требуется. Она от природы так устроена, у нее интуиция.

— Интуиция много у кого, — упрямо возразил Камень, — а так про своих близких понимать могут только единицы.

— Вот Люба Романова и есть такая единица. У нее мозг аналитический, она же экономист, а не кто-нибудь. И если ее интуиция что-то чует, то мозг автоматически начинает это анализировать. Она и сама этого не понимает, не ощущает, она просто вдруг начинает чувствовать, как все происходит на самом деле.

— Бедняжка, — вздохнул Камень. — как ей, наверное, тяжело живется! Это ж немыслимое дело: про всех все понимать.

— Кроме себя, — подсказал Змей, ехидно улыбаясь.

— Ну да, кроме себя. Но ей-то каково! — Камень все не унимался. — Знать про сына, что он негодяй и подонок, и все равно его любить. Знать про мужа, что он ей столько лет изменяет, и все равно любить. Какое сердце это может вынести?

— Любящее, — коротко ответил Змей. — Люди зря думают, что любовь — это вечный праздник. Любовь — это повседневная тяжелая работа. И очень немногие умеют с этой работой справляться.

— Ты мне еще про Николая Дмитриевича расскажи, — попросил Камень. — А то Ворон к нему редко заглядывает. Старик действительно сломался? Как-то с трудом верится, такой уж он был... Даже и не знаю, как сказать, ну, ты понимаешь.

— Тяжело старику. В предыдущем году, в девяносто первом, прекратили деятельность коммунистической партии и комсомола, потом Союз распался. Представь, каково ему было с этим смириться! Он всю сознательную жизнь служил этому самому Союзу Советских Социалистических Республик и этой самой компартии. Переживал Головин страшно. Если в момент путча он только еще надломился, то к концу года уже сломался окончательно. У него возникло ощущение, что он перестал понимать действительность, перестал в ней ориентироваться. Но это ощущение свойственно было многим в тот период. И из него, из ощущения-то, есть только три выхода. Первый: признать, что изменения неизбежны и логичны, и адаптироваться к ним. По этому пути пошла основная масса тех, кому до пятидесяти, и очень немногие старики. Второй путь — сказать, что изменения плохие, действительность никуда не годится, и активно все отрицать, не принимая перемен. И третий, которым, к сожалению, пошел наш генерал Головин: я старый, никчемный, никому не нужный, выброшенный из жизни, я перестал понимать происходящее, потому что мозги уже неповоротливые, я не поспеваю за быстро меняющейся жизнью, и мне остается только тихонько сидеть в уголке и лить слезы о напрасно прожитых годах. Но если с разгоном КПСС Николай Дмириевич еще худо-бедно справился, потому как и сам считал, что путчем партия себя полностью скомпрометировала, и говорил, что это уже не та партия, которой он верой и правдой служил полвека, то когда в январе девяносто второго года состоялось первое заседание Монархического блока, тут старик впал в полное отчаяние. С этим его рассудок смириться уже никак не мог.

— Так он что, головой тронулся? — озабоченно спросил Камень.

— Что ты, голова у него ясная, как в молодости была, — успокоил его Змей. — Никаких признаков старческого маразма. Но он действительно ослабел душой, это Люба верно подметила. Волнуется за всех, переживает, каждый день звонит Романовым по нескольку раз, интересуется, пришла ли Леля, пришел ли Коля, дома ли Родик, все ли здоровы. И это при том, что Люба раз в три дня ездит к отцу, покупает продукты, готовит еду, убирает квартиру. Николай Дмитриевич вбил себе в голову, что он уже совсем старый, ни в чем разобраться не может, все стало слишком сложным для него, он безнадежно отстал от жизни и уже никогда ее не догонит. Чуть что — на глазах слезы. Особенно когда Люба от него уезжает. Опять, говорит, доченька, уезжаешь, оставляешь меня одного, я буду скучать, я буду тосковать, приезжай быстрее снова. Ужас! У Любы чуть ли не инфаркт каждый раз случается — так ей его жалко. И сделать ничего нельзя, съезжаться и жить вместе старик категорически отказывается, здесь, говорит, мы с Зиночкой жили, здесь мама моя умерла, я из этой квартиры никуда не перееду. Вот и весь сказ.

— Упрямый, — констатировал Камень.

— Упертый, — поправил друга Змей. — Еще о ком спросишь?

— О, у меня вопросов много, — оживился Камень. — Я вот еще насчет Лели не все выяснил, на деда отвлекся.

— Ну, спрашивай.

— У нее кавалеры-то есть? Все-таки двадцатый год девчонке, пора уже эти самые крутить, шуры-муры.

— Ничего-то ты в нашей Леле не понимаешь, — удрученно произнес Змей. — Я тебе толкую, толкую — я ты все не усвоишь. Не нужны ей кавалеры.

— То есть как — не нужны? Так не бывает.

— Бывает.

— У нее что, эта самая, как ее, ориентация? — в ужасе спросил Камень.

— Дурак ты старый, — рассмеялся Змей. — Она по Вадиму сохнет.

— По какому Вадиму?

— Да все по тому же, с собакой. Собаки, правда, разные, сначала была Рада, но она умерла, и купили Карму, тоже овчарку. А Вадим все тот же. Вспомнил? Тебя еще, если я не ошибаюсь, Ворон слезно умолял правила нарушить и дать ему с Лелей познакомиться, когда на нее маньяк чуть не напал.

— Ох ты, господи! Неужели она до сих пор в него влюблена? — не поверил Камень. — Это ж сколько лет прошло!

— А тем, кто любит страдать, годы только в плюс идут. Чем дольше счастье не наступает — тем лучше, а то если оно наступит, так печалиться не о чем будет. Усек? Леля тайно любит Вадима и посвящает ему стихи на русском и английском языках, а также все помыслы и мечты. Вот так-то.

— А вообще мальчики на нее внимание обращают?

— Обращают, конечно, — кивнул Змей. — Она девочка симпатичная, даже почти что красивая, высокая, тоненькая, хрупкая такая, волосы густые, как у Любы, и вьются, как у Родислава, глаза большие, темно-серые, личико точеное.

— Красота! — мечтательно протянул Камень. — А почему ты говоришь, что она почти красивая? По-моему, то, что ты описал, очень даже красиво и без всяких «почти».

— Вот и видно, что ты мало человеков в своей каменной жизни видел, — покачал головой Змей. — Человека не черты лица украшают, не внешние атрибуты, а взгляд и выражение лица. Если человек все время страдает и выражает это всем своим обликом, то он мало кому покажется красивым. У Лели вид угрюмый, неприступный, плечи опущены, глаза в пол, да еще в шаль постоянно кутается. И говорит так тихо, монотонно, словно все кругом умерли. Ну какому молодому парню такое понравится?

— Но ты же сказал, что на нее мальчики внимание все-таки обращают, — заметил Камень.

— Ну а чего ж не обратить-то? Москвичка, из хорошей семьи, папа в МВД служит, полковник, квартира трехкомнатная на Юго-Западе — поди плохо. Иногородних-то студентов, желающих осесть в столице, пруд пруди, так что ухажеров у Лели хватает, только ей это все не нужно, она по Вадиму страдает.

— Чего ж она с ним никак не познакомится-то! — воскликнул Камень. — Ведь столько лет в одном доме живут, в одном подъезде, возможностей наверняка было навалом.

— Слушай, друг, ты совсем тупой или прикидываешься? — рассердился Змей. — Я ж тебе объясняю: Леле нужно страдать, и она никогда не сделает ничего такого, что могло бы эти страдания прекратить.

— Ладно, не пыли, все я понял, — проворчал Камень. — А что с Родиславом?

— А что с ним? — удивился Змей. — С ним все прекрасно, его постоянно повышают по службе, он уже начальник отдела, вон в Испанию с группой руководителей отправился.

— Но у него же была проблема... деликатная, — смущенно пояснил Камень.

— Ах, вот ты о чем! Ну, проблема никуда не делась, она имеет место, но Родислав никак не хочет с ней смириться и время от времени предпринимает попытки реабилитироваться в собственных глазах. Правда, почти всегда неудачно, но иногда что-то получается. Редко, правда. Однако он надежды не теряет, он по-прежнему думает, что все дело не в нем самом, а в том, что женщины попадаются не те. Вот он и ищет ТУ.

— Которую? — не понял Камень.

— Ту, с которой у него все получится с первого раза и легко.

— Но он хотя бы понимает, какой она должна быть? — допытывался Камень. — Или ищет наобум, как бог на душу положит?

— Да ни черта он не понимает! — с досадой воскликнул Змей. — Тычется, как слепой котенок, то в блондинок, то в брюнеток, то в пышечек, то в худосочных килек, то в молоденьких совсем, то постарше выбирает. В общем, черт знает что творит. Но с умом.

— Это как же?

— Так, чтобы Любу не обидеть.

— А она догадывается?

— Я ж тебе говорю, она умная и тонкая. Она понимает, что иначе и быть не может. Переживает, конечно, а что она может сделать? От нее решение этой деликатной, как ты выразился, проблемы никак не зависит. Если бы у Родислава сложились с кем-то более или менее постоянные отношения, Люба об этом сразу же узнала бы, потому что он бы сам ей признался и попросил прикрыть от тестя и от детей. Раз не просит, значит, таких отношений ни с кем нет. А коль их нет, то сразу же встает вопрос: почему? И сразу же приходит в голову ответ: потому что есть та самая пресловутая деликатная проблема. А как с этой проблемой бороться, если не прибегать к помощи врачей? Правильно, методом проб и ошибок, как это делают девяносто девять процентов мужчин. Вот это все Люба и понимает.

— Ей, наверное, ужасно неприятно, — задумчиво произнес Камень.

— Еще бы! — поддакнул Змей. — Ладно, хватит вопросов, Новый год на носу, мы с тобой за болтовней все пропустим.

— Нет, погоди, — остановил его Камень, — я еще про Аэллу хотел узнать. Как она?

— О, эта дамочка процветает! Миллионерша по ихним меркам тех времен. Связей — вагон, может все, у нее на любую проблему найдется человек, который все решит. Любовник у нее в девяносто втором году был тот же, что и в девяносто первом, какой-то гражданин Швейцарии, крупный бизнесмен. В общем, своей личной жизнью Аэлла Константиновна более чем удовлетворена. Ну и Любу с Родиславом она по-прежнему пытается облагодетельствовать, это уж как водится. Недели через две после истории с Николашей она приехала к Романовым и привезла им два новых телефонных аппарата, один с автоответчиком и определителем номера, другой — с радиотрубкой. Эта роскошь только-только стала в России появляться. Ребята, говорит, это теперь модно, и мне все клиентки кинулись дарить телефоны, у меня их уже штук десять скопилось, девать некуда, выручайте.

— Жаль, Ветер не слышит, — хмыкнул Камень, — он бы порадовался.

— Так услышит еще, — успокоил его Змей. — Ворон же наверняка все это тебе станет рассказывать. А тебе придется покорно слушать, ты ведь не сможешь ему сказать, что уже все знаешь. Будешь слушать и удивляться, и ужасаться, и радоваться, и смеяться, и плакать, и вопросы уточняющие задавать, чтобы наш передвижной кинотеатр ни о чем не догадался. Как, выдержишь? Сможешь притвориться?

— Ничего, выдержу, — рассмеялся Камень. — Тем более что он мне только половину всего расскажет. Наверное, про похищение — и все. Про Николая Дмитриевича, Лелю и Аэллу он вряд ли догадается посмотреть подробно, если я сам не попрошу.

— Ну и ладно. Давай Новый год встречать. Сейчас я тебе орешков с медом поднесу, очень вкусно.

— А скоро Новый год-то? Который час?

— Приблизительно без двенадцати минут полночь, — сказал Змей, осмотрев звезды и Луну на небосводе. — Самое время старый год проводить.

* * *

К концу 1993 года Андрей Сергеевич Бегорский стал владельцем целого холдинга под названием «Пищевик». Помимо приобретенного в ходе акционирования завода, директором которого он был много лет, в холдинг входили несколько фирм по изготовлению по западным лицензиям оборудования для малых предприятий быстрого питания, а также два предприятия по производству продуктов питания, работающих на том оборудовании, которое разрабатывал и производил основной завод. Руководителем Андрей Сергеевич был отменным, весь персонал в его холдинге работал как часы, однако заставить свои предприятия функционировать в полную силу ему никак не удавалось — мешала сложившаяся к тому моменту система экономических и бюрократических отношений. На него наезжали всеразличные желающие поживиться: таможенники, пожарные, санэпидстанция, налоговики, городские власти — все от него чего-то хотели, а договариваться с ними он не умел и взятки давать не хотел. Он злился, шел на открытые конфликты, поскольку был свято уверен в собственной правоте, а его в ответ гнобили и прессовали. Из-за неумения договариваться с бюрократическим аппаратом и нежелания идти явно криминальным путем бизнес Бегорского оказался на грани краха. Однажды, придя в гости к Романовым, он пожаловался на свои неурядицы Родиславу, который отреагировал совершенно неожиданно для Андрея, ожидавшего просто сочувствия и, может быть, дружеского совета.

— Какие там у тебя проблемы? — весело спросил Родислав. — На какой таможне? Кто там с тобой плохо поговорил?

— Какой-то Искандаров, — растерянно ответил Андрей.

— Что ж ты мне сразу не сказал? Давно бы сказал — давно бы проблему решили. Сейчас мы ему позвоним, — и Родислав потянулся к телефону.

— Кому позвоним? — не понял Бегорский.

— Алику. Искандарову.

— А ты что, с ним знаком?

— Да не то словечко! Мы с ним раз в две недели в бане вместе паримся.

Родислав порылся в записной книжке, нашел нужный телефон, снял трубку и набрал номер.

— Алик? Здоров, это Романов. Как дела? Как сам? А Машка как? Ну, здорово. Я тебе чего звоню-то: то лекарство, которое я тебе обещал, через три дня привезут, так что не волнуйся... Ага. Да, кстати, что ж ты обижаешь моего хорошего товарища? Ну как — какого? Андрюху Бегорского, это, между прочим, мой друг детства. Он к тебе как к родному, со всеми документами, со всеми делами, а ты его куда послал?.. Ах, это он тебя послал? Ну, он у нас человек открытый, честный, прямодушный, не выдержал... Ну что ж ты так, а, Алик? Надо человеку помочь, на твоей таможне продукт завис скоропортящийся, а у него пищевое производство, ты же сам небось хочешь колбасу из качественных продуктов кушать, а не из просроченных, чего же парня вгонять-то в расходы... Ладно? Что ему нужно с собой взять? Ага... Ага... Понял, все передам. Во сколько завтра у тебя? В девять? Сразу примешь? Отлично... Лады... Нет, в среду, как обычно, мы с тобой паримся, никаких изменений. Всё, договорились, завтра Андрюха к тебе подбежит, а ты уж его не обижай. И в другой раз не обижай тоже, это наш человек. Ну, обнимаю.

Родислав повесил трубку и весело взглянул на Бегорского.

— Ну вот, а ты боялся. Давно надо было сказать. С кем еще у тебя проблемы?

— Да вот... — пробормотал совершенно обалдевший Андрей, — с санэпидстанцией. У меня же пищевое производство, нас без конца проверяют, докапываются, мы все чистим, драим, дезинфекцию проводим, дезинсекцию, дератизацию — все по СНИПам, а там какая-то тетка ну просто вздохнуть не дает.

— Какая тетка?

— Коломийцева. Кажется, Наталья Вячеславовна. Толстая такая, рыжая.

— Господи, Наталья... Давно бы мне сказал или Аэлле, она у Аэллы постоянно пасется, что-то там себе подтягивает и выравнивает, я же ее туда и устроил. Хочешь — я позвоню, хочешь — Аэллу попроси. Что Наталья говорит?

— Говорит, что у меня то мыши, то крысы, то тараканы. Нет у меня ни мышей, ни крыс, ни тараканов, у меня на производстве все стерильно, я сам лично каждый сантиметр площади проверяю, ты же меня знаешь, а она цепляется и без конца производство останавливает.

— Ну Андрюха, ну что ж ты такой, — укоризненно сказал Родислав. — Ты же видишь — перед тобой баба, купил бы флакон духов, букет цветов, коробку конфет, бутылку ликера какого-нибудь повкуснее, сладенького, вон в любой коммерческой палатке всего навалом. Чего ты как маленький?

— Не могу я, — вздохнул Бегорский. — Не умею. Мне это противно. Они с меня тянут, я же понимаю, но не могу через себя переступить. Я знаю, что у меня все в порядке, и платить не хочу.

— Ну ладно, — улыбнулся Родислав. — Не можешь — не плати. У тебя есть друзья, мы тебе поможем.

Родислав активно включился в помощь другу детства и в течение следующих двух-трех месяцев постоянно использовал старые знакомства, чтобы решить проблемы Бегорского. В марте 1994 года Андрей неожиданно пригласил Романова в ресторан.

— Зачем? — удивился Родислав. — Давай у нас повидаемся, приезжай, Любаша будет рада тебя видеть, блинов напечет, ты же их любишь.

— Нет, Родька, у нас разговор будет серьезный, лучше провести его на нейтральной территории.

— Ладно, — недоуменно согласился Родислав.

В ресторане Андрей не стал долго ходить вокруг да около и, едва они сделали заказ, приступил к делу. Он предлагал Родиславу Романову стать совладельцем своего холдинга.

Родислав вытаращил на него глаза.

— Ты что, очумел? Ты сам, своими руками поставил дело, ты столько лет ему отдал, столько сил, столько энергии и изобретательности. С какого бодуна ты собираешься отдать мне половину своего бизнеса?

— Родька, постарайся вникнуть, — улыбнулся в ответ Андрей. — Все, что ты сказал, — правильно. Но только в той стране, в которой мы сейчас живем, все это без тебя не будет работать. Я поставил действительно хорошее дело, набрал умелых и расторопных работников, разработал отличные технологии, но все это в любой момент может пойти прахом, если ты не будешь рядом и не станешь разруливать вопросы. Взятки давать я не собираюсь, во-первых, принципиально, а во-вторых, не хочу, чтобы надо мной висел Уголовный кодекс, иначе как только меня захотят съесть, так моментально подставят под статью. А «позвоночное» решение вопросов никто не отменил и не запретил. Я без тебя как без рук. Как только ты начал мне помогать, у меня прибыль выросла втрое. Втрое! Ты понимаешь? Если ты войдешь в мой бизнес совладельцем, я разделю с тобой эту прибыль, но и ты разделишь со мной все мои проблемы.

— Погоди, Андрюха, — заволновался Родислав, — но мне не с чем войти в твой бизнес, у меня же нет денег, которые я мог бы вложить...

— Ты вкладываешь свои связи, знакомства, свое умение поддерживать отношения и договариваться, свое обаяние, в конце концов! Кто сказал, что это ничего не стоит? Ты только подумай, как ты заживешь! Соглашайся, Родька, очень тебя прошу, я без тебя пропаду и весь свой бизнес потеряю.

Предложение было не просто соблазнительным — оно было сказочным, невероятным, оно превосходило все самые смелые мечты Родислава Романова. В одну секунду перед ним пронеслись новая машина, новая шуба для Любы, большая квартира, отдельное жилье для сына и дочери, поездки на заграничные курорты. Но... Есть сын, Николай. И в этом вся проблема.

— Ты колеблешься? — заметил Бегорский. — Почему? Тебя что-то не устраивает? Или что-то настораживает?

— Андрюха, — медленно начал Родислав, — ты же знаешь, у меня Колька — сложный парень.

— Ну, это слабо сказано, — усмехнулся Андрей. — Особенно если учесть, что ему в этом году двадцать девять стукнет. Ничего себе парень.

— Тем более, — продолжал Родислав. — Он взрослый мужик, и его не переделать. Как только я стану совладельцем твоего холдинга, представляешь, что он начнет вытворять? Он начнет тянуть с нас деньги, он будет подставлять нас своим кредиторам, как делал уже неоднократно. Одно дело, когда мы с Любашей — обыкновенные наемные работники, с нас и взять-то нечего, и совсем другая песня, когда я стану твоим партнером.

— И что, из-за этого ты готов отказаться от моего предложения?

— Нет, я хочу его принять, очень хочу. Но у меня к тебе просьба. Или, если хочешь, условие.

— Слушаю, — Бегорский сдвинул брови и соединил ладони в замок.

— Все должны думать, что я у тебя работаю наемным управляющим. Назови меня исполнительным директором, советником, консультантом — кем угодно, только пусть никто не знает, что я на самом деле твой партнер. Мои истинные доходы должны оставаться для всех тайной. Я буду платить налоги, я ничего не буду нарушать, но мне нужно будет сохранить в тайне свой настоящий статус. В тайне от Коли и от Лизы.

— Хорошо, — согласился Бегорский, — я понял. Но если

ты хочешь, чтобы это действительно оставалось тайной, мы не сможем провести твое участие в бизнесе по документам. В противном случае в курсе будет весь аппарат.

— А что же делать? — растерялся Родислав.

— Положиться на мое честное слово. Я буду отдавать тебе ровно половину прибыли наличными. А приказом проведу тебя генеральным директором. Это единственный вариант, если ты хочешь сохранить конфиденциальность. Налоги буду платить сам, твою часть стану вычитать из твоей доли. Вопрос только в том, доверяешь ли ты мне настолько, чтобы согласиться на это.

— Обижаешь, — радостно откликнулся Родислав.

На том и порешили.

* * *

Сиделка Раиса открыла Родиславу дверь, и до него сразу донеслись звонкие детские голоса. Один голос, несомненно, принадлежал сыну, девятилетнему Денису, второй был незнакомым, явно не Дашиным. Даше скоро должно было исполниться пятнадцать, и в последнее время Родислав редко видел дочь, она предпочитала проводить время вне дома.

— Добрый день, — поздоровался он. — А кто это у вас?

— Это моя внучка, Юленька. Пойдемте, я вас познакомлю. Она с недавних пор часто приходит сюда вместе со мной, играет с Денисом.

— Возьмите, — Родислав протянул Раисе конверт, — это за июль. Лизы нет?

— Нет, я же вам обещала, что ее не будет, — улыбнулась Раиса.

— А Даша?

— Она вместе с Лизой в очереди стоит.

— В какой очереди? — вздернул брови Родислав.

— В офис МММ. Там уже который день толпа собирается, все обещают, что будут выплачивать.

— Господи! — Родислав схватился за голову — Она что, в МММ деньги вкладывала?

— Да я сама только недавно узнала, с тех пор как она в очередях этих начала стоять. Те деньги, которые вы на детей давали, она на акции МММ тратила. И каждый день подсчитывала, сколько заработала. Как по телевизору курс объявят, так она за блокнот хватается и считает. В феврале эти бумажки покупала, в марте, в апреле. Конечно, получилось не очень много, но все-таки, а цена-то за эти месяцы вон как выросла, почти в семьдесят раз, вот Лиза и размечталась, сколько всего она на эти деньги купит. А теперь все рухнуло, но она все равно на что-то надеется. Бедная, бедная, — сочувственно вздохнула сиделка. — Если бы она мне сразу сказала, что собирается с МММ связываться, я бы ей с самого начала все объяснила.

— И что вы ей объяснили бы? — живо заинтересовался Родислав.

Ему самому реклама с Леней Голубковым казалась дурацкой, а вся затея с пирамидами — обреченной на скорый провал. Люба, как опытный экономист, была с ним полностью согласна и даже примерно подсчитала, когда именно этот провал наступит. По «Чаре» и «Тибету» она ошиблась на две недели, а по МММ предсказала все точно, причем задолго до того, как Президент страны подписал Указ «О защите интересов инвесторов». Однако ему было любопытно, какие резоны могла привести обыкновенная медсестра.

— Понимаете, — Раиса снова улыбнулась, мягко и как будто слегка застенчиво, — есть определенные законы всей нашей жизни, и они всегда срабатывают, только мы не обращаем на это внимания. Наверное, потому, что в каждом правиле есть исключения, и вот на эти исключения мы ориентируемся, а основную закономерность не видим. Или не хотим видеть.

— Какую закономерность?

— Деньги должны быть заработаны. Каждый рубль, который лежит у вас в кармане, каждая копейка должны быть получены вами в обмен на ваш труд, тогда эти деньги принесут вам пользу. Ну, по крайней мере, не причинят вреда. А то, что вы на эти деньги купите, будет вам служить или доставит вам настоящее удовольствие. Если же деньги не заработаны, а получены просто так, неизвестно за что, то вам гарантированы бесконечные проблемы и неприятности. И никакой радости в конечном итоге такие доходы вам не принесут. От шальных денег одна беда.

— Интересно вы рассуждаете, Раечка, — рассмеялся Родислав. — Что же, по-вашему, выходит, и в долг брать нельзя, потому что не заработано?

— Нельзя, — твердо ответила Раиса. — Брать в долг — это

неправильно. Надо уметь жить на то, что у тебя есть. Если надо — сокращать потребности, а не увеличивать их.

— Ну хорошо, — не сдавался Родислав. — А бизнес? Весь бизнес построен на кредитовании, человек берет у банка в долг, потом развивает бизнес, получает прибыль и отдает долг. Это тоже неправильно?

— Совершенно неправильно. Нельзя строить бизнес на деньгах, которые ты еще не заработал, толку с такого бизнеса все равно не будет, одна головная боль. Надо зарабатывать своим трудом, откладывать, копить по копеечке — только тогда будет толк. Так мир устроен.

— Раечка, мир устроен совсем иначе. Во всем мире существует кредитование бизнеса и ипотечное кредитование, во всем мире продают товары в кредит, вся планета так живет. Ну посмотрите же вокруг!

— Я смотрю, — усмехнулась сиделка. — И то, что я вижу, меня не радует. Вы думаете, откуда берутся экономические кризисы? Именно оттуда, из кредитов, из того, что одни берут и обещают отдать больше, чем взяли, а другие на этом зарабатывают.

Родислав оторопело посмотрел на нее: уж от кого, от кого, а от немолодой медсестры он меньше всего ожидал услышать словосочетание «экономический кризис». Ему стало не по себе, и он предпочел плавно закруглиться с обсуждением неведомых ему законов мироустройства.

— Пойду к сыну, — сказал он, проходя в комнату, из которой доносился заливистый звонкий хохот.

Денис в шортиках и в веселой голубой маечке сидел в кресле-каталке, а рядом с ним с игрушечным шприцем в руках стояла прелестная девочка, примерно его ровесница или чуть младше. Если Раиса обладала выраженным монголоидным типом внешности, то в Юленьке было намного больше европеоидного, а о происхождении ее бабушки слегка напоминали только глаза и скулы.

— Больной, не капризничайте, я должна сделать вам укол в правый верхний квадрат... то есть в квадрант ягодицы, — давясь от смеха, говорила девочка. — Вы должны обеспечить мне доступ к телу.

— Что тут у вас? — изумленно произнес Родислав. — Во что вы играете?

— Папа! — радостно закричал Денис. — Папа пришел!

Юлька, это мой папа, его зовут Родислав Евгеньевич. А это Юлька, моя подружка.

— Очень рад, — серьезно сказал Родислав, поцеловав сына и протягивая девочке руку, которую та, нисколько не смутившись, пожала совсем по-взрослому, и Родислав удивился неожиданной силе ее маленькой ладошки. — Я принес вкусные пирожные. Как насчет того, чтобы выпить чайку?

— Здорово! — воскликнул мальчик, а девочка, мило улыбнувшись, сказала:

— С удовольствием.

«Надо же, какая воспитанная у Раисы внучка, — подумал Родислав, выкатывая кресло с Денисом в соседнюю комнату, где Раиса накрывала стол к чаепитию. — И такая взрослая! Сколько же ей лет? На вид — восемь-девять, как Дениске, но, может быть, она на самом деле старше?»

— Сколько тебе лет, Юля? — спросил он.

— Восемь. С половиной, — уточнила Юля.

— И во что же вы играли?

— В больницу. Дениска — больной, а я — медсестра, как бабушка, и я должна сделать ему внутримышечную инъекцию.

— Ты так много слов знаешь из медицины, — осторожно заметил Родислав. — И квадрант, и внутримышечная инъекция. Собираешься стать врачом?

— Если получится, — потупилась девочка. — Но вообще-то я больше хочу стать медсестрой, как бабушка.

— А почему не врачом?

— Потому что медсестра гораздо важнее, — очень серьезно объяснила Юля. — Врач только диагноз поставит и лечение назначит, а все остальное зависит от медсестры. Я стану хорошей медсестрой и всю жизнь буду рядом с Дениской, буду ему помогать и лечить его.

— Так уж и всю жизнь? — усомнился Родислав, пряча улыбку.

— Конечно, — Юля смело посмотрела ему прямо в глаза. — Мы поженимся, когда вырастем, и всю жизнь будем вместе.

— А почему вы так смеялись, когда ты собиралась делать Денису укол?

Юля прыснула и смущенно отвернулась.

— Ну пап, как же ты не понимаешь! — тут же вмешался Денис. — Юлька должна была сделать мне укол в попу, а я же не могу снять штаны и лечь, я же только сидеть могу, вот мы и искали способ, как мне повернуться и подтянуть ноги, чтобы она своим шприцем до моей попы достала. Мы чуть со смеху не умерли, пока я в своем кресле корячился.

— Раиса, — строгим тоном обратился Родислав к сиделке, — будьте любезны, на два слова.

Раиса поднялась и вышла вместе с ним в кухню. Родислав плотно притворил дверь в комнату и, оказавшись на маленькой тесной кухоньке, с негодованием посмотрел на сиделку.

— Что это все значит?! В какие игры играют дети?

— В обыкновенные игры, — Раиса безмятежно пожала плечами. — Что вас не устраивает?

— Меня не устраивает, что мой сын играет в больницу! Он и без того неизлечимо болен, он никогда не будет ходить без костылей, а вы поощряете игры, которые только напоминают ему о его увечье. И что это за разговоры про попу, про «снять штаны и лечь», да еще в присутствии девочки? Вы должны заниматься воспитанием Дениса, а не его развращением.

— Вы не правы, Родислав Евгеньевич, — мягко улыбнулась Раиса. — Повторю ваши слова: ваш сын неизлечимо болен, он никогда не будет ходить без костылей, так зачем делать вид, что у него все в порядке? Он должен с раннего детства привыкнуть к тому, что его жизнь не такая, как у других, что в его жизни всегда, до самой смерти, будут медсестры, уколы, капельницы и прочие прелести, без которых не обходится ни одна человеческая жизнь. Но только в его жизни это все будет сопряжено с инвалидным креслом и невозможностью самостоятельно подставить ягодицы под укол. Он должен к этому привыкнуть уже сейчас, привыкнуть и приспособиться, и ничто не может помочь этому лучше, чем игра. Денису нужно не только научиться жить со своей болезнью, но и научиться не стесняться ее, чтобы не было никаких комплексов. Вы видите: он не может подставить попку под укол, но вместо того, чтобы сердиться, расстраиваться и лить слезы над своим увечьем, он хохочет. А смех — это очень позитивно. Вы поймите, Родислав Евгеньевич, Денис болен тяжело и неизлечимо, это факт объективной реальности, который никто не в силах изменить. Вопрос только в том, как к этому факту относиться, как к трагедии или как к обстоятельству жизни. Я стремлюсь сделать так, чтобы Денис относился к своей болезни именно как к обстоятельству жизни, как к данности, с которой ему придется сосуществовать долгие годы. Вы хотите, чтобы всю жизнь он думал о том, какая трагедия с ним приключилась? Или чтобы он все-таки радовался жизни и постарался быть счастливым? Я не хочу, чтобы его болезнь стала для него постоянным источником страданий. Пусть он смеется над ней и над своей неловкостью, пусть забавляется и играет, пусть привыкает к тому, что в его жизни всегда будут неудобства и сложности, и это не катастрофа, а просто данность. Дети повеселятся вдоволь, у них будет хорошее настроение, а я потом под это настроение начну разучивать с Денисом новый комплекс упражнений для укрепления мышц рук, потому что именно сейчас, в этой неправильной, на ваш взгляд, игре, у него формируется понимание того, что сильные руки и плечи — огромное подспорье для него. Он будет видеть цель, более того, он сам ее сформулирует, и занятия принесут куда больше пользы, чем если бы я просто сказала, что надо заниматься. Он, конечно, послушается меня, но эффект будет куда меньше. И пусть вас не волнуют разговоры насчет попы и снятых штанов. Вы же знаете, у Дениски слабый иммунитет, он часто болеет, и мне постоянно приходится его колоть. Он с младенчества привык к тому, что приходится перед женщиной лежать со снятыми штанишками, для него это норма, повседневность. А вы что, хотели бы, чтобы он стеснялся и каждый укол превращался бы в целую трагедию?

Этого Родислав, конечно же, не хотел, и хотя в глубине души он не был согласен с Раисой, никаких аргументов против ее слов он выдвинуть не смог и от этого почувствовал себя уязвленным и почему-то виноватым.

— У вас очень смышленая внучка, — пробормотал он, чтобы сменить тему разговора. — Настоящий доктор растет.

— Это правда, — с довольным видом кивнула Раиса. — У нее к медицине тяга, как и у меня когда-то была. Я ее потихоньку к основам ремесла приобщаю, учу, показываю, рассказываю. Она все на лету схватывает. Но ваш Дениска, конечно, на три головы выше Юленьки.

— В каком смысле?

— Да в самом прямом. Он очень способный, очень. Я же вам неоднократно об этом говорила, но вы, по-моему, внимания не обращали. У него золотая головка, он очень сообразительный и быстро все запоминает. Знаете, кем он хочет быть?

— Кем?

— Ученым. Настоящим большим ученым.

— Ученым? — поразился Родислав, которому стало неприятно оттого, что он, отец, не знает, а какая-то посторонняя тетка, нанятая сиделка, знает, кем хочет стать его сынишка. — В какой же области?

— Денис еще не решил. Просто он сказал, что раз ему судьба послала такую болезнь, при которой он поневоле будет усидчивым и станет много читать, то ему прямая дорога в ученые.

Родислав недоверчиво посмотрел на Раису.

— Что, прямо так и сказал?

— Нет, конечно, — рассмеялась та, — другими словами, попроще, но смысл был именно таким.

— И что же, он сам до этого додумался? Или вы помогли?

— Конечно, помогла. Вы меня для того и наняли, чтобы я помогала Денису. Вот я и помогаю. И кушать, и себя обслуживать, и учиться, и правильно думать. Родислав Евгеньевич, это, конечно, не мое дело, я не имею права вмешиваться...

Она замялась, но Родислав подбодрил ее:

— Говорите, Раечка, не стесняйтесь. Что случилось?

— Ничего не случилось, но я подумала, что если бы у вас были лишние деньги, вы могли бы подарить Денису компьютер.

— Зачем? — удивился он.

— За компьютерами будущее, разве вы сами не понимаете? А работать на компьютере можно, не вставая с кресла. Это самый лучший вариант для Дениски. Пусть осваивает уже сейчас. Пусть хотя бы в игры играет, это развивает пальцы и внимание. Вы не думайте, я знаю, о чем говорю, у меня сын — математик, сейчас он занимается компьютерным программированием и очень хорошо зарабатывает. Программисты будут нарасхват, и будущее Дениски можно считать обеспеченным. Я понимаю, это очень дорого, но, может быть...

Родислав почувствовал, как запылали у него щеки. Лиза и Раиса до сих пор не знали, что он уволился из МВД и стал партнером крупного бизнесмена Бегорского. Они даже не подозревают, какие у него доходы. Конечно, до настоящих доходов дело пока не дошло, Андрей Бегорский сказал, что прибыль делить будут по итогам года, не раньше, но даже тот оклад, который теперь положили Родиславу, не шел ни в какое сравнение с его милицейскими доходами. Сославшись на повышение в должности и солидную прибавку к зарплате, Родислав существенно увеличил выплаты на содержание детей и стал приносить Даше и Денису дорогие подарки, но по-прежнему не хотел, чтобы Лиза знала, сколько он зарабатывает. Кто знает, что придет в голову алкоголичке, если она почует запах наживы? Простенький компьютер, не новый, бывший в употреблении, вполне можно приобрести долларов за пятьсот, для Родислава это теперь сумма вполне посильная, а для Раисы, конечно, целое богатство. И почему такая простая мысль не пришла в голову ему самому?

— Папа! — донесся из комнаты звонкий голосок Дениса. — Ты скоро?

— Иду! — откликнулся Родислав.

Он кивком дал Раисе понять, что разговор окончен, и вернулся к детям. Чаепитие было в самом разгаре, малыши съели уже по два пирожных и примеривались к добавке.

— Что ты хотел, сынок?

— Папа, ты не мог бы купить мне гантели?

Родислав растерянно оглянулся на сиделку и поймал ее легкую удовлетворенную улыбку. Неужели она оказалась провидицей? А ведь все ее рассуждения и доводы показались ему не просто неправильными, а вздорными и странными. Неизлечимая болезнь — это безусловная трагедия, и как же иначе можно к ней относиться, как не к трагедии?

— Гантели? — Родислав постарался разыграть удивление. — Зачем они тебе?

— Мне нужны сильные руки. Мы тут с Юлькой поиграли в больницу, и я понял, что нужно тренировать руки, чтобы легче было поворачиваться. Пап, если это очень дорого, то не нужно, — тут же добавил мальчик и застенчиво улыбнулся. — Может, есть какие-нибудь совсем дешевые.

— Ну что ты, — торопливо ответил Родислав, — разумеется, я куплю тебе гантели.

— Только знаешь, — взгляд Дениса внезапно потух, — ты мне их сам купи, ладно? Маме денег не давай.

— Почему?

— Она все пропьет, я знаю.

— Что ты такое говоришь, сынок, — испугался Родислав.

— Я знаю, — твердо повторил мальчик, уткнувшись глазами в тарелку с недоеденным третьим пирожным. — Или пропьет, или на акции истратит. И Дашке не давай.

— Но почему? Даша что, тоже пропьет? — сердито спросил Родислав, которому совершенно не понравилась такая недетская осведомленность девятилетнего сына.

— Дашка меня не любит. Она деньги на себя истратит, купит какую-нибудь девчачью дребедень.

— Денис, ну как так можно? — возмутился Родислав. — Почему ты решил, что Даша тебя не любит? Она твоя сестра, и, конечно же, она очень тебя любит, даже не сомневайся.

Денис поднял на отца серьезные глаза, посмотрел внимательно, потом улыбнулся.

— Дашка мне сама говорила, что терпеть меня не может, потому что из-за меня у нее детства не было. Честное слово, она так говорила. Просто ты не знаешь, потому что не слышал, а я слышал. Она меня не любит и обзывает по-всякому. Маму она тоже не любит и тоже обзывает.

Родислав бросил настороженный взгляд на Раису, та незаметно кивнула, мол, так и есть, все правда. Он придвинул стул вплотную к креслу Дениса, сел и крепко обнял мальчика, прижав его голову к своему плечу.

— Сынок, мама и Даша — женщины, а с женщинами никогда не знаешь, кого на самом деле они любят, а кого — нет. Они никогда не говорят правду, потому что они так устроены. Женщина почти всегда скрывает свою любовь и часто специально говорит мужчине, что не любит его, чтобы он не догадался, как на самом деле сильно она его любит. Понимаешь?

— Нет. А зачем они скрывают и врут?

— Не знаю, — с улыбкой вздохнул Родислав, — они так устроены. Не надо обращать внимания на то, что они говорят. Надо обращать внимание только на то, что они делают. Ведь Даша заботится о тебе, правда? Возит тебя на прогулки, покупает тебе книжки, кормит тебя, когда тети Раи нет.

— Правда, — согласился Денис.

— Ну вот видишь, если судить по ее поступкам, то она тебя очень любит. А на то, что она говорит, наплюй и забудь. У нее просто такой характер.

— Честно? — Денис вскинул на отца засиявшие глаза. — Она меня любит? И маму тоже?

— Честно, — уверенно ответил Родислав.

Сердце у него ныло. Он и сам чувствовал, что в отношениях Даши и Дениса далеко не все в порядке, но постоянно утешал себя трусливой мыслью, что ему просто кажется. Не может сестра так яростно ненавидеть родного брата, ведь Дениска не сделал ей ничего плохого, ничем ее не обидел, и вообще, разве можно не любить такого чудесного, такого солнечного и светлого мальчика? Раньше, когда Даша бывала груба и резка с братиком, а случалось это постоянно, Родислав списывал все на ее возраст: маленькая еще, глупая. Потом у Даши был пубертатный период, когда у всех детей обычно портится характер, и снова Родислав находил тысячу и одну причину не беспокоиться об отношениях своих внебрачных детей. Теперь же, когда Даше на днях должно исполниться пятнадцать, невозможно было отыскать оправдание тому, что она открыто, в глаза говорит Дениске такие страшные слова. И то, что она грубит матери, тоже плохо.

Родислав собрался уходить, и Раиса проводила его до двери.

— Скажите, то, что рассказал Денис про Дашу, — это правда? — спросил он.

— Правда, — грустно подтвердила Раиса. — Даша — очень сложная девочка, нервная, грубая. Дениска еще смягчил краски, на самом деле все куда хуже, чем вы можете себе представить. Вы ведь приходите, когда Лизы нет, да и Дашу редко видите, она вас не особенно привечает, как я заметила, и тоже старается уйти из дома, когда вы нас навещаете. Вот вы ничего и не видели.

— Но почему же вы мне ничего не говорили? Почему скрывали?

— Любовь Николаевна запретила мне рассказывать вам то, что может вас огорчить. Она очень вас бережет, — усмехнулась Раиса. — Каждый раз, когда мы с ней встречаемся, она мне напоминает об этом.

Родислава замутило. Как же так вышло, что его жена, его Любаша, встречается с сиделкой его внебрачного сына, чтобы заплатить ей за услуги, и просит не расстраивать его? Это абсурд, это сюрреализм какой-то, театр теней! Ведь все началось с ерунды — с того, что он когда-то, шестнадцать лет назад, рассказал Любе о беременности Лизы и робко высказал предположение о том, что ему надо бы давать любовнице деньги на усиленное питание. Как давно это было! И это казалось такой мелочью... Во что же это вылилось? В то, что у него двое внебрачных детей, которых нужно содержать за счет бюджета семьи Романовых, и пьющая бывшая любовница, которую невозможно бросить на произвол судьбы, потому что она мать этих детей. В то, что сестра его жены на протяжении нескольких лет оплачивала сиделку для Дениса, а Люба сама, если Родислав был занят, возила эти деньги Раисе.

Слава богу, хоть сейчас они отказались от Тамариной помощи. Маленький пушистый щенок, неуклюжий и игривый, вырос, заматерел и превратился в огромного, вечно голодного пса с острыми большими клыками и злобно горящими глазами, который того и гляди вцепится тебе в глотку.

— Что же делать? — растерянно спросил он совсем по-детски.

— Я не знаю, — тихо ответила Раиса. — Я не специалист в семейных отношениях. Моя задача — Денис, и я стараюсь сделать все, чтобы окружить его любовью и лаской, которых ему не дают ни мать, ни сестра. Кстати, Родислав Евгеньевич, раз уж мы с вами заговорили о Лизе, то позволю себе заметить... Впрочем, я понимаю, что это не мое дело и негоже мне в это лезть.

— Говорите, Раиса, говорите, — подбодрил ее Родислав.

— Вам не кажется, что Лиза нуждается в лечении? Если раньше речь шла о бытовом пьянстве, то теперь, мне думается, впору подумать о самом настоящем алкоголизме.

— Но что же делать? — повторил Родислав. — Я ведь не могу насильно заставить ее лечиться. Как вы считаете, она сама понимает, что слишком много пьет?

— Родислав Евгеньевич, если бы Лиза это понимала, я бы не вела с вами этот разговор. В том-то и дело, что она, как настоящий алкоголик, ничего этого не видит и не понимает. Я пыталась говорить с ее матерью, но все бесполезно, мать плачет, причитает и ругает вас, она считает вас источником всех бед ее дочери, ничего конструктивного я от нее добиться не смогла. Я пыталась говорить и с самой Лизой, но у нее один ответ: вас наняли с Дениской сидеть — вот и сидите и не суйтесь, куда вас не просят. Но она же пропивает те деньги, которые вы даете на детей. Хорошо, если вы привозите деньги и отдаете мне, тогда я быстрее бегу в магазины и покупаю самое необходимое — одежду, продукты, книги, канцтовары и все прочее. Но если деньги попадают в руки Лизе, то можно заранее быть уверенным, что дети их не увидят. А теперь еще акции эти... Разве так может продолжаться?

— Я подумаю над вашими словами, — уклончиво ответил он. — И постараюсь отдавать деньги лично вам в руки.

Ну вот, еще один пушистый шкодливый щенок превратился в страшного прожорливого пса. Каким романтичным когда-то казался ему вечер, проведенный в постели с Лизой, когда рядом стояли бутылка коньячку и коробочка конфет, какой милой представлялась ему ее любовь к шампанскому, какой очаровательной выглядела Лиза, когда позволяла себе немного выпить, какой раскованной, радостной, искрящейся! И во что это вылилось? Лиза превратилась в худую, изможденную, вечно растрепанную бабу с красными глазами и длинным острым носом, с неприятным, визгливым, каким-то сипловатым голосом, злую и постоянно чем-то недовольную. И почти постоянно нетрезвую.

Лизу надо лечить, это очевидно. Но надо лечить и соседа Геннадия, иначе, не ровен час, дело может закончиться трагедией. Как это устроить? Теперь не советская власть, теперь без согласия больного никакого лечения не будет, если этот больной не совершает общественно опасных действий. Ни Лиза, ни Геннадий на лечение добровольно не согласятся, значит, придется терпеть и приспосабливаться, прятать от Лизы деньги, укрывать у себя Ларису и Татьяну Федоровну, которая в последнее время здорово сдала, часто и тяжело болеет, и Любе приходится с ней возиться, организовывать врачей, больницы и лекарства. С лекарствами совсем тяжело, в аптеках ничего нет, в больницах тоже, все надо доставать самим, хорошо еще, что есть Аэлла со своими связями и возможностями. Когда-то, много лет назад, они с Любой промолчали, позволили невинному человеку оказаться на скамье подсудимых, и теперь огромный зубастый кобель злобно лает у них под дверью и требует мяса, мяса, мяса... Этих кровожадных псов вокруг них целая стая, и в любую минуту они могут порвать их с Любой в мелкие клочья. Как же так вышло? Почему? Кто в этом виноват?

На улице лил дождь, у Родислава не было зонта, и он на несколько секунд замешкался в подъезде, прикидывая, как бы половчее добежать до припаркованной метрах в пятидесяти машины, не попав в глубокую, растекшуюся по тротуару лужу. Поставить машину ближе не получилось — прямо перед подъездом велись дорожные работы. Пока он размышлял, из-за угла появились Лиза и Даша.

— Привет, — хмуро бросила Лиза, вытирая мокрое от дождя лицо ладонью.

— Здравствуй, — ответил Родислав и повернулся к дочери: — Здравствуй, Дашенька.

— Здрасьте, дядя Родик, — угрюмо буркнула девочка, не глядя на него.

— Не дядя Родик, а папа, — поправила ее Лиза. — Сколько

можно тебе повторять? Бери пример с Дениски, он его всегда папой называет.

— Был бы папой — жил бы с нами, — зло сказала Даша. — И денег бы больше давал. А то приходящий какой-то... Только одного Дениску и любит. Опять небось игрушек ему натаскал и конфет дурацких, а у меня колготки рваные.

— А ты слушай, слушай, что ребенок тебе говорит, — голос Лизы сорвался на визг. — Сам как сыр в масле катаешься, а на детей лишнюю тыщу жалеешь. Мало того, что нас государство обобрало, так еще и от тебя помощи не дождешься.

— Тебя не государство обобрало, а мошенники, которые пирамиду построили. Кто тебя заставлял покупать акции? Я тебе даю деньги на детей, а ты их пропиваешь или тратишь непонятно на что. Лиза, когда это кончится, а?

— Что?! — она уже почти кричала. — Что должно кончиться? Дети твои должны кончиться? Конечно, ты был бы счастлив, если бы мы все умерли, вот так взяли в одночасье и сдохли: и я, и Дашка, и Дениска, и ты жил бы дальше, богатый и свободный. Мы тебе не нужны и никогда не были нужны, ты просто не знаешь, как от нас отделаться, подачки свои приносишь и думаешь — всё, откупился, отмазался. А то, что я на эти подачки хочу детям своим нормальную жизнь построить, потому и покупаю акции, — это как? Тоже неправильно? Вон сегодня снова полдня в очереди простояла и ничего не получила, деньги кончились! Тоже, скажешь, я виновата? Это вы там, в милиции, разожрались, разленились, пузо наели и в потолок поплевываете, а на то, что мошенники честных людей грабят, вам всем наплевать. Вместо того чтобы их ловить и под суд отдавать, а нам наши денежки возвращать, ты только и можешь, что поучать. И не смей мне говорить, что я детские деньги пропиваю, я на свои пью, на заработанные, а дети у меня накормлены, одеты и ухожены, не хуже других. И вообще, я не пью, а отдыхаю. И не твоего ума дело, на что я свою зарплату трачу. А если ты такой умный, так лучше поговорил бы с кем надо, чтобы мне деньги вернули. У тебя наверняка связи есть, вот и сделай для нас хоть что-нибудь полезное.

Только тут Родислав наконец заметил слезы на глазах у Лизы. А он-то считал, что небрежно наложенная косметика на ее веках и ресницах расплылась от попавших на лицо капель дождя. Сейчас она казалась ему некрасивой и старой, даже старше Любы, и какой-то отталкивающей. «И эту женщину я должен содержать? Почему? Зачем? Как так получилось, что она повисла на моей семье тяжким бременем? Неужели я любил ее до самозабвения? Трудно в это поверить... И эта девочка рядом с ней, моя дочь, к которой я не испытываю ровным счетом ничего, кроме раздражения. Даже странно думать, что это мой ребенок. Почему я ее совсем не люблю? Ведь говорят, что матери больше любят сыновей, а отцы — дочерей, но я очень люблю Дениску, а Дашу не люблю совсем. Совсем. Она для меня чужая и какая-то неприятная. И давать деньги на ее содержание мне не хочется. Была бы моя воля, я бы давал деньги только на Дениса. А еще лучше — отобрал бы его у Лизы и воспитывал бы вместе с Любой. Любаша согласится, я уверен. Тем более Колька у нас неудалый, гордиться нечем, а так была бы возможность воспитать еще одного сына. Любаша поняла бы меня, ведь она сама говорила о второй попытке, когда отпускала меня к Лизе девять лет назад, сразу после рождения Дениса. Господи, что за мысли лезут в голову! Мало Люба настрадалась, мало ей проблем, так я собираюсь еще и Дениску на нее повесить. Идиот... Ладно, пусть будет так, как есть, только нельзя, чтобы Лиза узнала размер моих доходов, иначе совсем проходу не даст».

— От тебя вообще никакой пользы, — продолжала между тем Лиза дрожащим от ярости голосом. — Что ты для нас сделал за все эти годы? Чем помог? Подачками своими? Нет чтобы квартиру нам выбить побольше или на хорошую работу меня устроить, чтобы зарплата была, на которую можно безбедно жить! Толку от тебя никакого!

«Ну вот, конечно, — с каким-то мрачным удовлетворением подумал Родислав, — как только она узнает, что я стал полноправным партнером в крупном бизнесе, так сразу же начнет требовать квартиру. Она ведь ни перед чем не остановится, станет звонить домой, терроризировать Любу. Как же меня угораздило так вляпаться? Зачем мне нужна была эта женщина? Зачем мне ее дети? Зачем мне все эти проблемы? Интересно, как бы я отреагировал, если бы мне сказали, что Лизы больше никогда не будет в моей жизни и Даши не будет, но не будет и Дениса. Я бы согласился? Наверное, да. Я, конечно, люблю мальчика, но не настолько, чтобы ради него все это терпеть. И куда мне теперь деваться? От Лизы все равно не отделаться, она присосалась, как пиявка. Любаша столько лет терпит это унижение, а я ничего не могу сделать.

Мне стыдно признаться жене, что я равнодушен к собственным детям, она перестанет меня уважать, настоящий мужчина в ее представлении обязательно должен любить своих детей и заботиться о них. И мне точно так же стыдно признаться ей, что женщина, ради которой я все разрушил в своей семье, теперь вызывает у меня только брезгливое отвращение. Получается, что Лиза — это был всего лишь кратковременный каприз, а я ему в угоду так оскорбил Любашу. Правда, она всегда напоминает мне, что договор предложила она сама, и предложила она его в тот момент, когда я фактически застал ее с любовником, но она говорит так только для того, чтобы мне было легче. На самом деле и любовник-то этот несчастный, мальчишка, пацан, появился только потому, что я перестал уделять ей внимание, отстранился, охладел, начал изменять, закрутил романчик с Лизой. Дурак я, дурак! Слабый, безвольный дурак! Зачем, ну зачем я тогда согласился? Надо было попросить прощения, пообещать все, что угодно, порвать с Лизой, но сохранить супружеские отношения. Но это я сейчас так думаю, потому что остыл и успокоился, а тогда мне казалось немыслимым прожить без Лизы хотя бы день, и я готов был на все, лишь бы иметь возможность ложиться с ней в постель. Разве могло мне тогда прийти в голову, что настанет время, когда Лиза будет мне отвратительна, а сам я готов буду на все, что угодно, лишь бы иметь возможность лечь в постель хоть с кем-нибудь! Лишь бы у меня хоть с кем-нибудь что-нибудь получилось! Черт, стыд какой... И посоветоваться не с кем, разве можно в таком признаваться?»

— Ну что ты стоишь столбом? — голос Лизы прервал его унылые думы. — Дай пройти, мы и так все вымокли. Собрался уезжать — так уезжай уже, не загораживай дорогу. А если хочешь быть полезным, купи Дашке джинсы или денег дай.

— Сколько? — устало спросил Родислав.

— Семьдесят пять тысяч, — с вызовом ответила Даша. — Или тебе слабо? Тебе же только на Дениску денег не жалко, а я должна в обносках ходить.

— Почему семьдесят пять тысяч? — нахмурился он. — Что за странная цена?

— Потому что «Кельвин Кляйн». Или я что, по-твоему, должна индийское барахло носить?

Ну конечно, фирменные джинсы за сумму, равную тридцати пяти долларам. Курам на смех.

— Даша, настоящие джинсы «Кельвин Кляйн» стоят намного дороже, а то, что ты собираешься купить за семьдесят пять тысяч, — подделка, сшитая в Турции или в Китае. Ты хоть помнишь, что курс доллара — почти две тысячи рублей?

— Ну и тебе какая разница? — сердито проговорила девочка. — Твое дело денег дать. А если не дашь — так сразу и скажи. А то стоит тут, рассуждает про подделки, сто слов готов сказать, только бы денег не дать. Правда, мам?

— Точно, — поддакнула Лиза.

Родислав молча достал бумажник, вынул купюры и протянул дочери. Та схватила деньги и, не поблагодарив, нырнула в подъезд. Лиза фыркнула напоследок и скрылась следом за Дашей.

Он забыл про дождь и про лужу и решительно двинулся к машине кратчайшим путем. Через несколько шагов Родислав почувствовал, как вода залилась в ботинки, но не обратил на это внимания. Скорее уехать отсюда, подальше от этого дома, от этой ужасной женщины и ее противной дочки. Ее дочки... Но ведь это и ЕГО дочь. Как же так получилось, что у него выросла такая девочка? Вот ведь Леля совсем другая — спокойная, вежливая, очень добрая, всех жалеет, никогда никому дурного слова не скажет, умница. Почему же Даша такая... даже слов не подобрать, чтобы описать ее. Корыстная, злая, завистливая, брата ненавидит, отца ненавидит, со взрослыми груба и бесцеремонна. Откуда в ней эти качества? Неужели от Лизы? Неужели Лиза и в самом деле такая, просто он в своем ослеплении любовью ничего не видел, не замечал, не понимал?

Надо же, джинсы за семьдесят пять тысяч! Всего два с половиной года прошло с того момента, как впервые государство отпустило цены, и уже такая бешеная инфляция! Два с половиной года назад сумма в семьдесят пять тысяч рублей казалась запредельной, ее умом трудно было охватить. За десять тысяч рублей можно было приобрести кооперативную двухкомнатную квартиру или автомобиль, а зарплата в триста пятьдесят рублей считалась более чем достойной. А сегодня триста пятьдесят рублей — это сущие копейки, примерно пятнадцать центов, на которые даже сигарет не купишь. Курс доллара растет так быстро, что ахнуть не успеваешь, еще в начале года — Родислав помнил это совершенно отчетливо, потому что, как обычно, сразу же после получения зарплаты помчался в обменный пункт переводить рубли в более надежную валюту, — доллар стоил 1247 рублей, а сегодня, спустя всего семь месяцев, уже 2000. Если бы зарплаты росли так же интенсивно! Как быстро меняется экономическая ситуация... Куда заведут реформы — одному богу ведомо, во всяком случае, темпы спада российской промышленности в текущем году достигли двадцати пяти процентов. Так сообщил Госкомстат. Но Родислав, не один год проработавший в аппарате министерства и хорошо знающий, какие цифры и каким путем попадают в официальные документы, в эти двадцать пять процентов не очень-то верил. Наверняка спад на самом деле куда значительнее, по крайней мере если судить по показателям работы в бизнесе Бегорского. Андрей, приглашая Родислава к себе и предлагая ему партнерство, честно предупредил, что прибыли пока вряд ли будут расти, хорошо бы остаться «при своих» и не уйти в минус, но даже и не возросшие прибыли от его заводов и совместных предприятий все равно достаточно высоки. Интересно, сколько Родислав получит в конце года, когда Андрей выделит ему его долю? Заранее спрашивать об этом он постеснялся, тем более что зарплату ему Бегорский установил, по сравнению с окладом в МВД, просто огромную, и даже без этой половины всей прибыли Романовы могли бы жить припеваючи. Наконец-то Любаша перестала считать рубли и копейки и экономить на всем, наконец-то она может позволить себе купить новую одежду не только для Лели и мужа, но и для себя. И в отпуск они в сентябре поедут в Турцию, а на будущий год, если с деньгами все будет в порядке и холдинг Бегорского не придет в упадок, Родислав запланировал отправиться в круиз по Средиземному морю, благо с загранпаспортами теперь нет проблем, не то что раньше.

Он с удовольствием предался мыслям о том, как уже изменилась и еще изменится к лучшему его жизнь после увольнения со службы и перехода в частный бизнес. Думать об этом было куда приятнее, чем о Лизе и Даше. Была бы его воля, он бы никогда больше их не видел и дела с ними не имел. Но куда ж деваться? Даша — его дочь, а Лиза — мать его детей.

Ему удалось отстраниться от тяжких раздумий, и домой Родислав явился в приподнятом настроении и даже слегка взбудораженным.

— Любаша, давай завтра поедем покупать тебе обновки для отпуска.

— Давай! — обрадовалась Люба. — Ой, Родинька, я с удовольствием.

Как же отличается его жена от Лизы! Любаша благодарна любому проявлению внимания к ней и не стесняется эту благодарность выказывать, а Лиза постоянно ворчит, злится, скандалит и всем недовольна. Если бы Лиза была такой же, как его жена, если бы искренне радовалась каждому подарку, а не подвергала его злобной критике, то Родислав давал бы ей куда больше денег, ему нравилось быть щедрым и нравилось, когда его благодарили.

Однако на следующее утро, в субботу, выяснилось, что ехать за обновками, в сущности, некуда, одежда во всем разнообразии ассортимента продавалась на вещевых рынках, где был весьма высок риск нарваться на подделку или на низкое качество товара, а бутики, в которых продавались бы настоящие фирменные вещи, в Москве только-только начали появляться, и было их совсем мало.

— Мы ничего не сможем найти для меня, — грустно говорила Люба, наливая мужу кофе, — даже если хорошие вещи и найдутся, то не моего размера. И почему в магазинах висит все на низкорослых тоненьких подростках? Мне с моим ростом и пятидесятым размером можно одеваться только на рынках. Придется ехать в Лужники или, в крайнем случае, на ВДНХ, где иногда можно найти что-то стоящее, не поддельное.

Родислав со вздохом поднялся и направился к телефону.

— Я позвоню Аэлле, — решительно заявил он. — Она решит проблему.

Аэлла с энтузиазмом отозвалась на просьбу друзей, попросила полчаса на сбор необходимой информации, потом перезвонила и сказала, что сейчас сама заедет за Романовыми и повезет в магазины, в которых совершенно точно есть то, что нужно, и не поддельное, высококачественное. Люба повеселела, быстро навела порядок на кухне, надела шелковый летний костюм, купленный года четыре назад, сделала макияж и заглянула в комнату дочери.

— Лелечка, ты с нами поедешь? Тебе нужно что-нибудь купить к отпуску?

— Мне ничего не нужно, — меланхолично ответила девушка, отрываясь от толстой книги на английском языке. — У меня все есть.

Это было правдой, как только Родислав стал приносить

большую зарплату, Лелин гардероб значительно обновился. Появившиеся деньги Люба с удовольствием тратила на мужа и дочь, а вот до себя самой руки как-то не доходили. Но ведь это была первая в жизни Любы и Лели поездка за границу! Неужели девочка не хочет купить для этой поездки, которая наверняка окажется потрясающей и интересной, что-нибудь новое, красивое, совершенно замечательное? Самой Любе этого очень хотелось, и равнодушия дочери она не понимала.

— Может, какой-нибудь красивый купальник? — предложила она. — Или сарафан, или шорты. Говорят, там очень жарко, вещи нужны совсем легкие, а у тебя вся одежда в основном для города.

— Я же сказала: у меня все есть. Мне не будет жарко, я и так постоянно мерзну.

— Ну, как хочешь, — вздохнула Люба.

Настроение у нее слегка упало, ей так хотелось провести этот день радостно, и чтобы все были вместе, и чтобы всем было весело, и чтобы все дружно готовились к отдыху в Турции и мечтали о ярком солнце и теплом море. Николаша не в счет, он с ними не едет, у него дела, проблемы... Господи, как его оставить здесь одного на целых две недели? Ведь если что случится, родителей рядом не окажется, и найти их сразу будет невозможно, пройдет какое-то время, прежде чем узнают, в каком отеле они отдыхают и как туда позвонить. А если Колька попадет в больницу? Кто будет разговаривать с врачами, сидеть с мальчиком, платить медперсоналу? А вдруг еще какая-нибудь неприятность? Не смогут найти родителей и обратятся к деду. Папа не выдержит. Может, не ехать никуда? Отправить Родика с Лелей на море, а самой остаться дома и караулить сына? Нет, это не выход, Родик так радовался, что может наконец поехать вместе с ней за границу, он так и сказал ей: «Любаша, я так виноват перед тобой, из-за моей глупости ты столько лет считала копейки и во всем себе отказывала, и вот теперь у нас появились деньги, и я могу вывезти тебя на Средиземное море. Наконец-то я могу почувствовать себя настоящим мужем и добытчиком в семье». Ну разве может Люба омрачить ему эту радость?

Она постаралась вернуть лицу выражение радостного предвкушения и вместе с мужем спустилась вниз встречать Аэллу.

— Вы вдвоем едете в Турцию? — поинтересовалась Аэлла, трогаясь с места. — Медовый месяц решили устроить?

— Нет, с нами Леля едет, — ответила Люба.

— Ну слава богу, — Аэлла шутливо сделала вид, что с облегчением переводит дыхание, — а то я уж подумала, что вы всех своих иждивенцев с собой потянете, и Лизу с двумя детьми и сиделкой, и Лариску с бабкой й папашей-алкоголиком. А что? Неплохая сложилась бы компания, может, Ларискин папаша с Лизой составили бы счастливую семью.

— Аэлла, — с упреком произнесла Люба, — перестань.

Родислав ничего не сказал, только нахмурился и отвернулся. Но, к счастью, это была единственная парфянская стрела, выпущенная в тот день Аэллой Александриди. Все остальное время она возила Романовых по магазинам, помогала выбирать вещи, придирчиво осматривала выходящую из примерочной Любу и давала довольно ценные советы по поводу того, как скомбинировать вещи между собой, чтобы при минимуме затрат получить максимум разнообразных туалетов. Родислав тоже не остался без обновок, ему купили итальянские легкие белые брюки и американские сандалеты из натуральной кожи. Сделав все покупки, они по приглашению Аэллы зашли в ресторан пообедать, потом вернулись домой. Настроение у Любы и Родислава было отличным.

* * *

— Ты бы видел, как Любочка преобразилась, когда мерила все эти тряпочки! — Ворон захлебывался восторгом. — Вот не зря люди говорят, что женская красота требует обрамления. Стоило ей надеть новые модные вещи, как она вся засияла, засверкала! И настроение у нее сразу поднялось, а то столько лет ходила в старых вещах, ничего себе позволить не могла. В общем, все здорово. Даже Аэлла мне в этот раз понравилась, она как-то с душой к делу подошла, и вещи старательно выбирала, и советы дельные давала.

Однако что-то в голосе Ворона Камню не понравилось. Не то неуверенность какая-то проскальзывала, не то уклончивость. Слова-то были об одном, а вот интонация говорила о другом.

— Признавайся, что там не так, — потребовал Камень.

Ворон отвел глаза и сделал вид, что наблюдает за полетом букашки, выписывающей крендели возле его клюва.

— Ты слышал, что я сказал? Говори, что не так.

— Но я же все рассказал, — начал юлить Ворон. — Они

едут в Турцию, радуются, новую одежду покупают. И Леля с ними едет. А Коля не едет. Вот и все.

— Нет, не все, — упрямо возразил Камень. — Я слышу, что не все. Ты что-то скрываешь. Немедленно признавайся, что ты от меня утаил.

Ворон неуверенно попрыгал на ветке, словно проверяя ее на упругость. Степень упругости его не устроила, и он с деловитым видом начал искать ветку получше, то соскакивая вниз, то взмахивая крыльями и перемещаясь наверх. От этих передвижений с широких еловых лап прямо на макушку Камню начал падать снег, но Камень мужественно терпел неудобства, ожидая продолжения рассказа.

— Я жду, — напомнил он. — И не надейся, что я забуду свой вопрос, пока ты изображаешь из себя акробата.

— Ну, короче... Нет, не скажу, а то ты расстроишься.

— Да я уже расстроился! — в нетерпении воскликнул Камень. — Я же понимаю, что там что-то плохое. Какой смысл от меня скрывать?

— Ладно, скажу, — вздохнул Ворон. — Только дай слово, что не будешь плакать.

— Не буду.

— Люба все время притворялась, что ей весело и что у нее хорошее настроение. А на самом деле ей было очень больно.

— Больно?! Почему?

— У нее живот очень сильно болел. Как только они сели к Аэлле в машину, так и заболел. Но Люба не хотела портить Родиславу настроение, он ведь так радовался, что может отвезти ее за покупками, практически не считая денег. Знаешь, мужчины это очень ценят.

— Что — это? — не понял Камень.

— Ну, когда они могут свою женщину отвезти в магазин и покупать ей все, что она захочет, не глядя на ценники. Они в такие моменты чувствуют себя настоящими фараонами.

— Ты, наверное, имел в виду «королями»?

— Ну, пусть королями, какая разница. Главное, что Люба это прекрасно понимала и потому промолчала, чтобы мужу удовольствие не портить. А ей так больно было — ужас! Она в примерочную заходит и первым делом на стульчик присаживается, пополам сгибается, руками себя обхватывает и сидит какое-то время. И только потом начинает одежки примерять. Наденет новое, даже в зеркало на себя не посмотрит, снова сядет, посидит немножко, улыбку на лицо наклеит и выходит. А у самой слезы в глазах — до того ей больно.

— В каком месте больно? — спросил Камень. — Сверху, справа, слева, снизу?

— Сверху, там, где еще ребра есть. Посерединке примерно.

— Гастрит, — с видом знатока вынес вердикт Камень. — А то, не приведи господь, уже и язва. В книжках написано, что боль при этом ужасная. Бедная Люба! И давно это у нее?

Ворон подвоха не заметил и попался на явную провокацию.

— Не очень, с год приблизительно. Я еще обратил внимание, что когда она за общим столом сидит, то ест то же, что и все, а когда одна, то кушает совсем другое. Кашку себе варит, или картошку, или рыбку, ничего жареного не употребляет, ничего острого. Я сначала не понял, в чем дело, потом смотрю — Люба в поликлинику пошла, к доктору, а доктор ее на рентген послал и на эту... нет, мне не выговорить.

— Гастрофиброскопию, — подсказал Камень.

— Во-во, на нее. Но Люба Родиславу ничего не сказала, не хочет, чтобы он знал, что она болеет. Бережет, расстраивать боится.

— А ты, стало быть, самоидентифицировался с Любой и решил, что я — Родислав, — с сарказмом заметил Камень.

— Я... чего с Любой? — растерянно переспросил Ворон. — Я не расслышал.

— Ты так любишь свою Любочку, что живешь одной жизнью с ней и уже начинаешь думать и чувствовать, как она, — пояснил Камень. — А меня принимаешь за ее мужа и не хочешь расстраивать, поэтому скрываешь от меня правду. Люба болеет уже почти год, а ты даже словом не обмолвился. И если бы я сейчас не взял тебя за горло, ты бы опять промолчал. Ну и куда это годится?

Ворон обиженно вскинул иссиня-черную голову и сверкнул глазами.

— И нечего шпынять меня разными заумными словами! Я же хотел как лучше, я же тебя, старого дурака, жалею, оберегаю, а ты меня этим попрекаешь. Хочешь про плохое слушать? Пожалуйста, могу тебе в красках живописать, как Романовы мучаются с Геннадием, который беспрерывно пьет и устраивает пьяные дебоши. Или могу рассказать, как бабка Кемарская получила инсульт и теперь еле ходит и почти не разговаривает, но за ней нужен глаз да глаз, потому что она то и дело норовит открыть газ, но забыть зажечь его, или включить воду и не выключить. И если Лариса в выходной день куда-нибудь уходит, то Люба по нескольку раз спускается на второй этаж бабку проведать, а заодно убедиться, что Геннадий ее пока еще не пришиб. Тебе про это хочется? Пожалуйста, я могу. А если пожелаешь, могу еще про твоего любименького Родислава порассказать такое, что у тебя твои каменные уши завянут и в трубочку завернутся.

— Это что же, например? — нахмурился Камень.

— А ты забыл, что он со своей импотенцией никак смириться не может? Ему же всего пятьдесят лет в том году исполнилось, он молодой совсем, можно сказать, мужик в самом соку. Другие в его возрасте, да еще ежели при деньгах и возможностях, такого жару дают — будьте-нате, а он уже в тираж вышел. Как ему с этим жить? Вот он и выдумывает разные способы, как бы себя оживить и в норму привести.

— А чего ж он к врачу-то не идет? — удивился Камень. — Насколько я помню из твоих рассказов, в то время уже частная медицина стала развиваться, и всяких специалистов появилось видимо-невидимо. Ну, я понимаю, в поликлинике МВД эту проблему не решить, и врачей нет нужных, и стыдно, но частным-то образом можно полечиться.

— Полечиться-то можно, а вот куда от себя самого убежать? — рассудительно заметил Ворон. — Ведь с детства, с пацанских времен еще было вбито в голову, что половое бессилие — это стыдно и является поводом для насмешек. У Родислава просто язык не поворачивается озвучить свою проблему вслух, признаться кому-нибудь, даже и врачу. Для него это немыслимо.

— И какие же способы он придумывает, чтобы себя оживить?

Ворон слетел пониже, собрался было что-то сказать, но передумал и спрыгнул на макушку Камню, приблизив голову вплотную к его уху.

— Он к проституткам ходит, — шепотом сообщил он. — Представляешь? Выбирает каждый раз разных и пробует. Все равно ничего не получается, но он продолжает искать. И еще он порнографию смотрит.

— Где?! — в ужасе воскликнул Камень. — Прямо дома?! При Любе?!

— Да тише ты! — одернул друга Ворон. — Чего орешь? Услышит кто-нибудь, о чем мы с тобой разговариваем, — сплетен потом не оберешься. Не бойся, не дома он смотрит.

— А где же?

— В бане, с приятелями. И проституток туда же приглашают. Родислав все надеется, что вот он насмотрится порнухи, оживет, а тут и девочку ему подгоняют — и все получится. Никто ничего не замечает, потому что смотрят все, а потом с девочками уединяются, а уж у кого там чего получилось или не получилось — этого никто не знает. Все, конечно, потом вместе встречаются и делают вид, что все отлично, но как было на самом деле — это большой вопрос. Я, например, ради любопытства пару раз в этих банях все комнаты осмотрел, когда дело до девочек дошло, так должен тебе сказать, что у некоторых, конечно, все нормально, но не у всех. Кто выпил много, кто перепарился, кто просто не в настроении оказался, а у кого и такие же проблемы, как у нашего Родислава. В общем, у всех по-разному, но когда они опять за столом встречаются, то делают довольные рожи, сальные глаза и многозначительно ухмыляются, дескать, они там шороху навели и показали этим соплюшкам, что такое настоящий секс с настоящим мужиком. Ой, Камешек, до чего ж они все смешные! Ты бы их видел! Толстые, черепа лысые, тела волосатые, брюхо висит, ноги кривые, морды пьянющие, несут какую-то ахинею, а туда же — гиганты секса и акулы российского бизнеса. Из десятерых мужиков у двоих-троих был настоящий секс, а остальные — кто совсем ничего не смог, а кто сгорел за три минуты, но разговоры ведутся такие, что можно подумать, будто они сплошь и поголовно все половые террористы. Врут друг другу и не краснеют.

— Да они не друг другу, они в основном сами себе врут, — задумчиво проговорил Камень. — А как же ты все это углядел? Ты ж клялся и божился, что за сексом не подсматриваешь.

— А я и не подсматриваю. Но уши-то мне никто не затыкает. Я все слышу, а это равнозначно тому, что я все вижу. Ну что? Порадовал я тебя? Такой правды ты от меня хотел?

— И такой тоже, — твердо ответил Камень. — Прошу тебя, не надо ничего от меня скрывать. Любая правда лучше неизвестности.

— А вот люди так не считают.

— Но мы-то с тобой не люди, мы с тобой — Вечные. И мы прекрасно понимаем, что то, что так пугает людей в их кратковременной земной жизни, не имеет в масштабах вечности ровно никакого значения. Кстати, ты что-то давно не упоминал о таинственных мужчинах, которые то и дело пасутся возле Романовых, то следят за ними, то спасают.

— Так я их больше не видел.

— Не видел или не обращал внимания? — прищурился Камень.

— Ну, не обращал, — пробормотал Ворон, на всякий случай спрыгивая на землю и отскакивая подальше от Камня. — Они же все время разные, эти мужчины, а ты что, хочешь, чтобы я всех людей на улице рассматривал? А таких явных ситуаций, как с маньяком или с Любиной сумочкой, больше не было.

«Или ты просто на них не попадал, — подумал Камень. — Ладно, я потом у Змея спрошу. Уж он-то все знает».

— Как они в Турции отдохнули? — миролюбиво спросил он. — Или ты еще не смотрел?

— Смотрел, а как же, — оживился Ворон. — Отлично они отдохнули! Наплавались, назагорались. Отельчик, правда, фиговенький, всего три звездочки, окна номера на водокачку выходят, но после советских гостиниц он казался райскими хоромами. Завтрак и ужин — шведский стол, на ужин на выбор по два супа, по два горячих блюда и по два разных гарнира, а уж закусок и салатов — десятка полтора. Представляешь, какое это произвело впечатление на Любочку и Родислава? Родислав-то все-таки целых три раза был в служебных командировках за границей, про Испанию я тебе рассказывал, а еще он ездил в Болгарию и на Кипр, в полицейскую академию, так что о приличных гостиницах какое-никакое представление он имеет, а уж для Любочки это все было как в сказке. Очень она осталась довольна.

— А Леля? Ей понравилось?

— Да ну ее, — Ворон раздраженно взмахнул крыльями, — ей, по-моему, вообще ничего, кроме ее собственных страданий, не нравится. Выходила на пляж, садилась в тенечке и читала толстенный том английской поэзии в оригинале. Из Москвы такую тяжесть перла, представляешь? Ходила целыми днями с постным лицом и молчала. А твой Родислав, между прочим, знаешь что вытворял?

— И что же?

— Он часов в одиннадцать утра заявлял, что ему уже жарко, и оставлял Любу на пляже, а сам шел в номер, якобы отдыхать, включал телевизор и смотрел по платному каналу порнографическое кино.

— Зачем? У него что, была возможность пригласить проститутку, если вдруг... ну, ты понял, что я имею в виду.

— С ума сошел! — фыркнул Ворон. — Какая проститутка? У него жена есть, ежели чего случится.

— И как, случилось? — с надеждой спросил Камень.

— Ну прям! Ничего не случилось. Слюнки текут, а толку никакого. Это я тебе так, для информации сообщил, коль уж ты настаиваешь, чтобы я ничего не скрывал. Но в целом отдых удался. Они по вечерам в деревню ходили, там магазинчики всякие с сувенирами, ювелиркой и трикотажем, Родислав Любе золотые сережки купил, большие такие, висячие. Я не очень понимаю, но они говорили, что это дутое золото. Дутое — это что, ненастоящее? Типа бижутерии?

— Остолоп, — беззлобно усмехнулся Камень. — Самое настоящее. Просто снаружи изделие крупное, а внутри пустое, легкое. Если бы было литое, то в нем золота было бы на многие тыщи, а когда дутое, то получается намного дешевле. Столько лет на свете живешь, а элементарного не знаешь. А Леле они что-нибудь купили?

— Да что ты привязался со своей Лелей! — рассердился Ворон. — Никогда ею не интересовался, а тут вдруг Леля да Леля. Не ходила она с ними в деревню, в номере сидела и поэтов своих смаковала. Или уходила вечером на пляж, сидела на лежаке и смотрела на море.

— Мечтала, что ли? — заинтересовался Камень. — О чем?

— Не «о чем», а «о ком», — поправил его Ворон. — О Вадиме, о ком же еще. Но это так, примерно, потому что я на нее не настроился и мысли ее читать не могу пока. Если бы она с кем-нибудь говорила, тогда другое дело, а она ведь молчит все время.

— Откуда же ты знаешь, что она о Вадиме мечтает?

— Ну, это-то на поверхности лежит, — рассмеялся довольный собой Ворон. — Это и без специальной настройки я могу прочитать. Вот в глубины подсознания я залезть могу только к Любе и к Родиславу, ну, к Лизе еще могу. А с поверхности-то я у кого хошь считаю. Что касается подарка, то Люба с мужем выбрали дочери красивый браслет, предлагали ей пойти с ними в магазин, посмотреть, но она не пошла, так что пришлось им покупать самим, не зная, понравится ей или нет.

— И как, понравился?

— А то. Глазки блеснули у нашей Лели, когда она браслет увидела и на руку надела. Но она тут же опять маску всемирной скорби нацепила и тихо так говорит, мол, спасибо, дорогие мама и папа, за ваш замечательный подарок, это мне будет память о том, как мы хорошо все вместе отдыхали за границей. И с такой тоской на родителей посмотрела, словно завтра все они умрут и эта поездка навсегда останется самым светлым пятном в ее безысходной жизни. Одним словом, девка — полный караул. Никакой радости жизни, одни сплошные страдания. Она весь отпуск родителям испортила.

— Так уж и испортила? — усомнился Камень.

— Я тебе так скажу, — авторитетно произнес Ворон. — Без нее им было бы куда лучше. А то им приходилось все время на Лелю оглядываться: как она, да что она, да не скучает ли бедняжечка, не грустит ли, да как она себя чувствует. Бывали моменты, когда им так хотелось порадоваться! Вот представь: купили они телефонную карту, позвонили Коле домой или на работу, поговорили с ним, убедились, что он жив-здоров и не в тюрьме, потом деду отзвонились, у него тоже все в порядке, голос бодрый, на здоровье не жалуется, потом даже Ларисе позвонили, с ней поговорили, там тоже все более или менее, Геннадий напился, валяется, храпит, но никого не покалечил и в милицию не загремел, бабка лежит, почти не встает, но квартиру пока не спалила, не затопила и не взорвала. Отходят они от телефонной будки и понимают, что жизнь удалась: в Москве все путем, здесь тепло, море, солнце и никаких проблем. Идут они, к примеру, в кофейню в деревне, пьют крепкий вкусный кофе, холодной водичкой запивают, кругом музычка восточная играет, люди веселые, беззаботные, и такая радость Любу и Родислава охватывает, такой покой и умиротворение, и глаза у них сияют, и предвкушают они завтрашний день, такой же спокойный, радостный, наполненный всеразличными удовольствиями, а Родислав планирует на парашюте полетать, а Люба его отговаривает, мол, она за него волноваться будет, и хохочут они, хохочут, и Родислав жену за плечи обнимает... И вдруг как вспомнят они про Лелю, которая осталась в отеле одна и сейчас, может быть, грустит или тоскует, — и всё, радость как рукой снимает, начинают про дочку говорить и сокрушаться, жалеть ее, переживать. И самое главное — им как будто даже стыдно быть такими счастливыми, когда рядом вечно хмурая Царевна Несмеяна. Получается, они рядом с Лелей права на личное счастье не имеют. Вот я и говорю, что без нее-то им куда как лучше было бы.

Камень помолчал немного, обдумывая услышанное. Когда же Леля успела превратиться из прелестной девочки в маленького домашнего монстра? Ведь еще совсем недавно он, Камень, умилялся, слушая, как девочка плачет над сорванным цветочком, и не так много времени прошло с тех пор, как он порадовался тому, что Леля преодолела неприязнь к Ларисе и собственную детскую спесь и начала играть с больной соседкой. А пока Леля упорно носила траур по Тамариному мужу, Камень восторгался ее чувствительностью и готовностью к сопереживанию чужому горю. И еще он искренне сочувствовал ее безответной влюбленности в соседского юношу Вадима и восхищался Лелиным постоянством. То, что со старшим сыном Романовых будут большие проблемы, было понятно еще в Колины детские годы, но того, что в не меньшую проблему превратится их такая чудесная, такая талантливая, такая поэтичная и романтическая девочка, он никак не ожидал. Разве ее неправильно воспитывали? Разве обделяли любовью, заботой и вниманием? Откуда в ней такая тяга к страданию? И неужели она не замечает, что из-за этого мучаются ее ни в чем не повинные родители? «Надо будет обязательно спросить у Змея, — подумал Камень. — Может, Ворон опять что-нибудь скрыл от меня или просто не увидел, пропустил или не заметил».

— А в круиз на следующий год Романовы поехали? — спросил после паузы. — Ты говорил, они собирались, если деньги будут.

— Поехали, а как же, — охотно сообщил Ворон. — Только теперь уж без Лели.

— А что так? — Камень шевельнул бровями, пытаясь их хоть немного приподнять, чтобы подчеркнуть интерес.

— Она сама отказалась. Но надо признать, родители не сильно и настаивали. Дело в том, что Родислав по итогам года получил очень большие деньги, он и мечтать не мог о таких доходах. Он Андрею сразу же долг отдал, я имею в виду те деньги, которые Люба взяла, когда Николашу якобы похитили, но все равно осталось много. Ну, у Бегорского производство отлаженное, многопрофильное, а как только Романов подключился к решению организационных вопросов, все покатилось как по маслу, и таможню грузы проходили без задержек, и пожарные инспекции перестали наведываться, и санэпидстанция ни к чему не придиралась и цеха не закрывала, и другие всякие чиновники перестали кровь сосать. У Родислава всюду находились знакомые или знакомые знакомых, и он со всеми умел договориться и решить проблему к всеобщему удовольствию. Так что во всей стране шел экономический спад, а у Бегорского — сплошной интенсивный рост, хотя он и закладывался на худшее. В общем, на Романовых свалилась огромная куча денег, они такую даже в самых сладких снах не видели.

— Ну и какая связь между этой кучей и тем, что они дочку в круиз с собой не сильно звали? Я что-то не понял.

Ворон подскакал поближе и изо всей силы тюкнул Камня клювом в бок.

— Да что ж ты такой тупой-то! — с досадой воскликнул он. — У них же Николаша! А у Николаши финансовые амбиции, авантюрные замашки и сомнительные знакомые. Забыл, что ли? Разве можно такому сыночку показывать реальный масштаб своих доходов? Ему же в голову черт знает что может прийти! Мало тебе одной инсценировки похищения? Это он тогда еще относительно небольшую сумму вымогал таким хитрым способом. А если он узнает, сколько на самом деле зарабатывает его папаша, то вообще может в разнос пойти. Или скажет своим дружкам, что у него папа богатенький, и те пакость какую-нибудь удумают, например похитят уже самого Родислава или даже Любу, и на этот раз не понарошку, а по-настоящему. Это ж девяносто пятый год, самый разгул бандитской преступности. Одним словом, от сына доходы надо во что бы то ни стало скрывать. И от дочери желательно тоже, потому что ей ведь невозможно объяснить, что ее родной брат — подонок и негодяй, она считает его нормальным приличным человеком, а с ее страстью к страданиям говорить ей правду про Николашу ну никак нельзя, деточка расстроится и будет плакать, она же такая тонкая и чувствительная, так сильно все переживает, так близко к сердцу все принимает. Поэтому если Леля поедет с ними в круиз, то потом непременно расскажет брату, на каком роскошном лайнере они катались по Средиземному морю в каютах класса «люкс». А братец сделает соответствующие выводы и быстро поймет, что предки водят его за нос. Так что лучше уж пусть Леля ничего не знает.

«Надо же, как любопытно у людей иногда складывается, — озадаченно подумал Камень. — Чтобы скрыть что-то от сына, приходится скрывать и от дочери. Одна ложь порождает другую. Сначала скрывали только от деда, потом начали скрывать от сына, а теперь и до Лели дело дошло. Кто следующий?»

* * *

В последний рабочий день перед отпуском Люба открыла шкаф в своем кабинете и в ужасе уставилась на груду пакетов и свертков, которые нужно сегодня унести домой. И как они успели накопиться в таком количестве? Вроде покупала по одной-две вещи, то сарафанчик, то платьице, то бриджи, то купальник, то плавки для Родислава, то какие-то маечки и футболочки — а набралась огромная куча, которую в двух руках не унести.

К долгожданному круизу Люба начала готовиться, как обычно, загодя, еще в феврале, сразу после дня рождения, на котором Родислав торжественно объявил ей, что полученные им дивиденды позволяют осуществить мечту и поехать на лайнере по Средиземному морю. Еще не были заказаны путевки, а она уже начала делать покупки, чтобы в круизе выглядеть не хуже других. Разумеется, об одежде из Лужников или с Рижского рынка не могло быть и речи, все только дорогое, фирменное. Люба Романова, до сорока девяти лет покупавшая и носившая, если не считать подарков Аэллы, только дешевую и не очень хорошо сшитую одежду, радовалась, как девчонка, глядя на себя в зеркало в примерочных и ловя восхищенные и завистливые взгляды покупательниц и одобрительные — продавцов. Но все эти роскошные шмотки нельзя было приносить домой, чтобы они не попались на глаза Николаше, который очень хорошо разбирался в ценах на фирменные вещи и моментально сопоставил бы масштаб расходов с декларируемым уровнем доходов. Точно так же нельзя было принести и оставить дома авиабилеты бизнес-класса до Стамбула, откуда уходил лайнер, и путевку, в которой черным по белому указан класс каюты. Все это лежало до поры до времени в служебном сейфе Родислава. Коле было объявлено, что родители летят дешевым чартерным рейсом в эконом-классе и плывут в самой обыкновенной двухместной каюте.

Как же всю эту кучу барахла унести домой? И сделать это

надо непременно сегодня, потому что завтрашний день отведен на сборы, а послезавтра им уже улетать. Родислав уехал на деловую встречу, которая должна, если все пойдет гладко, закончиться в ресторане, а Люба с утра совсем забыла о лежащих в шкафу пакетах, иначе можно было бы загрузить их в багажник автомобиля. Что же делать? Придется просить Андрея дать разгонную машину.

— Я сам тебя отвезу, — сказал Бегорский, — я как раз собирался уходить. А тебе, красавица, давно пора права получать и самой ездить, теперь у вас денег достаточно, чтобы купить вторую машину.

Вторую машину! Люба горько усмехнулась про себя. Какая вторая машина может быть с таким сыном, как их Колька! Да и водить она не может, с ее-то язвой, о которой никто не знает. Приступы начинаются неожиданно, и ей совсем не хочется, чтобы боль скрутила ее в тот момент, когда она сидит за рулем.

— Что ты, Андрюша, — улыбнулась она, — куда мне за руль садиться, мне через полгода пятьдесят стукнет, поздно уже.

— Не говори глупости! Почему поздно? Пятьдесят — это не возраст, это так, детский сад. Старость начинается в девяносто лет, я в какой-то статье прочитал. А пока тебе нет девяноста, ничего еще не поздно.

Люба промолчала, надеясь, что тема исчерпана, но Андрей упрямо вернулся к ней, когда они уже ехали на Юго-Запад, к дому Романовых.

— Когда вернешься из отпуска, я отправлю тебя к хорошему инструктору по вождению, у меня есть очень толковый знакомый, который будет с тобой заниматься, когда и где тебе удобно. Правда, он дорого берет, но ты теперь можешь себе это позволить. И в нормальную автошколу тебя определю. Будешь к своему юбилею при правах и при новом автомобиле. Я поговорю с Родькой, подам ему идею, пусть сделает тебе подарок.

— Не нужно, Андрюша.

— Нужно. Я знаю, что говорю.

— Не нужно, — тихо повторила Люба. — Ты забыл про Колю. Если мы купим вторую машину, он сразу все поймет. Пусть лучше Родик поменяет наши старенькие «Жигули» на иномарку, такие траты можно оправдать, в конце концов, можно сказать, что мы взяли в долг. А вторая машина — это излишество. Я прекрасно езжу на метро, когда Родик меня не возит.

Бегорский недовольно покосился на нее и снова перевел взгляд на суетящиеся на дороге автомобили.

— Слушай, Любка, тебе самой не надоело жить в постоянном вранье? — в его голосе Любе почудилась какая-то брезгливость, и она почувствовала, как запылали щеки. — Вы все время врете и выкручиваетесь, чтобы никто не узнал о Лизе и ее детях, чтобы твой отец не узнал о Колькиных выкрутасах, чтобы Колька не узнал о ваших доходах, чтобы Лелька не узнала правду о брате. Вам самим не надоело так напрягаться? Скажите, наконец, всем правду, пусть уже все всё узнают, и вздохните спокойно. Снимите Кольке отдельное жилье, пусть живет один и не морочит вам голову, и перестаньте о нем беспокоиться. И Лельку отселите, она уже взрослая девица, институт закончила, пусть живет сама, нечего над ней трястись как над хрустальным цветком. Вам с Родькой нужно сделать две вещи: перестать врать и оторваться от детей. Тогда вы сможете жить нормально.

— Андрюша, ты сам не понимаешь, что говоришь, — мягко возразила Люба. — Если мы перестанем говорить неправду и все скрывать, это разрушит всю нашу жизнь. Папа не выдержит, и мы можем его потерять, а я хочу, чтобы он дожил свой век спокойно и радостно. Лелька не сможет смириться с грубой и неприятной правдой, она и без того из-за всего переживает и страдает. Про Колю я уж не говорю, мне одного похищения хватило на всю оставшуюся жизнь. Ты же знаешь, что он сложный мальчик.

— Любка, твоему мальчику тридцать лет! — раздраженно откликнулся Бегорский. — Сколько можно его пасти и не спать, пока он не вернется домой? Ему давно пора жить одному, а вам с Родькой давно пора вычеркнуть его из списка первоочередных забот.

— Андрюшенька, детей невозможно вычеркнуть из жизни, они навсегда остаются детьми, и за них всегда болит душа, сколько бы лет им ни было. Вот твоя дочка подрастет — и ты меня поймешь.

Андрей помолчал, аккуратно объезжая две стоящие поперек дороги столкнувшиеся машины. Люба испуганно всмотрелась в стоящих на месте аварии людей и облегченно перевела дух: все целы, пострадавших нет.

— Я не знаю, что будет, когда моя Ленка вырастет, но я

знаю законы шахматных партий. Нужно уметь идти на жертвы, чтобы сохранить преимущества позиции. Ты изо всех сил пытаешься сохранить позицию, пытаешься много лет, но не хочешь ничем жертвовать: ни общественным мнением о твоей семье, ни покоем отца, ни покоем дочери, ни сыном — ничем. А так, дорогая моя, не бывает. Жертвы нужны всегда, я имею в виду, конечно, разумные жертвы, а не оголтелое самопожертвование.

— Ты считаешь, что жизнь и покой близких — это разумная жертва? — недоверчиво спросила Люба. — Поверить не могу, что слышу это от тебя. Опомнись, Андрюша. Люди — не фигуры на шахматной доске.

— Это тебе только так кажется, — усмехнулся он. — Вся человеческая жизнь — одна большая длинная шахматная партия, понимаешь? Всего одна. Я понял это еще в детстве и много раз говорил тебе, помнишь?

— Помню. Я часто вспоминаю твои слова, — кивнула Люба.

— Тогда ты должна хорошо меня понимать. Эту партию нельзя начать и переиграть, если начал неправильно и сделал ошибку на первых же ходах. Ее нельзя бросить на середине или доигрывать по другим правилам, если что-то не получается. И в ней обязательно нужно уметь жертвовать одним, чтобы сохранить другое. Согласись, если вдуматься, между жизнью и шахматами гораздо больше общего, чем кажется на первый взгляд. Пожертвовать можно любой фигурой, кроме одной. Королем жертвовать нельзя, всем остальным — можно. Ты хочешь сказать, что твой отец, твой муж, твоя дочь, твой сын — это все короли в твоей игре? Так не бывает, Люба, король в партии только один. И знаешь почему?

— Почему? — послушно переспросила она.

— Потому что король в партии жизни — это ты сама. В моей партии король — я, в твоей партии — ты. Ты у себя одна. Всех много, а ты — одна. Если не станет Николая Дмитриевича, твоя партия на этом не закончится. И если не станет Родьки, ты тоже выживешь. И даже если, не дай бог, конечно, что-то случится с твоими детьми, все равно твоя партия будет продолжаться. Она закончится только тогда, когда умрешь ты сама, как заканчивается шахматная партия, когда погибает король. А все остальные люди вокруг тебя — это фигуры в твоей партии, которыми можно и нужно жертвовать, чтобы сохранить жизнь королю.

— Андрюша, то, что ты говоришь, — невероятно цинично. Ты хоть сам себя слышишь? Как это можно — пожертвовать близкими? — возмутилась Люба.

— Но ведь речь не идет о том, чтобы убивать близких, — рассмеялся Бегорский. — Речь идет о том, что вполне можно пожертвовать их покоем и удобством, чтобы сохранить себя.

— Ты действительно так считаешь?

— Конечно, — кивнул он.

— Я с этим не согласна. У человека есть только он сам, и с этим ты не споришь, ведь правда?

— Правда.

— Значит, единственное, чем он владеет в полной мере и имеет право распоряжаться, это тоже только он сам, его собственный покой и комфорт. Это действительно принадлежит ему, и он может этим жертвовать, сколько хочет. А посягать на чужое он не имеет права. Этим и отличается жизнь от шахмат.

— Умница! — Бегорский расхохотался. — Ты меня уела. Вот за что я тебя всегда ценил, так это за то, что у тебя есть собственная логика, с которой тебя невозможно сбить. Я с тобой, конечно, не согласен, но уважаю твою концепцию. А помнишь, как ты меня уела с Америкой, когда мы в первый раз разговаривали на берегу озера?

— Помню, — улыбнулась Люба. Она была рада, что разговор ушел в сторону от такой тяжкой для нее темы. — Ты тогда сказал, что не веришь ничему, чего не видел собственными глазами, а я спросила, бывал ли ты в Америке.

— Ага, — подхватил он, — я сказал, что не бывал, а ты тут же все перевернула с ног на голову и заявила, что, выходит, никакой Америки нет, раз я ее своими глазами не видел. Я тебя тогда сразу зауважал. И страшно злился на Родьку за то, что он ничего этого в тебе не видел и не ценил.

— Злился? — удивилась она. — Я не знала.

— А что ты вообще знала, шмакодявка? — насмешливо поддел ее Андрей. — Ты же была маленькая совсем.

— Да всего-то на два года младше вас с Родиком, не такая уж и маленькая, — возразила Люба.

— Ну, в том возрасте два года — это целая пропасть. Это сейчас два года значения не имеют, а тогда — совсем другое дело. А помнишь, как мы в первый раз все вместе из клуба возвращались после кино и Томка на меня набросилась за то, что я «Войну и мир» не читал и в любви ничего не понимаю?

— Конечно, помню.

— Я ведь, как только в Москву вернулся после каникул, сразу в школьной библиотеке «Войну и мир» взял и прочитал от корки до корки. Про войну было интересно, а про мир и любовь я пролистывал, скучно было.

— А я думала, ты сейчас скажешь, что прочитал Толстого и сразу понял, что любовь — это не ерунда, — уколола его Люба.

— Ничего подобного я не понял, — признался он, — но я понял другое: если Томка в этом разобралась, пробралась сквозь любовную скучищу и что-то поняла, значит, она умнее меня. И тогда я ее тоже зауважал. Кстати, как у нее дела?

— Нормально. Работает, руководит, деньги зарабатывает.

— Оправилась?

— Да как сказать... С виду — да. Спокойная, веселая, по театрам ходит, по концертам, по гостям. Я недавно к ней ездила. Выглядит она хорошо. Но знаешь, что она мне сказала? До смерти Гриши она жила одной жизнью, которая закончилась, ушла вместе с ним. Теперь началась другая жизнь, в которой никто не назовет ее Солдатиком и не скажет, как сильно ее любит. Жизнь, в которой она не любит никого так сильно, как Гришу. Она понимает, что новая жизнь другая, не такая, как прежняя, и ее надо достойно прожить, но ей очень трудно на эту жизнь настроиться, потому что в душе она все равно остается Гришиной женой. Понимаешь? Не вдовой, а именно женой. Для того чтобы жить новой жизнью, надо стать вдовой, а она по-прежнему жена. Тома говорит, что как будто выходит на сцену и произносит текст из совсем другой пьесы. Все актеры играют один спектакль, а она — какой-то другой и никак не может перестроиться и вспомнить правильный текст.

— Понятно, — задумчиво протянул Андрей. — Надо же, какой образ... неожиданный. Томка всегда была ни на кого не похожа.

Люба внезапно улыбнулась и легко прикоснулась к плечу Бегорского.

— А знаешь, что она мне говорила, когда мы были маленькими? Что я должна дружить с тобой, а не с Родиком, потому что от тебя я могу многому научиться и это будет мне полезно, а от Родика никакого толку.

— Да ну? — изумился он. — Правда, что ли? А ты что?

— А я обижалась и возмущалась, потому что какой же должен быть толк от дружбы? Это какая-то корысть получается, а не дружба от чистого сердца. В общем, я ее тогда не понимала.

— А сейчас поняла? — насмешливо спросил Андрей. — Смотри, Любка, осторожней: одно плохое слово про моего друга Родьку — и я тебя загрызу.

— Не дождешься, — рассмеялась она. — Про любимого мужа — только хорошее. Я имела в виду, что с годами поняла, насколько ты не похож на всех нас. А тогда, в детстве, я тебя ужасно боялась. Господи, Андрюша, кажется, это было совсем недавно, всё так свежо в памяти, словно только вчера произошло, а на самом деле так давно... Даже страшно.

— Почти сорок лет, — кивнул он. — Действительно страшно. Сорок лет мы знаем друг друга. Сорок лет ты беззаветно любишь Родьку. Это просто немыслимо! Если бы мне кто-нибудь рассказал, я бы не поверил, что такое бывает.

— Но поскольку ты видишь это собственными глазами, то веришь, — поддела его Люба. — Ой, мы уже почти приехали! Надо же, так заболтались, что я и дорогу не заметила. Повезло мне, что ты к вечеру оказался на месте и так рано собрался домой, ты же обычно гораздо позже уезжаешь.

Андрей притормозил возле арки, ведущей во двор дома Романовых, но въезжать не стал и заглушил двигатель.

— Что случилось? — обеспокоенно спросила Люба, которой предстояло тащить домой груду пакетов, и она рассчитывала, что Андрей довезет ее до самого подъезда. — Ты не будешь заезжать во двор? Мне уже выходить?

Андрей молчал, не отрывая глаз от светящейся вывески над обменным пунктом, расположенным у въезда в арку. В этом обменнике Люба и Родислав всегда в день зарплаты меняли российские рубли на доллары, чтобы потом по мере необходимости производить обратную операцию и менять доллары на рубли, но уже по более высокому курсу. Только таким способом можно было хоть как-то уберечь свои доходы от инфляции.

— Знаешь, почему я сегодня так рано еду с работы? — спросил Бегорский неожиданно глухим голосом. — Мне нужно помочь Вере собрать вещи.

— Она едет в отпуск? — удивилась Люба. — Одна? Вы же всегда ездили вместе, втроем.

— Она уезжает. Совсем.

— Я не поняла, — растерянно проговорила Люба. — Что значит — уезжает совсем? Куда?

— Переезжает к родителям в Томилин. Мы разводимся.

— Господи! — ахнула Люба. — Как же так? Почему? Вы ведь никогда не ссорились, у вас все было так хорошо...

— Да, все было хорошо, — повторил Андрей. — И в один прекрасный день Вера сказала, что больше не может со мной жить, забирает Ленку и возвращается к родителям.

— Но почему? — недоумевала она. — Почему она не может с тобой жить? Ты что, бил ее, плохо обращался, ревновал, денег не давал? Что ты мог сделать такого, после чего с тобой стало невозможно жить?

— Я не знаю, — вздохнул он. — Ты знаешь меня почти сорок лет, ты прекрасно понимаешь, что я никогда не подниму руку на женщину и не буду плохо с ней обращаться, ты знаешь, что я не ревнивый и не жадный. Ну скажи хоть ты мне, чем я мог так провиниться, чтобы со мной невозможно было жить.

— А Вера сама что говорит?

— Говорит, что я очень хороший человек, честный и порядочный, добрый и щедрый, но жить со мной невозможно. Я тебе дословно передаю то, что она мне сказала, никакой отсебятины. В общем, — он набрал в грудь побольше воздуха и развернулся к Любе всем корпусом, — я тебе это сказал не для того, чтобы ты меня жалела, а просто чтобы объяснить, почему я сегодня так рано еду из офиса. Ну и заодно чтобы ты знала, что мы с Верой разводимся.

— А Родик знает?

— Знает, я ему сегодня утром сказал. Но я хотел, чтобы ты узнала об этом от меня, а не от Родика. Так полагается между старыми друзьями. Вера забирает Ленку, теперь я смогу видеть ее очень редко. Мне придется пожертвовать своими отцовскими чувствами, чтобы сохранить позицию.

— Какую позицию? Ты о чем?

— Я о самоуважении, Любаша. Я мог бы упираться, унижаться, просить, умолять, обещать, что больше так не буду, хотя видит бог — я не знаю, как именно, я мог бы не давать Вере развод, начать судиться за право оставить дочь себе, пригрозить бросить Веру без копейки и без помощи — я много чего мог предпринять, чтобы не приносить эту жертву, но в результате я утратил бы преимущества своей позиции — я утратил бы право уважать самого себя. Но это я так, к слову о нашем споре по поводу шахмат. Так что ты еще подумай над моими словами, в них есть рациональное зерно.

Он завел двигатель и стал поворачивать в арку. Возле подъезда он остановил машину, помог Любе вытащить из багажника и с заднего сиденья пакеты и донес до лифта.

— Может, тебе помочь до квартиры дотащить? — предложил он.

— Не нужно, Андрюша, спасибо. Дальше я сама. Ты поезжай.

Он молча кивнул и пошел к двери, ведущей на улицу.

— И не забудь, — крикнул он, пока Люба заносила пакеты в лифт, придерживая дверь ногой, — сразу после твоего отпуска ты начинаешь заниматься вождением и ходить в автошколу, а на юбилей Родька подарит тебе машину. Это будет правильно во всех отношениях!

— Хорошо! — со смехом откликнулась Люба.

Разумеется, ни в какую автошколу она ходить на собирается и с инструктором заниматься не будет. И не нужна им вторая машина. Пусть лучше Родик пересядет с «Жигулей» на иномарку, давно пора, а то машинка совсем старенькая, вся сыплется, больше ремонтируется, чем ездит. Никогда Люба не сядет за руль, никогда! Она лучше на метро поездит и на автобусе, так спокойнее и привычнее. Но какой же Андрюшка настойчивый! И всегда уверен, что только он один знает, как должно быть, как правильно. Может, Вера поэтому от него ушла?

Дома никого не было, и Люба постаралась как можно быстрее унести пакеты из прихожей в комнату и в беспорядке засунуть в чемодан, который тут же положила на антресоли. Завтра, когда Леля и Коля уйдут, они с Родиком разберут все вещи и сложат, как полагается. Впрочем, Коля может вообще не прийти ночевать, а Леля вовсе не обязательно уйдет куда-нибудь, после окончания института она так и не нашла работу. Переводчики с английского требовались всюду, и российский бизнес наращивал отношения с зарубежными партнерами, и издательства, вплоть до самых мелких, с удовольствием печатали переводную английскую и американскую литературу, но Леле это было не по душе, от детективов ее тошнило, от бизнеса мутило, ей хотелось заниматься переводами поэзии, но на поэзию спрос в середине девяностых был ох как невелик, а опытных переводчиков старой школы оказалось для столь маленького спроса более чем достаточно. Леля ходила в Библиотеку иностранной литературы, проводила целые дни на одной из кафедр факультета, который закончила, встречалась с другими любителями английской поэзии — в общем, вела полууединенный-полубогемный образ жизни.

«Ладно, завтра будет видно», — решила Люба и занялась приготовлением ужина. Примерно через полчаса зашла Лариса.

— Тетя Люба, я на оптовку собираюсь, вам что-нибудь нужно?

— Да нет, Ларочка, у меня все есть, спасибо тебе.

— Ну тетя Люба, — взмолилась девушка, — ну вы посмотрите как следует, может, чего-то нет или кончается. Ну про запас возьмите. Я на масло уже шесть человек нашла, на сахар — троих, но они помногу берут, а на крупу и макароны, кроме меня, только Зоя Сергеевна из тридцать первой квартиры. А двое — это мало, дорого выходит.

По всей Москве раскинули палатки и контейнеры мелкооптовые рынки-ярмарки, покупать продукты большими партиями было существенно дешевле, чем в магазине в розницу, и многие кооперировались с соседями и друзьями, чтобы «брать мелким оптом». Лариса, давно научившаяся считать каждую копейку, была в их доме самой активной «сборщицей коллективов» для закупок на «оптовках». Люба проверила запасы — ничего не нужно, все есть, она закупила продукты впрок, чтобы Леле и Коле хватило на время отсутствия родителей, но, с другой стороны, хотелось помочь соседке. «Ну и ладно, — подумала Люба, — пусть будет избыток запасов, он меня не утянет, а Лариске облегчение».

— Пожалуй, макароны можно взять, — задумчиво проговорила она, осматривая до отказа забитые полки в кухонных шкафах, — рис, пшенку и гречку. Килограмма по два. Хватит?

— Хватит, тетя Любочка, — обрадовалась Лариса. — Спасибо вам огромное. Я вам все принесу.

— Вот, возьми деньги, — Люба открыла кошелек, чтобы достать купюры, и снова мысленно охнула: она никак не могла привыкнуть к тому, что в ее кошельке так много денег и что не нужно выкраивать рубли и копейки, чтобы хватило до зарплаты. Эта сытая обеспеченная жизнь длится уже больше года, а она все не свыкнется с ней, и постоянно кажется, что завтра все закончится, Родик вернется на государственную службу, и сама Люба тоже вернется, потому что холдинг Андрея Бегорского лопнет, прогорит или проиграет в неравной борьбе с конкурентами или с государством.

Ужин готов, можно пока взяться за уборку, но сперва

надо позвонить отцу. Люба налила себе чашку чаю, взяла в руки трубку радиотелефона и устроилась на диване в комнате, поджав под себя ноги и облокотившись на подлокотник.

Николай Дмитриевич был мрачен и озабочен.

— Родька дома? — первым делом спросил он.

— Нет, у него деловая встреча, он будет попозже.

— Ох, смотри, Любка, доиграетесь вы с вашими этими встречами, — недовольно проговорил Головин. — Ни к чему хорошему они не приведут.

— Папа! Ну что ты опять...

— И опять, и снова, и буду повторять, пока ты не поймешь куриной своей башкой, что те вопросы, которые решает твой Родька, решаются только при помощи взяток! Ты что, маленькая? Тебе полтинник скоро стукнет, а ты как в детском саду, право слово! Допрыгаетесь вы, вот посмотришь. Глазом моргнуть не успеете, как Родька на нарах окажется.

— Папа, Родик никому не дает взяток, я тебе тысячу раз объясняла. Он решает вопросы по-другому. У него очень много связей и знакомств, он поддерживает добрые дружеские отношения с массой людей, понимаешь? Он приходит к чиновнику, чтобы решить свою проблему, а у этого чиновника тоже есть проблемы, которые он решить без Родика не может. Родик ему помогает, вот и все. Никаких денег, никаких взяток. Это бартер услугами, папа, ничего больше. А ты почему не в настроении? Что тебя расстроило?

— Ерина сняли. Не пойму, как так могло выйти? До какой же степени надо было народ распустить, чтобы боевики беспрепятственно прошли пятьдесят два блокпоста? Я слышал, боевики по сто долларов давали и проходили. Это же уму непостижимо! В мое время такое было невозможным. Куда катится наше министерство?

Виктор Ерин был министром внутренних дел, и сегодня действительно прошла информация о том, что его отстранили от должности в связи с событиями в Буденновске, захваченном отрядом боевиков во главе с полевым командиром Шамилем Басаевым. Боевики взяли около 1200 заложников и удерживали их в течение шести дней, потом ушли. Это был не просто вызов, брошенный милиции, внутренним войскам и всему российскому руководству, это был плевок им в лицо. Вся страна прильнула к телевизионным экранам и в течение шести дней следила за развитием событий, за переговорами руководства страны с боевиками и недоумевала: как могло получиться, что чеченские боевики спокойно разгуливают по территории Ставропольского края и ничего нельзя с ними сделать?

— Так ты поэтому спросил, дома ли Родик? — догадалась Люба.

— Ну да. Хотел с ним про Буденновск поговорить и про министерские дела. Кстати, ты ему напомни, он мне обещал достать материалы обсуждения криминогенной обстановки. Заседание Совета безопасности по этому вопросу еще в марте прошло, Родька обещал мне материалы принести, да, видно, забыл, закрутился с этими своими деловыми встречами.

— Хорошо, папа, я напомню. Как ты себя чувствуешь?

— Нормально, что мне сделается. Вы в поездку-то собрались?

— Завтра соберемся. Сегодня еще работали.

— Успеете? Все-таки не на дачу едете, а в круиз. Да ты и на дачу, помнится, за неделю начинала собираться.

Это было правдой, и была бы Любина воля, она бы в круиз начала собираться за месяц до отъезда, вдумчиво составила бы список всего, что нужно сделать перед поездкой, и еще один список — того, что нужно взять с собой, потом несколько раз пересматривала бы оба списка и корректировала их, потом положила бы на видное место и начала выполнять, обводя кружочками те пункты, которые сделаны, и те вещи, которые уже уложены в чемодан. И конечно же, сам чемодан стоял бы раскрытым посреди комнаты и постепенно заполнялся предметами по списку. Именно такой виделась Любе Романовой идеальная подготовка к поездке в отпуск за границу. Но все это было невозможно...

— Успеем, папуля, ты не волнуйся.

— Все-таки плохо, что вы едете вдвоем, — проворчал Головин. — Было бы лучше, если бы вы и детей с собой взяли. Поехали бы вчетвером, с Лелечкой и с Николаем. Как хорошо было бы!

— Папа, Коля не может ехать, у него много работы, — привычно соврала Люба. — Его не отпускают.

— А Леля? У нее что, тоже много работы? Чем она вообще занимается?

— Она ищет работу. Она занимается своей специальностью — английской поэзией. Папа, никто не виноват в том, что такие специалисты, как она, сегодня не нужны. Сегодня нужны юристы и бухгалтеры, поэтому у нас с Родиком есть работа, и работа хорошая. Этого вполне достаточно, чтобы девочка могла не ломать себя и не идти в посудомойки. Нам что, есть нечего? Нам так нужна ее зарплата? Ты же понимаешь, что мы прекрасно без нее обойдемся.

— Ну ладно, ладно, — примирительно сказал Николай Дмитриевич, — не кипятись. Но все равно это непорядок, когда взрослая девка сидит на шее у родителей. Она молодая, здоровая, умная и должна вкалывать как проклятая. Вон Колька как трудится! Как ни позвоню — его никогда дома нет, на работе допоздна засиживается, себя не жалеет, выходных не берет, в отпуск с родителями не ездит, даже жениться времени не найдет, зато у вас с Родькой на шее не сидит, все сам, все сам. Пусть бы Леля с него пример брала, а не у вас под крылом сидела.

Слышать это было невыносимо, Любе хотелось закричать и разбить телефон, из которого доносятся эти слова, заставляющие ее чувствовать себя подлой, мерзкой обманщицей. Но она молчала и терпела, как делала всю свою почти пятидесятилетнюю жизнь.

* * *

Это был самый обычный осенний вечер, промозглый, ветреный и темный. Единственное отличие его от всех остальных ноябрьских вечеров состояло в том, что это было 10-е число — День милиции, праздник, который Родислав отмечал в кругу своих друзей по прежней службе. Люба, как и в предыдущие годы, предложила собраться в доме у Романовых, и сначала именно так и планировали сделать, но в последний момент всё переиграли, и Родислав с бывшими коллегами отправился к кому-то из них на дачу. Леля уехала в Петербург, где приехавший из Эдинбурга профессор читал цикл лекций о творчестве Бернса, Шелли и Мильтона, Коли, как обычно, не было, и Люба проводила этот вечер в одиночестве. Позвонил Родислав — на той даче, где шло празднование, был телефон — и радостно сообщил, что у него все в порядке, он побудет здесь еще часок-полтора и двинет домой, пусть Люба не волнуется, он немного выпил, но за руль не сядет, на даче есть специально приглашенные молодые ребята, которые поведут машины гостей в обратный путь. Люба поежилась от недоброго предчувствия: что это за мода такая — напиваться и потом просить совершенно постороннего человека, чтобы он сел за руль твоей машины и доставил домой? Барство какое-то. Сел за руль — не пей, а не можешь не пить — езжай на электричке и на метро, как все. Она с самого утра просила Родислава не брать машину, потому что предстояла пьянка, но он не послушал жену.

Люба заварила свежий чай, принесла в комнату чайник, чашку, блюдо с выпечкой и телефонную трубку и устроилась на диване перед телевизором, чтобы посмотреть посвященный Дню милиции концерт. Ей вспомнился 1982 год, когда она должна была идти на такой же концерт вместе с отцом, но не пошла, потому что концерт отменили — умер Брежнев. Ведь это было совсем недавно, всего каких-нибудь тринадцать лет назад, а как много переменилось за это время! Совсем другой стала страна, у нее даже название поменялось, и люди стали другими, и деньги, и телевизионные программы. Всё, всё другое. Лучше? Хуже? Она этого не знала. Знала только, что при том, прежнем порядке они с Родиславом никак не смогли бы путешествовать в каюте «люкс» по странам Средиземноморья. Дни, проведенные в этой поездке, стали для Любы самыми спокойными и радостными за последние годы. Конечно, она не переставала тревожиться за оставшихся в Москве детей и отца и звонила им с каждой стоянки, но дома все было спокойно, Николай Дмитриевич чувствовал себя хорошо, Коля не попал ни в милицию, ни в больницу, и Люба вздыхала свободно и с удовольствием гуляла вместе с мужем по южным, обсаженным пальмами и пиниями городам, пила местное вино в маленьких кабачках и покупала сувениры — для себя, на память, — и подарки...

Телефонный звонок оторвал ее от созерцания выступления известного юмориста. Раньше Люба всегда искренне хохотала, слушая его миниатюры, а сегодня ей отчего-то совсем не смешно. И не потому, что настроение грустное, вовсе нет, настроение у нее нормальное, а просто текст перестал казаться смешным. Неужели и она сама тоже стала другой?

— Мам, у меня неприятности, — послышался в трубке голос Николаши. — Мне придется исчезнуть на какое-то время. Вы не ищите меня и не беспокойтесь. Все будет нормально. Я пока уйду в тину, а когда все успокоится, вернусь.

Сын говорил быстро и негромко, словно очень торопился и не хотел, чтобы его кто-то услышал.

— Коля, — перепугалась Люба, — что произошло? Какие неприятности? У тебя опять долги?

— Мать, не бери в голову, я разберусь.

— Погоди, сынок, если тебе нужны деньги, мы достанем, я поговорю с папой, мы что-нибудь придумаем, — торопливо заговорила Люба. — Возвращайся домой, мы спокойно все обсудим и найдем решение, вот папа скоро вернется...

— Мать, ты что, не слышишь меня? — в голосе Николая появились отчетливые нотки раздражения и злости. — У меня проблемы. Меня будут искать очень серьезные люди. И дело здесь не только в деньгах. Мне нужно исчезнуть до тех пор, пока они обо мне не забудут. Если к вам придут, говорите, что я пропал и куда делся — неизвестно. Будет возможность — позвоню. Все, пока.

— Коля!!! — отчаянно закричала Люба, но в ухо уже били отрывистые короткие гудки.

Она тупо смотрела в светящийся телевизионный экран, не понимая, что происходит. Какие-то люди будут искать ее сына... Какие-то люди желают ему зла... Какие-то люди на экране поют, произнося под какую-то музыку, которую она не слышит, какие-то слова, которые она не может разобрать...

К возвращению мужа Люба была почти невменяемой, однако, услышав звонок в дверь, сделала над собой нечеловеческое усилие, чтобы не броситься к Родиславу на шею и не завыть. Родислав пришел веселый, раскрасневшийся от выпитого, в приподнятом настроении.

— Любаша, — начал он прямо с порога, — я тебе привез кучу приветов от ребят, от Игоря Мелехова, от Витьки Смелова, от Валеры Дементьева. Ты же помнишь Валерку? Он всегда съедал больше всех, особенно нападал на твой салат с сельдереем, а ты так радовалась, что гость хорошо кушает. Помнишь?

Он ничего не замечал, да он и не смотрел на жену, снимал ботинки, искал свои тапочки и стягивал пиджак и сорочку. Любе стало тошно, но она терпеливо ждала, пока Родислав выговорится и остановится. А он все не останавливался, все говорил, говорил, рассказывал, как славно они посидели, какие вкусные были шашлыки, как постарели ребята, какие у них проблемы на службе. Люба молча ходила следом за ним, пока он переодевался и мыл руки, наливала ему чай и ждала, когда же можно будет сказать ему про Колю. Наконец Родислав умолк и бросил на нее взгляд.

— Ты что-то плохо выглядишь, Любаша. Тебе нездоровится?

Она присела рядом и постаралась говорить спокойно, не

впадая в панику или в слезы. Мужчины не любят плачущих женщин, это ей еще бабушка Анна Серафимовна объясняла. И еще она объясняла, что мужчины не любят больных женщин, поэтому недомогания и болезни следует по возможности скрывать. И Люба скрывала. О том, что у нее язва, Родислав до сих пор не знал, впрочем, как не знали и все остальные, кроме сестры Тамары. Поэтому она не могла показать ему, какая адская боль ее мучает теперь, боль не только душевная, но и физическая: язва, как известно, не любит нервных перегрузок, и уже через несколько минут после звонка сына Люба начала буквально сгибаться пополам от боли. Она приняла лекарство, стало чуть легче, но все равно очень больно.

— Черт! — Родислав с силой ударил кулаком по колену. — Черт! Черт! Он все-таки вляпался в какое-то дерьмо! И где его теперь искать?

Люба опустила голову. Она чувствовала себя виноватой в том, что муж сердится.

— Я не знаю, — прошептала она, глотая слезы.

— Ладно, — Родислав заговорил спокойнее, — рано паниковать. Может быть, все обойдется, как-то образуется. Ты же знаешь, наш Колька трусоват, и это еще мягко сказано. Он просто испугался и решил, что за ним будут охотиться, а кому он нужен? Каким серьезным людям? Они что, не видят, с кем имеют дело? Голодранец с амбициями, вот кто наш сын. Может быть, он и наступил им на хвост, ну, они позлятся пару дней, покипят, пар выпустят — да и забудут про него. Возможно, он правильно сделал, что не стал появляться дома, ведь дома-то его будут искать в первую очередь. День поищут, два — и перестанут. И он вернется. Отсидится пока у кого-нибудь из приятелей. Ах, поганец, ну какой же он все-таки поганец! Ничего, Любаша, я уверен, что все очень быстро закончится, и закончится благополучно. Давай еще чайку выпьем и пойдем спать, уже поздно.

Заснуть Любе так и не удалось, она до самого рассвета пролежала рядом с мирно посапывающим мужем, думая о подавшемся в бега Николаше. Где он? Как он? Не голоден ли? Не холодно ли ему? Нашел ли он, где переночевать, или болтается по притонам и вокзалам? И когда он вернется?

А утром, в половине восьмого, на пороге возникли трое. По-видимому, те самые, о которых предупреждал Коля. Один — высокий, узкоплечий, худощавый, с круглым лицом и коротко стриженными волосами, в распахнутом черном кашеми-ровом пальто и с белоснежным, перекинутым через шею кашне, и с ним двое крепких, накачанных мальчиков в спор-тивных костюмах и с бритыми налысо головами.

— Я могу видеть Николая? — вежливо поинтересовался высокий.

— Его нет, — спокойно ответил Родислав.

— Уже ушел? — наигранно удивился высокий. — Так рано встает?

— Он не ночевал дома, — сказала Люба, кутаясь в теплый махровый халат.

— И часто он дома не ночует?

— Регулярно, — усмехнулся Родислав. — Ему тридцать лет, не маленький уже, живет как хочет.

— А когда он будет? Когда вы его ждете?

Родислав помолчал немного, потом решительно произнес:

— Мы его вообще не ждем. Он вчера позвонил и сказал, что у него неприятности и ему надо скрыться. Вот и скрылся. Обещал когда-нибудь вернуться.

— Ах вот как! — протянул высокий. — Вы позволите нам войти? Негоже как-то через порог разговаривать.

— Входите, — Родислав посторонился. — Но у нас с же-ной мало времени, нам нужно на работу. И честно говоря, я не очень понимаю, зачем вам входить. Я же сказал, что Коли нет дома.

— А вот мы это и проверим, — почти весело заявил высокий.

Он, не сняв пальто и обувь, прошел в большую комнату, сделав попутно жест головой, означавший команду бритоло-говым мальчикам проверить остальные помещения в кварти-ре. Указание было немедленно выполнено. Один кинулся проверять комнаты Лели и Николая, другой — кухню, ванную и туалет.

— Чисто, — доложили оба.

— Ну и славно, — миролюбиво улыбнулся высокий, уса-живаясь за стол. — Вот мы его и подождем.

— Я не понял, — нахмурился Родислав. — Я же сказал, что нам надо ехать на работу.

— Так вы поезжайте, поезжайте, — гость в пальто мило-стиво махнул рукой, — я вас не задерживаю. А мы тут поси-дим, чайку попьем, подождем вашего мальчика. У нас к нему серьезный разговор, а он, изволите ли видеть, не хочет с нами разговаривать. Невежливо это, правда? Уверен, что вы не так воспитывали Коленьку.

Спортивные мальчики со всего размаху плюхнулись на диван и вытянули ноги.

— Слышь, хозяйка, мы всю ночь не жрамши в машине просидели, ты бы наметала на стол-то, чего не жалко, — произнес один из них.

— Фи, Степушка, что за дурные манеры, — поморщился высокий. — А вы, любезнейшая, поимейте в виду, что и Степушка, и Витенька весьма и весьма дурно воспитаны. Они меня, конечно, побаиваются и, если я не позволю, будут держать свой крутой нрав при себе, но я ведь могу и позволить. Вы же это понимаете, правда? До поры до времени вы можете не обращать внимания на их слова, но мы действительно просидели всю ночь в машине возле вашего дома, поджидая Коленьку для серьезного разговора, и мы отчаянно голодны. Значит, так, любезные родители Коли Романова, — голос его из масленого вмиг превратился в стальной. — Я передумал. На работу вы сегодня не идете. Как вы будете решать вопрос — не мое дело, хотите — скажитесь больными, хотите — скажите правду, хотите — сошлитесь на внезапную смерть родственника и попросите три дня за свой счет. Это на ваше усмотрение. Но вы остаетесь дома и вместе с нами ждете мальчика. Я вам разрешаю сделать по одному телефонному звонку на работу — и все. Больше никаких переговоров ни с кем, чтобы у вас не было соблазна предупредить Николая. И из квартиры выходить тоже я вам не позволю. Мы будем здесь сидеть до тех пор, пока не прояснится вопрос с местонахождением вашего любезного сынка. Вопросы есть?

— Есть, — Люба по-школьному подняла руку. — Можно?

— Можно, — разрешил высокий.

— У меня несколько вопросов. Во-первых, как к вам обращаться? Если уж нам предстоит сидеть в одном помещении, хотелось бы, чтобы это выглядело цивилизованно.

— Артур Геннадьевич. Еще что?

— В продолжение мысли о цивилизованном общении хотелось бы заметить, что мне нечем вас накормить. Мне нужно сходить в магазин, иначе вы и ваши помощники останетесь голодными.

— Исключено, — отрезал Артур. — Напишите список, Витенька съездит и все привезет. Вы из квартиры не выйдете. Что еще?

— Как быть, если к нам кто-нибудь придет? Не открывать двери?

— А кто к вам может прийти? — прищурился Артур. — Или вы надеетесь, что придут добрые дяди из милиции и выгонят нас отсюда? Хочу сразу лишить вас всех иллюзий, любезнейшие. Мы не сделали и не делаем ничего противозаконного. Мы вас не бьем, не истязаем и не пытаем. Мы пришли к вам в дом, в который вы нас впустили сами, чтобы поговорить с вашим сыном. И мы просто сидим и ждем его.

— Но вы удерживаете нас здесь, — вмешался Родислав, — и удерживаете незаконно. А это статья.

— Боже упаси! — замахал руками Артур. — Вас никто не удерживает. К вашему сыну пришли гости, и не можете же вы уйти на работу и оставить их одних в квартире? А вдруг гости что-нибудь разобьют или украдут? А вдруг им надоест здесь сидеть, и они уйдут, оставив дверь незапертой, и тогда вас обкрадут уже совсем другие воры? Нет, любезнейшие, оставлять чужих людей одних в квартире не полагается. Но это все лирика. А если серьезно, то я примерно представляю, как складывалась служебная карьера Колиного папы, то есть ваша, уважаемый хозяин. У вас не должно быть никаких иллюзий по поводу того, как поведут себя добрые дяди из милиции, если вы призовете их на помощь. Мы заплатим — и у нас проблем не будет. А у вас они останутся, потому что, если мы не найдем Колю, мы будем продолжать его искать, но искать-то можно по-разному, согласитесь. Можно поверить, что вы ничего не знаете, и оставить вас в покое, а можно ведь и не поверить, и не оставить. Вам как больше нравится?

Люба и Родислав подавленно молчали. Оба были уверены, что как только они позвонят Андрею Бегорскому и скажут ему все как есть, через минуту он перезвонит в милицию, и в квартиру Романовых пришлют наряд, который и выпроводит незваных гостей. Теперь, однако, такая перспектива казалась сомнительной. То есть наряд-то пришлют и гостей, вероятнее всего, выпроводят, но проблему это не решит. Артур и его люди будут приходить сюда снова и снова, а там, глядишь, и до Степушки с Витенькой дело дойдет. Эти люди ни перед чем не остановятся.

— Я напишу список продуктов, — выдавила Люба.

Она вырвала листок из блокнота и написала, чего и сколько нужно купить.

— Как долго вы планируете здесь пробыть? — спросила она.

Артур говорил о том, чтобы попросить на работе три дня за свой счет. Означает ли это, что они не собираются торчать здесь дольше трех суток? Или он просто так сказал?

— А что? — надменно бросил Артур. — Мы вам уже надоели?

— Мне нужно понимать, сколько дней мне придется вас кормить и, соответственно, сколько и каких продуктов мне понадобится.

— Рассчитывайте на неделю. Если мы уйдем раньше, продукты останутся вам. И не принимайте нас за нахлебников, все покупки за наш счет.

На неделю! Ничего себе... Или он только пугает?

Она кое-что поправила в списке и протянула листок парню, которого Артур назвал Витенькой.

— Вот, возьмите. И кстати: мое имя — Любовь Николаевна. Имя мужа — Родислав Евгеньевич. Надеюсь, что вы запомните с первого раза. Если забудете — я подскажу.

Витенька метнул на нее полный ненависти взгляд, а Артур одобрительно ухмыльнулся.

— Мне всегда нравились женщины, которые не теряют присутствия духа ни при каких обстоятельствах. Ну что ж, раз мы пришли к взаимопониманию и обосновались здесь надолго, я думаю, будет не лишним выпить чашечку кофе. Вы уже завтракали, Любовь Николаевна?

— Нет, не успели.

— Вот и отлично. Я, с вашего позволения, к вам присоединюсь, мы дружно позавтракаем втроем, а мальчиков вы покормите, когда прибудут продукты. Обслуге не полагается сидеть за одним столом с хозяевами.

Люба молча ушла на кухню готовить завтрак и накрывать на стол. Родислав остался в комнате с Артуром и Степушкой.

— Послушайте, Артур Геннадьевич, наш сын должен вам денег? Сколько? Может быть, можно как-то решить проблему без его участия? Давайте я заплачу — и закроем вопрос, вы перестанете искать Колю и преследовать его.

— Уважаемый Родислав Евгеньевич, — широко улыбнулся Артур, став похожим на сытого кругломордого кота, — если бы дело было только в деньгах, мы бы не разговаривали с вами так долго и так вежливо. Вы же понимаете, что нравы в нашей профессиональной среде простые, я бы даже сказал — примитивные, нам все равно, откуда деньги, нам важно только одно: сколько их и как их делить. Повторяю, если бы дело было только в деньгах, мы просто-напросто вломились бы в вашу квартиру и стали требовать энную сумму в купюрах ли, в цацках ли, машиной, квартирой или дачей. Вы бы нам все отдали и все нужные бумажки написали, потому что у меня есть Степушка и Витенька. Но в данном случае деньги для меня — вопрос второстепенный. Ваш сын повел себя некорректно по отношению ко мне и к той группе товарищей, которую я представляю. Ему была доверена конфиденциальная информация, которую он, ничтоже сумняшеся, продал нашим конкурентам. Мы понесли убытки. Разумеется, было бы совсем неплохо взыскать эти убытки с вашего сына. Но куда важнее для меня лично встретиться с ним и поговорить. Хотелось бы, глядя ему в глаза, спросить, зачем он это сделал, и выслушать его искренний и правдивый ответ. Тут, если можно так выразиться, дело чести. И вы ни в коей мере не можете заменить вашего сына.

Родислав помертвел. До этой минуты он еще надеялся на то, что Колька влип в чисто денежные неприятности, и готов был, несмотря ни на что, заплатить долги сына, только бы он прекратил скрываться и вернулся домой, но теперь стало понятно, что дело куда серьезнее. Они, эти люди, которых представляют изысканно-вежливый Артур Геннадьевич и два его мордоворота, не отступятся, они будут искать Николашу, чтобы отомстить, расправиться с ним.

Он поднялся и сделал шаг к двери.

— Я пойду помогу жене с завтраком.

— Хороший муж, — усмехнулся ему вслед Артур.

На кухне Люба стояла у плиты и варила в турке кофе. По лицу ее струились слезы, которых она, кажется, и не замечала. Слезы стекали по щекам и шее, а когда она наклонялась чуть вперед — капали на плиту и прямо в турку. Рядом на рабочем столе дымилась в большой плоской тарелке горка оладий, на другой тарелке лежали аккуратно нарезанные ломтики сыра и вареной колбасы, плетеная хлебница была доверху наполнена ломтями серого и белого хлеба.

— Как ты? — негромко спросил Родислав.

— Нормально.

Люба машинально отерла лицо ладонью и непонимающим взглядом уставилась на мокрые пальцы. Она и впрямь не заметила, что плачет.

— Любаша, я поговорил с ним, предложил денег...

— Колька много им должен?

— Он не сказал. Для него главное — найти Кольку и разобраться с ним. Колька им чем-то здорово насолил. Артур так и сказал: это вопрос чести, а не денег. Они будут его искать, чтобы отомстить.

— О господи! — простонала Люба. — Что же будет, Родик?

— Я не знаю. Знаю одно: в этой ситуации, наверное, лучше, чтобы его вообще не нашли. Пусть скрывается, сколько нужно, так будет безопаснее для него же.

— Да, наверное. Сколько же мы его не увидим?

— Разве об этом надо сейчас думать? — раздраженно заметил Родислав. — Надо думать о том, чтобы он жив остался, а уж увидим мы с тобой его или нет и как скоро — это второй вопрос. Люба, это действительно очень серьезные люди, которые занимаются криминальным бизнесом. Это не банальные торговцы с рынка и не картежники, у них крутятся огромные деньги, и если они из-за Кольки понесли убытки, то можешь себе представить размер этих убытков. Такое не прощается. У них ведь не только деньги, у них и возможности, и связи, в том числе и в милиции, и в прокуратуре, и в суде. Им ничего не страшно, их ничем не запугать. И мы с тобой ничего не можем против них сделать.

— Значит, будем терпеть, — всхлипнула Люба и снова отерла глаза. — Извини, что-то я расклеилась. Сейчас я соберусь и больше не буду плакать. Ты сам позвонишь Андрею или мне позвонить?

— Позвони ты, — попросил Родислав. — У меня сегодня назначены две важные встречи, их придется перенести, Андрюха будет страшно злиться, но на тебя он орать не станет. А мне сейчас только его криков не хватает.

— Хорошо, я позвоню. Что ему сказать?

— Скажи как есть. Он не любит, когда ему врут. Кроме того, он должен понимать реальную картину: неизвестно, когда мы с тобой сможем выйти из дома и появиться на работе.

— Хорошо, — повторила она. — Знаешь, я сейчас подумала о том, как странно устроен человеческий мозг. У нас сын в бегах, у нас в доме сидят бандиты и держат нас заложниками, а я беспокоюсь о том, чтобы Геннадий не учудил чего-нибудь и чтобы Лариса сюда не пришла. Она будет звонить в дверь, мы не откроем, и она воспользуется ключами, которые у нее есть. Войдет — и что увидит? Как ей это объяснить? А если бандиты и ее здесь оставят и не разрешат уйти?

Родислав поморщился.

— Любаша, давай будем решать проблемы по мере их возникновения. Пока еще ничего не случилось, а ты уже заранее беспокоишься.

— Родинька, но как же я могу не беспокоиться? Послезавтра из Питера должна вернуться Леля, а если они не уйдут до того времени? Папа будет звонить, а ведь Артур предупредил, что не позволит нам подходить к телефону.

— Это не так, — возразил Родислав. — Он сказал, что не позволит нам самим звонить. А отвечать на звонки нам придется обязательно, они ведь ждут, что Коля позвонит, и пропустить его звонок им совсем не с руки. Так что насчет папы не беспокойся, ты сможешь с ним поговорить. Давай я помогу тебе накрыть на стол. Где будем завтракать? Здесь, на кухне?

— В комнате, — решительно произнесла Люба. — Что бы ни происходило, мы должны жить так, как будто у нас все в порядке, так бабушка учила, помнишь? Мы должны забыть, что у нас сидят бандиты, которые охотятся за нашим сыном. У нас в доме гости, вот и все. И если мы с тобой хотим, чтобы все закончилось мирно и как можно скорее, нам придется вести себя достойно и по возможности приветливо.

Она достала из шкафа стопку чистых тарелок разного калибра и туго накрахмаленные белоснежные салфетки с вышитыми монограммами. Эти монограммы Люба вышивала сама, ей казалось, что это придаст больше уюта и наверняка понравилось бы бабушке. Из другого шкафа она вынула чайный сервиз на шесть персон и маленькие хрустальные розетки для варенья и меда.

Увидев, что Люба накрывает стол на пятерых, Артур недовольно приподнял брови.

— Уважаемая, я же сказал, что обслуга вместе с хозяевами за стол не садится. Мальчики прекрасно поедят на кухне.

— Простите, Артур Геннадьевич, но в нашей семье так не принято, — твердо ответила Люба. Она уже успела умыться ледяной водой и нанести легкий макияж, так что теперь лицо ее выражало только спокойствие и решимость, никаких следов недавних слез и в помине не было. — Мы не делим людей на хозяев и слуг. Вы находитесь в нашем доме, и вам придется играть по нашим правилам. В противном случае мы все останемся голодными.

— То есть если я не посажу Степушку с Витенькой за один стол с нами, вы готовы голодать в знак протеста? — недоверчиво переспросил Артур.

— Совершенно верно, — кивнула Люба. — И еще одно: у

нас за столом не принято сидеть в верхней одежде. Будьте любезны, снимите пальто. Тем более в квартире достаточно тепло.

— Вы собираетесь мне диктовать, как себя вести?

— Отнюдь. У вас не может быть никаких претензий ни ко мне, ни к моему мужу. У вас претензии к Николаю, а не к нам. Мы с мужем ничего вам не должны и ничем перед вами не провинились. Поэтому я предлагаю вам мирное сосуществование. Мы с пониманием отнесемся к тому, что Николай поступил по отношению к вам непорядочно и у вас к нему есть некий счет, по которому он должен тем или иным способом заплатить. Но и вы, в свою очередь, будете относиться с пониманием к тому, что находитесь в нашем доме, в котором есть свои правила и свои, кстати заметить, проблемы.

— Насчет проблем — поподробнее, пожалуйста, — усмехнулся Артур.

— Например, у нас есть соседка, молодая девушка, а у нее есть ключи от нашей квартиры. Ее отец — алкоголик, и когда он сильно напивается и начинает ее избивать, она прячется у нас и пережидает, пока он проспится. Что, если она придет и застанет вас здесь? Нам следует заранее договориться о том, как вас представить и что ей сказать. Кроме того, существует наша младшая дочь, Ольга, она сейчас в отъезде, но послезавтра утром должна вернуться. И ей тоже придется как-то объяснять ваше присутствие.

— Ну, дочери-то вы можете сказать правду, — заметил он.

— Это крайне затруднительно. Она, в отличие от нас с мужем, понятия не имеет о том, чем занимается ее брат и каким способом он зарабатывает на жизнь. Ольга очень чувствительная и нежная, такое известие может подорвать ее здоровье, у нее от переживаний часто случаются обмороки и повышается температура. Как быть с этим?

— Что ж, — пожал плечами Артур, — представьте меня как своего знакомого, который приехал из другого города, а мальчиков — как моих племянников. Вас это устроит?

— Вполне, — Люба закончила расставлять посуду и раскладывать приборы и скупо улыбнулась. — Позвольте, я отнесу ваше пальто в прихожую.

Артур нехотя повиновался, и Люба про себя констатировала, что ей удалось хотя бы это: как он ни сопротивлялся, а все равно начал жить по ее правилам, и пальто снял, и насчет Лели и Ларисы пошел ей навстречу. Повесив пальто в прихожей, она вернулась на кухню и стала собирать на поднос тарелки с едой. Родислав сидел за кухонным столом и курил.

— Как ты думаешь, когда Коля позвонит? — спросила она.

— Лучше бы он совсем не звонил, — мрачно откликнулся Родислав. — А то они вцепятся в него мертвой хваткой.

— Но если он позвонит, они поймут, что он сюда не придет, и оставят нас в покое. Хотя, — продолжала она размышлять вслух, — пока он не позвонил, они будут надеяться, что он придет сюда, и останутся у нас, а Коля за это время успеет уехать подальше. А если они поймут, что он действительно сбежал, то тут же кинутся за ним в погоню. Наверняка кто-то из его дружков знает, куда он поехал, а этот Артур сможет выбить информацию из кого угодно, вон какие у него братки под рукой. Так что, наверное, и вправду пусть лучше здесь сидят. А уж мы с тобой как-нибудь потерпим, правда? Только непонятно, как быть с Лелей. Ну, скажем мы, что это наш знакомый с племянниками, а как ей объяснить, что она не должна выходить из дома и не может никому позвонить?

— Остается надеяться только на то, что они уберутся отсюда раньше, чем она вернется, — вздохнул Родислав и сильным движением загасил сигарету в пепельнице. — Ну что, пойдем завтракать?

Вернулся Витенька, нагруженный продуктами, купленными по Любиному списку, и все уселись за стол. Ели молча. Говорить было не о чем. Наконец, тишину прервал басок Степушки:

— А чё, хозяйка, блины конкретные. Это всё или еще есть?

— Я могу испечь, это недолго, — отозвалась Люба. — Вы хотите добавки?

— Можно, — охотно согласился парень. — Клевая хавка. Я бы и водиле нашему отнес, он тоже с ночи голодает.

— Точно, — поддакнул Витенька, поигрывая бицепсами, перекатывающимися под свободной курткой спортивного костюма «Найк». — Ты, хозяйка, наверетень еще тазик блинов.

— Эти блины называются оладьями, — спокойно сказала Люба. — А меня зовут Любовь Николаевна, я вам уже говорила. Давайте постараемся обойтись без панибратства.

— Не, ну конкретная хозяйка, скажи, Артур! — возмутился Степушка. — Типа она тут главная. Давай наведи тут конкретный порядок.

— Цыц! — одернул его Артур. — Веди себя прилично. Ты

что, собрался мне указывать? Ты, деточка, совсем нюх потерял. Еще раз так выступишь — вылетишь без выходного пособия.

— Ну дела, — возмущенным тоном встрял Витенька. — Да ты чё, Артур? Ты с ними сопли на глюкозе разводить собираешься? Эта швабра будет тут нам указывать, а мы — под ее дудку плясать, что ли? Ты забыл, зачем нас Гиря сюда прислал? Ща я ему звякну на трубу, он вмиг тебя понятиям обучит.

Артур вскочил, глаза его налились кровью.

— Молчать, уроды!!! — заорал он. — Всех урою к чертовой матери! Еще раз пасть раззявите — с драной задницей отсюда вылетите, вас ни в одном петушатнике за людей считать не будут.

Речь он произнес довольно длинную, составленную почти сплошь из жаргонных выражений и постепенно входящую во все более спокойное русло. Смысл сказанного состоял в том, что Гиря, конечно, поглавнее Артура будет, но уж коль он делегировал ему полномочия по отлову Коли Романова, то на время выполнения миссии главным является именно он, Артур Геннадьевич, и как он скажет — так и должно быть. А кто с этим не согласен, тот пусть объясняется лично с Гирей и со всей остальной братвой и разбирается по понятиям.

Люба и Родислав замерли от неожиданности и втянули головы в плечи. Артур закончил выступление совершенно спокойным тоном, сел и улыбнулся.

— Прошу прощения, это была необходимая воспитательная мера. Надеюсь, ничего подобного впредь не повторится.

Так потянулся этот самый, наверное, длинный день в жизни Любы и Родислава Романовых. Люба позвонила Бегорскому, объяснила ситуацию, Андрей немедленно предложил помощь, выслушал Любины заверения в том, что они и сами справятся, долго сетовал на сорванные встречи, которые должен был провести Родислав, попросил регулярно звонить и сообщать, как дела, а узнав, что им разрешают только отвечать на звонки, сказал:

— Фигня какая-то у вас там. Логики не вижу. Ладно, сам позвоню.

Люба пыталась заниматься какими-то домашними делами, но все валилось из рук, однако она не останавливалась и продолжала находить себе занятия, мысленно произнося слова утешения: «Коленька, мы с папой делаем все возможное, чтобы потянуть время и дать тебе возможность уехать подальше.

Мы стараемся ради тебя. Стирка была запланирована на вечер пятницы, но я постираю сегодня, а в пятницу отдохну. И кухонные шкафчики пора разбирать и чистить, вот этим и займусь, а то когда еще руки дойдут. Всё разберу, крупы проверю, чтобы червячков не было, все банки отмою, полки начищу. Всё будет хорошо, надо только набраться терпения».

Артур и его мальчики сидели в комнате и смотрели телевизор, а Родислав устроился на кухне, курил, без конца пил чай и разговаривал с Любой. Потом был обед, потом снова мытье посуды и уборка, потом ужин... Коля не звонил.

Ближе к ночи гости стали нервничать. Впрочем, нервничали только Степушка и Витенька, Артур же сохранял олимпийское спокойствие.

— Слышь, Артур, мы чё, всю ночь тут будем торчать? Мы прошлую ночь в машине сидели, а сейчас опять, да? Это лажа какая-то получается. Звони Гире, пусть смену присылает, мы не нанимались так беспонтово чалиться, — ныл Витенька, а Степушка вторил ему:

— На фига мы тут штаны просиживаем? Надо тряхануть как следует этих хозяев — они вмиг расколются. Сто пудов — они конкретно знают, где Колька зашухерился, чего ты с ними цацкаешься? Мы с Витьком...

— Я велел вам молчать и не высовываться, — холодно произнес Артур. — И между прочим, феней надо пользоваться с умом и слова употреблять правильно, а то слышали звон, а где он — не знаете. Сразу видно, что вы оба нар не нюхали, вот и не стройте из себя бывалых сидельцев. Сначала отсидите с мое, потом будете права качать.

— Интересно, сколько он отсидел? — шепотом спросила у мужа Люба, услышавшая разговор в комнате. — Лет пять?

— Что ты, — усмехнулся Родислав, — гораздо больше. Я думаю, сидел он не один раз в общей сложности лет двенадцать-пятнадцать.

— Откуда ты знаешь?

— В нем слишком много спокойствия и уверенности. У тех, кто сидел только один раз и недолго, появляется такой наглый гонор, дескать, ему любое море по колено, потому что он уже на зоне побывал и самое страшное в жизни повидал. Для того чтобы стать таким, как этот Артур, нужно нар нанюхаться досыта и очень точно понимать, что можно делать, а чего делать нельзя, чтобы снова туда не попасть. Отморозки — это как раз те, кто или не сидел совсем, или сидел мало, а опытные сидельцы ведут себя совсем по-другому, примерно так, как Артур.

— Родик, а как ты спать собираешься?

— А ты? — задал он встречный вопрос.

— Ну, обо мне ты не думай, я все равно не смогу заснуть. Колька неизвестно где, в доме чужие мужики сидят... Какой уж тут сон. А тебе надо отдохнуть. Давай я тебе постелю в Лелиной комнате. Или, если хочешь, в Колиной.

— Значит, я буду спать, а ты будешь сидеть на кухне всю ночь?

— Родинька, так будет лучше. Мне действительно не заснуть, а завтра пусть хоть у кого-то из нас будет свежая голова.

Он легко дал себя уговорить, после всех событий он чувствовал себя уставшим и обессиленным. Люба уложила его в комнате дочери, Витенька и Степушка дремали на диване, привалившись друг к другу, Артур, как каменное изваяние, неподвижно восседал за столом в комнате, раскрыв книгу, взятую из книжного шкафа Романовых, а Люба устроилась на кухне наедине со своими невеселыми думами. Она за минувший день приняла такое количество лекарств, что язва давала о себе знать только ноющей, какой-то затуманенной болью, которая могла бы стать слабее, если бы Люба прилегла. Но такой роскоши она себе позволить не могла.

Около трех часов ночи Люба заглянула в комнату. Артур по-прежнему сидел, склонившись над книгой. Это был зеленый с оранжевым том из собрания сочинений Фенимора Купера. «Детский сад, — мелькнуло в голове у Любы. — В детстве не читал, что ли? Или так и не повзрослел, несмотря на судимости?»

— Хотите чаю? — шепотом, чтобы не разбудить братков, спросила она.

— Кофе, если можно, — ответил Артур, поднимая голову. — И покрепче.

— Я сварю, — кивнула Люба.

— Если позволите, я сам сварю, по собственному рецепту.

Она пожала плечами.

— Пожалуйста.

Артур вышел на кухню, попросил кофемолку, зерна и турку. Люба заварила себе чай и с любопытством наблюдала за манипуляциями гостя. Ничего нового для себя она не увидела, Артур проделывал всё в точности то же самое, что и она, когда варила кофе. Если ему кажется, что у него получается вкуснее, — ради бога, пусть тешится.

Он дал пенке три раза подняться, после чего осадил ее несколькими каплями холодной воды, налил кофе в чашку и присел за стол напротив Любы.

— Вы сильная женщина, Любовь Николаевна. Глядя на вашего сына, никогда бы не сказал, что у него такая мать. Вы должны были воспитывать его совсем по-другому.

— Вероятно, вы правы, — вздохнула она. — Результат моего воспитания получился не слишком впечатляющим. Теперь уж поздно кулаками махать. Артур Геннадьевич, поймите меня, я ни на минуту не оспариваю вашего права разобраться с Николаем, он перед вами виноват и должен ответить, но я хотела бы понимать, до какой степени во всю эту историю будем вовлечены мы с мужем. Ни мне, ни ему не может нравиться сложившаяся ситуация. Мы оба хотим, чтобы вы и ваши мальчики как можно скорее ушли из нашего дома. При этом мне хотелось бы, чтобы мы с вами разошлись без взаимного неудовольствия и претензий. Скажите, что мы должны для этого сделать?

Артур сделал маленький глоточек и посмаковал напиток.

— Как вы это хорошо сказали: разошлись без взаимного неудовольствия и претензий. Замечательное выражение, я его запомню. Уважаемая Любовь Николаевна, я уже говорил вам, что вы — сильная женщина, но этого, увы, недостаточно для того, чтобы я ушел отсюда. Моя задача — найти вашего сына, и я должен ее выполнить. Разумеется, я не намереваюсь сидеть у вас неделями. Я немножко разбираюсь в психологии, и мои знания подсказывают мне, что в любом деле критическими являются первые сутки, в крайнем случае — двое суток. С того момента, как Николай позвонил вам и сказал, что собирается скрываться, прошли ровно сутки, те самые критические первые сутки. Сын вам не позвонил. А должен был бы. То есть если бы он собирался держать вас в курсе своих передвижений, если бы он вас по-настоящему любил и понимал, как вы за него беспокоитесь, он бы обязательно позвонил именно в эти первые сутки. И кстати, если бы он сам беспокоился о вас, он бы тоже позвонил, хотя бы для того, чтобы узнать, не приходили ли за ним. Он не позвонил. Не в обиду вам будь сказано, я делаю из этого вывод, что никаких особенных чувств он к вам не испытывает и звонить вам просто из любви не собирается. Поэтому в принципе я мог бы уже сейчас разбудить мальчиков и уйти. Но я этого не сделаю.

— Почему?

— Потому что есть еще и вторые сутки. Сами понимаете, в жизни случаются всякие неожиданности, возникают непредвиденные помехи, и первые сутки продлеваются до вторых. Я все-таки подожду до завтрашнего вечера. Если Николай не объявится раньше, мы поздно вечером уйдем и начнем искать его другими способами. Можете не сомневаться, мы его найдем, и он за все ответит.

— Ответит — как именно? — спросила Люба дрогнувшим голосом. — Деньгами?

— И деньгами тоже, но я вам уже говорил, что не это главное. Никто не имеет права поступать с нами так, как поступил Коля. И Коля должен быть наказан. Заодно и в назидание другим.

— Вы собираетесь его убить? — ее голос сел до шепота.

Она сама не верила, что смогла произнести вслух то, что мучило ее вот уже целые сутки.

— Может быть, — губы Артура тронула легкая самодовольная улыбка. — Мы еще не решили.

— Но можно сделать что-нибудь, чтобы вы приняли другое решение?

— Вряд ли. Решение принимается не мной единолично. Вы, вероятно, уже поняли, что я отнюдь не самый главный в этой истории. Я просто исполнитель. Знаете, за прошедший день я даже проникся к вам некоторыми теплыми чувствами. Мне вас искренне жаль. Но вряд ли это вас утешит.

— Да, — прошептала она едва слышно, — это меня не утешит.

Ей хотелось завыть и вцепиться руками в сытое спокойное лицо Артура, который с милой улыбкой рассуждал о том, что ее сына убьют. Ей хотелось выцарапать ему глаза и вырвать язык, который посмел сказать ей такое. Ей хотелось его убить. Страшная боль перерезала туловище пополам, и ей пришлось непроизвольно согнуться, схватившись руками за живот. Люба застонала.

— Не стоит стараться, Любовь Николаевна, — сказал Артур насмешливо, — мне вас и без того жаль, а большего вы от меня все равно не добьетесь. Судьба вашего сына решена, смиритесь с этим.

Он одним глотком допил кофе, встал и вышел из кухни.

Вторые сутки после звонка Николаши Люба провела как во сне. Она что-то делала, готовила еду, кормила, убирала, разговаривала, глотала обезболивающие таблетки. «Не плакать, — твердила она себе, — только не плакать, держать себя в руках. Не может быть, чтобы все это оказалось правдой. Это просто страшный сон. Его надо перетерпеть. Рано или поздно я проснусь и пойму, что это был всего лишь ночной кошмар».

Но проснуться не получалось, сон все длился и длился. И только когда наступил поздний вечер следующего дня и Артур со своими мальчиками ушел, Люба осознала, что все кончилось. В самом прямом смысле. Это был не сон, не кошмар, это была отвратительная и страшная правда. Ее сына найдут и убьют. Остается только молиться о том, чтобы его не нашли. Но это означает, что она никогда больше не увидит своего мальчика. «Пусть, — говорила она себе, — пусть я его не увижу, пусть он спрячется далеко-далеко, где-нибудь в глухой тайге, или на Северном полюсе, или на затерянном острове, пусть мы никогда больше с ним не встретимся, но я буду знать, что он жив».

Прошла неделя, от Коли не было никаких известий, и Люба не знала, плохо это или хорошо. Она все отдала бы за то, чтобы услышать его голос и убедиться, что он жив и в безопасности. Но он не звонил. Она потеряла аппетит и совсем не могла спать, она быстро худела, буквально таяла на глазах, и очень плохо выглядела. Бегорский, едва взглянув на своего главбуха, заявил, что не потерпит на работе больных сотрудников, и отправил Любу домой.

— Больничный не бери, поезжай, ложись и лежи, сколько нужно. Если ты через неделю не будешь выглядеть как здоровый человек, я тебя уволю.

«Все правильно, — с тоской думала Люба, пока служебная машина Бегорского везла ее домой, — ни один мужчина не любит больных женщин. Они даже одного только вида больной женщины не переносят. Надо взять себя в руки. Если бы с Колей что-нибудь случилось, нам бы уже сообщили. Раз ничего не сообщили, значит, он жив. А это главное».

Спустя еще несколько дней снова пришел Артур. На этот раз с ним был только Степушка, а вместо Витеньки — немолодой морщинистый мужчина в длинном кожаном плаще и темных очках. Они пробыли в квартире Романовых недолго, всего часа два, старательно убеждали Любу, что если она знает, где прячется ее сын, то лучше ей сказать об этом, потому что чем быстрее его найдут, тем менее суровым будет наказание. Но ей нечего было им ответить. В голове билась только одна мысль: если они пришли, значит, Коля еще жив.

Он позвонил в начале декабря, рано утром.

— Коленька! — задохнулась Люба. — Как ты, сынок?

— Нормально, — его голос звучал глухо, были сильные помехи. — Меня кто-нибудь искал?

— Да, за тобой приходили, даже дважды. Артур Геннадьевич и...

— Я понял. Хрен они меня найдут. Я так спрятался, что им меня не достать. Всё, мать, больше звонить не буду, а то могут засечь.

— Да кто же может засечь, Коля? Тебя же не милиция ищет.

— Ты не понимаешь. У них руки длиннее, чем у милиции, и техника такая, что никакой милиции не снилась. Короче, мать, я в порядке, не психуй. Никому не говори, что я звонил. Пропал — и пропал.

— Ты не мерзнешь? Ты же уехал в том, в чем был, ничего с собой не взял. У тебя хоть деньги есть?

— Все у меня есть. Всем привет.

— Когда ты вернешься?

— Не знаю. Не скоро, наверное. Да не волнуйся ты, все будет нормально. Всё, пока.

Люба заметно успокоилась. «Как меняется представление о счастье и беде, — думала она. — Раньше мне казалось бедой, что Колька где-то шляется по ночам и заставляет нас с Родиком волноваться, а теперь я готова отдать все, только бы вернуть это время, только бы знать, что он здесь, рядом, что он рано или поздно придет домой, и будет накормлен, и будет спать в своей постели, и я смогу его увидеть, поцеловать, поговорить с ним. Я даже не понимала, какое на самом деле это счастье. А вот то, что происходит сейчас, — это действительно беда».

* * *

Праздновать Новый год собрались старым составом: Романовы, старик Головин, готовящийся меньше чем через месяц отметить восьмидесятилетие, Аэлла Александриди и Андрей Бегорский, оставшийся без семьи.

Николаю Дмитриевичу еще в ноябре сказали, что Коля уехал за границу работать по контракту, и покорно выслушали длинную тираду о том, что внуку следовало бы позвонить деду, а лучше — приехать и попрощаться перед долгой разлукой.

— Как это так! — возмущался Головин. — Уехать на несколько лет и ни слова мне не сказать! Даже не проститься! Вот до чего довело ваше воспитание с сюсюканьем и потаканием! Вырастили эгоиста. Не удивлюсь, если он и вам сказал про командировку только накануне отъезда.

— Так и было, — отводя глаза, подтверждала Люба. — Он буквально за два дня до вылета поставил нас в известность.

— Не понимаю! — продолжал кипятиться дед. — В наше время так не могло случиться. Каждая поездка за границу — это было целое событие, к нему за полгода готовились, собеседования проходили сначала в своем парткоме, потом в райкоме, инструктаж проводили, документы собирали для оформления паспорта. А сейчас что? Колька полгода готовился к поездке, а родители — ни сном ни духом? Вы что, вообще друг с другом не разговариваете? Что у вас за отношения в семье, если вы о собственном сыне ничего не знаете, он с вами ничем не делится, а вы ничем не интересуетесь? Любка, это непорядок.

— Николай Дмитриевич, — вступил Родислав, — сегодня вопросы с загранпоездками решаются быстрее и проще. Паспорт не нужно оформлять каждый раз, один раз сделал — и на пять лет свободен. Паспорт у Кольки давно есть, визу получить — неделя, ну максимум две. Теперь другие времена. А визу обычно дают чуть ли не в последний день, накануне вылета. Пока визы нет — никто не может быть уверен, что улетит, потому что европейские страны часто отказывают в выдаче визы. Не понравится им что-то в документах — они и отказывают. Так что как только виза была получена и стало ясно, что Колька точно едет, тогда он нам и сказал.

— Ну да, — подхватила Люба, — и такая суета началась, такая спешка, и вещи надо собрать, и купить кое-что, и всякие служебные дела доделать, Коля закрутился совсем и не позвонил тебе, хотя собирался, я точно знаю, он несколько раз говорил, мол, надо деду позвонить. Видно, руки не дошли. Не сердись на него, папуля.

Но Головин продолжал ворчать весь декабрь и только ближе к Новому году наконец остыл. Однако за праздничным столом он снова заговорил о внуке, и снова ставил его в пример Леле, так и не нашедшей постоянную работу, и вновь сетовал на то, что Коля так и не попрощался с ним, и на то, что его нет в кругу семьи, такой дружной и такой образцовой. Родислав во время речи тестя хмыкал и смотрел в сторону, а Люба стискивала зубы и с трудом сдерживала слезы. Хорошо еще, что Леля молчала. Ей тоже сказали про загранкомандировку, в которую Коля уехал как раз в те дни, когда она была в Питере на лекциях эдинбургского профессора. Если бы Леля вслед за дедом заговорила о том, как она скучает и как ей не хватает брата, Люба, наверное, не выдержала бы и разрыдалась прямо за столом. Она ловила на себе понимающие взгляды Аэллы и сочувственные — Андрея, и ей становилось немного легче.

В половине третьего ночи Николай Дмитриевич сказал, что устал, хочет спать, и попросил отправить его домой. Люба предложила постелить ему в Колиной комнате, но отец наотрез отказался, дескать, спать он привык только у себя дома. Родислав вызвал такси. Когда Головин отбыл, Леля заявила, что тоже идет спать. За столом осталось четверо, и все почувствовали себя свободнее.

— Ребята, у меня к вам серьезный разговор, — неожиданно сказала Аэлла. — Простите, что не сразу говорю об этом, но при Николае Дмитриевиче и при Леле нельзя было говорить.

— Что? — с тревогой спросила Люба. — У тебя неприятности?

— У меня все в порядке, — усмехнулась Аэлла. — Это у вас неприятности. У меня есть пациент из определенных кругов. Я ему делала пластику после автокатастрофы. Ну, и он ко мне проникся.

— Ага, нежными чувствами, — насмешливо вмешался Бегорский. — Алка, с каких это пор ты стала спать с бандитами? Раньше тебя устраивали только начальники главков и директора крупных предприятий. Ну еще артисты с дипломатами, но никак не ниже. Как же ты докатилась до такой жизни?

— Милый мой, — проворковала Аэлла — значение имеют только власть и влияние, а на какой работе они достигнуты — меня не волнует. У нынешних бандитов власти и влияния не меньше, чем у начальников главков, а то и побольше. Не читай мне мораль. И вообще, это очень милый и хорошо воспитанный человек.

Люба вспомнила Артура Геннадьевича и невольно поежилась. Он тоже был хорошо воспитан и довольно мил, если не брать в расчет того, что он сказал о Коле.

— Так вот, — продолжала Аэлла, — он знает, что я дружу с вами, поэтому в виде любезности поведал мне, что за вами пристально наблюдают.

— Кто? — воскликнул Родислав. — Кому надо за нами наблюдать?

— Вот кому надо, тот и наблюдает. Тот, кому ваш Колька на хвост наступил. Они его до сих пор не нашли, поэтому смотрят за вами на тот случай, если вы знаете, где он, и будете с ним встречаться. Они не исключают, что он прячется где-то в Москве или в Подмосковье и вы можете на него вывести.

— Господи, — выдохнула Люба, — как хорошо!

— Что ж тут хорошего? — поморщилась Аэлла.

— Раз они его до сих пор ищут, значит, пока не нашли. Значит, Коленька жив, с ним все в порядке, как же ты не понимаешь!

— Ах, ты в этом смысле... — протянула Аэлла. — Ну да, конечно.

Родислав внимательно посмотрел на нее.

— Послушай, а твой знакомый — он что, из той группировки, которая ищет Кольку? Может, ты на правах близкой приятельницы поговоришь с ним, чтобы оставили парня в покое и дали ему вернуться домой? Если у вас такие доверительные отношения...

— Отношения-то доверительные, — усмехнулась Аэлла, — но для вас бесполезные. Он из другой команды. Ну ладно, если уж на то пошло — скажу как есть. Я сама попросила его узнать, как там поиски Кольки, жив ли он. Мой любезный друг долго кочевряжился, говорил, что не хочет лезть в другую бригаду с лишними вопросами, что между группировками идет война и передел собственности и никакие дружеские контакты не срабатывают. Но я очень его просила, и он просто-напросто заплатил деньги и купил эту информацию у одного из братков. Так что на Колькину судьбу он никакого влияния иметь не может.

— Спасибо тебе, Аэлла, — горячо поблагодарила Люба и поцеловала подругу. — Это самый лучший подарок, который ты могла мне сделать на Новый год.

— А я думала, ты расстроишься, — улыбнулась Аэлла. —

Все-таки ужасно противно знать, что за тобой следят, за каждым шагом наблюдают, даже телефон прослушивают.

— Неужели прослушивают? — ахнул Родислав.

— Ну, это я так, фигурально, — смешалась Аэлла. — Я просто предположила. Вообще-то мне этого никто не говорил.

У Любы словно камень с души свалился. Говорят же: как Новый год встретишь, так его и проведешь. Если в новогоднюю ночь она получила такое замечательное известие, если в эту ночь ее сын жив, значит, так будет весь год. Как хорошо! Может, это и есть счастье?

* * *

— Вот так они и протянули еще с полгода, — заключил Ворон.

— А через полгода что случилось? — спросил Камень. — Неужели Николай вернулся?

— Ну прям! Я имею в виду, что без новых потрясений. Правда, Лариска подсуропила. Ты представляешь, она забеременела!

— Да ты что! От кого?

— Ой, да тебе-то какая разница, от кого? Главное, что она беременная. Вокруг нее вечно какие-то недоноски вертятся, не то рокеры, не то рэперы, я их не разбираю. Она как начала с младых лет попой вертеть, так и продолжает.

— А замуж?

— Ну еще чего! Кому она нужна-то — замуж ее брать! — фыркнул Ворон. — Квартира, конечно, есть, только в этой квартире такой багаж, что лучше уж в собачьей будке жить, чем с Лариской. Бабка лежачая, под себя ходит, в полный маразм впала, да папаша-алкаш неработающий.

— И что? — продолжал допытываться Камень. — Она рожать собралась?

— Да по всему видать, собралась, — кивнул Ворон. — Сроки-то для принятия решения давно прошли, я на восьмидесятилетие Николая Дмитриевича заглядывал — так еще ничего не было заметно, Лариска веселая такая была, Любе с Тамарой помогала, продукты носила, у плиты стояла. Тамара ей такой причесон изобразила — сказка! И Любу она тоже подстригла, получилось очень красиво. В общем, юбилей прошел классно, у меня прямо душа радовалась. Николай Дмитриевич, правда, всплакнул в один момент, но ничего, быстро успокоился.

— Отчего всплакнул? — встревожился Камень, которого судьба старика трогала до глубины души.

— Так он вспомнил, как праздновали его семидесятилетие и что Тамара была с Григорием, а теперь Григория с ними нет... Ну, вокруг этого. А в остальном все было здорово. Народу, конечно, было значительно меньше, чем на предыдущем юбилее, за десять лет народ поумирал. Но я отвлекся, я же про Лариску рассказывал. Ну вот, потом, после юбилея, я ее в феврале на Любином дне рождения видел, у нее тоже юбилей был, пятьдесят лет. Опять Тамара приехала, Аэлла с Бегорским пришли, еще кое-какие друзья и коллеги, человек тридцать набралось. В ресторане отмечали. Ну и Лариску позвали, она ж у них почти что член семьи. Лариска там отплясывала вовсю, хохотала, веселилась. И ничего такого я не заметил. А потом, где-то в мае, у бабки инфаркт сделался, Люба, конечно, подхватилась, начала Аэлле названивать, чтобы бабку в больницу положили.

— А что, просто так человека с инфарктом госпитализировать нельзя? — недоверчиво спросил Камень. — Нужно ждать, пока он совсем умрет, чтобы сразу уже в морг везти?

— Вот примерно так у них и было в те времена, — подтвердил Ворон. — Лекарств не хватает, зарплату врачам задерживают, да она и маленькая совсем, на нее не проживешь, все врачи поуходили кто куда, кто в фармацевтику, лекарствами торговать, а кто в частные клиники, где доходы повыше. Лечить некому и нечем, поэтому старались бесперспективных больных в стационар не класть. Ведь ясно же, что бабка не поправится, а зачем им лишний летальный исход в статистику? Люба начала колотиться, Аэлла ей помогла, и они нашли, куда бабку положить, но за приличные деньги. Люба, ясен перец, все оплатила: и взятку за госпитализацию, и круглосуточный пост, и нянек. Они с Лариской по очереди в больницу ездили каждый день. Вот тут я и углядел, что у Лариски вроде как животик. Ну а раз видно — значит, решение принимать уже поздно. Бабка вроде на поправку пошла, получше ей стало.

— Ну а дальше? Поправилась Татьяна Федоровна?

— Не знаю, не досмотрел. Чего, лететь, что ли?

— Конечно, лети. Важно же понимать, что там с бабкой,

что с Ларисой, родила ли она. А кстати, насчет Любы я хотел спросить: подарил ей Родислав на юбилей машину?

— Да ты что! — расхохотался Ворон. — С ума сошел? Она категорически отказывается от машины.

— Но почему? Ведь Коли-то нет, доходы скрывать больше не нужно.

— Не хочет она со своей язвой за руль садиться. И вообще она машину водить не хочет. Не нужно ей это.

— Странная какая-то твоя Люба, — недоумевающе вздохнул Камень. — Из того, что ты мне про людей рассказывал, получается, что каждый человек спит и видит на машине ездить, а она почему-то не хочет, хотя возможность есть. Ну ладно, насчет язвы — я понимаю, а так-то... Между прочим, она лечится или как?

— Или как, — буркнул Ворон, совершенно не терпевший никакой критики в адрес человека, которого он себе выбирал в любимые герои. — Лечится потихоньку, тайком от домашних, только толку от такого лечения — чуть, потому что тут главное — избегать стрессов и соблюдать диету, а как же ей без стрессов прожить, когда Колька неизвестно где и в остальном одно сплошное вранье? И с диетой напряженка, я тебе уже объяснял. Завела моду тридцать лет назад, чтобы все вместе за стол садились, завтракала вместе с мужем и детьми, не ужинала, пока Родислав домой не придет, вот и приходится ей теперь питаться на глазах. Редко-редко когда удается покушать одной, тогда она правильную еду ест, а если с кем-то — то как все. Не хочет, чтобы знали и беспокоились. И сложившийся за тридцать лет порядок как нарушить? Как это объяснить?

— Но ведь это так хорошо, когда все вместе сидят за столом, — мечтательно произнес Камень. — Это просто замечательно. Редко в каких семьях такой порядок встречается.

— Хорошо-то хорошо, а теперь выходит, что плохо, — возразил Ворон. — Конечно, Люба хотела как лучше, это понятно, да и бабушка ее так учила. Кто же мог знать, во что это выльется? У них там, в России, один деятель был политический, так он знаешь как сказал? «Хотели как лучше, а получилось как всегда». Здорово, правда?

— Ничего, — согласился Камень. — А что же Родислав Любе подарил на пятидесятилетие?

— Мобильный телефон. Они тогда только год примерно

как появились, еще мало у кого были. Модно, престижно. Люба была очень довольна.

— А новую машину Родислав купил?

— Слушай, что ты всякой ерундой интересуешься? — вскипел Ворон. — Кто кому что подарил, да кто что купил. Какая тебе разница?

— Ты не понимаешь, — принялся терпеливо объяснять Камень. — Ты видишь это все собственными глазами, и для тебя нет ничего необычного ни в автомобилях, ни в мобильных телефонах, ни в Интернете. А я все пытаюсь представить с твоих слов, всю человеческую жизнь, поэтому мне важны детали. Без деталей нет цельного представления. Кстати, Интернет уже появился?

— Как раз в том году.

— Вот я и помню, что где-то примерно в это время. Ну так что насчет машины Родислава?

— Купил он новую машину, не переживай ты за своего любимого Родислава.

— Какую?

— А тебе не все равно? Ты же ни одной машины в глаза не видел, ты и разницу между ними не усечешь.

— Это верно, — усмехнулся Камень. — Но хотя бы отечественную взял или иномарку?

— Иномарку. Сначала хотел взять «Жигули» десятой модели, но она оказалась плохого качества и дорогая, а «Шкода Фелиция», тоже новенькая, выходила дешевле, вот он ее и купил.

— Доволен? — голос Камня потеплел, он искренне радовался за своего любимчика.

— Как слон, — проворчал Ворон. — Ну все, можно лететь? Или тебе еще каких-нибудь деталей не хватает?

— Да вроде все. Лети, птица. Ежели чего вспомню — потом спрошу.

Ворон улетел, а Камень предался размышлениям о словах Андрея Бегорского по поводу сходства человеческой жизни и шахматной партии. Рассуждения Бегорского показались ему на первый взгляд просто чудовищными, но чем дольше Камень думал, тем меньше находил аргументов против этой теории. «Наверное, я что-то не так понял, — с грустью думал он. — Я старею, мозги становятся неповоротливыми, негибкими, и я уже не могу ухватить новую идею и разложить ее по полочкам в соответствии с правилами логики. Надо будет поговорить об этом со Змеем. Интересно, куда он девался? После новогодней ночи я его так и не видел, а уже недели две прошло. Неужели опять уполз куда-то далеко? И не предупредил, не попрощался, старый негодник».

Камень печально вздохнул, поерзал, устраивая ноющие кости, и углубился в размышления. Почему так много лжи в жизни Любы и Родислава Романовых? Ведь они неплохие люди, даже, можно сказать, хорошие, добрые, неглупые. Ну есть у Родислава свои слабости, не любит он напряжения, не любит сложностей и проблем, а кто их любит-то? Ну хочет Люба быть для всех хорошей, удобной и комфортной, хочет, чтобы ее все любили, так что в этом предосудительного? Как же так вышло, что с годами ложь начинает нагромождаться, превращается в шаткое здание, которое вот-вот рухнет и погребет под собой всех и вся? Разве можно осуждать ту же Любу за то, что она бережет отца, не хочет его расстраивать и поэтому не рассказывает ему правду о Николаше? И разве можно предъявлять претензии Родиславу за то, что он старается помочь Лизе и ее детям, хотя саму Лизу уже почти ненавидит, а к детям, особенно к Даше, никаких особых отцовских чувств не испытывает и, не моргнув глазом, вычеркнул бы их из своей жизни, если бы представилась такая возможность. Дениска ему, конечно, нравится, но нельзя сказать, чтобы Родислав умирал от любви к младшему сыну и скучал по нему. Его чувство долга по отношению к детям — сплошное притворство, но Камню казалось, то это притворство вполне оправданное. Почему же все так плохо? «А может, и не плохо вовсе, — думал Камень. — Может, это только мне отсюда, из Вечности, из сырого непролазного леса кажется, что все плохо, а на самом деле все хорошо и даже отлично? Я ведь ничего не понимаю в людях, если разобраться. Я так мало знаю о них... Как говорил один философ, я знаю только то, что ничего не знаю. Вот это как раз мой случай».

Ворон вернулся неожиданно быстро, Камень даже задремать не успел.

— Ты что? — перепугался он, увидев возвращающегося друга. — Что-нибудь случилось по дороге? Ты заболел?

— Не, — Ворон на лету мотнул головой и ловко пристроился на самой нижней еловой ветке, прямо перед носом у Камня, — я уже все посмотрел. Удачно попал, аккурат на бабкины поминки.

— Значит, все-таки померла, — сочувственно констатировал Камень.

— Ну а как ты хотел? Сначала инсульт, потом инфаркт, да и возраст у нее... Но ты не переживай, она недолго мучилась, всего месяц в больнице пролежала — и конец. Люба опять все на себя взяла, Лариска-то с животом, и живот такой приличный уже, а Геннадий пьет беспробудно, от него все равно никакого толку. В общем, схоронили старушку, в одну могилку с дочкой, с Надеждой, положили. Поминки устроили, все честь по чести. Правда, народу на тех поминках было — раз-два и обчелся, Лариска с Геннадием да Романовы, ну, еще парочка соседей по подъезду, тоже старушек, которые с Татьяной Федоровной общались, пока ее инсульт не свалил.

— А отец ребенка? — спросил Камень.

— Какой отец? Какого ребенка?

— Ну, от кого Лариса беременна. Он-то был на поминках?

— Ага, щас! Три раза он был! — презрительно откликнулся Ворон. — Я вообще не уверен, что Лариска знает, от кого беременна. Так-то она девка неплохая, и о бабке заботилась как следует, и дом соблюдала, убиралась, еду готовила, и работает она хорошо, начальство ее хвалит, а вот в личной жизни неудалая она какая-то. Спит с кем ни попадя. С юности такой была.

— Какой ужас! — охнул Камень. — Как же так? Просто в голове не укладывается.

— Да очень просто. Думаешь, такие, как Лариска, — редкость? Да они среди людей на каждом шагу попадаются. Ей очень хочется замуж выйти, и она вбила себе в голову, что если переспать с мужиком, то есть шанс, что он на ней женится, вот она этот шанс и использует направо и налево. Только никто чего-то не стремится жениться на ней. Интерес проявляют, она все-таки девка видная, хоть и невысокая, но фигуристая, объемная такая, выпуклая во всех местах, где надо, так что спать с ней охотники всегда находятся. Вот я и удивляюсь, почему она аборт не сделала при таких раскладах.

— Может быть, отец ребенка все-таки намерен жениться на ней? — предположил Камень.

— Если бы так, то он должен был быть на поминках, а его не было, — возразил Ворон.

— Ну, мало ли, может, он болен или в отъезде. Ты посмотри, как Лариса рожать будет и кто ее из роддома встречает, тогда ясность наступит.

— Хитрый какой! — заверещал Ворон. — Думаешь, так легко попасть, когда не знаешь точную дату? Думаешь, я тебе на глазок сроки беременности и родов могу установить? Живот — он и есть живот, чуть больше — чуть меньше. Как я попаду-то, куда надо?

— Ладно, давай тогда сразу... Что у нас там было, когда Татьяна Федоровна умерла?

— Середина июня, — проворчал Ворон. — Ельцин как раз первый тур президентских выборов выиграл.

Камень завел глаза к небу и принялся что-то подсчитывать.

— Давай сразу в сентябрь, там уже должна быть ясность.

— Куда, в начало месяца или в конец? — уточнил Ворон.

— Лучше в конец, чтобы уж наверняка.

— В конец не полечу, — решительно заявил Ворон. — Там грустно.

— А что такое?

— В Ростовской области маневренный локомотив столкнулся с автобусом. А в автобусе дети. Представляешь? Двадцать один ребенок погиб. Вся страна переживала. Даже национальный траур объявили. Я в этом месте всегда рыдаю, у меня сердце не выдерживает.

— Ну, тогда отправляйся в октябрь, — разрешил Камень. — Там уж точно с Ларисиным ребенком будет все понятно.

На этот раз Ворон вернулся не так быстро, Камень успел не просто задремать, но и целый сон посмотреть. Сон был ярким, красочным и очень радостным. Они со Змеем и Вороном втроем встречали какой-то праздник, вроде бы и Новый год, потому что ель стояла наряженная, вся в игрушках и в переливающихся гирляндах, но при этом светило яркое солнце, было совсем тепло, и рядом с Камнем цвели цикламены. Змей и Ворон помирились, в сущности, по этому сну выходило, что они и не ссорились никогда, и все были веселые и счастливые и обсуждали предстоящую женитьбу Ветра. Жениться он должен был почему-то на белочке, на той самой, с которой так усиленно флиртовал в реальной жизни Ворон. Но Ворон во сне совсем не ревновал, наоборот, радовался и за старого приятеля, и за свою подружку — многодетную мать. В общем, все было здорово!

Проснулся Камень оттого, что Ворон осторожно тюкал его клювом по макушке.

— Просыпайся, соня, — вполголоса приговаривал он.

— Я не сплю, — хриплым со сна голосом отозвался Камень. — Так, задремал немного. Ну, что там, рассказывай.

— Родила! — с гордостью объявил Ворон, словно в том была его несомненная заслуга. — Еще в августе. Мальчика. Назвала Костиком.

— А отчество? Отчество-то у него какое? Ты в свидетельство о рождении заглянул?

— Сергеевич он. Как Станиславский.

— Как кто?

— Константин Сергеевич Станиславский. Был там у них такой театральный деятель, жутко знаменитый, у него даже какая-то своя особая система была, так и называлась: система Станиславского.

— А кто ж такой этот Сергей? Ты его видел?

— Нет. Рядом с Лариской никакого Сергея нет, я хорошо посмотрел. Какой-то случайный партнер, наверное.

— Плохо, — расстроился Камень. — Значит, за отца ребенка она замуж не выйдет. Жалко.

— Да чего ты жалеешь-то ее? Может, он охламон какой-нибудь или вообще бандит, мы же не знаем. Может, без него-то ей и лучше будет.

— Может быть, — согласился Камень. — Но одной ей в любом случае лучше не будет. Как она с ребенком управится? Бабки нет, помочь некому, отец сам как второй ребенок, за ним глаз да глаз нужен.

— А Люба на что?

— Ну ты вообще! — задохнулся от возмущения Камень. — Мало Любе мучений со своими и чужими детьми, мало она на Ларисину семью сил потратила, так она еще и ребенком ее должна заниматься? Ты что выдумал?

— Ничего я не выдумал, — оскорбленно отозвался Ворон. — Что есть, то и говорю. Моя Любочка не может бросить соседку на произвол судьбы, она же помнит, как они с Родиславом перед девочкой виноваты и перед ее отцом тоже виноваты. Твой Родислав, — Ворон сделал упор на слове «твой», — конечно, морщится, маленький пищащий и какающий комочек ему совсем не нравится, но куда ж деваться. А Люба помогает вовсю.

— Черт знает что! Неужели у Ларисы совести не хватает оставить соседей в покое? Вроде взрослый человек, сама должна все понимать. Должен же быть какой-то предел.

— Вот и видно, что ты в людях ничего не понимаешь, а в женщинах — особенно. Тем более в матерях. Какая совесть может быть, какой предел, когда есть ребенок, в котором сосредоточено все счастье, вся жизнь, весь ее смысл? Женщина, защищающая своего малыша, не знает ни совести, ни пределов, заруби это на своем каменном носу. Если ребенок ночью просыпается и истошно плачет, Ларисе начинает казаться, что у него что-то болит, что он заболел страшной неизлечимой болезнью, что он вообще уже умирает, она жутко пугается и начинает звонить Романовым: мол, тетя Люба, я боюсь, можно, я к вам приду? Что Любе отвечать? Что нельзя? Мол, справляйся сама, как умеешь, а нас оставь в покое? Конечно, она разрешает Ларисе прийти, и не просто разрешает — велит немедленно приходить, сама смотрит ребенка, успокаивает, укачивает. Люба двоих вырастила, у нее опыт, и потом, у нее интуиция, она если чего и не знает, то точно чувствует. Во всяком случае, она всегда правильно угадывает, от чего малыш кричит: от боли, от голода, от жажды, от страха или еще от чего.

— А Геннадий как к внуку относится? Радуется, что дедом стал?

— Ну прям! Он вообще, по-моему, не очень понял, что его дочка ребенка родила. Вернее, так: он понял, что Лариска родила, но что это означает для него лично — не допер.

— Это в каком же смысле? — прищурился Камень.

— Да в том смысле, что пить-то надо бросать и дочери помогать сына растить. Это ему в его пьяную голову даже не пришло. Как пил — так и продолжает, и буйствует по-прежнему. Теперь уж Лариска не терпит, как раньше, чуть что — сразу к Романовым бежит. За себя-то она не особо боялась, могла отцу и сдачи дать, а теперь у нее маленький ребеночек на руках, им рисковать она не может. Вот и приходит, когда днем, а когда и среди ночи. В общем, только-только у Любы с Родиславом жизнь как-то наладилась, так пожалуйста: новое беспокойство.

— Как же она наладилась, когда с Колей неизвестно что? — возразил Камень.

— Ох ты, господи! — вздохнул Ворон и укоризненно покачал головой. — Вот как ты есть Камень, так и рассуждения у тебя каменные. Если от тебя кусок отколоть — он обратно прирастет?

— Разумеется, нет.

— А то место, откуда этот кусок откололся, затянется?

— Тоже нет. Это же очевидно.

— Правильно. Потому что ты — Камень. Ты так устроен. И судишь о людях по себе. А люди устроены по-другому, они живые, понимаешь? И раны у них затягиваются. Отстриженные волосы отрастают, ногти тоже, шрамы сглаживаются. Человек — это подвижная система. Человек может ко всему привыкнуть. В первый момент ему все кажется очень страшным и болезненным, а потом он привыкает, примиряется и ощущает уже не так остро. А то и вовсе не ощущает. Колька уже почти год как сбежал. Сначала, первые несколько месяцев, было ужасно. А потом привыкли. Раз не сообщают из милиции, что нашли труп, значит, жив. И слава богу.

Камень удрученно вздохнул. Нет, никогда ему до конца не понять этих человеков. Уж больно странно они устроены.

— Ты, наверное, устал, отдохнуть хочешь? — осторожно спросил он Ворона.

— Да я в порядке, — бодро откликнулся тот. — Какая такая усталость в мои-то годы? Что я, старая развалина, по-твоему? Я в ноябрь девяносто шестого хочу слетать, не возражаешь?

— А что там?

— Ну, там может про Николая Дмитриевича что-нибудь интересное выплыть. Все-таки переименование праздника — это тебе не кот начхал.

Камень вспомнил, что в девяносто шестом году указом президента праздник годовщины Великой Октябрьской социалистической революции был переименован в День примирения и согласия. Пожалуй, Ворон прав, генерал-лейтенант Головин не мог остаться к этому равнодушным.

* * *

Переименование праздника Николай Дмитриевич воспринял как пощечину и долго не мог успокоиться.

— Я могу понять, что нынешние воззрения порицают насильственное свержение власти, — говорил он, придя 7 ноября в гости к дочери и зятю. — Я даже готов смириться с тем, что коммунисты, сделавшие эту революцию, сегодня не в чести. Но почему надо переименовывать этот день? Почему надо вычеркивать его из истории? Что, история от этого станет другой? Переименуем праздник — и как будто никакой революции не было? Что за бред? Я уж не говорю о том, что переименование праздника Великого Октября — это верх неблагодарности.

— Почему? — удивилась Люба.

Она действительно не понимала, о какой благодарности может идти речь.

— Потому что все, кто сегодня у власти, родились после революции.

— И что?

— А то, что если бы революции не было, то они не родились бы. Их бы просто не было на свете. Жизнь была бы другой, социальное устройство другое, и их родители просто не встретились бы, неужели непонятно? А даже если и встретились бы, то у них родились бы совсем другие дети, потому что зачаты эти дети были бы в другие дни и в других условиях. Поэтому каждый из ныне живущих должен быть благодарен любому событию из прошлого, потому что каждое такое событие привело нас к той жизни, которой мы сейчас живем. Если уж на то пошло, то без той революции ваш Ельцин не был бы сейчас президентом великой страны, даже если бы ухитрился все-таки родиться.

— Папа! — Люба не могла скрыть изумления. — Откуда такие мысли? Ты никогда раньше не говорил ничего подобного. Я даже не предполагала, что ты можешь так рассуждать.

— Как — так? — нахмурился Головин.

— Ну... — Она замялась. — Так интересно. Нетривиально.

И тут же прикусила язык. Получается, она сейчас сказала своему отцу, что до этой минуты считала его тривиальным и неинтересным человеком.

— А ты что же, не согласна со мной?

— Почему же? Согласна. Только все равно это как-то... необычно для меня. Но ты прав, конечно.

Николай Дмитриевич возмущался еще три дня, пока не настал День милиции и не прогремел взрыв на Котляковском кладбище, в результате которого погибли тринадцать человек и около восьмидесяти получили ранения.

— Это плевок в лицо всей милиции! — бушевал Головин. — Это полный беспредел! Это откровенная демонстрация превосходства бандитского мира и его уверенности в собственной безнаказанности.

Телефонная трубка вибрировала в руках Любы — отец изливал свой гнев по телефону. Она слушала отца и не слышала. Сегодня ровно год... Ровно год назад, тоже в День милиции, позвонил Коля и сказал, что у него неприятности и он должен уехать, скрыться. Прошел год. Целый год. Это много или мало? За целый год — только один звонок от сына, в котором Коля предупредил, что звонить в ближайшее время не будет. Сколько это — ближайшее время? Год? Два? Десять? Только бы на секунду услышать его голос, чтобы точно знать: он жив. И кажется, что больше ничего для счастья не нужно. Все остальное у нее есть: жив папа, есть пусть и не любящий, но любимый муж, есть дочь, есть сестра, есть крыша над головой, есть деньги, чтобы ни в чем себе не отказывать, по крайней мере в самом необходимом, есть интересная работа. Правда, здоровье подкачало, но язва — это ерунда, с ней живут долгие годы и не умирают. Все есть у Любы Романовой, чтобы быть счастливой. Одного не хватает: уверенности, что с сыном все в порядке. Теперь, спустя год, она согласна была даже не видеть его и не слышать, только бы знать, что он жив и здоров. Что он есть. Что он где-то ходит и дышит.

В этот день, в эту самую минуту Любе пришло в голову поговорить с Аэллой. Она едва дождалась, пока Николай Дмитриевич перестанет возмущаться и распрощается с ней, и тут же набрала номер подруги. Как хорошо, что появились мобильные телефоны, теперь можно человека найти, где бы он ни находился и чем бы ни занимался.

— Мне нужно с тобой встретиться, — начала Люба.

— Не вопрос. Сегодня я уже не смогу, у меня весь день расписан. Как насчет завтра?

— Завтра — так завтра. В котором часу?

— Давай в три, у меня будет окно.

— Аэлла, я на работе. А вечером нельзя?

— Слушай, — забеспокоилась вдруг Аэлла, — у тебя что-то случилось? Почему надо встречаться? Скажи по телефону.

— Нет, — отказалась Люба, — это не телефонный разговор.

— Хорошо, тогда в девять у меня.

Люба в первый момент заколебалась: примерно в это время обычно возвращается Родислав, и кто же накормит его ужином, если ее не будет дома? На Лелю надежды никакой, во-первых, неизвестно, где она будет в это время, а во-вторых, даже если она окажется дома, то непременно что-нибудь забудет или сделает не так, она указания матери слушает вполуха и никогда ничего из домашних дел не делает как следует, бытовые хлопоты кажутся ей слишком приземленными и недостойными человека, посвятившего себя великой английской поэзии. Но то, ради чего Люба задумала встретиться с Аэллой, пожалуй, стоило неполноценного ужина для мужа и дочери.

Весь следующий день она мучилась сомнениями: сказать ли Родиславу, куда и зачем она отправится вечером и почему ее не будет дома, или придумать какую-нибудь вполне нейтральную ложь вроде косметического салона или дня рождения коллеги по прежней работе. Как он отнесется к ее замыслу? И самое главное: если он ее не одобрит, то где взять деньги? В конце концов она не выдержала и около пяти часов позвонила мужу.

— Родинька, ты занят? Я могу к тебе зайти?

— Конечно, — обрадовался он, — это очень кстати, у меня к тебе есть вопросы.

Люба спустилась с шестого этажа, где располагался кабинет главного бухгалтера, на четвертый, где сидели Бегорский и все его заместители и главные консультанты.

— Андрюха хочет прикупить парочку животноводческих хозяйств, — начал Родислав, едва Люба переступила порог. — Он считает, что мы не можем больше зависеть от поставщиков мяса и птицы, которые постоянно взвинчивают цены и нарушают сроки поставок. Он хочет, чтобы у нас было собственное сырье.

— Он уже что-то конкретное присмотрел или это пока на уровне разговоров? — спросила Люба.

— Да, у него есть на примете три фермы, где разводят коров, и две птицеводческие, он хочет, чтобы я проработал вопрос и прикинул, какие из них имеет смысл приобрести, чтобы потом не поиметь на свою голову кучу проблем с местными «крышами». Тут мне все понятно, я знаю, как действовать. Но мне хотелось бы получить твои консультации. А еще лучше, чтобы ты поехала вместе со мной посмотреть эти хозяйства, у тебя глаз острый, и людей ты хорошо чувствуешь. Ты же знаешь, — Родислав обезоруживающе улыбнулся, — я доверчив, как лох педальный, ни хрена в людях не разбираюсь.

— Не наговаривай на себя, — улыбнулась в ответ Люба. — Ты разбираешься в людях лучше многих других. Но я, конечно, поеду с тобой, если тебе это принесет хоть какую-то пользу.

— Всё, договорились, — обрадовался он. — Еще у меня к тебе приятное сообщение: руководство приняло решение обеспечить главного бухгалтера служебным автомобилем. Андрюха мне всю плешь проел разговорами о том, что мы должны купить тебе машину и заставить сдать экзамен на права. Я уж столько раз объяснял ему, что ты не хочешь садиться за руль, что ты боишься техники и транспорта, что он наконец отстал. Зато решил, что тебе, как представителю высшего эшелона руководства компании, нужна служебная машина. Так что готовься, завтра придет новая машина для Андрюхи, а свою он отдает тебе. Водитель уже есть, я вас завтра же и познакомлю. Ты рада?

— Я... я не знаю, — растерялась Люба. — Конечно, когда тащишь набитые продуктами сумки, то с машиной лучше... И вообще... Наверное, рада. Но как же так, Родинька, у тебя нет служебной машины, а у меня будет. Это неправильно, ведь ты по должности выше меня.

— А у меня теперь тоже будет машина, — рассмеялся Родислав. — Компания настолько разбогатела, что может обеспечить служебными автомобилями всех, кого посчитает нужным. Завтра придет новая машина не только для Андрюхи, но и для меня тоже. Вот так, Любаша! Растем на глазах. Андрюха обещает по итогам года большие прибыли, больше, чем в прошлом году. Что скажешь?

Любе, как главному бухгалтеру, было отлично известно финансовое положение холдинга, оно действительно укреплялось буквально на глазах. Пожалуй, денег в начале следующего года Романовы действительно получат ой как немало. Вот и подходящий момент сказать Родиславу о своей задумке.

— Родинька, — осторожно начала она, — я хотела с тобой посоветоваться.

— Слушаю тебя, — с готовностью отозвался Родислав.

— Я подумала, может быть, попросить Аэллу поговорить с этим ее знакомым, который может узнать насчет Коли...

— Ничего себе знакомый, — усмехнулся Родислав. — Это ее любовник, причем уже года два, наверное. Мне Андрюха говорил. На два года у Аэллы ни один мужик не задерживался, так что она, того и гляди, замуж за него выскочит. А вообще, мысль неплохая. Правда, ему снова придется кого-то подкупать из группировки этого таинственного Гири. Не знаю, насколько ему это удобно.

— Я сегодня встречаюсь с Аэллой, — сказала Люба, — попробую поговорить. Если окажется, что это возможно, я бы хотела знать, на какую сумму я могу рассчитывать.

— Что значит — ты можешь рассчитывать? — удивился Родислав. — А я? Это наша общая задача, и будем решать ее вместе. Сколько нужно — столько и заплатим. Ведь понятно же, что мы не можем просить знакомого Аэллы платить информатору из собственного кармана, достаточно того, что он сделал это год назад по собственной инициативе. Теперь все расходы за наш счет. Даже не думай об этом.

— Но, Родинька, я даже приблизительно не представляю, сколько может стоить такая информация. А вдруг очень дорого? Вдруг у нас с тобой не окажется таких денег? Я хотела бы знать заранее, сколько мы можем заплатить, чтобы не получилось, что он все узнает для нас, а мы не расплатимся.

— Не думай об этом, — повторил Родислав. — У нас достаточно денег. Если не хватит — я достану. Но в принципе такая информация не должна стоить бешеных денег, ведь мы ничего такого особо секретного не пытаемся узнать, всего лишь сведения о том, нашли Колю или все еще ищут. Вот и все.

Люба едва не расплакалась от нежности и благодарности. Муж не бросил ее наедине с ее горем, он готов платить за сведения о Коле, он даже готов достать деньги, если у них не хватит собственных возможностей. Какой же он добрый, какой хороший!

Вечером она поехала к Аэлле. Та, как обычно, кинулась демонстрировать подруге богатое содержимое своего холодильника и угощать изысканными продуктами. Ничего этого Любе есть нельзя, но и отказываться как-то неудобно, если не объяснять причину. Люба из вежливости выбрала самую нейтральную еду, не острую, не жареную, не перченую, никаких маринадов. Но как она ни старалась, боль все равно появилась, и пришлось выйти в ванную и принять лекарство.

Аэлла с готовностью согласилась помочь и поговорить со своим приятелем, правда, заранее предупредила, что результат гарантировать не может.

— Я, конечно, буду его просить, — сказала она, — но не факт, что он мне не откажет. Будем пробовать.

Через три дня Аэлла позвонила Любе и назвала сумму, которая оказалась вовсе не устрашающей и вполне посильной для бюджета Романовых. Люба даже немного удивилась, что выходило так недорого, она была почему-то уверена, что цену за информацию ей назовут совершенно запредельную. На другой день подруги снова встретились, и Люба передала конверт со стодолларовыми купюрами. Еще через неделю Аэлла сообщила, что поиски Коли Романова все еще ведутся.

«Значит, он жив! Господи, какое счастье!» — подумала Люба, стараясь не расплакаться в трубку.

— Аэлла, как ты думаешь, удобно будет еще раз обратиться с такой же просьбой? — спросила она.

— Что, прямо сейчас? — удивилась Аэлла.

— Нет, что ты, через пару месяцев. У нас нет никаких известий от Коли, а так мы хотя бы будем точно знать, что его... Ну, его пока не нашли. Значит, с ним все в порядке.

— А это ты хорошо придумала, — одобрительно хмыкнула Аэлла. — Надо же, мне и в голову не приходило, что можно таким нехитрым способом узнавать о судьбе вашего Кольки. Молодец, Любка, голова варит. Я поговорю. Думаю, что проблем не будет.

Аэлла не ошиблась, ее любовник согласился помочь и раз в два месяца исправно брал у нее передаваемый Любой конверт с деньгами и покупал информацию о ходе поисков Николая. Романовым стало полегче. Все-таки какая-никакая, а уверенность в том, что сын жив, — это уже немало.

* * *

— Явился, — злобно прошипела Лиза, открывая Родиславу дверь.

Тот в недоумении замер на пороге.

— Ты дома? Я думал... Мне Раиса сказала...

Он никак не ожидал увидеть Лизу, накануне он созванивался с сиделкой Раисой, которая заверила его в том, что Лиза собирается после обеда уходить.

— Раиса заболела, у нее высокая температура, — хмуро бросила Лиза. — Все планы мне поломала, старая карга. Ну, чего стоишь? Иди к Денису, ты же к нему пришел, как будто нас с Дашкой на свете не существует.

Из кухни доносились оживленные голоса детей. Денис, которому недавно исполнилось двенадцать, что-то объяснял одиннадцатилетней Юле, делая карандашом пометки на полях раскрытого учебника. Половина стола была занята учебниками и тетрадками, на другой громоздилась не убранная после обеда посуда.

— Почему дети делают уроки на кухне? — возмутился Родислав. — У них есть своя комната.

— А где им делать уроки? — немедленно окрысилась Лиза. Сегодня она была трезвой и злой. — В большой комнате стол занят, а в маленькой я работаю на компьютере.

Пишущие машинки ушли в прошлое, теперь машинистки не печатали, а набирали текст и сдавали заказчикам на дискетах. С развитием экономических отношений с Западом вырос спрос на специалистов, владеющих иностранными языками, а также увеличился объем заказов на исполнение текстов латинским шрифтом — договоры, соглашения, дипломные работы, учебные пособия, разговорники и прочее, и Лизины навыки оказались очень востребованными. Появилась возможность хорошо зарабатывать, и Лиза стала меньше пить. Окончательно она со своей пагубной привычкой так и не рассталась, но все-таки прогресс был налицо. Правда, теперь взятую на дом работу она выполняла на компьютере, который Родислав купил для Дениса, но это в любом случае было лучше, чем постоянная выпивка.

Лиза демонстративно хлопнула дверью и ушла работать.

— Ребята, почему посуда грязная? — строго спросил Родислав. — Надо помыть.

— Сейчас, пап, нам две задачки осталось дорешать для Юльки, и мы все помоем и уберем, — весело произнес Денис. — Не ругайся, ладно?

— Для Юльки? А свои задачки ты уже все решил?

— Конечно. Я свои уроки уже сделал.

Юля виновато посмотрела на Родислава.

— Дядя Родислав, не ругайтесь на Дениску, он очень хороший. Он мне всегда помогает с уроками, потому что я бестолковая, а он старше и это уже проходил.

— Он что, вместо тебя домашнее задание делает? — недовольно спросил Родислав.

— Нет, что вы, он только объясняет до тех пор, пока я не пойму и сама не сделаю.

Девочка смотрела на него такими огромными умоляющими глазами, что он смягчился и улыбнулся в ответ. Хорошо, что у Дениса есть такая преданная подружка, как Юля.

Стоял теплый апрельский день, светило яркое мягкое солнце, Родислав распахнул в кухне окно, убедился, что холодом не тянет, достал сигареты, присел на подоконник и закурил, стараясь, чтобы дым не шел на детей. Краем уха он слушал объяснения, которые давал Юле Денис, и не мог не отметить, что у мальчика выраженное системное мышление и очень хорошая речь. Несомненно, в этом заслуга Раисы, которая много занималась с пареньком с самого детства. Ну и, разумеется, учителя, которые приходили на дом и которых оплачивал Родислав, тоже постарались.

— Всё, пап, мы закончили, — Денис захлопнул учебник и подкатил инвалидное кресло вплотную к раковине. — Юлька, подавай.

Юля тут же принялась подавать ему грязную посуду со стола, а Денис, вытянув руки, ловко мыл и ставил рядом на разделочный стол, покрытый кухонным полотенцем. Юля, встав на цыпочки, пыталась поставить чистую посуду в сушку над раковиной, но росточка ей не хватало. Родиславу пришлось ей помочь. «Ну, Лиза, — сердито думал он. — Оставила на детей грязную посуду и ушла. Работает она, понимаешь ли. Спасибо хоть обедом накормила».

— Мама часто занимает твой компьютер? — спросил он Дениса.

— Часто. Почти все время. У нее много работы.

— Ты переживаешь, наверное. Тебе жалко, что тебя к компьютеру не пускают?

— Ты что! — воскликнул мальчик. — Это же здорово! Зато когда мама работает, она не пьет. Ну, почти не пьет, — поправился он. — Пусть работает, сколько надо, мы с Юлькой найдем, где уроки поделать, правда, Юль?

— Конечно, — откликнулась девчушка. — Моя бабушка говорит, что надо уметь работать в любых условиях, хоть на коленках. Она говорит, что отсутствие рабочего места — это не повод не делать уроки. Дядя Родислав, мы уроки все сделали, теперь надо Дениске сделать массаж и идти гулять. А тетя Лиза работает, ее нельзя отвлекать. И бабушки нет. Что нам делать?

— Может быть, я смогу массаж сделать? — предложил Родислав, внутренне поежившись.

Он никогда не делал Денису массажа и слабо представлял себе, как это происходит, только видел несколько раз, как массаж делала Раиса, но особо не всматривался и за движениями сиделки не следил.

— А вы умеете?

— Нет, — признался он.

— Тогда давайте я вам буду показывать движения, а вы будете делать. Я знаю, как нужно, меня бабушка специально учила, только она говорит, что у меня еще руки очень слабенькие и я не смогу сделать как следует. А у вас руки сильные?

— Ну, — Родислав вытянул перед собой руки и с улыбкой оглядел их, — более или менее.

— Как у бабушки?

— Наверное. Давай, показывай, буду учиться.

— Дениска, — скомандовала Юля, — снимай штаны.

Мальчик без малейшего смущения стянул с себя спортивные брючки и остался в трусиках. Родислав под руководством Юли приступил к работе. Он уже много лет не видел сына раздетым, и сердце у него сжалось при виде безжизненных слабеньких ножек, так непохожих на ноги других двенадцатилетних мальчишек, бегающих и играющих в футбол, загорелых, с крепкими молодыми мышцами. Ему даже страшно было прикоснуться к этим ножкам, не то что мять их и растирать.

— Вы не так делаете, — говорила Юля, отстраняя Родислава, — вот смотрите внимательно, я еще раз покажу.

Родислав послушно смотрел и старался повторить ее ловкие движения. Получилось не сразу, но в конце концов он справился.

— Пап, смотри, какие я мышцы накачал! — Денис с гордостью продемонстрировал отцу бицепсы. — Я уже могу прямо в кресле на руках отжиматься десять раз. Хочешь, покажу?

— Не надо, — остановил его Родислав, — я тебе верю.

— Дядя Родислав, сейчас у Дениски по расписанию прогулка, — со смешной озабоченностью сказала Юля. — Тетя Лиза работает. А мне одной не разрешают Дениску вывозить, только со взрослыми.

— Я с вами пойду. Одевай Дениса, — отозвался Родислав.

— Зачем? — удивилась Юля. — Он сам оденется. Правда же, Дениска?

— А то! — мальчик уверенно покатил кресло к двери, ведущей из кухни в крошечную прихожую.

Родислав видел, что дверной проем слишком узок и Денису приходится пробираться на своей коляске с филигранной точностью. С первого раза попытка не удалась, Родислав сделал было шаг по направлению к сыну, чтобы помочь ему, но наткнулся на предупреждающий взгляд девочки и остановился. Что ж, может быть, это и правильно. Парень должен уметь самостоятельно справляться с трудностями, не всегда же рядом с ним кто-то будет, пройдет совсем немного времени, и его начнут оставлять дома одного.

Денис наконец выкатился в прихожую, наклонился, скинул тапочки и надел ботинки, снял с низко вбитого крючка теплую куртку, неловко поворачиваясь в кресле, натянул на себя.

— Я готов, — объявил он. — Юлька, засовывай костыли.

Девочка принесла из комнаты костыли и пристроила к спинке кресла, потом оделась сама. Родислав недоумевал: зачем Денису костыли? Но решил ничего не спрашивать. Сегодня он особенно остро ощутил, что у его сына, сиделки и ее внучки какая-то своя жизнь, особенная, со своими правилами и принципами, вмешиваться в которую, наверное, ему не стоит.

— Куда пойдем? — спросил он, когда они вышли из подъезда.

— В скверик, — скомандовала Юля. — Это вон туда, через дорогу, потом дворами.

Родислав послушно покатил кресло с сыном в указанном направлении. В скверике, который больше напоминал бульвар с проезжей частью по обеим сторонам, Юля достала костыли и протянула Денису. Тот с привычной ловкостью встал и начал потихоньку двигаться вперед. Идущие по скверику-бульвару люди отводили глаза и спешили поскорее пройти мимо, но некоторые все-таки оглядывались и смотрели на мальчика со смесью жалости и почему-то презрения, как будто он сам виноват в свалившейся на него болезни и в болезни этой есть нечто постыдное. Денис же, казалось, не обращал на прохожих и их взгляды ни малейшего внимания и спокойно продолжал упражняться.

— Зачем это все? — сердито спросил Родислав у Юли.

— Денису нужно тренироваться ходить, — объяснила девочка. — Вы что, не понимаете?

— Ходить можно и дома. Почему непременно надо это делать на людях, в общественном месте?

— А моя бабушка говорит, что Денис не может всю жизнь просидеть взаперти, ему все равно придется выходить и общаться с людьми, и он должен привыкать не стесняться того, что ходит на костылях. И еще бабушка говорит, что движение на свежем воздухе очень полезно, организм обогащается кислородом и обменные процессы идут быстрее, а если не двигаться, то от прогулки никакого толку, — с видом знатока сказала Юля. — Вчера Дениска дошел до третьего дерева. Если сегодня он пройдет хотя бы на метр больше, это будет хорошо.

— Я смотрю, твоя бабушка для тебя большой авторитет, — усмехнулся Родислав.

— Моя бабушка самая лучшая и все на свете знает, — безапелляционно заявила девчушка.

«Боже мой, — вдруг подумал Родислав, — как она похожа на Любашу! Любе ведь тоже было всего одиннадцать, когда мы познакомились. И мне точно так же казалось, что она все знает и все умеет, что она такая строгая, решительная, ответственная. Как она мне тогда с папой помогла! А теперь вот эта девочка помогает моему сыну. И Любаша тоже по каждому поводу ссылалась на свою бабушку, покойную Анну Серафимовну. Дай бог, чтобы у этих детей все сложилось, как у нас с Любашей. Только пусть они не наделают таких же ошибок. Впрочем, учитывая Денискину болезнь, мои ошибки ему, пожалуй, не грозят. Господи, о чем я думаю! — спохватился Родислав. — Ему всего двенадцать лет. Он еще совсем ребенок».

Охваченный внезапно накатившей нежностью, он подхватил маленькую Юлю на руки, подбросил в воздух, заставив завизжать от страха и восторга, подбежал вместе с ней, толкая перед собой инвалидное кресло, к сыну, который, медленно переставляя костыли, продолжал двигаться вперед. Подбежал, поставил Юлю на землю и... остановился. Чего он хотел? Зачем побежал? Схватить в охапку ребенка-инвалида, напугав его, оторвав от сосредоточенно выполняемого упражнения? Порыв угас так же неожиданно, как и появился. Но вместо него в душе Родислава появилось ощущение мягкого пушистого счастья. Он стоял перед Денисом, буквально в двух шагах, видел его серьезные и одновременно горящие веселым азартом глаза, его плотно сжатые губы, и понимал, что его сын — настоящий боец. А маленькая, стоящая рядом девочка Юленька — настоящая боевая подруга. Эта парочка далеко пойдет.

— Дениска! — позвала Юля, становясь на шаг позади Родислава. — Дойди до меня, это будет как раз метр после третьего дерева. Давай же!

Она протянула руки, словно призывая мальчика к себе. Это было так трогательно, что у Родислава ком в горле встал.

— Ты устал? — заботливо спросила Юля, не опуская рук.

— Устал, — пропыхтел Денис. — Ужасно.

— Не дойдешь?

— Дойду. Я все равно дойду.

И он дошел, с последним шагом почти упав на руки Родиславу. Мальчика усадили в кресло, закрепили сзади костыли и пошли вдоль бульвара.

— Пап, а можно мне провести Интернет? — спросил Денис осторожно.

— Я же приносил тебе программу, — удивился Родислав. — Она что, не работает?

— Работает, но приходится через телефонную розетку включаться, а мама ругается, потому что никто дозвониться не может и сама она никому не может позвонить. Ей заказчики звонят, а у нас все время занято. Я подумал, может быть... как-нибудь...

— Конечно, сынок, — горячо откликнулся Родислав. — Я завтра же куплю вам мобильный телефон. Ты сможешь подключаться к Интернету, а звонить в это время будете по мобильнику. Только как же ты будешь пользоваться компьютером, если мама все время его занимает?

— А я ночью. Ночью же мама не работает, она спит. И Дашка тоже спит. Зато я никому не буду мешать. И потом, мама компьютер не все время занимает, так что я и днем буду им пользоваться, если она не работает. Честно-честно! Я тогда смогу много интересного прочитать, и в библиотеку ходить не надо.

«Нужно купить второй компьютер, — думал Родислав, возвращаясь домой. — И сделать в Лизиной квартире ремонт. Там все уже сыплется, потолок весь в протечках, оконные рамы покосились, из них страшно дует, обои ободраны, пол черт знает какой. Но самое главное — надо обязательно расширить дверные проемы, чтобы Дениска мог свободно проезжать. Только разве можно давать Лизе такие деньги в руки? Даже если она согласится делать ремонт, надо, чтобы кто-нибудь этим занимался и за все расплачивался. Лиза сама все деньги на ветер пустит, или опять запьет, или в какие-нибудь акции вложит, или в банк положит под большие проценты, а банк прогорит, потому что где большие проценты — там гарантированное банкротство, это понятно любому человеку, мало-мальски знакомому с экономикой. А уж с нашей-то экономикой — тем более. Я поговорю с Любой, посоветуюсь с ней, как быть с ремонтом, как его организовать, чтобы деньги не пропали. И мебель нужно купить Лизе, ну куда это годится: она работает, а ребенку негде уроки делать».

* * *

Восьмидесятилетие стало для старика Головина еще одним переломным моментом. В течение первого года после юбилея ни Люба, ни тем более Тамара ничего особенного не заметили, отец по-прежнему сам себя обслуживал и прекрасно управлялся с домашними делами, и хотя Люба дважды в неделю приезжала, закупала продукты и готовила еду на несколько дней, с такими мелочами, как поход за хлебом или свежим творогом, у Николая Дмитриевича проблем не было. Он ежедневно ходил на прогулку, по утрам делал зарядку и постоянно смотрел новости по всем телеканалам.

И только летом 1997 года вдруг засбоил. Люба, как обычно, позвонила отцу вечером, вернувшись с работы.

— Расскажи, чем ты сегодня занимался, — попросила она, готовясь выслушать подробный рассказ.

Но ее ожидания не оправдались, рассказ Головина оказался неожиданно коротким, и в нем не было упоминания ни о прогулке, ни о походе в магазин или в парикмахерскую — Николай Дмитриевич тщательно следил за тем, чтобы хорошо выглядеть, и регулярно стригся.

— Разве ты сегодня не выходил? — на всякий случай уточнила Люба.

— Нет, Любочка, я дома был.

— Почему? Сегодня такая хорошая погода...

— Куда мне выходить? Я уже старый, Любочка, а там холодно, ветер дует.

— Папа, ну где ты нашел холод? На дворе июнь. Да, немного прохладно сегодня, но ты мог бы надеть куртку или плащ. С каких это пор ты стал бояться ветра? И никакой ты не старый, — пыталась она переубедить отца.

— Нет, деточка, — упрямился Николай Дмитриевич, — мне это не по силам и не по возрасту. Я уж лучше дома посижу.

— Что случилось, папа? — нахмурилась Люба. — Еще вчера ты гулял и ходил за хлебом, позавчера ты был в поликлинике, а сегодня вдруг заявляешь, что ты старый и выход из дома тебе не по силам. Что произошло? Ты заболел?

— Я здоров, насколько это вообще возможно в моем возрасте, — сдержанно ответил Головин. — Но возраст-то у меня сама знаешь какой... Мне давно уже в могилу пора.

— Папа! Что ты такое говоришь? Ты еще проживешь...

— Три дня назад Евгений Лебедев умер, — грустно произнес отец. — А сегодня в новостях сообщили, что умер Окуджава. А они оба ведь были моложе меня. Зажился я, Любочка, подзадержался на этом свете. Видно, и мне уже пора.

— Прекрати, — рассердилась Люба. — Даже слушать не хочу. Что за глупости?

Но отец не стал вступать в дискуссию, а вместо этого пустился в воспоминания о том, как смотрел спектакль «Холстомер», когда Большой драматический театр из Ленинграда приезжал в Москву на гастроли, и какой потрясающий был в этом спектакле Евгений Лебедев, и как жаль, что такого великого актера больше нет. Вспоминал он и Булата Окуджаву, и его стихи и песни, мода на которые началась еще в шестидесятые годы.

— Андрюша Бегорский подарил вам с Родькой его пластинку на свадьбу, помнишь?

Люба мысленно ахнула. Ну и память у ее отца! А ведь действительно, был такой подарок.

— Папочка, с твоей памятью надо мемуары писать, а не к похоронам готовиться, — пошутила она. — Ты в отличной форме и сам это понимаешь.

Но все уговоры оказались бесполезными. Почему-то именно после этих двух последовавших друг за другом смертей Николай Дмитриевич начал резко сдавать, перестал выходить из дома и стал считать себя по-настоящему старым. Люба боролась с этим, как ей казалось, капризом почти месяц, после чего начала ежедневно навещать отца и водить его на прогулку. Через две недели, прожитые в таком режиме, она поняла, что совершенно запустила собственный дом, на который у нее просто не оставалось времени, и поставила перед отцом вопрос о совместном проживании.

— Папа, нам надо съехаться, — твердо сказала она, приведя однажды отца из поликлиники. — Я не могу ездить к тебе на другой конец города каждый день, а если я не буду приезжать, ты так и осядешь дома, даже к врачу не сходишь, даже свежего хлеба и молока не купишь. Это не дело.

— Я не собираюсь переезжать к тебе, — решительно отказался Головин. — У вас и так места нет.

— Но есть Колина комната...

— А что будет, когда он вернется? — возразил отец. — Он же не навсегда уехал в эту свою заграницу, контракт закончится, и он приедет. Где мы будем тесниться? Нет, нет и нет.

— Ну хорошо, можно же обменять две наши квартиры на

большую, из четырех или даже пяти комнат, и всем найдется место. Ты не можешь жить один.

— Могу, — упрямился он. — Я прекрасно живу один вот уже много лет. Ты будешь приезжать, как раньше, и достаточно. Из этой квартиры я никуда не двинусь, здесь умерла моя мама, твоя бабушка, здесь мы жили с Зиночкой, и здесь я умру.

— Но я не могу приезжать к тебе каждый день, — объясняла Люба. — У меня есть семья, и она нуждается в заботе и уходе. Я просто ничего не успеваю.

Отец надулся.

— Конечно, — проворчал он, — я всем в тягость, я всем мешаю. Лучше бы мне скорее умереть.

— Папа!

Николай Дмитриевич отвернулся и смахнул старческую слезу. У Любы сжалось сердце. Ну как, как оставлять его одного? Такого жалкого, такого старого, такого беспомощного и одинокого. Но нельзя же забросить из-за этого мужа и дочь! Или можно?

— Когда ты приедешь? — спросил Николай Дмитриевич, провожая дочь до двери. — Завтра?

И столько мольбы, столько страха было в его глазах, что Люба чуть не разрыдалась.

— Завтра, — кивнула она. — Я обязательно приеду завтра. Не скучай.

Вернувшись домой, она позвонила Тамаре.

— Я не знаю, что делать, — пожаловалась Люба. — Папа категорически не хочет съезжаться с нами. Но он уже не может жить один. Вбил себе в голову, что он уже совсем старый, перестал гулять, ходить в магазин, в поликлинику. Если так будет продолжаться, он очень быстро ослабеет и действительно состарится. Я пробовала ездить к нему каждый день, но...

— Я поняла, — перебила ее Тамара. — Дай мне месяц.

— Для чего? — не поняла Люба.

— Я продам дело и приеду. Буду жить с папой.

— Ты с ума сошла! — задохнулась Люба. — Как это — ты продашь дело? Дело, которое вы начинали вместе с Гришей, которое вы поставили на ноги, которое ты потом так подняла! Это невозможно!

— Это возможно, Любаша, — мягко возразила Тамара. — Ко мне давно подкатываются с просьбой продать салон. Раньше я отказывалась, а теперь сам бог велел согласиться.

— Но ведь жалко!

— Жалко, — согласилась Тамара. — И папу жалко. И тебя. Ты хочешь, чтобы салон оказался для меня дороже вас?

— Нет, но...

— Вот именно, — жестко заключила сестра. — Я всегда учила тебя различать главное и неглавное. Сейчас папа и ты для меня куда важнее дела. Я достаточно лет этому делу отдала, я назанималась им вдоволь, пора и честь знать. Денег я уже и так заработала достаточно, а если продам салон — вообще стану миллионершей. Вернусь к папе и буду жить припеваючи.

— Но ты же не сможешь сидеть с ним в квартире целыми днями, Тома! Ты просто задохнешься от тоски и скуки.

— Почему сидеть? — удивилась Тамара. — Я пойду работать. Уж с моими-то руками и с моей репутацией работу я себе всегда найду.

— Ты была хозяйкой салона и эксклюзивным мастером. Неужели после всего этого ты согласишься на роль обыкновенного мастера в рядовой парикмахерской?

— Ну зачем же? — рассмеялась Тамара. — Я могу пойти не в рядовую парикмахерскую, я могу вернуться в ту же «Чародейку» или еще в какой-нибудь модный салон. Ты за меня не беспокойся, Любаня, я устроюсь. Дай мне только время, чтобы утрясти все формальности с продажей, и я приеду.

— Томочка, не руби сплеча, — взмолилась Люба, — подумай как следует, стоит ли тебе это делать. Я не прощу себе, если ты продашь салон и потом будешь жалеть об этом. Я буду чувствовать себя ужасно виноватой. Ведь это из-за меня...

— Ну-ка прекрати! — прикрикнула на нее Тамара. — Что значит — из-за тебя? Разве ты виновата в том, что папе восемьдесят один год? Разве есть твоя вина в том, что он стареет и слабеет, что он не может жить один? Разве ты виновата в том, что он не хочет съезжаться с тобой и менять квартиру? В конце концов, он не только твой отец, но и мой тоже, почему ты одна должна тянуть все тяготы его старости на себе? Я вернусь, и это не обсуждается.

После разговора с сестрой Любе стало намного легче. И дело даже не в том, что отец будет жить не один. Тамара вернется! Она будет здесь, рядом, и с ней всегда можно будет поговорить глаза в глаза, как когда-то, обнять ее, пожаловаться, поплакаться и получить утешение и совет. И главное: от Тамары ничего не нужно скрывать. Не нужно ей врать. С ней можно разговаривать, как с самой собой.

* * *

Тамара почти закончила оформление своего салона на нового собственника и должна была через неделю переехать в Москву, когда из Красноярска пришло печальное известие: умерла мать Родислава, Клара Степановна. После ее замужества и переезда Романовы редко виделись с ней, но регулярно перезванивались и радовались тому, что Клара счастлива с новым мужем. Правда, здоровье у нее было не очень, она частенько прибаливала, но каждый раз, когда Родислав говорил, что немедленно прилетит, отговаривала сына и клялась, что ничего серьезного, обычная простуда, или грипп, или обострение холецистита, и пусть Родик не волнуется, все будет в порядке и приезжать не надо. Родислав охотно верил и с облегчением клал телефонную трубку. Лететь в Красноярск ему не хотелось.

За последние десять лет, с тех пор как Клара Степановна уехала из Москвы, они виделись всего три раза: Клара с мужем приезжала погостить, проведать сына с невесткой и внуков. И вот теперь нужно было лететь на похороны.

— Ума не приложу, как быть с папой, — переживала Люба. — Я боюсь говорить ему о Кларе Степановне, он теперь очень болезненно реагирует на сообщения о смерти людей своего поколения. Ему все время кажется, что он — следующий. Я боюсь его расстроить.

— Но мы же летим все вместе, с Лелей, как мы можем скрыть от него наше отсутствие? Нас ведь не будет дня три, если не все пять, — сомневался Родислав. — Мне кажется, надо сказать правду Николаю Дмитриевичу. Все равно ведь рано или поздно он узнает правду. И тогда будет скандал: почему мы ему не сказали. Мама поздравляла его со всеми праздниками, и если она не позвонит, он забеспокоится.

— Я боюсь, — вздыхала Люба. — Он может разволноваться, распереживаться...

Но сказать все-таки пришлось, Люба и Родислав пришли к выводу, что утаить от Николая Дмитриевича горькую новость не удастся. Реакция старика оказалась вполне предсказуемой, но в то же время и неожиданной.

— Ну вот, Евгений Христофорович ушел первым, потом Зиночка, теперь и Клара Степановна. Все мое поколение уходит, моя эпоха заканчивается. Скоро и мне пора. Вы, ребята, берегите меня, пока я жив — вы в безопасности.

— В каком смысле? — удивился Родислав.

— Когда я умру, вы будете следующими. Пока я есть, я как стена между вами и смертью. А когда меня не станет, вас уже никто не защитит.

Родиславу было в тот момент пятьдесят три года, Любе — пятьдесят один, они считали себя еще совсем молодыми, и мысль о собственной смерти казалась им дикой и явно преждевременной.

— Я уж с вами не полечу, — продолжал между тем Головин, — не по возрасту мне такие перелеты, у меня давление. А вы там смотрите, ведите себя правильно, все организуйте честь по чести. И держитесь. Горе у тебя, конечно, Родька, огромное, я это понимаю, но ты — главное — себя береги и Любочку с Лелей, будь им опорой. Нам, старикам, пора уходить, так что все закономерно и правильно. Мама твоя прожила долгую хорошую жизнь, была счастлива, сына вырастила, внуков понянчила, чего еще нужно? Пусть земля ей будет пухом. Постарайся не очень горевать, ей сейчас хорошо, порадуйся за нее.

После этого разговора Люба в очередной раз удивилась отцу и подумала, как, в сущности, мало она его знает. Не ожидала она от него таких слов. Не ожидала, что он может так рассуждать и чувствовать. «Какая глупость думать, будто мы знаем своих близких как облупленных. Какая непростительная глупость и самоуверенность! Ничего мы о них не знаем, ничего мы в их душах не видим и не понимаем. А когда они уходят, у нас уже нет возможности что-то узнать, увидеть и понять. Мы всегда опаздываем со своими прозрениями, всегда!»

Ей стало очень горько и немного страшно.

* * *

Наступила осень, город пышно отпраздновал свое 850-летие, Тамара переехала в Москву и поселилась с отцом. Жизнь снова вошла в привычную колею, и даже отсутствие Николаши стало фактом, с которым надо просто смириться. Люба по-прежнему раз в два месяца относила Аэлле деньги и через несколько дней получала сообщение: ее сына все еще не нашли. Ну и слава богу. Сам Коля больше ни разу не позвонил. Прекратить думать о нем Люба не могла, но плакать перестала.

Приближался день рождения Лели. Люба, как обычно, поинтересовалась у дочери, сколько ожидается гостей, чтобы заранее все спланировать, купить и приготовить, но Леля ответила, что свой двадцать пятый день рождения будет отмечать с друзьями и коллегами в ресторане. Ну что ж, имеет право, подумала Люба, все-таки двадцать пять — это дата. Она терпеливо ждала, что дочь пригласит родителей на свой праздник, но так и не дождалась. Леля попросила денег на ресторан и больше тему своего дня рождения не обсуждала вообще.

Люба и Родислав решили на этом не заостряться. В конце концов, девочка уже взрослая, глупо ожидать, что она всю жизнь будет держаться за маму с папой. День рождения дочери они отметили вдвоем, отправили Лелю в ресторан, не задав ей ни единого вопроса, Люба красиво сервировала стол и подала любимые блюда Родислава. Они выпили дорогого хорошего вина, уютно поужинали, поздравили друг друга, посмотрели телевизор.

— Жаль, что Тамара не пришла, — заметил Родислав. — Она так любит Лельку. Посидели бы втроем.

— Не может же она бросить папу и пойти к нам в гости на день рождения папиной же внучки, — возразила Люба. — А папа стал совершенно неподъемным, он даже ради Лелькиного дня рождения далеко от дома не отойдет. Хорошо еще, что он с Тамарой гулять ходит, хоть и недалеко, по ближайшим улицам, но все-таки. Мы в выходные к ним поедем вместе с Лелькой, все вместе отпразднуем.

Время близилось к полуночи, и Люба начала волноваться.

— Рестораны закрываются в одиннадцать, она уже должна быть дома. Ну вот где ее носит?

— Любаша, теперь многие рестораны работают и позже, до двенадцати, до двух ночи. Не беспокойся, Лелька у нас правильная девочка, ни в какие истории не попадает, — успокаивал ее Родислав.

— Но все равно... Мало ли что?

Она и мужа заразила своим волнением. Они вдвоем стояли у окна и смотрели во двор, на крыльцо подъезда. Родислав вспомнил, как без малого двадцать лет назад он точно так же посмотрел из окна вниз и увидел, как Люба прощается со своим молодым любовником. Как давно это было... Кажется, вообще в прошлой или даже позапрошлой жизни. Как много всего произошло за это время, как много изменилось! А если бы он тогда не проснулся, если бы не подошел к окну, если бы ничего не увидел? Как тогда сложилась бы его жизнь и жизнь его семьи?

Участок тротуара перед подъездом был хорошо освещен, горел яркий фонарь, и они сразу заметили вышедшую из-под арки Лелю в сопровождении высокого молодого человека с несколькими пышными букетами в руках. У Лели была только изящная маленькая сумочка.

— Смотри-ка, Лелька с кавалером! — воскликнул Родислав. — Интересно, кто таков?

— Наверное, Валера, — предположила Люба. — Во всяком случае, именно так зовут мальчика, который чаще всего ей звонит. Правда, есть еще какой-то Игорь. В общем, это, вероятно, один из двух.

— Надо же, — удивился Родислав, — встречается с мальчиками, а в дом их не приводит. Почему она у нас такая скрытная?

— Я не думаю, Родинька, что она с ними встречается всерьез, — вздохнула Люба. — Они за ней ухаживают, но она к ним ничего не испытывает, поэтому и знакомиться не приводит.

— А чем этот парень плох? Вон, смотри, стоят, как голубки, воркуют о чем-то, Лелька улыбается. Или мне только кажется, что улыбается? Отсюда не очень хорошо видно.

— Скорее всего, кажется, — невесело заметила Люба. — Из нашей Лельки выдавить улыбку — проще верблюда в игольное ушко провести. Я с ней пыталась несколько раз поговорить о ее личной жизни, но у нее на все один ответ: он скучный, он пресный, он не любит театр, он не ценит искусство, он не разбирается в поэзии. Никто ей не нравится. О ком ни спрошу — кривится и критикует. Останется она у нас с тобой старой девой.

Родислав улыбнулся, обнял Любу за плечи, слегка прижал к себе.

— Ну и что плохого? Будем доживать свой век втроем. Будем по вечерам пить чай за круглым столом и играть в лото. Или в карты. И телевизор смотреть.

— О-о! — Люба рассмеялась. — На это ты не рассчитывай. Наша Лелька — и лото? И карты с телевизором? Она же жуткая снобка и эстетка. Она будет сидеть в своей комнате и при свете настольной лампы читать в оригинале английских поэтов. А нас с тобой будет тихо презирать за то, что мы ничего не понимаем в поэзии. Смотри-ка, кажется, они прощаются.

Родислав вытянул шею, вглядываясь в пространство под окном.

— Интересно, целоваться будут? — пробормотал он.

Парень сделал совершенно недвусмысленное движение, намереваясь поцеловать Лелю, но девушка резко отстранилась и, как показалось Родиславу, бросила кавалеру что-то презрительное.

— Ну вот, — огорченно констатировал Родислав, — у юноши облом.

— Чего и следовало ожидать, — добавила Люба.

— Слушай, а какого рожна ей вообще-то надо? — спросил он. — Ты же с ней разговаривала, вот ответь мне, кого она ждет? Принца Уэльского? Или арабского шейха?

— По-моему, она сама не знает. Смотри, он отдает ей все букеты. Значит, действительно прощаются. А подарки где? Неужели ей ничего, кроме цветов, не подарили?

— Ну и нравы у современной молодежи, — подхватил Родислав. — На двадцать пять лет дарить только цветы! В наше время было по-другому.

Леля вошла в подъезд, и Люба с Родиславом, как нашкодившие малыши, быстро уселись за стол и начали усиленно пить чай, чтобы невозможно было догадаться о том, чем они только что занимались.

— Лелечка, чаю хочешь? — предложила Люба, когда дочь вошла в комнату.

— Нет, спасибо, я же из ресторана, — девушка, судя по лицу и голосу, была очень довольна своим днем рождения, во всяком случае, выглядела она не унылой и печальной, как обычно, а спокойной и удовлетворенной.

— Что тебе подарили? — невинно спросил Родислав.

— Только цветы.

— Как?! — картинно удивился он. — На двадцать пять лет — только цветы? Почему?

— Потому что я попросила, чтобы не дарили ничего, кроме цветов. Мне ничего не нужно, у меня все есть. А получать бессмысленные подарки, которые только занимают место и которые не знаешь потом, куда девать, я не люблю. Я предпочитаю цветы, это, по крайней мере, красиво, а красота никогда не бывает излишней.

— Тебя кто-нибудь проводил? — продолжал допрос Родислав. — Или ты в такое позднее время возвращалась одна?

— Меня проводили, — спокойно ответила Леля, ставя один из букетов в вазу. — Мама, где у нас еще вазы?

— На кухне, на полке, там же, где всегда, — отозвалась Люба. — А кто тебя провожал? Валера или Игорь?

— Ой, ну какая тебе разница, — в голосе Лели появилось раздражение. — Не Валера и не Игорь.

— А кто же?

— Ты все равно не знаешь.

— Так ты расскажи, тогда узнаю, — настаивала Люба, пряча улыбку. — Как его зовут, сколько ему лет, чем он занимается. Ты — наша дочь, и нам с папой интересна любая мелочь твоей жизни.

— Это не интерес, а пошлое любопытство, — высокомерно ответила Леля. — Его зовут Стасик, если для вас это так важно. Ему двадцать четыре года. И он никто.

— То есть как — никто? — опешила Люба.

— Вот так, — Леля пожала плечами. — Никто. В литературе ничего не смыслит. Вообще читает мало. Он все больше компьютерами занимается, программист. Ничего интересного. Скучный, пресный, с ним даже поговорить не о чем.

— Зачем же ты пригласила его на свой день рождения, если он такой скучный и пресный? — не скрывая ехидства, спросил Родислав.

— Подруга попросила разрешения прийти вместе с ним, Стасик — ее брат. Не могла же я отказать.

— То есть ты с ним только сегодня познакомилась?

— Нет, я с ним уже встречалась несколько раз, когда была у подруги в гостях. Мила сказала, что я ему очень понравилась, и он по мне сохнет, и не разрешу ли я привести его на день рождения. Что мне, жалко? Пусть приходит. А он потащился меня провожать.

Родислав с удовольствием смотрел на дочь: длинные волосы, стянутые на затылке в тяжелый старомодный узел, тонкое чистое лицо, большие серые, как у Любаши, печальные глаза, и вся она так напоминает тургеневскую барышню — в длинной юбке, простой белой кофточке и с накинутой на плечи шалью. Даже странно думать, что у нее может быть какая-то личная жизнь, что ее могут обнимать посторонние мужчины, что она может выйти замуж и рожать детей... Такие девушки не выходят замуж и не рожают детей, они живут в мечтах и тихих светлых слезах, они ищут идеал и не находят его, они стремятся к совершенству, любят искусство и жаждут духовности, а не серой унылой повседневности быта. Но, к сожалению, именно такие воздушные, эфирные создания чаще всего остаются старыми девами, невзирая на внешнюю привлекательность. А это означает, что ему, Родиславу Романову, и его жене Любе придется коротать старость без внуков. С Колькой непонятно что. Да и с Лелей все очень сомнительно. Чем ей плох этот Стасик, который по ней, как она сама выразилась, сохнет? Молодой компьютерщик, сейчас это очень перспективная и востребованная профессия, без денег не останется и семью сможет содержать вполне достойно. Влюблен. Высокий и, насколько Родислав смог рассмотреть, довольно симпатичный. Чего ей еще? Какого принца она ждет? О ком мечтает?

Леля расставила все букеты и присела за стол с родителями.

— Папа, мама, я хочу сказать тост. Вы мне не наливайте, налейте себе, я скажу, а вы выпьете.

— Ну давай хоть глоточек, — попросил Родислав. — Нехорошо говорить тост и не выпить.

— Ты же знаешь, я не пью. Совсем. Ничего не пью, — поморщилась Леля. — Если ты настаиваешь, я себе налью воды в бокал.

— Ладно, — вздохнул он, — давай хоть так.

Люба принесла бокал с водой, Леля произнесла тост, теплый, проникновенный, очень добрый, полный любви к родителям и благодарности им за то, что дали ей жизнь и подарили чудесное детство и юность. Отдельно поблагодарила за прекрасный подарок — деньги на ресторан, потому что эти деньги позволили ей отпраздновать свой день рождения именно так, как она мечтала, и пригласить именно тех людей, которых ей хотелось бы видеть рядом с собой в этот день. Люба была растрогана чуть не до слез, Родислав растаял от умиления. Да, с сыном им не повезло, но зато дочь удалась!

Чокнулись, выпили, посидели еще немного и разошлись. Пора спать, завтра рано вставать на работу. Родислав тут же разложил диван и завалился в постель, а Люба отнесла на кухню грязную посуду и принялась, как обычно, наводить порядок. Она не ляжет, пока не вымыт последний стакан и не стерта с пола последняя случайная капля воды.

Ее одолевали грустные мысли. Дочери уже двадцать пять, сыну тридцать два, ей самой пятьдесят один. Вроде бы не так уж много, если не оглядываться назад и ограничиваться только взглядом в зеркало. Для пятидесяти одного года она выглядит очень даже ничего, особенно в одежде. Да, сын неизвестно где, да, муж не спит с ней уже много лет, и у него есть другие дети от другой женщины, но во всем остальном ее жизнь не дает повода для жалоб. Отец жив, сестра в порядке, чудесная дочь, и деньги теперь есть, и работа интересная. Чего еще желать? Может быть, только квартиру побольше, очень уж Любе надоело жить и спать в большой комнате, бывшей гостиной. Можно было бы, конечно, устроить спальню в Колиной комнате, как это было когда-то, но такой шаг означал бы некую окончательность в признании мысли: Коля больше не вернется. А этого Люба допустить не может. Она ждет его, ждет каждый день, каждую минуту, ждет если не прихода его, то хотя бы телефонного звонка, хотя бы звука его голоса, произносящего: «Мать, у меня все в порядке, я на днях возвращаюсь». Она ловит себя на том, что, сидя в машине, постоянно вглядывается в идущих по улицам людей, и ей то и дело кажется, что она видит сына, и она вздрагивает, обмирает и уже открывает рот, чтобы попросить водителя остановиться, и осекает сама себя, разглядев: это не Коля. Просто похож. А иногда даже и не похож вовсе. Просто очень хочется его увидеть, вот зрение и подводит, послушно идет на поводу у слепого безумного желания.

А как хорошо было бы иметь большую квартиру, и чтобы папа с Тамарой жили вместе ними, и все были бы рядом, в одних стенах, за одним столом, и все на виду, все под крылом, и ни о ком не нужно беспокоиться. И Тамаре стало бы полегче, все-таки хозяйство оставалось бы на Любе, это даже не обсуждается. И можно было бы по вечерам, уложив всех спать, сидеть с сестрой, как когда-то, и все-все-все обсуждать, всем делиться, обо всем разговаривать. Какой же должна быть такая квартира? Общая гостиная, комната Лели, комната Коли, спальня Любы и Родислава, по отдельной комнате папе и Тамаре — всего выходит шесть комнат. Нет, это невозможно. Таких квартир не бывает. А если и бывают, то у Родика нет таких денег. Если бы продать две квартиры, тогда другое дело, тогда денег могло бы хватить на новую, большую, улучшенной планировки, такие теперь строят во множестве, но ведь папа ни за что не согласится продавать свою квартиру. И переезжать из нее он не захочет. Так что все эти соображения останутся только мечтами. Да и как переезжать, пока Коли нет? Это неправильно. Хотя почему это неправильно — Люба не смогла бы объяснить. Просто она так чувствовала. В их квартире будут жить другие люди, но это же не катастрофа, можно оставить им и свой новый адрес, и новый номер телефона, и все номера мобильников, которыми обзавелись Романовы уже после бегства сына. Коля не потеряется, если захочет что-нибудь сообщить или соберется возвращаться. В конце концов, рабочие телефоны Любы и Родислава остались прежними, и родителей Николаша всегда сможет разыскать. А на втором этаже их дома по-прежнему живет Лариса, у которой, разумеется, будут все их новые координаты. Но все равно Любе казалось, что переезжать означало бы окончательно вычеркнуть сына из их жизни.

«Что за мысли? — упрекнула она себя, стоя под душем. — О новой квартире речь вообще не шла ни разу. Родик даже разговора такого не заводил. Откуда у меня в голове появляются эти идеи? Может быть, мне захотелось перемен? Как лошади, которая застоялась в стойле. А какие перемены могут быть в моей жизни? Новая работа? Ни за что! Нигде мне не будет так спокойно, как под руководством Андрюши, и так интересно, потому что у него все время появляются новые проекты. Новый муж? Любовник? Невозможно. Мне не нужен никто, кроме Родика. Новое семейное положение тещи или свекрови, а в перспективе — бабушки? Непохоже, что это возможно, во всяком случае, в ближайшее время. Новый внешний вид? Не получится, Томка перепробовала на мне все мыслимые и немыслимые стрижки, которые только возможны с моими волосами, так что принципиальной новизны мы не добьемся, с теми или иными вариациями, но все уже было. Поменять стиль одежды? Надеть короткую юбку с длинным пиджаком, как теперь модно, и какого-нибудь экстремального цвета, например желтого с черным? Нет, это не выход. Когда тебе за пятьдесят, носить короткие юбки глупо, хотя ноги еще позволяют, слава богу. И потом, этой новизны хватит максимум на неделю. Неужели единственным вариантом остается перемена жилья? Наверное, мне действительно хочется чего-то другого, чего-то нового, вот я и начала думать о квартире».

Она улыбнулась сама себе и стала вытираться перед зеркалом. Какие любовники? Она что, с ума сошла? Без одежды ее тело выглядит ужасно. Ну, может, и не совсем ужасно, но в любом случае не так, как должно выглядеть тело женщины, которую можно желать. Ей уже пятьдесят один, ни о каких переменах в личной жизни не может быть и речи. Да и не нужны ей, в сущности, эти перемены. Родик рядом, он каждый день возвращается к ней, они спят в одной постели, хоть и под разными одеялами, они вместе работают, они живут под одной крышей, у них общие друзья и общие проблемы. Он — ее муж, любимый муж. Вот что главное. Любовники какие-то... Надо же, какая бредятина в голову приходит!

* * *

Змей появился, как всегда, неожиданно. Камень решил изобразить обиду: ну что это такое — пропал внезапно, не предупредил, не попрощался, ничего не объяснил. Друзья так не поступают. Змей с тонкой усмешкой выслушал претензии и ничего не ответил. Повисло молчание, которое испугало Камня. Если играть в молчанку с Вороном он не боялся и всегда выигрывал поединок, то со Змеем этот фокус не проходил. Камень признавал его превосходство, и молчать с достоинством не удавалось.

— Но ты хотя бы что-нибудь посмотрел в рамках нашего общего проекта? — спросил он, стараясь придать голосу как можно больше страдальческого·миролюбия.

— А как же! Я посмотрел ранние годы Лели Романовой, — ответил Змей спокойно, словно ничего не случилось.

— А зачем? — удивился Камень, тут же забыв о своих обидах.

— Захотелось понять, почему она такая получилась. С девочкой явно что-то не в порядке, слишком много спеси, снобизма. Откуда? Ни в матери, ни в отце, ни в бабушках этого не было. Нормальная семья, все веселые, трудолюбивые, все нормальные, а у девчонки вечная и непреходящая мировая скорбь. Может, был какой-то эпизод, который Ворон пропустил? Вот я и решил посмотреть.

— И что? — заинтересовался Камень. — Нашел? Ворон действительно что-то пропустил, недосмотрел?

— Нет, наш с тобой рассказчик ничего существенного не упустил, просто были мелочи, на которые он не обратил внимания. Ей с самого детства хотелось быть не такой, как все. Не в толпе, не одной из многих, а единственной, неповторимой, уникальной. Ну и кроме того, она от природы тонкая и чувствительная девочка, чуть что — плачет, температурит, болеет. И этим отличается от всех остальных деток и в садике, и в школе. Вот она и начала культивировать в себе тонкость, чувствительность, необыкновенность, непохожесть. Не одеваться, как все, не читать то же, что все читают в ее возрасте, переживать из-за того, чего другие и не замечают вовсе и равнодушно проходят мимо. Она делала это не сознательно, нельзя ее в этом винить. В принципе почти каждый человек хочет выделяться и не быть похожим на других, но все достигают этого разными способами, одни стремятся стать знаменитыми и суперуспешными, другие пытаются добиться этого при помощи освещения...

— Это как? — не понял Камень. — Специальные лампочки вкручивают, что ли?

— Это я фигурально выразился, прости. Многие люди, особенно женского пола, хотя и среди мужских особей такие встречаются, так вот, многие стараются оказаться поближе к тем, кто находится в центре внимания, чтобы и самим в этот центр попасть. Понял?

— Не очень, — признался Камень. — А если попроще?

— Ну, смотри. Есть звезда, причем любого масштаба: например, это может быть самый популярный мальчик в классе, красивый, спортсмен, сын богатых родителей или музыкант местной рок-группы, в общем, он на виду, он самый-самый, и многие девочки в классе стремятся завоевать его внимание, стать его девушкой, находиться рядом, чтобы другие говорили, мол, если она привлекла такого самого-самого, то она, наверное, из себя что-то представляет. Она всегда с ним, всегда рядом, и на нее смотрят так же часто, как и на него. А став взрослее, такие девушки стремятся привлечь внимание артистов, певцов, прочих популярных экземпляров и греться в лучах их славы. Теперь понял?

— Теперь понял. Ты давай дальше про Лелю.

— А что про Лелю? Леля таким путем не пошла, она слишком уважает сама себя, чтобы гнаться за чужими дивидендами. Она хотела выделяться при помощи собственных достоинств. Вот ты вспомни, что происходило, когда она была совсем крохой. Она жила с мамой и папой и была для них центром вселенной. Да еще и Тамара приходила постоянно, и тоже возилась с ней, играла, целовала в попку и говорила ласковые слова. И так всю рабочую неделю. А потом, в выходные, появлялся мальчик Коленька, братик, и с ним парочка до слепоты влюбленных в него бабушек — баба Клара и баба Соня. Еще и баба Зина подтягивалась. Мама и папа все внимание переключают на брата, потому как они его целую неделю не видели и соскучились. Бабушки ревнуют, потому что привыкли, что Коленька принадлежит им безраздельно, и тоже стараются своего не упустить, то есть не допустить, чтобы пацаненок, не дай бог, полюбил родителей больше самих бабок. Что бабки делают?

— Не знаю. Наверное, крутятся вокруг мальчика, сюсюкают с ним, разговаривают, в общем, делают все возможное, чтобы Коля от них не отвлекся и не переключился на маму и папу. Да? Нет?

— Да. Молодец, сечешь поляну.

— Что делаю?

— Это жаргон. Понимаешь все правильно. Извини, забылся, — виновато улыбнулся Змей. — Был бы на твоем месте наш всезнающий исследователь, он бы не переспрашивал, он жаргоном всех времен и народов лучше моего владеет, отдаю ему должное. Вернемся к теме. В выходные дни Коля становится центром внимания... Да, забыл еще одну деталь, о которой тебе Ворон, между прочим, рассказывал: Коля стремится быть самым любимым, и не потому, что ему любви не хватает, а потому, что самому любимому все разрешают и все прощают, и он с младенчества навострился подлизываться и ластиться, чтобы вызывать нежные чувства и устраивать все к собственному удовольствию.

— Это я помню, — Камень опустил веки, что должно было означать кивок.

— Стало быть, приведенный домой на выходные, Николаша начинает проделывать эти свои фокусы и с родителями, которые восхищаются его умом, сообразительностью, воспитанностью и хорошим характером. Ну как такого чудесного мальчика не любить? Вот и получается, что Коля регулярно становится центром внимания, любви и восхищения и все эти чудесные проявления отбираются у девочки Лелечки и отдаются ее брату. Причем отдаются, прошу заметить, совершенно незаслуженно. Леля-то у нас дитя чувствительное от природы, в мамочку и в прадедушку-купца пошла, она хоть и не понимает еще ничего, но нюхом чует, что мальчик притворяется и манипулирует взрослыми, которые послушно пляшут под его дудку. И что ей делать? Как бороться за свою долю внимания, любви и восхищения?

— Как? — послушно переспросил Камень, который внимательно следил за ходом рассуждений своего старого друга.

— И тут Леля соображает, что когда она плачет, болеет

или иным каким путем проявляет свою природную тонкость и чувствительность, родители начинают вокруг нее виться, сидят рядом, предлагают разное вкусненькое, дают лекарства, измеряют температуру, озабоченно обсуждают ее здоровье и душевное состояние не только между собой, но и по телефону с другими родственниками. Короче, она попадает в тот самый центр и получает свою пайку внимания, интереса и заботы. Она делает эти выводы не сознательно, для сознательного поведения она еще слишком мала. Но суть в том, что она их делает и начинает, как бы это помягче выразиться... нет, не злоупотреблять, но пользоваться. Со временем она понимает, что ее чувствительность и болезненная хрупкость отличают её от других детей и благодаря этому она привлекает внимание и интерес. Какой шаг она делает дальше?

— Вероятно, она понимает, что если хочет вызывать интерес и внимание в дальнейшем, то должна заметно отличаться от окружающих, — предположил Камень. — Да?

— Именно! Злостно эксплуатировать свою болезненность и симулировать ей и в голову не приходит, она все-таки не лгунья, в отличие от брата, и Лелечка начинает смотреть по сторонам в поисках того, чем бы ей отличиться, чтобы не быть похожей на других. Повторяю, все это происходит подсознательно. Можно заняться спортом и достичь заметных результатов, но это не подходит.

— Почему? — удивился Камень. — Ты сам говорил, что спортсмены попадают в центр внимания.

— Их много, спортсменов этих, — пояснил Змей. — Тут стояла бы задача выделиться не только среди всех, но и среди спортсменов тоже, а для этого надо или заниматься каким-нибудь редким видом спорта, или стать чемпионкой мира. Иными словами, надо посвятить себя всю этому негуманитарному занятию, а Леле такое дело не годится, она любит читать, рисовать, сочинять стихи, размышлять. Музыкантов-любителей тоже пруд пруди, а становиться профессионалом в ее планы не входит, хотя музыку она любит, но именно слушать, а никак не исполнять. Что остается? Остается хобби, узкая сфера интересов, да такая, какой ни у кого нет. Поэзию она любит искренне, английский язык ей легко дается, учителя все время хвалят, так что английская поэзия вытекает из такого расклада легко и естественно. А уж сделать так, чтобы об этом все знали и все с этим считались, — это вопрос времени и техники. Плюс понимание того, что она так тонко все чувствует и из-за всего переживает, даже болеет — вот до чего она чувствительная. Грубость и несправедливость мироздания повергают ее в страдание. Все, понимаешь ли, как-то живут в этом грубом и жестоком мире, и не просто как-то живут, а хорошо живут, радостно, в ладу с собой, потому что они не тонкие и не понимают, как это все на самом деле ужасно и болезненно. Ну, и так далее. Вот по кирпичику, по дощечке, по камешку и сложилась такая Леля, какую мы имеем к ее двадцати пяти годам.

— Ну, хорошо, а спесь откуда? — допытывался Камень. — Откуда такое презрение к людям, которые не так тонки, как она, и не так глубоко разбираются в поэзии? Ни у кого из Романовых или Головиных такого не наблюдалось.

— А спесь, мил-друг, от необоснованных амбиций. Она ведь сначала поняла, что непохожа на других, потом слегка искусственно усилила это обстоятельство, а потом искренне в него поверила. Коль она такая необыкновенная и ни на кого не похожая, то ее должна ждать поистине необыкновенная, нерядовая судьба. То есть сперва она сделала себя ни на кого не похожей, а потом стала ждать от жизни всяческих подарков и наград за это. А подарков чего-то нет и нет, равно как и наград. Да, в университет на филфак она поступила легко и без протекции, это правда. Но это — единственное, что ей в жизни удалось. А так-то что она собой представляет? Ни копейки собственным трудом не заработала...

— А переводы? — перебил его Камень. — Ворон говорил, что она делает переводы с английского и с немецкого, у нее в университете второй язык был немецкий.

— Ой, я тебя умоляю! — рассмеялся Змей. — Сколько там платят за эти переводы? И кому вообще нужны переводы стихов в России конца двадцатого века? Никому. Ну заработала она пару раз по три копейки, так тут же их на себя саму и истратила. Я же говорю о том, что она в семейный бюджет не вкладывает, то есть семье не помогает никак. Она даже посуду ленится помыть, это для нее слишком грубо и приземленно, а она же такая небесная, в том смысле, что неземная... Родислав несколько раз предлагал ей принять участие в переговорах в качестве переводчика, так она отказалась. Попросил контракт перевести на немецкий — снова отказалась, хотя отец ей хорошие деньги за это предлагал. Не для нее это, видите ли, слишком низко, слишком грубо, это оскорбляет ее нежные чувства, не для того она учила языки, и какие-то там колбасы и машины для изготовления мясного фарша не могут стоять в одном ряду с великой английской поэзией. В общем, все понятно. Ничего наша Леля собой такого особенного не представляет, ничего она в жизни не добилась и не достигла, замуж не вышла, детей не родила, на работу не устроилась, карьеру не делает. Значит, что?

— Значит, идет в ход отрицание ценностей, которые ей недоступны, — подхватил Камень. — Замуж не вышла? Так не за кого, они же все тупые и примитивные. Карьеру не делает? Только потому, что все кругом тупые и примитивные и не понимают, как нужна людям английская поэзия. Все остальное отсюда вытекает. Наша Леля ничего не хочет делать, она хочет только быть необыкновенной и страдать, вот это ей по-настоящему нравится. Ведь посмотри, сколько у нее свободного времени! Она могла бы матери помочь по хозяйству, она могла бы дедом заниматься, могла бы, в конце концов, помогать Ларисе с малышом, та бы ей только благодарна была. Леля могла бы все это делать и чувствовать свою нужность, полезность, а она? Наслаждается своей бесполезностью и невостребованностью, потому что это еще один повод пострадать. Так вот хоть Вадима возьми: ведь до сих пор она об этом человеке мечтает и стихи ему посвящает! Это ж уму непостижимо! Хотя погоди-ка, — нахмурился Камень, — тут что-то не сходится.

— Например, что?

— Она же Вадима совсем не знает, если верить Ворону и тебе. Неизвестно, как он относится к искусству, любит ли поэзию, тонкий ли он. Как же можно по нему страдать? А вдруг он такой же тупой и примитивный, как все остальные в ее глазах?

— Так в этом и есть смысл страдания, как же ты не понимаешь! — воскликнул Змей с досадой. — Леля влюблена в него с детства. При этом ничего о нем не знает и, что самое главное, не хочет знать. Она боится этого знания. А вдруг он окажется не таким, каким она его себе намечтала? Пока она о нем ничего не знает, он может оставаться для нее прекрасным принцем, о котором можно день и ночь мечтать, а ну как он не оправдает надежд? Что ей тогда делать? О ком мечтать? О ком страдать?

— Думаешь? — с сомнением переспросил Камень.

— Уверен. Если бы я был не прав, она бы уже давно с ним познакомилась. Ведь сколько раз они сталкивались в подъезде, на лестнице, во дворе у дома — не перечесть! И Вадим, поскольку он парень воспитанный, всегда ей улыбался.

— А она?

— Она глаза опустит и мимо проходит. Да что проходит — проскакивает как ужаленная, вместо того чтобы поздороваться и заговорить! Отсюда вывод: она ищет не знакомства, а страдания на дистанции.

— Да, — задумчиво протянул Камень, — дела... Бедная девочка! Что-то я еще хотел у тебя спросить, да запамятовал...

— Давай, вспоминай, а то мне по делам надо сползать.

— Куда? — встревожился Камень. — Далеко? Надолго?

— Далеко. А вот надолго или нет — пока не знаю, как пойдет. Приятель у меня захворал в Южной Африке, надо побыть с ним, поддержать, помочь. Как поправится — сразу вернусь. Ну, вспомнил?

— Нет... Черт, память подводить стала. Наверное, я старею, — пожаловался Камень. — Кости болят, суставы ноют, боюсь, как бы не подагра, да и радикулит замучил, спать не дает, а теперь вот и голова сдает позиции. Зачем придумали вечность, если старость не отменили, а?

— Ну, ты уж не прибедняйся, — усмехнулся Змей, — ты еще огурец. Со стороны на тебя посмотришь...

— Есть! — завопил Камень радостно. — Вспомнил! Вспомнил, что хотел спросить.

— Валяй, — разрешил Змей.

— Помнишь тех мужчин, которые со стороны наблюдали за Романовыми и в некоторых ситуациях оказывали помощь? Я еще тогда подумал, что это какая-то команда спасателей семьи. Помнишь?

— А как же. И что?

— Так что-то Ворон давно ничего о них не рассказывает. Они что, пропали? И кто это такие? И зачем они следят за Романовыми? Зачем помогают им? Я так ничего и не понял, а Ворон не говорит.

— А ты его спрашивал?

— Конечно. Он клянется, что их больше не видел.

— Ну, стало быть, и не видел, — уклончиво ответил Змей. — Ты что, Ворона проверяешь? Это не по-товарищески: не доверять ему и за спиной устраивать проверки.

— Ты что! — Камень испугался, что его заподозрили в непорядочности. — Я никоим образом не хочу уронить его достоинство. Но я ведь и раньше просил тебя уточнить что-то, что Ворон пропустил, и ты никогда не возражал. Что на этот раз не так?

— Да нет, — Змей отвел глаза, — все так.

— Тогда скажи мне про этих мужчин, — потребовал Камень. — Ты же наверняка уже все выяснил.

— Выяснил, — Змей согласно покивал овальной головой.

— Ну? — в нетерпении проговорил Камень. — Чего ты тянешь? Говори.

— Не скажу.

Камень оторопел. Впервые за все время Змей отказывался рассказывать о том, что увидел.

— Как это? Почему?

— Не скажу — и все. Иначе тебе сериал твой смотреть будет не интересно.

— Ну, Змей, — расстроился Камень, — ну это вообще... Вот это как раз и называется «не по-товарищески». Как так можно? Сказал бы уж, что ничего не знаешь, все-таки не так обидно.

— А я никогда не вру, — отпарировал Змей. — И ты, как поборник истины, должен ценить это мое чудесное качество.

— Я ценю, ценю, но все-таки... Может, скажешь, а? Ну хоть намекни! — взмолился Камень.

— Ни за что, — твердо отказался Змей. — И не проси. Дождись, пока твой юный зритель все сам увидит и сам тебе расскажет.

— А вдруг он не увидит?

— Увидит, увидит. Там невозможно не увидеть. Наберись терпения.

— Ладно, — с угрозой произнес Камень. — Я это запомню. Ты еще попросишь меня о чем-нибудь...

— Да? И что будет? — насмешливо спросил Змей. — Ты мне откажешь?

— А вот и откажу! В отместку за сегодняшнее, — заявил Камень.

— Ну, считай, что я уже испугался. И такой весь перепуганный пополз по своим делам. Бывай покедова, не скучай.

Камень смертельно обиделся и ничего не сказал другу на прощание. Настроение у него испортилось, и даже суставы начали ныть сильнее. Хоть бы Ворон, что ли, побыстрее прилетел... Нет, ну как это так: все знать и ни словом не обмолвиться?! Даже как-то непорядочно. Не по-дружески. Камень решил, что, пожалуй, будет дуться.

* * *

Прошло еще несколько месяцев, и Любовь Николаевна Романова стала ощущать нечто странное, необъяснимое. Ей казалось, что обстановка накаляется, хотя в чем именно это проявляется, объяснить не смогла бы. Она так чувствовала. В январе 1998 года произошла тысячекратная деноминация рубля, и в обиходе снова после многолетнего отсутствия появилась металлическая копейка. Казалось бы, ерунда, ничего сверхъестественного, и цены, на первый взгляд, из-за этого не выросли, но в душе экономиста Романовой ни с того ни с сего поселилась тревога. Потом, в конце марта, Президент страны отправил без видимых причин в отставку премьер-министра Черномырдина и внес в Государственную Думу кандидатуру молодого, никому не известного Сергея Кириенко. Госдума встала на дыбы и утверждать Кириенко не захотела. Правда, с третьего раза кандидатура все-таки прошла, но только потому, что возникла реальная угроза роспуска парламента. Любе стало еще тревожнее. И хотя за последние десять лет о слове «стабильность» можно было только с нежностью вспоминать и все вроде бы свыклись с тем, что в завтрашнем дне никто не может быть уверен, весной 1998 года у Любы возникло четкое ощущение надвигающегося краха. Какого? Экономического? Семейного? Личного? Она не знала. Но ощущение усилилось в мае, когда страну постепенно стала охватывать начатая шахтерами «рельсовая война». Сотни тысяч людей самых разных профессий перекрывали железные и автомобильные дороги, устраивали голодовки на рабочих местах, пикетировали здания областных и городских администраций и даже Дома правительства Российской Федерации.

Июнь стоял необыкновенно жаркий, город задыхался в стоячем раскаленном воздухе, и тревожное напряжение стало для Любы почти невыносимым. Каждое утро она с надеждой выглядывала в окно, но не видела ничего, кроме белесой, выгоревшей голубизны неба. Никакого намека на дождь или хотя бы на облачность.

— Что с тобой? — спрашивал Родислав, от которого не укрылась необъяснимая нервозность жены. — Что тебя беспокоит?

— Самое смешное — ничего, — признавалась Люба. — Ничего не происходит такого, из-за чего надо было бы сходить с ума. Но я тем не менее схожу. Может быть, с Колей что-то? У любой матери есть биологическая связь с ребенком, мать всегда чувствует, когда у ребенка что-то не в порядке. Господи, я даже боюсь подумать, что он...

Родислав успокаивал ее, утешал, предлагал воспользоваться услугами любовника Аэллы, хотя последняя информация от него поступила всего две недели назад. Люба относила Аэлле деньги, получала подтверждение, что Колю все еще ищут, успокаивалась ровно на два дня и снова начинала нервничать. Она по нескольку раз в день звонила отцу и Тамаре, она постоянно беспокоилась о Леле, ей все время казалось, что вот-вот должно произойти что-то ужасное, непоправимое.

Так прошла вся весна и начало лета. В ночь с 20 на 21 июня над Москвой пронесся страшный ураган, положивший конец удушающей жаре. 11 человек погибло, около 200 получили ранения, тысячи деревьев были вырваны с корнем, ветер срывал крыши и рекламные щиты, переворачивал припаркованные автомобили. Люба сокрушалась о пострадавших людях, но вздохнула с облегчением.

— Наверное, это и есть тот крах, предчувствие которого меня угнетало, — сказала она мужу. — Кажется, меня отпустило немного. Во всяком случае, дышать стало явно легче.

Она приободрилась, но когда в середине июля Россия получила кредит от Международного валютного фонда, снова впала в тревогу.

— Любаша, — говорил далекий от экономики Родислав, — ну что ты паникуешь? Где МВФ, а где мы с тобой? Они дали нам кредит — и слава богу.

— Ой, не уверена, — качала головой Люба. — Ой, не уверена. Посмотрим, что будет дальше. Наверху считают, что нашу экономику можно этим спасти. Если в течение максимум двух недель ничего не произойдет, можно считать, что они правы, но если эффект от этого кредита хватит всего на две недели, значит, наша экономика в таком состоянии, что ей уже помочь невозможно. Тогда в течение ближайшего месяца жди беды. Все рухнет.

Она целыми днями просиживала в кабинете Андрея Бегорского, который с вниманием отнесся к ее предчувствиям и требовал, чтобы главный бухгалтер Романова вместе с ним разрабатывала пакет упреждающих мер на случай финансовой катастрофы в стране. Идей у Любы было хоть отбавляй, и ни одну из них Бегорский не отверг, предварительно не обсудив досконально.

— Я смотрю, Любаша тебе стала нужнее, чем я, — однажды сказал Бегорскому Родислав, пряча ревность.

— Сейчас — да, — честно признался Андрей. — Но как только мы разработаем и примем программу выживания, подключаешься ты и начинаешь ее реализовывать. Так что не расслабляйся, твой час настанет с минуты на минуту. А вообще-то Любка меня приятно удивляет. Я ведь брал ее на работу просто из сочувствия, чтобы она денег побольше зарабатывала на содержание твоих, между прочим, детей, а теперь с ужасом думаю: что было бы, если бы я ее не взял? Я бы точно пропал. У нее потрясающее чутье, она меня от десятков провальных контрактов спасала. Поэтому если она говорит, что опасность на пороге, я ей верю. Безоговорочно.

Договоренность о кредите МВФ была достигнута 13 июля, 21 июля деньги были переведены, а 23 июля рухнул рынок ценных бумаг, курсы которых снова поползли вниз. Положительного эффекта хватило ровно на два дня.

— Теперь всё, — объявил Бегорский. — Начинаем действовать по антикризисному плану. Срочно сбрасываем все ГКО и валютные облигации, всё, что можно, обналичиваем и переводим в доллары. Всё, что должны иностранным партнерам, немедленно проплачиваем и никаких новых сделок с ними не заключаем. Пока.

— Почему? — не понял Родислав.

— Потому что если объявят дефолт, а твоя жена считает, что его обязательно объявят, мы не сможем ни с кем расплатиться, а это приведет к потере репутации и расторжению деловых отношений. Мы с тобой так тщательно выбирали этих партнеров, мы так старательно строили доверительные отношения с ними, что я не могу и не хочу этим пожертвовать. Кризис рано или поздно закончится, и наши партнеры еще будут нам благодарны за то, что мы их не подвели и не подставили.

— Но если мы не заключим с ними очередные контракты, у нас получится простой в производстве, — возразил Родислав. — И мы потеряем доход.

— Пусть потеряем. Сейчас потеряем, зато потом наверстаем. Если случится дефолт, тысячи российских предприятий не смогут расплатиться со своими зарубежными партнерами, и к чему это приведет? Во-первых, партнеры недополучат прибыль, и многие из них, особенно мелкие и средние фирмы и фирмочки, для которых Россия — основной контрагент, скорее всего, разорятся. Во-вторых, даже если они выживут, они ни за что не станут потом сотрудничать с такими ненадежными партнерами. И придется нашим предпринимателям начинать все сначала, искать новых партнеров, заключать новые договоры, а это время, в течение которого они будут стоять без прибыли. Мы же своих партнеров сохраним и, как только ситуация позволит, продолжим сотрудничество.

— А если дефолта не будет?

— Если не будет, то получится, что мы просто заморозились на пару-тройку месяцев. Да, мы потеряем какую-то прибыль, но если мы потеряем наших партнеров, это встанет нам намного дороже, можешь мне поверить.

— Тоже Любаша просчитала? — усмехнулся Родислав недоверчиво.

— Конечно, — кивнул Андрей. — Она у тебя все может просчитать. Кстати, имей это в виду. И еще одно: я принял решение создать у нас в холдинге службу экономической безопасности. Давно пора было это сделать. Твоя жена эту службу возглавит. Хватит ей в бухгалтерах сидеть, пусть и в главных. Это не ее масштаб, она может гораздо больше.

— Спасибо, — широко улыбнулся Родислав. — Она обрадуется. Можно ей сказать? Или она уже знает?

— Еще не знает. Можешь сказать, — улыбнулся в ответ Бегорский. — Вообще-то я сам хотел ее порадовать, но поскольку ты муж, у тебя и право первой ночи.

Прямо из кабинета Бегорского Родислав помчался на шестой этаж, к Любе. Она сидела бледная, с темными кругами под глазами после нескольких бессонных ночей. То есть ночи были не полностью бессонными, Бегорский отпускал ее с работы около полуночи, но ей дома приходилось еще готовить еду, и стирать, и гладить, а в шесть утра уже вставать, и Люба катастрофически не высыпалась.

— Любаша, собирайся, пойдем обедать в ресторан, — торжественно объявил Родислав. — У нас есть повод.

Люба послушно поднялась и стала переобуваться. У нее в последнее время отекали ноги, и она, приходя на работу в туфлях на шпильках, в своем кабинете меняла их на просторные босоножки без каблуков. В этих босоножках она работала за столом, но если нужно было выйти из кабинета, снова надевала шпильки. На работе она не могла позволить себе быть не на высоте во всем, вплоть до обуви.

— А что случилось? — спросила она по дороге к лифту.

— В ресторане скажу, — загадочно произнес Родислав.

Он искренне радовался за жену, ему так хотелось, чтобы у нее все было хорошо, чтобы у нее все получилось и чтобы она ни о чем не тревожилась. Чувство вины за Лизу с годами притупилось и уже не беспокоило так остро, но постоянное стремление сделать Любе что-нибудь приятное осталось.

Ресторан, куда они иногда ходили обедать, находился совсем рядом, и машину брать не·стали, прошлись пешком. Люба выслушала новость с бесстрастным лицом и скупо улыбнулась.

— Родинька, я даже не знаю, как к этому отнестись. Это так неожиданно. А вдруг я не справлюсь? Будет стыдно. Андрей на меня понадеялся, а я не оправдаю доверия. Может, лучше оставить все как есть? Я буду главбухом, а если Андрюше и тебе нужны мои консультации, то я всегда готова. Ты поговори с ним.

— Глупости, — отрезал Родислав. — Ты с Андрюхой работаешь много лет, он твои возможности изучил. Если он считает, что у тебя есть потенциал, то он не ошибается. И не думай ни о чем плохом. Что ты заранее беспокоишься? Все будет отлично! Ты у меня умница редкостная, у тебя все получится.

Он протянул руку и погладил лежащую на столе ладонь жены. От этого жеста веяло покоем, стабильным браком и нежностью, и Любе на мгновение показалось, что нет ничего плохого в их жизни, никаких обманов, никаких глупых договоров, никакой Лизы с ее обременительными детьми, а есть любящие друг друга муж и жена, счастливо прожившие вместе тридцать четыре года.

— Тридцать четыре года, — пробормотала она.

— Что? — переспросил Родислав.

— Мы вместе уже тридцать четыре года, — пояснила она чуть громче. — Это если считать со дня свадьбы. А знакомы мы больше сорока. Ужас, да? Даже подумать страшно, как давно мы друг друга знаем.

— Слушай, мы же в этом году годовщину свадьбы не отметили, — вдруг спохватился Родислав.

Ему стало неловко за то, что он забыл. Не поздравил Любу, не купил цветы, не говоря уж о подарке. Второй раз за все годы. В первый раз это случилось тем злосчастным июлем, когда он уходил к Лизе.

— Это я виновата. Закрутилась на работе, целыми днями составляла программу минимизации убытков при кризисе, сидела у Андрюши... Прости, Родинька. Ты на меня не обижаешься?

Конечно, он не обижался! И был искренне рад тому, что вроде бы и не виноват ни в чем.

* * *

Предчувствия Любу Романову не обманули, дефолт все-таки грянул, хотя всего за несколько дней до этого Президент во всеуслышанье объявил о том, что «дефолта не будет». Через несколько дней сняли премьер-министра, еще через две недели назначили нового, но опять с трудностями, потому что Дума снова воспротивилась тому кандидату, которого предлагал Президент, и дважды голосовала «против», и пришлось искать еще одного кандидата на должность. За время правительственной чехарды курс доллара вырос в три раза, начался неудержимый рост цен, банки перестали выдавать наличные, задерживались выплаты зарплат, население в панике кинулось закупать продукты первой необходимости, чтобы успеть приобрести сегодня с запасом, потому что завтра на стремительно обесценивающиеся рубли уже нельзя будет купить столько же быстро дорожающих товаров. Банковская система оказалась парализованной, вклады замораживались, а сами банки закрывались.

Как-то поздно вечером в середине сентября Любе позвонила Аэлла, которая в тот момент уже месяц отдыхала в Испании.

— Любка, что происходит? Моя кредитка не работает, мне банкомат деньги не выдает.

— Именно это и происходит, — вздохнула Люба. — У тебя совсем нет наличных?

— Есть немного, кофе попить хватит, а дожить — нет. Мне еще неделю надо протянуть. Что посоветуешь? Может, поменять билет и вернуться? У меня билет дорогой, так что поменять можно без доплаты.

— А банковские вклады у тебя есть? — спросила Люба.

— Ну конечно! Не дома же мне такие суммы хранить.

— Тогда лучше возвращайся, — посоветовала она. — Ничего приятного тебя здесь не ждет, но ты хотя бы сможешь держать руку на пульсе. Может быть, твой друг тебе чем-нибудь поможет.

Люба еще не успела отойти от телефона, как аппарат снова взорвался тревожным звонком. «Наверное, опять Аэлла, — подумала она. — Что-то забыла спросить».

Но это оказалась Лариса. В голосе ее звучала неприкрытая паника.

— Тетя Люба, с папой совсем плохо!

— Что случилось? Кричит? Дерется?

— Нет, он пожелтел весь и температура под сорок. Что делать?

— Срочно вызывать «Скорую», — скомандовала Люба. — Я сейчас спущусь.

Она стала торопливо одеваться.

— Ты куда? — Родислав неохотно оторвался от телевизора, по которому транслировали футбольный матч.

— К Ларисе.

Он недовольно поморщился.

— Что там опять? Скандал? Дебош? Зачем тебе туда ходить? Пусть берет ребенка и идет к нам, как всегда. Не хватало еще тебе под горячую руку этому алкашу попасть.

— Геннадий заболел. Похоже, там что-то серьезное. Как бы не цирроз.

— Допился, козел! — с досадой воскликнул Родислав.

Он выключил телевизор, снял длинный махровый халат и принялся натягивать джинсы и футболку.

— Пойду с тобой. Мало ли какие решения придется принимать, — сказал он, запихивая бумажник в задний карман.

Люба с благодарностью посмотрела на мужа. Какой он все-таки хороший, добрый! Не бросает ее одну в сложной ситуации, всегда готов помочь, поддержать.

Одного взгляда на Геннадия оказалось достаточно, чтобы понять: дело плохо. Лариса стояла рядом с отцом, бледная и перепуганная, руки трясутся.

— Ты вызвала «Скорую»? — спросила Люба.

— Да. Но они, наверное, не приедут.

— То есть как — не приедут? Почему?

— Они спросили, принимал ли больной алкоголь, а я сказала правду.

— Какую правду? — нахмурился Родислав. — Что ты им сказала?

— Что он пьет все время, каждый день, и уже много лет. Они так со мной разговаривали... Как будто я виновата. Как будто если человек пьет, то его лечить не надо, пусть умирает. Ой, тетя Люба, а так боюсь!

Лариса разрыдалась. Люба обняла ее, прижала мокрое от слез лицо к своему плечу, до которого невысокая девушка еле доставала.

— Они приедут, — успокаивал она Ларису, — никуда не денутся, не имеют права не приехать. Другое дело — они могут не забрать его в больницу. Но это мы будем разбираться. Ничего не бойся, мы рядом.

— Ну да, — поддержал ее Родислав, — мы будем с тобой до тех пор, пока все не устроится. Мы тебя одну не бросим, не бойся.

— Ой, тетя Любочка, — Лариса разрыдалась еще горше, — как хорошо, что вы с дядей Родиком у меня есть! Без вас я бы пропала совсем!

«Скорая» приехала через полтора часа. Все это время Любе пришлось метаться между плачущей Ларисой, проснувшимся и капризничающим двухгодовалым Костиком и лежащим на диване Геннадием, который, несмотря на высокую температуру, грязно бранился, угрожал всех урыть и категорически отказывался от медицинской помощи.

— На хрена вы этих лепил вызвали? Никто мне не нужен, я в порядке, и ни в какую больницу я не поеду, не фиг мне там делать. Слышь, сосед, налей мне стакан, мне лучше всяких лекарств водка помогает.

Он порывался встать и уйти из дома, но сил не было, и мощный Родислав без всяких усилий удерживал Геннадия в лежачем положении.

Наконец приехали врач и фельдшер — двое здоровенных молодых мужиков, от которых исходил легкий запах спиртного. Родислав встретил их у двери и на несколько минут задержал в прихожей, прежде чем провести к больному. После этого короткого разговора все пошло как по маслу, и опасения Ларисы не оправдались. Медики были вежливы и доброжелательны, к больному отнеслись с сочувствием и его алкогольную практику никак не комментировали, только задавали вопросы, на которые все присутствующие добросовестно отвечали.

— Будем госпитализировать в инфекцию, — негромко обратился к Родиславу тот, который был врачом. — Вам все равно — куда? Или поискать, что получше? Можно на Соколиную гору, а можно в Боткинскую, но на Соколинку бесплатно, а за Боткинскую надо будет... сами понимаете.

Родислав понимал. Платить за соседа-алкоголика ему не хотелось. И сочувствия к нему не было. Сам допился — вот и пусть лежит в первой попавшейся больнице. Он уже открыл было рот, чтобы сказать, что ему все равно, куда увезут Геннадия, но поймал панический взгляд Ларисы и умоляющий — Любы, и вспомнил о своей вине перед этим спившимся человеком и перед его ни в чем не виноватой дочерью. Как знать, если бы тогда, восемнадцать лет назад, он, Родислав Романов, не струсил и честно рассказал обо всем, что видел, судьба Геннадия и его семьи сложилась бы совсем по-другому, более благополучно, и Лариска не была бы сейчас матерью-одиночкой, и Татьяна Федоровна осталась бы жива и здорова, и сам Геннадий спокойно работал бы и не пил так много.

— Давайте, ребятки, куда поприличнее, — попросил он. — Мы заплатим, сколько надо.

Врач подсел к телефону и начал куда-то звонить. Через десять минут переговоры были закончены, и больного стали на носилках выносить из квартиры. Родислав и Люба быстро поднялись к себе, чтобы передать маленького Костика на попечение Лели, одеться и взять ключи от машины. Лариса поехала с отцом в карете «Скорой помощи», а Романовы — следом на своей «Шкоде». Когда подъехали к больнице, выяснилось, что Геннадию в дороге стало значительно хуже и его прямо из приемного покоя отвезли в реанимацию. Дежурный врач была сердитой, ничего не объясняла, на вопросы не отвечала и разговаривала с ними сквозь зубы. Родислав попросил Любу и Ларису отойти и о чем-то побеседовал с врачом наедине, после чего женщина заметно смягчилась.

— Пока никаких прогнозов дать я не могу, больной в реанимации, мы его начнем прокапывать глюкозой и раствором Рингера, сделаем анализы, ультразвук, томографию, обследуем, тогда можно будет сказать что-то более определенное. Похоже на гепатит, но, учитывая ваш анамнез, все может оказаться куда серьезнее.

— Цирроз? — спросила Люба.

Врач отвела глаза и вздохнула.

— Не будем загадывать. Вот сделаем завтра УЗИ — и наступит ясность. Высокую температуру может дать гепатит, а может интоксикация, вызванная тем, что печень уже полностью разрушена и не работает. Поезжайте домой, здесь вам делать нечего.

На обратной дороге Лариса спросила:

— А цирроз — это смертельно? Или можно вылечить?

— Не думай об этом, — сказала Люба. — Врачи сделают все, что смогут.

Лариса помолчала несколько минут, потом осторожно дотронулась до Любиной руки.

— Тетя Люба, мне очень стыдно, но... Как вы думаете, может быть, лучше, чтобы папа уже умер? У меня больше нет сил. Он все время ворует у меня деньги, продает вещи, хорошие вещи, которые вы мне дарили. Он орет, дерется, приводит каких-то собутыльников. Костик его боится. И я тоже боюсь. Я больше не могу. Грех так говорить, да?

— Не казни себя, — мягко ответила Люба, обнимая ее, — ты действительно очень устала. Как будет — так будет. Так и правильно.

«Как это ужасно, когда твоя семья состоит из людей, смерть которых приносит тебе только облегчение, — думала Люба, глядя на мелькающие за окном огни ночного города. — Ты их любишь, как умеешь, но жизнь рядом с ними превращается в адскую муку. Сначала Татьяна Федоровна, лежачая, полубезумная, требующая постоянного ухода и внимания, потом окончательно спившийся буйный отец, от которого нет покоя ни днем, ни ночью, который отбирает последние копейки и ворует вещи, а на руках у тебя крошечный ребенок, которым некому заняться, кроме тебя самой».

На следующий день лечащий врач сообщила Ларисе и Любе, что у Геннадия цирроз в последней стадии и им следует быть готовыми ко всему. Лариса окаменела и долго молчала. Они возвращались домой на служебной машине Любы, по дороге нужно было еще забрать Костика из яслей, и водителю пришлось сделать крюк.

— Саша, постарайтесь не попасть в пробку, — попросила Люба. — Ясли закрываются, и воспитательницы недовольны, когда родители опаздывают и вовремя деток не забирают.

— Постараемся, Любовь Николаевна, — весело отозвался водитель Саша. — Если что — переулками проберемся.

Лариса по-прежнему молчала, уставившись в собственные колени.

— Лариса, а как у тебя с личной жизнью? — спросила Люба. — Ты не думай, что я требую отчет, просто я подумала, что отец Костика мог бы помочь тебе, если что... У тебя с ним какие отношения?

— Никакие, — буркнула Лариса.

— Но он хотя бы знает, что у него есть сын?

— Не знает он ничего!

— Почему? — продолжала допытываться Люба. — Я не спрашиваю тебя, почему он на тебе не женился, это ваше с ним дело, но почему он не знает?

— Потому что я сама не знаю, — тихо проговорила Лариса, бросив опасливый взгляд на широкую спину сидящего впереди Саши.

Люба поняла, что девушка не хочет говорить об этом при водителе, и замолчала. Однако когда они уже забрали Костика и вышли из машины у дома, Люба не поехала в лифте на четвертый этаж, а зашла к Ларисе. Ей не давала покоя сказанная соседкой фраза: «Потому что я сама не знаю».

— Так чего ты сама не знаешь? — строго просила Люба. — Выкладывай.

Лариса залилась краской и попыталась увильнуть от ответа, но Люба проявила неожиданную настойчивость.

— Я не знаю, от кого у меня Костик, — призналась наконец Лариса.

— То есть как?! Как это ты не знаешь? Не знаешь, с кем встречалась, с кем спала? — Люба ушам своим не верила.

— У меня тогда двое было.

— Одновременно?

— Ну да.

— Что, прямо в один день? — не поверила Люба.

— Ну да. С одним я постоянно встречалась, а с другим так, случайно вышло... Будете меня ругать? — Лариса испуганно вжала голову в плечи.

— Не буду. Ты взрослый человек, сама решаешь, с кем и когда тебе спать. Но ты записала Костику отчество «Сергеевич», значит, была уверена. Или как?

— Да никак. Нужно же было какое-то отчество записать, а Константин Сергеевич — красиво звучит.

— Понятно. Сергей — это который постоянный или случайный?

— Никакой. Я ж говорю, выбрала отчество, чтобы красиво было. Тех двоих вообще не так звали. И не нужен мне никто из них, я Костика сама выращу.

— Ну, не нужен — так не нужен, — улыбнулась Люба. —

А сейчас кто-нибудь за тобой ухаживает? С кем-нибудь встречаешься?

— Ой, да вы что! — Лариса махнула рукой. — Где время взять на эти глупости? У меня же Костик на руках. Ну, подкатываются там всякие, не без этого, но вы не думайте...

— Да не думаю я ничего, — Люба погладила ее по щеке. — Просто хочу, чтобы у тебя жизнь нормально сложилась. Ты имей в виду: если возникнет ситуация... ну, ты понимаешь, о чем я, приводи к нам Костика, даже не сомневайся, мы ему всегда рады. Посидим с твоим малышом, пока ты на свидание сбегаешь. Договорились?

— Договорились, тетя Любочка, спасибо вам за заботу. Только вряд ли мне понадобится.

— Это почему же?

— Так кому баба с довеском нужна? Только так, развлечься, а я уже наразвлекалась досыта, по горло. А если по-серьезному, так никому и не надо со мной связываться. Никто не захочет.

— Ну почему же? — возразила Люба с улыбкой. — Ты красивая молодая женщина, у тебя есть квартира, у тебя хорошая зарплата для работника без высшего образования, и у тебя уже готовый ребеночек, мальчик. Уверяю тебя, охотники найдутся. Ты не ставь на себе крест, все еще будет.

На следующий день Люба использовала обеденный перерыв для того, чтобы навестить Геннадия и еще раз переговорить с врачом. Ей казалось, что врач в присутствии Ларисы сказала не все. Может быть, если в кабинете не будет близких родственников, она будет откровеннее? Любе, привыкшей к заблаговременному планированию, хотелось более отчетливо понимать перспективы и прогнозы.

Геннадия уже перевели из реанимации в обычную палату. Он лежал землисто-желтый, трезвый и злой.

— Здорово, соседка, — поприветствовал он Любу. — Утешать пришла?

— Утешать? — Люба изобразила удивление. — Зачем тебя утешать? С тобой все в порядке.

— Не свисти, — презрительно хмыкнул Геннадий. — Помру я вот-вот. От печенки одни лохмотья остались. Ты там за Ларкой пригляди, с мальцом ей помоги, не бросай девку одну.

— Да ты еще сам за ней приглядишь, когда выздоровеешь.

— Не, не выкарабкаюсь я. Всё, хана мне, соседка. Жизнь как-то по-дурацки прошла, а я и не заметил. Сначала вроде все нормально было, с Надькой жил, Ларку растили, а как на нары загремел — так все и покатилось. Сам себя загубил. Ты меня не жалей, соседка, это я только понты дешевые нагонял, когда говорил, что безвинно пострадал и за чужое отсидел. За свое я отсидел.

— Как? — удивилась Люба. — Ты же и на следствии не признался, и на суде, и все время говорил, что не виноват.

— Мало ли чего я говорил. Виноват я. Надьку убил. Не признавался, упирался до последнего — это правда. И то, что Надьку я убил, — тоже правда. Я ее прямо на мужике, суку такую, поймал. Мужичок-то, — Геннадий вдруг захихикал и тут же сморщился, наверное от боли, — хреновенький оказался, испугался, — чуть в штаны не наложил. Вскочил с дивана без порток, срам прикрывает, а сам весь трясется и лепечет что-то. Смех один! Ну, его-то я отпустил, у него передо мной вины нет, ткнул пару раз кулаком в брюхо и вышвырнул вместе с его портками в прихожую одеваться. А уж с Надькой я разобрался по совести. Как полагается. Другой вопрос, что срок мне припаяли несправедливый, за таких шлюх, как моя Надька, надо не срок давать, а медаль на грудь, потому я и считаю себя безвинно осужденным и от власти пострадавшим. Поняла?

— Поняла, — ответила Люба, едва шевеля непослушными губами.

Она не могла поверить в то, что услышала. Значит, они с Родиком не были ни в чем виноваты перед семьей Ревенко. И все их угрызения совести были напрасными. И можно было не заботиться о Татьяне Федоровне и ее внучке, не тратить на них деньги, время и душевные силы, не мучиться непреходящим чувством вины. Можно было не считать копейки и не отказывать себе в самом необходимом, оплачивая репетиторов для Ларисы и покупая ей одежду. Можно было последние восемнадцать лет прожить совершенно иначе, легче, спокойнее, благополучнее.

Любе понадобилось минут двадцать, чтобы прийти в себя и найти в себе силы поговорить врачом. Эти двадцать минут она провела в больничном коридоре, сидя на обтянутой дерматином скамейке. Дерматин в нескольких местах прорвался и свисал лоскутами, обнажая грязно-белую изнанку.

— Речь идет о днях, — произнесла врач, не отрываясь от медицинской карты, в которую она что-то записывала. — Готовьтесь к худшему. Прогноз неблагоприятный.

И столько спокойствия и усталости было в этих словах, что Люба сразу поверила: всё. Ее даже не покоробило безразличие, с которым врач произнесла свой вердикт. Врачам не безразлично, что происходит с больным. Просто они привыкли ко всему. И очень устали.

Она вернулась на работу и до самого вечера боролась с искушением немедленно поговорить с Родиславом. И останавливала себя: не нужно, это выбьет его из колеи до конца дня, а ему надо сохранять спокойствие и ясную голову для проведения встреч и переговоров. После дефолта холдинг Бегорского покачнулся, но устоял благодаря принятым заранее мерам и разработанной на случай кризиса стратегии. Правда, сильно пострадали многие контрагенты компании — торговые предприятия и оптовые фирмы, закупавшие продукты и оборудование у Бегорского, так что оборот резко упал, но не остановился окончательно. В ход пошел подготовленный и заблаговременно обеспеченный сырьем и технологией проект по изготовлению дешевых продуктов в маленьких упаковках. Цена единицы товара, таким образом, становилась совсем небольшой и не отпугивала покупателей, а вкусовые качества оставались такими же высокими, как раньше. Новый продукт пошел хорошо, и Бегорский высоко оценил эту Любину идею. В целом деятельность компании была не такой бурной, как раньше, но зато служебных забот у Родислава прибавилось: Бегорский любил работать, как он сам выражался, «на перспективу». Кризис не будет длиться вечно, рано или поздно экономика начнет снова подниматься, предпринимательская деятельность оживет, и к этому моменту надо подойти с проработанными решениями и достигнутыми договоренностями. Земля, фермерские хозяйства, собственный парк фур — рефрижераторов для доставки продукции, новые мясоперерабатывающие предприятия — все это входило в далекоидущие планы Андрея Бегорского. И всем этим должен был активно заниматься Родислав Романов, вплоть до поиска компромата на партнеров по переговорам. Андрей любил ко всему готовиться основательно, в том числе и к тому, что партнер может оказаться несговорчивым и неуступчивым.

Понимая это, Люба не рискнула затевать с Родиславом такой важный разговор в рабочее время. Вернуться он в тот день собирался поздно, около одиннадцати. Узнав, что муж ужинает в ресторане с каким-то важным гостем из Перми,

Люба испытала одновременно облегчение и сожаление. Хорошо, что она сможет поесть дома одна — Леля в театре, и никто не увидит, какой пареной и вареной протертой едой она себя кормит. Но плохо, что Родик приедет из ресторана. Наверняка ему придется выпить, и, возможно, немало. Разве можно такой серьезный разговор вести на нетрезвую голову? Что же делать? Отложить до завтра? Или все-таки поговорить? К десяти вечера решение оформилось окончательно: в каком бы виде муж ни пришел, она скажет ему про признание Геннадия. Пусть уже сегодня он впервые за многие годы уснет без чувства вины.

К счастью, Родислав вернулся совсем трезвым — его важный гость оказался яростным поборником здорового образа жизни и не пил ничего, кроме минеральной воды и зеленого чая. Родиславу пришлось соответствовать.

— Так что же, выходит, все наши мучения были напрасными? — растерянно спросил он, выслушав Любу.

— Родинька...

— И денег сколько мы вколотили в эту семейку, — продолжал он, не слыша ее. — И Татьяну терпели, сцепив зубы. И с пьяным Генкой возились. А ведь можно было прожить без всего этого. Представляешь, сколько сил и здоровья мы сэкономили бы! У нас Лелька без фруктов оставалась, зато у Ларисы были репетиторы. Ну и что толку со всего этого? Все равно она чертежницей работает, учиться в институте не стала. Нет, ну это ж надо! Столько лет мучиться, а оказывается, это он убил жену. И все было правильно. И не было никакого убийцы, который благодаря мне ушел от ответственности. Тот человек на лестнице был всего лишь незадачливым любовником, которого муж застал со своей женой и с позором выгнал. Боже мой, Люба, а мы с тобой так переживали, так угрызались своей виной! Мы же себя извели этими мыслями!

Люба не могла понять, радуется Родислав или сердится. Лицо у него было злым и напряженным, голос звенел от негодования. Но если он сердится, то на кого? Неужели на Геннадия? Глупо. Уж он-то тут совсем ни при чем, он не просил их помогать его семье, пока он отбывает срок. «На себя, — поняла Люба. — Родик злится на себя, потому что это он в ту ночь возвращался от Лизы и видел человека на лестнице, это он побоялся признаться, что не ночевал дома. Я, конечно, тоже боялась, что все узнают о его измене и нашем договоре, но он же первым начал, он первым завел любовницу и изменил. Моя измена была лишь ответом на его неверность, на то, что он ко мне охладел. Похоже, я пытаюсь себя оправдать. Я тоже виновата, и не меньше, чем Родик. А может быть, и больше, потому что договор предложила именно я. Он бы не додумался. Наверное, он злится не только на себя, но и на меня тоже».

— Ты прав, Родинька, ты совершенно прав, — заговорила она. — Это я во всем виновата. Если бы я не предложила тебе договор, ты бы не мог так свободно проводить время с Лизой, и ничего этого не случилось бы. Ты бы мирно спал в своей постели и никого не встретил в подъезде. И не было бы этого ужасного чувства вины, которое испортило тебе жизнь.

Его лицо просветлело, и Люба буквально кожей почувствовала облегчение, которое испытал в этот момент ее муж.

— Ну, я тоже хорош, — Родислав решил проявить великодушие, — ты договор предложила, а я его принял. Я же согласился, значит, тоже отчасти виноват. Но слава богу, что все кончилось. Теперь все будет по-другому.

— Что будет по-другому? — насторожилась Люба.

— Ну как же? Раз мы ни в чем не виноваты, значит, можно уже не помогать. Мы им ничего не должны. Все произошло так, как должно было произойти. Геннадий убил свою жену и за это отправился на зону. Мы ни при чем.

— Родинька, для нас с тобой ничего не изменится, — тихо сказала Люба. — Мы, конечно, можем больше не помогать Ларисе, но как ты себе это представляешь? Она позвонит в дверь, а мы не откроем? Или выставим ее за порог? Она попросит помочь с Костиком, а мы ей откажем? Почему? Столько лет помогали — и вдруг даем от ворот поворот. Как это объяснить? За восемнадцать лет отношения определенным образом сложились, и какую ты видишь возможность их изменить? Да и с какой стати? Ларису нам придется тащить на себе, это наш крест, который мы сами на себя взвалили. Да, ошибочно, да, по недоразумению, которое разрешилось спустя много лет, но мы уже сделали это, и хода назад у нас с тобой нет. Помогать придется. И в самое ближайшее время.

— Что ты имеешь в виду?

Люба рассказала о разговоре с врачом. Родислав помрачнел.

— А я надеялся, что все обойдется, — признался он. — Поболеет и поправится. Значит, опять похороны?

— Видимо, да, — кивнула Люба.

— И опять за наш счет?

— Разумеется. У Ларисы на это нет денег, Геннадий все пропивал.

— И организовывать тоже нам придется?

— Родинька, ну куда же нам деваться? У Ларисы ребенок на руках. А мы с тобой уже опытные. К сожалению, — грустно добавила она. — Мы и бабушек наших с тобой похоронили, и мою маму, и твоих родителей, и Гришу, и Ларисину бабушку. Ничего, мы с тобой справимся.

Родислав еще немного поворчал и лег спать. Люба дождалась Лелю, которая после театра отправилась в гости обсуждать увиденный спектакль, и тоже легла. Сна не было. Перед глазами стояло исхудавшее, изможденное лицо Геннадия, в ушах звучал его грубый хрипловатый голос, говорящий: «Это я Надьку убил». Столько бессонных ночей, столько сказанных себе горьких, безжалостных слов, столько конфликтов с детьми по поводу надоевших назойливых соседей, столько угрызений совести — и все напрасно. Столько жертв, которые оказались ненужными и неоправданными. «Почему ненужными? — возражала Люба сама себе. — Разве плохо, что мы помогали семье соседей? Разве кому-то от этого стало хуже? Лариса получила хорошо оплачиваемую работу, ее бабушка дожила свой век в заботе, ухоженная и сытая. Кому плохо от того, что все так сложилось? Да, не счесть вечеров, которые я в собственном доме провела не так, как мне хотелось, и не счесть часов, когда моим детям и мужу приходилось считаться с непрошеными гостями, но разве это может идти в сравнение с результатом! Или может? Что важнее, добро, которое ты делаешь кому-то, или добро, которое делаешь себе? И если проводишь время с собственным ребенком, занимаешься им, разговариваешь, вникаешь в его проблемы, слушаешь его рассказы, то это добро ребенку или тебе самой? И стоят ли эти бесценные часы общения и радости того, чтобы ими жертвовать во имя чужих людей, перед которыми ты не виноват?»

Она запуталась в собственных вопросах и, ощутив полное бессилие, тихо и горько заплакала в подушку.

* * *

Геннадий Ревенко скончался через два дня. Лариса больше не плакала, была серьезной и сосредоточенной, словно ей предстояла большая и ответственная работа. Она попросила подругу посидеть с маленьким Костиком, чтобы не быть связанной расписанием работы яслей, и сама ездила вместе с Любой заказывать гроб и венки и договариваться с администрацией крематория. Как только ей позвонили из больницы и сообщили о смерти отца, через полчаса раздался звонок представителя ритуальной службы, но Лариса от его услуг отказалась.

— Тетя Люба, я же не знаю, а вдруг это мошенники какие-нибудь, деньги возьмут, а потом обманут и ничего не сделают. Откуда они узнали, что папа умер? Откуда у них мой номер телефона? Наверняка бандиты, — сказала она Любе, когда они, уставшие и голодные, возвращались домой после целого дня, проведенного в печальных хлопотах и переговорах то с похоронным бюро, то с крематорием.

— Ларочка, телефон им дали в больнице. Сейчас все так делают. Ритуальные службы борются за клиентов, поэтому им важно успеть первыми предложить свои услуги. Они договариваются с больницами, чтобы им сразу же сообщали обо всех летальных исходах и давали телефон родственников умершего. Ты напрасно испугалась, они не мошенники и не бандиты.

— Значит, нужно было соглашаться? — растерянно спросила Лариса. — Я глупость сделала, да?

«Да, — подумала Люба, — конечно, ты сделала глупость. Они приехали бы к тебе домой с каталогами, и ты спокойно выбрала бы гроб и венки, вместо того чтобы таскать меня через весь город и истязать вопросами о том, каким должен быть гроб, какая обивка лучше и какой венок красивее. А у меня не хватает духу объяснить тебе, что при кремации гроб должен быть самым дешевым, потому что ему все равно гореть в огне. И венки тоже могут быть любыми, и надписи на лентах не нужны, потому что венкам этим негде лежать, могилы не будет, урну с прахом выдадут не раньше, чем через неделю, и ее тихо и незаметно подзахоронят в могилу, где лежат твои мама и бабушка. Но тебе ничего этого в голову не приходит, ты думаешь только о том, как достойно похоронить своего непутевого отца, которого ты при жизни стыдилась, проклинала и боялась, и у меня просто не поворачивается язык сказать тебе все это. И с крематорием ритуальная служба договорилась бы сама. И транспорт обеспечила. Она бы все сделала, и мне не пришлось бы тратить время и силы на то, чтобы заниматься этим вместе с тобой».

Но вслух она, разумеется, сказала совсем другое. Если бы Лариса согласилась, было бы неплохо, но они и сами справятся. Ничего страшного.

Похороны прошли быстро и спокойно, на поминки попытались прорваться какие-то синюшного вида мужики с опухшими физиономиями, но Родислав быстро и решительно выставил их из квартиры. Помянуть Геннадия собрались Романовы, Лариса и три ее подружки, которые Ларисиного отца не знали и никогда не видели, они просто пришли поддержать девушку. Костик плакал и требовал внимания, Лариса нервничала, и заниматься малышом пришлось Леле, которая с нескрываемым удовольствием вышла из-за стола и ушла вместе с ребенком в другую комнату. Она не любила детей, дети ее раздражали, но еще больше она не любила застолий, и уж совсем не любила Ларису, которую считала тупой, примитивной и необразованной хамкой.

Когда все разошлись, Люба осталась, чтобы помочь Ларисе убрать и вымыть посуду. Костик уснул, телевизор не работал, и в квартире было необычно тихо и как-то умиротворенно. Не было атмосферы горя и страдания, было спокойно и немного пусто. «Ужасно, — снова подумала Люба. — Как ужасно вот так умереть, и никто по тебе не плачет, никто не горюет. Твоя смерть принесла только облегчение, которое стыдно показать, и все кругом притворяются, что понесли утрату. Не дай бог так уйти, не дай бог».

— Хочешь, я останусь с тобой на ночь? — предложила она Ларисе.

— Что вы, тетя Люба, не надо, — слабо улыбнулась та. — Со мной все в порядке.

— Точно?

— Точно. Вы за меня не беспокойтесь, я справлюсь. Вы не думайте, я сильная, да и потом, мне теперь легче будет. Никто не пьет, денег не ворует, не орет, не дерется. У меня Костик из-за всего этого нервный стал, а теперь он успокоится. И я успокоюсь. Правда-правда, не волнуйтесь за меня.

Впервые в жизни Люба Романова возвращалась домой с поминок с легким сердцем. Она в Ларисе не сомневалась. Действительно, девочка сильная, она со всем справится. Хотя какая она девочка? Уже двадцать восемь лет, уже мать, сына растит. Давно ли ей было десять, когда мать погибла, а отца посадили, и была она несчастным, испуганным, осиротевшим ребенком? Давно ли украла Лелину любимую кофточку?

Давно ли спрашивала Лелю, целовалась ли она с мальчиками, а Люба приходила в ужас и боялась, что Лариса научит ее дочь плохому? Давно ли заявляла, что хочет поступать в институт, потому что не хуже других? Давно ли? Давно. Как много всего произошло за минувшие восемнадцать лет. Целая жизнь. Глупый невоспитанный ребенок превратился в самостоятельную взрослую женщину. Поумневшую, конечно, но не намного. Ну как это так: спать одновременно с двумя мужчинами, не предохраняться и потом не знать, от кого родила! Ничем, кроме глупости, этого не объяснить.

* * *

— Слушай, я тут про Лелю такое подсмотрел! — Ворон от возбуждения хлопал крыльями, из глаз вылетали икры. — Она...

— Стоп, стоп, — недовольно остановил друга Камень. — Когда это было? Сколько прошло времени после похорон Геннадия? Ты мне хронологию не нарушай, а то я запутаюсь.

— Ничего я не нарушаю, — Ворон попытался было обидеться, но сразу же передумал, потому что обида означала бы пустые пререкания, а ему хотелось рассказывать. — Геннадий умер в сентябре девяносто восьмого, а я перебираюсь в февраль девяносто девятого. Это же совсем близко, по нашим с тобой меркам — просто рядышком, как вчера и сегодня. Но если ты настаиваешь...

— Да, — твердо ответил Камень. — Я настаиваю.

— Ну ты и зануда, — Ворон неодобрительно покачал головой. — Ладно, так и быть. Значит, в конце октября девяносто восьмого года обанкротился Инкомбанк. Тебе это интересно?

— А у Романовых там были вклады?

— Были, но они еще летом все свои деньги наличными забрали.

— Тогда неинтересно. Дальше давай.

— В ноябре убили Галину Старовойтову.

— Это я помню. Она к Романовым отношение имела?

— Не имела.

— Тогда давай дальше, — скомандовал Камень.

Ворон вздохнул и принялся послушно перечислять события.

— В декабре сменили главу президентской администрации, состоялся учредительный съезд движения «Отечество», прошло совещание министров обороны СНГ, подписана Декларация «О дальнейшем единении России и Белоруссии»...

— Слушай, — рассердился Камень, — что ты мне голову морочишь? Какое «Отечество»? Какая Декларация? При чем тут президентская администрация? Ты мне про Романовых и их окружение рассказывай.

— А что рассказывать? — Ворон картинно повернулся на ветке вокруг своей оси, изображая пируэт. — Нечего рассказывать, все по-старому. Колю пока не нашли. Холдинг Бегорского постепенно набирает обороты после дефолта, Любины советы очень дельными оказались. Они год закрыли без потерь и даже с прибылью, хотя и не такой большой, как в предыдущем году. Я тебе, старому ворчуну, самое интересное выбираю, а ты кочевряжишься. Ну, будешь про Лелю слушать или опять политику потребуешь?

— Давай про Лелю, — нехотя согласился Камень.

— В феврале, двадцатого числа, это как раз суббота была, состоялась премьера фильма «Сибирский цирюльник».

— Севильский, а не сибирский, — поправил Ворона Камень.

— Много ты понимаешь! Образованность хочешь показать, а сам ни черта не смыслишь! — взъярился Ворон. — Именно что сибирский, а никакой не севильский. Про севильского — это опера такая, Россини написал, а про сибирского Никита Михалков кино снял.

— Михалков? Это что же, автор русского гимна, что ли?

— Не, сынок его. Автор гимна уже старенький совсем. Ты не перебивай. Значит, премьеру устроили пышную, аж в самом Кремлевском дворце, где раньше, при советской власти, съезды партии проходили. На премьеру четыре с половиной тыщи человек пригласили, во как! А среди них — сплошное высшее руководство и всякие заметные деятели: премьер-министр Примаков, Черномырдин, Горбачев и прочие. В фойе устроили выставку исторического костюма эпохи Александра Третьего. Короче, шуму было — полный караул. Вечером после премьеры на Соборной площади фейерверк устроили, да с колокольным звоном, да еще на время кремлевские звезды погасили, чтобы, значит, эффектней получилось. Одним словом, размах царский.

— Ну а Леля тут каким боком?

— Так она ж на премьере была. У нее поклонник образовался со связями, у него папа в Администрации Президента служит, вот он и подсуетился насчет пригласительных билетов. Посмотрели они кино, на Соборную площадь идти Леля отказалась, не люблю, говорит, толпу, да и холодно, зима все-таки. А вот в ресторан пойти согласилась. Есть у нее такая слабость, любит она рестораны, несмотря на все свое эстетство и богемные замашки. Все-таки гены на помойку не выкинешь, кровь Родислава дает о себе знать. Ну вот, значит, приходят они в ресторан, садятся за столик, делают заказ, все честь по чести. Сидят на первом этаже, а на втором этаже свадьба гуляет. Не сказать, чтобы очень уж шумная, но заметная, во всяком случае, гости с этой свадьбы постоянно внизу, в холле толкутся. Наша Леля выходит попудрить носик и на обратном пути в этом самом холле сталкивается с Вадимом. Представляешь?

— Да ну? — удивился Камень. — С тем самым Вадимом?

— С тем самым. Он к ней бросается, как к родной, здравствуй, говорит, надо же, какая встреча, мы с тобой в подъезде, бывает, месяцами не пересекаемся, а тут в ресторане, в самом центре Москвы, далеко от дома, вот бывают' же такие совпадения. Леля прямо расцвела, стоит, улыбается, глаза сияют. И тут искра между ними проскакивает.

— Какая такая искра? Электрическая?

— Ну, считай, что электрическая, если тебе так понятней. Знаешь, когда искра между мужчиной и женщиной проскакивает, то это означает, что они созданы друг для друга. Вот не были знакомы, увиделись в первый раз — и вдруг искра проскакивает, и всё, кранты, сливай воду. И поделать ничего нельзя. Такая взаимная тяга у них возникает, что невозможно терпеть.

Глаза Камня увлажнились, он судорожно сглотнул, чтобы не выдать слез умиления.

— И у Лели с Вадимом так было?

— Именно так и было. Кругом толпа, люди снуют туда-сюда, из нижнего зала танцевальная музыка доносится, из верхнего — хохот и песни, а они стоят, смотрят друг на друга, как завороженные, и глазами разговаривают.

— Глазами? — переспросил Камень. — Разве люди умеют без слов разговаривать?

— Умеют, умеют, когда искра проскакивает — они все умеют, — заверил его Ворон. — И Леля вдруг такой красавицей сделалась — глаз не отвести! И улыбка у нее, оказывается, чудесная, и вся она совершенно очаровательная. Стоят они, значит, молчат, друг на друга смотрят, и вдруг сверху по лестнице спускается условная девушка. То есть невеста.

— Почему условная? Как это девушка может быть условной?

— Очень даже может, — рассердился Ворон. — Есть же в военном деле понятие условного противника. Вот и девушка может быть условной. Потому что она, с одной стороны, невеста, а с другой стороны — беременная. И глубоко беременная. Вадим-то на Лелю смотрит, беременную девушку не видит. А девушка подходит к ним, берет Вадима под руку, улыбается. Тот смутился, растерялся, познакомься, говорит, это моя жена.

— Он что, невесте представил Лелю как свою жену? — уточнил Камень.

— Тупица ты неповоротливая! Он Леле нашей эту условную девушку представил. Жена, мол.

— Елки-палки! — воскликнул Камень. — Так это его, что ли, свадьба-то была?

— В том-то и дело, — поддакнул Ворон. — Представляешь, какая трагедия? Вадим женился и в день свадьбы встретил свою настоящую любовь. Единственную на все времена. Во коллизия!

— А Леля что? Как она это восприняла?

— Да плохо, как она еще могла это воспринять, — Ворон горестно взмахнул крылом. — Сперва замерла, словно заледенела, потом вспыхнула, как спичка, кинулась в зал, подскочила к столику, схватила сумочку и побежала в гардероб одеваться. Только номерок-то от гардероба у ее кавалера остался, так что ей все равно пришлось ждать, пока он ее догонит. Тот с вопросами пристает, дескать, что случилось, а она молчит, слезы градом катятся, ничего не отвечает. Ну, парню делать нечего, взял он ее шубку, помог одеться, посадил в машину и повез домой. Всю дорогу молчали. Он на нее страшно обиделся.

— Ну еще бы, — подхватил Камень. — Любой на его месте обиделся бы. А как Леля? Сильно переживала?

— Да уж напереживалась в полный рост, — усмехнулся Ворон. — Ее же хлебом не корми — дай пострадать. Вот уж тут она оттянулась по полной программе. Неделю из дому не выходила, Люба чуть с ума не сошла, гадая, что такое с ее деточкой приключилось, не ест, не пьет, лежит на диване лицом к стенке, шалью укрытая, ни с кем не разговаривает.

Люба чего только не передумала, пока Леля страдала. И главное: эта поганка ничего матери не сказала, не объяснила, хоть бы вранье какое-нибудь безобидное придумала, так нет, молчит, а на все вопросы отвечает, мол, все в порядке, просто грустно. Люба даже решила, что у нее самая натуральная депрессия, и собралась психиатра на дом приглашать, уже и Аэлле позвонила с просьбой порекомендовать толкового и деликатного специалиста. Но тут Леля опомнилась, сообразила, что родители тоже переживают и места себе не находят, и демонстрацию прекратила. Хотя страдать не перестала, но делала это уже в более мягкой форме. Стала из дому выходить, с друзьями встречаться, есть начала нормально, хотя за стол садилась с постной миной.

— Знаешь, Ворон, — начал Камень смущенно, — я еще хотел спросить тебя...

— Спрашивай, спрашивай, — подбодрил друга Ворон, — не стесняйся.

— Не знаю, неловко как-то... Скажи, а Леля что, до сих пор девица?

— Эк, хватил! — Ворон гортанно расхохотался. — С чего ты взял? Ей уж двадцать шесть лет стукнуло. Где ты видел девиц такого возраста?

— Но как же... Ты же сам говорил, что ей никто по-настоящему не нравится, встретится пару раз и разочаровывается. А любит она только Вадима. Неужели она без любви идет на близость?

— Слушай, косный ты какой-то, — Ворон горлом издал невразумительный клекот. — Ну при чем тут любовь-то? Близость — это атрибут жизни. Надо быть как все или не хуже других. Все занимаются сексом — значит, и ты должен. У всех он есть, стало быть, и у тебя должен быть. И потом, интересно же, столько об этом говорят, столько пишут, в кино показывают, надо обязательно попробовать. Кроме того, беспорядочная интимная жизнь — это признак богемности, к которой Леля стремится. Предвижу твой следующий вопрос, который ты, конечно же, задать постесняешься и будешь мучиться неопределенностью, так что отвечаю сам: нет, ей не понравилось. Наверное, партнеры попадались неудачные. Или она слишком сильно верит в то, что пишут и показывают, и ждет от близости невесть чего, а никакого «невесть чего» там и в помине нет, все очень обыкновенно.

Камень с удивлением слушал Ворона. Откуда такой цинизм? Ворон всегда был романтичным и влюбчивым, к человеческим чувствам относился трепетно и никогда столь хладнокровно об интимной сфере не рассуждал. Что это с ним? Подобные речи Камень ожидал услышать скорее от Змея, это как раз его репертуарчик, но уж никак не от Ворона.

— А ты переменился за последнее время, — задумчиво заметил он. — Явно ощущается чье-то влияние. Уж не белочка ли лапку приложила?

— Оставь ее в покое, — немедленно окрысился Ворон. — Чуть что — сразу белочка виновата. Да, я провожу с ней время, да, я помогаю ей с детками, да, я приношу питание и развлекаю ее рассказами о том, чего она никогда не увидит, ну и что? Это преступление? Это повод подозревать ее во всех грехах?

— Успокойся ты, никто ее ни в чем не подозревает. Просто раньше ты не был таким... — Камень замешкался, подыскивая слова. Ему не хотелось открыто обвинять Ворона в цинизме.

— Каким? Ну, каким? — дерзко выкрикнул Ворон, на всякий случай перемещаясь подальше и повыше, хотя никакой реальной угрозы от Камня исходить не могло, поскольку он был обречен на полную и окончательную неподвижность.

— Раньше ты любовь от близости не отделял. Для тебя это были вещи взаимосвязанные, единые. Помнишь, как ты не хотел про Родислава рассказывать, про то, что он направо и налево Любе изменяет, ты считал, что он поступает безнравственно, и боялся, что меня это расстроит. А теперь утверждаешь, что близость — это просто атрибут повседневной жизни, который может быть, а может и не быть связан с чувствами. Отчего ты так переменился?

— Так про Романовых насмотрелся, — Ворон отвел глаза. — Вот живут же они вполне спокойно и счастливо, ни о каком разводе не помышляют, дружат, всем-всем делятся друг с другом, а близости нет. И чего? А ничего! Никто не умер. Так и живут. Значит, близость для чувств не обязательна. Она как-то сама по себе существует.

«Белочка! — осенило Камня. — Ну конечно же, все дело именно в ней. Как я сразу-то не догадался, старый пень? Ворон влюблен в нее, но близости у них быть не может, они по-разному устроены. Они просто дружат, очень нежно и тепло, но интима между ними нет. Вот Ворон и задается вопросом, это у них любовь или просто добрососедские отношения.

Как там Змей говорил? Отрицание ценности того, что не получается или недостижимо. Надо же, как интересно бывает: Ворон со Змеем столько лет не общался, а говорит практически его словами. Леля слишком сильно верит в то, что пишут и показывают в кино, поэтому ждет от близости невесть чего. С ума можно сойти! Ведь один в один то, что Змей мне говорил про мифы, которыми напичкана мировая культура. Может быть, это и есть иллюстрация тезиса о том, что идеи носятся в воздухе? Но чтобы Ворон думал так же, как Змей... Нет, немыслимо! И тем не менее — факт».

— Я еще вот что хотел уточнить. Ты утверждаешь, что Люба только после того, как Геннадий заболел, впервые спросила Ларису про отца Костика. Так?

— Ну, — подтвердил Ворон. — А что? Так и было. Спросила.

— Неужели действительно в первый раз? — не поверил Камень. — Костику уже два года. Неужто Люба за два года ни разу не поинтересовалась, чей это ребенок? Как-то не верится. Она же в Ларисе такое деятельное участие принимает, переживает за нее, заботится, а такой важный вопрос ей ни разу не задала.

— Моя Любочка хорошо воспитана, в отличие от тебя. Кто отец ребенка — это такой деликатный вопрос, который приличные люди стараются не задавать, хотя, конечно, жгуче интересуются. Люба все ждала, что Лариса сама расскажет, но, видать, не дождалась. И потом, какое это имеет значение для Любы-то? Для нее важно только то, что у Ларисы нет мужа и некому ей помочь, а уж почему у нее этого самого мужа нет — это дело десятое.

— Тоже верно, — вздохнул Камень и глубоко задумался.

Из задумчивости его вывел робкий голос Ворона:

— Камешек, а Камешек?

«Ну точно, сейчас начнет чего-нибудь просить или признаваться в ошибках и каяться, — подумал Камень. — Ишь ты, «Камешек». А как что, так сразу «дубина стоеросовая» или «пень замшелый». Подхалим».

— Чего тебе?

— Лелю жалко, — проныл Ворон. — Ведь правда же?

— Не знаю, — равнодушно ответил Камень. — Мне не жалко. Чего ее жалеть? Молодая, красивая, здоровая, образованная, родители живы, жилье есть, с голоду не помирает. У нее все в полном порядке. Не вижу никаких оснований для жалости.

Камень чуял, к чему дело идет, но упорно делал вид, что ни о чем не догадывается.

— А Вадим? Ведь у них такая любовь!

— А что Вадим? Вадим женился на своей условной беременной девушке, как делают все порядочные мужчины.

— Но он же ее не любит! Он Лелю любит!

— Это ты с чего так решил? С того, что между ними искра пробежала? Как пробежала, так и убежала, — ехидно скаламбурил Камень. — Искра убежала, а беременная жена осталась, вот и весь сказ. Не морочь мне голову.

— Нет, буду, буду морочить! — взвился Ворон. — Это большая настоящая любовь, это подлинное чувство, которое может сделать людей счастливыми! И ты не имеешь права закрывать на это глаза! Ты должен вмешаться!

— Я — что? — Камень зло прищурился. — Я должен? Кому? Тебе, что ли?

— Мировому порядку ты должен! Истинной любви ты должен, вот кому! Люди, самой природой предназначенные друг для друга, просто обязаны встретиться и быть вместе, иначе мироздание рухнет. Ну пожалуйста, Камешек, сделай, как я прошу. Пусть у Вадима не будет беременной невесты, чтобы ему не пришлось на ней жениться. Пусть Леля познакомится с ним хотя бы на день раньше того момента, когда та девушка сделается беременной. Пусть они поженятся и будут счастливы. Ну что тебе, жалко?

— Нельзя, — отрезал Камень. — И не проси.

— Но почему?

— Я тебе тысячу раз объяснял. Нельзя — и всё. Пусть идет как идет. А вдруг жена Вадима беременна гением, который сделает важное научное открытие и спасет человечество? А вдруг... Да мало ли. Не буду я перед тобой бисер метать, мы с тобой уже столько раз это обсуждали, что даже скучно. И не поднимай больше этот вопрос.

— Ты злой, — обиженно заявил Ворон. — И недобрый.

— Да, — согласился Камень. — Я такой. Но я, кроме того, еще и умный, и справедливый, и дальновидный. А ты — нет.

— Камешек...

— Я всё сказал. Или давай дальше смотреть, или лети к своей белочке, а мне на мозги не капай.

Ворон понурился, попереминался с лапки на лапку.

— Ладно, давай смотреть. Только чур — я сразу в двухтысячный год полечу, ладно? Мне в девяносто девятом надоело, когда мы с тобой сериал про спортсмена смотрели, на девяносто девятом надолго застряли, у меня от этого года уже оскомина, я там все наизусть знаю до последнего дня, до отставки Ельцина. А в двухтысячном уже Путина выбирали, там как-то поживее дело пошло. Хорошо? Не возражаешь?

— Не возражаю. Только смотри, насчет Романовых ничего важного не пропусти.

* * *

В качестве руководителя службы экономической безопасности Любовь Николаевна Романова чувствовала себя отлично. Тут было где развернуться ее деловой фантазии и интуиции и было на чем применять огромный опыт и глубокие знания. Андрею Бегорскому не пришлось жалеть о принятом решении.

Теперь она часто задерживалась на работе и иногда приезжала домой даже позже Родислава. Приезжала — и вставала к плите, бралась за тряпку и пылесос, стирала, убирала, гладила, спать ложилась далеко за полночь, вставала рано и все время не высыпалась. Иногда она чувствовала, что больше не может бороться со сном, и договаривалась с Бегорским, что возьмет свободный день среди недели, а в воскресенье выйдет на работу.

И в воскресенье, 27 августа 2000 года, Люба сидела в своем кабинете, который теперь располагался уже не на шестом, а на четвертом, «руководящем» этаже административного здания холдинга «Пищевик», и составляла план внеочередной проверки Иркутского филиала, где, как ей казалось, шли хищения. Около половины шестого позвонил отец.

— Любочка, ты где?

Вопрос был закономерным: отец звонил на мобильный телефон.

— Я на работе.

— Почему в воскресенье?

— Много работы, папа. Как ты?

— Не обо мне речь. Любочка, ты ничего от меня не скрываешь?

— Господи, папа, — рассмеялась она. — Что я могу от тебя скрывать? Я на работе, можешь перезвонить на городской телефон и проверить.

— Я не об этом. Ты ничего не слышала? Ничего тревожного?

Люба растерялась. В чем дело? Что отец имеет в виду?

— Телевизор не работает, все телепрограммы отключаются, НТВ пропало, «Культура» не показывает, а теперь уже и Первого канала нет, и «России» тоже. Люба, скажи прямо: началась война? На нас напали? Где ты на самом деле?

Ей стало страшно. Во время работы она не включала ни телевизор, ни радио, посторонние звуки мешали сосредоточиться. А вдруг, пока она тут сидит и пишет планы, случилось что-то страшное? Или у отца просто забарахлил телевизор? Или антенна на крыше дома сломалась? Надо немедленно проверить.

— Сейчас, папа, минутку, я проверю.

Она поискала на заваленном бумагами столе пульт, нашла, нажала кнопку. Ни по одному каналу трансляции не было. Люба почувствовала, как сердце оборвалось на мгновение и снова забилось, но уже не в груди, а где-то в горле. Значит, дело не в телевизоре и не в антенне. Она включила радио. Ведущий мирно беседовал с гостем студии о причислении к лику святых Русской Православной церкви последнего российского императора Николая Второго и членов его семьи. Канонизация состоялась дней десять назад на Архиерейском соборе, новость не была свежей, и это как-то успокоило Любу. Значит, ничего более острого на текущий момент не произошло. На всякий случай она нажала кнопку и переключила канал и сразу услышала:

— ...Возгорание произошло около пятнадцати часов по московскому времени...

Горела Останкинская телебашня. Поэтому отключились каналы. Слава богу, не война. Всего лишь пожар.

Отец в первый момент успокоился, но потом снова заволновался.

— Ты правда на работе? — с тревогой в голосе спросил он.

— Ну а где же?

— Ты не в Останкино?

— Папа, что мне делать в Останкино? Я же не политик и не телезвезда. Успокойся, пожалуйста.

— Что? Что? Я плохо тебя слышу, Любочка! Алло!

— Папа...

— Я сейчас перезвоню! — закричал отец в трубку. — Я ничего не слышу, связь пропала! Алло!

Люба выключила телефон и улыбнулась. Ах, папа, папа, старый опер! Связь у него, понимаешь ли, пропала. Сейчас перезвонит ей на городской телефон, чтобы убедиться, что она и в самом деле в конторе. В точности то же самое произошло недели три назад, когда прогремел взрыв в подземном переходе под Пушкинской площадью. Тогда прямо на месте погибли 7 человек, еще шестеро скончались в больнице, больше ста тридцати человек получили ожоги и травмы разной степени тяжести. Взрыв произошел около шести вечера, а уже в половине седьмого информация о нем прошла по всем радиостанциям. Люба с Родиславом ничего не знали, они уехали с работы сразу после обеда — отправились знакомиться с очередным будущим приобретением Бегорского: свинофермой в восьмидесяти километрах от Москвы. Звонок отца застал ее в конторе, где владелец фермы показывал документы. Николай Дмитриевич начал подробно выпытывать, где находится дочь, где Родислав, где Леля, и Люба долго не могла понять причину такого интереса. Она честно объясняла, что она за городом и Родислав с ней, но отец требовал подробностей, ссылался на плохую слышимость и просил номер городского телефона, чтобы он мог перезвонить. «Ты не была на Пушкинской? — спрашивал он. — Ты не пострадала? Ты точно не в больнице?»

Так и случилось, Николай Дмитриевич действительно перезвонил. Люба еще несколько минут поговорила с отцом, потом решила устроить небольшой перерыв в работе, налила в чашку из принесенного из дому термоса овсяный кисель, выпила небольшими глоточками. Кисель она старалась варить тайком, рано утром, чтобы не вызывать лишних вопросов: Люба никогда прежде не ела овсяный кисель, она его с детства не любила, и все в семье это знали. Теперь из-за язвы приходилось по возможности есть не то, что нравится, а то, что можно.

Она вернулась к работе, мельком взглянув на часы. Во вторник она передала Аэлле очередной конверт с деньгами для ее любовника из криминальных сфер. Договорились созвониться сегодня в пять часов, уже должны быть новости о Коле. Ровно в пять Люба уже звонила подруге, но домашний телефон не отвечал, а мобильный был выключен или «находился вне зоны действия сети», как сообщил доброжелательный безликий женский голос. Уже почти шесть. Куда Аэлла запропастилась? Наверное, предается любовным утехам в объятиях своего бандитского дружка, потому и мобильный отключила, и к городскому не подходит. Люба решила дождаться шести и позвонить еще раз. Ей было непонятно, как можно договориться созвониться в определенный час и именно в этот час выключить телефон, сама она так никогда не поступила бы, но это же Аэлла... Ей не понять тревоги матери, с нетерпением ждущей известий о своем пропавшем ребенке.

В шесть часов тоже дозвониться не удалось. Аэлла включила мобильник только около половины седьмого. Голос ее, доносящийся из трубки, звучал неуверенно и как-то растерянно, и Люба подумала, что, наверное, не ошиблась, подруга и в самом деле только-только вылезла из постели.

— Ты мне что-нибудь скажешь? — деловито спросила Люба. — Уже есть информация?

— А ты где сейчас? — последовал встречный вопрос.

Неужели Аэлла тревожится так же, как отец? Странно. Не похоже на нее.

— На работе.

— А-а-а...

Снова пауза. Люба начала сердиться. Что происходит, в самом-то деле? Неужели так трудно сказать несколько слов?

— А я думала, ты дома, — послышался голос Аэллы. — А Родик где? С тобой?

— Нет, Родик сегодня навещает Дениса.

— Значит, ты одна?

Люба с трудом подавила закипающее раздражение.

— Да, я одна. Ты мне скажешь что-нибудь?

— Скажу... Только ты не думай... Ну, в общем, они сказали, что Колю больше не ищут.

Слава богу! Люба чуть не взвизгнула от радости. Они больше не ищут ее сына, и он может спокойно возвращаться. Только нужно сделать так, чтобы он об этом узнал. Как же ему сообщить?

— Значит, его простили? Или забыли?

— Люба, они не простили и ничего не забыли.

— Но ты же сказала, что его не ищут, — не поняла Люба.

— Его не ищут, потому что его нашли.

Люба не могла понять, что ей сказали. Какие-то слова, вроде бы знакомые, но в то же время непонятные. Каждое слово в отдельности имело смысл, а вместе эти слова не складывались в фразу, которую она могла бы постичь.

— Как... нашли? — с трудом спросила она.

— Вот так. Нашли.

— И... и что?

— Ничего. Всё. Любаша, я не знала, как тебе сказать, все тянула, тянула, даже телефон отключила, чтобы с тобой не разговаривать. Плохо, что ты сейчас одна...

— Погоди, — Люба потрясла головой, словно пыталась проснуться. — Погоди, Аэлла. Что значит — всё? Его что...

— Да, — подтвердила Аэлла. — Да. Володя просил тебе передать, чтобы ты его больше не ждала.

Люба замерла неподвижно с трубкой в руке. Это неправда. Это не может быть правдой. Она ничего не почувствовала. Между матерью и ребенком есть сильная биологическая связь, и если с ребенком случается беда, мать не может ничего не почувствовать, в этом Люба была абсолютно убеждена. А ведь она ничего не чувствовала, жила себе, как обычно, радовалась, огорчалась, ходила с Родиславом в гости, принимала гостей у себя дома, смотрела телевизор, работала, спала. Как же так? Как же могло получиться, что Коли больше нет? Совсем нет. И больше никогда не будет. Почему она ничего не почувствовала? Почему сердце не заныло? Почему, почему? Как же так?

— Этого не может быть, — твердо произнесла она. — Я не верю.

— Люба, Володя не врет. Он платит деньги, и ему дают правдивую информацию, а он передает ее мне. Ему сказали, что Колю нашли и разобрались с ним. Ему так сказали, понимаешь?

— Но может быть... Ведь совсем не обязательно, чтобы «разобрались» означало...

Она не могла произнести это слово, тщательно избегала его, словно, сказанное вслух, оно обрело бы силу необратимой реальности.

— Володя расспросил обо всем подробно. Тебе эти детали ни к чему. Но информация точная.

— Я хочу знать, — потребовала Люба. — Скажи мне все, что знаешь.

— Любаша...

— Скажи. Я все выдержу. Но я должна знать.

Колю Романова застрелили и закопали в котловане какой-то большой стройки. Это произошло больше месяца назад, и теперь над котлованом уже высятся три первых этажа высотного многоквартирного дома где-то на границе с Северным Казахстаном. Колю никогда не найдут. Вернее, его тело.

— Как ты поедешь домой? — голос Аэллы пробивался к Любе как сквозь подушку, казался далеким и невнятным.

— Домой... На машине... — рассеянно ответила Люба.

— Хочешь, я приеду за тобой?

— Не нужно.

— Или давай я позвоню Родику и скажу, чтобы он приехал и забрал тебя с работы. Ты там совсем одна... Я ведь не хотела тебе говорить... лучше бы, чтобы ты была с Родиком... такое известие, а ты одна...

Аэлла все говорила и говорила, но Люба не слушала ее. Сердце билось в груди мощными частыми толчками, которые отдавались в горле и в висках. Она с недоумением посмотрела на зажатую в руке телефонную трубку и положила ее на рычаг. Ей хотелось закричать в голос, изо всех сил, закричать, завыть, забиться в слезах, и чтобы ни перед кем не было стыдно, чтобы не нужно было сдерживаться и сохранять приличный вид. Ей нужно было выплеснуть всю боль, все свое накопившееся за несколько лет напряжение и внезапно обрушившееся на нее горе. «Я больше не могу, — подумала Люба. — Я больше не выдержу. Я сойду с ума».

Почти ничего не видя от застилавших глаза слез, она ощупью вышла в маленькую комнату отдыха, дверь в которую располагалась прямо за ее креслом, бросилась на диван, прижала к лицу кожаную подушку, вцепилась в нее зубами и издала глухой протяжный вой. Грудь разрывалась, виски ломило, внутри разливалась леденящая пустота.

Через четверть часа Люба Романова вышла из комнаты отдыха в кабинет и перезвонила Аэлле.

— Прости, что бросила трубку. Не справилась с собой, — устрашающе ровным голосом произнесла она.

— С ума сошла! Не вздумай извиняться. Я все понимаю. Ты действительно не хочешь, чтобы я приехала? Подумай как следует.

«Хочу, — подумала Люба. — Конечно, я хочу. Хочу, чтобы приехала ты, и Родислав тоже чтобы приехал, и чтобы он все узнал не от меня, и чтобы пережил этот удар один, без меня, потому что у меня нет сил его поддерживать и утешать, и у меня нет сил набраться мужества и сказать ему. Я больше не могу. Я больше ничего не могу. Я умерла».

— Спасибо, Аэлла, я справлюсь.

«Я не справлюсь. Я больше никогда ни с чем не справлюсь. Я не смогу быть поддержкой ни Родику, ни Лельке, ни папе. У меня больше нет сына. Господи!!!»

Она тупо смотрела на разложенные на столе бумаги. Зачем они здесь? Что она делала? Составляла какой-то план... Какой? Зачем? Для чего? Какое это все имеет значение, когда Коли нет... Надо позвонить Бегорскому, сказать, что план, который он ждет завтра с утра, не будет готов. Андрей спросит: а когда? Что ему ответить? Что никогда? Придется ему все объяснять, но у нее нет сил, она не сможет произнести вслух страшные слова о том, что Колю... Нет, она не только вслух, она и мысленно их произнести не может. А как же Родик? Как ему сказать? Или не говорить? Не расстраивать? Пусть поживет еще несколько дней в покое, пока она наберется сил и сможет сказать ему.

Это было очень соблазнительно. Пересидеть здесь еще пару часов, постараться окончательно прийти в себя, налепить на лицо выражение покоя и безмятежности и вернуться домой. Никому ни о чем не говорить. Покормить ужином, посидеть перед телевизором и лечь спать. А завтра уйти на работу и погрузиться в повседневные заботы. Хотя нет, посидеть перед телевизором не удастся, телеканалы прекратили вещание в связи с пожаром. Ну, можно посмотреть какое-нибудь кино на видике. Получится ли у нее? Надо постараться. Может быть, ей даже удастся закончить план, чтобы завтра утром отдать его Андрею, тогда можно сегодня не звонить и ничего не объяснять.

Люба стала всматриваться в текст на лежащем перед ней листке, но ничего не понимала. Снова зазвонил телефон.

— Любаша... — голос Родика ударил в ухо и захлебнулся. — Я все знаю.

— Откуда?

— Мне позвонил Бегорский. А ему — Аэлла. Как ты там одна? Хочешь, я приеду?

— Не нужно, Родинька. Я уже ничего. Поплакала, и стало полегче. Я скоро вернусь.

— Андрей сказал, чтобы ты завтра не выходила на работу. Сиди дома, сколько тебе нужно. И возвращайся быстрее.

Он просит ее вернуться. Он хочет быть рядом, когда ей плохо. «Нет, — тут же поправила себя Люба, — он хочет, чтобы Я была рядом, когда ЕМУ плохо. Да какая разница? Главное, что он все знает. И что мы вместе».

— Леля дома? — спросила она.

— Дома. Я ей уже сказал.

— Как она?

— Плохо. Ушла к себе и плачет. Приезжай быстрее, Любаша.

— Хорошо, — пообещала она, — сейчас выезжаю.

Она позвонила водителю и через десять минут села в машину. Город жил своей обычной жизнью, летним воскресным вечером на дорогах было мало автомобилей, дачники начнут возвращаться попозже, и пешеходов на улицах тоже было немного. Люба по привычке смотрела на идущих людей, какой-то молодой мужчина показался ей похожим на Колю, сердце привычно дернулось и тут же оборвалось: всё, теперь можно не смотреть на пешеходов в надежде увидеть сына, он никогда не пройдет по этим улицам, и ни по каким другим улицам он тоже не пройдет. Его больше нет. Совсем нет. Нигде.

Это невозможно было осмыслить. С этим невозможно смириться. И ей казалось, что с этим невозможно будет жить.

* * *

Прошло несколько дней, прежде чем Люба решилась поговорить с Тамарой, которая пока ничего не знала о смерти своего племянника Николаши.

Она приехала к отцу, выбрав вечер, когда Тамара не работала: у той был график «два дня через два с девяти утра до девяти вечера». Телевидение по-прежнему не работало, и Люба захватила с собой несколько видеокассет с любимыми фильмами отца, чтобы чем-то занять старика, пока она попробует уединиться с сестрой. С выбором кассет она угадала, Николай Дмитриевич обрадовался и сразу попросил поставить ему «Освобождение» Озерова.

Услышав про Колю, Тамара тихо охнула и схватилась руками за голову.

— Бедная моя, бедная, — приговаривала она, раскачиваясь из стороны в сторону. — Как же ты с этим справишься?

— Справлюсь, — слабо улыбнулась Люба. — Мне деваться некуда, придется справиться.

— А как Родька?

— Ничего, держится. И в целом все ничего, Тома, ты за нас не волнуйся.

— А как быть с папой? Ты ему скажешь?

— Ни за что! Он этого не переживет. Да и как сказать? Колька же якобы за границей, работает по контракту. Если сказать, что он там погиб, то встанет вопрос о транспортировке тела и о захоронении.

— Ты права, — согласилась Тамара. — Что же мы ему скажем?

— Ничего, — вздохнула Люба.

— Как — ничего?! Совсем ничего?

— Совсем.

— И будем делать вид, что Коля жив?

— Придется.

Тамара долго молча смотрела на сестру, словно стараясь понять, не снится ли ей этот чудовищный в своей нелепости разговор.

— То есть ты, — медленно произнесла она, — собираешься на папины вопросы о Коле отвечать, что у него все в порядке, что он звонил из... откуда?

— Из Аргентины, — едва слышно проговорила Люба. — Да, все будет именно так. А как может быть по-другому? Ты предлагаешь мне сейчас признаться папе, что я много лет обманывала его, что Колю выгнали из института, что в армию он пошел не по своей воле, что он вор и картежник, что он обделывал с какими-то бандитами какие-то грязные делишки и что последние пять лет он не работал за границей, а был в бегах и в конце концов его убили? Я так должна поступить?

Сказала — и обмерла. Впервые за эти несколько дней она произнесла вслух это страшное слово: «убили». Ее сына убили, ее Коленьку, ее сыночка, ее золотого мальчика, ее кровиночку. Ей стало не по себе. Показалось, что вот теперь, после того как она сказала, Николай умер по-настоящему.

— Знаешь, Тома, а мне стало спокойнее, — сказала Люба. — Я больше не волнуюсь за Колю, не думаю о том, где он, что с ним, не голодает ли он, не болеет ли, не страшно ли ему, не одиноко ли. Я больше не думаю о том, найдут его или нет. Все уже случилось. И теперь я точно знаю, что ему не больно, не холодно и не страшно. Ему было пятнадцать, когда я всерьез начала за него беспокоиться. А сейчас ему тридцать пять. — Она сделала паузу и добавила: — И всегда будет только тридцать пять. Двадцать лет я думала о нем день и ночь, ни на минуту не забывая, ни на секунду не расслабляясь. Двадцать лет я волновалась, постоянно ожидая каких-нибудь гадостей, каких-нибудь известий, я боялась, что он попадет в милицию, что его снова изобьют, что он опять окажется в больнице с побоями и переломами, что его втянут в какую-нибудь авантюру, что он что-нибудь украдет. Двадцать лет беспрерывного ежечасного напряжения! Последние пять лет я знала, что его ищут, чтобы убить, и все время думала об этом. А вот теперь все это закончилось. И я смогу жить спокойно. Да, мне больно, мне горько, но мне спокойно. То, что я говорю, наверное, звучит ужасно, да?

Тамара обняла ее, прижала к себе.

— Бедная моя Любанечка, — приговаривала она, гладя сестру по спине, — маленькая моя девочка.

Люба заплакала, не разжимая губ, чтобы не застонать. За стеной грохотали взрывы, командиры что-то выкрикивали, и вряд ли отец услышал бы, даже если бы она зарыдала в голос, но она все равно старалась производить как можно меньше шума.

— Наверное, когда Гриша умер, тебе было тяжелее, — сказала она. — Ты же от него не видела ничего, кроме радости. И потом, он погиб внезапно, ты не была готова к его смерти, а я готовилась много лет.

— Знаешь, — улыбнулась Тамара, — когда Гриши не стало, я весь первый год думала о том, что больше никто никогда не скажет мне, как сильно меня любит. И только через год я спохватилась. Поняла, что мы горюем не о человеке, который ушел, а о себе. Ты права, тому, кто ушел, не плохо, не холодно, не голодно, не больно и не страшно. А вот нам, оставшимся, и больно, и горько, и страшно, и одиноко. Мы не покойника на самом деле оплакиваем, а себя, оставшихся без него.

— Гриша часто говорил тебе, что любит?

— Каждый день раз по десять.

— Надо же, — задумчиво проговорила Люба. — Я только сейчас подумала о том, что Родик никогда мне этого не говорил.

— Как — никогда? — удивилась Тамара. — Что, совсем никогда?

— Совсем.

— И даже когда женихом был?

— И тогда тоже.

— И когда предложение делал? Неужели не сказал?

— Нет. Я даже не помню, чтобы он как-то специально делал предложение. Просто мы вместе решили, что поженимся.

— И что, в первые годы после свадьбы тоже не говорил, что любит?

— Нет. Странно, правда?

— Ничего странного, — решительно отрезала Тамара. — Все люди разные. У одних есть потребность это говорить, а у других ее нет.

— Да нет же, я не об этом. Странно, что я только сейчас об этом подумала. Интересно, Лизе он говорил, что любит? Или еще какой-нибудь женщине.

— А ну-ка прекрати немедленно, — рассердилась Тамара. — Что еще за мысли? При чем тут Лиза? Ее уже давно нет в Родькиной жизни, и выброси ее из головы. Она тебе не соперница.

— Не могу, — Люба покачала головой. — Я все время о ней помню. Конечно, я молчу, не задаю Родику лишних вопросов, если он сам не заговаривает о ней, не попрекаю прошлым, но я все время помню об этой женщине и ее детях. И знаешь, я ведь до сих пор ревную. Он со мной не спит, но с кем-то же он должен спать, ему ведь всего пятьдесят шесть. Я думаю об этом, и мне неприятно. Я дура, да?

— Конечно, дура, — сердито отозвалась Тамара. — Разве тебе об этом нужно думать?

— А о чем? — беспомощно спросила Люба.

— Тебе нужно думать о том, как выжить после Колиной смерти.

— И как? Как мне выжить?

Она снова заплакала.

— Поменяйте мебель, сделайте ремонт, чтобы ничто не напоминало о Коле. А еще лучше — купите новую квартиру, если средства позволяют. Ты сейчас у себя дома постоянно будешь натыкаться на вещи, которые напоминают тебе о Кольке. Его комната, его диван, его диски, его одежда, его книги. Тебе будет больно каждую минуту, ты просто не сможешь находиться дома. Переезжайте. Это тебя отвлечет.

— Думаешь?

— Уверена! Вы с Родиком будете подыскивать новую квартиру, будете ездить смотреть варианты, потом затеете там ремонт, начнете выбирать мебель, покупать утварь, технику, шторы и все такое. Этой головной боли вам хватит на год, и это еще хорошо, обычно бывает дольше. Вот давай помечтаем, — воодушевленно продолжала Тамара, — сколько комнат вам нужно, чтобы ни в чем себе не отказывать.

Люба моментально включилась в обсуждение. Тамара обладала завидной способностью заражать окружающих своим энтузиазмом.

— С учетом папы и тебя?

— Для начала нас не учитывай, папа отсюда не двинется. Считай только себя, Родика и Лелю. Какие помещения тебе нужны, чтобы жить легко и счастливо?

«Мне нужно, чтобы Коля был с нами и чтобы с ним все было в порядке», — подумала Люба, а вслух сказала:

— Нужна общая гостиная, большая, просторная, и кухня тоже большая, и столовая, чтобы не кормить людей в кухне. Ты же знаешь, Родик часто приводит гостей, из-за этого у нас в комнате стоит большой стол, и нам там совсем не повернуться. Это самое главное.

— Хорошо. Давай дальше.

— Комната Лели. Наша спальня. И кабинет Родику, чтобы он поставил туда свой компьютер и спокойно работал. Да, еще хорошо бы два санузла, чтобы у Лели была своя ванная. Вот и все.

— Да, — рассмеялась Тамара, — невысоки у тебя запросы.

Люба с недоумением посмотрела на сестру.

— А что еще нужно? Я вроде бы ничего не забыла.

— Себя ты забыла, дурища! А тебе самой кабинет не нужен? И компьютер тебе тоже не нужен? Ты вон по выходным работаешь, да и в будни допоздна задерживаешься, а все почему? Потому что дома тебе некуда поставить компьютер. Ты его поэтому и не покупаешь.

— Да ладно, — Люба махнула рукой, — я обойдусь, я и в конторе поработаю.

— Ничего не обойдешься! Мы же мечтаем, дай своей фантазии свободу. Теперь насчет санузлов.

— А что не так?

— А то, что тебе тоже отдельный санузел не помешает. Зачем вам с Родиком друг друга стеснять, тем более вы уходите на работу одновременно, то есть режим у вас примерно одинаковый. И вообще, женщина в твоем возрасте должна хотеть иметь свой отдельный санузел.

— Разве? — удивилась Люба. — Почему?

— А вот когда он у тебя появится — поймешь, — пообещала Тамара. — Теперь переходим к папе и ко мне. Представь себе, что я привезла папу к вам в гости, а ему нездоровится, у него поднялось давление и ты боишься отпускать его.

— Значит, нужна комната для папы, — решила Люба. — И для тебя. Не выгоню же я тебя домой, если папа останется.

— Ну, спасибо, сестра, за твою доброту, — Тамара снова рассмеялась. — Век не забуду. Ну что, отвлекло хоть немножко?

— Да, — призналась Люба. — Спасибо тебе, Тома.

И она снова заплакала. Зачем ей новая квартира, если в ней уже никогда не будет Коли? В ней не будет Колиных вещей, в ней не останется ни одного предмета, к которому он прикасался и который, может быть, хранил бы его тепло. В этой новой квартире не будет даже памяти о сыне. Словно его вообще никогда не было.

* * *

Родислав тяжело переживал смерть Николая, и Любе было его очень жалко. Сама она продолжала ходить на работу, а вот Родислав воспользовался предложением Бегорского и несколько дней пролежал дома, пережидая приступы тошноты и головокружения, которых давно уже не было. Они с Лелей бродили по квартире, как бесплотные тени, молча пили чай, молча разогревали еду, молча сидели перед полными тарелками и так же молча отставляли в сторону блюда нетронутыми и расходились по комнатам. Любе хотелось быть рядом со своими любимыми и близкими, она уходила на работу с тяжелым сердцем, отлично понимая, что нельзя потакать такому углублению в горе. Если еще и она к ним присоединится, то им всем уже будет не выбраться из пучины скорби и отчаяния. «Кто-то же должен продолжать жить, чтобы показывать пример, — твердила она себе, борясь с соблазном лечь на диван, отвернуться к стене и заплакать. — Кто-то же должен. Они сами не могут, ни Лелька, ни Родик, они слишком слабенькие для этого. Я должна их вытащить. А меня вытаскивать некому, кроме Тамары, но на ней папа, ей и этого хватает. Значит, придется мне самой справляться и с собой, и с мужем, и с дочерью».

После встречи с Тамарой Люба выждала еще несколько дней и осторожно заговорила с Родиславом о новой квартире. Вернее, заговорила-то она сначала только о ремонте и покупке новой мебели, а уж до идеи новой квартиры Родислав додумался сам, правда, под чутким руководством жены. Идея его вдохновила, и он с готовностью принялся обсуждать планы.

— Ты хочешь эту квартиру оставить Леле? — спросил он. — Она уже совсем взрослая, ей нужно свое жилье.

Эта мысль, раньше не приходившая ей в голову, испугала Любу. Как это — оставить квартиру Леле и переезжать без нее? Как это — остаться с Родиславом вдвоем? Она только что потеряла одного ребенка и совершенно не была готова расставаться со вторым. Без Лели ее жизнь станет совсем пустой.

— Нет-нет, что ты, — торопливо заговорила она, — Леля останется с нами. Эту квартиру мы продадим, добавим, сколько сможем, и купим новую, побольше и поудобнее. У тебя будет свой кабинет, ты сможешь работать с документами и с Интернетом дома.

— Может быть, купить Лельке «однушку»? — предложил он.

— Нет. Она останется с нами. Ну как она будет жить одна? Она же совершенно неприспособленная, ни приготовить себе не может, ни постирать. Она даже, по-моему, не знает, как пылесосом пользоваться, а если гладить возьмется, то непременно что-нибудь сожжет. Пусть живет с нами, пока сама не захочет уйти и жить отдельно.

Люба и Родислав нашли риелтора и вплотную занялись квартирным вопросом. На самом деле занималась им одна Люба, потому что у Родислава не было ни времени, ни желания ездить смотреть квартиры и вникать в вопросы проводки, труб, стеклопакетов, перепланировки, а также выяснять все, что касается бывших собственников и документов. Люба всем этим занималась сама, по вечерам докладывая мужу результаты и спрашивая его совета, а Родислав слушал ее с утомленным видом и кивал. Новую квартиру ему хотелось, но тратить на нее силы не хотелось совсем.

Спустя несколько месяцев они нашли то, что хотели, и именно в том районе, который их устраивал. Началась эпопея с ремонтом и одновременно с покупкой всего необходимого для нового жилья. К этому этапу Родислав подключился с удовольствием, ходить по магазинам и делать покупки он любил. Люба попыталась и Лелю заинтересовать обустройством нового жилья, но девушка наотрез отказалась участвовать в семейных хлопотах, сказав, что потребности у нее невысокие и она будет довольна всем тем, что выберут для нее родители, а самой ей совершенно все равно, какая у нее будет мебель, какого цвета обои и какие занавески, потому что главное в ее жизни — это поэзия, а не быт.

Романовы ездили по мебельным салонам и восхищались красотой и разнообразием гарнитуров и отдельных предметов мебели, которые можно было приобрести, вот просто прийти, заплатить деньги и купить, а не стоять в очередях, не записываться в профкоме и не отмечаться по ночам, как раньше. Боже мой, какой ценностью когда-то, много лет назад, а на самом деле не так уж и много, всего пятнадцать, казалась возможность купить красивый импортный кухонный гарнитур с диванчиком-«уголком» или хорошую мебельную стенку, румынскую, немецкую или югославскую! На какие жертвы и унижения приходилось идти, чтобы более или менее сносно обставить квартиру! А об английской и итальянской сантехнике или о плитке «Версаче» тогда даже и не помышляли, радовались тому, что удавалось заполучить обыкновенный белый, но хотя бы новый унитаз и простую белую плитку без сколов, которую потом украшали немецкими переводными картинками. Люба вспомнила, как они стояли в очереди на кухонную мебель и на стенку и как радовались продвижению этой очереди хотя бы на несколько номеров, и ей стало грустно. Сейчас всю эту мебель придется выбрасывать на помойку, она уже совсем старая, даже на дачу ее не отвезешь — развалится по дороге. Выбросить на помойку месяцы ожидания, надежд, радости... Тогда все это выглядело таким важным, таким значимым, а теперь не имеет никакого значения. И с автомобилями та же история: автосалоны битком забиты красивыми сверкающими иномарками, приходи и выбирай, а ведь когда-то, двадцать три года назад, очередь на «Жигули» была одним из аргументов, удержавших семью Романовых от развода. Потеря возможности купить машину казалась настоящей трагедией...

Миновала зима, весна, уже заканчивалось лето, и наконец был назначен день переезда. Люба, без малого сорок лет прожившая в одной и той же квартире, даже не подозревала, какие испытания ее ждут. После смерти Коли она не входила в его комнату и ничего там не трогала, теперь же пришлось волей-неволей разбирать его вещи и решать, что с ними делать. Ей казалось, что сердце не выдержит. Она брала в руки его джинсы, понимала, что их надо выбросить, и у нее темнело в глазах. Его книги, его диски, кассеты, свитера, майки — все это нужно было куда-то девать. Промучившись несколько дней, она позвонила Ларисе и попросила помочь.

— Ларочка, у тебя, наверное, есть знакомые, которым все

это может пригодиться. От Коли осталось много вещей, почти все хорошие, добротные, фирменные, мало ношенные, и потом, там еще диски, кассеты. Я не могу этим заниматься. У меня руки опускаются.

— Я понимаю, тетя Люба, — ответила Лариса. — Вы не волнуйтесь, я все организую. Вы только скажите, когда вас не будет дома, и дайте мне ключи.

После смерти Геннадия ключи от квартиры Романовых Лариса вернула за ненадобностью. Костику уже исполнилось пять лет, и Лариса приучилась справляться самостоятельно и к помощи Любы прибегала все реже. Но Люба все равно не оставляла молодую женщину и продолжала заботиться о ней, покупала игрушки для малыша и дарила одежду, скорее по привычке, чем из чувства долга и вины. Она так привыкла считать себя матерью двоих детей, что теперь, когда Коли не стало, готова была признать Ларису своей старшей дочерью.

Разборка антресолей и старых чемоданов тоже далась Любе нелегко, у нее рука не поднималась выбросить Лелину школьную форму, которую та носила в четвертом классе, или Колин дневник за второе полугодие седьмого класса, или сломанную оловянную фигурку альпиниста, которую Родик давно-давно, еще до Лизы, привез из командировки в Приэльбрусье и подарил жене. Как с этим расстаться? Как заставить себя поставить точку и признать, что ТА жизнь, в которой муж ее любил, а дети были маленькими и чудесными, давно закончилась? Будет новый дом, в нем будут новые вещи, из окна будет другой вид, и все это будет означать другую жизнь. Новую. Которая вряд ли будет лучше старой. Но она будет другой. С любимым, но не любящим мужем, со взрослой и ставшей совсем чужой дочерью и без сына.

В начале сентября Романовы переехали в новую квартиру в доме элитной застройки, где у Любы и Родислава, помимо общей спальни, было по кабинету, а для Николая Дмитриевича и Тамары оборудована отдельная гостевая комната. Разумеется, была и комната Лели, светлая и просторная, и большая гостиная с мягкой мебелью и плоским, висящим на стене плазменным телеэкраном.

— Ну что, сестричка, мечты сбываются? — весело спросила Любу Тамара. — Помнишь, как мы с тобой придумывали эту квартиру? Ты небось сама в тот момент не верила, что так может случиться.

— Не верила, — призналась Люба. — Но все равно получилось не так, как мы намечтали. Гостевая комната всего одна, а не две, как мы с тобой тогда придумали.

— Но это правильно, — возразила Тамара. — Если папа остается у вас потому, что ему нездоровится, то кто-то обязательно должен спать с ним в одной комнате, нельзя же его на всю ночь оставлять одного. А вдруг ему станет плохо?

— И санузлов всего два, а не три, — продолжала поддразнивать сестру Люба. — Вернее, два с половиной.

В квартире было два санузла с ванными и один маленький, с унитазом и раковиной, рядом с кухней. И все равно эта квартира была лучше той, которую представляла себе Люба в самых смелых своих мечтах. Она была двухэтажной. О таком Люба, выросшая в бараке, даже помыслить не могла.

В сентябре у Тамары был отпуск, Люба тоже оформила десять дней в счет отпуска, и сестры с упоением принялись обустраивать новое семейное гнездо: вешали шторы, покупали и расставляли посуду, размещали по многочисленным шкафам одежду и обувь, да мало ли всего нужно сделать при переезде на новую квартиру! Родислав приходил вечером с работы, Люба начинала ему объяснять, где что лежит, но он только отмахивался:

— Любаша, я все равно ничего не запомню, я же бестолковый, лучше я, когда нужно будет, у тебя спрошу, и ты мне скажешь.

Она пыталась о чем-то посоветоваться с ним, показывала, что она придумала, но он только кивал, говорил: «Ты сделай, как тебе самой нравится», и утыкался в телевизор или уходил в кабинет и усаживался за компьютер. Леля тоже демонстрировала полное равнодушие, окидывала взглядом развешанные в шкафу плечики с одеждой и расставленные на полках свои книги, вежливо говорила «спасибо» и замолкала. В конце концов у Любы сложилось впечатление, что эта новая квартира никому из ее домашних не нужна. Она им не интересна. Они просто пошли у нее на поводу, чтобы дать ей возможность хоть чем-то занять себя и отвлечься от мыслей о Николае.

«Ну и пусть, — твердила про себя Люба. — Пусть им ничего не нужно. Но мне это помогло выжить».

Не было минуты, чтобы она не вспоминала о сыне, однако новые заботы хотя и не вытеснили боль утраты, но сделали ее не такой острой.

11 сентября весь мир содрогнулся от ужаса, когда в Нью-

Йорке от террористической атаки рухнули башни Всемирного торгового центра, под обломками которых погибли тысячи людей. Люба несколько часов просидела перед телевизионным экраном, оцепенев от увиденного, слушала слова комментаторов о том, что мир с сегодняшнего дня стал другим перед открытой угрозой исламского терроризма, и думала: «Моя жизнь тоже стала другой. Пусть я потеряла не тысячи, а всего лишь одного человека, но я уже никогда не смогу быть прежней». Вид рушащихся зданий отзывался в ней картиной рухнувшей собственной жизни.

* * *

Даша Спичак собиралась с подружкой на дискотеку. Подружка должна была зайти за ней в девять вечера, и Даша красилась в ванной, нетерпеливо поглядывая на часы: она хотела успеть уйти до возвращения матери, чтобы избежать нудных объяснений и нотаций. Лиза в прошлом году прошла курс лечения, лежала в клинике неврозов, куда ее почти насильно устроил Родислав, и после выписки стала совершенно невыносимой. Если раньше ей было абсолютно все равно, как проводит время ее старшая дочь, и ее интересовали только мужчины и выпивка, то теперь Лиза стала подавленной, все время плакала и доставала Дашу нравоучениями и прочим, на взгляд девушки, скучным нытьем о том, что надо приобретать профессию и думать о будущем.

— Сама-то ты много думала о будущем? — огрызалась в ответ Даша. — Вон родила парочку неизвестно от кого, от проходимца какого-то, который на тебе так и не женился, всю жизнь прогуляла и пропьянствовала, а теперь хочешь быть святее Папы Римского. Заткнись лучше.

Подружки все не было, и Даша решила, чтобы не терять время, одеться и занять позицию в прихожей, чтобы сразу убежать. Денис в своей крохотной «запроходной» комнатке сидел за компьютером и, когда Даша заглянула к нему, чтобы предупредить, что уходит, только кивнул, не отрываясь от экрана. Она натянула высокие блестящие сапоги, удовлетворенно оглядела двадцать сантиметров затянутых в колготки ног между сапогами и подолом юбки и подмигнула своему отражению. Услышав шаги за дверью, не стала ждать звонка и щелкнула замком.

На пороге стояла мать, бледная, растрепанная, с тёмными

провалами вместо глаз, а рядом с ней незнакомый мужчина, который крепко держал ее под руку.

— Что? — зло спросила Даша. — Опять? Все лечение псу под хвост? Нажралась? Еще и дружка своего притащила! Совсем стыд потеряла.

— Вы — дочь? — вежливо спросил мужчина, и Даша почувствовала, что алкоголем от него не пахнет.

Она внимательнее оглядела спутника матери и поняла, что на собутыльника он никак не тянет: слишком ухожен, слишком хорошо одет, отлично подстрижен. Лицо его показалось Даше смутно знакомым, и она решила, что это, скорее всего, жилец их дома, с которым она, наверное, сталкивалась на лестнице и в подъезде.

— Ну, дочь, — с вызовом ответила она, но тон все-таки понизила. — А вы кто? Где вы ее подобрали?

— В метро, — ответил незнакомец. — Давай-ка помоги маме раздеться, надо ее уложить и дать ей горячего чаю. И пусть она полежит спокойно.

— Ну, вы еще будете меня учить, как с пьяными обращаться, — фыркнула Даша, пропуская незнакомца вместе с матерью в квартиру.

Мать не произнесла ни слова, она, казалось, даже двигаться не могла самостоятельно, и мужчина по-прежнему крепко держал ее под руку. Лиза почти висела на нем.

— Отпускайте, — скомандовала Даша, — я ее держу. А вы снимайте с нее плащ.

Мужчина послушно раздел Лизу.

— Какие тапочки? — спросил он.

— Вон те, — Даша кивком головы указала на стоящую в углу пару шлепанцев. — Давай, мам, снимай туфли, переобувайся. Ну давай же, пьянь ты бестолковая!

В ней кипели злость и раздражение. Вот-вот появится подружка и застанет такую неприглядную сцену: ее мать подобрал пьяную в метро и привел домой посторонний человек. Стыдобища!

Мать послушно переобулась, в сопровождении Даши и незнакомца дошла до своего дивана и рухнула на него. Мужчина заботливо укрыл ее пледом и погладил по плечу.

— Поспите, Лиза. Вам сейчас нужно очень много спать. Проснетесь — и поймете, что все хорошо. Я вам обещаю.

— Да что вы с ней цацкаетесь! — вспыхнула Даша. — Со мной бы кто-нибудь так возился, как с этой алкоголичкой!

— Тише, — мужчина осторожно взял Дашу за руку. — Давай выйдем на кухню.

На кухне Даша собралась было сесть за стол с вызывающим видом, но мужчина сказал:

— Сделай маме чай.

— Рассол ей нужен, а не чай, — огрызнулась она.

— Как тебя зовут?

— Даша.

— А меня — Кирилл. Так вот, Даша, твоя мама не пьяна. У нее депрессия.

— Ага, знаю я эту депрессию.

— Даша, твоя мама пыталась броситься в метро под поезд.

— Что?!

Она выронила пакет с заваркой, которая рассыпалась по всему полу. Руки задрожали, ноги стали ватными.

— Что вы сказали? — переспросила она.

— Твоя мама пыталась покончить с собой, — тихо повторил Кирилл. — Хорошо, что я стоял совсем рядом. Я наблюдал за ней, поэтому вовремя среагировал.

— Вы наблюдали? Зачем?

— Просто заметил, какое у нее лицо, и забеспокоился. Я знаю, какие лица бывают у тех, кто решил, что больше не хочет жить.

— Господи... мама... — пробормотала Даша. — Как же это? Почему?

— Ну, это тебе видней, я вашей жизни не знаю, — пожал плечами Кирилл. — Я удержал ее, не дал спрыгнуть на рельсы перед поездом, постарался успокоить, привел домой. И теперь мне хотелось бы, чтобы ты с пониманием отнеслась к тому, что произошло, и не оставляла маму одну. Я так понял, ты куда-то собиралась?

— Ну да, на дискотеку.

— Тебе придется остаться дома, — твердо произнес он.

— Да это понятно, — вздохнула Даша. — Кошмар какой-то.

Тренькнул дверной звонок, пришла подружка. Даша вышла в прихожую, открыла дверь и объявила, что никуда идти не может — мать заболела.

— Да брось ты, — прощебетала подружка, скорчив недовольную гримаску, — у тебя же брат дома, пусть за матерью поухаживает. Что он, лекарство ей дать не сможет? Он же большой уже.

Соблазн был велик, и если бы не Кирилл, Даша, скорее

всего, так и поступила бы, оставив мать на попечение Дениса и убежав на дискотеку. Подумаешь, депрессия! Пить надо меньше, тогда и депрессий не будет. Но в квартире сидел Кирилл, такой взрослый, такой красивый, такой умный, Кирилл, который спас ее мать и не пожалел времени, чтобы доставить ее домой и сдать с рук на руки дочери, и Даше было перед ним неловко. Получается, совершенно посторонний человек заботится о ее непутевой матери больше, чем родная дочь.

— Да ладно, — она виновато улыбнулась подруге, — в другой раз сходим вместе. Извини, что так вышло.

Подруга надулась, резко развернулась и застучала каблучками по ступенькам, спускаясь вниз. Даша вернулась на кухню и застала Кирилла с веником в руке — он убирал с пола рассыпавшийся чай.

— Ну что вы, — смутилась она, — не надо. Я сама уберу.

Он разогнулся и с улыбкой посмотрел на нее.

— Да ничего, я уже почти закончил. У тебя чайник закипел.

Даша заварила чай, отнесла в комнату. Лиза лежала, накрывшись пледом с головой, и непонятно было, то ли она уснула, то ли просто не хочет никого видеть.

— Мам, я чай принесла, — вполголоса пробормотала Даша.

Мать ничего не ответила. Даша поставила чашку на пол рядом с диваном и вернулась на кухню. Кирилл стоял, облокотившись на подоконник, и курил.

— А вы врач, да? — спросила она.

— Почему врач? — он, казалось, искренне удивился.

Что-то в его повороте головы было до боли знакомым, и в том, как он вздернул брови, и в том, как дрогнули в улыбке его губы. Где же она его видела? Даже странно, что видела — и забыла, такой эффектный мужик, Даша обычно таких не забывала.

— Ну, вы же сами сказали, что знаете, какие бывают лица у тех, кто больше не хочет жить. Значит, вы психиатр.

— Логично, — улыбнулся он. — Но я не психиатр. Я актер.

— Актер?! Что, прямо настоящий?

— Нет, — рассмеялся он. — Игрушечный.

Даша смутилась.

— Я имела в виду: вы и в кино снимаетесь?

— Сейчас уже нет. То есть я постоянно имею дело с кино,

но только на озвучании. Дублирую зарубежные фильмы. А раньше и снимался, и в театре играл.

И только тут до нее дошло. Господи, это же Кирилл Тарнович! Ее детская любовь. Когда Даше было девять лет, она впервые увидела фильм про Робин Гуда и насмерть влюбилась в актера, игравшего главную роль. С тех пор она смотрела этот фильм раз двадцать, она болела Кириллом Тарновичем, она вырезала из журналов его фотографии и наклеивала на стенку вокруг своей кровати. Потом, с годами, на место этих фотографий пришли другие, с известными певцами, а те снимки Даша сняла со стены и аккуратно сложила в папку и спрятала среди старых тетрадок. Но как же он изменился! Постарел, поседел... Немудрено, что она его сразу не узнала. Сколько ему сейчас лет? Должно быть, за сорок. И вот он здесь, в ее квартире, стоит совсем рядом, разговаривает с ней, курит и, кажется, совсем не торопится уходить. Есть же в жизни счастье! Как хорошо, что подружка не пришла раньше и Даша не успела убежать на дискотеку до того, как Кирилл привел мать.

— Вы — Кирилл Тарнович? — робко спросила она.

— Совершенно верно, — он улыбнулся снова, на этот раз широко, открыто и так солнечно, что Даше показалось — за окном не вечер, а белый день. И не холодный весенний, а жаркий, летний. — Приятно, что ты меня узнала. Меня теперь редко узнают, времена всесоюзной славы давно прошли.

— Да что вы, — заторопилась Даша, — как же я могла вас не узнать, я была влюблена в вас, когда была еще девчонкой, вы были моим кумиром. Я даже фотографии ваши собирала и на стенку наклеивала. А мама ужасно ругалась и велела их снять.

— А ты?

— А я сопротивлялась и говорила, что вырасту и выйду за вас замуж. Правда, смешно?

— Смешно, — согласился он. — Сколько тебе лет, Даша?

— В июле будет двадцать три. А вам?

— Ну, мне намного больше, — усмехнулся Кирилл. — Уже сорок семь. Я так понял, что у Лизы есть еще ребенок? Она все время бормотала о детях.

— Да, у меня есть еще брат, младший, Дениска, ему семнадцать. Он инвалид.

— А что с ним? Что-то серьезное?

— Он не ходит. У него в детстве был полиомиелит.

— А ваш отец? Он как-нибудь помогает вам? Или у вас разные отцы?

— А вам-то что? — внезапно окрысилась Даша. — Чего вы в душу лезете?

— Прости, — Кирилл примирительно улыбнулся. — Это действительно не мое дело. Просто я пытаюсь понять, что так достало твою маму, что она решила свести счеты с жизнью. Впрочем, это тоже не мое дело.

Он сделал движение, чтобы встать, и Даша вдруг испугалась, что он сейчас уйдет — и она никогда больше его не увидит. Ей отчего-то не хотелось, чтобы он уходил. И она рассказала ему об отце, которого упорно называла дядей Родиком, о том, что он много лет встречался с матерью, но так и не развелся, о беспробудном пьянстве Лизы, о ее часто меняющихся мужчинах, имен которых порой не знала даже сама Лиза, о зловредной бабке, которая отказалась остаться с ними и помочь, когда заболел маленький Дениска. Кирилл слушал внимательно и сочувственно.

— Позови своего брата сюда, — попросил он.

— Зачем?

— Мне нужно поговорить с вами обоими.

Это Даше не понравилось. Кирилл — ее гость, ее герой, ее детская мечта, и он должен принадлежать только ей. При чем тут Денис? Какое он имеет отношение к этому чудесному, красивому и такому умному мужчине?

— О чем поговорить? — ревниво спросила она.

— О вашей маме.

— Поговорите со мной, — в ее голосе зазвучали умоляющие нотки. — Дениска еще маленький, что он понимает?

— Ну хорошо, — согласился Кирилл. — Но дай мне слово, что ты сама все объяснишь брату.

— Конечно, — с готовностью согласилась она.

— Вам обоим придется проявить терпение и деликатность. Не надо ничего спрашивать у мамы, не надо заводить с ней разговор о том, что случилось. Если она захочет поговорить об этом — она сама вам расскажет, а вы не лезьте к ней с расспросами. Это понятно?

— Хорошо, — послушно, как отличница в школе, ответила Даша.

— Вам нужно быть любящими и заботливыми по отношению к маме. Я понимаю, жизнь у вас с братом была несладкой, мама мало вами занималась, может быть, была жесткой, грубоватой, не давала вам того тепла и нежности, которые вы хотели получить. Я все это понимаю. Но сейчас ей плохо, по-настоящему плохо, ей до такой степени тяжело, что она не хочет жить. И вы, ее дети, единственные люди на свете, которые могут ей помочь. Дайте ей любовь, внимание, ласку, уделите ей время, разговаривайте с ней, не бросайте ее одну. Где мама работает?

— Нигде, — Даша пожала плечами, — она берет работу на дом, набирает тексты на компьютере.

— Вот и посидите с ней рядом, когда она работает, помогите.

— Как же ей помочь? — удивилась девушка. — В четыре руки текст набирать, что ли?

— Вы можете ей диктовать, тогда работа пойдет быстрее, она не будет отвлекаться на то, чтобы разбирать чужой почерк. Помогите с домашними делами. Даша, если человек хочет помочь, он найдет, как это сделать. Главное, чтобы мама постоянно чувствовала, что вы рядом, что вы у нее есть, вы ее любите и дорожите ею. Только так ее можно вывести из депрессии. Она часто гуляет с Денисом?

— Почти никогда, — Даша потупилась и призналась: — На самом деле совсем не гуляет. С ним сиделка гуляет или Юлька, сиделкина внучка. У нее с Дениской любовь.

— Даже так? Пусть Денис попросит маму погулять с ним. Пусть она почувствует, что ему приятно быть с ней, что он в ней нуждается. А ты сама себе одежду покупаешь?

— Ну да. Дядя Родик дает деньги, я иду и покупаю, что мне нравится.

— Почему бы тебе не попросить маму пойти с тобой и помочь выбрать что-нибудь?

— Да ну, вы что! — Даша невольно рассмеялась. — Она выберет, как же! Какой-нибудь прошлый век купит, она же в моде ни черта не смыслит, сама одевается как чучело, и меня так же оденет.

— Ничего, — голос Кирилла моментально стал холодным и металлическим, — пускай она выберет для тебя то, что ей нравится, а ты поблагодаришь и будешь носить. Если ты хочешь, чтобы с твоей мамой все было в порядке, тебе придется пойти на определенные жертвы.

Он встал и двинулся к выходу.

— Вы уже уходите? — огорченно спросила Даша.

— Да, мне пора. Ты дашь мне свой телефон?

— Конечно, — обрадовалась она. — Вы мне позвоните?

— Я бы хотел узнать, как мама. Все-таки она теперь почти моя крестница. О нашем с тобой разговоре ей не рассказывай. И вообще не говори, что я тут с тобой сидел. Привел маму и сразу ушел. И о том, что ты дала мне свой телефон и я буду тебе звонить, тоже не говори, ладно?

— Ладно, — согласилась она. — А почему нельзя говорить?

— Потому что неудавшиеся самоубийцы очень стесняются того, что они сделали. Не нужно им лишний раз об этом напоминать. Маме будет неприятно, что какой-то посторонний человек оказался в курсе ее беды и ее проблем. В общем, не говори — и всё. Мы с тобой будем общаться, но это будет нашим с тобой секретом, нашей маленькой тайной. Договорились?

— Договорились! — радостно подтвердила Даша.

* * *

— А этот мужчина, Кирилл, он... — начал было Камень.

— Ну! — радостно подхватил Ворон. — Он самый и есть, на этот раз я его как следует рассмотрел. Теперь уж ни с кем не перепутаю, как бы он ни переодевался и ни гримировался. Ну, мастер, ну, умелец! Одно слово — артист!

— И все-таки мне не верится, неужели можно так менять внешность при помощи одежды и грима? — недоверчиво сказал Камень.

— И еще как! — воскликнул Ворон. — Ты даже представить себе не можешь, какие чудеса они вытворяют.

— Значит, это Кирилл Тарнович спас Лелю от маньяка?

— Ну да. И когда грабитель у Любы сумочку вырвал, тоже он вмешался.

— А кавказец, который выручил Николашу, когда на него наехали?

— Вот тут врать не буду, — Ворон покачал головой. — Не узнал. Но вполне могу допустить, что это тоже он был. И тот мужик, который в день суда над Геннадием наблюдал за Романовыми, тоже он.

— Ну, это уж ни в какие ворота, — возмутился Камень. — Это не проходит.

Ворон нахохлился и сердито сверкнул глазками.

— Почему не проходит?

— Смотри сам: он сказал Даше, что ему сорок семь лет, правильно?

— Допустим, — осторожно согласился Ворон. — И что?

— Какой год это был?

— Две тысячи второй.

— Стало быть, он, — Камень на мгновение задумался, — тысяча девятьсот пятьдесят пятого года рождения. Или в крайнем случае пятьдесят четвертого. А суд над Геннадием был в каком году?

— Не помню, — буркнул Ворон.

— Зато я помню, — ехидно улыбнулся Камень. — В восьмидесятом. Выходит, ему было всего двадцать пять — двадцать шесть лет. А ты мне заливал про мужика под сорок. Так что не проходит никак.

— А вот и проходит! Тоже мне, великий математик выискался! — Ворон возмущенно закаркал, брызгая слюной. — Помнишь, я тебе говорил, что мне этот мужик напоминает того, который перед зданием суда сидел, только моложе? Помнишь?

— Ну, помню.

— Мы с тобой тогда еще голову ломали, как это может быть. А теперь все встало на свои места. Он же артист, он не только лицо может изменить и походку, он и возраст может добавить или убавить. Может, он вообще в какие-то моменты глубоким стариком прикидывался, вот я его и не замечал. Короче, голову тебе даю на отсечение, что это все он и был: и у суда, и с маньяком, и с сумочкой. Я тебе больше скажу, — Ворон понизил голос, — я его еще один раз видел, оказывается.

— Что значит: оказывается? — не понял Камень.

— Да вот то и значит. Помнишь, как Аэлла в ресторане увидела Родислава с Лизой и вызвонила туда Любу, а с ней какой-то кинодеятель познакомился и на просмотр в Дом кино утащил? Так это тоже он был.

— Что же ты раньше-то молчал?! — завопил Камень. — И как тебе только не стыдно? Знал — и молчал?!

— Да я только сейчас узнал, — принялся оправдываться Ворон. — Он же все время переодетый и загримированный, все время прикидывался, а сегодня он был натуральный, как есть от природы, и тогда в ресторане он тоже был натуральный.

— Ты смотри, как любопытно получается, — задумчиво проговорил Камень, который мгновенно перестал сердиться на друга и переключился на анализ ситуации. — Тогда, в ресторане, он фактически спас Родислава от семейного скандала, а Любу — от стресса, вызванного неверностью мужа. Он же не знал, что у них договор и Люба про Лизу все знает, вот и пытался защитить их обоих. Интересно, зачем? Зачем он все время вмешивается в жизнь Романовых и спасает их?

— А теперь еще и в жизнь Лизы, — добавил Ворон. — Лизу-то он тоже спас. Это уж совсем непонятно.

— Да нет, это-то как раз понятно, — возразил Камень. — Лиза — часть жизни Родислава. Если с ней что-нибудь случится, он будет переживать. А ее дети останутся совсем одни, и снова Родиславу и Любе придется принимать какие-то решения. Нет, Лиза-самоубийца нам совсем не нужна. Это только утяжелит ситуацию.

— Ты что?! — Ворон вытаращил на друга круглые блестящие глазки. — Ты что такое говоришь? Это же люди, живые люди, они страдают, у них душа болит, они мучаются, переживают, плачут, а ты рассуждаешь, как... как... Я даже не знаю, с чем сравнить твое такое поведение! У меня слов не хватает. Ты рассуждаешь, как бессердечная дубина, у которой вместо сердца камень. Вот!

— Дубина сделана из дерева, и у нее внутри не может быть камня, — хладнокровно ответил Камень. — Я рассуждаю как аналитик, который с твоей помощью посмотрел не одну сотню сериалов. Всему есть мера. Лиза-самоубийца — это уже перебор.

— Знаешь, я, пожалуй, слетаю в Голливуд, походатайствую насчет тебя, дескать, есть у нас в Вечности один крупный специалист по сюжетам, он может вам сценарии сериалов писать, — огрызнулся Ворон. — Чего ты понимаешь в человеческой жизни-то? Она сама по себе развивается и порой такие зигзаги делает, что ни одному сценаристу в страшном сне не приснится. В общем, я, конечно, тоже очень рад, что Лиза осталась жива, но не потому, что ее смерть, как ты изволил выразиться, утяжелила бы ситуацию, а потому, что она человек и мне ее жалко, как и всех людей вообще. И детей ее тоже жалко. Понял?

— Понял, — покладисто отозвался Камень. — Сквозняк какой-то. Ты не чувствуешь?

Ворон покрутился на месте, склонил голову, прислушался.

— Вроде и вправду дует откуда-то, но невнятно. Сыростью тянет. Ветер, что ли, пожаловал?

— Да нет, для Ветра тяга слабовата.

— Я это, я, — послышался тихий жалобный голос.

— Господи! — переполошился Камень. — Ветрище, друг, куда вся твоя сила подевалась? Ты не заболел ли?

— Побили меня, — простонал Ветер.

Голос его доносился не с высоты, как обычно, а звучал совсем рядом с ушами Камня, из чего Камень сделал вполне справедливый вывод о том, что сил у старого приятеля и впрямь маловато, он даже вверх подняться не может, по самой земле стелется.

— Кто побил? — спросил Ворон. — За что?

— Тучи побили. Я им в прошлом году весь кайф поломал, они только нацелились на какую-то деревушку в Южной Англии, собрались там потоп с наводнением устроить, а я налетел и разогнал их к едрене фене. Так они злобу затаили и по всей планете целый год меня искали. Нашли вот, подкараулили, загнали в Южной Америке в какую-то дыру, где сплошные кактусы, к земле меня прижали и давай мутузить. А кактусы-то колючие — жуть! Всего меня ободрали, на клочки растерзали. Вот еле дополз. Буду у вас отлеживаться, если не прогоните.

— Конечно, конечно, — в один голос заверили его Ворон с Камнем, — живи, сколько надо, набирайся сил, лечись.

— А у вас какие новости? — поинтересовался слабым голосом Ветер. — Что там моя Аэллочка? Как у нее дела?

Камень многозначительно посмотрел на Ворона, как бы подавая ему сигнал к вступлению. Ворон откашлялся и приступил к отчету.

— У Аэллы любовник из бандитов, — доложил он. — Звать Владимиром, в криминальных кругах известен под кличкой Тесак. Видимо, за жестокость и крутость в принятии решений. Жутко богатый человек. Он Аэлле клинику купил, чтобы она там была и хозяйкой, и главным врачом, и ведущим хирургом.

— Ты мне не говорил про клинику, — с упреком заметил Камень.

— Так не успел! Я же про Кирилла кинулся рассказывать первым делом, это важнее. Не сбивай меня, мне и без того трудно, — отпарировал Ворон. — Аэлла до определенного момента этого Владимира от всех прятала...

— Почему? — перебил его Ветер. — Он что, кривой и горбатый?

— Много ты понимаешь! Они познакомились в девяносто пятом году, когда быть бандитом было круто, но перед приличными людьми стыдно было иметь с ними дело. А потом прошло время, бандиты облагообразились, не все, конечно, но некоторые, самые богатые, завели собственные фирмы, шикарные дома, даже во властные структуры пролезли. Вот Тесак как раз из таких. Ходит в смокинге, ездит на «Майбахе», живет на Рублевке. Так теперь Аэлла решила, что можно его в свой круг вывести, тем более что Романовы с ним уже давно заочно знакомы. И она привела его к Бегорскому на свадьбу.

— На какую свадьбу?! — завопил Камень. — Почему я про свадьбу Бегорского в первый раз слышу?!

— Ты в первый раз слышишь потому, что я тебе про нее не рассказывал, — невозмутимо ответствовал Ворон. — Вот сейчас и расскажу. После того как от него ушла Вера и забрала дочку, Бегорский немного погулял с длинноногими модельками, повозил их на дорогие курорты, а потом женился во второй раз. Хорошая такая женщина, спокойная, уютная, моложе Андрея лет на десять.

— Нет, это невозможно! — простонал Камень. — Ну как тебе доверять смотреть сериалы, если ты такое важное пропускаешь, а потом задним числом рассказываешь как ни в чем не бывало! Как ее зовут? Как она выглядит? Чем занимается?

— Да это неважно, — Ворон беззаботно махнул крылом. — Он с ней уже развелся.

— Как?! А свадьба? А Тесак?

— Ты меня не путай, это другое совсем, — с досадой бросил Ворон. — В общем, со второй женой он прожил полтора года, и она его бросила. Сбежала от него — только пятки сверкали. При этом сказала ему точь-в-точь то же самое, что первая жена Вера: мол, ты очень хороший человек, но жить с тобой невозможно.

— Елки-палки, — оживился Ветер, — что же он такое дома вытворяет, что с ним жить невозможно? Вы, ребята, меня заинтриговали.

— Понятия не имею, — сказал Ворон. — Я за ним не смотрю. То есть на работе я его, конечно, вижу, поскольку смотрю за Любой и Родиславом, а домой к нему я не лазил. Так, заглянул пару раз, чтобы понимать, как от него жены уходили. Все-таки момент ответственный, тут важно знать, не скандалили ли они, не претендовали ли на имущество.

— Ну и как? Претендовали? — живо поинтересовался Камень.

— Представь себе, нет. Ни первая, ни вторая. Ничего не просили, ни на чем не настаивали, расходились мирно и полюбовно.

— Ну, это и немудрено, — заметил Камень, — такой парень, как наш Андрей Бегорский, ни за что не выбрал бы себе в жены женщину корыстную и скандальную. Но все-таки странно, что они обе от него ушли. А он им не изменял случайно?

— Вроде нет, — в голосе Ворона не было прежней уверенности, и Камень начал сомневаться. — Он же говорил Аэлле, что женился не для того, чтобы гулять налево. Короче, развелся он во второй раз, снова погулял малость, поразвлекался и опять женился. В третий раз, стало быть. Вот на эту свадьбу как раз Аэлла Тесака и привела. Родислав расстроился — ужас!

— Почему? — удивился Ветер. — Он что, до сих пор влюблен в мою красавицу Аэллочку и ревнует?

— Тьфу ты, дурень, — Ворон с досады плюнул.

Плевок попал Камню в бок, и Камень угрожающе зарычал. Ворон немедленно схватил клювом торчащий из-под снега сухой листик и принялся старательно вытирать Каменный бок, виновато приговаривая:

— Доведут до греха эти летучие придурки! Нет, ну надо же было такое ляпнуть! Никакого зла не хватает.

Закончив работу, он с любовью оглядел чистую сухую поверхность и снова вернулся на ветку, откуда удобно было вещать.

— Родислав много лет боролся с преступниками, ловил их, выводил на чистую воду и предавал суду. И вот теперь он вынужден сидеть за одним столом с известным криминальным авторитетом и жать ему руку, и чокаться с ним, и разговаривать. Ему это глубоко противно. Но при этом он понимает, что обязан Тесаку, поскольку тот регулярно поставлял Романовым информацию об их сыне. И быть обязанным такому человеку ему тоже неприятно. То есть одно дело заочно знать, что криминальный авторитет для тебя что-то делает, и совсем другое — сидеть с ним рядом, смотреть в глаза и поддерживать светскую беседу. В общем, настроение у Родислава испортилось, он уже не рад был, что пришел на эту свадьбу.

— Ну так и не ходил бы, — заметил Камень. — Он же знал, с кем придет Аэлла. О чем он раньше-то думал?

— Ему неудобно было не пойти. Это ж не свадьба в широком смысле слова была, а просто посиделки в ресторане узким кругом: Бегорский с невестой, Аэлла со спутником и Родислав с Любой, вот и все гости. И неизвестно было, какого именно спутника приведет Аэлла, у нее ж знакомых мужиков — море, и совсем необязательно ей приходить в гости с тем, с кем она спит. Она вполне может привести и делового партнера, и просто приятеля.

— Да, — мечтательно подхватил Ветер, — она такая, моя Аэллочка. Огонь-девка! А как она сейчас выглядит?

— Сейчас — не знаю, — Ворон решил проявить принципиальность и придраться к формулировке, — а в две тысячи первом году она была как колобок. Интеллигентно выражаясь — аппетитная пышечка, а по-моему, просто толстозадая каракатица.

— Не смей! — Ветер собрал остатки сил и возмущенно зашелестел хвойными ветками. — Я не желаю слышать про свою любимицу такие пакости.

— Какие же это пакости? — мстительно произнес Ворон, усиленно демонстрируя дружелюбие. — Это факт. Ноги короткие, попа низкая и к тому же огромная, много бюста, много волос. Чего тут красивого? На мой вкус — каракатица и есть. Но Тесаку нравится. Правда, глаза у нее по-прежнему хороши необыкновенно, так и сверкают, так и горят! А во всем остальном моя Любочка в сто раз лучше. И одета она теперь не хуже Аэллы. У Аэллы костюм от Валентино, а у Любочки платье от Джанфранко Ферре.

— А это кто такие будут? — нахмурился Камень.

— Это модельеры, — подал голос Ветер. — Ты не вникай, это все для тебя неважно. Оба известные, оба дорогие и престижные. Ты, Ворон, лучше скажи: Аэллочка любит этого своего Тесака?

— Да кто ж его знает, — Ворон попрыгал влево-вправо, что должно было означать «может, да, а может, и нет». — Спать она с ним спит, и много лет уже, а уж из каких соображений она это делает — тайна сия велика есть. Точно не знаю, а врать не хочу. О, вспомнил!

— Чего ты вспомнил? — насторожился Камень.

— Слово вспомнил. Я когда про Тесака рассказывал, у меня в голове слово крутилось, чтобы его охарактеризовать, а вспомнить не мог. Респектабельный, вот он какой теперь. Рес-пек-та-бель-ный, — Ворон со вкусом и расстановкой произнес нужное слово. — Был бандюк бандюком, малиновый пиджак, пальцы веером, бритый затылок, а теперь — совсем друге дело, теперь его даже за приличного могут принять, дочка в Сорбонне учится, у младшего сыночка гувернантка.

— Это как у Анны Серафимовны была? — спросил Камень.

— Ну, примерно, — уклончиво ответил Ворон, который в точности не знал, насколько схожи между собой эти две гувернантки, уровень их образованности и круг обязанностей, а врать отчего-то побоялся.

— Ты отвлекся, — заметил Камень. — Ты про свадьбу Бегорского рассказывал.

— Так я уже все рассказал. Чего еще-то?

— Хоть про невесту расскажи: какая она? — попросил слабым голосом Ветер.

— И как ее зовут, — подхватил Камень.

— Зовут ее Анной. Ну что про нее рассказывать? Обыкновенная. Хорошая, добрая, спокойная, молодая, как все предыдущие жены Андрея. Он их по какому-то принципу отбирает, они у него все одинаковые. Влюблена в него по уши, слегка беременна на момент свадьбы.

— Насколько слегка? — вяло поинтересовался Ветер.

— На два с половиной месяца. Но с того момента много времени прошло, теперь-то уж не слегка, конечно. Теперь уж роды на носу. Мальчика ждут.

— Не одобряю я этого, — прошелестел Ветер. — И что за мода детей заводить на старости лет? Ведь вырастить и на ноги поставить не успеет, и куда потом этой молодой и хорошей деваться с ребенком на руках?

— Ну ты ляпнул! — возмутился Ворон. — Какая же это старость лет? Андрею всего-то пятьдесят восемь, пацан еще. Женщинам в этом возрасте рожать действительно поздно, это я не спорю, а мужикам-то отцами становиться — в самый раз. Андрей здоровый, не пьет, не курит, спортом занимается, диету соблюдает, он еще долго проживет, ты за него не волнуйся. Он и выглядит лет на сорок пять, не больше, и с головой у него полный порядок, и энергии хоть отбавляй. Молодые девки к нему так и липнут, так и вешаются на него. А чего? Богатый, щедрый, хорошо выглядит, дорого одет. Нет, Ветрище, ты не прав категорически.

— Ну ладно, — согласился Ветер. — Ты полети еще посмотри, а я посплю немножко, устал я до невозможности.

Камень собрался было резко высказаться на тему о том, что Ветер в их сериале всего лишь случайный попутчик и никакого права распоряжаться у него нет, но внезапно испытал острый приступ жалости к приятелю-шалопуту. Ну, попал парень в беду, побили его, в клочья разодрали, приполз он сюда, к двум старым друзьям, отлеживаться и раны зализывать, так надо ж проявить сочувствие и понимание. А то ежели с каждым начинать права качать, так быстро всех друзей-приятелей растеряешь и останешься тут один как перст. А ведь впереди — Вечность. И с этим приходится считаться.

* * *

В августе 2002 года над Москвой повисла дымовая завеса. По всей Центральной России горели торфяники, из-за смога отменяли авиарейсы, в городе было нечем дышать. Люба и Родислав переселились на дачу, в Подмосковье было хоть чуть-чуть, но полегче. Леля осталась в Москве, она готовилась к поступлению в аспирантуру. Кроме того, в октябре Библиотека иностранной литературы планировала провести неделю английской поэзии, на которую должны были приехать известные ученые из Великобритании и США, и Леля писала цикл эссе, который собиралась представить на мероприятии.

Каждое утро Романовы ездили с дачи на работу, из-за чего приходилось вставать на час раньше, и после работы возвращались за город. Родислав ворчал, что не высыпается из-за слишком раннего подъема, но в Москву не переезжал: он боялся жить без Любы, он уже давно разучился существовать без нее, без ее заботы, без приготовленной ею еды и постиранных ею рубашек. А самое главное — он не мог спокойно жить без ежедневных разговоров с ней, без ее внимательных глаз и без тех слов, которые ему никто, кроме жены, не скажет. По этим словам выходило, что он, конечно же, прав и никак иначе он поступить просто не мог, а если мог, но отчего-то не догадался или не захотел, то это совершенно простительно, потому что каждый имеет право на ошибку. И вообще, это она, Люба, во всем виновата. Не нужно было кормить Родислава на ночь горячим, только-только из духовки, пирогом с мясом, горячее тесто — пища тяжелая, из-за этого он плохо спал, утром голова была мутной, несвежей, поэтому и решение он принял неправильное.

Они и отца с Тамарой звали пожить вместе на даче, но Николай Дмитриевич не захотел.

— Я боюсь, — признался он. — Вы на целый день будете уезжать, а я останусь один в доме. Что я буду делать?

— Да то же, что и в Москве, — уговаривала его Люба. — Будешь книги читать, телевизор смотреть, будешь сидеть в саду и дышать воздухом, за городом уж всяко больше кислорода, чем в Москве.

— А вдруг что-нибудь случится? Вдруг мне станет плохо? В городе я могу позвонить Томочке, и она сразу же примчится с работы, здесь совсем недалеко, а на даче я кому звонить буду? Пока кто-нибудь из вас приедет, я уже помру.

В этом была своя правда, и Люба смирилась. Они попробовали поступить по-другому: два дня отец жил в Москве, а на следующие два дня, когда Тамара не работала, они приезжали на дачу, но после второй поездки Головин запротестовал, дескать, ему тяжело переносить такую долгую дорогу, его в машине укачивает. Что ж, восемьдесят шесть лет, и с этим придется считаться. И хотя генерал до сих пор руководил Советом ветеранов МВД, ездил на собрания и выступал с докладами, в быту он становился все более беспомощным и слабым.

— Давай на выходные пригласим Ларису с Костиком, — предложила как-то Люба.

— У них же есть своя дача, — недоуменно откликнулся Родислав.

— Ой, да какая там дача? Смех один. Во-первых, она очень далеко, туда трудно добираться без машины, а во-вторых, там шесть соток и скворечник из фанеры. А у нас сосны, озеро и дом большой. Пусть малыш погуляет, побегает, искупается. Мы шашлыки сделаем. Давай?

— Ну, давай, — нехотя согласился Родислав.

После признания Геннадия он искренне не понимал, зачем нужно продолжать опекать Ларису и ее сына. Соседка всегда была ему в тягость, а уж теперь-то тем более.

Лариса приняла приглашение с радостью: у Костика как раз в субботу день рождения, ему исполняется шесть лет, и как здорово, что можно будет устроить маленький семейный праздник.

— Только, тетя Люба... — неуверенно произнесла она. — Ничего, если с нами приедет мой друг?

— Ну конечно, — тут же разрешила Люба. — Приезжайте все вместе.

Она не стала спрашивать по телефону, что это за друг и насколько серьезны его отношения с Ларисой, решила, что все увидит сама.

Лариса появилась в субботу прямо с утра, ведя за руку Костика. Рядом с ней вышагивал невысокий, чуть выше самой Ларисы, молодой мужчина, узкоплечий, худенький, некрасивый, в джинсах и свободно болтающейся на утлом торсе футболке.

— Это Василий, — представила его Лариса.

Родислав окинул гостя насмешливым взглядом, пожал ему руку и пригласил в дом, а Люба тут же потащила Ларису на кухню, чтобы обсудить меню. Родислав нашел в сарае свой детский велосипед, посадил на него мальчугана, и мужчины с Костиком отправились на озеро купаться, а женщины занялись мясом и пирогами. Любе очень хотелось спросить про Василия, но она деликатно молчала, ожидая, что Лариса сама все расскажет. Та, однако, ничего не говорила, словно не было ничего необычного в том, что она привела какого-то мужчину в дом к Романовым.

— Тетя Люба, это ваша дача? — неожиданно спросила Лариса.

— Конечно, — удивилась Люба. — Ты же знаешь, тебя сюда привозили, еще когда ты была маленькой.

— Я в том смысле, что это дача вашей семьи или дяди Родика?

— Ах вот ты о чем! Это дача Евгения Христофоровича, отца Родислава Евгеньевича, он ее получил за заслуги в области науки. А что?

— Значит, дядя Родик здесь жил, когда был совсем ребенком?

— Естественно, — улыбнулась Люба. — Мы с ним как раз здесь и познакомились, когда ему было тринадцать лет, а мне всего одиннадцать. А ты почему спрашиваешь?

— Я подумала, может, здесь остались какие-нибудь старые фотографии, где дядя Родик совсем малыш.

— Наверное, остались, — пожала плечами Люба. — Надо поискать. А тебе зачем?

— Давайте поищем, пожалуйста, — попросила Лариса вместо ответа.

Они замариновали мясо для шашлыков, поставили тесто

подходить, и Люба повела Ларису в темную комнату, куда Родислав и его мама давным-давно в беспорядке сложили старые вещи, которые показались им ненужными. До разборки этой комнаты у Люба за много лет руки так и не дошли. «Вот заодно и разберем, — подумала она. — Все-таки польза».

Старые альбомы с фотографиями нашлись почти сразу. Лариса схватила их, вылезла из кладовки, уселась на веранде и принялась рассматривать маленькие черно-белые снимки. Люба с недоумением присоединилась к ней, давая пояснения.

— Вот это Клара Степановна, мама Родислава Евгеньевича, ей здесь, наверное, лет двадцать пять.

— Ни за что не узнала бы, — призналась Лариса, которая видела Любину свекровь уже в весьма зрелом возрасте. — Какая она симпатичная!

— А это Евгений Христофорович, — Люба указала на высокого красивого моложавого мужчину с пышной гривой седых волос.

Фото Евгения Христофоровича вызвало у Ларисы повышенный интерес, который Люба отнесла на счет того, что соседка никогда не видела отца Родислава.

— А вот дядя Родик, да?

На фотографии очаровательный малыш лет пяти стоял на крылечке, облокотившись на самокат, и глядел в объектив серьезными темными глазками.

— Да, — с улыбкой вздохнула Люба. — Это Родислав Евгеньевич. Если бы я его таким увидела, то, наверное, еще тогда влюбилась бы.

И только тут включилась ее интуиция, заставив более внимательно посмотреть на Ларису.

— Зачем тебе это, Ларочка? Ты что-то хочешь мне сказать?

Лариса молчала, перелистывая толстые альбомные листы и пристально вглядываясь в лица на фотографиях.

— Лариса! — повторила Люба чуть громче. — Что происходит?

Молодая женщина закрыла альбом и произнесла странное слово:

— Нет.

Это не был отказ, это не был окончательный ответ, это была тихая констатация.

— Что — нет? Ты не хочешь говорить?

— Нет, не похож.

— Кто не похож? На кого?

Лариса встала, отошла к двери, ведущей в дом, прислонилась к косяку.

— Костик не похож ни на вас, ни на дядю Родика. А жаль. Тогда бы я точно знала. Вашу-то семью я хорошо знаю, и все старые фотки ваши я в Москве сто раз видела. Ни на кого он не похож.

Острая боль возникла у Любы между ребрами и раскаленным железным прутом пронзила ее насквозь. Так и есть. Коля. Николаша. Но когда? Как? Лариса уверяла, что не знает, кто отец ребенка, что у нее была близость с двумя мужчинами в один день. Лгала? Или так и было и одним из этих мужчин был ее сын Коля? Костик — точная копия Ларисы и ее матери Надежды, Люба знает ребенка с момента рождения, и никогда черты никого из Романовых или Головиных во внешности мальчика не проступали. Или она не замечала?

— Говори, — попросила она, сгибаясь пополам и обхватывая себя. В таком положении боль была вполне терпимой.

— Тетя Люба, что с вами? Вам плохо? — испугалась Лариса, бросаясь к ней.

— Ничего, сейчас пройдет. Говори.

— Да вы уже и сами все поняли, — негромко ответила Лариса.

— Когда это случилось?

— В тот день, когда Коля решил, что ему надо скрыться. Он вечером шел домой, стал подниматься по лестнице пешком, он же никогда лифтом не пользовался...

— Я знаю, — кивнула Люба, сцепив зубы, чтобы не застонать.

...Выглянув в окно лестничного пролета, он увидел, как к дому подъехала знакомая машина, из которой вышли люди. Встречаться с ними Николаю совсем не хотелось. Он понимал, что его ищут и что, скорее всего, придут к нему домой. Значит, дома появляться нельзя. Но и из подъезда теперь не выйдешь. Спасительная мысль пришла в голову почти сразу: соседи. Бабка Татьяна Федоровна все время лежала и почти ничего не понимала, Геннадий, как обычно, пьянствовал где-то, а на Лариску можно было положиться, она не выдаст. До утра они просидели на кухне, Лариса то и дело поглядывала в окно: машина все еще стояла. Она накормила Николая ужином, напоила чаем с сушками. Там же, на кухне, это и произошло. Для Ларисы — осуществление давней детской мечты, для Коли — отчаянный вопль жизни перед смертельной опасностью. Ларису тогда совершенно не смутило то обстоятельство, что у нее был постоянный парень, с которым она в тот день встречалась и была близка.

Утром машина все еще стояла. Из нее вышли три человека и скрылись в подъезде.

— К предкам пошли, — прокомментировал Коля. — Будут у меня дома засаду устраивать. Черт, теперь не выйдешь, их водила меня в лицо знает.

А потом Коля увидел, как здоровенный парень, один из тех троих, вышел из подъезда, сел в машину и уехал. Это был шанс, который нельзя упускать. И Коля им воспользовался.

— Он за продуктами поехал, — безжизненным голосом произнесла Люба. — Значит, когда Коля звонил мне и говорил, что ему придется уехать на неопределенное время, он был у тебя?

— Ну да.

— И утром, когда пришли те люди, он тоже был у тебя?

— Да.

— Значит, все это время он был совсем рядом, — пробормотала Люба. — Он был так близко, и я могла еще его увидеть, поцеловать его, обнять. Я могла дотронуться до него.

— Тетя Люба...

— Молчи. Я все понимаю. Ты поступила правильно. Теперь ты растишь моего внука.

— Тетя Люба, это неизвестно, — возразила Лариса. — Я и хотела узнать, может, Костик похож на дядю Родика в детстве или на его отца. На Колю-то он совсем не похож, ну ни капельки.

— Не похож, — согласилась Люба. — Ничего общего. Я бы заметила. Выходит, мы с тобой так и не выяснили, Колин это сын или нет. Почему ты мне раньше не сказала?

— А зачем? Что изменилось бы? Все равно я не знаю точно, от кого родила. Вам только лишнее волнение было бы.

— Но можно же сделать экспертизу! Ты об этом не думала?

— Думала, — вздохнула Лариса. — А зачем? Какая мне, в сущности, разница, чей у меня ребенок? Я его люблю таким, какой он есть, независимо от того, кто является его отцом. Да и дорого, у меня нет таких денег.

— А о нас ты подумала? Обо мне? А вдруг Костик — наш внук?

— А вдруг нет? Вы и так столько со мной возились, столько для меня сделали, а теперь, получается, я еще и сына своего на вас повесить хочу, как будто у вас забот мало.

— Лариса, ты не понимаешь, что говоришь! — простонала Люба. — Коли нет, и его ребенок — это единственное, что у меня осталось от сына. А ты говоришь: повесить на нас. Да я счастлива была бы...

— А если он не Колин? — упрямо проговорила Лариса. — Я не знаю. И вы не знаете. Я не хочу, чтобы получилось так, что вы будете растить чужого для вас мальчика. А для меня он в любом случае родной и самый любимый.

Надо сделать экспертизу, думала Люба, мы с Родиком сдадим кровь, мы же прямые родственники, и будем знать точно. А вдруг это наш внук? Мы возьмем Ларису с ребенком к себе, мы будем жить все вместе, мы вырастим этого мальчика, дадим ему нормальное детство, образование. Костик, Константин Романов. Мы пойдем, куда надо, напишем заявление, приложим акт экспертизы и поменяем мальчику отчество, он будет Константином Николаевичем. Коля, Коленька, ты прислал мне частичку себя на память, на долгую память. А если экспертиза покажет, что между нами нет родства? Что с этим делать? Господи, я так хочу этого мальчика, я так хочу, чтобы он оказался моим внуком! Если экспертиза будет отрицательной, можно скрыть ее результаты от Родика и от Ларисы, можно сказать неправду и растить Костика как своего родного внука. Папе сказать, что это сын Коли и что Николаша просто не успел жениться, его срочно послали за границу. Папа поверит и будет счастлив, что увидел правнука. Ах, как соблазнительно солгать... Опять солгать. Да сколько же можно!

— Лариса, мы с тобой знакомы много лет, ты уже давно член нашей семьи, — сказала Люба. — Ты для меня как дочь, и твой сын для меня как внук. Давай будем из этого исходить. Неважно, чей Костик сын, важно, что он твой, и значит, он наш. Я буду относиться к нему как к внуку, если ты не возражаешь, конечно.

— Спасибо, тетя Люба, но я не знаю...

— Чего ты не знаешь?

— Не знаю, как Костик, как Вася... Я же не могу их заставить вас любить.

Ну вот и про Василия речь зашла. Теперь можно и спросить.

— У вас с Васей серьезные отношения? Или так, временные?

— Да кто ж знает, — Лариса весело махнула рукой и засмеялась. — С моей стороны все серьезно, а уж что он там себе думает — неизвестно. Он хороший, тетя Люба, он добрый, и Костика любит, все время с ним возится, играет, в зоопарк его водит, в кино, на аттракционы. Говорит, что хочет на мне жениться, но он ведь может и передумать. У меня уж сколько раз так было. Никому верить нельзя.

С озера вернулись Родислав, Василий и Костик, с мокрыми волосами и голыми торсами, неся майки и плавки в руках, возбужденные и радостные.

— Мама, я на велосипеде всю дорогу сам ехал! — закричал Костик прямо от калитки. — Меня дядя Родик почти даже не держал!

— Умница моя, — Лариса подбежала к мальчику, подхватила на руки и крепко поцеловала. — Вот теперь я верю, что тебе целых шесть лет и ты уже совсем взрослый. Проголодался?

— Угу, — промычал мальчик ей в шею. — А дядя Родик сказал, что мы будем на улице мясо жарить.

— Будем, будем, — приговаривала Лариса, ведя сынишку в дом.

Мужчины занялись мангалом, Костик крутился вокруг них и пытался помогать, Люба с Ларисой нанизывали куски мяса на шампуры, и Люба не могла оторвать взгляда от малыша. То ей казалось, что в Костике нет совсем ничего ни от Романовых, ни от Головиных, а то вдруг мерещилось, что вот этот поворот головы — от Николаши, а вот этот жест точно от бабушки Анны Серафимовны, а потом снова мальчик выглядел чужеродным и ничуточки не похожим ни на кого из их семьи. Она заметила, что и Лариса поглядывает то на сына, то на нее с Родиславом. «Сравнивает, — подумала Люба. — Интересно, она видит так же, как я, или как-то иначе? Что ей видится? Сходство или отличие? И что на самом деле? Ах, если бы это был Колин ребенок! В моей жизни появился бы новый смысл. Я не буду затевать экспертизу, я не хочу знать точно, потому что это знание может отнять у меня надежду. А так хоть надежда есть...»

Она попыталась отвлечься от мыслей о Коле и переключиться на Василия. Славный вроде бы парень, и к Ларисе хорошо относится, и к Костику. Костик от него не отходит, все время что-то спрашивает, а Василий не отмахивается, а улыбается и подробно объясняет, показывает, растолковывает.

Видно, что мальчик его не тяготит и не раздражает. Хоть бы у Ларочки жизнь сложилась! Хватит ей страданий и несчастий.

— Чем Василий занимается? — спросила Люба у Ларисы, которая, стоя у разделочного стола, резала лук и помидоры для салата.

— Механик в автосервисе.

— Родители у него где? В Москве?

— Нет, он приезжий, откуда-то из-за Урала. Вы насчет прописки беспокоитесь? Думаете, он только из-за квартиры со мной, да?

Вообще-то примерно так Люба и думала, но не признаваться же в этом. Лариса так счастлива, и ей так нравится этот неказистый паренек, и Костик с ним дружит. «Это не мое дело, — твердила себе Люба, не переставая коситься на суетящихся в саду мужчин и ребенка, — это Ларисина жизнь, и пусть она ее проживает сама, и пусть сама совершает свои ошибки. Именно так меня когда-то учила Тамара. Мы стареем и уже не можем и не имеем права давать советы следующему поколению. Когда мы были молоды, следующее поколение было детьми, которых мы поучали и наставляли. А теперь это поколение уже выросло настолько, что имеет собственных детей. И этим следующим детям, нашим внукам, наши советы тоже не нужны, потому что у них есть свои родители, которые их поучают и наставляют. Я всю жизнь живу так, как меня учила Бабаня, и что хорошего вышло из моей жизни? Я так любила Бабаню, так старалась жить по ее правилам, а выходит, не нужно мне было прислушиваться к некоторым ее советам. Вести хозяйство она меня научила хорошо, а вот все остальное... Правда, есть пример Раисы и ее внучки Юленьки, но это скорее исключение, чем правило. Да, годы уходят. Когда мы рядом с Лелькой, наш с Родиком возраст незаметен, мы вполне можем чувствовать себя молодыми, потому что Леля сама еще как ребенок, беспомощная, неприспособленная и не имеющая собственной семьи. А вот рядом с Ларисой я необыкновенно остро ощущаю приближающуюся старость. Лариса совсем, кажется, недавно была ребенком, а теперь у нее сын, который всего на четыре года младше, чем была она сама, когда вошла в нашу семью. Еще четыре года — и круг полностью замкнется. Кто у меня останется? Коля ушел. Папа уходит, ему восемьдесят шесть, и глупо рассчитывать на то, что он будет с нами еще долгие годы. С Лелькой непонятно что будет, но чует мое сердце, внуков от нее я не дождусь. Остаются Родик и Тамара, оба из моего поколения, и меня все чаще начинает волновать вопрос: кто из нас уйдет первым, кто кого будет хоронить? Ах, как было бы хорошо, если бы Костик, а с ним и Лариса оказались нам родными! Я могу узнать правду, но я не хочу ее знать».

Они ели шашлыки на веранде, за большим круглым столом, за которым когда-то, много-много лет назад сиживали вечерами Евгений Христофорович и Клара Степановна вместе с маленьким Родиславом. Люба обратила внимание, что Лариса держала вилку в правой руке, а к ножу даже не прикоснулась, в то время как Василий, усадив Костика к себе на колени, терпеливо учил малыша правильно управляться с приборами, не одергивая его громогласно, когда не получалось, а что-то нашептывая на ушко. И столько покоя и умиротворения было в этой картине, что Люба подумала: «Пусть он с Ларкой только из-за квартиры, пусть у него корыстные намерения, но хотя бы за несколько месяцев такого счастья можно принести в жертву что угодно, а уж прописку — тем более».

Первую рюмку Василий выпил до дна, вторую до половины, а когда Родислав сделал попытку долить, со смущенной улыбкой сказал:

— Вы мне не наливайте, Родислав Евгеньевич, не переводите продукт, я больше не буду.

— Что так? — поднял брови Родислав. — Ты же не за рулем. И потом, вы ведь все равно ночевать остаетесь.

— Я почти не пью, — пояснил Василий. — Так только, за компанию.

— Это я понял, — кивнул Родислав. — Я спросил: почему? Болеешь? Или боишься, что вразнос пойдешь? Знаешь за собой такой грех, вот и остерегаешься. Нет?

— Мне невкусно, — признался Василий. — И в организме кайфа никакого, только тошнота и голова очень болит. Я и подумал: зачем себя насиловать, если природа ясно мне дает понять, что это не мое.

— Я за это Васеньку и люблю, — вмешалась Лариса. — Мне после папаши каждый непьющий ангелом кажется. Я его за одно это любить готова и все-все-все ему прощать.

После шашлыка наступила очередь пирогов и специально испеченного Любой именинного торта, украшенного шестью розовыми свечками, которые Костик с удовольствием задул. А когда получил подарки, то с серьезным видом заявил:

— Теперь я знаю, что такое настоящий день рождения. Я такое только в кино по телику видел. А теперь и у меня в жизни было.

После обеда пошли в лес, собирались просто погулять, но Василий превратил прогулку в урок природоведения для Костика, а как же тут было обойтись без грибов и ягод, которые в глубине леса росли в изобилии? В ход пошла сперва футболка Василия, потом Родиславу пришлось снять свою майку.

— Вот дожили! — смеялся он. — В майку «Ла Коста» грибы собираю, что твой миллионер. А были времена, когда за такую майку убить готовы были. Помнишь, Любаша?

— Помню, — улыбалась Люба. — Василий, ты так хорошо лес знаешь. Откуда?

— Так у нас за Уралом сплошные леса, грех не знать, — рассмеялся тот. — Но вообще-то я природу люблю, у меня в школе по природоведению, географии и ботанике всегда «пятерки» были, я даже в областной олимпиаде участвовал. Второе место занял.

— Ух ты, здорово! — восхитилась Лариса. — Ты мне не рассказывал.

— А чего хвастаться-то? Вот к слову пришлось — и рассказал.

«Нет, он неплохой парень, — думала Люба, наблюдая за Василием, который поднимал Костика на руки, чтобы тот мог разглядеть какой-то особенный нарост на коре дерева. — Может, зря я про него плохо думаю?»

Вечером чистили грибы и перебирали ягоды, и снова Василий держал мальчика на коленях и учил его хозяйственным премудростям. Наконец все были накормлены, посуда вымыта, постели застелены чистым бельем, красивым, цветным, которое уже не нужно было крахмалить, и Люба вышла перед сном посидеть на крылечке. Она любила эти двадцать-тридцать минут покоя, свободного от бытовых хлопот, когда впереди — сладкий сон рядом с распахнутым настежь окном, а над головой темное глубокое небо, в которое можно пошептать, пожаловаться, поплакать, поделиться радостью и которое все примет в себя и надежно скроет.

Послышались шаги, рядом с ней на ступеньку присел Василий.

— Любовь Николаевна, ничего, если я покурю?

— Конечно. А ты разве куришь? — удивилась она. — Я не заметила.

— Так я весь день терпел, — негромко рассмеялся он. — У меня правило: при ребенке не курить. Незачем пример подавать. Я и Ларку заставляю воздерживаться, чтобы Костик не видел.

— Ах вот в чем дело! А я-то подумала было, что Лариса курить бросила.

— Пока нет, но я над этим работаю, — очень серьезно заявил Василий.

— Но это же лицемерие, — возразила Люба. — Ты куришь, а ей нельзя? Тогда уж оба бросайте.

— Мне можно, потому что я мужчина. А Ларке еще рожать.

— Кого? — испугалась Люба.

— Кого бог пошлет, — безмятежно улыбнулся Василий. — Я, например, хочу девочку, потому что мальчик уже есть. Ларка тоже дочку хочет. Но от нашего хотения мало что зависит. Срок пока еще маленький, УЗИ пол не показывает.

— Погоди, — Люба не на шутку разволновалась, — так Лариса что, беременна?

— А она вам не сказала? Уже четыре недели. Так что у меня теперь две задачи: не дать ей сделать аборт с дурна ума и заставить выйти за меня замуж. Вы мне поможете, Любовь Николаевна? Я на вас очень рассчитываю, я же вижу, как Ларка вас любит и уважает, ваше слово для нее закон.

— Стоп, стоп, — Люба помотала головой, — не все сразу. Почему речь идет об аборте? Ты же сам сказал, что Лариса хочет дочку.

— Сказал, — согласился Василий, закуривая вторую сигарету. — Но у нее в голове сумбур. То она соглашается выйти за меня и родить, то вдруг начинает сомневаться и говорит, что и замуж за меня не пойдет, и рожать не будет, аборт сделает. У нее семь пятниц на неделе, никогда не знаешь, чего она в следующий момент удумает.

«Это верно, — подумала Люба. — Встречалась с одним парнем, потом подвернулся случай — переспала с другим, забеременела, аборт делать не стала, хотя тысячи девушек на ее месте сделали бы, даже не сомневаясь, родила неизвестно от кого, живя с парализованной бабкой и отцом-алкоголиком. В этом вся Лариса».

— Чем смогу — помогу, — пообещала она. — И вообще, Вася, ты имей в виду: Лариса для нас почти как дочь, мы ее с десяти лет опекали, пока ее отец срок отбывал. Так что если тебя пугают какие-то трудности, то знай, что мы с Родиславом Евгеньевичем всегда рядом и всегда поможем. Из любой ситуации можно найти выход, любую проблему можно разрешить, если есть желание и доверие друг к другу, не забывай об этом. Жильем вы обеспечены, а если будет трудно с деньгами — мы поможем. И с Костиком поможем.

— Вот этого не надо, — строго произнес Василий. — С Костиком мы сами. И с деньгами разберемся, я на сервисе неплохо зарабатываю. Вы очень много сделали для Ларки, я знаю, она мне все рассказала. Хватит уже из вас жилы тянуть. Я ей так и сказал: будем твоим соседям по гроб жизни благодарны за всё, но больше никаких просьб с твоей стороны. Дальше мы сами.

— Ты так уверенно говоришь «мы», — с сомнением заметила Люба. — Ты точно знаешь, что всю жизнь будешь рядом с Ларисой? А если у вас не сложится?

— Как это — не сложится? А куда оно денется? — Василий снова рассмеялся. — Главное, чтобы Ларка глупостей не наделала, вышла за меня замуж и родила, желательно девчонку, но и пацан сойдет. А все остальное я устрою.

— Твоими бы устами, — вздохнула Люба. — Я с ней завтра поговорю. Пойдем спать, Вася, уже поздно.

* * *

После того случая, когда Лиза пыталась броситься под поезд метро, Кирилл регулярно звонил Даше и интересовался, как мать себя чувствует и какое у нее настроение. Даша добросовестно докладывала и все ждала, что Кирилл предложит встретиться, посидеть в кафе или сходить куда-нибудь, но он ничего не предлагал, только подробно выспрашивал о матери и о том, как они с Денисом окружают ее заботой и любовью.

Весной 2002 года Денису было не до этого, он заканчивал обучение по школьной программе и готовился сдавать экзамены на аттестат. Учителя из близлежащей школы сказали, что на дому принимать экзамены не будут и пусть мальчика привезут, Родислав обещал помочь, и действительно помог, заплатил, договорился. За месяц до экзаменов Лиза как будто немного ожила, стала интересоваться, как идет подготовка, постоянно заходила в комнату к Денису, смотрела, чем он занимается, хвалила и говорила, что гордится своим мужественным сильным мальчиком. Каждый день после занятий в школе прибегала Юля, раскладывала в уголке свои учебники и делала уроки. И Раиса была по-прежнему здесь, готовила еду, делала Денису массаж, следила за ним, когда он занимался силовыми упражнениями и тренировался в ходьбе, всегда готовая прийти на помощь.

Даша, работавшая комплектовщицей на складе крупного универсама, приходила домой только с одной мыслью: нарядно одеться и куда-нибудь уйти. Слишком тесно ей было в этой крошечной, душной, набитой людьми квартире. Ее намерения уделить матери внимание и окружить ее любовью продержались ровно неделю: она взяла на работе отгулы и сидела дома, стараясь предугадывать малейшее желание Лизы, разговаривая с матерью, пытаясь вызвать в ней интерес к жизни. Ей казалось, что небольшого усилия окажется достаточно, чтобы мать вышла из депрессии и снова начала улыбаться, ярко краситься и уходить в гости к друзьям, надо только чуть-чуть постараться, всего лишь неделю не гулять с подругами и не танцевать на дискотеках, а посидеть вместо этого дома, заваривать и подавать чай и вместе с мамой смотреть телевизор. Однако за неделю ничего, разумеется, не произошло, выход из депрессии — штука длительная и требующая от близких не только беззаветной любви, но и огромного терпения. Ни того, ни другого у Даши Спичак не было, и через неделю она махнула на все рукой и вернулась к работе и привычной жизни, полной развлечений, танцев, кафешек и мальчиков. Что и говорить, она с удовольствием променяла бы эту жизнь на жизнь «девушки Кирилла Тарновича», однако Кирилл ничего ей не предлагал и не делал ни малейшего шага к дальнейшему сближению.

Денис успешно сдал экзамены, получил аттестат и поставил вопрос о продолжении образования. Он хотел быть программистом, математику любил и знал, но распыляться на ненужные предметы не собирался, и Родислав пообещал найти преподавателей, которые будут заниматься с сыном на дому.

— Мне диплом не нужен, — заявил Денис. — Мне нужны знания и навыки, тогда у меня будет хорошая работа. Я уже и так очень многое умею, мне еще только чуть-чуть подтянуться — и я смогу найти работу и зарабатывать сам.

В этот же период, в июле, он поставил вопрос о том, что ему больше не нужна сиделка.

— Я все могу сам, — сказал он Родиславу. — Раиса меня всему научила, я накачал мышцы и, если очень нужно, могу даже на костылях спуститься по лестнице на первый этаж. После того как ты сделал нам ремонт и расширил проемы, я спокойно передвигаюсь по всей квартире. За меня не надо беспокоиться, я взрослый, сильный и самостоятельный. Да и Юлька каждый день приходит, — добавил он, слегка покраснев.

Родислав понимал, что нужно поговорить с Раисой, которая провела рядом с Денисом полтора десятка лет и которую нельзя просто взять и уволить. Разумеется, эту миссию взяла на себя Люба.

— Я очень рада, — искренне обрадовалась сиделка, выслушав Любины деликатные объяснения, — если Денис больше во мне не нуждается, значит, я не зря с ним занималась столько лет. Это очень хорошо, что он от меня отказывается.

— Неужели вам совсем не жалко расставаться с ним? — удивилась Люба. — А я так боялась, что вы расстроитесь.

— Голубушка, Любовь Николаевна, разве врач может расстраиваться, когда больной выздоравливает и уходит из больницы? Врач радуется тому, что сделал свою работу хорошо. Конечно, я очень привязалась к мальчику, я его люблю, он мне небезразличен, но это не значит, что он должен всю жизнь просидеть в инвалидном кресле около моей юбки и цепляться за мою руку. У него впереди взрослая жизнь, и он готов в нее войти.

Люба решила задать вопрос, который мучил ее весь последний год:

— А Юля? Что с ним будет, когда она его оставит?

— Юля? А почему она должна его оставить? Она любит Дениса, любит с самого детства, она собирается выйти за него замуж.

— Как — замуж?! — ахнула Люба. — Она что, не понимает...

— Голубушка, это вы не понимаете, — мягко заметила Раиса. — Полиомиелит — это не травма позвоночника, это совсем другое. При полиомиелите сексуальная функция полностью сохраняется, Денис может жить половой жизнью и производить полноценное потомство. Уверяю вас, это будет прекрасная пара, дети идеально подходят друг другу.

— И вы не будете возражать против зятя-инвалида?

— Не буду.

— А родители Юленьки? Что они по этому поводу думают?

— То же, что и я. Во-первых, для них и для меня главное, чтобы Юля была счастлива, и если она может быть счастлива только рядом с Денисом, значит, так тому и быть. И во-вторых, Денис — очень достойная партия. Он бесспорно умен, а в математике и программировании — просто талантлив, у него прекрасный характер, он добрый, веселый, неунывающий и очень позитивный человек, у него колоссальная воля, он целеустремленный и жизнелюбивый. Да в конце концов, он просто красавец с мощным торсом и широченными плечами. Он не может ходить, но кто сказал, что это недостаток? Мальчик состоит из одних достоинств, и любая мать, если в ней есть хоть капля разума, должна быть счастлива отдать свою дочь в жены такому человеку. Я ответила на ваш вопрос?

— Вполне, — сказала Люба. — Спасибо вам, Раиса, спасибо за все.

Лето закончилось, Раиса больше не приходила, и квартира, порядок и чистота в которой поддерживались усилиями сиделки, снова стала приходить в неухоженный ветшающий вид. Пыль не вытиралась неделями, грязная посуда копилась в раковине до тех пор, пока не начинала сваливаться на пол. Денис не обращал на это внимания, целыми днями просиживая за компьютером и порой забывая даже поесть, Даша старалась ничего не видеть и вообще как можно меньше находиться дома, а Лиза снова стала попивать. После весеннего срыва она так и не начала работать, то сутками лежала на своем диване, уткнувшись в стену, то уходила куда-то на несколько часов, возвращалась уставшая, с еще более погасшими глазами, наливала себе стакан и снова укладывалась в постель. Иногда Даша теряла терпение и громогласно объявляла генеральную уборку. Денис живо включался, перемещался на кухню и до блеска отмывал всю посуду, плиту, духовку и столешницы, Даша вытирала пыль и мыла полы, а Лиза бродила по квартире с тряпкой в руках, то и дело присаживалась и смотрела перед собой ничего не видящими тусклыми глазами. Она никак не помогала процессу уборки, скорее даже мешала.

Порой она оживлялась, приставала к Денису с разговорами, теребила Дашу, предлагала ей пойти вместе в магазин, «купить чего-нибудь вкусненького и устроить пир», или даже вместе с Денисом и Юлей пойти в ресторан.

— Мы сейчас красиво оденемся, накрасимся, возьмем Дениску с Юлечкой и поедем в самый лучший ресторан. У нас сегодня праздник! — объявляла Лиза и начинала судорожно рыться в шкафу в поисках нарядной одежды, при этом она громко разговаривала и смеялась во весь голос.

Даша покорно начинала собираться, Денис тоже переодевался, но до выхода из дома дело так ни разу и не дошло. Лизин энтузиазм внезапно угасал, она садилась на стул перед открытым шкафом и горой вывалившейся на пол одежды и молча сидела, потом так же молча вставала и укладывалась на диван. Праздник заканчивался, не начавшись.

Осенью произошел захват заложников в театральном центре на Дубровке во время спектакля «Норд-Ост». Даше было наплевать, никто из ее знакомых на том спектакле не был, а Лиза проявила к трагедии неожиданный интерес и трое суток не отходила от телевизора, жадно ловя каждую крупицу новостей.

— Они все могут умереть, — твердила она, не отрывая взгляда от экрана. — Они еще вчера жили, как обычно, красиво оделись и пошли в театр, они думали, что у них будет праздник, а теперь они в любой момент могут стать мертвыми.

Денис сидел с ней рядом, он тоже следил за событиями на Дубровке и не мог понять, что испытывает его мать: ужас, или удивление, или что-то еще, ему неведомое?

— Какие они счастливые, — неожиданно произнесла Лиза. — Они даже не понимают, какие они счастливые. За них могут принять решение, самое важное решение в их жизни, и выполнить его, от них даже ничего не потребуется. Просто раз — и все кончится.

— Ты о чем, мам? — не понял Денис.

— О том, что самое правильное решение в жизни — это решение умереть. Только его очень страшно принимать и еще страшнее выполнить. А надо. Поэтому те, за кого это решение принимают, могут считать себя счастливыми. Их избавляют от тяжкого непосильного труда, с которым они сами не могут справиться.

— Мам, ты что? — испугался юноша. — Ты чего такое говоришь-то?

— А, — Лиза махнула рукой, — не слушай меня, сынок, это просто мысли вслух.

В другой раз, когда по телевизору показали спящих в автобусах освобожденных заложников, Лиза заявила:

— Несчастные. Сейчас для них все уже могло быть позади. А они проснутся — и весь ад вернется. Мы все живем в аду и не знаем, как из него вырваться. Некоторым, правда, везет. Но этим не повезло. Несчастные.

Даша была дома и слышала эти слова. Они показались ей глупыми и неуместными.

— Мам, не бухти, ладно? И сделай телевизор потише, мне позвонить надо, он у тебя орет так, что голова трескается, — раздраженно сказала она. — Что у тебя за манера врубать звук на полную мощность! Ни минуты покоя от тебя. И так на работе уделываюсь, как савраска, а тут еще дома натуральная психушка.

Как-то в конце ноября Даша вернулась домой с работы и прямо в прихожей стала привычно определять, кто дома. Ну, Дениска, это понятно. Мать, кажется, тоже, вот стоит ее сумка, а вот и ее осенние ботинки, которым сто лет в обед. А Юльки нет, во всяком случае, ее курточка на вешалке не висит, да и тапочки ее на месте. Странно. Обычно в это время девочка сидит у них. Неужели заболела? Или с Раисой что-нибудь случилось?

Даша быстро переобулась и прошла в «запроходную» комнату к брату, попутно отметив, что матери в передней комнате нет. Вроде бы ее и на кухне не было. В туалете, наверное, решила девушка.

— Привет. А где твоя невеста?

Денис и бровью не повел, все поддразнивания сестры он пропускал мимо ушей.

— У стоматолога. Пришла, как обычно, после школы, у нее уже с утра зуб ныл, а тут разболелся так, что невозможно терпеть. Мамы тоже нет, так что я сейчас буду тебя кормить яичницей собственного изготовления.

— Как это — мамы нет? — удивилась Даша. — А где она?

— Ушла куда-то, сказала, вернется не скоро. Может, гуляет.

— Погоди, куда это она ушла без сумки? И без ботинок. Она в тапках ушла, что ли?

— Даш, я не знаю, — Денис с досадой дернул плечом. — Мама зашла ко мне, сказала, что уходит, поцеловала и ушла. Дверь за ней хлопнула. Всё, больше ничего не знаю. Я тут сижу, от компа не отрываюсь. А чего ты переполошилась? Может, она к соседке пошла, к тете Рите, потому и ботинки не надела, и сумку не взяла.

— Да, действительно, — Даша сразу успокоилась. И как ей

такое простое объяснение в голову не пришло? Все-таки Дениска у них умница. Но плохо, что мать ушла к тете Рите, опять небось нажрутся под завязку, тетя Рита та еще штучка, сама гульнуть любит и мать-дуру с панталыку сбивает. Хотя, с другой стороны, мать в последние месяцы такая странная, на себя не похожая, может, и к лучшему, если она развеется немного.

— Я не понял, ты есть-то будешь? — спросил Денис. — Кормить тебя?

— Я сама поем, сиди спокойно, — ответила она и пошла переодеваться.

Скинув джинсы и свитер, Даша влезла в старенький халатик и направилась в ванную вымыть руки. Открыла дверь и обмерла.

Лиза лежала в воде, и вода была почему-то красноватой. Лицо матери, бледное и спокойное, не вызывало тревоги, наоборот, говорило, казалось, о глубоком сне. Только сны ей снились, наверное, печальные. На полу валялась открытая опасная бритва. Дашин рассудок судорожно цеплялся за мелочи, которые могли бы отодвинуть момент страшного и окончательного осознания. Откуда у них в доме опасная бритва? Дядя Родик жил у них давно, так давно, что теперь и не вспомнить, какой бритвой он пользовался, но вряд ли опасной, в те времена опасными бритвами мужчины уже не брились. Или брились? Наверное, бритва осталась от дедушки, это же его квартира, он жил здесь с бабушкой до того, как переехал в Дмитров, сама Даша этого не помнила, это все случилось задолго до ее рождения, но мама рассказывала...

И только тут она смогла закричать.

* * *

Уже уехала милиция и Лизу увезли в морг, уже примчались Юля и даже Раиса, а Денис все сидел неподвижно перед выключенным компьютером и смотрел на темный экран монитора. В ушах звенел истерический голос Даши:

— Что ты сидишь?! Там мама... Она умерла! Все из-за тебя, урод несчастный! Иди посмотри, что она с собой сделала! Нет, это ты с ней сделал!

Он помнил, как испугался, как развернул кресло и покатился вслед за Дашей, помнил распахнутую дверь ванной и кроваво-розовую воду, помнил белое, как бумага, мамино лицо, помнил свой ужас, который так и оставался до сих пор ужасом, не перейдя в горе. Горя Денис пока не чувствовал, он еще не понял, что мамы больше нет и никогда не будет, но зато он остро ощущал собственную вину.

— Ты сидел за своим дурацким компьютером, нацепил наушники и играл в свои идиотские «стрелялки»! — кричала Даша, пока они ждали милицию и врачей. — Ты ничего не слышал, а мама в это время вены себе резала. Ты во всем виноват, ты и твой расчудесный папочка, вы оба ее довели, вы всю жизнь ей сломали, он — своей подлостью, а ты — своей болезнью. Если бы не вы, она была бы жива и счастлива!

Денис не пытался оценивать справедливость слов сестры, он понимал одно: мама попрощалась с ним, поцеловала его, налила воду в ванну и перерезала вены, а он сидел за стенкой, всего в нескольких метрах от нее, и ничего не слышал из-за раздававшейся в наушниках стрельбы, и ничего не почувствовал, не удержал маму, не помешал ей, не остановил. Даша права, он виноват, он страшно виноват.

— Не казни себя, — уговаривала его Раиса, — твоя мама приняла решение и выполнила его. Она сделала так, как ей лучше.

— Но я же мог ее остановить!

— Не мог. Остановил бы в этот раз — она сделала бы то же самое потом. Она сама так решила, понимаешь?

— А я мог сделать что-нибудь, чтобы она решила по-другому? — спросил Денис.

— Этого никто не знает. И бессмысленно об этом думать сейчас.

— А о чем надо думать?

— О том, что у твоей мамы был свой путь, которым она шла долгие годы. У каждого человека есть свой путь. Он может кого-то не устраивать, например мамин путь не нравился тебе и Дашеньке, да и мне он не нравился, но мама шла этим путем, она его выбрала сама, и мы с тобой должны относиться к ее выбору с уважением.

Утраты Денис так и не почувствовал, он в последние годы совсем не знал материнского тепла и заботы, он не ощущал на себе материнской любви и нежности. Мама всегда была либо нетрезвой, либо раздраженной, либо слонялась, смурная и непричесанная, по квартире с неизменной сигаретой в зубах и сварливо жаловалась на жизнь, либо, в периоды просветления, приносила домой очередную работу и прогоняла

Дениса от компьютера. Он привык так жить, никакой другой семейной жизни он не знал. Любовь, внимание и заботу он получал от сиделки Раисы и ее внучки, и как-то так сложилось, что любовь и забота существовали как бы сами по себе и никак не были связаны с мамой, которая тоже была сама по себе, отдельно.

Да, боли утраты не было, но было чувство вины и еще огромная, острая, выбивающая слезы жалость к матери. Денис вспоминал ее такой, какой она была много лет назад, красивой, веселой, с горячими сверкающими глазами, с пышными кудрями, вспоминал ее задорный серебристый смех. И пусть все это было давно, и пусть бывало не постоянно, а только короткими периодами, но ведь было, было... И могло бы быть всегда, если бы мама выбрала другой путь.

На похоронах Денис горько плакал, крепко ухватив за руку отца, который взял на себя все заботы по погребению. Даша не плакала, она стояла возле гроба мрачная и напряженная, стараясь не смотреть на брата и «дядю Родика», которых считала виноватыми всегда и во всем. После похорон Денис почти месяц не включал компьютер. Чувство вины перед матерью и жалость к ней поселились в юноше надолго.

* * *

— Не вздумай себя винить, Родинька, — говорила Люба. — Ты много лет тянул Лизу на себе, помогал материально, оплачивал сиделку для сына, учителей, делал ремонт, устроил Лизу на лечение. Ты делал все, что мог, и нет никакой твоей вины в том, что все закончилось так трагически.

Родислав слушал, и ему становилось легче. То, что случилось, вызвало в нем не чувство утраты, а облегчение, и он стыдился этого облегчения, и от этого приходило ощущение собственной вины, избавиться от которого ему помогали слова Любы. Хорошо, что Лизины дети уже выросли, Даше двадцать три года, Денису через полгода исполнится восемнадцать, можно просто давать деньги и больше ими не заниматься. Дашка вполне самостоятельная, работает, отца не любит и в его внимании не нуждается, а Денис... С Денисом можно общаться. И давать деньги. И больше не бояться столкнуться с нетрезвой, озлобленной, хамоватой Лизой, такой испитой и подурневшей, такой отвратительной и старой, такой обременительной и тягостной. С тех пор как отказались от услуг Раисы, Родиславу волей-неволей приходилось иметь дело с Лизой, и воспоминания об этих встречах были тяжелыми. Если бы Лиза просто умерла от болезни, Родиславу было бы легче, но то, что она ушла сама, было страшно.

И Люба переживала, ей было жаль несчастную женщину, как всегда бывает жаль тех, кто добровольно решает расстаться с жизнью. В сущности, Лиза была ей базразлична, но Люба боялась за мужа и его душевный покой, все-таки самоубийство — это ужасно. Она всеми силами старалась успокоить Родислава, и это ей удалось. Причем довольно быстро.

* * *

А Кирилл так и не позвонил. Все время до похорон Лизы Даша ждала его звонка, надеялась услышать его голос, хотела рассказать ему о смерти матери и пережитом кошмаре, но он не звонил, а своего телефона он ей не оставил. После похорон прошло две недели, прежде чем ей удалось поговорить с Кириллом.

— Ты плохо ухаживала за мамой, — мрачно заявил он. — Я на тебя понадеялся, а ты меня подвела.

— Но я старалась, — принялась оправдываться Даша. — Я пыталась делать, как вы говорили, но она же ничего не хотела, сидела целыми днями, как ступа, или на диване валялась. Что я, силой должна была ее тащить?

— Вот в этом вся ты, — печально констатировал он. — «Сидела как ступа», «валялась на диване». Это же твоя мама, как ты можешь говорить о ней такими словами? Ты просто недостаточно любила ее. А скорее всего, совсем не любила. И не заботилась о ней. Зря я на тебя понадеялся.

— Мне очень плохо, — пожаловалась Даша. — Так страшно, так одиноко. Мы теперь с Дениской вдвоем остались. Говорят, надо опеку оформлять, документы какие-то собирать, а я не знаю, с какого конца за дело браться. У меня нет сил.

— Опеку оформлять придется, это обязательно, опекуна все равно должны назначить, если не тебя, то кого-то другого. У вас есть еще родственники?

— Бабушка с дедом и мамин брат со своей семьей, они в Дмитрове живут, но им не до нас. Они нам не помогали, даже когда Дениска болел. Им вообще до нас никакого дела нет, и мама их не любила.

— Значит, опекуном будешь ты. Не забивай себе этим голову. Все утрясется.

— Что утрясется? — в отчаянии закричала в трубку девушка. — Что?! Мама вернется? Из могилы встанет? Как вы можете так говорить? Я думала, вы мне друг, вы меня поддержите, поможете в трудную минуту, а вы мне только мораль читаете. Не нужны мне такие друзья! И не звоните мне больше!

— Ладно, — она услышала, как Кирилл вздохнул, — не хочешь, чтобы я звонил, — не буду. До свидания, Даша.

Она спохватилась, что зашла слишком далеко, и хотела извиниться, но было поздно. Кирилл повесил трубку. И она снова начала ждать. Не может же быть, чтобы он вот так, в одночасье, взял и исчез из ее жизни! Да и с чего ему исчезать? Ну подумаешь, она ему нагрубила, но он же должен понимать, в каком она состоянии после всего, что случилось. Он должен быть к ней снисходительным, он должен проявить понимание и благородство.

Даша убеждала себя, что все наладится и Кирилл обязательно позвонит, она не расставалась с мобильным телефоном ни на минуту, даже в ванную с собой брала. Но он все не звонил. И даже с Новым годом не поздравил. А он был ей так нужен! Дашу не оставляли воспоминания о лежащем в красновато-розовой воде безжизненном теле матери, эти видения преследовали ее постоянно, и во сне, и наяву, а после разговора с Кириллом она все чаще корила себя за черствость, за то, что не уделяла маме внимания, грубила ей. Вот Дениска был куда мягче с Лизой, проводил с ней больше времени, никогда не повышал голос на мать и пытался заботиться о ней, как мог. Только мог-то он не очень много. Ну посидит с ней за столом, когда она ест, поговорит о чем-то, но ведь мать в последние месяцы, после того случая в метро, была неразговорчивой, все больше молчала. И напивалась она втихаря, стараясь, чтобы дети не нашли заначку и не видели, как она прикладывается к бутылке. «Я же не могла бросить работу, чтобы с ней сидеть, — уговаривала себя Даша. — Дениска целый день дома, вот пусть бы он и занимался мамой, уделял ей внимание. А он как уткнется в свой компьютер, так его будто и нет, ничего не видит и не слышит вокруг себя. Это он во всем виноват, а вовсе не я. Это он мало любил маму, не уделял ей внимания, не окружал заботой. Мое дело — деньги заработать и продукты купить, а с Дениски какой толк? И вообще, если бы не его болезнь, мама бы не спилась окончательно, и вся наша жизнь была бы другой. Все из-за него, он во всем виноват. Он и дядя Родик. Тоже мне, отец называется. Только своему Денисочке все самое лучшее, ему и сиделка, ему и учебники, и учителя на дом, и компьютер, и репетитор по высшей математике. Даже ремонт он нам сделал только для того, чтобы для Денискиного кресла проемы увеличить, а на нас с мамой ему наплевать, все только Денису, а мне что? Объедки с барского стола? Если бы этот козел не обманул маму и женился на ней, мы бы сейчас жили припеваючи, ни в чем отказа не знали. Дениска и дядя Родик — вот кто виноват во всех моих несчастьях».

Постепенно ей удалось уговорить себя, убедить, что ее вины ни в чем нет, а уж тем более в самоубийстве матери. Если кто и виноват по-настоящему, то Родислав и Денис, вот с кого спрос должен быть.

Родислав, в отличие от Кирилла, звонил постоянно, каждый день, да и приходить стал чаще, подолгу разговаривал с Денисом, Даша же от разговоров самоустранялась, и ничего, кроме хамства и грубости, «дядя Родик» от нее не слышал.

— Ну что, доволен? — заявляла она, заставая отца у себя дома. — Добился своего? Свел мать в могилу, теперь гуляешь на свободе. Чего ты ходишь сюда? Чего ты таскаешься? Думаешь, тебе наследство перепадет? Убирайся, мы и без тебя проживем, и без подачек твоих нищенских.

Даша хорошо умела считать и прекрасно понимала, что без финансовой поддержки Родислава они с братом и двух месяцев не протянут, ее зарплаты и пенсии Дениса хватит только-только на квартплату и более чем скромное питание, ни о каких репетиторах, оплате Интернета и прочих необходимых тратах речь идти не может, но ей так хотелось быть гордой и независимой хотя бы в собственных глазах, ей так хотелось выглядеть незаслуженно обиженной жизнью, вынужденной существовать в окружении людей, виноватых в ее несчастьях.

Однажды на улице к ней подошел приятной наружности мужчина с добрыми глазами и протянул какую-то брошюру.

— Я вижу, у тебя тяжело на душе, сестра. Возьми это, прочти, и тебе станет легче. Приходи к нам, и ты поймешь, что такое жить среди людей, которые тебя любят и принимают такой, какая ты есть, без лжи, без притворства, без ненужных обязательств. Мы тебе поможем, только доверься нам.

— Кому это — вам? — недоверчиво насупившись, спросила Даша, опасливо убирая руки за спину.

Ее предупреждали, что ни в коем случае нельзя протягивать руку и вступать в физический контакт с подозрительными людьми, особенно с женщинами-цыганками, которые возьмут тебя за ручку, заговорят, забормочут — и денежек как не бывало. Правда, перед ней стоял мужчина и он совершенно точно не был цыганом, но все-таки...

— Мы — Братство Любви и Света, — сказал мужчина. — Мы видим, сколько несчастных и обиженных жизнью вокруг нас, и мы стремимся сделать все, чтобы им помочь. С тобой жизнь обошлась несправедливо, она тебя очень обидела, но если ты прочтешь брошюру и придешь на наше собрание, ты узнаешь, что такое покой в душе и какое это счастье, когда тебя все любят.

Она взяла брошюру, забыв об опасениях: очень уж мягкой и светлой была улыбка незнакомца. Но читать ее Даша, разумеется, не собиралась. Просто сунула в сумку и тут же забыла.

Однако через несколько дней, вытаскивая из огромной, со множеством отделений, сумки кошелек, чтобы купить проездной, Даша наткнулась на брошюру. А что? Все равно в метро ехать минут сорок, можно и почитать.

Из метро Даша Спичак вышла другим человеком. В конце брошюры был напечатан контактный телефон для тех, кто хотел бы посетить собрание Братства Любви и Света. Едва выйдя из вестибюля, Даша набрала номер. Ей ответил приветливый женский голос, который подробно объяснил, когда и куда ей нужно приехать. Впервые за долгое время настроение у Даши было приподнятым. «Теперь все будет по-другому, — радостно думала она. — Теперь я смогу стать счастливой».

* * *

В открытое окно вливался свежий, но все еще теплый воздух июльского вечера. Денис повернулся на бок и посмотрел на часы: через полчаса вернется Даша, она каждый четверг уходит куда-то и возвращается в одно и то же время.

— Юль, — он тихонько потряс дремлющую рядом подругу, — просыпайся, пора вставать, скоро Дашка вернется.

Юля сонно потянулась и улыбнулась.

— Скорее бы мне уже исполнилось восемнадцать! Так надоело от твоей сестры прятаться.

— Ничего, еще полгодика — и можно жениться.

Юля обняла Дениса и прижалась к нему всем телом.

— Юлька, не балуйся, — он с улыбкой отстранил девушку и потянулся за стоящими у изголовья костылями. — Ты меня сейчас заведешь, и Дашка нас застукает. Где мои плавки? Куда ты их опять спрятала?

— Не скажу! — Юля показала ему язык и ловко выбралась из постели. — Ходи так. Будешь на костылях и с голой попой. А я буду смотреть и радоваться. Я обожаю твою попку!

Она наклонилась, чмокнула Дениса в ягодицу и помогла ему встать. Через пять минут оба, вполне одетые, чинно сидели за столом на кухне и собирались ужинать. Звонок в дверь удивил обоих.

— Дашка ключи забыла, что ли? — пробормотал Денис, собираясь выдвинуться в прихожую.

Юля тут же вскочила.

— Сиди, я сама открою. Следи за картошкой, а то пригорит.

В дверях стоял мужчина в милицейской форме. Никогда прежде Юля его не видела.

— Мне нужен Спичак Денис Родиславович, — произнес милиционер, глядя в раскрытый блокнот.

— Проходите, — Юля посторонилась. — Денис, это к тебе!

— А вы кто будете? — поинтересовался милиционер. — Вы ведь не сестра, правильно?

— Правильно. Я — невеста Дениса, — с вызовом ответила девушка. — А что случилось?

— Сейчас объясню.

Он прошел вслед за Юлей в кухню и протянул руку Денису.

— Я ваш участковый, фамилия моя Игнатов, зовут Ильей Витальевичем.

— Здравствуйте, — приветливо и немного растерянно ответил Денис. — Вы знакомиться пришли? Или что-то случилось? С Дашкой что-нибудь, да?

— А почему вы решили, что с вашей сестрой может что-то случиться? — насторожился Игнатов. — У вас есть основания беспокоиться?

— Да нет, — пожал плечами Денис, — никаких оснований

нет, просто я подумал, что... Ну, что со мной-то все в порядке, значит, с Дашкой. У нас больше никого нет.

— Значит, вы вдвоем живете? — участковый оглядел кухню, взгляд его остановился на стоящей на плите сковороде, в которой разжаривалась вареная картошка. — Никто из взрослых с вами не проживает?

— Нет, мы вдвоем. А вы что, паспортный режим проверяете? Мы оба тут прописаны с самого рождения.

— Да я знаю, знаю, не волнуйся ты так. Твоя сестра замуж, выходит, собралась?

— Замуж? — удивился Денис. — В первый раз слышу. С чего вы взяли?

— Я смотрю, вы кушать собирались, а я помешал, — сказал Игнатов вместо ответа. — Вы покушайте, я подожду, а потом поговорим.

— Ну уж нет! — вмешалась Юля. — Или вы будете ужинать вместе с нами, или сначала поговорим. Вы нас так перепугали, что нам теперь кусок в горло не полезет.

— Я смотрю, боевая у тебя невеста, — рассмеялся участковый. — Значит, это ты жениться собрался?

— Вообще-то да, — признался Денис, — но это еще не сейчас, Юльке только через полгода исполнится восемнадцать, тогда и подадим заявление, если она не передумает. А что вы все про женитьбу и про замужество спрашиваете?

— Да я не столько свадьбами вашими интересуюсь, сколько вашими отношениями по поводу собственности на квартиру.

— А что у нас с собственностью? Что-то не в порядке? — забеспокоился Денис.

— Да в порядке, в порядке. Пока, — участковый многозначительно поднял палец. — Если ни ты, ни твоя сестра не собираетесь строить собственную семью, то я хотел бы знать, зачем вам делить квартиру. Это кто из вас придумал?

— Квартиру? — Денис не мог сдержать изумления. — С чего вы взяли? Никто ее не делит.

— А вот тут ты ошибаешься, Денис Родиславович, — Игнатов покачал головой. — Мне случайно стало известно, что твоя сестра подала в суд иск о выделе своей доли квартиры. У тебя есть преимущественное право покупки ее доли, и ты должен получить по почте нотариально заверенное письмо с уведомлением и расписаться в его получении. Ты такое письмо получал?

— Нет, я ничего не получал.

— Тогда имей в виду, что ты обязательно должен будешь в течение тридцати суток дать ответ. Если ты не ответишь, это будет расцениваться как твой отказ от покупки, и Даша сможет продать свою долю квартиры другим людям. Вот я и пришел, чтобы на всякий случай проверить, потому как на этой площади прописан инвалид детства и я должен убедиться, что его права, то есть твои, Денис, никак не ущемляются. А ты что, и вправду ничего не знаешь?

— Честное слово. А что это значит? Ну, что будет, если она продаст свою долю?

— Решение о разделе квартиры будет принимать суд. Конечно, крайне маловероятно, что суд разрешит выдел доли, уж больно у вас квартира маленькая и неудобная с точки зрения раздела, с запроходной комнатой, но кто их знает, эти нынешние суды, если твоя сестра взялась за это, значит, кто-то ей что-то подсказал, научил, и для чего-то ей это нужно. Возможно, у нее или у этих ее советчиков есть подходы к судье, так что решение может оказаться и не в твою пользу. Теоретически ваша квартира превратится в коммуналку. А практически твоя сестра сможет продать, обменять, подарить или сдать свою половину квартиры. Правда, у вас одна комната проходная, но это дело поправимое, нужен всего лишь небольшой ремонт, чтобы запроходная комната имела выход в прихожую, — и все. И будешь ты, Денис Родиславович, жить с соседями.

— Этого не может быть, — уверенно ответил Денис. — Зачем это Даше? Мы с ней отлично живем вдвоем. Чего нам делить? Нет, вы что-то не так поняли. Или в суде перепутали, и речь идет вообще не о нашей семье. Вы спросите у них, наверняка окажется, что они сами ошиблись.

— Да нет, — вздохнул Игнатов, — не ошиблись они. Я сам все проверил. Спичак Дарья Родиславовна. Никакой ошибки. Ну? Ничего не хочешь мне сказать?

— О чем? — не понял Денис.

— О причинах, по которым твоя сестра все это затеяла. Ведь должна же у нее быть причина. Кстати, где она?

— Не знаю. Она передо мной не отчитывается.

— Погодите, — Юля вскочила и выбежала в комнату. Вернулась она через минуту, держа в руках несколько тоненьких брошюр, напечатанных на желтоватой газетной бумаге.

— Я, кажется, понимаю, в чем дело. Мы с Денисом делали уборку, и я нашла вот это. Посмотрите.

Игнатов взял брошюры, пролистал, и лицо его помрачнело.

— Вот, значит, как... Тогда все понятно. Дай бог, чтобы я ошибался. Но если я не ошибаюсь, то дело совсем плохо. У тебя какие отношения с сестрой?

— Никаких у него отношений с Дашей нет, — снова вмешалась Юля. — Даша с ним почти не разговаривает. Она считает, что он виноват в том, что их мама покончила с собой. И вообще он во всем на свете виноват. Если она и говорит Денису что-то, то в основном грубит или обзывается. Но больше молчит. Она вообще какая-то странная стала. И брошюры эти... Она что, в секту попала?

Денис молчал, ошарашенный услышанным. Как же так? Его сестра попала в руки сектантов, а он ничего не заметил? Юлька — и та заметила, а он, выходит, ничего не видит?

— Слушай, — Игнатов обернулся к Денису, — а толковая у тебя невеста, все на лету хватает. Короче, как это ни печально, но тебе, Денис, нужно быть готовым к тому, что может произойти все, что угодно. Ты уже совершеннолетний, и защитить тебя некому, кроме тебя самого.

— И меня! — подала голос Юля.

Она все время стояла за спиной Дениса, положив руки ему на плечи, и ловила каждое слово участкового.

— Ну, и тебя, конечно. Так что ты подумай заранее, как будешь защищаться, если что. Найди адвоката, что ли, пусть готовит иск в суд. Или... не знаю даже, что тебе посоветовать, я в этих делах не особо силен, но одно могу сказать: предупрежден — значит, вооружен. Усвоил? Может, все и не так страшно, но на всякий случай будь готов.

— Спасибо вам, — Денис попытался благодарно улыбнуться, но губы плохо слушались, и вместо улыбки получилась жалкая беспомощная гримаса.

Юля проводила Игнатова и вернулась на кухню.

— Все уже остыло, — с досадой сказала она. — Придется снова греть. Ну и ладно, сейчас как раз Даша придет, вместе поедим.

— Юль, ты пока не говори ей ничего, ладно? — попросил Денис.

— Почему?

— Не знаю. Не говори — и все. Давай еще подождем, понаблюдаем. Зачем горячку пороть? Может быть, Дашка сама нам все объяснит, и окажется, что все совсем не так. А мы сейчас на нее наедем и только отношения испортим.

— Как скажешь, — покладисто согласилась Юля. — Хотя лично я считаю, что это неправильно. Надо сразу поговорить, пока дело не зашло слишком далеко. Лучше все выяснить сразу, чем мучиться неопределенностью.

— Юлечка, ну пожалуйста, — взмолился Денис.

— Ну хорошо, хорошо, я же пообещала. Я просто высказываю свое мнение.

— Ты на меня сердишься? — он виновато посмотрел на нее.

— Я не могу на тебя сердиться, — улыбнулась Юля. — Я слишком сильно тебя люблю. Но у меня все равно всегда будет собственное мнение, которое я не собираюсь от тебя скрывать. А уж будешь ли ты с ним считаться или нет — это другой вопрос.

В замке лязгнул ключ — пришла Даша. Молча прошла в комнату, не заглянув на кухню, переоделась и только после этого вышла поздороваться.

— Кушать будешь? — весело спросила Юля.

Она собралась выполнить данное Денису слово и усиленно делала вид, что ничего не произошло.

— Нет, ешьте сами. Я не голодна.

— А где ты поела? — вступил Денис.

Он решил во что бы то ни стало выяснить, наконец, куда его сестра уходит каждый четверг.

— Я не голодна, — повторила Даша, и в голосе ее прозвучало раздражение.

— Дашка, ты совсем ничего не ешь, так нельзя. Ну вот скажи, где ты была? Где и чем тебя кормили? Если ты мне не ответишь, я буду думать, что ты села на страшную диету и моришь себя голодом, чтобы похудеть и добиться параметров супермодели.

Денис говорил весело, улыбаясь, он надеялся перевести в шутку весь тот кошмар, который обрушился на него с приходом участкового. Сейчас Даша рассмеется, все объяснит, и все окажется хорошо!

Но Даша не рассмеялась. И ничего не объяснила. Она молча налила себе полчашки чаю, выпила залпом и ушла в комнату. Денис и Юля растерянно посмотрели друг на друга.

— Ты что-нибудь поняла? — спросил Денис.

— Ничего. А ты?

— И я ничего, — признался юноша. — Что будем делать?

— Ты же хотел подождать, понаблюдать, — напомнила ему Юля. — Давай установим сами себе срок: неделя. Неделю ждем и наблюдаем, а потом, если ничего не прояснится, задаем вопрос в лоб. Договорились?

— Идет, — просиял Денис.

Не ждать неделю им не пришлось. Прошло всего четыре дня, и Даша появилась дома в сопровождении двоих мужчин в строгих костюмах и с улыбчивыми, какими-то скользкими лицами. Денис в это время, как обычно, сидел за компьютером, а Юля, разложив учебники на диване, делала упражнения по немецкому: в институте иностранный язык давался ей с трудом, и она дала себе слово за время летних каникул все наверстать и достичь того уровня, при котором заниматься будет легко. В этом деле Денис не был ей помощником, он учил английский, и для работы на компьютере никакой другой язык ему не был нужен.

Они оба не сразу поняла, что Даша пришла не одна, и спохватились только тогда, когда услышали совсем рядом с дверью, ведущей в комнату, незнакомый мужской голос.

— Да, это вполне реально, — говорил низкий приятный баритон. — Чуть-чуть перенести стену, она не несущая, так что проблем не будет. И тогда открывается прямой выход в прихожую. Как скоро вы сможете освободить квартиру, чтобы мы могли начать ремонт?

Юля фурией выскочила из комнаты, за ней, чуть отставая, двигался в своем кресле Денис.

— Что здесь происходит? — строго спросила она.

— Здравствуйте, — лучезарно улыбнулся обладатель красивого баритона.

Второй мужчина деловито осматривал дверные косяки и ограничился молчаливым кивком.

— Я спрашиваю, что здесь происходит? — повторила девушка, слегка повысив голос.

— Вы кто, деточка? — ласково спросил баритон. — Вы член семьи? Вы здесь прописаны?

— Нет, но...

— Прелестно. Тогда нам не о чем с вами разговаривать.

Даша стояла, не проронив ни слова, будто ее это вообще не касалось.

— Я здесь прописан, — подал голос Денис. — И мне вы должны объяснить.

— Вам — пожалуйста. В этой квартире будет произведен ремонт. Мы сейчас составляем смету.

— Какой ремонт? Зачем?

— Затем, чтобы вы могли беспрепятственно пользоваться своей комнатой.

— Я и так ею пользуюсь, — сказал Денис. — Что вы выдумали?

— Вы пользуетесь так, что мешаете людям, проживающим в этой, — баритон обвел руками пространство вокруг себя, — комнате. А мы сделаем так, что вы никому мешать не будете.

— Но я и так никому не мешаю. Даша, я что, мешаю тебе? Ну скажи, что ты молчишь?

— Мне ты не мешаешь, — проговорила сестра сквозь зубы.

— Тогда в чем же дело?

— Дело, молодой человек, в людях, которые будут здесь жить, — наконец вступил в разговор второй мужчина.

— В каких людях? — растерялся Денис. — Я ничего не понимаю.

— Сейчас вы все поймете. Наша сестра Дарья со дня на день станет полноправной и единственной обладательницей этой комнаты, через которую вы все время проходите или, простите, проезжаете.

— Ваша сестра? — изумился Денис. — Но она моя сестра, а не ваша.

— Это только по документам, которые не имеют цены в нашем мире. В нашем мире Дарья — наша сестра, мы все ее любим, и она нас любит, — продолжал гость медоточивым голосом. — Так вот, наша сестра Дарья не будет больше здесь жить, она уезжает в общину, а здесь будет проживать один из наших братьев со своей семьей. Согласитесь, это же совершенно невозможно, чтобы вы постоянно нарушали покой своих новых соседей и проходили через их жилище.

Денис подавленно молчал. Все, о чем предупреждал их участковый Игнатов, оказалось правдой.

— Но это невозможно! — Юля выступила из-за его спины и подошла вплотную к Даше. — Денис — инвалид, ты не имеешь права распоряжаться его жилплощадью без его согласия. А он никакого согласия ни на что не давал и никаких документов не подписывал. Это все незаконно.

— Я на его площадь не претендую, — едва шевеля губами,

ответила Даша. — Он остается в своей комнате. Я распоряжаюсь своей половиной. Как хочу, так и распоряжаюсь. Здесь будет жить наш брат. Суд со дня на день вынесет решение о выделе моей доли, и я смогу ею распоряжаться, как захочу. И документы у меня все в порядке.

— Но должно же быть какое-то письмо, — возразил Денис. — А письма я не получал и нигде не расписывался.

— Письмо давно пришло, я за тебя расписалась в получении, я же твой опекун. Так что срок для изъявления желания выкупить мою долю ты уже пропустил. Да ты бы все равно ее не выкупил, откуда у тебя деньги?

— Я бы у отца попросил.

— Ну конечно, так он и кинулся давать тебе такие суммы. А если ты такой грамотный, что знаешь про письмо, то, наверное, знаешь и про экспертизу.

— Про какую экспертизу? — испугалась Юля.

— Экспертизу жилья. Так вот имей в виду, что братья этот вопрос уже решили. Хочешь со мной судиться — скатертью дорожка, на адвокатах папашу разоришь, у братьев тоже адвокаты самые лучшие. А если будешь артачиться, сдам тебя в дом инвалидов. Или вон женись на своей Юльке, и пусть она тебя отсюда забирает. Урод. Калека. Всю жизнь мне испортил.

— И вообще, молодой человек, вы бы вели себя поаккуратней, — вступил баритон, — вашу проблему можно решить куда проще и быстрее, но зато менее гуманно. А так — будете жить с соседями. И вообще — будете жить.

Юля резко повернулась, развернула кресло с Денисом, и они оба скрылись в маленькой комнате.

— Юлька, что происходит? — прошептал Денис удрученно. — Неужели она и правда может сдать меня в дом инвалидов?

— Не может, не волнуйся, — успокоила его девушка. — Я этого не допущу.

— Ты точно знаешь? А вдруг есть такой закон, а мы с тобой не знаем?

— Я все равно этого не допущу. Даже не думай об этом.

— Знаешь, — задумчиво проговорил он, — я, конечно, никогда не питал иллюзий насчет того, как Дашка ко мне относится, но я даже не подозревал, что она меня до такой степени ненавидит. Как будто я ей не родной брат, а какой-то... подкидыш, что ли.

— Не думай об этом, — Юля обняла его и крепко поцеловала. — Пусть относится к тебе, как хочет. У тебя есть адрес дяди Родислава?

— Есть где-то, я записывал.

— Найди, пожалуйста.

— Зачем?

— Как — зачем? Надо все ему рассказать. Он примет меры. Нельзя же все пускать на самотек. Завтра Дашка получит на руки документы, послезавтра начнет ремонт, и что мы будем делать? Доказывать в суде, что твоя подпись подделана?

— А хотя бы и так! — Денис дерзко поднял голову и сверкнул полными решимости глазами. — Чего нам бояться?

— Нечего, — согласилась Юля. — Поэтому я считаю, что нужно поставить твоего отца в известность. У них на работе наверняка есть знающие юристы, они нам подскажут, как поступить. И между прочим, ты имеешь право на смену опекуна, поскольку ты нетрудоспособный инвалид. Давай попросим бабушку, она оформит опеку, тогда Дашка уже не сможет самовольничать и пугать тебя домом инвалидов.

— Поздняк метаться, — усмехнулся Денис. — У Дашки уже все дело на мази. Ладно, ты права, надо ехать к папе и посоветоваться с ним, он придумает, как нам быть. Только, может быть, сначала позвонить?

— Я позвоню, ты не волнуйся. Дай мне адрес и телефон, я все сделаю.

Денис нашел на заваленном книгами и записями столе листок, на котором Родислав когда-то записал сыну свой новый адрес, вписал туда по памяти оба телефонных номера — домашний и мобильный, — и отпустил Юлю. Через открытую дверь он видел, как девушка молча прошла между осматривающими комнату гостями, не попрощавшись ни с кем, и через секунду хлопнула входная дверь.

* * *

Теперь у Родислава Романова дома был свой кабинет, но он больше любил комнату Любы, которая, по сути, тоже являлась кабинетом, но была такой уютной и милой, что язык не поворачивался называть ее этим строгим официальным словом. В Любиной комнате тоже стоял компьютер и вдоль стен высились полки с книгами, журналами и папками, но в то же время здесь царила атмосфера чего-то мягкого, домашнего и теплого, напоминающего Любашины плюшки с корицей и запах свежесваренного кофе. Родислав пользовался любой возможностью работать именно в этой комнате.

Сегодня такая возможность ему представилась: Андрей Бегорский затеял расширение производства за счет хлебопекарен, и Любе было предложено проверить экономическую надежность предполагаемых партнеров — поставщиков зерна, а Родиславу предстояло разработать стратегию переговоров с ними. Романовы обложились документами и результатами всяческих организованных Родиславом негласных проверок и погрузились в работу. Телефонный звонок заставил их поднять головы. Люба бросила взгляд на часы.

— Наверное, Лелька. Ты ответишь?

Родислав нехотя поднялся с удобного вращающегося кресла с высокой спинкой и подошел к лежащей на полке с книгами трубке.

— Родислав Евгеньевич, добрый вечер, это Юля.

Он не сразу понял, какая Юля: сын по собственной инициативе звонил крайне редко, только в случае острой необходимости, а уж его подружка и вовсе не звонила ни разу. Девушка говорила быстро, возбужденно, и Родислав не разобрал, в чем суть, понял только одно: она стоит возле подъезда, и ей срочно нужно с ним поговорить.

— С Денисом все в порядке? — встревоженно спросил он.

— Пока да. Так вы выйдете?

— Почему ты не поднимешься к нам?

— Там ваша жена. Я не хочу.

Родислав не стал спорить, положил трубку и накинул легкую куртку — вечер был прохладным. Люба вышла следом за ним в прихожую.

— Что случилось? Куда ты собрался?

— Это Денискина подружка звонила, у нее что-то срочное.

— Господи! Что там произошло? Неужели с Дашей беда? Или с Денисом?

— Она говорит, что с Денисом все в порядке. Значит, с Дашей.

— Или с Раисой, — добавила Люба. — Веди ее сюда, что вы будете на улице разговаривать.

— Она стесняется.

Родислав спустился вниз и вышел на улицу. Юля стояла у подъезда, съежившись от холода, и напоминала нахохлившегося воробышка. Говорила она долго и сбивчиво, но он молча и не перебивая выслушал все, что она хотела рассказать.

Вот, значит, до чего дошло! Его дочь ударилась в сектантство и собирается жить в общине, в какой-то глухой деревне, а свою квартиру подарить братьям. Пусть не всю квартиру, только часть ее, но сути это не меняет. Надо спасать дочь во что бы то ни стало. И дочь, и сына.

— Один из братьев угрожал Денису. Дениска, слава богу, не услышал или не понял, а я все поняла. Они же могут его просто убить, — взволнованно говорила девушка.

— Он что, прямо так и сказал? — не поверил Родислав.

— Намекнул, но очень прозрачно.

— Пойдем к нам, обсудим все вместе с моей женой, — предложил Родислав. — Она мудрая женщина, она даст дельный совет.

— Нет, — Юля отрицательно покачала головой, — я к вам не пойду. Неизвестно, как ваша жена отреагирует на меня, все-таки Дениска ваш внебрачный сын. А вдруг ей будет неприятно?

— Юлечка, моя жена давно в курсе всего, что происходит. Она регулярно встречалась с твоей бабушкой, передавала ей деньги. Ты не бойся, пойдем.

Они поднялись в квартиру, и уже через несколько минут Юля искренне не могла понять, чего она так боялась и почему не хотела сюда идти. Она полностью подпала под Любино обаяние и гостеприимство, отогрелась и растаяла.

— Родислав Евгеньевич завтра же поедет и поговорит с Дашей, — решительно сказала Люба. — Надо попробовать убедить ее и оторвать от секты.

Заметив сомнение в глазах Юли, она спросила:

— Тебя что-то настораживает? Что-то пугает?

Юля вздохнула и принялась теребить салфетку, отводя взгляд.

— Говори, не стесняйся, — подбодрил ее Родислав. — Здесь все свои.

— Я не знаю, может, вам неприятно это слышать, — замялась девушка. — В общем, дело не только в этих братьях-сектантах.

— А в чем еще?

— Дашка ненавидит Дениса. Называет его уродом и калекой и говорит, что он виноват во всех ее несчастьях. Даже если она уйдет из секты, она все равно будет его ненавидеть. Не надо им жить вместе.

— Какой ужас! — тихо охнула Люба. — Неужели можно так относиться к родному брату?

Юля молча пожала плечами.

— Я все-таки попробую с ней поговорить, — заявил Родислав.

На другой день он после работы поехал на улицу Маршала Бирюзова. Даша была дома. Отца она встретила враждебно и настороженно. Родислав весь день думал над тем, какие слова сказать, каким тоном, какие аргументы найти, но теперь все проваливалось как в воздушную яму. Даша не слышала его. Она смотрела прямо перед собой со странным, каким-то отсутствующим выражением на лице, и он понимал, что его дочь уже не здесь и никакие его уговоры на нее не действуют.

— Я уйду туда, где буду счастлива. Я уйду туда, где свет и любовь, и вы не сможете меня удержать. Вы не имеете права запретить мне быть счастливой. Я никому из вас ничего не должна.

Это были единственные слова, которые она произнесла в ответ на длинный эмоциональный монолог отца. Первой мыслью Родислава было припугнуть Дашу судебными исками, но в тот же момент он понял, что не станет затевать тяжбу с собственной внебрачной дочерью. Пусть живет, как хочет. А вот Денису он еще может помочь.

Звонить в присутствии Даши не хотелось, и он вышел на лестницу. Первый звонок — юристу компании.

— Дело тухлое, — сказал юрист, выслушав его. — Суд вряд ли примет решение, которое нужно девушке, и если она твердо вознамерилась отдать квартиру секте и уйти в общину, то за жизнь ее брата я не поручусь. Это ваши родственники?

— Это дети нашей знакомой, которая умерла в прошлом году.

— Не хочу вас пугать, — повторил юрист, — но я бы принял меры для обеспечения безопасности мальчика. В практике таких дел очень много, вы даже не представляете, как много. Насколько серьезно болен мальчик?

— Он не ходит, у него был полиомиелит. Иногда передвигается на костылях.

— Ну вот, упадет, ударится виском. Несчастный случай.

При этих словах Родислав похолодел, его замутило, но он сумел справиться с дурнотой и позвонил Любе.

— Немедленно собирай Дениса и вези к нам, — решительно произнесла она. — Пусть живет у нас. Черт с ней, с квартирой.

— А как Леля к этому отнесется? И что мы ей скажем? Правду?

— С Лелей я сама поговорю. Не думай об этом, Родинька, сейчас надо спасать Дениса, это самое главное.

Третий звонок был Андрею Бегорскому — в машину Родислава не поместились бы Денис, Юля, чемоданы и инвалидная коляска. Андрей все понял с полуслова и записал адрес.

— Через полчаса придет микроавтобус с пандусом, приспособленный для инвалидов-колясочников, — сказал он. — Я нужен?

— Нет, мы справимся. Спасибо, Андрюха.

Он вернулся в квартиру и быстро вошел в комнату сына. Денис сидел в инвалидном кресле, напряженный, сосредоточенный, а Юля стояла рядом и держала его за руку. Оба они вскинули на Родислава вопрошающие взгляды.

— Ну, что она сказала?

— Ничего. Сказала, что хочет быть счастливой и мы ей в этом не имеем права мешать.

— Значит, не удалось отговорить?

Родислав покачал головой.

— Нет. Смотрит в пространство, как зомби. Собственно, так оно и есть, в этих сектах мастера зомбирования и отбора собственности.

— Что же делать, дядя Родислав? — растерянно спросила Юля. — Я так надеялась, что вы ее образумите.

— Пусть живет, как знает, — сердито проговорил Родислав. — Юля, помоги Денису собраться. Доставай чемоданы, сумки, что там у вас есть, складывай одежду, книги.

— Зачем? — испуганно спросил Денис.

— Я тебя забираю отсюда. Будешь жить со мной.

— С тобой? — юноша поднял на отца непонимающие глаза.

— С нами. Со мной, моей женой и дочерью. У нас большая квартира, Юля видела, места всем хватит.

— Но...

— Никаких «но», — с этими словами Родислав принялся отсоединять провода компьютера.

— Нет, папа, это неудобно, — твердо сказал Денис.

— Это удобно. И в любом случае это лучше, чем жить здесь как на пороховой бочке и ждать, что сюда придут ка-

кие-то братья и начнут свои молитвенные песнопения. Тебе
здесь делать нечего.

—Правда, Денис, — вступила Юля, — ты не бойся, тетя
Люба очень хорошая, добрая, она тебя не обидит.

—Собирайтесь, — приказал Родислав, — я выйду покурю.

На кухне он выкурил две сигареты и выпил стакан воды,
чтобы побороть тошноту. Когда он вернулся в комнату сына,
Юля уже закрывала чемодан.

—Всё, мы готовы.

Родислав осмотрел комнату и недовольно нахмурился.

—Что в чемодане? — спросил он.

—Самое необходимое, — отрапортовала Юля. — Одежда
по сезону, книги, которые Дениске сейчас нужны. Осталось
только найти коробку для компа.

—А остальное? Дети, имейте в виду: Денис уезжает отсюда навсегда. Он сюда больше не вернется. Так что забирайте
и пакуйте все подряд. Все до единой мелочи.

Родислав заметил, что у сына задрожали руки. Юноша
низко наклонил голову, чтобы скрыть слезы.

—Совсем навсегда? — тихо спросил он. — Совсем-со-
всем?

Родислав смягчился. Все-таки мальчик провел в этой
квартире, в этой комнате всю свою пока еще недолгую жизнь.
Все восемнадцать лет. Он мало что видел, кроме этих стен и
вида из этого окна. Конечно, ему страшно. И ему больно со
всем этим расставаться, да еще так внезапно. Мало того, что
его предала сестра, так еще и родных стен лишается.

Денис поднял голову и солнечно улыбнулся.

—Ладно, пап. Зато мы начинаем новую жизнь, верно?

—Верно, сынок, — улыбнулся в ответ Родислав. — Я тебе
обещаю: эта новая жизнь совершенно точно не будет хуже
прежней. А если нам с тобой повезет, то она будет и лучше.

—А нам обязательно повезет! — весело подхватила
Юля. — Потому что мы трудностей не боимся. Да, Дениска?

Родислав помог сложить и упаковать все вещи, принес из
кухни моток веревки и связал многочисленные книги стоп-
ками. За все время сборов Даша ни разу не заглянула в комнату брата и не поинтересовалась, что происходит. Проходя
через ее комнату, Родислав видел одну и ту же картину: девушка сидела на краешке дивана и смотрела в стену с мечта-
тельным и отрешенным выражением на лице.

Зажужжал мобильник Родислава — водитель микроавтобуса сообщил, что стоит у подъезда. Родислав попросил его подняться и помочь отнести вещи и связки книг в машину.

— Я забираю Дениса, — сказал он Даше. — Он будет жить у меня.

Девушка даже не повернулась.

— Давно пора, — ответила она с равнодушной улыбкой. — Катитесь.

— Ты не простишься с братом?

Она пожала плечами и ничего не сказала. Когда Юля выкатила коляску с Денисом, Даша наконец отвернулась от стены.

— Будь счастлив, Денис. Я тоже иду к счастью. Жаль, что ты не можешь идти моим путем.

Родислав ждал, что Даша подойдет к брату и хотя бы обнимет его на прощание, но она так и не встала с дивана.

* * *

Разговор с дочерью дался Любе нелегко. Впервые за долгие годы пришлось сказать правду о второй семье Родислава. Леля слушала молча, за голову не хваталась, страдание не изображала, только делалась все мрачнее и мрачнее.

— Вот, значит, как, — сказала она, когда Люба закончила. — Двадцать пять лет наша семья жила во лжи. Четверть века. Четверть века, мама! Двадцать пять лет вы изображали счастливых любящих супругов, и все это время ты знала, что у отца есть другая семья и в этой семье двое детей. Ты отпускала его к любовнице и принимала обратно. Очень мило! Теперь я понимаю, почему мне все эти годы было так плохо! Я нутром чуяла ваше постоянное вранье, вашу фальшь, ваше притворство, и все не понимала, почему же мне так неуютно. Что-то меня все время беспокоило, грызло, не давало спать. Теперь я знаю, что это было.

— Лелечка, прости нас с папой. Теперь уже ничего нельзя вернуть назад. Как случилось — так и случилось. Речь идет о том, что с сегодняшнего дня папин сын будет жить с нами. Я очень прошу тебя принять его достойно. Мальчик ни в чем не виноват. Мы с папой виноваты перед тобой, даже Лизу можно было бы считать в чем-то виноватой, но Денис тут ни при чем. Он просто родился. И он твой кровный брат, не забывай об этом.

— Ты думаешь, он сможет заменить мне Колю? — с вызовом спросила Леля. — Или тебе?

Люба почувствовала, как острое зазубренное лезвие поворачивается в ране.

— Так вопрос не стоит, — сдержанно ответила она. — Коли больше нет, и никто не собирается его никем заменять. Денис — сын твоего отца, и он нуждается в помощи. Он не виноват в том, что родился, и в том, что стал инвалидом, и в том, что его мать покончила с собой, и в том, что его сестра попала в руки к сектантам, которые ловко манипулируют ею в целях завладения собственностью. Он ни в чем этом не виноват. Я прошу тебя помнить об этом и вести себя по-человечески.

Каждое слово причиняло Любе невыразимую боль, у нее начала кружиться голова, но она терпела и старалась не показывать, как ей плохо. Сейчас приедут Родислав с Денисом и Юленькой, и нужно быть гостеприимной хозяйкой.

— Помоги мне приготовить комнату на первом этаже, — попросила она Лелю.

— Гостевую? Которая для деда?

— Да.

— А если дед приедет?

— Если дедушка останется ночевать, мы его положим на втором этаже. Денис на коляске, неужели ты не понимаешь? А дед, слава богу, пока еще на своих ногах.

— Интересно, а что ты скажешь деду и тете Томе про Дениса? Опять какую-нибудь ложь? — прищурилась Леля.

— Тетя Тома все знает. А дедушка, — Люба вздохнула, — ну что ж, ты права, придется солгать. Скажем, что это папин родственник по линии Евгения Христофоровича.

— То есть ты и меня собираешься втянуть в вашу фальшивую семейную идиллию?

Больше всего на свете Любе хотелось сейчас закричать на дочь, разбить посуду, уйти в свою комнату и хлопнуть дверью. И ни с кем не разговаривать. И никого не видеть. И чтобы все кончилось навсегда.

— Леля, — терпеливо произнесла она, — помоги мне, пожалуйста. У нас мало времени. Я очень надеюсь, что у тебя хватит такта и деликатности не выяснять отношения при гостях.

— Разумеется, — усмехнулась Леля. — Я только хотела бы знать, надолго ли это? На месяц? На год?

— Денис будет жить здесь столько, сколько нужно, — сухо ответила Люба. — Отец сам решит, останется его сын здесь насовсем или будет жить отдельно.

— И ты готова ухаживать за ним, кормить, стирать его вещи? Это все-таки сын папиной любовницы, ты не забыла? Неужели тебя это не ломает?

— Не знаю, — пожала плечами Люба, — я не пробовала. Попробую — узнаю.

— А что значит — Денис будет жить отдельно? — не унималась Леля. — Вы что, собираетесь покупать ему квартиру? Не слишком ли жирно? Даже у меня нет отдельного жилья, а у него, выходит, будет?

— Будет так, как решит папа, — твердо ответила Люба. — Я не знаю, как он решит, но твои интересы в любом случае не пострадают. И вообще, мы с папой это еще не обсуждали. Всё, дискуссия окончена. Пойдем готовить комнату.

Когда появились Родислав с Денисом и Юлей, комната была готова, а в столовой накрыт ужин. Водитель помог перетащить вещи и наотрез отказался от предложенных Родиславом денег.

— Андрей Сергеевич предупредил, что он сам за все заплатит.

— Да он не узнает ничего. Берите, — уговаривал его Родислав.

Но водитель твердо стоял на своем и денег не взял. Люба отвела Юлю в сторонку.

— Юлечка, ты останешься у нас на ночь?

Девушка удивленно взглянула на нее.

— Что вы, нет, мне нужно домой.

— Я думаю, было бы правильно, если бы ты осталась, — продолжала Люба.

— Зачем?

— Это будет первая ночь Дениса на новом месте. Сегодня произошло много всего, у него был трудный день, он расстался с сестрой, с привычным местом, с родным домом. Ему будет сложно одному. Если ты останешься, он будет рад, я уверена. И потом, нужно помочь разобрать вещи и разложить по своим местам. Кто же лучше тебя с этим справится?

— Но я не знаю, — заколебалась Юля. — Как родители... Я всегда дома ночую. Они не разрешат.

— Я поговорю с твоей бабушкой, — решила Люба. — Уверена, она нас поймет. Ты сама-то хочешь остаться?

— Конечно! — Юлино лицо озарилось радостной улыбкой. — Дениске со мной будет намного легче.

Раиса отнеслась к Любиным словам с пониманием и сказала, что родителей девочки берет на себя.

— Мне Юля рассказывала про Дашины фокусы, но я не думала, что дело зайдет так далеко. Спасибо вам, что забрали мальчика. Вы не пожалеете, Денис очень славный, у вас с ним хлопот не будет, он все может сам, я его всему научила.

Сели ужинать. Леля была сама любезность, оживленно разговаривала с Денисом и Юлей, и когда выяснилось, что Юля кое-что понимает в поэзии и даже читала малоизвестных русских поэтов, Леля смягчилась, и ее улыбка перестала быть натянутой. Денис же пообещал скачать из Интернета и поставить на Лелин компьютер программу, позволяющую проводить контент-анализ текстов, чем окончательно завоевал ее расположение.

«Вот в моей семье появился еще один человек, — думала Люба, засыпая. — Даже двое, если учесть, что Юля с Денисом не расстаются ни на один день. Они как сиамские близнецы. Как хорошо было сегодня вечером за столом, не вдвоем с Родиком, как обычно, а впятером, и Леля с нами. Она в последнее время проводит с нами так мало времени! Мы становимся совсем чужими. У нее аспирантура, доклады, рефераты, конференции, тезисы, ей не до нас. Ей с нами скучно. Что ж, ее можно понять. А теперь она и вовсе перестанет уважать нас с Родиком. Мы двадцать пять лет прожили во лжи, и этого она нам не простит. Хорошо было бы собрать всех в гости: папу с Тамарой, Ларису позвать с Васей и детьми, Костику уже семь вот-вот исполнится, совсем большой, а маленькой Надюшке всего три месяца, конечно, такую малышку таскать в гости сложно, но так хочется ощущения большой семьи за круглым столом! Познакомить всех с Денисом и Юленькой, они действительно удивительно славные ребята, такие жизнерадостные, несмотря ни на что, такие влюбленные, такие светлые! Сердце радуется, глядя на них. Что же сказать? По чьей линии родство придумать для Дениса? По линии Евгения Христофоровича? Или по линии Клары? Надо будет посоветоваться с Родиком. Правда, Денису придется все это объяснить и попросить поддержать легенду. И Андрея с Аэллой надо будет предупредить. Лелька права, мы сами запутались во лжи и продолжаем втягивать в нее все большее количество людей. Сначала лгали только мы с Родиком, потом Тамара, потом Андрей и Аэлла, теперь еще Леля, Денис и Юля. И все ради чего? По сути — ради одного только моего папы. Если раньше мы лгали ради папы с мамой и ради того, чтобы друзья воспринимали нас как идеальную пару, то теперь остался только наш с Томой отец. Столько людей должны лгать ради его душевного покоя. Если бы он знал! А если бы он знал правду? С самого начала знал ее? Как бы все сложилось? Он бы, наверное, убил Родика. Ну, не убил бы, конечно, но карьеру бы ему испортил, и у Родика не было бы той работы, которая сейчас позволяет ему успешно сотрудничать с Бегорским и зарабатывать такие деньги. А если бы папа узнал про Колю, он бы умер от горя. Нет, правильно, что мы не говорим ему правды. А то, что вовлекли в свою ложь такое количество людей, разве правильно? Не знаю. Я ничего не знаю. Знаю только одно: я всегда хотела большую семью, с детьми, зятьями, невестками, внуками, и ничего этого у меня не будет».

* * *

Прошла неделя, Люба быстро приспособилась к тому, что в ее квартире живет еще один человек, к которому каждый день приходит подружка. Юля старалась помогать, как умела, и присутствие Дениса привычного уклада Романовых не сломало. Люба начала было успокаиваться, но тут неожиданный удар нанесла Леля.

— Я ухожу от вас, — заявила она. — Моя подруга переезжает к своему бойфренду и разрешила мне пожить в ее квартире. А через четыре месяца я еду в Англию, меня пригласили читать лекции по восемнадцатому веку.

Слова про Англию так поразили Любу, что она вначале даже не осознала первую часть сказанной дочерью фразы. Оказалось, Лелин реферат по английской поэзии произвел на лондонского профессора неизгладимое впечатление, с девушкой провели собеседование, убедились, что ее английский язык находится на должном уровне, и подписали с ней контракт на три года. Если за эти три года она покажет себя с наилучшей стороны, будет решен вопрос о ее постоянной работе в одном из университетов.

— Господи, Лелечка, — обрадовалась Люба, — какая же ты у меня умница! Я так за тебя рада! — И только после этого спохватилась: — Но ведь это только через четыре месяца. А что ты сказала про подружку?

— Я сказала, что буду жить в ее квартире.

— Почему?

— Потому что я не хочу жить в доме, где царит ложь. Ложь и притворство. Мне это надоело. Это разъедает меня, коробит, это разрушает мою душу. Каждый раз, когда звонит дед, я вздрагиваю, что он спросит, не звонил ли Коля и как у него дела. Но к этому я за много лет как-то привыкла. А теперь я еще боюсь, что он будет спрашивать про папиного нового родственника. Мне приходится все время врать. Я не хочу.

— Но Лелечка...

— Я не хочу, — медленно и раздельно повторила Леля. — Меня это уродует. Я хочу сохранить себя.

«Я хочу сохранить себя». Когда-то, очень-очень давно, те же самые слова произнесла Тамара. Надо же, как интересно проявляется голос крови.

— То есть уговаривать тебя бесполезно? — упавшим голосом спросила Люба. — Или у нас с папой все-таки есть шанс?

— Нет, мама, у вас нет шансов. Ты же знаешь, я ничего не делаю впопыхах. Все мои поступки продуманы и спланированы, я же все-таки твоя дочь, — Леля слабо улыбнулась. — Я приняла решение, и отговаривать меня бесполезно. Я буду вас навещать, но жить я оставшиеся четыре месяца буду отдельно.

Люба с трудом боролась с подступающими слезами. Она сама во всем виновата, она своими руками разрушила свою семью. Сначала она потеряла сына, теперь теряет дочь, которая, слава богу, жива и здорова, но не хочет быть рядом. Если бы они с Родиславом с самого начала ничего не скрывали от Николая Дмитриевича, как знать, что бы вышло... Он, конечно, пришел бы в ярость, но, может быть, нашел бы какие-то слова, которые остановили бы Колю. Или не остановили, но заставили бы быть более осмотрительным, и все закончилось бы не так трагически. И пусть бы Родислав лишился карьеры, пусть бы у него не было сейчас такой работы и таких денег, пусть они по-прежнему считали бы рубли и копейки, но Коля был бы жив, и Леля не упрекала бы их во лжи и притворстве и не уходила бы сейчас. Как знать, как все обернулось бы. Но все сложилось так, как сложилось. Коли нет, и Леля уходит.

— Лелечка, я позвала гостей на завтра, — беспомощно

пробормотала Люба. — Мне так хотелось всех собрать за одним столом. Как же мы без тебя...

Леля обняла мать, прижалась щекой к ее щеке.

— Мамуля, не беспокойся, я буду со всеми. Спасибо, что не скандалишь и не отговариваешь. Завтра мы все вместе соберемся, а послезавтра я перееду. Ты сама поговоришь с папой? Или мне ему сказать?

Любе очень хотелось ответить: «Поговори с ним сама. Сама ему все объясни, и пусть он тебе выскажет все, что думает, и пусть кричит, ругается, уговаривает. Прими хоть раз удар на себя». Но она понимала, что дочь ждет от нее помощи и поддержки. Нельзя отталкивать человека, который тебе доверился.

— Конечно, я скажу папе, — пообещала Люба. — Он расстроится, но я постараюсь найти слова, чтобы убедить его.

Родислав, услышав новость, остолбенел.

— Что значит — она уходит? Почему? Ей что, плохо с нами? Накормлена, ухожена, чего ей еще? Мы ей ничего не запрещаем, ни в чем не ограничиваем, покупаем все, что попросит, даем деньги, сколько нужно. Чем она недовольна?

— Родинька, Леля — взрослая женщина, ей тридцать лет, даже уже почти тридцать один, она имеет право жить так, как считает нужным, — убеждала его Люба. — Она не простила нам с тобой истории с Лизой и ее детьми. И на это она тоже имеет право.

— Да кто она такая, чтобы нас с тобой судить? — возмущался он. — История с Лизой ее никаким боком не касается. Она что, была чего-то лишена из-за Лизиных детей? У нее что-то отняли? Ей чего-то не хватало? Да у нее все было: и книги самые редкие, и одежда самая лучшая, и самый сладкий кусок ей в тарелку клали. Ее всегда любили, баловали и оберегали. А теперь, выходит, мы с тобой во всем этом виноваты, что ли?

— Ей не хватало искренности, — грустно объясняла Люба. — Мы с тобой все время лгали, ложь висела повсюду в нашем доме, словно паутина, мы ею дышали, мы ели ее вместе с пищей, мы в ней жили, понимаешь? А Лелька — она же тонкая, интуитивная, она это чувствовала, но поскольку ничего не знала, то и не могла понять, в чем дело. Она чувствовала нашу с тобой неискренность. А уж когда мы в открытую стали обманывать папу насчет Коли, ей стало совсем тяжко. Родинька, постарайся ее понять. Не сердись на нее.

— Я? Я должен ее понять? — продолжал кипеть Родислав. — А нас с тобой она понять не хочет? Или она даже не пыталась?

— Понимать или не понимать — это вопрос доброй воли. Леля эту добрую волю проявить не хочет. Или не может. Но мы-то с тобой старше и мудрее, давай же ее проявим. Давай отнесемся к девочке с пониманием.

В конце концов Люба уговорила мужа принять ситуацию и не устраивать дочери скандала.

На следующий день собрались гости, Тамара привезла на своей машине Николая Дмитриевича, приехали Лариса и Василий с детьми. И Юля тоже пришла. Впрочем, летние каникулы в институте еще не закончились, и она приходила каждый день прямо с утра и уходила только вечером. Узнав, что Денис — родственник Евгения Христофоровича и приходится Родиславу каким-то многоюродным племянником, Николай Дмитриевич пустился в воспоминания.

— Ты ведь Евгения Христофоровича не застал, он умер лет за двадцать до твоего рождения, вот мы тебе сейчас расскажем, каким он был.

Далее последовал рассказ о далеких временах, когда у Головиных и Романовых были дачи по соседству, о знакомстве Любы и Родислава, об огромной библиотеке профессора Романова и о том, каким неприспособленным в быту он был. Вспомнили и Клару Степановну. Налили, выпили, не чокаясь, помянули обоих.

Лариса сидела молча, с улыбкой мадонны и со спящей малышкой на руках, зато Василий взахлеб расписывал успехи Костика в минувшем учебном году и необыкновенный ум и сообразительность маленькой дочурки. При этом некрасивое лицо его светилось и буквально преображалось на глазах. Они с Ларисой до сих пор так и не поженились, несмотря на усиленные уговоры Василия. Лариса сначала никак не могла решиться, потом не хотела идти в ЗАГС с животом, потом углубилась в хлопоты с маленьким ребенком и говорила, что ей не до свадьбы. Кроме того, после вторых родов она очень поправилась, стеснялась своей полноты и собиралась худеть. Бракосочетание решили отложить примерно на год.

Люба внимательно разглядывала собравшихся за столом. Тамара совсем не постарела, осталась такой же худенькой и миниатюрной, со стильной стрижкой, только волосы стали совсем белыми — она перестала закрашивать седину, считая, что так намного красивее. И одета она по-прежнему элегантно и экстравагантно, сочетая в одежде несочетаемые, казалось бы, цвета. Ей на будущий год исполнится шестьдесят. Боже мой! Тамаре — шестьдесят! Давно ли они сидели в темной комнате на даче и шептались, и Тамара учила свою младшую сестру идти своим путем и стараться сохранить себя. Давно ли... Да, давно. Столько всего с тех пор произошло...

А папа совсем сдал. Ему уже восемьдесят семь, волосы совсем редкие, лицо красноватое от сетки мелких сосудов, руки уже не так уверенно держат приборы, и слух подводит, и голос стал надтреснутым. Но он еще молодец, и рюмку поднимает вместе со всеми, и смеется над шутками, если, конечно, ему удается их расслышать.

Лариса — кругленькая, с пышной молочной грудью, с умиротворенным лицом. Столько ей, бедняжке, пришлось пережить! Кажется, совсем еще недавно она была беспутной девахой, наивно и так по-детски пытавшейся соблазнить Колю полоской голого живота, торчащего из-под короткой майки, и вот она уже дважды мать. Дай бог ей счастья, она заслужила. И пусть ее избранник — далеко не принц на белом коне, но он даст ей покой и уверенность, все то, чего у нее никогда не было раньше.

После горячего решили сделать перерыв и переместиться в гостиную, посмотреть по телевизору популярное ток-шоу. Люба принялась убирать тарелки, Юля кинулась ей помогать. Николай Дмитриевич задержался за столом и поманил дочь к себе.

— Чего-то у Лариски мужик больно неказистый, — сказал он. — Неужто получше не нашла? Она ведь такая красавица.

Люба негромко рассмеялась. Отец всегда питал пристрастие к женщинам с формами, а Тамару до сих пор искренне считал некрасивой.

— У него есть другие достоинства, — объяснила она. — Он любит Ларису и хорошо ладит с Костиком.

— Когда ж они поженились? Ты мне ничего не говорила про то, что она замуж вышла.

— А они пока не поженились.

— Что так? — отец приподнял по-прежнему густые брови. — Он, что ли, не хочет?

— Нет, он-то как раз очень хочет, а Лариса тянет. Хочет сначала похудеть, чтобы свадебное платье лучше сидело.

Отец подумал немного и покачал головой.

— И какая только дурь в бабских головах сидит — это уму непостижимо. Что Колька? Есть от него новости?

— Звонил на днях. У него все хорошо, — привычно солгала Люба. — Продлил контракт еще на три года.

— Чего ж его в отпуск-то не пускают? Приехал бы домой, хоть повидались бы.

— Папуля, он в отпуск ездит в другие места, в Майами, на Кубу, в Австралию. Чего ему здесь делать? Пусть хоть мир посмотрит.

Она сама себя не слышала, произносила слова автоматически, борясь с дурнотой. Коли нет уже три года, а ей все еще больно. Больно вспоминать о нем и еще больнее говорить о сыне как о живом. Она все на свете отдала бы за то, чтобы то, что она сейчас говорила отцу, было правдой. Пусть хоть на одну сотую, но правдой.

— Он там не женился еще? — продолжал допрос отец.

— Вроде нет. Пап, разве нынешнюю молодежь разберешь? Живут вместе, называют себя мужем и женой, а на самом деле не расписаны и в любой момент могут разбежаться. Я в это не лезу. Он взрослый мальчик, сам разберется.

— И то верно, — согласился Головин. — Пойду ток-шоу посмотрю, там сегодня должна быть интересная тема, флаг и герб Москвы будут обсуждать, закон-то приняли недавно.

Люба с улыбкой посмотрела вслед отцу. Подумать только, ему интересны такие темы, как флаг и герб Москвы! Нет, пожалуй, Николай Дмитриевич не так стар, как ей показалось. Он еще многим фору даст.

* * *

Ветер отдохнул, немного окреп и слушал сериал, приподнявшись метров на пять над землей.

— И так мне Лариса с Василием в этот раз понравились, что я не утерпел и полетел их до дому проводить, — продолжал рассказывать Ворон. — На людях-то я их посмотрел, а как они между собой, когда их никто не слышит и не видит, не знаю. А мне интересно стало. Ну и, доложу я вам, хорошая из них пара получается. Василий этот вокруг Лариски так и вьется, заботой ее окружает, в глаза заглядывает. Я даже вспомнил Любочку и Родислава в давние годы, как она над ним крыльями махала.

— А теперь-то что ж, не машет разве? — спросил Камень.

— Теперь тоже машет, — отмахнулся Ворон. — Только уже не так отчаянно. Не сбивай меня. Василий взял на себя функции главы семьи, всем командует, все решает, бюджетом распоряжается, но он и зарабатывает больше Лариски, то есть белая зарплата у него, конечно, меньше, потому как Бегорский в своем холдинге всем такие оклады установил — закачаешься, но поскольку Василий — механик от бога, руки у него золотые и работает он на совесть, то ему клиенты из рук в руки приплачивают очень даже немало.

— Какая, ты говоришь, зарплата? — переспросил Камень. — Белая? Это как?

— Ох, тяжело с тобой, — вздохнул с высоты Ветер и постарался популярно объяснить товарищу про «белую» и «серую» зарплату и «черный нал».

Ворон, недовольный тем, что его концертный номер был столь бесцеремонно прерван, сделал вид, что у него обеденный перерыв, и принялся выискивать питание на стволах деревьев, окружающих Камня. Объяснения Ветра показались ему сумбурными и невнятными, он был уверен, что Камень все равно ничего не поймет и обратится за помощью к нему, Ворону, и был неприятно удивлен тем, что Камень во всем довольно быстро разобрался.

— Теперь все ясно, — произнес он. — Ворон, рассказывай дальше.

Ворон окончательно расстроился и решил сведничать.

— А я уже все рассказал, — гордо заявил он. — Они приехали домой, Лариска занялась малышкой, а Василий с Костиком сели комиксы про Бэтмена читать.

Он нарочно упомянул известного среди людей сказочного киногероя в надежде на то, что Камень спросит, кто это такой, и можно будет взять реванш над выскочкой Ветром, но Камень отчего-то не спросил, и настроение у Ворона испортилось безнадежно и надолго. Соперничества он не терпел ни в каком виде.

— Ну, что ты замолчал-то? — подал голос Ветер. — Мы с Камешком слушать приготовились, а ты молчишь, как рыба.

Ворон решил быть лаконичным и сухим. Пусть знают, что у него тоже есть эмоции, настроение и, в конце концов, собственная гордость.

— Я рассказал все, что видел, — ровным голосом сообщил он.

— А Леля ушла из дома? — спросил Ветер.

— Ушла.

— А как Денис с Юлей?

— Нормально.

— А у Тамары как дела?

— Хорошо.

— А...

— Да оставь ты его в покое, — вмешался Камень, с трудом подавляя улыбку. — Не видишь, что ли: он не в настроении. Обиду какую-то заковырял.

— Обиду? — изумился простодушный Ветер. — На кого? На нас с тобой? А что мы такого сделали?

— Не знаю. Но, видно, что-то сделали не так, раз Ворон дуется. Ты ляг, поспи, я тоже вздремну, а он пусть отдохнет от нас. Проснемся — и все будет в порядке.

«Ну и пожалуйста, — с горечью подумал Ворон, наблюдая, как его старые товарищи укладываются, чтобы отойти ко сну. — Ну и не очень-то и хотелось. Вот пока вы спите, я полечу и такое подсмотрю, что вам и не снилось. Я такое узнаю, такое... В общем, что-нибудь невероятное. Прилечу и расскажу. Вы аж уши развесите — такое я вам расскажу! Поймете тогда, что без меня вам никуда. Еще пожалеете».

* * *

О приближающемся дне рождения Люба Романова старалась не думать. Пятьдесят восемь! Цифра ее пугала. Она, если написать ее на бумаге, выглядела пузатой, округлой и всем своим контуром напоминала о покое, о пышных плюшках, от которых на боках откладывается жирок, и об этих самых мягких боках, отлеживаемых на мягком же диване перед экраном телевизора. Это не тот покой, который связан с умиротворением и внутренним равновесием, это покой, прямой путь от которого к старости и болезням. Даже цифра 57 казалась Любе более стройной, более угловатой, более молодой. А 58 ей не нравилось категорически. Она даже подумывала о том, чтобы не отмечать в этом году день рождения совсем.

Февраль стоял промозглый, и хотя в служебном кабинете Любы было достаточно тепло, она от одного взгляда в окно ощущала озноб и все время мерзла, поэтому попросила хозяйственников поставить ей обогреватель. С обогревателем, имитирующим огонь в камине, стало повеселее. Была пятница, день, когда Люба проводила планерку в своем подразделении. Пусть люди отдохнут за выходные, а в их головах будет подспудно «вариться» все, что окажется запланированным на следующую неделю, и в понедельник они приступят к работе в полной интеллектуальной готовности. Она в первое время проводила планерки, как и все, по понедельникам, но быстро отказалась от этой практики: утро после двух выходных дней было отнюдь не самым лучшим временем для отчетов и заданий. Сотрудники были вялыми и никак не желающими переключаться с отдыха на дело.

Ровно в одиннадцать подчиненные расселись вокруг стола для совещаний. Люба окинула взглядом присутствующих — одного не хватало. Странно, он обычно никогда не опаздывал.

— Где Вишневский? — строго спросила она. — Заболел?

— Он доехать не может, — сообщил заместитель Любы, худощавый, очень элегантный мужчина.

— Почему? В чем дело? Машина сломалась?

— Так он же по Замоскворецкой ветке едет, — раздался голос с другого конца стола.

— И что?

Она все еще не понимала, что происходит.

— Вы разве не знаете? — Заместитель бросил на Любу взгляд поверх очков для чтения. — На перегоне между «Павелецкой» и «Автозаводской» был взрыв. Примерно в половине девятого. Все поезда стоят, движение перекрыто. Слава богу, Вишневского в этом поезде не было, но он звонил, говорит, общественный транспорт переполнен, проехать невозможно, такси не поймать. Он как раз на «Павелецкой» в метро садится.

— Хорошо, начнем без него, — решила Люба.

После планерки она вернулась в кабинет и первым делом проверила мобильник. Двенадцать неотвеченных вызовов, из них девять — от отца. Ну конечно, он-то, в отличие от Любы, живет с постоянно включенным радиоприемником и смотрит новости по всем телеканалам подряд. Наверняка уже услышал про взрыв в метро и теперь беспокоится, не пострадал ли кто-нибудь из его близких. Не дозвонившись до Любы, он, вероятно, позвонил Родиславу, которого со вчерашнего дня нет в Москве, он вместе с Бегорским уехал в Тульскую область на переговоры. Родислав, разумеется, попытался тестя успокоить, но поскольку он точно не мог сказать, где его жена, Головина его ответы вряд ли удовлетворили, и он продолжал названивать дочери и сходить с ума от волнения. Надо срочно позвонить отцу.

— Любочка, ты где? Ты в больнице? — в голосе Николая Дмитриевича слышалась паника. — Ты пострадала? Я все время звоню тебе и на работу, и на мобильный, а ты не отвечаешь.

— Папа, я на работе, у меня было совещание. Ты напрасно волнуешься за меня, я уже давно не езжу в метро, у меня служебная машина, ты же знаешь.

— Слава богу! — выдохнул отец. — Но откуда же я знаю, на чем ты добиралась сегодня на работу? А вдруг твой водитель заболел и ты вынуждена была поехать на метро? А вдруг машина сломалась? Да мало ли что может случиться. Я все время за тебя волнуюсь. А вдруг ты на машине попала в аварию?

— Папочка, милый, у меня все в полном порядке.

— А из твоих сотрудников никто не пострадал?

— Никто. Один, правда, до сих пор до работы доехать не может, но он тоже не пострадал.

— Любочка, а что там произошло? Я все время слушаю радио, но информация очень противоречивая. Сначала говорили, что мощность взрыва равна одному килограмму в тротиловом эквиваленте, теперь уже говорят, что там было два килограмма. Сначала говорили, что двадцать пять человек погибло и сто пятьдесят ранено, а теперь говорят, что погибло тридцать, а пятьдесят получили ранения и травмы. Кому верить?

— Папа, если тебя это так волнует, я могу посмотреть в Интернете, там данные постоянно обновляются. Но вообще-то у меня много работы. Как ты себя чувствуешь?

— Ничего, — Люба явственно услышала брюзгливые нотки. — Как может себя чувствовать никому не нужный, всеми брошенный старик?

— Пап, ну как тебе не стыдно?! Почему ты никому не нужный? Почему ты всеми брошенный? А Тамара? А мы с Родиком?

— Томка меня голодом морит, хочет, наверное, чтобы я помер побыстрее.

— Ну что ты такое говоришь, а? Как тебе не стыдно!

— Стыдно? А вот ты сама приезжай и проверь, как твоя сестра меня содержит! — Николай Дмитриевич повысил голос. — Ушла с утра на работу, вернется только к десяти вечера, а я целый день должен голодным сидеть. Хоть бы миску

316

супа налила! Хоть бы кусок хлеба оставила! Ты проверь, проверь!

— Хорошо, папа, — улыбнулась Люба, — я обязательно проверю.

— Нет, ты сегодня проверь, прямо сейчас. Немедленно приезжай и проверь, как живет твой старый несчастный отец.

— Хорошо, папа, — повторила она, — я сегодня же приеду и проверю. Только не сейчас. Сейчас я должна работать.

— И привези мне бананов и конфеток, таких мягоньких, как я люблю.

— Суфле?

— Ага, вот-вот. Привезешь?

— Обязательно.

Люба положила трубку, посмотрела на часы и перезвонила Тамаре. Сестра была занята с клиентом и обещала перезвонить, когда освободится.

Перезвонила Тамара часа через два.

— Извини, трудная клиентка попалась, — устало произнесла она.

— Тома, что сегодня с папой? — спросила Люба озабоченно. — Он жалуется, что ты его не кормишь.

— А больше он ни на что не жалуется? — усмехнулась Тамара. — На старость, например, на немощность, на то, что он никому не нужен.

— Было, — согласилась Люба.

— Он просто скучает один и хочет, чтобы ты приехала, неужели непонятно?

— Значит, просто хитрит?

— Именно. Не обращай внимания. Он в полном порядке, готовится выступать на своем собрании ветеранов с очередным докладом.

— Но я все равно сегодня заеду к вам, — сказала Люба. — Родик в командировке, так что вечер у меня совершенно свободный. Денис с Юлей и без меня управятся.

— Приезжай, — обрадовалась Тамара. — Я постараюсь не задерживаться. Посидим с тобой вдвоем, поболтаем, как раньше. А может, ты ночевать останешься? Представляешь, у нас с тобой будет целая ночь, чтобы наговориться! Завтра же суббота, тебе не нужно на работу, я тоже завтра не работаю. А, Любаня?

— Хорошая мысль, — согласилась Люба. — Я подумаю. Правда, это было бы здорово!

Вечером после работы она поехала к отцу. Николай Дмитриевич прямо с порога начал делиться новостями о прогремевшем в метро взрыве.

— Любочка, я ничего не могу понять. В час дня сказали, что число погибших приблизилось к восьмидесяти, а к вечеру уже опять говорят о тридцати девяти. Ты можешь мне объяснить, откуда средства массовой информации берут данные? Почему такой разнобой? Складывается впечатление, что наши журналисты ничем не лучше бабок на скамеечке, где-то что-то услышали, тут же переврали и преувеличили. Как так можно работать, я не понимаю! И с мощностью взрыва такая же история. Сначала был один килограмм в тротиловом эквиваленте, потом два, потом пять, а теперь уже от пяти до десяти. У них там что, настоящих специалистов нет, гадают на кофейной гуще?

— Погоди, папа, — остановила его Люба. — Ты жаловался, что голоден, пойдем, я тебя покормлю, потом мы все обсудим.

В глазах бравого генерал-лейтенанта мелькнула неуверенность. Люба с трудом подавила смешок. Сейчас она продемонстрирует ему продукты в холодильнике, и как он будет выкручиваться? Небось боится, как маленький. Ох, не зря говорят: старый — что малый.

Естественно, холодильник был битком набит продуктами, кастрюлями, мисками и судочками. Люба вытащила кастрюлю с грибным супом, открыла крышку.

— Это что такое?

— А что? — невинно откликнулся отец. — Я не знаю, что это.

— Это грибной суп, который для тебя сварила Тамара.

— Ну откуда же мне знать, что она там сварила, — сварливо ответил Головин. — Пусть бы оставила мне в маленькой кастрюльке на плите, я бы знал. Включил бы газ и подогрел. А то наварила целую кастрюлю и в холодильник спрятала. Наверняка специально подальше задвинула, чтобы я не нашел.

— А это?

Люба вытащила два пластиковых контейнера, в одном лежала запеченная в сметане с чесноком курица, в другом — лимонно-желтый рис, сваренный с шафраном и специями. Даже от холодного продукта исходил такой запах, что Люба чуть слюной не захлебнулась, представив, как это вкусно в горячем виде.

— Ничего не знаю, — отрезал отец. — Раньше Томка мне с

утра грела суп и оставляла в термосе, мне оставалось только налить в тарелку. И второе разогревала и заворачивала в пуховое одеяло, я доставал и сразу ел. А теперь она ленится, ничего не греет, не оставляет. Хочет меня голодом заморить. Ты с ней разберись как следует.

— Хорошо, — пообещала Люба, пряча улыбку, — я обязательно с ней разберусь. А теперь давай кушать.

После ужина она вымыла посуду, устроилась в комнате на диване, поджала под себя ноги и стала слушать рассказы Николая Дмитриевича о том, что происходит в их Совете ветеранов, кто против кого интригует и какие тезисы он запланировал отразить в своем докладе. После ветеранских дел настала очередь телевизионной передачи, которую отец посмотрел накануне и решил в подробностях пересказать. Вслед за передачей в ход пошли новости из Грузии, где месяц назад Михаил Саакашвили победил на президентских выборах.

— Любочка, давай чайку попьем. Ты ведь не торопишься? — Головин с надеждой посмотрел на дочь.

— Нет, не тороплюсь. Я, наверное, останусь ночевать.

— Вот и хорошо, — он торопливо поднялся и начал суетиться, — сейчас я чайник поставлю, конфеты достану... Ты принесла конфеты?

— Принесла, они на кухне в пакете.

— Сиди-сиди, я сам принесу.

Люба прикрыла глаза и откинула голову на спинку дивана. Как хорошо! Папа в полном здравии, в уме и памяти, скоро придет Тамара, завтра днем Родик вернется из командировки, вчера звонила Леля, она очень довольна своей работой в Англии. Все хорошо и спокойно. Вот только Коли нет.

— Что ты принесла?!

Люба испуганно открыла глаза. Отец стоял перед ней, держа в одной руке упаковку суфле, в другой — пакет, в котором лежали купленные по его просьбе бананы.

— То, что ты просил, — недоумевающе ответила она. — Бананы и суфле.

— Я просил другое суфле, не такое. А бананы я вообще терпеть не могу. Зачем ты купила эту гадость? Я их в рот не беру.

— Извини, — покорно произнесла Люба. — Я сейчас схожу в магазин и куплю другие конфеты.

— А бананы? Куда их девать? Ты за них деньги платила, между прочим.

— Мы с Томой их съедим, не беспокойся, они не пропадут. Отец внезапно смягчился.

— Ладно, не ходи никуда, я и эти конфеты съем, может, они и неплохие.

Они пили чай, и Люба украдкой поглядывала на отца. Что это, окончательно испортившийся характер или все-таки первые проявления сенильной деменции? Лучше, конечно, первое, чем второе.

В половине десятого появилась Тамара, уставшая, еле стоящая на ногах после двенадцатичасовой смены. Люба кинулась кормить сестру, Николай же Дмитриевич уселся перед телевизором в ожидании новых сообщений о взрыве в метро.

— Я действительно перестала оставлять папе разогретую еду, — сказала Тамара. — Тут он не обманывает.

— Почему? Не успеваешь? Или ленишься?

— Ни то и ни другое. Я тут водила папу к врачу, а потом осталась поговорить с доктором наедине. И он мне сказал, что старикам ни в коем случае нельзя идти навстречу в бытовых вопросах. Нужно вовлекать их в заботы, давать им поручения и вообще все время заставлять что-нибудь делать. За термос с супом и завернутое в одеяло горячее второе он меня отругал. Пусть, говорит, ваш отец сам все достает, наливает, кладет в нужную посуду, греет, пусть пользуется микроволновкой, и вообще пусть как можно больше пользуется техникой, не надо его щадить, не надо оставлять ему все готовое. И пусть обязательно посуду за собой моет. Только так он сможет сохранить ясность ума и самостоятельность. Научите, говорит, отца пользоваться стиральной машиной и оставляйте ему задание постирать. И вообще оставляйте ему задания по дому, пусть не сидит на месте, пусть двигается, пусть чувствует ответственность и свою полезность. Вот я и стараюсь, как могу. Посуду я за ним, конечно, потом перемываю, потому что папа плохо ее моет, но стараюсь, чтобы он этого не видел. А он, видишь ли, считает, что я ленюсь и хочу его заморить окончательно.

— Надо же, — удивилась Люба, — мне такое и в голову не приходило. Я всегда думала, что долг детей — освободить родителей на старости лет от всех забот и хлопот, создать им тепличные условия.

— Я тоже так думала, — кивнула Тамара. — Выходит, мы с тобой думали неправильно. Что ты решила с днем рождения?

— Пока ничего. Не хочу отмечать. Настроения нет.

— Ну, ты хоть своих-то собери, самых близких. Хотя бы для приличия. Мы все тебя любим и хотим поздравить, наверняка все подарки готовят.

— Кто — все? — грустно усмехнулась Люба. — Родик мне подарок сделал заранее, купил гарнитур с жемчугом. Леля в Англии. От тебя мне никакого подарка не нужно, от папы тем более.

— Нет, Любаня, ты какая-то неправильная, — Тамара укоризненно покачала головой. — У тебя есть Дениска с Юлей, у тебя Лариска с Васей и детьми, у тебя Андрюша и Аэлла. Хоть этот-то круг ты можешь собрать?

— Не знаю. У Андрюши маленький ребенок, вряд ли его жена захочет с малышом тащиться в гости, а бросить жену и идти одному — не в его характере. Что касается Аэллы, то я боюсь, она снова приведет своего бандита.

— И пусть приводит. Тебе-то какая разница?

— Родику будет неприятно. Он на свадьбе у Андрюши так расстроился!

— Ах ты боже мой! — Тамара театрально воздела руки к потолку. — Родику будет неприятно! Все пали ниц и замерли в тревожном ожидании! Любаня, это твой день рождения, и ты имеешь полное право пригласить на него тех, кого ты хочешь видеть. ТЫ, понимаешь, ТЫ хочешь видеть, а не Родик. Вот лично тебе этот бандит, как его, Володя, кажется, неприятен?

Люба пожала плечами.

— Да нет, я бы не сказала. Мужик как мужик, ничего особенно отталкивающего в нем нет. Кроме того, я ему очень благодарна за то, что он почти пять лет помогал мне узнавать о Коле. И Аэлле он очень помог, купил ей клинику, она прямо расцвела на новом месте.

— Ну и все, — отрезала Тамара. — Ты приглашаешь Аэллу, а уж кого она с собой приведет — не твоя печаль. Ты приглашаешь Бегорских и Ларису с Васей и детьми и устраиваешь детскую комнату, слава богу, в твоей хате полно места.

— Как это?

— А очень просто, — рассмеялась Тамара. — Приглашаешь специально обученного человека, который будет возиться с малышней, играть с ними и всячески развлекать, пока взрослые гости празднуют твой день рождения. Такая услуга есть, если хочешь — я тебе найду телефон, позвонишь, договоришься. Все проблемы решаемы, было бы желание.

После разговоров с сестрой Любе всегда становилось легче, и проблемы казались уже не такими огромными, и горе — не таким неизбывным. Они никак не могли наговориться, и Николай Дмитрич уже давно ушел спать, а сестры все сидели, обнявшись, в комнате Тамары и шептались.

* * *

Люба все-таки решилась отметить день рождения и не пожалела об этом. Спустя месяц отметили девятнадцатилетие Дениса, на которое пригласили бабушку Юли, Раису, и родителей девушки. В ответ на недоумение Родислава Люба пояснила:

— Дети собираются пожениться и всю жизнь быть вместе. У Дениса нет родственников, кроме тебя. Значит, надо знакомиться с родителями невесты.

Большого энтузиазма это у Родислава не вызвало, но он признал правоту жены и покорно подчинился. Ему было неприятно, что он сам не подумал об этом. «Денис — мой внебрачный сын, Любе он никто, и было бы совершенно естественно, если бы этот разговор затеял именно я, а не Любаша. Почему так получается все время, что мои ошибки приходится исправлять ей?»

Первое знакомство с будущими родственниками прошло довольно гладко, в том числе благодаря тому, что Раиса уже была давно знакома и с Родиславом, и с Любой. Денис обрадовался, увидев свою сиделку, и весь вечер держался рядом с ней: от присутствия родителей Юли ему было неуютно, он стеснялся и робел. Юля тоже смущалась, впервые официально играя роль девушки на выданье, и за весь праздник и двух слов не проронила, словно воды в рот набрала. Оживление за столом поддерживалось в основном усилиями Любы и Раисы, настойчиво вовлекавших родителей Юли в общую беседу. Наконец все расслабились, и дело пошло легче.

— Я смотрю, у вас большая квартира, — заметила мать Юли, крупная, яркая, необыкновенно молодо выглядящая женщина по имени Татьяна. — Если дети поженятся, они будут жить с вами?

— Нет, — твердо ответил Родислав. — У Дениса будет своя

квартира, я об этом позабочусь. Правда, не обещаю, что она будет большой и роскошной.

— Это правильно, — подхватил отец Юли. — Незачем баловать, пусть сами строят свою жизнь и сами зарабатывают. И не нужна им отдельная квартира, хватит им и комнаты в коммуналке. Если нельзя с вами жить, так пусть с нами живут, потеснимся.

Татьяна метнула в мужа предостерегающий взгляд и примирительно улыбнулась.

— Никто не говорит, что детям здесь жить нельзя. Просто намного лучше, если они сразу станут самостоятельными, верно, Родислав Евгеньевич?

Люба промолчала. О планах Родислава купить Денису квартиру она услышала впервые, и это ее расстроило. Мальчик жил у них уже полгода, и она успела к нему привязаться. И к нему, и к Юленьке, которая как солнышко озаряла их жилище. Вот пришли родители девочки, обсуждается вопрос о свадьбе и будущей совместной жизни детей, и Любе на какое-то мгновение показалось, что речь идет о судьбе ее сына и что сидящие за одним с ней столом люди и в самом деле станут ее родственниками, а потом дети заведут своих детей, которые станут ее, Любиными, внуками. Любе не довелось пережить такого с родными детьми, ни с Лелей, ни с Колей... А как было бы хорошо, если бы Денис и Юля остались жить с ними! После ухода Лели дом стал казаться совсем пустым, и Люба часто с грустью вспоминала о том, как ей хотелось иметь большую квартиру, в которой у каждого был бы свой угол, и была бы большая гостиная, и столовая, где все могли бы собираться за круглым столом. Вот теперь у нее есть такая квартира, да только жить в ней некому. Коли нет, Лели нет, внуков нет. Появление Дениса одновременно с уходом Лели несколько скрасило пустоту, заполнило ее, за полгода Люба привыкла заботиться о мальчике, тем более он был так похож на Родислава! Те же темные вьющиеся волосы, та же застенчивая и невероятно обаятельная улыбка, тот же овал лица, такие же, как у отца, широкие плечи. И Юленька Любе очень нравилась. В глубине души Люба лелеяла надежду на то, что дети поженятся и останутся здесь, с ними, и они все вместе будут растить внуков, если бог их пошлет.

А тут вдруг оказалось, что у Родислава совсем другие планы.

После ухода гостей Люба осторожно спросила у Родислава, давно ли он принял решение купить квартиру для Дениса.

— Недавно. Это желание Дениса.

— Что, он прямо выразил желание, чтобы ты купил ему жилье? — не поверила Люба.

Это было совсем не похоже на мальчика, насколько Люба успела его узнать.

— Конечно, нет. Я спросил, хочет ли он остаться с нами после того, как женится на Юле, или предпочитает жить отдельно. И он сказал, что, если это возможно, он предпочел бы жить отдельно. Вот и все.

— Но почему? Он как-то объяснил свое желание? Разве ему плохо с нами?

— Любаша, он не хочет жить с тобой, понимаешь? Он разумный мальчик, он очень хорошо к тебе относится, очень по-доброму, он глубоко благодарен тебе за то, что ты позволила ему жить здесь, но... Он постоянно помнит, что он для тебя — сын моей любовницы. Ему кажется, что ты должна его ненавидеть, что тебе неприятно находиться рядом с ним, что он напоминает тебе о моей измене. И в конце концов, он считает, что из-за тебя я не женился на его матери. Вся эта ситуация его травмирует. Я прошу тебя, Любаша, отнесись к этому с пониманием и не сердись на мальчика. Ему и без того досталось: сначала болезнь и инвалидность, потом самоубийство матери, потом еще Дашка добавила, предала его.

Ну что ж, и эти надежды рухнули. Денис и Юля не будут жить с ними, и Любе не удастся повозиться с их детьми, с внуками ее любимого Родика. Не судьба.

* * *

Через два дня после знакомства с семьей Юли Родислав, вернувшись домой, услышал из комнаты сына возбужденные голоса. То, что звонко произносила Юля, он хорошо разбирал, а голос сына, низкий и глуховатый, звучал невнятно.

— И все равно я считаю, что ты должен поговорить с отцом.

— ...неудобно...

— Ну почему? Ты же не просишь ничего особенного! Тебе и так не все доступно в этой жизни, и ты отлично это понимаешь.

— ...обойдусь...

Родислав решительно открыл дверь и вошел.

— Привет, молодежь. О чем спор?

— Здравствуй, папа.

— Здравствуйте, дядя Родислав. Денис не хочет вас просить, а я все равно скажу...

— Юлька! — взмолился Денис. — Ну не надо, пожалуйста.

— Нет, надо, — заявила девушка. — Мы все взрослые люди. Я считаю, что любую проблему надо обязательно обсуждать и выслушивать все мнения. Если нельзя — значит, нельзя, дядя Родислав нам так и скажет, и мы не обидимся. А вдруг можно?

— Так о чем спор-то?

— Юлька!

— Сегодня киберспорт признан официальным видом спорта в нашей стране. Денис уже давно тренируется в Сети, у него масса друзей, у них свой клан есть, но все ребята участвуют в соревнованиях, а Дениска не может, для этого надо тренироваться в клубе. И соревнования тоже в клубах проходят. Он уже очень хорошо играет, правда-правда, а сегодня такой ажиотаж поднялся. В общем, вы же хотите, чтобы Дениска стал настоящим спортсменом?

— Конечно, хочу, — признал Родислав. — Но я не очень понял, о чем вы собираетесь меня попросить? Нужен другой компьютер, более мощный? Или с Интернетом что-то не так?

— Погоди, Юлька, — остановил девушку Денис, — я сам объясню. Понимаешь, пап, я всегда тренировался в Сети, и мне было в принципе достаточно, потому что я буду программистом, а не геймером. Конечно, в Сети тренировки неполноценные, там приходят «читеры», с ними нормально играть невозможно. Но так как я играю очень давно и уже много чего умею и отношения с ребятами из клана у меня сложились, они меня приглашают в официальную команду для участия в соревнованиях с хорошим призовым фондом. Деньги ведь лишними не бывают, правда же?

— Правда, — согласился Родислав.

— И потом, пока я играл просто так, меня это не особо волновало. А теперь, когда киберспорт признан официальным видом спорта, у меня появилась возможность стать настоящим спортсменом, несмотря на мою болезнь. Ну, это все равно что спортсмены-инвалиды, только я-то могу стать полноценным спортсменом среди нормальных, здоровых ребят. Понимаешь разницу?

— Понимаю. И что для этого нужно?

— Нужно, чтобы я мог ездить в клуб на тренировки. Я играю в «Контр-Страйк», чтобы добиться приличных результатов, нашему клану нужно примерно год тренироваться три-четыре раза в неделю по три-четыре часа. Только после этого можно рассчитывать на участие в важных соревнованиях, и то если отборочные пройдем. Я считаю, что я не имею права просить тебя помочь мне, а Юлька говорит, что попросить всегда можно, откажут — так откажут. В этом мы с ней не сходимся.

— Ты еще не все сказал, — вмешалась Юля. — Вот, дядя Родислав, я вам сейчас зачитаю выдержку, я в Интернете нашла.

Она защелкала клавишами на включенном компьютере.

— Вот, слушайте, что знающие люди пишут: «В «Контр-Страйке» вырабатывается огромное количество эмоций, поэтому поддерживать хорошие отношения пяти человек очень сложно, особенно в случаях поражений. Именно поэтому для успеха в данной дисциплине необходимо уметь сдерживаться, признавать свои ошибки и слушать товарищей. Прежде чем достигнуть успеха, геймерам приходится многому научиться, неоднократно переступать через личные амбиции в пользу командных. Человек, достигший успеха в «Контр-Страйке», будет успешен в любом коллективе, поскольку нет ничего более сложного, чем в течение нескольких лет быть равным среди других талантливых людей, объединенных одной целью». Видите? Дениске обязательно нужно продолжать играть, чтобы он потом мог сделать успешную карьеру.

— Значит, все дело только в возможности ездить в клуб на тренировки? — уточнил Родислав.

— Ну да, — кивнул Денис. — Я сам не могу. Если бы клуб был в пределах микрорайона, Юлька бы меня возила, это не вопрос, но он далеко, нам с ней самим не добраться.

— Я решу эту проблему, — с улыбкой заверил Родислав. — Будешь играть, тренироваться, сколько надо, и станешь настоящим спортсменом.

Он поднялся на второй этаж, заглянул к Любе. Жена сидела за компьютером и быстро набирала какой-то текст. Родислав словно впервые вдруг заметил и очки, и вялую кожу под подбородком, и глубокие носогубные складки, хотя в целом Люба в дорогом спортивном костюме «Эскада» и со свеже-прокрашенными волосами — Тамара очень тщательно следила за тем, чтобы у сестры не было седины, — выглядела моложавой и подтянутой.

Она вскинула голову и быстрым движением сняла очки для чтения.

— Родинька! А я не слышала, как ты вернулся. Переодевайся, будем ужинать.

Родислав подошел к жене, положил руки ей на плечи, отвел со щеки непослушную прядь волос.

— Любаша, а ведь мы с тобой совсем старые.

— Ты что? — испугалась Люба. — С чего вдруг? Ты еще молодой, тебе всего шестьдесят в этом году исполнится, откуда такие мысли?

— Да я сейчас с Денисом поговорил и понял, что мы с тобой — отсталый прошлый век. Вроде бы он мой сын, то есть всего-то одно следующее поколение, а пропасть между нами непреодолимая. Он мне что-то про киберспорт втолковывает, а я его с трудом понимаю. И лексика у них совсем другая. Какие-то геймеры, читеры, кланы. Любаша, похоже, наше с тобой время безвозвратно уходит. Еще чуть-чуть — и мы ни на что не будем годны, разве что с внуками сидеть. Да и тех у нас, похоже, не будет.

— А Денискины дети? Они ведь твои кровные внуки, — возразила Люба.

— Мои. Но не твои. Ты не сможешь их любить так, как хотела бы, как любила бы Лелиных детей. Но Лелька, судя по всему, отрезанный ломоть. Даже если она и выйдет замуж в этой своей Англии, она к нам уже не вернется.

— Родинька, я люблю Дениса уже за одно то, что он — твой родной сын, он — твоя кровь. И его дети будут моими любимыми внуками.

— Но они с Юлей не дадут нам их воспитывать, — грустно констатировал Родислав. — Они слишком хотят быть самостоятельными и независимыми. И потом, если я ощущаю, что между нами пропасть, то уж они-то ощущают это во сто крат сильнее. Для поколения наших детей мы — старорежимная рухлядь. Мы никогда не поймем друг друга. Мы по-разному мыслим, по-разному чувствуем, у нас разные ценности. Они нам своих детей просто не доверят. Так что придется нам с тобой свой век доживать вдвоем. Ладно, что это я траурные разговоры завел на ночь глядя, — он улыбнулся и снова погладил Любу по щеке. — Пойдем ужинать.

На следующий день Родислав решил вопрос с машиной для Дениса, чтобы сын мог ездить на тренировки в компьютерный клуб. Тренировки проходили вечером, начинались в девять, заканчивались за полночь, и снова для Любы и Родислава начались часы тревожного ожидания. Они были уверены в том, что Денис не наделает глупостей, не напьется, не загуляет до утра, но все равно беспокоились: мальчик — инвалид, мало ли что может с ним случиться, а вдруг его кто-нибудь обидит? В клуб Дениса провожала Юля, а на обратном пути водитель машины, как было договорено, помогал юноше сесть в кресло и довозил его до подъезда. С лифтом и входной дверью он отлично справлялся сам, но Люба все равно волновалась, просила Дениса позвонить минут за пять до прибытия к подъезду, спускалась вниз и забирала его. Так ей было спокойнее.

— Жаль, что Юленька не играет вместе с вами, — сокрушалась она. — Если бы я знала, что она тебя отвезет и привезет, я бы не нервничала.

— Тетя Люба, не ждите меня, ложитесь спать, со мной ничего не случится, — уговаривал ее Денис. — Ребята ко мне хорошо относятся, уважают, они меня в обиду не дадут.

— Дай бог, — вздыхала Люба и продолжала тревожиться. — Скорее бы Юля переезжала к нам. Когда вы планируете пожениться?

— Нам некуда спешить, — безмятежно улыбался в ответ Денис. — Это пока я с Дашкой жил, мы хотели побыстрее зарегистрироваться, чтобы Юлька у меня могла ночевать. А теперь у нас все путем. Пусть учится в институте, побыть женой она еще успеет.

Люба радовалась, слыша эти слова, ведь Родислав собирался покупать Денису квартиру к свадьбе, а если свадьба еще не скоро, значит, еще какое-то время удастся пожить всем вместе. Пусть это не совсем настоящая семья, но хотя бы видимость ее.

* * *

Андрей Бегорский был идеальным мужем и отцом, во всяком случае, именно так он сам искренне считал. Он заботился о своих женах и детях, об их здоровье, их благополучии, он был щедрым, широким. И женам своим никогда не изменял, хотя в периоды между браками вел активную и разнообразную личную жизнь.

Созданный им холдинг работал как часы, в частности и благодаря тому, что Бегорский умел все предусмотреть и не ленился все проверять. Если он обнаруживал отсутствие какого-нибудь работника на рабочем месте, то строго спрашивал о причинах и требовал оправдательный документ. Андрею нельзя было сказать: «У меня заболел зуб, и я ходил в поликлинику», без справки от врача никакие разговоры не проходили. Более того, он требовал от всех работников неукоснительного и ежегодного прохождения диспансеризации.

— Ваше здоровье — это мой капитал, — повторял он. — Если вы будете здоровы, если ваши недуги будут вовремя выявлены и быстро излечены, я сохраню свои деньги. Я не благотворитель, я — бизнесмен и деньги считать умею. Мне гораздо выгоднее оплатить ваши страховки в хорошей поликлинике, где вас будут ежегодно обследовать, чем потом выплачивать вам зарплаты, которые вы не заработали, потому что болели.

Он безжалостно и без колебаний увольнял сотрудников, если узнавал, что они представили липовые справки или больничные листы. А узнавал он об этом обязательно, потому что все работники холдинга «Пищевик» должны были пользоваться только той поликлиникой, которую для них выбрал Андрей Бегорский и которая входила в страховой пакет. Справедливости ради надо сказать, что в тех случаях, когда кому-нибудь требовалась дорогостоящая медицинская помощь, не предусмотренная страховым полисом, Андрей Сергеевич никогда денег не жалел и изыскивал возможность оплатить любое лечение, даже и за границей. Он любил всех, кто работал на него, оберегал их, заботился и в целом относился к ним так, как рачительный хозяин относится к любимому автомобилю, протирая и полируя каждый узел механизма.

К своей семье Андрей относился примерно так же, искренне полагая, что семья — это то же производство, с распределением прав и обязанностей, с бюджетом, с необходимостью правильно выстроить отношения внутри пусть и маленького, но все-таки коллектива. Никакой разницы. И поскольку на работе Андрей лучше всех знал, что и как нужно делать, точно такую же роль он играл и дома. Роль отца-основателя, многоглазого опекуна и строгого наставника.

Каждое утро в семье Андрея Сергеевича начиналось с инструктажа. Закончив завтрак ровно за пятнадцать минут до приезда водителя, он вставал из-за стола и произносил:

— Садись, записывай план на сегодня.

— Андрюша, я и так знаю, что мне делать, — возражала жена Аня.

— Ну что ты можешь знать, а? Садись и пиши. Возьми блокнот.

Этот диалог повторялся изо дня в день с различными вариациями.

— Первое, — мерно диктовал Андрей, расхаживая по комнате взад-вперед. — Отвезти Филиппа на лечебную физкультуру.

— Неужели ты думаешь, что я забуду отвезти ребенка в поликлинику?

На риторические вопросы Бегорский не отвечал.

— Ты записала? Отвезти на физкультуру, выезд из дома в девять сорок пять. Напиши: в девять сорок пять!

— Я и так помню, во сколько нужно выезжать.

— Второе. Заехать в продуктовый магазин на Ленинском проспекте, возле поликлиники. Запиши адрес.

— Андрюша, ты меня совсем за идиотку принимаешь? Ты думаешь, я не знаю, где продукты покупать?

— Ты поедешь именно в этот магазин, там хорошая свежая рыба.

— Но я не планировала на сегодня рыбу, я собиралась...

— Сегодня мы едим рыбу, — не повышая голоса, продолжал Бегорский. — Рыбу необходимо есть не реже трех раз в неделю, поэтому сегодня ты поедешь за рыбой.

— Ну хорошо, хорошо.

— Тут нечего обсуждать. Я говорю — ты записываешь. Ленинский проспект. Войдешь, спросишь Ольгу Алексеевну, скажешь, что от меня, как обычно. Ты ее должна помнить, такая толстая противная баба. Скажешь ей, что тебе нужна свежая рыба.

— Какая? — покорно спрашивала Аня.

— Сегодня возьмем треску.

— А если трески не будет?

— Не будет трески — возьмешь судака.

— Но я не люблю судака!

— Возьмешь судака, он очень полезный, нежирный, в нем много витаминов. Три рыбки, среднего размера, сантиметров по сорок. Запиши: по сорок сантиметров.

— Записала.

— Кроме того, покупаешь там же хорошие овощи. Фрукты у них не бери.

— Почему?

— Потому что овощи там хорошие, а фрукты плохие.

— Но я бы купила сразу все в одном магазине...

— Записывай список овощей: морковь — килограмм, свекла — две штучки, вот такие, — он показывал руками, — с крупное яблоко, не больше.

— Ты мне, может, еще и диаметр назовешь?

Он не замечал насмешки и отвечал:

— Диаметр примерно десять сантиметров.

В какой-то момент Аня не выдерживала.

— Слушай, Бегорский, ты что, всерьез все это диктуешь?

— Я все делаю всерьез. У меня нет времени, мне пора уезжать. Написала? Дальше: огурцы — шесть штук, помидоры — четыре штуки, только посмотри, чтобы были не мятые. К часу дня чтобы была дома. Кормишь Филиппа обедом, обедаешь сама по составленному вчера меню, не вздумай нарушать, я приеду — проверю. У ребенка совершенно другое питание, его нельзя кормить тем, что едим мы с тобой. И это не обсуждается! Кладешь ребенка спать. В четыре часа везешь его на плавание.

— Андрюша, я все-таки прошу тебя подумать: не рано Филиппу ходить в бассейн? Ему всего два с половиной года.

— У ребенка сколиоз, ему нужно исправлять осанку, и лучше плавания нет ничего. Плавание и лечебная физкультура. К спорту нужно приобщаться с самого рождения, чем раньше начинаешь заботиться о своем здоровье — тем лучше. Всё, закрыли тему. В половине шестого ты забираешь Филиппа из бассейна, везешь домой, кормишь ужином, меню лежит на холодильнике, посмотришь и все приготовишь. Я буду дома ориентировочно в восемь — в половине девятого, если будут изменения — я тебе сообщу. Мне приготовишь одну рыбку, запеченную в фольге, и овощи, тушенные на пару. Вечером я дам тебе дополнительные указания. Возможно, мне придется уехать в командировку, так что на всякий случай надо перестирать и перегладить все мои рубашки.

— Все? — недоверчиво переспрашивала Аня. — Все, какие есть?

— Да, именно все, какие есть, потому что там, куда я лечу, непонятно, какая будет погода, и непонятно, какой костюм я надену.

— Но можно же позвонить, узнать, или в Интернете посмотреть...

— Я еще не знаю, когда я полечу. Анечка, мне очень скучно тебе все это объяснять. Мне нужны все рубашки, чтобы в любой момент я мог выбрать то, что мне понадобится. И всё, мы это не обсуждаем.

— А мы вообще когда-нибудь что-нибудь обсуждаем?

— А зачем обсуждать? Я тебе сам все скажу, ты только спроси — и я все тебе скажу. Теперь насчет завтра: сегодня вынь все из шкафов и комодов, всю посуду, белье, вещи.

— Зачем?

— Анюта, у меня нет времени отвечать на вопросы. Освободи всю мебель в большой гостиной и в моем кабинете.

— Что случилось? Мы переезжаем?

— Я купил новую мебель.

— Как — новую мебель? А со мной посоветоваться не нужно?

— Аннушка, я уже сказал: на вопросы я не отвечаю, у меня нет времени. Ты вынимаешь всё...

— А если мне эта мебель не понравится?

— Понравится. Хотя не имеет значения, понравится она тебе или нет. Грузчики придут завтра вечером, так что сегодня ты займешься освобождением мебели. Выкладываешь все так, как лежало на полках, в том же порядке, чтобы не было куч. Ты поняла?

— Хорошо, дорогой, куч не будет.

— Значит, грузчики приедут завтра в восемнадцать часов плюс-минус пятнадцать минут. Пусть все занесут, поставят в холле и ждут меня. Запиши! Пусть сидят и ждут меня, я договорился, они будут ждать столько, сколько нужно. Пока я не приеду.

— А когда ты приедешь? Мне не очень нравится, что у меня дома будут сидеть чужие мужики.

— Я приеду ориентировочно в восемнадцать тридцать, но возможны изменения. Я позвоню тебе и поставлю в известность. Ни в коем случае не отпускай грузчиков и не давай им денег, пусть ждут. В моем присутствии они все откроют, и я проверю качество и комплектность.

— Но я тоже могу проверить комплектность...

— Это не женская забота, — отрезал Бегорский. — С деревяшками должны возиться мужчины, вы, дамы, все равно в них не понимаете. Кстати, я уже все промерил и точно скажу, куда что поставить, об этом можешь не думать. Ты все поняла?

— Да, дорогой, я все поняла.

— Вот и умница.

В конце инструктажа следовал обязательный нежный поцелуй. Бегорский целовал жену, потом сынишку и уезжал руководить холдингом. Иронической улыбки жены он не замечал.

На работе Андрей Сергеевич вел себя точно так же, вырабатывая жесткие инструкции и требуя их неукоснительного выполнения. Он тщательно следил за питанием рабочих и служащих на всех своих предприятиях, сам подбирал шеф-поваров и заведующих производством, более того, он не ленился ездить на консультации в различные научные учреждения, где задавал множество вопросов о том, как должны питаться люди, занимающиеся тем или иным видом деятельности, и платил деньги за то, чтобы ему квалифицированно составляли «образцовое» меню на месяц, сбалансированное по всем параметрам и богатое витаминами. Он регулярно проверял и качество продуктов, поставляемых в столовые, и качество готовых блюд, снимал пробы, организовывал экспертизы товароведов и пищевиков и безжалостно увольнял каждого, кто нарушал установленный им порядок. Он провел немало часов в институте физкультуры, собирая материалы о том, какие виды физических нагрузок показаны разным категориям работников, с тем чтобы снизить заболеваемость хроническими недугами, и на каждом предприятии холдинга «Пищевик» были тренажерные залы, посещать которые обязаны были все поголовно, включая беременных и инвалидов, для которых существовали специальные программы занятий. За занятиями следили профессиональные инструкторы и тренеры.

— Я обеспечиваю всем дорогостоящий страховой пакет, — не уставал повторять Андрей Сергеевич. — Ни один мой работник не останется без медицинской помощи, чем бы он ни заболел. Но при этом я требую, чтобы вы тщательно следили за своим здоровьем и чтобы ваши рабочие места не простаивали. Каждого, кто позволяет себе болеть из-за собственной халатности, я буду увольнять.

И увольнял. Разумеется, ни о каком курении на рабочих местах не могло быть и речи, однако повсюду находились специально оборудованные курилки с хорошим кондиционированием.

— Если я буду просто запрещать курить, — говорил он, — то люди ведь с этой привычкой не расстанутся, а начнут злиться, раздражаться и бегать курить на улицу, а это огромная потеря и рабочего времени, и нервных клеток. Пусть курят рядом со своими кабинетами, но пусть и те, кто не курит, не дышат этой отравой.

Он ввел жесткий дресс-код и на предприятиях, и дома. Рабочие в цехах ходили в униформе, сшитой по моделям дизайнера, для вспомогательных служб униформа была другого цвета и дизайна. Инженерно-техническим работникам дозволялось находиться на службе в «цивильном», однако стоило Андрею Сергеевичу увидеть женщину в туфлях на высоких каблуках или с чересчур длинными ногтями, он немедленно отправлял ее домой с указанием оформить день «за свой счет» или в счет отпуска.

— Высокие каблуки вредны для здоровья, особенно для позвоночника и ног, — утверждал Бегорский. — Я делаю все для сохранения вашего здоровья, а вы мне мешаете. Вы заработаете себе инвалидность, а мне потом всю жизнь вам пенсию выплачивать. И не мечтайте. И никаких супердлинных ногтей: чем длиннее ноготь, тем болезненнее травма, если он ломается. Как вы будете работать на компьютере с перебинтованной рукой? Собираетесь брать больничный? Даже не думайте об этом.

Женщины его не понимали и злились, но Андрей Сергеевич стоял на своем. Ему вполне достаточно было одного-единственного случая, когда кто-то из работниц сломал ноготь о станок, сделав резкое движение. Ноготь сломался крайне неудачно, треснул на середине верхней фаланги, обнажилось мясо, кровь текла ручьем. Женщина потом долго ходила с повязкой и вскрикивала от любого, даже самого легкого прикосновения к пальцу. И хотя все в один голос объясняли Бегорскому, что такое случается очень редко и обычно ногти ломаются совершенно безболезненно, он принял решение и никогда от него не отступал.

Дома он требовал, чтобы жена на кухне находилась в строго определенном виде: длинный фартук и туго повязанная косынка, полностью скрывающая волосы. Никаких маленьких кокетливых передничков он не признавал.

— Все должно быть максимально прикрыто, потому что от хлопка и шерсти отстирать продуктовые пятна трудно.

— Но я могу носить синтетику, — возражала жена. — От нее все моментально отстирывается.

— Ты не будешь носить синтетику никогда и нигде, — заявлял Бегорский. — Это не полезно. Только натуральные ткани.

Он точно знал, что полезно и что вредно, как нужно питаться, заниматься физкультурой, одеваться и предаваться любовным утехам. Он точно знал, как надо жить и работать, как воспитывать детей и давать им образование. И требовал, чтобы созданное им производство и созданная им семья жили в соответствии с этими знаниями. Он искренне хотел сделать так, как лучше для всех. И совершенно не понимал, почему первая и вторая жены от него ушли.

А потом ушла и третья. Ушла точно так же, как две предыдущие, не деля имущество и ни на что не претендуя, ни в чем не обвиняя мужа.

— Ты чудесный, добрый, умный и порядочный человек, — сказала Аня. — Ты честный и надежный. С тобой — как за каменной стеной. Я была счастлива любить тебя. Но жить с тобой невозможно.

* * *

Ворон скромно потупился в ожидании бурных оваций и криков «браво!», но Камень и Ветер ошарашенно молчали. Между деревьями повисла гнетущая тишина. Казалось, слышно было, как падает снег.

Первым не выдержал, как обычно, сам Ворон.

— Чего вы молчите-то? Неинтересно, что ли?

— У меня нет слов, — признался Камень. — Это же не человек, это чудовище какое-то.

— Ничего не чудовище, — немедленно откликнулся Ветер. — Бегорский — цельная натура, сильный характер.

— Очень сильный, — фыркнул Камень. — Вся сила уходит на то, чтобы женщину унижать.

Такой поворот в обсуждении Ворона совершенно не устраивал. Он ждал удивления и похвалы за то, что догадался слетать к Бегорскому и понаблюдать за его жизнью, он ждал восклицаний и восторгов на тему о том, какой интересный материал он принес, а эти старые перечники тут же кинулись перемывать кости Андрею, словно забыв, что главный во всем этом — он, Ворон. Если бы не он, и обсуждать было бы нечего.

Он попытался переключить внимание друзей на себя, любимого.

— Ну правда же я молодец? А то мы бы так и не знали, почему от него жены уходят. Правда же хорошо, что я не поленился и потратил время на Бегорского? Или вы считаете, что мне нужно было про другое смотреть?

— Ты бы про Аэллу посмотрел, — попросил Ветер. — А то ты про нее совсем мало рассказываешь.

— Нет, Ветрище, Ворон прав, надо было прояснить тему с Бегорским, — возразил Камень.

Ворон расцвел. Вот то-то же! Камень — настоящий слушатель сериала, чувствует, где главное, а где второстепенное, и может по достоинству оценить мастерство рассказчика-Ворона, не то что этот прилипала-Ветер, налетает откуда ни возьмись и требует информацию про свою любимицу Аэллу Александриди. Толку-то с этой Аэллы! Нет, Ворон ничего такого в виду не имеет, когда есть что-то важное, связанное с главным, он завсегда готов к Аэлле слетать и поразнюхать, что там к чему, а чтобы вот так просто, ни с того ни с сего ею интересоваться — это уж нет, увольте. Любочка и Родислав для него куда важнее.

— Ну и прояснили, — отозвался Ветер. — Бегорский ваш ко всему относится как к производству: и к семейной жизни, и к жизни вообще. Все должно работать как отлаженный механизм, а чтобы механизм работал, каждая деталька должна быть в полном порядке, чистенькая и смазанная. И у каждой детальки свое узкое предназначение. У женщины — рожать детей и участвовать в их воспитании. У мужчины — принимать решения и обеспечивать их выполнение. Он так и живет. Чего тут непонятного?

— Но он же унижает свою жену! — возмутился Камень. — Как так можно?

— Никого он не унижает, он организует производство. Чувствуешь разницу? — принялся объяснять Ветер. — Он ведь сначала сделал карьеру, а уже потом начал строить семейную жизнь.

— И какая связь? — не понял Камень. — Какая разница, что было сначала, а что потом?

— Огромная! Он сперва занимался своей карьерой, наверное, совершал какие-то ошибки, извлекал из них уроки, исправлял, и в результате у него все получилось, да так, что другим и не снилось. Он практически стал олигархом. Ворон, у Бегорского много денег?

— Немерено, — каркнул Ворон, очень довольный, что ему задали вопрос, на который он смог ответить.

— Вот видите. Он — богатый человек. То есть он достиг отличных результатов. И на каком-то этапе своей карьеры он, понимая, что его деятельность приносит ощутимые результаты, сделал вывод, что он теперь знает, как и что нужно делать, чтобы получилось хорошо. Он поверил в собственную непогрешимость, он уверовал в то, что только он один знает, как надо. И эту уверенность он перенес и на отношения с людьми вне работы, в том числе и на семейные отношения. Вот я и говорю поэтому, что он — цельная натура.

Камень слушал и диву давался. Нет, положительно, он недооценивал своего товарища, которого считал поверхностным и легкомысленным. Да, он, конечно, совершенно по-детски любит похулиганить, но иногда высказывает вполне зрелые и глубокие суждения. А может быть, это происходит именно потому, что он так и остался большим ребенком, а устами младенцев, как считают люди, глаголет истина. Ведь если вспомнить, как Андрей повел себя, когда Николая похитили, то выходит, что Ветер абсолютно прав. Андрей тогда жестко инструктировал Любу, как сказать, что сказать, когда позвонят похитители, он контролировал каждый ее шаг и не отпускал от себя до тех пор, пока все не закончилось. «Ты обязательно сделаешь что-нибудь не так», — говорил он. А еще раньше, много лет назад, он поехал на похороны Григория, потому что был уверен, что Тамара не сможет все организовать так, как надо, а он знает, как надо, и поможет ей.

Ворон внимательно следил за ходом дискуссии, периодически отвечая на вопросы друзей. Главную новость он приберег и держал в рукаве, как козырного туза. Но приберег он ее не для пущего эффекта, вовсе нет. Он ждал, когда улетит Ветер. Потому что вопрос был, скажем так, щекотливый, деликатный был вопросец.

Но Ветер все не улетал, он удобно расположился между мягкими, облепленными пушистым снегом еловыми лапами и был явно настроен на длительный просмотр сериала. В голове у Ворона созрел коварный план: саму новость он объявит сейчас, а свой деликатный вопросец обсудит с Камнем попозже, когда Ветер уметется в дальние края. Он придумал, как заставить друга убраться подальше. И побыстрее.

— Я тут еще кое-что узнал, — с показной скромностью произнес Ворон. — Уж не знаю, интересно это вам будет или нет... Но я все равно скажу, чтобы вы потом не ругались, что я от вас что-то утаиваю.

— Говори, говори, — подбодрил товарища Камень. — Мы тебя внимательно слушаем.

— Вадим погиб, — коротко сообщил Ворон.

— Как?! — в ужасе воскликнул Камень.

А Ветер довольно равнодушно спросил:

— Кто такой Вадим? Я что-то не припомню такого.

— Это человек, в которого много лет была влюблена Леля Романова, — объяснил Ворон. — С самого детства. Они в одном доме жили.

— А, да, да, что-то припоминаю, — протянул Ветер. — И что случилось? Разбился на машине?

— На самолете. Летел в командировку в Волгоград.

— Это в каком же году произошло? — живо заинтересовался Ветер. — В четвертом, что ли?

— В четвертом, — подтвердил Ворон, чуя недоброе.

Уж в чем, в чем, а в авиакатастрофах Ветер был докой, он всюду летал и все про это знал. Того и гляди, в обсуждении гибели Вадима он может перетянуть одеяло на себя и оказаться главнее Ворона. Этого еще недоставало!

Худшие предположения Ворона немедленно оправдались.

— Это я хорошо помню, — заявил Ветер. — Двадцать четвертого августа два самолета разбились, один в Тульской области, другой в Ростовской. Тот, который в Волгоград летел, взорвался и упал в районе села Бучалки. Страшная трагедия, — его голос дрогнул. — До сих пор не могу без слез вспоминать. Сорок три человека погибли.

— А вот и нет, — авторитетно заявил Ворон. — Не знаешь — не выступай. Не сорок три, а сорок четыре.

— Да где же сорок четыре? — возмутился Ветер. — Я точно помню, тридцать пять пассажиров и восемь членов экипажа, всего сорок три выходит.

— Не знаю, что там у тебя выходит, а только я через несколько дней после катастрофы специально туда летал, там тело сорок четвертого пассажира по частям собирали. Я сам слышал, как спасатели так и говорили: мол, сорок четвертый. У меня прямо сердце разрывалось на это смотреть. А родственников-то как жалко! В общем, мне всех было жалко, я так плакал, что даже плохо видел, что вокруг происходит.

Ворон загрустил от печальных воспоминаний, но в то же время был ужасно доволен тем, что удалось уесть вездесущего приятеля и тем самым снизить в глазах Камня его ценность как эксперта и источник информации.

— Откуда же он взялся? — растерялся Ветер. — Было же тридцать пять и восемь, и еще сорок шесть на другом самолете, всего восемьдесят девять. Я не мог ошибиться.

— А вот и девяносто, — злорадно проскрипел Ворон. — Ты бы лучше читать научился, а то все слухами пользуешься, какое-нибудь облачко или симпатичная радуга тебе чего-то напоют, а ты всему и веришь. А я, между прочим, газеты читаю. В газетах черным по белому было написано: девяносто погибших в двух авиакатастрофах.

— Слушайте, но это же ужасно, — перебил их Камень, до этого не ввязывавшийся в полемику, — вы спорите о том, сколько погибло людей, восемьдесят девять или девяносто, это же разница не просто в единицу, это разница в целую жизнь. В целую чью-то жизнь! Вы только вдумайтесь! Девяносто человеческих жизней закончились практически одновременно, у людей ведь были планы, они о чем-то мечтали, кого-то любили, их, в конце концов, кто-то ждал и любил. А государство не может точно сказать, сколько его граждан пострадало в катастрофе, как будто это ему не интересно. Я вообще не понимаю, как так может быть, чтобы не знать точно, сколько человек погибло. Ветер, у тебя откуда информация?

— Ну, я... это... Я там летал, смотрел, слушал, спасатели переговаривались, птицы тоже сообщали. Потом я еще в разных городах был, там люди телевизор смотрели и обсуждали.

— А у тебя, Ворон, сведения откуда?

— Примерно оттуда же, только я еще газеты читал.

— Совсем непонятно, — укоризненно вздохнул Камень. — Выходит, в одних средствах массовой информации такие цифры, в других — другие. Как это получается? И главное, я понять не могу, как люди-то во всем этом разбираются, если разные источники приводят разные данные.

— Да они и не разбираются, — усмехнулся Ворон. — Им по барабану. Прочитали, послушали — и тут же забыли. Им про чужое горе не интересно, своя рубашка ближе к телу.

— Плохо, — сделал вывод Камень — Неправильно. А что случилось-то? Отчего самолеты разбились?

Ворон раскрыл было клюв, чтобы выступить с подробным докладом, но Ветер его опередил.

— На обоих бортах были террористки-смертницы из

Чечни. С того самолета, который в Сочи летел, успели подать сигнал о теракте, а тот, который летел в Волгоград, ничего не успел, прямо в воздухе взорвался — и всё.

Ворон насупился. Он сам хотел об этом рассказать. Вечно этот выскочка Ветер суется, куда его не просят.

— Как же они на борту оказались? — недоумевал Камень. — Ты же, Ворон, рассказывал мне, что после теракта одиннадцатого сентября две тысячи первого года в аэропортах стали усиленно досматривать всех и вообще принимать особые меры безопасности.

Ну, тут уж Ворон проявил бдительность и раскрыл клюв заранее, чтобы успеть вовремя вступить.

— Террористки прилетели в аэропорт Домодедово рейсом из Махачкалы, — начал он.

— С ними еще двое мужчин было, — тут же встрял Ветер.

Но Ворон не дал себя перебить.

— Это не суть важно. Они прилетели, и сотрудники отдела милиции что-то заподозрили, забрали у них паспорта и передали одному капитану милиции, оперуполномоченному по борьбе с терроризмом. Этот капитан должен был их досмотреть и проверить на предмет возможной причастности к терактам. А капитан взял и отпустил их без всякой проверки.

— Как же так? — заволновался Камень. — Почему? Как он мог так поступить?

Ветер молчал, Ворон тоже смущенно отвернулся. Точного ответа ни тот, ни другой не знали.

— Ну, что вы молчите? — бушевал Камень. — Столько горя, столько слез, такие страшные трагедии — и вы не можете мне сказать, как так получилось? Почему капитан их отпустил? По халатности? Или они ему денег дали? Или запугали чем-нибудь? Ведь была же реальная возможность предотвратить трагедию! Господи! Ну что за люди эти люди!!! Нет, никогда я их не пойму. Никогда.

И снова между заснеженными елями повисла тишина. Камень искренне горевал о прерванных жизнях, легковесный Ветер терпеливо ждал продолжения рассказа, а Ворон собирался с мужеством, чтобы провернуть заранее запланированный маневр с удалением Ветра.

— Я.. это... — он откашлялся, — покину вас ненадолго, ладно? Мне тут надо по делам слетать.

— Куда это? — недовольно вскинулся Ветер. — А сериал?

— Я скоро вернусь, мне правда очень надо. Я белочке обещал помочь кору собрать.

И Ворон ловко вспорхнул с ветки, не дожидаясь уговоров остаться.

Вернулся он через четверть часа, и вид у него был встревоженный и испуганный.

— Ветер, там тучи какие-то про тебя спрашивают, — сообщил он прерывистым от волнения голосом.

— Где? — заволновался Ветер. — В какой стороне?

— С юга идут. Злые, как черти, черные, тяжелые, и, по-моему, они молнию с собой тащат, во всяком случае, у них там что-то посверкивает и погромыхивает.

— Черт! — завопил Ветер, подбираясь и готовясь к рывку. — Они меня и здесь нашли! Ироды! Всё, пацаны, я полетел, не поминайте лихом. Если про меня спросят — не выдавайте. Меня здесь не было, и где я — вы не знаете.

— Не выдадим, — дружно пообещали Камень и Ворон.

Друзья долго смотрели вслед товарищу и вздыхали, Камень — искренне и печально, а Ворон — притворно, радуясь и хваля себя за сообразительность. Эк он ловко придумал, как избавиться от лишних ушей!

Ему не терпелось продолжить разговор, но Камень все молчал, грустил и ни о чем не спрашивал.

— Ну вот, значит, Вадим погиб, — не выдержал Ворон.

— Да, — меланхолично отозвался Камень. — Жаль его. Молодой мужчина, женился, ребенок родился, и вдруг такое... Жене, наверное, очень тяжело. Все-таки когда человек долго болеет, у его близких есть время морально подготовиться, заранее свыкнуться с мыслью о том, что его может не стать в любой момент. А когда вот так, внезапно... Нет, что ни говори, а это страшная трагедия.

— Я что хотел сказать-то... Помнишь, я уговаривал тебя сделать так, чтобы Вадим с Лелей познакомились.

— Конечно, помню.

— Так вот я теперь думаю, что я, наверное, был не прав.

— А я тебе еще тогда говорил, что ты не прав. Ничего нельзя менять в человеческих жизнях. Люди сами хозяева своих судеб, и мы не вправе ими распоряжаться.

— Нет, я про другое. Понимаешь, я сейчас подумал, что если бы ты сделал, как я просил, то теперь Леля потеряла бы любимого и осталась вдовой. Представляешь, какой кошмар? Мало Любе и Родиславу всяких переживаний, так еще и это!

И вообще, Леля такая хрупкая, такая чувствительная, она бы этого не пережила. Как подумаю, что она могла бы в этой трагедии потерять мужа, так прямо озноб пробивает. А так живет себе девушка спокойно в своей Англии и горя не знает. Правда же так лучше?

— Не знаю, — усмехнулся Камень.

— Чего ты не знаешь? — изумился Ворон. — Ты считаешь, что было бы лучше, если бы она пережила такую драму?

— Зато она узнала бы, что такое настоящая любовь, — заметил Камень. — Она бы пережила прекрасные, незабываемые часы и дни, она была бы счастлива, и ей в старости было бы что вспомнить.

— Но она пережила бы и страшное горе! Как ты можешь желать ей такого?! Ты — бездушное холодное существо, в тебе нет ни капли сочувствия! — закричал Ворон.

— Не повышай на меня голос, — строго ответил Камень. — У нас с тобой широко распространенная среди людей дилемма — что лучше: не знать любви, но не знать и боли утраты, или узнать эту боль, но зато узнать и высшее счастье. Насколько я знаю, споры до сих пор ведутся. И мое сочувствие тут совершенно ни при чем.

— А ты сам как считаешь? — поинтересовался Ворон.

— Я считаю, что лучше все знать, чем не знать. Потому что знание — сила. Переживание счастья само по себе ценно, а переживание боли закаляет душу и делает ее мудрее и сильнее. Так что лучше иметь, чем не иметь.

— Тогда ты должен был согласиться с тем, что Леле и Вадиму надо познакомиться! А ты сопротивлялся!

— Я сопротивлялся по другой причине, — терпеливо объяснил Камень. — Я не имею права управлять их жизнями. Уж как сложилось — так сложилось. Наше дело — смотреть и обсуждать. Мы можем даже попереживать за них, всплакнуть, если есть над чем, порадоваться, посмеяться, но ни в коем случае не должны ничего менять. Послушай, дружок, мне скучно в тысячный раз возвращаться к этой теме, она у меня уже в зубах навязла.

— Извини, — виновато пробормотал Ворон, — но мне было важно поговорить с тобой насчет того, что лучше: любить и потерять или не терять, но и не любить. Меня этот вопрос мучает. Мне хочется для людей душевного покоя и счастья, а что-то никак не получается. Какие-то у них законы жизни такие мудреные, что я не могу к ним приспособиться.

Видишь, я хотел, как лучше для Лели, а теперь выходит, что так было бы только хуже, хотя ты меня уверяешь, что было бы хорошо. Я запутался, — удрученно признался он. — Наверное, я тоже в людях ничего не понимаю.

— Ну и не страшно, — успокоил друга Камень. — Мы с тобой не люди, мы — Вечные, поэтому совершенно естественно, что мы чего-то не понимаем. Вон люди тоже мало что понимают в жизни пчел и дельфинов, столько столетий изучают — и все разобраться до конца не могут. Мы с тобой друг друга-то не всегда понимаем, хотя вроде бы одинаковые, и люди друг друга не понимают. Не комплексуй. Давай лучше дальше смотреть.

* * *

Николай Дмитриевич Головин очень болезненно реагировал на информацию о террористических актах. И не только потому, что беспокоился за свою семью. Сам факт проявлений терроризма на территории России вызывал в нем гнев и ярость.

— В наше время это было невозможно! — восклицал он. — В наше время все жили в мире и согласии и никому даже в голову не приходило пытаться решать политические проблемы, убивая ни в чем не повинных людей. Вот до чего довели ваши демократические реформы! Трупы, кровь, слезы, страдания — вот ваша цена за так называемый суверенитет и свободу. Лично мне такая свобода не нужна, если за нее приходится платить чужими жизнями.

Люба, Родислав и Тамара пытались объяснить генералу, что терроризм — проблема не только российская, она остро стоит во всем мире — такое нынче время, но он ничего не хотел слушать, ругал демократов и хватался за сердце каждый раз, когда гремел очередной взрыв, устроенный террористами.

Во время событий в театральном центре на Дубровке он не отходил от телевизора, даже спать не ложился, ловя каждую крупицу новой информации, пил лекарства, и дважды Тамаре пришлось вызывать для отца «Скорую». А когда все закончилось, Николая Дмитриевича госпитализировали с тяжелейшим сердечным приступом.

Он остро переживал и взрывы жилых домов на улице Гурьянова и Каширском шоссе, и теракты на Пушкинской площади и в метро, и гибель людей во время рок-фестиваля «Крылья» в Тушине, у гостиницы «Националь» и у «Макдоналдса» на Юго-Западе Москвы, а также на автобусной остановке на Каширском шоссе. Но август и сентябрь 2004 года дались генерал-лейтенанту Головину тяжелее всего. Не успела страна прийти в себя от катастроф двух самолетов, как взрыв у станции метро «Рижская» принес новые жертвы. И снова заговорили о террористке-смертнице, которая якобы даже оказалась родной сестрой одной из шахидок, по вине которой взорвался самолет, летевший в Волгоград.

— Это немыслимо, — сокрушался Николай Дмитриевич. — Милиция и ФСБ совершенно утратили квалификацию! Установлена личность смертницы — и никто не проверил ее связи на территории России, и никто не выявил, что ее родная сестра находится в столице. Я не понимаю, как это могло случиться! Я не понимаю, как уровень профессионализма мог упасть так низко! Что происходит, Родька? Может, хоть ты мне скажешь?

Родислав подавленно молчал и ничего не отвечал. Да и что он мог ответить? Он уже больше десяти лет не служил в МВД. Кроме того, от взрыва у метро «Рижская» пострадали жена и дочь его сотрудника, которые приехали накануне начала учебного года в универмаг «Крестовский» за покупками. Весь фасад универмага теперь стоял без стекол, из стен торчали куски арматуры, стекол не было даже в тех витринах, которые находились с другой стороны от вестибюля метро. Жена и дочь сотрудника лежали в больнице в тяжелом состоянии, и Бегорский потребовал, чтобы Родислав организовал самую лучшую медицинскую помощь за счет компании и лично за всем проследил. Для Родислава поручение оказалось тягостным во второй его части: он мог организовать все, что угодно, но больниц он боялся и ходить в них не любил. Обычно посещением стационаров вместо него занималась Люба, она и к Николаше ходила, и к старухе Кемарской, и к Геннадию, и к Николаю Дмитриевичу, когда он лежал в госпитале после «Норд-Оста», помогла она и в этот раз.

Ночь с 31 августа на 1 сентября Люба провела неспокойно, она тревожилась за отца, который, по словам Тамары, весь день следил за новостями о взрыве, переживал, злился на бывших коллег и их «смежников» и жаловался на сердце. Она четко договорилась с сестрой, что, если что случится и отцу станет хуже, Тамара тут же перезвонит, но все равно на душе было тяжело, и Люба несколько раз бралась за телефонную трубку, чтобы позвонить и спросить, как папа, но вовремя себя одергивала: люди спят, а она собирается их разбудить только для того, чтобы они сказали, что все в порядке. Потому что если бы что-то было не в порядке, Тамара позвонила бы, она ведь обещала.

Утром 1 сентября, в среду, Люба уже успела не только доехать до работы, но и просмотреть почту, когда на страну обрушился новый удар: в Беслане, в Северной Осетии, пятнадцать боевиков захватили школу, погибли охранявшие школу милиционеры, количество заложников пока не установлено, но, по предварительным оценкам, оно может быть от 200 до 600 человек. Люба тут же кинулась звонить сестре, которая в тот день не работала.

— Тома, новый теракт, в Беслане. Присмотри за отцом. Не включай телевизор, и радио тоже выключи, — торопливо проговорила она.

— Поздно, — грустно откликнулась Тамара. — Он уже знает. У нас со вчерашнего дня ни радио, ни телевизор не выключаются.

— И как он?

— Пока держится. Но если новости будут тяжелыми, то я ни за что поручиться не могу.

Люба услышала глуховатый голос отца рядом с телефонной трубкой, и тут же раздался голос Тамары:

— Папа, не дергай ее, она на работе.

— Дай мне трубку! Любочка, мне нужен Интернет.

Люба ушам своим не поверила.

— Что тебе нужно?

— Интернет. Почему у нас до сих пор нет компьютера и Интернета? Почему мы с Тамарой должны жить, как в каменном веке? — сердито заговорил Головин. — Я не могу узнавать новости из телевизора, я не желаю ждать, пока они соизволят мне что-то сообщить, я хочу получать информацию немедленно, по мере ее появления. Если бы у нас был Интернет, сейчас бы Томочка села за компьютер, и мы бы все сразу узнавали.

У Любы голова пошла кругом. Что он узнавал бы? Какую информацию? Какая ему разница, узнает он обо всем немедленно или спустя полчаса, когда будет очередной выпуск новостей? Он же не Президент и не премьер-министр, которые должны постоянно держать руку на пульсе, чтобы принимать быстрые решения и адекватно реагировать на постоянно меняющуюся ситуацию, он — восьмидесятивосьмилетний пенсионер, генерал-лейтенант в отставке. Неужели это проявление типично мужского начала: стремления к информации, которое равнозначно стремлению к власти? В таком-то возрасте!

Но Любовь Николаевна Романова была очень хорошей дочерью, поэтому, выслушав желание отца, не стала придумывать аргументы, почему ему это не нужно, а стала думать о том, как сделать, чтобы его желание было удовлетворено.

— Папа, дай трубку Тамаре, — попросила она.

— Ты что, не хочешь со мной разговаривать? — недовольно спросил Николай Дмитриевич.

— Нет, папуля, я хочу сделать так, чтобы у тебя был Интернет.

Решение, которое пришло ей в голову, было очень простым. Тамара должна посадить отца в машину и отвезти к Любе, а там Дениска и целых три компьютера, каждый из которых подключен к Сети.

Тамаре идея понравилась, но вызвала некоторое беспокойство.

— Любаня, папа, конечно, видел Дениску пару раз, но коротко, а теперь им предстоит общаться лицом к лицу целый день. Ты уверена, что папа ни о чем не догадается? Все-таки мальчик очень похож на Родика.

— Они же родственники, — успокоила ее Люба. — Пусть и дальние, по нашей легенде Денис — сын двоюродной племянницы Евгения Христофоровича, но гены иногда и не такие фокусы выкидывают. Я думаю, что все будет нормально.

Она позвонила Денису и предупредила, что приедут ее сестра и отец и нужно будет обеспечивать старика горячими новостями с места трагедии.

— Хорошо, тетя Люба, — послушно ответил Денис, — я все сделаю. Мне и самому интересно, я тоже за информацией слежу.

— Тетя Тамара покормит вас обедом.

— Я сам могу всех покормить, — обиделся юноша. — Я не беспомощный.

Люба тихо улыбнулась и повесила трубку. Хороший мальчик. Жаль, что это не ее сын. Жаль, что она не может любить его так, как любила Колю. И Юля хорошая девочка, но она — не Леля. Никто не заменит ей родных детей. На глаза снова набежали непрошеные слезы, Люба смахнула их рукой, потом аккуратно приложила бумажный платок, чтобы не стерлась косметика. Она на службе, и нужно держать себя в руках.

* * *

Николай Дмитриевич попросил устроить его в гостиной, уселся в мягкое кресло и приготовился руководить процессом получения информации из Интернета. Тамара сидела рядом, приготовив тонометр, которым она каждый час измеряла отцу давление, и весьма объемную косметичку с всевозможными лекарствами и одноразовыми шприцами.

— Что ты тут больницу развела, — ворчал Головин. — Принеси мне лучше чаю. И сухариков.

Дверь в комнату Дениса держали открытой, чтобы старик и юноша могли переговариваться. Это тоже было инициативой Николая Дмитриевича, хотя Тамара отнеслась к ней с усмешкой: Денис-то Головина услышит, а вот услышит ли Головин голос юноши — это еще большой вопрос.

— Ты на всякий случай говори громче, — тихонько попросила она Дениса. — Или даже лучше — кричи, а то дед у нас глуховат стал.

— Я не умею кричать, — с улыбкой признался Денис. — У нас маленькая квартира была, там вполголоса скажешь — и всюду слышно. У меня навыка нет.

— Учись, — очень серьезно ответила Тамара, пряча лукавые искорки в глазах, — ты здесь уже год живешь, со здешними расстояниями тебе нужен командный голос.

За то время, которое Головин и Тамара провели в дороге, новости поступили скудные: из здания захваченной в Беслане школы доносятся одиночные выстрелы, но никто из заложников не пострадал, боевики согнали детей в школьный спортзал и отказываются от переговоров. Однако около полудня информация стала более тревожной.

— Боевики заминировали спортзал, — сообщил выехавший из своей комнаты Денис, — и по некоторым данным, среди них есть две женщины с «поясами шахидов». Они заявили, что взорвут школу, если их будут штурмовать.

Николай Дмитриевич сморщился, как морщился всегда, когда начинало болеть сердце.

— Там же дети! Маленькие дети! Это кем же надо быть, чтобы заминировать помещение, где находятся дети!

Тамара тут же кинулась измерять отцу давление, и цифры на дисплее ее испугали.

— Папа, поспокойнее, пожалуйста, — уговаривала она отца. — Нам только инсульта сейчас не хватало. Давай-ка прими вот эту таблетку.

— Я не буду пить лекарства! Ты пичкаешь меня таблетками, как будто я инвалид какой-то. Я еще вполне могу терпеть сам, без лекарств.

— Папа, я столько раз объясняла тебе, что терпеть нельзя. Нельзя! Лекарство надо принимать сразу же, как только появляется недомогание. Иначе процесс запустится и станет неуправляемым, его уже никакими лекарствами потом не собьешь. Ну давай хотя бы половинку таблетки, а?

Головин нехотя подчинился. Еще через некоторое время Денис сказал, что школа полностью оцеплена воинскими подразделениями, но никаких огневых контактов пока нет.

— Четыре часа, — Николай Дмитриевич покачал головой. — Им потребовалось целых четыре часа, чтобы блокировать здание. Ну куда это годится? За четыре часа террористы могли успеть все, что угодно. Черт побери, что происходит с нашей армией и МВД?

После этой новости он чуть-чуть успокоился, но буквально через несколько минут Денис объявил, что у школы началась стрельба из гранатометов и автоматов и спасены пятнадцать заложников, которые успели при нападении боевиков спрятаться в котельной. Еще через очень короткое время террористы выставили в окна школы детей с целью не допустить штурма. Показатели давления у Николая Дмитриевича зашкаливали, и Тамаре пришлось сделать отцу укол.

После укола обессиленный Николай Дмитриевич задремал, и Тамара присела на диван рядом с сидящим у компьютера Денисом.

— Пусть поспит, — сказала она. — Бог даст, когда он проснется, все уже закончится.

Они тихонько переговаривались, обсуждая поступающие почти ежеминутно новости из разных источников. Источники то повторяли друг друга, то опровергали ранее полученную информацию, и разобраться в ней становилось все труднее. Потом они пообедали вдвоем, решив не будить старика, и Тамара удивилась той ловкости, с которой Денис управлялся на кухне. Она с удовольствием позволила юноше поухаживать за собой, съела все до последней крошки и болтала с Денисом, глядя, как он моет посуду.

Пока Головин отдыхал, из захваченной школы удалось сбежать еще 14 ученикам, но больше ничего не происходило. Периодически звонила Люба, интересовалась, как отец, а к пяти часам пришла после занятий в институте Юля, которая тут же взяла все заботы о Николае Дмитриевиче на себя.

— Я уже давно полноценный врач, только без диплома, — заявила девушка. — И рука у меня легкая, когда я уколы ставлю, больные даже не чувствуют.

— А у меня рука тяжелая, — призналась Тамара, — папа всегда жалуется, что ему больно, когда я делаю ему укол.

Уже вернулись с работы и Люба, и Родислав, уже все поужинали, а в Беслане по-прежнему ничего не происходило.

— Может быть, ты не там смотришь? — приставал Николай Дмитриевич к Денису. — Покажи мне.

Денис послушно открывал сайты информационных агентств и вслух читал Головину все подряд: «В Воронеже из-за терактов отменено празднование Дня города», «Глава Европарламента осудил захват школы в Беслане», «Россия требует от Совета Безопасности ООН реакцию на события в России», «Красный Крест предложил помочь в организации переговоров в Беслане»... Головин внимательно слушал, вздыхал, коротко и довольно резко комментировал услышанное, но уличить Дениса в том, что он что-то пропустил, так и не смог.

Около половины одиннадцатого вечера корреспондент одного из телеканалов сообщил, что возле школы в Беслане была слышна перестрелка.

— А дети по-прежнему стоят в окнах? — обеспокоенно спросил Головин.

— Не знаю, — пожал плечами Денис, — я не видел информации о том, что детей из окон убрали.

— Они же могут пострадать! Если их не убрали... — Николай Дмитриевич беспомощно взмахнул руками и стал заваливаться на диван.

И снова измеряли давление, и делали укол, все сидели рядом и наперебой старались успокоить старика.

— Что происходит со страной! — стонал Головин. — Это же моя страна, когда я был заместителем министра, вся эта территория была моей страной, и я отвечал за порядок на ней. В мое время это было невозможно, чтобы захватили ни в чем не повинных детей и выставили их живым щитом в окна! Это не только невозможно было сделать, это даже в голову никому прийти не могло! А что теперь? Откуда берутся эти звери? Они же выросли в моей стране, они родились еще при советской власти, как они дошли до такого? Кто это допустил? Кто сделал такое возможным?

Он категорически отказался идти спать и заявил, что будет сидеть рядом с Денисом всю ночь.

— Но Денис будет спать, — возражала Тамара.

— Я не буду спать, Тамара Николаевна, — говорил Денис, — пусть Николай Дмитриевич посидит у меня. Он может даже поспать в моей комнате.

— Нет, — строго вмешивалась Юля, — я не разрешаю. Больной должен отдыхать, тем более с таким давлением. Николай Дмитриевич, спать нужно обязательно, иначе завтра дело дойдет до экстренной госпитализации.

— Вот видишь, папа, — снова вступала Тамара, — нам с тобой нужно ехать домой. Мне завтра на работу.

— Ну и иди на свою работу, а я останусь здесь. За мной Любочка присмотрит.

— Папа, Любе тоже нужно отдыхать, потому что ей тоже завтра на работу идти.

— Вы совсем с ума посходили со своей работой и своим отдыхом! — закричал в конце концов Головин. — В стране такое происходит, а вы о чем думаете?! О том, как вам получше выспаться? О том, как денег заработать? Вы не имеете права иметь ни минуты покоя, пока дети не будут освобождены! Вы люди или кто?

«Пока дети не будут освобождены, — повторила про себя Люба. — А если они не будут освобождены? А если повторится «Норд-Ост» и дети погибнут? Господи, лучше не думать об этом, а то можно с ума сойти».

Старик упрямо прошествовал в комнату Дениса и уселся на кожаный диванчик, всем своим видом показывая, что он никуда отсюда не тронется. Тамара подчинилась и осталась ночевать у сестры.

— Тамара Николаевна, вам действительно нужно завтра на работу? — спросила Юля.

— Действительно.

— Тогда я не пойду в институт, останусь с вашим дедушкой, а то как они тут вдвоем с Дениской справятся? Они не справятся, — ответила девушка сама себе. — Ваш дедушка непослушный, лекарства не пьет, за давлением сам не следит, и укол ему Дениска не сделает, он не умеет. Я поеду сейчас домой, а утром приду, часов в восемь. Не поздно?

— В самый раз, — обрадовалась Тамара. — Я как раз в восемь буду выезжать и сдам тебе папу с рук на руки.

Ночь прошла относительно спокойно, Николай Дмитриевич просидел рядом с Денисом до часу ночи и заснул прямо там же, на узком кожаном диванчике. Денис подсунул ему под голову подушку, накрыл пледом и улегся в свою постель. Утром отец чувствовал себя, по его словам, вполне прилично, и все разъехались на работу, оставив Головина на попечение Дениса и Юли.

«Я как будто деда с внуками оставляю, — подумала Люба, закрывая за собой дверь в квартиру. — Ну, пусть я хотя бы в таком виде это переживу, потому что ни в каком другом виде мне это пережить не суждено».

Она слушала радио в машине по дороге на работу и, едва войдя к себе в кабинет, включила телевизор. Она переживала за заложников в Беслане, но, кроме того, беспокоилась за отца и с напряжением вслушивалась в информационные сообщения, пытаясь представить себе, как Николай Дмитриевич реагирует на ту или иную новость.

До обеда все было спокойно, предпринимались попытки договориться с террористами, но по крайней мере никого не убивали. И вдруг возле захваченной боевиками школы снова раздались выстрелы. Люба нашла в Интернете нужный сайт в надежде на подробности, но ничего не узнала, кроме того, что выстрелов было около десяти. Никаких сведений ни о раненых, ни об убитых. Около половины пятого были освобождены еще шестеро заложников, и Люба улыбнулась, представив себе радующегося отца.

Но потом снова наступило затишье. Люба вернулась домой и нашла отца в неплохом состоянии, даже давление было не катастрофически высоким.

— С вашим дедушкой, Любовь Николаевна, надо иметь ангельское терпение, — со смехом доложила ей Юля. — Он совершенно не слушается. Как вы с ним справляетесь?

— С трудом, — ответила Люба. — А ты как справилась?

— Ну, я-то с кем угодно справлюсь, я тренированная, меня бабушка с детства приучала быть настойчивой и ни в чем не уступать, а потом я много лет на Дениске практиковалась. Только плохо, что ваш дедушка так болезненно реагирует, это для него не полезно, у него и сердце уже не очень, и гипертоническая болезнь, и вообще ему уже много лет, организм изношенный. Вы бы с ним поговорили, чтобы он не принимал все эти теракты так близко к сердцу.

— Разве это возможно, Юлечка? — грустно спросила Люба. — Разве возможно не принимать все это близко к сердцу, не переживать, не горевать?

— Ну, мы же с Дениской это спокойно воспринимаем, а вы почему не можете?

— Юлечка, деточка, в нашей стране теракты начались примерно с девяносто девятого года, то есть пять лет назад. Тебе тогда было сколько?

— Тринадцать.

— Вот видишь. Тебе было тринадцать, Денису — четырнадцать, этот кошмар вошел в вашу жизнь с детства, и вы к нему привыкли и воспринимаете как факт жизни. Как Денискину инвалидность, как плохую погоду, которую хорошо бы изменить, но нет возможности, и надо просто приспособиться и терпеть. А в мою жизнь терроризм в таком виде вошел, когда мне было пятьдесят три года, а нашему отцу — восемьдесят три. Ты понимаешь разницу? Восемьдесят три года он жил, не зная, что это такое — взрывы, при которых погибают случайные люди и дети-заложники, стоящие в окнах живым щитом. При советской власти такое случалось крайне редко, это были единичные случаи, а теперь они стали повседневной реальностью. Конечно, он не может привыкнуть. И я не могу. И он не может не волноваться, не тревожиться, он не может быть к этому равнодушным.

— Любовь Николаевна, — очень серьезно сказала Юля, — я, конечно, не профессор какой-нибудь, я только студентка мединститута, но у меня есть чутье, мне бабушка много раз говорила. Вашему дедушке очень вредно так волноваться. Вы бы оградили его как-нибудь.

— Как? Как я могу его оградить? Отвезти домой и забрать у него телевизор и радиоприемник? Как ты себе это представляешь?

— Я не знаю как, но только все это кончится очень плохо и очень скоро, — твердо произнесла Юля. — И я считаю, что вы должны знать и быть готовой ко всему.

— К чему? — испугалась Люба.

— Ко всему, — повторила девушка. — В том числе и к самому плохому. Я вашего дедушку уже сутки наблюдаю. И то, что я вижу, меня тревожит. Надо бы его уже сейчас госпитализировать, пока не стало слишком поздно.

— Ты считаешь? — озабоченно спросила Люба.

— Я уверена. Но только он не соглашается, я с ним уже говорила об этом. Он у вас очень упрямый. Вы можете на него воздействовать?

— Нет, не могу. И никогда не могла.

— А Тамара Николаевна тоже не может?

— И она не может.

— А дядя Родислав?

Люба задумалась. А что? Когда-то Родиславу удалось уговорить тестя помириться с Тамарой и Григорием, вдруг и сейчас у него получится?

— Надо попробовать, — сказала она. — Успеха не гарантирую, но будем пытаться.

После ужина Родислав пригласил тестя в свой кабинет «посидеть по-мужски и выпить по рюмочке». Там, с глазу на глаз, он долго уговаривал Николая Дмитриевича поберечь себя и завтра же с утра лечь в любую клинику по его выбору, обещал самых лучших врачей и самую комфортабельную палату, но ничего не добился, кроме раздраженных и сердитых ответов.

— Нечего меня хоронить раньше времени. Я прекрасно себя чувствую. Вам только дай волю — упечете надолго, потом не выберешься. А у меня пятого октября ответственное мероприятие, в День работника уголовного розыска мне нужно будет проводить торжественное заседание Совета ветеранов и поздравлять старых розыскников, грамоты вручать, памятные медали. Мне в больницу сейчас никак нельзя.

— Николай Дмитриевич, сегодня только второе сентября, — объяснял Родислав, — до вашего мероприятия еще целый месяц, вы успеете подлечиться и к торжественному заседанию будете как новенький.

— Нет, не выйдет. Мне нужно написать доклад и приветственное слово, мне нужно все подготовить, все проконтролировать, чтобы не было сбоев, а то без руководства там все наперекосяк пойдет, — твердил в ответ Головин. — Вот пройдет День уголовного розыска, потом в ноябре День милиции, а потом уж, так и быть, я могу лечь в стационар. Но не раньше. Усвоил, Родька? И вообще, что мы тут сидим с тобой? Пойдем вниз, там, наверное, новости есть.

— Прости, Любаша, — разведя руками, сказал Родислав

жене, — я очень старался, но у меня ничего не вышло. Папа уперся намертво.

— Я так и думала, — кивнула она.

— Я даже использовал запрещенные аргументы, говорил, что если с ним что-нибудь случится, то для вас с Тамарой это будет страшным ударом, от которого вы долго не сможете оправиться, потому что очень любите его, и просил его пожалеть хотя бы вас, если ему себя не жалко.

— А он что?

— Твердил, что ничего с ним не случится, что в нем здоровья еще лет на десять.

В этот вечер Николая Дмитриевича удалось-таки уложить спать в одной из комнат на втором этаже, Юля уехала домой, Денис работал за компьютером, а Люба с Родиславом засиделись на кухне. Несмотря на огромную по площади квартиру и на наличие комнат самого разного предназначения, они так и не избавились от многолетней привычки допоздна пить чай на кухне и разговаривать. Правда, в последние годы такие посиделки случались все реже. Им по-прежнему было о чем поговорить, у них было много общих дел по работе в холдинге, но эти рабочие темы удобнее было обсуждать в Любиной комнате-кабинете, когда под руками и компьютер, и все необходимые документы. Прежде на кухонных посиделках обсуждались сын и дочь, Лариса, Лиза и ее дети, а теперь... Сына нет, дочь уехала, Лариса создала свою семью и родила второго ребенка, Лиза умерла, ее дочь исчезла неизвестно куда, якобы в какую-то общину, Денис здесь, с ними. Что обсуждать?

Сегодня они говорили об отце и не заметили, как время давно перевалило за полночь. Около половины второго они услышали, как катится кресло Дениса.

— Там два взрыва, — мрачно сообщил юноша. — Как ты думаешь, пап, это начало штурма?

— Ночью? Нет, не думаю. Скорее всего, там что-то другое. Ты ложиться собираешься?

— Пока нет. Подожду, может, что-нибудь станет известно. А Николай Дмитриевич спит?

— Спит, спит.

— Это хорошо, — кивнул Денис, — хоть нервничать не будет. Если там ничего такого, так можно будет ему утром и не говорить ничего. А вы чай пьете? Можно, я с вами?

— Конечно, — подхватилась Люба, — я сейчас тебе налью. Пирожки будешь? Или бутерброд сделать?

— Спасибо, тетя Люба, я сам сделаю.

Люба налила ему чаю и молча смотрела, как Денис отрезает хлеб и сыр. Она все не могла забыть слова Родислава о том, что Денис не хочет с ней жить, что он ее стесняется и боится, что его присутствие ей неприятно. Как убедить мальчика в том, что он не прав? В ней давно уже не было ревности ни к Лизе, ни к ее детям, она привыкла к их существованию параллельно собственной семье, как привыкают к загораживающему вид дому напротив. Дом есть, его построили, и ничего уже нельзя сделать, и надо просто привыкнуть к тому, что красивый закат над рекой тебе больше не виден. Но все равно остается память о том самом закате и о тех днях, когда на него можно был смотреть и сердце замирало от переливающейся прелести багряно-розовых красок. Да, память остается, а ненависти к дому нет. Этот дом вообще не вызывает никаких чувств. Ну, стоит и стоит. В нем живут какие-то люди со своими радостями и бедами, и дай им бог счастья и долгих лет жизни. Но разве можно объяснить это девятнадцатилетнему мальчику?

Утром решили Николаю Дмитриевичу ничего не говорить о ночных взрывах. Первая половина дня прошла относительно спокойно, а в середине пятницы началась перестрелка, закончившаяся штурмом и освобождением заложников. Спецназ занял здание школы и пытался преградить боевикам отступление в жилой район, некоторым террористам удалось сбежать, другие были убиты. Через несколько часов операция была завершена, и в новостях замелькали первые цифры жертв. Услышав, что количество погибших превысило 300 человек, Николай Дмитриевич побелел, а кожа вокруг губ стала синюшной.

— Триста трупов, — бормотал он, массируя левую сторону груди. — Триста, а то и больше окровавленных тел. А сколько среди них детских? Я даже во время войны такого не видел. Солдатские тела — это одно, а детские...

Юля схватилась за тонометр и фонендоскоп, потом за ампулы и шприцы.

— Вызывай «Скорую», — скомандовала она Денису. — Я одна не справлюсь. У дедушки аритмия.

Денис быстро выполнил указание. «Скорая» из медицинского центра, к которому по страховке были прикреплены Люба с Родиславом и члены их семьи, приехала мгновенно.

— Нужна госпитализация в интенсивную терапию, — вынесли вердикт врачи.

Николаю Дмитриевичу было так плохо, что сопротивляться он уже не мог.

И тем не менее через три дня он потребовал, чтобы его выписали. Ему нужно было писать доклад ко Дню уголовного розыска.

* * *

Николай Дмитриевич Головин скончался 5 октября 2004 года во время торжественного заседания Совета ветеранов МВД. Он читал доклад и умер прямо на трибуне. Прервался на полуслове, упал и больше не поднялся.

В этот день Люба отпросилась у Бегорского, они с Тамарой хотели воспользоваться отсутствием отца и сделать в его квартире генеральную уборку. Люба мыла окна, стоя на подоконнике, а Тамара залезла на стремянку и протирала мокрой тряпкой плафоны в семирожковой люстре, когда раздался звонок в дверь. Они никого не ждали и удивленно переглянулись. Ехать за отцом Тамара должна была к пяти часам, а сейчас только половина третьего.

— Наверное, папа раньше освободился, и его кто-нибудь подвез, — сказала она, слезая со стремянки.

Но на пороге стояла группа генералов и полковников в форме. «Наверное, из министерства, пришли папу поздравлять, ведь он столько лет проработал в уголовном розыске», — подумала Тамара, лучезарно улыбаясь. Жаль, что они не застали отца, но ему все равно будет приятно, что о нем не забыли.

— ...такое известие... — доносилось до нее как будто издалека, — ...решили, что нельзя по телефону, нужно лично... в больницу... скончался сразу... ничего нельзя было...

Отец был уже очень старым, и Люба с Тамарой готовы были к тому, что это может произойти в любой момент, и вот этот момент настал, а они оказались совершенно не готовы. Они обе сидели, обнявшись, и горько рыдали, а мужчины в форме с генеральскими и полковничьими погонами неловко топтались вокруг них, не умея утешить, но от всей души желая быть полезными и хоть как-то поддержать.

— Насчет похорон вы не беспокойтесь, Совет ветеранов все организует, министерство все оплатит, и транспорт будет, и место на хорошем кладбище...

Господи, разве это важно? Теперь у них столько денег, что все будет организовано в лучшем виде и в кратчайшие сроки — только плати. Но нет, это важно, это очень важно для папы, который отдал службе в рядах МВД не один десяток лет. Он и умер как настоящий воин, как офицер, стоя на трибуне. Не в больничной палате, не в старческой скомканной постели, а глядя в глаза своим товарищам. Отец умер достойно и похоронен будет достойно.

После похорон отца Тамара задумчиво сказала Любе:

— Знаешь, когда умирают твои ровесники, то возникает ощущение, что у тебя больше нет будущего. Вот когда Гришу убили, у меня было такое чувство, что у меня отняли все те годы, которые я собиралась прожить вместе с ним. Наверное, когда не стало Коли, ты испытывала то же самое.

— Да, — подтвердила Люба.

— А когда умер папа, который был рядом всю мою жизнь, все мое прошлое, у меня возникло чувство, что у меня это прошлое украли. Странно, правда?

— Да нет, ничего странного. На протяжении всей жизни у нас постепенно отнимается прошлое и будущее, и в конце концов остается только тот момент, в котором мы живем. Наверное, некоторые философские течения именно это и имеют в виду, когда утверждают, что реален только текущий миг, потому что предыдущий миг уже прошел и существует лишь в воспоминаниях, а последующий миг еще не наступил и существует только в ожиданиях и мечтах. Воспоминания и ожидания субъективны и зыбки, а текущий миг реален, но быстротечен, мы даже не всегда успеваем его зафиксировать. Впрочем, о чем это я?

Люба рассеянно посмотрела на сестру, не замечая, как по лицу потекли слезы. Ей вспомнились слова отца о том, что, когда его не станет, между его дочерьми и смертью больше не будет преграды и некому будет их защитить. «Мы — следующие», — подумала Люба. Ей стало зябко, словно смерть уже дохнула на нее.

* * *

— Вот так всё грустно, — заключил Ворон. — Мне почему-то Головина ужасно жалко. И вроде бы он у нас с тобой не главный герой, и вообще характер тяжелый, а жалко. Как ты думаешь, Камешек, ему сейчас там как? Не холодно?

— Я думаю, ему хорошо, — очень серьезно ответил Камень. — Жизнь он прожил красивую, достойную, ничем себя не замарал, подлым не был, так почему ему должно быть плохо?

— А как ты думаешь, рай и ад есть?

— Не знаю, дружок, но если есть, то Николай Дмитриевич точно не в аду, не за что ему там быть. А уж если нет, тогда ему просто хорошо, летает его душа над дочерьми и радуется, что они живы и благополучны. Ты не грусти, Ворон, это нормальное течение жизни. Люди рождаются для того, чтобы прожить сколько-то лет и умереть, по-другому не бывает.

— Да я все понимаю, — кивнул Ворон, — но все равно почему-то ужасно грустно. Даже когда мама Зина умерла, я так не грустил, не говоря уж об Анне Серафимовне.

— Ну, это-то понятно, Анна Серафимовна умерла, когда мы всего несколько лет от сериала посмотрели, ты к ней еще привыкнуть не успел. Мама Зина тоже не зажилась. А с Головиным-то мы с тобой эвон сколько лет бок о бок прошагали, почитай, без трех лет полвека, он нам уж почти как родственник стал. Конечно, ты печалишься, да и я горюю. При всех своих капризах он все-таки был хорошим человеком.

— Знаешь, Камешек, ты не обижайся, но я слетаю к белочке на пару часов, развеюсь, а то у меня слезы прямо в горле стоят — до того я расстроился. Принести тебе чего-нибудь вкусненького?

— Да где ж ты возьмешь вкусненькое-то в феврале? Нигде ничего нет и теперь до лета не будет.

— А я у белочки попрошу, она запасливая, у нее всегда есть чем поживиться.

— Неудобно, — засомневался Камень, — у нее и так детей много, ей бы их всех прокормить, а тут еще я нахлебником объявлюсь. Нет, не нужно. Ну, если только пару орешков, только потверже, со скорлупой, чтобы я мог похрустеть.

— Сделаем! — пообещал Ворон и полетел развеивать печаль.

— Видать, хорошие у тебя до сих пор зубы, — донеслось до Камня. — Не то что у меня.

Змей! Ну, наконец-то!

— Явился, — проворчал Камень, изображая неудовольствие, — не запылился. Где тебя носило?

— Это неважно. Важно, что я вовремя появился.

— Почему это...

— Ты меня не перебивай, у меня времени — всего несколько минут, не успею тебе сказать — сам же потом жалеть будешь, — быстро проговорил Змей. — Я буквально на полчаса к тебе вырвался, мне срочно нужно возвращаться. В общем, слушай внимательно: когда наш крылатый Орфей будет спрашивать, где ему в следующий раз смотреть, попроси его залезть в двадцать пятое мая две тысячи пятого года.

— Зачем? Что там такое?

— У-у-у, там такое — не пожалеешь! Это ни в коем случае нельзя пропустить.

— А как я ему объясню, почему именно в двадцать пятое мая? Я же не могу сослаться на тебя.

— Скажи, что в этот день произошло крупномасштабное отключение электричества в некоторых районах Москвы. Свет погас, транспорт встал, компьютеры квакнулись, люди в лифтах застревали. Скажи, что тебе интересно.

— А откуда я знаю про отключение?

— Да мало ли! Ты вспомни, может, вы какой-нибудь сериал раньше смотрели, в который этот период попал. Или просто знаешь, и все. Ворон же не может помнить, о чем он тебе за все тысячи лет рассказывал, а о чем нет. Скажи, что он же и рассказал, а ты запомнил. Некогда мне тут с тобой лясы точить, мне важно было успеть прорваться в момент, когда Ворон слиняет куда-нибудь. Всё, мил-друг, пополз я. Только ты ему вели про всех в этот день посмотреть, особенно про Аэллу. Можешь даже прямо к ней послать, чтобы не распыляться понапрасну.

— А как я объясню...

— Придумай сам что-нибудь, — голос Змея начал удаляться, видно, он и впрямь очень спешил. — До встречи, дорогой.

Камень озадаченно призадумался. Ну, допустим, он сумеет сделать вид, что про отключение электричества он помнит, хотя на самом деле ничего такого он не помнил. Но как объяснить свой интерес именно к Аэлле Александриди в этот день? Допустим, к Романовым он мог бы заслать Ворона, тут предлогов хоть отбавляй: и Денис, который без компьютера и минуты прожить не может; и телевизионная трансляция из Стамбула финала Лиги чемпионов по футболу, «Ливерпуль» играл с «Миланом», и игра была, насколько Камень помнил из восторженных рассказов Ветра, невероятно драматическая, «Ливерпуль» к концу первого тайма проигрывал со счетом 3:0, во втором тайме отыгрался до ничьей, а в добавленное время одержал победу по пенальти. Уж наверняка Родислав этот матч собирался смотреть, он — заядлый футбольный болельщик, и невозможность включить телевизор привела бы его в бешенство. С другой стороны, если нельзя смотреть телевизор и работать на компьютере, то единственное, что остается, это общение, и, возможно, между Родиславом, Любой и Денисом состоялся какой-нибудь любопытный разговор. В общем, к Романовым послать Ворона можно. И к Бегорскому можно, интересно посмотреть, как он руководит своими домочадцами в условиях полной темноты. Правда, Камень не был уверен, не ушла ли от него к этому времени и третья жена, но, в конце концов, всегда можно прикинуться чайником. Да и к тому же самому футболу можно его прицепить, он тоже, как и Родислав, интересуется. А вот как попасть к Аэлле... Что же придумать? Придумать надо обязательно, Змей не станет просто так говорить, если он посоветовал — значит, дело стоит того.

К моменту появления Ворона Камень был полностью готов разыгрывать свою партию. Он вежливо поинтересовался, как дела у белочки и ее детишек, с удовольствием сгрыз принесенные другом орехи и начал изображать интеллектуальные метания.

— Пока тебя не было, я все думал, где следующую серию смотреть, вспоминал, что было интересного в пятом году. И знаешь, что я вспомнил? Ты как-то мне рассказывал про техногенную катастрофу в Москве, ну, когда электричество вырубилось. Это, кажется, в мае произошло, если я не путаю. Не помнишь?

— Ну как это я — и не помню? — гордо возмутился Ворон. — Очень хорошо помню. Полторы тысячи человек в лифтах застряли, двадцать тысяч человек оказались заблокированы в метро, их через тоннели на платформы выводили прямо по путям, на улицах выключились светофоры, и из-за этого образовались пробки, в некоторых районах люди остались без воды — на насосные станции не подавалось электричество. Жара стояла, как сейчас помню, страшенная, а кондиционеры выключились. Ладно, кто на работе — тот мог домой уйти, если дом в той части города, где электричество не полетело. А если кто дома — куда ему деваться? На работу, что ли, ехать? В общем, караул. В больницах тоже кошмарный ужас, в операционных-то еще так-сяк, у них есть резервные генераторы, а все остальное оборудование отключилось. Особенно, конечно, пострадали всяческие холодильники, так что пришлось даже магазины закрывать. А что тебе в этой катастрофе?

Ну что ж, про больницы Ворон сам сказал, уже проще.

— Вот я как раз про больницы и подумал, — оживленно заговорил Камень. — Аэлла же у нас клиникой командует, так?

— Ну, — подтвердил Ворон. — Интересуешься, как она себя повела в критической ситуации?

— Угадал. Врач она, наверное, хороший, тут я ничего сказать не могу — не разбираюсь, а вот какой она руководитель? В таких экстремальных условиях как раз талант руководителя и проявляется. Если он есть, конечно. А если его нет, то это тоже сразу видно. Мы с тобой Аэллу совсем забросили, про Бегорского ты посмотрел, а про нее мы как-то забыли.

— Ничего себе — забыли! — Ворон удивленно присвистнул. — Только-только с Ветром про нее говорили, а тебе все мало. Я уж и внешность ее описал, и даже костюмчик, и про Тесака рассказал. Какого тебе еще рожна?

— Не ругайся, пожалуйста, — с достоинством проговорил Камень, — это тебе не идет. Могу я, в конце концов, поинтересоваться, какая у Аэллы клиника и как она там руководит? А при экстремальной ситуации всегда наиболее ярко проявляются особенности личности, уж тебе ли не знать.

— Ну чего ты сразу в бутылку-то лезешь? Ладно, слетаю, посмотрю. Подумаешь, большое дело. Тебе только это посмотреть или еще что-нибудь сразу закажешь, чтобы мне лишний раз не мотаться?

К такому вопросу Камень не был готов и слегка подрастерялся. О чем бы еще попросить Ворона?

— Насчет Дениса с Юлей узнай, — нашелся он. — Они жениться собираются или нет? Сколько он еще будет у Родислава жить? И насчет Бегорского я не все понял. Ты вроде сказал, что от него и третья жена ушла, а когда это случилось? Он сейчас один или все еще женат?

— Про Бегорского я тебе и так скажу. От него жена ушла как раз летом четвертого года, перед тем как умер Николай Дмитриевич. Я случайно туда залетел, когда искал, где бы мне Андрея поярче увидеть. На похоронах Головина он уже один был. Еще какие вопросы?

— Пока больше никаких.

* * *

Аэлла сидела за своим рабочим столом в кабинете и растерянно смотрела на лежащий перед ней мобильник. За многие годы она привыкла к тому, что достаточно нажать кнопки, сказать несколько слов — и проблемы решаются. Любые проблемы. Поскольку любую проблему можно решить если не волевым усилием, то уж, во всяком случае, при помощи денег, а денег у Аэллы Константиновны Александриди всегда было достаточно.

Но сегодня проблема никак не решалась. Около одиннадцати часов утра отключилось электричество. Хорошо еще, что не было операций. Аэлла первым делом велела секретарю вызвать дежурного электрика, но очень скоро выяснилось, что электрик помочь не в силах — электричества не было во всем районе. Погасли экраны компьютеров, затихли радиотелефоны и факсы, остановилось подключенное к сети медицинское оборудование, не работали кнопки вызова медсестер в палатах. Секретарь Катюша звонила с мобильника во все мыслимые службы в попытках добиться ответа: когда будет налажено электроснабжение, но ей объяснили, что произошли многочисленные аварии на подстанциях и электричества нет не только в их районе, но и в большей части Москвы, а также в Подмосковье, в Тульской и Калужской областях. Так что придется набраться терпения и ждать.

Аэлла кинулась за помощью к Владимиру, но Тесак ничем помочь не смог.

— У всех света нет, не у тебя одной. Что я могу сделать? Жди.

— Но у меня клиника, у меня больные!

— Чего ты от меня хочешь? — раздраженно отозвался Тесак. — Чтобы я приехал и лично крутил динамо-машину? Ты же собиралась поставить резервный генератор, как полагается во всех больницах, я тебе и денег на него давал. Почему не поставила?

— Руки не дошли, — сердито ответила Аэлла. — Ладно, пока.

На тринадцать часов на консультацию была записана владелица крупного супермаркета, которая хотела сделать подтяжку, но без четверти час она позвонила и сказала, что приехать не сможет: потекли отключившиеся холодильники, и ей приходится на месте принимать срочные меры по спасению продуктов. Ну что ж, это даже к лучшему, все равно ни одна лампа не горит, так что полноценный осмотр пациентки сделать не удалось бы. Аэлла подумала, что надо бы отменить и все остальные визиты — вести прием сегодня бессмысленно: и света нет, и диагностическое оборудование не работает.

— Аэлла Константиновна, к вам Боярова, — сказала Катюша, заглядывая в кабинет.

Аэлла собралась было сделать замечание секретарю за то, что та входит в кабинет, вместо того чтобы воспользоваться селектором, но сообразила, что селектор тоже работает от электросети. Вернее, теперь уже не работает.

— Пусть зайдет.

Боярова ворвалась в кабинет с таким лицом, словно за ней гналась банда вооруженных налетчиков. Впрочем, подобное выражение лица было у нее всегда.

— Аэлла Константиновна, чем больных кормить? — почти закричала она.

— Чем обычно, — пожала плечами Аэлла. — Что за странный вопрос? Меню утверждено диетсестрой. У нас что, продукты кончились?

— Продуктов навалом, а варить как? У нас же плиты электрические, а не газовые! Кухня холодная, даже чайник не согреть. Что делать, Аэлла Константиновна?

— Придумайте что-нибудь, — холодно ответила Аэлла. — Кормить больных в стационаре — это ваша обязанность. Вы хотите, чтобы я за вас делала вашу работу?

Боярова вылетела из кабинета, хлопнув дверью. Ну и характер!

Снова заглянула Катюша.

— Аэлла Константиновна, там посетитель пришел на консультацию. Я подумала, раз Громова отменила визит, то, может быть, вы его примете?

— А он записывался?

— Ну... — Катя смущенно замялась. — Вообще-то нет. Он в первый раз пришел, хотел только узнать, какой у нас порядок и как можно записаться к вам на прием, а я подумала... Но если нельзя — я ему так и скажу. Пусть тогда записывается и приходит в порядке общей очереди.

— Кто он такой? — строго спросила Аэлла.

Принимать посетителя ей не хотелось. Но, с другой стороны, если он может оказаться в будущем полезным, то почему бы и нет? Время есть, с часу до двух запланирован прием Громовой, которая все равно не приедет.

— Он артист, — радостно доложила Катюша.

— Фамилия?

— Тарнович. Кирилл Тарнович.

— Не знаю такого, — отрезала Аэлла.

— Ой, ну как же, Аэлла Константиновна, недавно сериал показывали про школу актерского мастерства, он там играет. Неужели не видели?

— Я сериалы не смотрю. Ладно, приглашай.

Катя исчезла, и через несколько секунд в кабинет вошел мужчина, при одном взгляде на которого Аэлла Александриди сразу все поняла. Был красавчиком, но всю красоту пропил и прогулял. Она на своем врачебном веку повидала немало таких лиц, как мужских, так и женских. Имя посетителя ничего ей не говорило, но все-таки ей показалось, что она его видела. Наверное, в каком-нибудь дурацком фильме.

— Присаживайтесь, — сдержанно пригласила она. — Я вас слушаю.

Тарнович сел в кресло напротив нее, положил ногу на ногу и обворожительно улыбнулся. «А зубы хорошие», — машинально отметила Аэлла.

— Аэлла Константиновна, вы — врач с огромным опытом, поэтому вы вряд ли нуждаетесь в моих пояснениях. Наверняка вы сами все видите, — спокойно сказал он.

— Вижу, — усмехнулась она. — И что у вас? Брак с юной красавицей? Или главная роль в эпохальном блокбастере в Голливуде?

— Всего лишь в сериале, — от души рассмеялся Тарнович. — Знаете, такая длинная-длинная мыльная опера с надуманными страстями и примитивными интригами. Вы наверняка такое не смотрите. Но гонорар будет очень хорошим, потому что серий много, а значит, много съемочных дней. Поэтому мне обязательно нужно получить эту роль.

Аэлла встала и подошла к окну.

— Подойдите сюда, пожалуйста, я посмотрю ваше лицо при дневном свете. У нас, видите ли, электричества сегодня нет.

— Я в курсе, — кивнул Тарнович, становясь против света, чтобы ей было удобнее смотреть.

Аэлла внимательно осмотрела его лицо, проверила тургор кожи. Лет пятьдесят, решила она, в принципе он в неплохой форме, но количество выпитых бутылок и недоспанных часов делают его лет на восемь-десять старше. Мешки под глазами, глубокие носогубные складки и прочие прелести. Все это можно поправить, и будет Кирилл Тарнович как конфетка, хоть Ромео играй.

— Запустили вы себя, — заметила она, неодобрительно качая головой.

— Знаю.

— Пьете много?

— Временами много, временами не пью совсем.

— А в последнее время как?

— Последние два года я сильно нарушал режим. Во всех смыслах.

Он собирался сказать что-то еще, но на столе Аэллы завибрировал мобильник. Это снова была Боярова.

— Я не понимаю, как и чем мне кормить больных!

— Я же вам сказала: решайте сами. У меня прием.

Она в ярости швырнула телефон.

— Черт! Не представляю, что делать! Руками, что ли, еду греть?

— Что у вас случилось? — сочувственно спросил Тарнович. — Может быть, я могу чем-то помочь?

Аэлла сама от себя не ожидала, что начнет делиться своими трудностями с малознакомым человеком, тем более с потенциальным пациентом. Но столько искреннего внимания и заботы было в его теплом взгляде, что она не устояла от соблазна. И рассказала ему все: и про неработающие кондиционеры, и про холодную кухню, и про отключенные звонки для вызова медсестры.

— Уж бог с ней, с диагностикой и со специальной аппаратурой, все равно на сегодня прием мы отменим, но у меня восемь человек лежит в стационаре, восемь послеоперационных больных, им жарко, им нужна медицинская помощь, и они хотят есть! В два часа обед, и чем их будут кормить? Мой персонал оказался совершенно беспомощным перед отсутствием электричества, они ничего не могут сами решить.

— Значит, вы решите за них, — улыбнулся Тарнович.

— Вы же видите: я тоже ничего не могу придумать! Я впервые в жизни оказалась в такой ситуации. Никогда не думала, что это так унизительно — ощущать свою полную беспомощность.

— Давайте, я вам помогу, — мягко проговорил он. — Хотите?

— Хочу, — вздохнула она. — Помогите мне, если можете.

— Позовите секретаря.

Аэлла выглянула в приемную и попросила Катюшу зайти. Та схватила блокнот и приготовилась записывать руководящие указания.

— Вас Катей зовут? — осведомился Тарнович. — Значит, так, Катя. Первое: Аэлла Константиновна просит вас немедленно обзвонить весь персонал, я имею в виду тех, кто сегодня дома, и вызвать сюда ровно столько человек, сколько нужно, чтобы в каждой палате находился медработник.

Катя недоумевающе взглянула на начальницу, но та лишь сдержанно кивнула, мол, действительно, я прошу, а этот мужчина лишь озвучивает мои просьбы и поручения.

— Записала, — сказала она. — А зачем это?

— Раз не работают звонки вызова медсестер, значит, будут сидеть живые люди и звать врачей, когда нужно. Или сестер, или санитарок. Второе: выясните, кто из работников клиники проживает в районе, не затронутом авариями. Иными словами, нужно узнать, у кого не вырубилось электричество.

— Записала, — повторила Катя. — А для чего это нужно?

— Я вам потом объясню. Но сделать нужно обязательно, не забудьте. Теперь третье: у вас есть поблизости хороший супермаркет с отделом кулинарии?

— Есть, — тут же откликнулась Аэлла, — через квартал.

Уж это-то она знала точно, она так и не приучилась готовить еду ни для себя, ни для своих гостей, питалась либо в ресторанах, либо полуфабрикатами или готовыми блюдами, которые покупала в дорогих кулинариях. И ассортимент ближайшего к месту работы супермаркета, разумеется, знала как свои пять пальцев.

— Там приличные продукты? — спросил Тарнович.

— Очень хорошие, и кулинария отличная, — сказала Аэлла. — Я, кажется, догадываюсь, что вы имеете в виду.

— Вот и славно. Вызовите диетсестру и кто у вас там отвечает за питание в стационаре, пусть составят список необходимых продуктов. Электричества нет всего два с половиной часа, и продукты еще можно покупать, они не успели испортиться. У всех ваших больных одинаковая диета?

— Разумеется, нет, — Аэлле наконец удалось улыбнуться. — Те, кто после пластики груди, питаются практически без ограничений, а тем, у кого лицевая, нужна мягкая жидкая пища. В кулинарии вы такой не найдете, там овсяную кашу и бульон не варят, да и подогреть их негде.

— К этому мы еще вернемся, — пообещал Тарнович, — а пока они вполне могут обойтись йогуртами и простоквашей. Итак, даем поручение составить список, сколько и чего нужно, чтобы накормить ваших больных, и пусть едут в магазин. В кулинарии пусть берут то, что не нужно разогревать, какие-нибудь диетические салаты, можно жареную рыбу, если ее готовили сегодня утром, ваша диетсестра сама разберется.

— Кирилл, а на какие деньги это все покупать? У меня, между прочим, финансовая дисциплина, я не могу дать указание бухгалтерии просто вынуть из кассы наличные и послать людей в магазин, — озадаченно произнесла Аэлла.

— А вы заплатите из своих, — беззаботно ответил Кирилл. — Вы же не обеднеете от этого, а репутацию клиники сохраните.

— Вы довольно ловко распоряжаетесь чужими деньгами, — сухо заметила она, недовольная тем, что сама не смогла додуматься до таких простых и очевидных решений. — Ну хорошо, допустим, я таким образом накормлю больных обедом. А что делать с ужином? Покупать продукты в магазине уже нельзя будет, на такой жаре они до вечера не долежат.

— А вот для этого, дорогая Аэлла Константиновна, я и просил вашего секретаря узнать, кто из сотрудников клиники проживает в районе, не затронутом авариями. Вы звоните и договариваетесь, что пришлете ему в помощь двух человек с продуктами, и пусть они приготовят полноценный горячий ужин для больных. Найдите где-нибудь пару десятков термосов для чая, кофе, супов, найдите термосберегающую посуду для каши и пюре, в конце концов, никто не отменил старого дедовского способа, при котором кастрюлю заворачивали в теплое одеяло. Хорошо бы, чтобы нужный сотрудник жил не очень далеко от клиники, но это уж как повезет.

Аэлла посмотрела на Тарновича и поразилась произошедшей с ним перемене: глаза сверкали, он весь подобрался, словно готовился к прыжку, и стал на несколько лет моложе. Профессиональными глазами она ощупывала его лицо, пытаясь представить, как он выглядел лет в тридцать пять, на пике мужской красоты, и снова шевельнулось ощущение, что она его видела. Наверное, пятнадцать-двадцать лет назад он снялся в каком-нибудь модном фильме. «Что с мужиками делает разгульная жизнь, — с сочувствием подумала она. — Я лет на десять старше его, а выгляжу куда лучше. Даже, пожалуй, моложе».

Кирилл между тем закончил диктовать план первоочередных мероприятий, и работа закипела. Аэлла сразу же забыла, что перед ней всего лишь пациент, пришедший на консультацию, Тарнович включился в работу, словно был штатным сотрудником клиники, он вызвался поехать за термосами и специальными кастрюлями, его не было очень долго, и Аэлла уже подумала было, что он уехал совсем и больше не вернется. «Зачем ему эти хлопоты? — думала она. — Он небось и сам не рад, что ввязался и начал мне помогать, он передумал и просто сбежал. Что ж, его можно понять. Если он в течение получаса не объявится, придется самой ехать за термосами и кастрюлями, будь они неладны. Если бы работал Интернет, я бы дала указание Кате найти фирму, которая работает с доставкой, и все привезли бы сюда. Да, без электричества — как без рук. Надо было мне хотя бы записать номер его мобильника, сейчас можно было бы позвонить и узнать, когда он вернется. Дура, не догадалась».

Но Кирилл Тарнович вернулся около четырех часов и сразу же велел собираться тем, кто поедет готовить горячий ужин.

— Я сам их отвезу и привезу обратно, — решительно сказал он. — А вы занимайтесь больными.

Медперсонала не хватало, многие в такую жару, сдав смену, уехали на дачи, и в палатах пришлось сидеть всем вплоть до администраторов. Аэлла, беспокоясь за состояние больных, страдающих, помимо всего прочего, и от жары, сама каждые полчаса заходила в каждую палату и проверяла, все ли в порядке. Ей смертельно хотелось присесть, вытянуть ноги и выпить чашку кофе, но возможности такой не было. Она носилась по зданию клиники, отвечала на многочисленные вопросы, объясняла, ругала, проверяла, благодарила за проявленную инициативу, разговаривала по телефону с родственниками больных, успокаивала, сердилась, радовалась...

Наконец все закончилось. Больных накормили ужином, а спустя примерно час электроснабжение в районе было восстановлено. Все это время Кирилл, вернувшийся с горячей едой, сидел в кабинете Аэллы, терпеливо слушал ее жалобы на капризных больных и их непонятливых родственников и на нерасторопность персонала, наливал ей кофе из термоса и утешал. Никогда в жизни никто не утешал Аэллу Александриди, потому что она всегда была самой успешной, самой умной, самой первой и в утешениях не нуждалась. Ни у кого просто не было повода ее утешать. И она сама была свято уверена в том, что ей это не нужно.

И вдруг оказалось, что нужно. К концу дня она выдохлась окончательно, она изнемогла от напряжения, от голода и жары, хотелось оказаться дома, поесть, заварить хорошего чаю и вытянуться на диване под прохладными струями кондиционера. Но сил встать и дойти до машины у нее не было, а мысль о бесконечном стоянии в пробках вызывала содрогание.

— Хотите, я отвезу вас домой? — предложил Кирилл.

— Хочу, — пробормотала она. — А куда вы денете свою машину, если поведете мою?

— Пусть постоит здесь до завтра. Завтра я ее заберу. Мне все равно нужно будет прийти к вам для полноценной консультации, я же не расстался с идеей поправить внешность. Возьметесь за меня?

— Возьмусь. Будете таким же красивым, как двадцать лет назад.

Он бросил на нее странный взгляд, не то насмешливый, не то настороженный. Аэлла взгляд заметила, но не зафиксировала на нем внимание: она слишком устала.

— Но мне неловко, — продолжала она, — вы и так потратили на меня весь день. У вас ведь были какие-то дела, какие-то свои планы, а вы возились со мной и моими больными. Мне просто совесть не позволит использовать вас в качестве водителя. Хотя, признаюсь честно, очень хочется.

— Значит, так тому и быть, — он поднялся и протянул руку Аэлле. — Поехали. У вас дома есть еда?

— Утром была, — улыбнулась Аэлла, — но, боюсь, за день без электричества мой холодильник ее не сохранил. Впрочем, я даже не знаю, отключалась ли электроэнергия в моем районе. Может, и нет.

— По дороге заедем в магазин, — сказал Тарнович, — купим продукты, и я приготовлю вам что-нибудь вкусненькое и накормлю вас. Я хорошо готовлю. А вы?

— А я — никак, — призналась Аэлла. — Когда-то я умела хорошо готовить, но давно этим не занимаюсь. Иногда только... Я в основном питаюсь в ресторанах и кулинариях. Зато разогреваю просто отлично, — добавила она со смехом.

Они спустились вниз и сели в белый «Мерседес» Аэллы.

Кирилл предложил ей устроиться на заднем сиденье и поспать, но она отказалась и села впереди, рядом с ним.

— Если я засну, вы не найдете мой дом, — сказала она, — там сложно проехать, много переулков, можно заблудиться.

— Я бы нашел, — улыбнулся Кирилл, — если вы не переехали.

— Нет, я не... Как вы сказали?

Аэлла настороженно вскинула голову.

— Аэлла, вы действительно меня не помните? Мы с вами знакомы, я даже подвозил вас домой и знаю, где вы живете.

Черт возьми, ну где же она его видела? Ведь видела же, это совершенно точно, а теперь он и сам подтверждает, что они знакомы, но когда, где, при каких обстоятельствах? Неудобно-то как...

— Восемьдесят четвертый год, — продолжал Кирилл. — Мы с вами познакомились в ресторане, я пригласил вас в Дом кино на просмотр, вы взяли с собой подругу, кажется, ее звали не то Людой, не то Любой. Вспоминаете?

Ну конечно! Теперь она вспомнила. Это было как раз тогда, когда она застукала в ресторане Родислава с любовницей и высвистала Любу под надуманным предлогом, чтобы наглядно продемонстрировать ей всю гнилую сущность ее муженька. И тут нарисовался красивый, хорошо одетый молодой мужчина, который полез к ней знакомиться и пригласил в Дом кино, а она уже ждала Любу, и пришлось взять ее с собой на просмотр. Аэлла даже вспомнила, как негодовала на нового знакомого, который подвез ее домой и мирно попрощался, не напросившись на чашку кофе и даже не записав номер ее телефона. Боже мой, прошло двадцать лет! Целых двадцать лет!

Она звонко расхохоталась.

— Ну и встреча! Вы случайно ко мне в клинику попали или пришли целенаправленно?

— Конечно, целенаправленно. Мне вас порекомендовали, но я прислушался к рекомендации только потому, что среагировал на знакомое имя — Аэлла. Имя редкое, я не мог его забыть и был уверен, что иду именно к вам.

— То-то мне весь день казалось, что я вас раньше видела! Вот, значит, в чем дело. Но ваше имя мне не показалось знакомым. Кирилл, Кирилл, — повторила она, словно пробуя слово на вкус. — Нет, имя мне ничего не говорит.

— Это оттого, что я вам представился Станиславом, — засмеялся Тарнович.

— Соврали? — она приподняла брови. — Зачем?

— Стеснялся. Я ведь тогда был не у дел, сидел без работы, не снимался, а вдруг вы бы вспомнили имя, которое когда-то было на слуху, пришлось бы объяснять такой красивой и явно богатой женщине про свои неудачи. Я потому и скрыл, что актер, навешал вам с подругой какой-то лапши на уши про то, что имею отношение к кинопроизводству. Именно поэтому я и за билетами к администратору ходил один, а вас с подругой на крыльце оставил, билеты-то лежали на мое настоящее имя, а я не хотел, чтобы вы его слышали.

— И вы не побоялись, что встретите знакомых, которые к вам подойдут и назовут Кириллом или по фамилии?

— Боялся, конечно, — кивнул Кирилл. — Но вы мне нравились в тот момент больше, чем я боялся. И я решил рискнуть. Как видите, риск оправдался, ко мне подходили люди, но ни один из них, к моему счастью, имени моего не назвал. Просто повезло.

Аэлла вдруг стала серьезной.

— Скажите, Кирилл, я очень изменилась за двадцать лет? Постарела? Или вы плохо помните, какой я была?

— Вы стали лучше, чем были двадцать лет назад.

Врет, подумала она, но не могла не признать, что слышать такое было приятно.

Она посмотрела в окно и не узнала улицу. Почему он выбрал такой странный маршрут?

— Куда мы едем? — напряженно спросила она.

— В магазин, где сегодня не отключалось электричество и продукты сохранили первозданную свежесть.

— А откуда вы знаете?..

— Я сегодня столько магазинов объехал, пока искал посуду, что всё узнал.

Они купили продукты и поехали домой к Аэлле. Дома она сразу отправила Кирилла на кухню разбираться с едой, а сама ушла принимать душ и переодеваться. В ванной она с удовлетворением оглядела себя в зеркале и пришла к выводу, что находится в отличной форме. Косметологические процедуры по лицу и телу дважды в неделю на протяжении многих лет дают превосходный результат, никто и никогда не даст Аэлле Александриди шестьдесят один год. Не говоря уж о подтяжках и прочих достижениях пластической хирургии, которыми Аэлла то и дело совершенствовала свой внешний вид. Даже миллионер Володя Тесак, к услугам которого все самые красивые модельки Москвы, и тот не пренебрегает прелестями Аэллы, пусть и не так часто, как это было на заре их знакомства. Так что если Кирилл проявит здоровую инициативу, ей не будет стыдно за себя. Другой вопрос: нужно ли это ей самой? В ответе Аэлла не сомневалась. Какая женщина в шестьдесят один год откажется от внимания мужчины на десять лет моложе себя? Она была уверена, что никакая.

— У вас идеальный порядок, — заметил Кирилл, когда Аэлла, одетая в элегантный домашний костюм из нежно-персикового шелка, появилась на кухне. — Как вы успеваете при такой работе все мыть и убирать?

— Ко мне три раза в неделю приходит домработница. Сама бы я ничего не успевала. А что у вас тут делается?

— У нас тут, — он широким жестом обвел разложенные на столе продукты, — делаются размышления о том, что бы такое приготовить, чтобы вас порадовать. Что вы больше любите, мясо или рыбу?

Она собралась было сказать, что любит фуа-гра, гаспаччо и на десерт — тирамису, как непременно ответила бы, если бы на месте Кирилла был, например, тот же Владимир или даже Андрюшка Бегорский, но рядом с этим странным, почти совсем незнакомым человеком ей отчего-то не хотелось строить из себя изысканную, успешную бизнес-леди. Ей хотелось сказать правду. Но было страшно.

— Кирилл, а почему вы пьете? — спросила она. — Разве это не мешает вашей профессии?

Он открыто посмотрел ей в глаза и слегка улыбнулся.

— Мешало бы, если бы в этой профессии я был успешен. Но в том-то и дело, что я — неудачник, меня вытурили из театра, меня мало снимали. Иногда обо мне вспоминали и приглашали на какую-нибудь маленькую роль. Когда я снимался, то, естественно, не пил, а вот в перерывах, которые иногда тянулись годами... Поэтому для меня очень важно получить роль в сериале.

— И вы так спокойно признаетесь в том, что вы неудачник? — удивилась она.

Аэлла готова была к чему угодно, только не к такой откровенности. Сама она ни за что на свете никому не призналась бы в том, что у нее что-то не в порядке.

— А зачем мне вам врать? — ответил он вопросом на вопрос. — Чтобы выглядеть лучше, чем я есть на самом деле?

— Ну, например, — согласилась она.

— Так вы же все равно потом узнаете правду. Какой смысл? Лучше вы будете знать с самого начала, что я вот такой, неудалый, пьющий, в общем — дурацкий. Но готовлю я действительно хорошо, тут я не вру. Так что вы хотите, мясо или рыбу?

— Кирилл, мне очень стыдно, но я хочу яичницу, — призналась Аэлла.

— Яичницу?! Простую, банальную яичницу, которую жарят на сковородке?

— Ее, родимую. Я не ела ее, наверное, лет тридцать.

— Но почему? В чем проблема? Вы не умеете ее делать?

Ей вдруг стало легко и радостно. Вот стоит рядом человек, перед которым не хочется притворяться и строить из себя невесть что, перед которым можно не выглядеть суперженщиной, которому можно сказать правду, самую неприглядную и самую нелепую.

— Знаете, мне всегда казалось, что яичница — это пошло, это удел неудачников-холостяков или старых дев. Настоящая женщина должна питаться, фигурально выражаясь, лепестками роз и запивать их росой. Я все время покупала деликатесы и полуфабрикаты, мне казалось немыслимым, чтобы я, надев фартук, стояла у плиты, как какая-то домохозяйка. У меня есть подруга, Люба, та самая, вместе с которой мы были в Доме кино, так вот она всю жизнь провела в готовке, стирке, уборке, глажке, и мне всю жизнь было ее ужасно жалко, я была уверена, что она бездарно растрачивает свои лучшие годы, ухаживая за мужем и детьми, а мне, такой необыкновенной, такой умной и такой успешной, уготована совсем другая жизнь. Когда ко мне приходили гости, я заказывала блюда в ресторанах. Иногда я что-то делала сама, но только тогда, когда хотела понравиться мужчине. Но это бывало крайне редко, куда чаще мужчины хотели понравиться мне и приходили сюда с сумками, набитыми уже готовой изысканной едой. Или водили меня в дорогие рестораны.

Она слышала себя и приходила в ужас. Что она несет? Как можно быть такой откровенной, такой неприлично открытой с совершенно незнакомым мужиком, которого встречаешь всего второй раз в жизни? Какой кошмар! Что это с ней? Кто тянет ее за язык? Она даже сама себе в мыслях не признавалась в том, в чем сейчас признавалась вслух перед этим Кириллом Тарновичем. Загипнотизировал он ее, что ли? Она пыталась остановиться, но не могла. Слова лились из нее неудержимым потоком, и с каждым сказанным словом ей становилось легче и отчего-то веселее, как от хорошего вина.

— В общем, я всегда была выше простой яичницы. А сегодня я хочу именно ее. Желтую, с красными помидорами и зеленью, и обязательно с сыром, как готовила моя мама, когда я была маленькой. Можно? — спросила она совсем по-детски, жалобно и нерешительно.

Она ждала, что Кирилл рассмеется и скажет что-нибудь ядовито-ироничное, но он лишь деловито поинтересовался:

— Сыр тертый или жаренный кусочками? Как вы любите?

— Внутри жаренный квадратиками, а сверху тертый. Сумеете?

— Не вопрос. Вы сядьте, Аэлла, вы и так сегодня весь день на ногах, устраивайтесь поудобнее, а я сейчас все приготовлю, и мы с вами поужинаем.

Она уже раскаивалась в своей откровенности, и ей хотелось компенсации.

— Кирилл, а почему вас так мало снимали? У вас ведь хорошая внешность, фактурная.

— Таланта маловато, — спокойно отозвался он. — Где у вас разделочная доска?

Ей пришлось встать, чтобы достать доску. Она вернулась на место, облокотилась подбородком о сложенные руки и продолжила допрос:

— А почему вас выгнали из театра? Тоже из-за нехватки таланта?

— Из-за дисциплины. Видите ли, когда-то, в далекой молодости, я очень успешно снялся в одном фильме, играл Робин Гуда. Это был как раз тот случай, когда вечером ты ложишься спать никем, а утром просыпаешься знаменитым. В театре на это отреагировали должным образом, я был молод, красив, перспективен, а теперь еще и узнаваем, мне даже пообещали роль Ленина в одной пьесе про молодые годы вождя. Вы только представьте, что это такое — в советское время сыграть Ленина! У меня совершенно крышу снесло, я зазвездился по полной программе, начал активно выпивать, гулять с девочками, приходил на репетиции нетрезвым. В общем, с Лениным меня прокатили, и были правы. Но это я теперь понимаю, а тогда обиделся страшно и запил уже по-настоящему. Вот тут-то меня и выперли из театра. А кому я нужен с такой репутацией? Конечно, если бы у меня был настоящий талант, большой, то на репутацию никто не посмотрел бы, и сниматься приглашали бы, и в театре оставили. Но талантик у меня был маленький, — он оторвался от нарезания помидоров и показал Аэлле просвет между большим и указательным пальцами, — крошечный был талантик, так что никто за меня особо не держался. Друзья в киношном мире, конечно, остались, вот они меня и снимали понемножку, чтобы я с голоду не подох. Вы любите помидоры хорошо протушенные или только слегка припущенные?

— Протушенные. А вы женаты? У вас есть семья?

— Сейчас — нет. Однажды была жена, но недолго.

— Отчего так?

Аэлла выспрашивала подробности, ей казалось, что чем больше слабостей и недостатков она обнаружит в своем новом знакомом, тем меньше ей будет стыдно за свою откровенность.

— А я все никак не мог уняться, смириться с тем, что я уже давно не звезда. Продолжал пить и шляться по девицам. Мог исчезнуть на неделю, зависнуть у кого-нибудь из друзей и пьянствовать. Жена бросила меня довольно быстро. Но я ее понимаю. Какой нормальной бабе такое понравится?

Разговаривая, он вымыл зелень, тщательно промокнул бумажным полотенцем, открыл окно и положил сушиться на подоконник.

— Закройте окно, — Аэлла недовольно сморщила носик, — кондиционер же работает, он не любит открытых окон.

— Ничего страшного, я думаю, он потерпит десять минут.

— Вы ведете себя здесь как хозяин.

— Извините, не хотел вас задеть. Но трепетное отношение к технике мне чуждо. Она должна служить нам, а не мы — ей. Если вы настаиваете, я закрою окно.

— Да ладно, — Аэлла махнула рукой.

Ей стало все равно. Он прав, этот странный актер-неудачник, чего она так беспокоится о кондиционере? Железка, машинка, сломается — можно починить, нельзя починить — можно купить новый. Черт с ним.

— Аэлла, а почему вы за все эти годы так и не переехали? — спросил Тарнович. — Вы стали успешной, богатой, а живете все в той же квартире. Я был уверен, что вы уже давно поменяли жилье.

— А зачем менять? Я построила дом на Новой Риге, а квартира меня и эта устраивает, она достаточно большая для меня одной. Я ее отделала по евростандарту, купила дорогую мебель, разве сюда стыдно пригласить гостей?

— Не стыдно, — признал он. — Но я почему-то думал, что у людей вашего уровня должны быть какие-то невероятные хоромы.

— Вот на Новой Риге у меня хоромы и есть, — рассмеялась она. — Я приезжаю туда, если есть силы и время после работы, ну и в выходные, конечно. А сегодня я очень устала.

Приготовленная Кириллом яичница показалась ей самым вкусным блюдом, которое ей доводилось есть за последние годы. Аэлла ела и исподволь поглядывала на Тарновича. Она ни секунды не сомневалась в том, что он захочет остаться у нее на ночь, и прикидывала, хочет ли этого она сама. С одной стороны, любовник на десяток, а то и больше лет моложе — это повышает самооценку и греет душу. К тому же он потратил на решение проблем Аэллы целый день и теперь так трогательно за ней ухаживает, что имеет полное право на компенсацию. Любой труд должен быть оплачен. Но с другой стороны, она так измучилась, так устала... «Пусть останется, — решила она в конце концов, собирая корочкой белого хлеба остатки с тарелки, как делала в детстве. — Для тонуса не помешает. А отдохнуть и выспаться я еще успею».

— На что же вы жили, когда не снимались и не играли в театре? — спросила она за чаем с пирожными.

— Подрабатывал, где мог. И Дедом Морозом, и на детских утренниках, и на рынке торговал, и машины перегонял, да чем только не занимался, чтобы прокормиться.

И снова Аэлла удивилась его откровенности и полному отсутствию пафоса. Другой бы на его месте стал, наверное, сетовать на то, что его талант не оценили по достоинству, ругать критиков, злобно сплетничать о более успешных коллегах по цеху, а Кирилл просто рассказывал о своей жизни, о такой, какой она была, без прикрас и попыток выглядеть непризнанным гением. Такие люди Аэлле Александриди до сих пор не встречались, и она никак не могла избавиться от ощущения неправдоподобности происходящего.

— Может, перейдем на «ты»? — предложила она.

— Согласен, — кивнул Тарнович.

Следующим шагом, в ее представлении, должно было быть его встречное предложение выпить на брудершафт, тост закончился бы обязательным в таких случаях поцелуем, а дальше все покатится в заданном направлении. Но Кирилл ничего такого не сказал и даже не намекнул на возможность выпить. Это было совсем уж странно, если учесть продекларированную им любовь к спиртному.

Он вымыл посуду и собрался уходить. «Стесняется, — подумала Аэлла. — И правильно. Кто он и кто я. Огромная разница. Он — актер-неудачник, бесталанный и пьющий. А я — это я».

— Хочешь остаться? — спросила она как можно равнодушнее.

Кирилл отошел на несколько шагов и прислонился к стене.

— Хочу, — просто ответил он. — Но ты сегодня страшно устала. Тебе нужно отдохнуть. И потом, мы знакомы всего один день. А как же ухаживания? Ты готова их пропустить?

— Готова, — кивнула Аэлла. — Я уже не в том возрасте, когда это имеет значение. Я за свою жизнь столько их получила, что набила оскомину.

— А я — нет. Я мало ухаживал за женщинами, у меня чаще всего все получалось сразу и без прелюдий. Это скучно. Не лишай меня радости. Давай ты сегодня поспишь, наберешься сил, а завтра я приду к тебе в клинику и...

— И будем решать вопрос с твоей пластикой, — с неожиданной для самой себя злостью проговорила она. — Заодно и машину свою заберешь.

— И я начну за тобой ухаживать. Дай мне хотя бы один день, чтобы я мог принести тебе цветы, иначе я не смогу себя уважать.

Аэлла закрыла за ним дверь и вздохнула с облегчением. Можно наконец лечь, вытянуться под шелковистой простыней и замереть. Никуда не бежать, ни с кем не разговаривать, не напрягаться. Хорошо, что он не остался. Но все-таки ужасно жаль, что он не остался. Ничего, останется завтра. Или послезавтра. Ей спешить некуда.

Она умылась, наложила на лицо крем и легла. Как же, оказывается, приятно не быть самой-самой, какой она стремилась быть всю жизнь. Как хорошо, когда рядом с тобой есть человек, который берет на себя твои проблемы, принимает за тебя какие-то решения, помогает их выполнять, как легко, когда можно признаться, что хочешь обыкновенную яичницу, а не суп из акульих плавников, как удобно сидеть за столом, поджав под себя одну ногу и ссутулившись. Уже засыпая, Аэлла неожиданно поняла, что не простит себе, если упустит Тарновича.

* * *

— Что годы с людьми делают, — констатировал Камень. — Аэллу прямо не узнать. Это ж надо — с первым встречным так откровенничать! Он что, действительно такой харизматичный, этот Кирилл?

— Чего ты бранишься? — Ворон немедленно оскорбился. — Слово какое-то выдумал... Некрасивое слово, почти как матерное. Будешь меня угнетать — перестану рассказывать. И вообще, что вы за моду такую взяли во всем меня обвинять? Я вам рассказываю, как все было, а если вам что не нравится, то я сразу плохой.

— Да отличный ты, отличный, — стал успокаивать его Камень. — И все мне нравится. Я только насчет Кирилла уточнил.

— Нет, — у Ворона явно возникло настроение пообижаться и сделать всех вокруг виноватыми, — это уже не первый случай, когда вам не нравится, как люди себя ведут, а вы свою злость на меня выплескиваете. Хватит, натерпелся я за свой век.

Камень начал терять терпение и сердиться.

— Господи, ну что ты раскапризничался? Кому тут что не нравится? Кто тебе хоть слово сказал? С чего все эти огульные обвинения?

— А с того, что вы все с самого начала гнобили меня и всю мою красоту поуродовали! — заявил Ворон.

Камень озадаченно посмотрел на друга.

— Ты что, собственно говоря, имеешь в виду? Кто тебя поуродовал?

— А ты что, не помнишь? — разъяренно закричал Ворон. — Ты забыл, каким я был красивым, белым, пушистым? Эта кокетка Коронида, дочка Флегия, решила, видите ли, что Аполлон ее разлюбил, и поскорее выскочила замуж на Исхиса. Помнишь, был такой крендель в Аркадии?

— Помню, но смутно. А ты тут при чем?

— Так я, как дурак, полетел к Аполлону, чтобы его проинформировать, так, мол, и так, не надейся зазря, она теперь другому отдана и будет век ему верна. А он что сделал, этот придурок?

— Что? Я не помню, это давно было.

— Я тогда был белым, как молоко, а он меня проклял, и мои перья с тех пор стали черного цвета. Представляешь, каков хмырь? Его баба ему изменила, а я виноват. Вот так с тех пор и повелось. У людей проблемы, а я крайний.

Камень заподозрил недоброе. В рассказе Ворона о знакомстве Аэллы и актера Тарновича не было ничего, что могло бы огорчить или расстроить. Наоборот, следовало бы порадоваться за женщину, которая встретила наконец подходящего мужчину. С чего вдруг Ворон затеял этот разговор? Неужели он узнал еще что-то, что может всерьез не понравиться Камню, и принял превентивные меры?

— А что там дальше было? — осторожно спросил он.

— Да то же, что обычно у древних бывало, — буркнул Ворон. — Аполлон немедленно нажаловался папаше, Зевсу то есть, у него вообще такая манера была: чуть что — сразу к папочке бежать и кляузничать. Зевс долго не размышлял, Исхиса молнией убил. А уж со своей неверной любовницей Аполлон сам разделался, с бабой-то справиться — много ума не надо. Он ее стрелой поразил и в огонь вверг. Совсем очумел от горя. Коронида-то в тот момент уже ребенка рожала, а ему все неймется. И ребеночек, между прочим, от Аполлона был, а не от мужа.

— То есть она, когда замуж выходила, была беременна от другого?

— А я о чем! Ты только представь: с беременной женщиной счеты сводить! Это уж совсем себя не уважать надо, чтобы такое вытворять. А туда же: бог, светозарный, светоносный. Да какой он, на фиг, бог! Чучело гороховое. Хорошо хоть она родить все-таки успела. Мальчика. Но ее отец, Флегий-то, тоже в долгу не остался, он в отместку за смерть дочери поджег храм Аполлона в Дельфах. Ну, боги такого не потерпели, они за своих-то, за Зевса с Аполлоном, горой стояли, так что они с Флегием тоже посчитались: заставили его в царстве мертвых терпеть вечный страх.

— Это каким же образом? — заинтересовался Камень.

— А они его приковали под огромной скалой, которая в любой миг могла обрушиться. Представляешь, он сидит под этой скалой и каждую секунду ждет смерти. И так из года в год. Бр-р-р! Врагу не пожелаешь. Вот они там, в Древней Греции, так развлекались, а я расплатился своим чудесным молочно-белым опереньем. Скажешь, это справедливо?

— Несправедливо, — согласился Камень. — А ты к чему ведешь-то? За что я должен на тебя рассердиться?

Ворон изобразил задумчивость и посмотрел на небо. Небо было низким, темно-серым и неприветливым.

— Ну, я... это... В общем, я там насчет Родислава кое-что посмотрел. Ты ведь за него душой болеешь, так что... Но я не виноват! Это не я придумал!

— Рассказывай, — вздохнул Камень.

Он понимал внутреннюю логику характера Родислава и к худшему приготовился уже давно. Даже странно, что Ворон раньше об этом не заговорил.

* * *

Родислав Евгеньевич Романов с удовольствием смотрел на пухлые губы и глубокое декольте сидящей напротив него за столом девушки по имени Анжела. Хороша, молода, голодная и жадная до впечатлений и денег и готовая ради этого расплачиваться собственным телом. Родислав обожал таких вот дурашек, которые уверены, что перед их длинными стройными ножками и набитой силиконом грудью не устоит ни один богатенький «папик». Он видел этих девочек насквозь, видел, как на приемах и презентациях они вьются вокруг него, стараясь обратить на себя внимание. Ну как же, красивый светский лев, одетый не на одну тысячу евро, с дорогой машиной, большими деньгами и старой неинтересной женой — это же легкая добыча! Такого развести — раз плюнуть, тем более что предварительно собранная информация весьма обнадеживает: несовершеннолетних детей нет, видимых пороков вроде пристрастия к азартным играм или алкоголю тоже нет, официальной молодой любовницы — даже той нет. Как тут счастья не попытать?

Они старались изо всех сил, и Родислав их усиленно поощрял, откликался на флирт, строил глазки, целовал ручки, потом приглашал в ресторан, и в тот момент, когда пташка приходила в состояние полной уверенности, что дело на мази и ее сейчас повезут на шикарную хату, вежливо благодарил за приятный вечер и велел водителю отвезти даму, куда она скажет. Выражение обиды, недоумения, злости, растерянности и еще бог знает чего приводило Родислава в полный восторг. Он мелко мстил всем этим глупеньким самоуверенным кошечкам за собственную сексуальную несостоятельность.

Потенция так и не восстановилась, но Родислав нашел

способы компенсировать отсутствие сексуальной жизни. Одним из способов как раз и стало «динамо», которое он крутил с красивыми искательницами чужого богатства. «Как удачно, что я уже ничего не могу, — твердил он сам себе. — Иначе я бы наверняка поддался чарам какой-нибудь щучки, которая ободрала бы меня как липку. Нет, что ни говори, в импотенции есть свои плюсы, и немалые».

Другим способом компенсации отсутствия сексуальных радостей для него стал шопинг. Родислав теперь придавал огромное значение всяческим брендам, старался покупать все самое дорогое и модное и только в бутиках знаменитых фирм. Он носил ботинки из кожи питона, костюмы от Валентино, сорочки от Диора, галстуки и ремни «Гермес», бумажники, футляры для ключей, портфели и чемоданы покупал в магазинах «Луи Вюиттон», часы на его руке имели стоимость, сравнимую со стоимостью новенького японского джипа. Он постоянно ездил на встречи и переговоры и небезосновательно считал себя лицом компании, а лицо должно соответствовать телу, то есть размаху и богатству холдинга «Пищевик», к этому времени подмявшему под себя львиную долю поставок в продуктовые магазины Москвы, Подмосковья и ряда прилегающих областей. Однако помимо необходимости достойно представлять компанию Родиславом двигало и стремление к удовольствию, которое он испытывал, примеряя и покупая дорогие вещи. Девушки-продавщицы в бутиках бегали перед ним на цыпочках, понимая, что пришел покупатель, который готов потратить много денег, подносили и подносили пиджаки, брюки, сорочки, джемпера, куртки, плащи, ботинки, мокасины, а он капризничал, морщился, критиковал, снисходительно одобрял и в конце концов небрежно, не глядя на ценники, доставал из кожаного бумажника золотую кредитку. Он с пренебрежением и сочувствием смотрел на молодых парней, идущих по улицам в обнимку с девушками: да что они могут, эти сопляки? У них не хватает денег даже на дешевенькое колечко для своей пассии, а туда же, в койку их тянут. Ну, порезвятся они в этой койке часа полтора-два от силы, а потом что? Как жить оставшееся время?

...Он с насмешливым удовольствием смотрел, как Анжела ест десерт, аппетитно вытягивая пухлые губы и совершенно недвусмысленно облизывая ложечку. Девочка демонстрирует ему полную боевую готовность. Вот дурашка! Ждет, надеется на приглашение в постель, после чего, в соответствии с ее планами, на нее обрушится золотой дождь с бриллиантовыми вкраплениями. Еще чуть-чуть — и можно отправлять ее назад в стойло.

— Вы любите испанскую кухню? — спросила Анжела, кокетливо стреляя глазками.

— Терпеть не могу, а что?

— Говорят, она очень вкусная.

Подтекст был очевиден: говорят, она очень вкусная, я бы хотела попробовать, ах, я никогда не была в Испании. Далее он, Родислав, должен сказать: «Ну что ты, детка, если будешь умницей, я тебя туда отвезу». Но ничего подобного он говорить не собирался.

— На любителя, — коротко ответил он. — Впрочем, ты можешь съездить в Испанию и попробовать. Может быть, тебе понравится.

— Мне что, одной ехать? Это как-то неприлично.

— Поезжай не одна.

— А с кем?

— На твое усмотрение. Тут я тебе не советчик.

Он поднялся и склонился к ее руке.

— Спасибо, детка, я чудесно провел вечер в твоем обществе. Не торопись, доедай десерт, счет я оплатил. На улице ждет водитель, он отвезет тебя, куда тебе нужно. А у меня здесь еще деловая встреча.

Это было правдой, Родислав всегда совмещал деловые встречи с ужином в обществе очередной красавицы, это позволяло ему безболезненно отпускать машину, чтобы доставить девушку к месту назначения. Пока он обсуждал деловые вопросы, водитель успевал вернуться.

Анжела растерялась настолько, что даже забыла призывно выпячивать губы.

— А вы что, уходите?

— От тебя — да. Но я остаюсь здесь, так что если будут проблемы — обращайся. Но никаких проблем быть не должно. Я в соседнем зале.

Он всегда давал этим курочкам последнюю надежду, дразнил ею, чтобы потом безжалостно отнять. Некоторые понимали все сразу, доедали десерт и уезжали, но находились и такие, которые потом все-таки подходили с какими-нибудь дурацкими вопросами или просьбами, рассчитывая на то, что их оставят рядом и потом все-таки повезут туда, где хозяйками положения уже станут они. Но ни у одной ничего не вышло. Родислав упивался своей властью над этими дурехами, привыкшими иметь дело с самцами, которые руководствуются только импульсами, исходящими из области гениталий.

Через короткое время Анжела действительно разыскала его в соседнем зале, где Родислав пил вино в обществе влиятельной дамы из мэрии, и робко спросила, может ли она заказать себе еще чашку кофе.

— Закажи, — равнодушно кивнул Родислав. — Скажи, чтобы записали в мой счет. И побыстрее, пожалуйста, мне скоро понадобится машина.

Когда девушка отошла, дама из мэрии спросила:

— Это ваша дочь?

— Ну что вы, — рассмеялся Родислав. — Моя дочь работает в Англии, преподает в университете. Это — так, случайная спутница для ужина.

— Вы меня напугали, — призналась дама. — Мне очень нравится ваша супруга, и я уж начала было переживать, что...

— Не переживайте, — улыбнулся он, — я однолюб.

Домой Родислав вернулся ближе к полуночи и сразу окунулся в знакомый мир запахов и звуков. Пахло свежевыпеченными пирогами, на втором этаже надсадно жужжал пылесос. Он невольно поморщился. В последнее время все то, что так радовало его когда-то, стало раздражать. И сама Люба стала раздражать, хотя он и не смел себе в этом признаться. Ему, любителю светских мероприятий, лощеному и элегантному, хотелось иметь такой же элегантный дом и светскую, хорошо одетую жену. Нельзя сказать, что Люба одевалась плохо, одежда на ней всегда отлично сидела и была к лицу, но она не была брендовой, а ему хотелось, чтобы его жена одевалась, как и он сам, исключительно в бутиках, при этом желательно — не в московских, а за границей. Люба же, привыкшая считать каждую копейку, даже в Милане, Мюнхене и Париже умудрялась заскакивать в первый попавшийся универмаг вроде «Вагенера» или «Кауфхофа» и покупала там весь свой гардероб. Это все были милые вещи, недорогие, вполне уместные в повседневной жизни, но никак не подходящие к презентациям и прочим мероприятиям, на которых все присутствующие демонстрировали успешность и благосостояние. В глубине души Родислав начинал стесняться своей жены, она выглядела не так блистательно и была не так эффектна, как ему хотелось бы. И почему при тех деньгах, которые он зарабатывает, нужно непременно торчать на кухне у плиты или заниматься уборкой и стиркой?

— Давай наймем домработницу, — много раз предлагал он. — Ты посмотри, у Бегорского работает женщина, у Аэллы работает, а ты при наших-то доходах все делаешь сама. У нас такая огромная квартира, и ты тратишь время на ее уборку, вместо того чтобы лишний раз собой заняться.

Но Люба всегда отказывалась. Мысль о помощнице по хозяйству приводила ее в ужас.

— Родинька, мне же не трудно, я все успеваю. Я привыкла. И я не могу допустить, чтобы по дому ходил чужой человек и трогал твои рубашки. Кроме того, никто вас так не накормит, как я, я же знаю, что вы любите и как это надо готовить, а пока я кого-то научу — сто лет пройдет.

— Но я хочу, чтобы ты, когда приходят гости, не носилась туда-сюда из кухни в столовую и обратно, а сидела за столом как королева, в красивом платье, с прической, с маникюром, в украшениях. Ты посмотри на свои руки! Ну на что это похоже? Приходят гости, и ты бегаешь с подносами, как кухарка.

Ему и раньше хотелось красивой жизни, а теперь, с годами и появившимися деньгами, Родислав стал настоящим барином. В нем проступили спесь и высокомерие, и он даже не замечал, что обижает Любу своими претензиями. Он не задумывался над тем, что домашний уют, чистота и вкусная еда всегда были предметом Любиной личной гордости, смыслом ее роли как хозяйки дома и главной сущностью ее роли как жены. Он хотел отнять у нее и этот смысл, и эту сущность и заменить шикарным фасадом, который ей самой никогда не был нужен.

Он поднялся на второй этаж и застал жену за уборкой в его кабинете.

— Любаша, я сегодня встречался с Курихиной из мэрии, она сказала, что есть возможность взять очень хороший участок на Рублево-Успенском шоссе.

Люба выключила пылесос и присела на краешек стула.

— Ты все-таки хочешь строиться? — устало спросила она.

Да, он хотел построить дом в престижном месте. У всех людей из его окружения дома уже были, и у Бегорского, и у Аэллы, не говоря уже о членах правления холдинга и о деловых партнерах. Родислав хотел быть не хуже других, а отсутствие дома в районе Рублевки снижало уровень. Но Любе дом был не нужен, и он это отлично знал.

— Родинька, ну что мы будем делать там вдвоем? Мы и в этой-то квартире ищем друг друга, как в лесу, куда нам еще загородный дом?

— Мы должны соответствовать своему уровню, — жестко произнес Родислав. — Мне этот дом нужен.

Разговор о доме возникал в последние месяцы регулярно, и Родислав чувствовал, что Люба понемногу смягчается и уступает. Еще чуть-чуть — и она согласится. Она не умеет подолгу сопротивляться его желаниям.

— А как же Дениска? Если мы переедем за город, Юля не сможет приезжать каждый день, — ухватилась Люба за спасительную соломинку. — И Тамаре будет сложно добираться.

— Тамара за рулем, так что она прекрасно до нас доедет. А что касается Дениса, то пока мы будем строиться, пройдет время, а потом я куплю ему квартиру в городе, и пусть живет там вместе с Юлей. Парню двадцать лет, пора уже отрываться от юбки.

— А если Леля вернется? Вдруг она не захочет жить за городом?

— Останется эта квартира, и Леля сможет выбрать, где ей жить. Ну, Любаша? Ты согласна? Ты только представь: у нас будет дом, в котором все будет так, как мы с тобой хотим. Не так, как построили какие-то неизвестные строители и неизвестно для кого, а именно так, как нам нравится. Мы закажем проект, в котором будут учтены все наши желания и требования. И все в этом доме будет нас радовать, от цвета стен до самой маленькой вазочки. Ты сама все выберешь, сама закажешь, там даже электрические розетки будут в тех местах, которые ты укажешь. Всё, решено, берем участок и строимся. Да?

Он видел, что почти уговорил жену. Впрочем, какая разница, хочет она этот новый дом или не хочет, важно, что дом обязательно нужен, и он будет. Родислав твердо знал, что построит этот дом, и Любу уговаривал только для видимости. Что бы она ни говорила, какие бы аргументы ни приводила, он купит участок и попросит ее заняться проектом. И она займется. И строительством будет заниматься, и отделкой. И жить в этом доме будет. Потому что никак по-другому быть просто не может.

— Родинька, ты завтра когда планируешься вернуться с работы? У тебя намечены какие-нибудь встречи на вечер?

— Еще не знаю. А в чем дело? — недовольно спросил он.

— Я Тамару пригласила, мы бы поужинали все вместе...

— С чего вдруг среди недели?

— Завтра день рождения Коли, — тихо ответила Люба. — Ему сорок лет исполнится... исполнилось бы... Я думала...

Он забыл. Все, что связано с сыном, было для Родислава болезненно-неприятным, и он гнал от себя мысли и воспоминания, и гнал настолько успешно, что просто забывал о многом. Вот и о дне рождения Николаши не вспомнил. Ему не нравилось, что Люба помнит всё и не забывает ни одну дату, День милиции для нее навсегда превратился в день, когда она видела Колю в последний раз, а в конце августа она устраивала день поминовения сына, потому что точного дня его смерти не знала и Коля умер для нее в тот день, когда ей сообщила об этом Аэлла. Родислав не помнил ни последнего дня, ни дня, когда позвонила Аэлла. Он вообще не хотел ничего этого помнить, он не хотел горя, не хотел воспоминаний, он мысленно похоронил сына и не желал больше к этому возвращаться.

Ему было неприятно, что он забыл о сорокалетии Коли, и неприятно было, что Люба позвала в гости Тамару. Тамару он с некоторых пор любить перестал. Она раздражала его и своими яркими, ни на что не похожими нарядами, сшитыми по ее собственным рисункам и так сильно отличающимися от «брендовых» туалетов, которые он видел на дамах во время светских мероприятий и которые хотел бы видеть на своей жене; но еще больше она раздражала его своим упорным нежеланием считаться с его богатством, его достижениями и, в конечном итоге, с его барством.

— Ну, ты, Евгеньич, забурел, — смеялась над ним сестра жены, когда он однажды потребовал, чтобы Люба подала ему ужин не на обычной, как всегда, посуде, а на дорогом английском фарфоре, который он самолично купил и привез из Лондона. — Ты в своей ванной еще унитаз сапфирами не отделал? А то смотри, пора уже.

В другой раз, когда он при Тамаре завел разговор о домработнице, она заявила:

— Родька, чем тебе не нравится кофе, который подает твоя жена? Не можешь ответить? А я знаю. Тебе просто по кайфу, чтобы кофе подавала прислуга. И вообще чтобы в доме была прислуга. Тогда ты сможешь чувствовать себя настоящим барином, сидеть, развалившись, перед телевизором и гонять несчастную домработницу туда-сюда: подай-принеси-убери. Любашу гонять почем зря ты стесняешься, а самому задницу приподнять тебе влом. Нет, Родька, ты совсем забурел и превратился в такого азиатского бая.

У Родислава тогда моментально испортилось настроение, потому что Тамара была абсолютно права. Ему хотелось, чтобы в доме была прислуга, и хотелось не столько ради Любы, сколько ради себя самого, ради ублаготворения собственных амбиций. Люба была слишком близким человеком и слишком давно знала его слабости, чтобы можно было с ней вести себя как хозяин и непререкаемый авторитет.

А быть хозяином и повелителем очень хотелось. На работе ему это удавалось, но Родислав хотел играть эту роль и дома. Многие годы его сдерживало чувство вины перед Любой и благодарность к ней за все то, что она делала для Лизы и детей, а также для его карьеры. Теперь Лизы больше нет, Даша ушла в общину, и все попытки ее найти успехом не увенчались, а Денис, сам о том не подозревая, стал слабым местом Любы. Сперва Родислав нервничал и продолжал чувствовать себя виноватым за то, что его внебрачный сын живет с ними и Любе приходится за ним ухаживать, но как только он понял, что Люба дорожит мальчиком, что он ей не в тягость, что, наоборот, она не хочет с ним расставаться, последние жалкие остатки вины растаяли. Собственно, с этого самого момента он и начал превращаться в барина, в типичного «нового русского», который стремится иметь все самое лучшее и дорогое, все то, что можно выставлять на всеобщее обозрение и ловить одобрительные и завистливые взгляды. Ему хотелось иметь хорошо выглядящую и дорого одетую жену, дорогой автомобиль, дорогую одежду и, разумеется, дорогой дом. Если в те далекие времена, когда он работал в Штабе МВД, Родислав радовался тому, что ему во время проверок предлагают все самое лучшее — номера в гостиницах, еду в ресторанах, отдых в охотничьих домиках или в закрытых пансионатах, то теперь он хотел все это, самое лучшее, иметь за собственные деньги, которые он сам заработал.

Люба терпела его новые замашки, а вот Тамара ничего терпеть не собиралась, и Родислав стал избегать ее. Надо было что-то придумать, чтобы завтрашние посиделки обошлись без него.

— Я, наверное, приду поздно, я сейчас вспомнил, что собирался съездить...

Он объяснял, какие запланировал дела на завтрашний вечер, а сам исподтишка наблюдал за Любой: верит или нет? По ее лицу ничего не было понятно, она слушала, как обычно, внимательно, не сводя с мужа глаз, кивала и ничего не отвечала. Впрочем, какая ему разница, верит ли ему жена? Главное — он завтра не будет сидеть с Тамарой за одним столом, он так решил, он так хочет. А остальное не имеет значения.

* * *

— Ну что ж, чего-то подобного я и ожидал, — грустно пробормотал Камень. — Все логично. Если чувство вины преследует человека слишком долго, то потом оборачивается своей противоположностью.

— Почему? — спросил Ворон.

— Да потому, дорогой мой, что чувство вины давит на человека, как гнет, а как только гнет убирают, так моментально начинает вылезать всякая пакость, которая копилась и вызревала многие годы, а выхода не имела. Вот теперь она и вырвалась на волю. Жаль, жаль, ведь такой славный был парень в детстве и юности, а во что превратился!

— И Любочку мою тоже жалко, — встрял Ворон. — Ведь ей, бедняжечке, все это безобразие приходится терпеть.

Камень собрался было разразиться длинной тирадой на тему о том, что никто не велит Любе терпеть, что это ее собственный выбор и она в любой момент может этот выбор изменить и принять какое-нибудь другое решение, но вдруг вспомнил про себя, Ворона и Змея. Отношения сложились так давно, что изменить их будет трудно. Ведь как ему, Камню, неудобна вся эта тягомотина с тайными свиданиями, сложным графиком общения и постоянным напряжением: как бы не проговориться Ворону, не ляпнуть что-нибудь эдакое, из чего тот сразу поймет, что без Змея не обошлось! Как бы хотелось, чтобы было по-другому, как раньше, когда они дружили втроем и ничего друг от друга не скрывали, и не врали друг другу, и не прятались по углам. Но разве можно изменить то, что складывалось долгие столетия? Это ж целую революцию надо объявлять, а революций без крови не бывает. Нет, к таким резким телодвижениям Камень готов не был. И потому не чувствовал себя вправе в чем-то упрекать Любу Романову. Она сорок лет вдалбливала своему мужу в голову, что он самый лучший, что он имеет право на ошибку, что он все делает правильно и вообще ни в чем не виноват, и не мудрено, что Родислав в это уверовал. Он уверовал и в то, что он лучше всех, и в то, что имеет право на все, и в то, что жена всегда на его стороне и все стерпит, да еще и спасибо скажет.

— Знаешь, — задумчиво проговорил Камень, — я думаю, если бы Родислав не был импотентом, он бы Любу бросил.

— Как?! — вскинулся Ворон, готовый защищать свою любимицу от любых неприятностей. — Мою Любочку?! Бросил?!

— Твою Любочку, — хладнокровно подтвердил Камень. — Он же ее стесняется, ты сам сказал. Он с большим удовольствием поменял бы ее на молодую, модно одетую красоточку. Но только что он может этой красоточке предложить, кроме денег и возможностей?

— А разве этого мало? Огромное количество женщин ради этого на все согласны, я сам видел.

— Для женщины-то достаточно, но не для Родислава. Ему претит мысль о том, что он может быть кому-то интересен только из-за денег и положения. Он же самый лучший, ты забыл? Он самый чудесный, самый умный, самый красивый. И он хочет, чтобы его любили именно за это, а не за деньги. Куда ж тут без потенции-то...

— А я думаю, что дело не в этом, — возразил Ворон. — Вернее, не только в этом. Твой Родислав просто жить не может без моей Любочки. А кто еще будет все его замашки терпеть? А кто будет ему говорить, что он самый лучший, и все сделал правильно, и он ни в чем не виноват? А кто ему скажет заветные слова: «Не беспокойся, Родинька, я сама все сделаю»? Кто?

— Никто, — сразу же согласился Камень. — И он это прекрасно понимает. Родислав давно уже попал в психологическую зависимость от своей жены. Он без нее и дня не протянет. И потом, у него за многие годы сформировались определенные привычки, к которым Люба приноровилась, а новой жене ведь надо все объяснять, ко всему приучать. С Любой можно не парить себе мозги такой ерундой, как вещи и шкафы, сорочки и носки, шампунь и гель для душа, она всегда знает, что нужно купить и где что лежит, и сама все подаст. А с новой женой еще неизвестно как будет.

— Ну, допустим, с новой женой твой Родислав смог бы завести кучу прислуги, пусть бы у них голова обо всем этом болела.

— Так привычки же! Я тебе объясняю, а ты не слышишь.

Чтобы не менять привычки, придется прислугу долго и протяжно учить, а Люба уже и так все умеет и знает. Ему напрягаться-то неохота. Плюс проблемы с сексом. Короче, твою Любу он никогда не бросит, так что можешь не волноваться. Но я все равно расстроен.

— Почему? — насторожился Ворон. — Смотри, ты мне обещал, я же не виноват...

— Да конечно же ты не виноват, никто тебя ни в чем не упрекает, — поспешил успокоить друга Камень. — Просто жаль, что Родислав стал таким... противным, что ли. Даже слово не могу подобрать. Столько времени я про него слушал, столько лет мы вместе с ним прожили, и я видел, что он слабый, не любит напряжения, не любит быть неправым, трусоват, но в целом-то он был приличным человеком, не подлым, не жадным, зла никому не хотел. А теперь вон что из него получилось.

Ворону стало жаль друга, и он принялся искать аргументы в оправдание Родислава Романова.

— Но он же не стал подлым, и жадным не стал, и по-прежнему никому не хочет зла, — заговорил он убежденно. — Он как был приличным, так и остался, это никуда не делось. Ты так уж сильно-то не переживай, он все-таки ничего, хороший. Денису вон квартиру покупать собрался...

— Да он просто хочет побыстрее от него избавиться, неужели ты не понимаешь?! — закричал Камень. — Для него Денис хоть и сын, но все равно посторонний, да еще на коляске, он требует внимания, ухода, заботы, а Родиславу неохота всем этим заниматься. Он скинул все на Любу и Юлю — и рад до смерти. Но до тех пор, пока Люба занимается его внебрачным сыном, Родиславу волей-неволей приходится испытывать чувство неловкости перед женой, а вот когда он переедет, когда удастся его отселить, им станет заниматься только Юля, перед которой Родислав уже ни в чем виноват не будет. Он и так-то почувствовал себя свободным, когда понял, что Люба рада Денису и очень хорошо к нему относится, а уж когда Дениса не будет рядом, Родислав вообще с тормозов слетит. И тогда из него получится настоящее чудовище.

— Почему? — удивился Ворон. — Почему непременно чудовище?

— Потому что гадость из-под гнета вылезет, я же тебе объяснял. Всё, не хочу больше об этом говорить, и так уже настроение испортилось донельзя. Давай о чем-нибудь другом побеседуем.

— Давай, — тут же согласился Ворон. — Хочешь, про Андрея расскажу? Я про него тоже посмотрел.

— Что-нибудь интересное? — оживился Камень.

— Ну... Тебе, может, и не интересно, ты опять скажешь, что исходя из логики характера все закономерно, а мне было любопытно. Я такого не ожидал.

— Он что, опять женился? В четвертый раз?

— Нет, куда там. Ему всё стало не интересно.

— Что не интересно? — не понял Камень.

— А всё. Вот раньше ему интересно было в акционировании участвовать, первое малое предприятие создавать, потом первое совместное предприятие, потом расширяться, осваивать новые направления, делать холдинг, разрабатывать новые программы, придумывать принципы подбора и расстановки кадров, налаживать работу, чтобы всё функционировало как часы. И вдруг он понял, что дальше развиваться уже некуда. Все создано, все отлажено, как идеальный механизм, все вертится-крутится, денег у него — куры не клюют, куда дальше двигаться? Еще что-то похожее создавать? Он этот путь уже прошел, ему не интересно. А сил-то еще полно, энтузиазма — хоть отбавляй. И решил наш Бегорский, что его продолжение должно быть не в предприятии, которое приносит миллионные прибыли, а в детях. Напомню, если ты забыл: у него дочка от первой жены, уже большая, и маленький сынишка от третьей. Первая жена, Вера, после развода вернулась к родителям в Томилин, от второй жены детей не было, а третья, Анна, москвичка, но она уже успела снова выйти замуж и вместе с новым мужем из Москвы уехала. И вот Андрей поехал к первой жене. Ой, Камешек, это надо было видеть! — Ворон задорно расхохотался. — Он с такой миной к первой жене заявился! Дескать, сейчас я вас всех научу правильно жить. Вошел и прямо с порога начал объяснять, куда он пошлет свою дочку Лену учиться, в какую навороченную заграницу он ее отправит и куда он ее потом устроит работать. Я чуть с подоконника не грохнулся, пока смотрел на этот цирк!

— А что дочка? Обрадовалась?

— Да прям! Ей уже двадцать лет, у нее жених есть, с которым она расставаться не намерена, там уж и свадьба назначена. Учится она в своем полиграфическом институте и горя не знает. А тут папаша как снег на голову сваливается и начинает за нее жизнью распоряжаться. Сидит эта Лена, обалдевшая с ног до головы, а Вера только посмеивается, ничему, говорит, тебя, Андрюша, жизнь не научила, как был ты умывальников начальник и мочалок командир — так и остался. Ты за столько лет, говорит, так и не понял, почему я от тебя ушла. И не надо нам никаких твоих благодеяний, ничего нам от тебя не нужно, ступай, говорит, с богом.

— Ничего себе! Неужели в России в двадцать первом веке еще есть такие бескорыстные? — удивился Камень. — Почему они от всего отказываются? Богатые, что ли?

— Да куда там! Глухая провинция, предприятия закрываются, работы нет, откуда богатству взяться? У Веры и Лены стандартный средний уровень, обе работают, а Лена еще и учится. Жених ее, правда, изо всех сил старается, помогает. Места там красивые, и многие на берегу реки дома строят, а он — мастер на все руки, так что он-то без работы не сидит, на стройках вкалывает. Он и шофер, и плотник, и слесарь, и электрик, и землекоп — все может и никакой работы не боится. Так что Вера с Леночкой за ним как за каменной стеной. Андрей им денег оставил и уехал.

— А деньги, выходит, взяли? — Камень скептически прищурился. — Не такие уж они и бескорыстные, как я думал.

— Деньги взяли, — подтвердил Ворон. — А чего не взять-то? Они от материальной помощи не отказывались, они не хотели, чтобы Андрей их жизнью распоряжался и командовал, как у себя дома. Вере его руководящие указания вот где, — он взмахнул крылом и стукнул себя по макушке, — она ими по самую маковку наелась, больше не хочет.

— Андрей, наверное, огорчился?

— Ты знаешь, я не очень понял, я же его не так глубоко чувствую, как Любочку или Родислава, но он, по-моему, не столько огорчился, сколько растерялся. Он же ехал к Вере с готовым планом, продуманным, последовательным, и был уверен, что этот план будет принят «на ура», а получил полный отлуп. Такого он, натурально, не ожидал. Вышел от них и полдня по городу шатался, все в себя прийти не мог. Там на окраине усадьба старинная стоит, вся разрушенная, облезлая, запущенная, так он вокруг нее раз двадцать, наверное, обошел, о своем думал и не замечал, что по одному и тому же месту кружит. Потом встряхнулся, сел в машину и поехал.

— Куда?

— Как — куда? К третьей жене, к Анечке. Там езды-то всего часов восемь, такие концы он легко на машине проделывает, тем более с водителем. Ну, у Анны-то совсем другая песня получилась, она сама по профессии дизайнер, а ее новый муж — владелец строительной фирмы в крупном областном центре. Они образовали вдвоем хороший тандем и вместе бабки заколачивают. Он строит, она отделывает и украшает. Сын Филипп ходит в частный детский сад, где детишек иностранным языкам обучают и всяким спортом занимаются. Красота! Мальчик Аниного мужа папой называет. Одним словом, полная идиллия. А тут припожаловал Андрей Сергеевич со своими грандиозными планами обустройства их жизни. Думаешь, им понравилось?

— Думаю, нет.

— И правильно думаешь. Анна-то, само собой, ничего другого от своего бывшего и не ждала, а на ее нового мужа, Виктора, эта сцена произвела неизгладимое впечатление. Виктор сам себе хозяин, обеспеченный, успешный, жену любит, с ее сыном подружился, и вдруг является какой-то хмырь и начинает ему указывать, как нужно Филиппу образование давать. Да мало того, что указывает, он еще и денег грозится на это дать и все организовать самым лучшим образом.

— На что — на это?

— На всё. На конно-спортивную школу, на горнолыжную, на теннис, на каких-то немыслимых преподавателей, чтобы мальчика уже с раннего возраста можно было отправлять за границу получать образование. И чтобы непременно мать, Анна то есть, могла с ним за границей проживать. В общем, наворотил Андрей невесть чего. А Виктору-то обидно такие речи слышать, у него и голова своя на плечах есть, и деньги, чтобы за Филиппа платить, где нужно. Рассвирепел Виктор, у них с Андреем чуть до драки дело не дошло, спасло только то, что Анна хохотала в голос.

— Что это у Андрея жены такие одинаковые? — недоверчиво спросил Камень. — Вера посмеивается, Анна хохочет. И обе ушли от него, не поделив имущество и не предъявляя претензий. Может, ты все выдумываешь?

Ворон немедленно оскорбился.

— Ничего я не выдумываю! Я, что ли, виноват, что Бегорский себе жен по одному и тому же шаблону подбирает? Все спокойные, тихие, интеллигентные, умные, не корыстолюбивые. Они у него как под копирку сделаны, только возрастом и внешностью отличаются. Ну, и выдержкой, конечно. Вера дольше всех терпела его выкрутасы, а которая вторая была — та быстрее всех лыжи навострила, у нее терпелка через полтора года кончилась.

— Как же так? — недоумевал Камень. — Неужели ни одна из них не видела, что он за человек? Не мог же он так притворяться, чтобы до свадьбы быть одним, а после свадьбы — совсем другим. Это противоречит логике его характера, Бегорский же у нас не выносит вранья, а значит, и притворства.

Ворон укоризненно покачал головой.

— Ничего-то ты в людях не смыслишь, особенно в женщинах. Девяносто процентов женщин любят, когда рядом с ними мужчина, с которым они чувствуют себя защищенными. Такой мужчина, который будет решать их проблемы и принимать ответственные решения. Да за примерами далеко ходить не надо, вот хоть ту же Аэллу взять: уж какая она крутая и самостоятельная, уж какая богатая и известная, а все равно повелась на Кирилла, который всего-то навсего продемонстрировал заботу и готовность помочь. А еще Бегорский умеет очень красиво ухаживать, цветы там всякие, подарки, приглашения в дорогие рестораны, походы в театр и все такое. И вот представь себе: богатый, хорошо одетый мужчина, холостой, красиво ухаживает и одновременно решает проблемы. Ну какая женщина против этого устоит? Ей же в голову не приходит, что принятие решений будет иметь тотальный характер и распространяться на мелочи быта вплоть до сковородки, на которой следует жарить рыбу. Ей же неведомо, что готовность быть каменной стеной оборачивается невероятным занудством и педантичной требовательностью. Вот так эти несчастные и попадались в силки. То есть сначала им все очень нравилось, а потом они выть начинали. Не зря люди говорят, что их недостатки — это продолжение их же достоинств. Короче, заняться будущим своих детей у Бегорского не получилось. А тут как раз один из его сотрудников на пенсию собрался. Андрей давно с ним работал, еще с тех времен, когда главным инженером был, хороший такой мужик, надежный, грамотный специалист, Бегорский очень его ценил и ужасно расстроился, когда тот заявление подал. Пригласил к себе, велел секретарше чаю с конфетками принести, спросил, в чем дело, почему его старый соратник уходит, уж не обидел ли кто, или, может, зарплата маловата, или еще что не устраивает...

* * *

— Паша, что ж ты меня бросаешь в такой ответственный момент? Мы начинаем разработку новых агрегатов для молокозаводов, я так на тебя надеялся, мне твои мозги нужны, твои знания, твоя упертость, а ты на пенсию надумал.

— Андрей Сергеевич...

— Слушай, давай только без этого, ладно? — поморщился Бегорский. — Мы с тобой столько лет вместе проработали в одном отделе и друг друга всегда по имени называли. Сейчас не тот момент, чтобы должностями мериться.

— Как скажешь. Я бы остался, Андрей, честное слово, но нам со Светкой надо в Питер переезжать. Светка уже год как на пенсии и живет в Питере с детьми и внуками, а я тут один как сыч. Не дело это. Да и ей одной там скучно, дочка с зятем целыми днями работают, она сидит с внуками, а их трое. Трудно ей, а я бы помог. Да и это не главное. Я вместе с тобой весь путь прошел, «Пищевик» — это мое детище, так же, как и твое, я видел, как он рождался, рос, становился на ноги, крепнул. А теперь я хочу своими глазами увидеть, как растут и крепнут мои внуки. Если я сейчас упущу момент, то больше этого никогда не увижу.

— Да, — вздохнул Бегорский, — внуки — это серьезно. И вообще, Пашка, семья — это святое. Придется тебя отпустить, хоть и с болью в сердце. Зато представляешь, какая жизнь тебя теперь ждет? Жена рядом, дочка любимая рядом, и внуков целых трое. И даже зять. Он у тебя как? Нормальный?

— Да ничего, — улыбнулся его собеседник, — хороший мужик, дочка довольна, а это главное. Но все равно грустно.

— Почему? — удивился Андрей. — А я думал, ты радуешься, что уходишь на заслуженный отдых.

— Отдых? — усмехнулся тот. — Ты всегда хорошо считал, вот и посчитай. Мы с тобой почти ровесники, мне шестьдесят три, сил полно, энергии тоже. А внуки у меня — пять лет, три и годик. Через десять лет я старшему внуку стану не нужен, он начнет меня избегать, через двенадцать лет я окажусь ненужным и второму, а через четырнадцать лет и внучка годовалая подрастет. Это я еще беру по максимуму, исходя из того, что дети в пятнадцать лет начинают смотреть на улицу. На самом-то деле это происходит куда раньше, им уже лет в тринадцать неохота дома при бабушках и дедушках сидеть, у них друзья, у них свои развлечения, а мы для них — позапрошлый век, рухлядь. Через четырнадцать лет мне будет семьдесят семь, а Светке моей — семьдесят два. Это что, возраст, по-твоему? Как только мы перестанем быть необходимыми, чтобы сидеть с внуками, мы тут же превратимся в обузу, мы начнем мешать, мы будем целыми днями сидеть дома вдвоем и отчаянно скучать, а вечером приставать к детям и внукам с разговорами, которые им совершенно не нужны, потому что мы — прошлый век и разговаривать с нами не о чем, мы не понимаем их проблем, а им неинтересны наши. Что нам останется? Тупо смотреть целыми днями сериалы и обсуждать их между собой? Или вернуться в Москву, где со всеми друзьями и знакомыми связь уже будет утрачена, и снова садиться перед телевизором? Так что перспективы, Андрюша, у меня отнюдь не радостные.

Этот разговор оставил в душе Бегорского нестираемый след, и он мысленно все время возвращался к нему, пытался поставить себя на место человека, выходящего на пенсию в шестьдесят три года. Что бы он стал делать? Чем занялся бы? Наверное, предался бы своим любимым шахматам, нашел бы партнеров и играл с ними целыми днями. Или торчал бы в Интернете, читал новости, лазал по разным сайтам, развлекался. Может быть, даже знакомился с другими людьми и вступал с ними в переписку. Но ему повезло, он давно имеет дело с компьютерами, и все, что связано с Интернетом, для него — открытая книга. А другие? Те, кому сегодня за шестьдесят, за семьдесят, а то и за восемьдесят? Многие ли из них умеют пользоваться современной техникой? Единицы. Огромное количество одиноких стариков лишены общения, потому что круг знакомств с годами оскудевает, слух подводит, ноги слабеют, и в гости уже не находишься, и по телефону не поговоришь. А компьютер мог бы сделать всё проще и доступнее.

Мысль не давала покоя, обрастала деталями и подробностями, Андрей буквально заболел своей идеей и внезапно понял, что нашел интересное для себя новое дело. Он вспомнил разрушенную усадьбу в городе Томилине, где жили Вера с Леночкой. Сколько денег потребуется на ее восстановление? Наверное, немало, но он готов платить, деньги есть.

Андрей обдумывал свой новый проект несколько месяцев, а потом позвонил третьей жене, Анне, и попросил связать его с Виктором.

— Ты опять собираешься навязывать нам свои решения? — недовольно спросила Анна. — Что еще ты придумал? Сделать из Филиппа суперзвезду?

— У меня к Виктору другой вопрос, — сухо ответил Бегорский. — Я хочу попросить его приехать в один город, посмотреть объект и оценить возможность реконструкции. Разумеется, все будет оплачено.

Виктор сперва отнесся к звонку Бегорского с настороженной сдержанностью, но выполнить его просьбу легко согласился.

— Ладно, я приеду. А что, у вас в Москве своих спецов нет?

— Есть. Но мне хотелось бы иметь дело с вами.

— В том смысле, что мы вроде как не чужие? — усмехнулся в трубку Виктор.

— Именно в этом смысле.

В поездку Бегорский взял с собой Родислава.

— Если меня все устроит, придется идти к местным властям решать вопросы, — сказал он. — Тут я без тебя не справлюсь.

— Андрюха, я не понимаю, что ты затеял, — сказал Родислав. — Какой-то уездный городишко, какая-то усадьба... Зачем тебе это?

— Нужно. Если оценка строителей меня устроит, я тебе все объясню.

Виктор привез в усадьбу бригаду экспертов. На предварительный осмотр и оценку стоимости восстановления потребовалось четыре дня, за это время Родислав нашел среди своих многочисленных связей людей, которые познакомили его с местной городской администрацией. Несколько встреч, два деловых обеда и один неформальный ужин — и он был полностью готов вести переговоры о приобретении в собственность земельного участка и находящейся на нем старинной усадьбы графа Вяземского.

Наконец Виктор огласил вердикт. Названная им сумма Бегорского устроила.

— Если мне удастся договориться с местной властью и купить усадьбу, я бы хотел заключить контракт с вашей фирмой на проведение строительных и ремонтных работ. Как вы на это смотрите?

Виктор, который за четыре прошедших дня успел присмотреться к бывшему мужу Анны, широко улыбнулся и протянул Бегорскому руку.

— Я готов. Только имейте в виду: Анна работает вместе со мной. Всегда.

— Я рад, — ответно улыбнулся Бегорский. — Ну что, переходим на «ты»?

— Годится.

С городской властью удалось договориться довольно быстро, усадьба висела на муниципальном балансе тяжким грузом, проку от нее никакого не было, денег на восстановление не было тоже. Бегорский пообещал через несколько дней прислать своих юристов для оформления всех бумаг, и они с Родиславом тронулись в обратный путь.

— Я не понимаю, зачем тебе этот провинциальный строитель, — хмурился Родислав. — В Москве полно проверенных строительных компаний, которые с удовольствием взялись бы за твою усадьбу. И объясни, наконец, зачем ты все это устраиваешь?

Спешить было некуда, дорога предстояла длинная, и Бегорский подробно и с самого начала рассказал Родиславу о ходе своих размышлений и рассуждений.

— Я понял, что смысл всего, что я делал, должен состоять в продолжении. Я заработал кучу денег, я очень богатый человек, я создал непотопляемый холдинг, а зачем? Зачем мне все это, если это некому передать?

— Но у тебя же есть дети, — удивился Родислав. — И потом, у тебя есть сестры и их дети, твои племянники.

— Ты не понял. Наследники у меня есть, а толку-то что? Им не интересно развивать и укреплять холдинг, они просто проедят его, растратят на шмотки и путешествия и в конечном итоге угробят. Да и не в этом дело... Я, наверное, плохо объясняю, но мне хотелось бы, чтобы от всех моих денег была какая-то польза. Я хотел принести пользу своим детям — они от помощи отказались. Они не желают иметь дело со мной как с благотворителем. Я не собираюсь просто оставлять им всем деньги, это скучно.

— Кому скучно? — не понял Родислав.

— Мне, — усмехнулся Бегорский. — Мне скучно. С голоду они не умрут, об этом я позабочусь, но у меня впереди еще много лет активной жизни, и я хочу прожить их с интересом. Я хочу родить новое детище и смотреть, как оно встает на ноги, как растет, крепнет и развивается. Я начал подумывать о благотворительности, о детских домах и домах престарелых, потому что дети и старики в нашей стране самые незащищенные. Думал и об инвалидах. Все это грело мне душу, но интерес так и не зажегся. И вдруг мне пришло в голову, что в помощи нуждаются не только те старики, которых сдали в приют, но и все старики вообще. Понимаешь? У всех стариков одна и та же проблема: дефицит общения и одиночество. И тут как-то сразу все срослось. Я решил организовать центр обучения пожилых людей компьютерной грамотности.

— И для этого тебе нужна целая усадьба? По-моему, хватило бы и нескольких комнат размером со школьный класс, — с сомнением заметил Родислав. — Или ты чего-то недоговариваешь?

— Ты ничего не понял. В мой центр будут приезжать не только местные жители, ко мне на курсы будут съезжаться люди из близлежащих областей, а им же нужно где-то жить, пока они учатся. При центре будет гостиница, приспособленная для пожилых людей и оборудованная для инвалидов. Кроме того, там, где находятся старики, должно быть много персонала: врачи, медсестры, повара, уборщицы, кастелянши, слесари, электрики и прочие. Я уж не говорю о преподавателях, инструкторах и специалистах-компьютерщиках. Мне нужны будут энтузиасты-программисты, которые создадут специальные программы для пожилых людей с учетом того, что они уже плохо видят и не очень сведущи в современной терминологии. Нужны будут креативные ребята, которые создадут компьютерные игры для пожилых. Мне нужны будут те, кто сделает толковые учебные пособия для стариков, такие пособия, которые легко будет читать и по которым легко будет учиться. Я поставлю на ноги один такой центр, на нем отлажу весь механизм, совершу все ошибки, пойму, как их исправлять, а потом начну открывать центры по всей стране.

— Андрюха, да ты с ума сошел! — расхохотался Родислав. — Жаль, что Любаша нас не слышит, она бы тебе в два счета объяснила, что твоя затея совершенно нерентабельна. Твои затраты не окупятся никогда. Ты слышишь? Никогда!

— А я знаю, — легко отозвался Андрей. — И на это не рассчитываю. Это благотворительный проект, от которого прибыли не будет. Но ты не забывай, Родька, что старые родители бывают не только у бедняков. Старые родители бывают у всех, в том числе и у очень богатых людей, которые готовы платить любые деньги, лишь бы их бабушек и дедушек что-нибудь развлекло и заняло. Я уверен, инвесторов будет хоть отбавляй. Но это все потом. А сейчас, на первоначальном этапе, я должен все сделать сам. И они все мне помогут.

— Кто — они?

— Они. Те, кто меня пытается выбросить из своей жизни, — Бегорский тонко улыбнулся. — Меня, Андрюха, ждет одинокая старость, жены у меня больше не будет, старшая дочка, Ленка, не хочет жить по моим правилам, а Филипп вообще называет Виктора папой, меня он совсем забыл. Вера и Анютка надо мной смеются. Они все меня не хотят. А я их соберу под одну крышу, включу в одно общее дело и создам свою семью. Я сделаю из них соратников, а не врагов. Мы все будем вместе, мы будем заниматься интересным делом, и тогда никакая старость мне не страшна.

— Так ты для этого связался именно с Виктором?

— Конечно. Анютка — дизайнер, она будет работать вместе с ним. Так что первый шаг на пути осуществления моего грандиозного плана уже сделан.

— А Вера с Леночкой? Как ты их к делу приспособишь?

— Ленка учится на редактора, я ей предложу заняться учебными пособиями, как раз по специальности. Вера — инженер, она вполне может быть главным инженером усадьбы, там же всякие сложные коммуникации, водоснабжение, канализация, электричество, кабели. Кстати, у Ленки жених — на все руки мастер, я поговорю с Виктором, чтобы его взяли на работу уже на этапе реконструкции, а потом он может остаться в центре сантехником, электриком и еще кем-нибудь в одном лице. И подчиняться будет Вере, своей горячо любимой теще.

Родислав недоверчиво покачал головой.

— Я смотрю, ты за всех уже все решил. А если они не захотят?

— Почему не захотят? Я предложу такие финансовые условия, что они просто не смогут отказаться. И потом, дело-то действительно интересное, новое, они просто не могут им не загореться.

Родислав энтузиазма друга не разделял, идея заботы о досуге каких-то незнакомых стариков казалась ему глупой и совершенно неподходящей для такого крупного бизнесмена, как Андрей Сергеевич Бегорский.

— В конце концов, то, что ты задумал, утопично с самого начала, — убеждал он Андрея. — Откуда одинокий старик возьмет средства для покупки компьютера? Да, ты бесплатно его научишь, и что он будет делать с этими знаниями? Хорошо, если он живет с детьми и внуками, тогда комп в семье наверняка есть, а если он один?

— Он будет приходить в центр и пользоваться компьютером, для этого будет что-нибудь типа интернет-кафе.

— А если он не может ходить?

— Если он не может ходить, но хочет научиться и пользоваться, мы организуем его доставку в центр, проживание в нашей гостинице и либо дадим в аренду компьютер, либо будем его привозить. Не забывай, это благотворительная программа. И денег на нее я не пожалею. А потом и спонсоры потянутся, я уверен. Как только мои старики перезнакомятся в центре, можно будет подумать о других формах досуга и общения, например об экскурсиях, о совместных походах в кино или в театр, о каких-нибудь тематических вечерах.

— А это еще зачем?

— Ну как же, у них появится стимул одеться, причесаться, привести себя в порядок, выйти. Ты знаешь, я все не могу забыть вашего Николая Дмитриевича: ведь он практически заживо похоронил себя в квартире, когда вбил себе в голову, что не может выходить из дому. Я помню, как Любаша и Томка насильно выводили его гулять. А ведь если бы он больше двигался, ходил, гулял, развлекался, он бы, наверное, прожил дольше. Я тут пока размышлял над своим проектом, много консультировался со специалистами, так они мне сказали одну любопытную вещь: настоящее старение начинается тогда, когда человек говорит себе, что он чего-то не может. Как только он себе это сказал — всё. Он уже действительно этого не может. Мозг дал команду организму, организм команду немедленно выполняет, он так устроен.

Андрею так и не удалось убедить Родислава, но он к этому и не стремился. Брать Родислава Романова в свою команду единомышленников Бегорский не собирался, Родислав был на своем месте в холдинге, отлично справлялся с работой и приносил весьма ощутимую пользу, вот пусть там и остается. Бегорский слишком хорошо знал старого товарища, чтобы обольщаться насчет его образа мыслей. Родислав никогда не заинтересуется тем, что не принесет прибыли.

* * *

В конце апреля 2006 года Денис огорошил Любу вопросом:

— А как вы собираетесь встречать ночь на четвертое мая?

Люба не заметила слова «ночь» и начала судорожно вспоминать, какой праздник приходится на этот день. Чей-то день рождения? Вроде бы нет. Государственный праздник? Тоже нет. Тогда что же? Может быть, это день рождения Лизы? Люба почувствовала неловкость: отмечать день рождения любовницы мужа показалось ей уж чересчур демократичным, но ведь, с другой стороны, это мама Дениса, и он-то имеет полное право...

— Это получается посреди рабочей недели, — уклончиво ответила она. — Даже не знаю, получится ли.

— Да что вы! — горячо заговорил Денис. — При чем тут рабочая неделя? Такие события случаются раз в десятки лет. Если вы четвертое мая пропустите, то следующее будет только через семьдесят два года. Даже я до него не доживу.

Люба с облегчением поняла, что речь идет не о Лизе, и призналась:

— Дениска, а что будет четвертого мая? Я, наверное, не в курсе.

— Четвертого мая в начале второго ночи произойдет уникальное совпадение цифр: один час, две минуты, три секунды четвертого числа пятого месяца шестого года. На Востоке считают, что этот момент нужно встречать по-особенному, потому что именно в данный момент в атмосфере Земли откроется тоннель для космических лучей гармонии. Эти лучи будут иметь вид особой энергии. Представляете, а вдруг мы это почувствуем? — оживленно говорил юноша. — А вдруг это каким-то образом изменит нашу жизнь? Ну и вообще, интересно же.

Люба задумалась. А ведь действительно, интересно. Может быть, в этом сочетании цифр есть какая-то магия? А впрочем, что ей эта магия? Разве она вернет ей Колю, маму, отца? Разве она вернет любовь Родислава?

Но мальчик хочет праздника. И он этот праздник получит.

Родислав отнесся к ее предложению собрать друзей с радостью, он по-прежнему любил, когда в доме были гости.

— Давай Андрюху позовем и Аэллу, — сказал он.

— И Тамару, — добавила Люба.

— Любаша, — начал было Родислав, на ходу пытаясь придумать какую-нибудь приличную отговорку, позволяющую не пригласить сестру жены, но Люба не дала ему договорить:

— У нас Андрей останется без дамы, за приличным столом это недопустимо.

Она чувствовала, что Родислав перестал любить Тамару, но знала, при помощи каких аргументов можно управлять мужем. Он стал помешан на светскости и стремился к тому, чтобы у него все было «как в лучших домах Лондона». Правда, как бывает в этих самых лучших домах, он досконально не знал, но о том, что за столом рядом с каждой дамой должен сидеть джентльмен, был все-таки наслышан.

— Андрей будет ухаживать за Аэллой, — недовольно проговорил Родислав.

— У Аэллы новый любовник, она, скорее всего, придет с ним.

— Ладно, — он безнадежно махнул рукой, — пригласи Тому. И чего наша Аэлла никак не успокоится? Любовник у нее! Бабе за шестьдесят, какие любовники?

— Ну что ты говоришь, Родинька, Аэлла прекрасно выглядит, никто ей никогда ее возраста не даст, да и чувствует она себя лет на сорок. Чего ты на нее взъелся?

Родислав ушел от ответа, но Люба видела, что настроение у него испортилось.

3 мая вечером собрались гости, Денис и Юля тоже сидели за столом. Аэлла привела своего нового друга, красивого мужчину, выглядящего лет на сорок.

— Знакомьтесь, это Кирилл, — сказала она, представляя его собравшимся.

— Ой, — тут же воскликнула Юля, — я вас знаю, вы артист, я недавно сериал смотрела и вас видела. Или я обозналась?

— Нет, — улыбнулся гость, — ты не обозналась.

Любе его лицо ни о чем не говорило, но это и неудивительно, сериалы она не смотрела, у нее просто не было на это времени. Улучив момент, она наклонилась к Тамаре:

— Том, ты его видела в каком-нибудь фильме? — прошептала Люба.

Тамара помотала головой.

— Не-а. Я вообще телевизор смотрю мало, в основном развлекаю себя фильмами на дисках. Может, это звезда какая-нибудь, а мы с тобой и не знаем. Надо у Аэллы спросить, только тихонько.

Дождавшись, когда внимание присутствующих переключилось на Бегорского, рассказывающего что-то интересное про раскол в шахматном мире, Тамара подсела к Аэлле.

— Слушай, твой Кирилл — очень известный актер? Что-то я его нигде не видела. Или он только в театре играет?

На лице Аэллы отразилось смятение, которое от внимания Тамары не ускользнуло.

— Вообще-то он много снимается, — неопределенно ответила Аэлла и тут же заговорила о чем-то постороннем.

— ...в прошлом году Каспаров обладал самым высоким рейтингом в мире, но ему так не понравилась ситуация, которая сложилась к тому моменту в шахматах, что он отошел от активной игры, — говорил Андрей. — И когда ФИДЕ решила провести очередной чемпионат не по старой системе, а устроила двухкруговой турнир, Каспаров отказался в нем участвовать. И Крамник, кстати, тоже отказался. Новым чемпионом стал Веселин Топалов. Теперь нужно, чтобы Крамник и Топалов сыграли объединительный матч, тогда можно будет провозгласить абсолютного чемпиона мира.

Любе про шахматы слушать было не очень интересно, и она ушла на кухню хлопотать над горячим. Через несколько секунд следом за ней на кухне появилась Тамара.

— По-моему, этот Кирилл — полный ноль, я имею в виду — как артист, — заявила вполголоса Тамара. — Аэлла ужасно смутилась, когда я ее спросила, где он играет. Наверное, опять врет, никакой он не актер.

— Да нет, Юля же его узнала, — возразила Люба. — Зачем Аэлле придумывать?

— Ну как же, ей нужно собственный рейтинг поднять, дескать, смотрите, какая я классная, у меня в шестьдесят два года сорокалетний любовник, да еще и актер, на которого все молоденькие дурочки вешаются, а он меня выбрал. Не знаю, Любаня, никогда я не понимала, какая радость от любовника, который на двадцать лет моложе. О чем с ним разговаривать? Это уже другое поколение, это поколение наших детей.

Они вернулись в столовую, где гости уже активно обсуждали следующий цифровой феномен текущего года — шестое июня. Шестое число шестого месяца шестого года многими в мире рассматривалось как число дьявола или «число зверя», упомянутое в Откровении Иоанна Богослова. Именно к этой дате был приурочен выход на экраны римейка знаменитого фильма «Омен», в котором описывается рождение Антихриста в современном мире.

— Всё это полная чушь, — уверенно говорил Бегорский.

— Но многие в нее верят, — возразила Юля. — Вот у нас в Воронцове номер автобусного маршрута из-за этого изменили, был шестьсот шестьдесят шестой, а стал шестьсот шестнадцатый.

— А я слышала от своей клиентки, что номер поезда из Осташкова в Москву тоже из-за этого изменили, — подхватила Тамара. — Был номер «три шестерки», а стал другой, не то шестьсот второй, не то шестьсот четвертый.

— И еще я в Интернете читал, что на Украине номер поезда изменили, — добавил Денис. — Страх перед тремя шестерками даже имеет свое название. Сейчас скажу какое... — Он возвел глаза к потолку и медленно выговорил: — Гексакосиойгексеконтагексафобия. Уф! — выдохнул он и рассмеялся.

— Как-как? — заинтересованно спросил Бегорский.

Денис повторил, на этот раз чуть более уверенно.

— Да тут без поллитры не разберешься, — покачал головой Андрей. — А ну давай медленно и по слогам.

За столом началось оживление, все по очереди, а то и разом пытались запомнить и выговорить без запинки длинное сложное слово. Люба с улыбкой смотрела на гостей и думала о том, что и после шестидесяти люди не перестают в чем-то быть детьми. Ей было спокойно и радостно среди тех, рядом с кем она провела полвека. Она их любила, даже врушку и выпендрежницу Аэллу, которая к седьмому десятку так и не повзрослела и по-прежнему пытается строить из себя самую крутую, самую красивую, самую успешную и вообще самую-самую.

Со сложным словом наконец справились, и разговор переключился на Кирилла.

— А где вы сейчас снимаетесь? — поинтересовалась Юля.

— В длинном-длинном сериале из жизни молодежи. Мне Аэлла даже пластику делала, чтобы меня взяли на эту роль.

Аэлла изменилась в лице, было видно, что откровения Кирилла ей не очень-то приятны.

— А разве мужчины делают пластику? — искренне изумилась Юля. — Я думала, этим только женщины балуются.

— Да нет, — усмехнулась пришедшая в себя Аэлла, — среди моих пациентов полно мужиков. Сейчас все, кто связан с бизнесом, хотят выглядеть здоровыми и моложавыми, это модно и престижно. Мы с Кириллом как раз и познакомились, когда он пришел ко мне в клинику с просьбой поправить ему лицо.

— А что, вы разве плохо выглядели? — наивно спросила Юля, которой интересны были подробности из жизни мира кино.

— Я выглядел старше своих лет, — очень спокойно ответил Кирилл. — Сейчас мне пятьдесят один, а тогда было пятьдесят, а выглядел я... на сколько, Аэлла? На шестьдесят, наверное?

— На пятьдесят восемь, — сквозь зубы ответила Аэлла.

— Ой, а сейчас я бы вам больше сорока не дала, — восхитилась девушка. — Какая же вы все-таки мастерица, Аэлла Константиновна!

Комплимент возымел свое действие, и Аэлла немного оттаяла.

— Ты смотри, как наша красавица злится, — шепнул Бегорский сидящей рядом с ним Тамаре. — Ей-то хотелось, чтобы мы все думали, что у нее молодой любовник, а он на самом-то деле не такой уж и молодой, всего на одиннадцать лет моложе.

— Да, — согласилась Тамара, — одиннадцать — это не двадцать два, разница есть. Знаешь, а мне этот Кирилл нравится, какой-то он открытый, искренний, ничего из себя не строит, ничего не скрывает, сделал пластику — и спокойно признается в этом. Снимается в дешевом «мыле» и не стесняется этого. Удивительно, как Аэлла с этим мирится.

— А она и не мирится, — усмехнулся Бегорский, — смотри, какая у нее физиономия кислая. Томка, а ты заметила, какой круг дала наша жизнь?

— Круг? — переспросила она. — Нет, не заметила. Ты о чем?

— Помнишь, как сорок с лишним лет назад мы с тобой сидели рядом на свадьбе у Любки и Родика и шепотом обсуждали Алку?

— Помню, — кивнула Тамара с улыбкой. — Она тогда явилась в роскошном белом платье и потащила Родьку танцевать. Я ужасно сердилась, а ты меня успокаивал и говорил, что она просто тешит свое самолюбие. И вот прошло сорок... нет, уже сорок два года, а мы с тобой по-прежнему обсуждаем Аэллу, которая за столько лет совершенно не изменилась. А еще говорят, что нет ничего постоянного!

— Да, наша Алка по-прежнему молодая, красивая и тщеславная. Как будто время над ней не властно. А мы с тобой постарели, и Любка с Родиком тоже. Тебе не грустно?

— Мне? — Тамара задумалась. — Нет. Я прожила хорошую жизнь, я была очень счастлива и с Гришей, и в работе, у меня получилось все, что я хотела. Даже сейчас, когда я работаю не в собственном салоне, а на чужого дядю, у меня есть возможность реализовывать все свои задумки, у меня хорошие клиенты, которые меня ценят.

— А снова открыть свое дело не хочешь?

Тамара отрицательно покачала головой.

— Нет, не хочу. Этот этап в моей жизни прошел, и мне неинтересно к нему возвращаться. Эту тему я закрыла. А ты почему спросил? Грустишь, что годы уходят?

Андрей оглянулся по сторонам, его взгляд остановился на открытой двери, ведущей в гостиную.

— А пошли в другой комнате посидим, — предложил он. — Я тебе расскажу про свой новый проект. Тебе Любаша ничего не говорила?

— Говорила, что ты затеваешь что-то новое, но не в холдинге. Это правда?

— Правда, правда. Пошли, я тебе все расскажу.

Они вышла в гостиную, Люба начала убирать со стола посуду, чтобы накрывать чай и десерт.

— Слушайте, а кто знает, как нужно встречать исторический момент? — вдруг спросил Кирилл. — Есть какие-нибудь правила на этот счет?

— Я в Интернете прочитал, что нужно загадывать желание, — сказал Денис.

— А антураж? — настаивал Кирилл. — Должны же быть рекомендации, как это все обставлять. Например, свечи зажигать, или сидеть в полной темноте, или надевать что-то особенное.

— Больше ничего не знаю, — развел руками Денис. — Написано, что откроется тоннель для космических лучей гармонии. Я сам плохо представляю, как это.

Кирилл ненадолго задумался.

— Ну что ж, если речь идет о гармонии, то, я думаю, надо к этому как-то подготовиться.

— Как? — спросил Родислав, которого весь ажиотаж вокруг совпадения цифр откровенно забавлял.

— Я знаю, — Юля по-детски вскинула вверх руку. — Можно, я скажу? Мы должны попросить прощения у всех и всех простить. Меня так бабушка учила.

— У всех, у всех? — недоверчиво уточнил Денис.

— Ну, хотя бы у присутствующих. Попросить у них прощения и простить их за все. Тогда наши души придут в состояние покоя и будут готовы принять лучи гармонии.

— Люба! — закричал Родислав. — Любаша! Томка! Андрюха! Куда вы все попрятались? Идите сюда, будем готовиться к ответственному моменту.

Кирилл и Юля взяли процесс подготовки в свои руки. Было решено, что помещение следует проветрить и оставить окна и балконную дверь открытыми, дабы ничто не мешало космическим лучам проникать в помещение. На столе должны стоять свечи, но зажигать их следует только после того, как все попросят друг у друга прощения. Исповедальный момент все-таки лучше, по общему мнению, провести в темноте, чтобы не смотреть друг другу в глаза. А ближе к часу ночи всем следует выйти на балкон и в молчании провести несколько минут, сосредоточившись на своих самых заветных желаниях.

— Я думаю, на балконе нам нужно будет взяться за руки, — говорил Кирилл. — Если кому-то из нас удастся поймать поток космической энергии, то она передастся всем.

— А время выпить кофе с тортом у нас останется? — с улыбкой осведомилась Люба. — Будет жаль, если мои кулинарные труды пропадут.

Кирилл взглянул на часы.

— Половина двенадцатого. У нас есть час на кофе и полчаса на прощение. Уложимся?

— Я — точно не уложусь, — засмеялась Тамара. — У меня для каждого присутствующего заготовлена длинная речь с перечислением всех моих прегрешений перед ними. Вы, Кирилл, единственное исключение, хотя я и перед вами успела нагрешить.

— Ерунда, — заявила Аэлла. — Мы прекрасно уложимся в полчаса. И никаких длинных речей, просто извинимся — и достаточно. Правда, Кирилл?

— Ну как же так, Аэлла Константиновна, — запротестовала Юля, — это нечестно. Просить прощения надо с душой, с чувством, искренне, иначе толку не будет. Нет, давайте уж лучше кофе побыстрее выпьем и на прощение оставим побольше времени.

Выпили кофе, съели Любин фирменный торт со взбитыми сливками и консервированными персиками, Юля помогла быстро убрать посуду и сменить скатерть. Все собрались вокруг стола, Родислав выключил свет, и комната освещалась только огнями вечернего города.

Люба кожей почувствовала возникшее напряжение. Конечно, пока готовились встречать уникальный момент, все будто играли в новую игру, и всем было весело и интересно. И вот пришло время говорить, просить прощения — и все растерялись. «Я не знаю, что говорить, — думала Люба. — Интересно, с кого начнут? Только бы не с меня».

— Ну, кто начнет? — раздался насмешливый голос Родислава. — Кто среди нас самый смелый?

Повисла гнетущая тишина, прерываемая только ритмическим стуком маятника напольных часов в дубовом резном корпусе.

— По-моему, это ужасная глупость, — сказала Аэлла. — Давайте включим свет и выпьем шампанского. У нас же праздник, в конце концов, а не поминки.

— При чем тут шампанское, это же не Новый год, — возразила Тамара.

И снова наступила тревожная тишина.

— Я начну, — решительно произнес Бегорский.

— Молодец, Андрюха, — одобрил Родислав, — подай всем пример.

— Тамара, — начал Андрей, — я прошу у тебя прощения за то, что назвал любовь мурой. Я был не прав. Любовь есть, и она очень много значит для человека.

— Когда это было? — удивилась Тамара.

— А помнишь, когда мы были подростками, мы ходили в кино и на обратном пути обсуждали картину. Я тогда сказал, что любовь это полная мура, а ты ответила, что если бы я читал «Войну и мир», то не говорил бы так. Вспомнила?

— Вспомнила, — засмеялась Тамара.

— Прощаешь меня?

— Прощаю.

— Любаша, ты меня прости за то, что я тебя в свое время недооценил. Я считал, что ты Родьке не подходишь. Теперь я точно знаю, что был не прав, ты для него идеальная жена.

— Когда это ты так считал? — спросила Люба. — Я такого не замечала.

— Когда мы были маленькими. Прощаешь?

— Конечно.

— Аэлла, прости меня за то, что я всю жизнь называл тебя Алкой. Я знал, что тебе это не нравится, и делал это тебе назло.

— Больше не будешь? — шутливо спросила Аэлла.

— Буду. Все равно буду. Для меня ты навсегда останешься Алкой, но ты должна меня за это простить.

— Ладно, — великодушно ответила Аэлла, — прощаю.

— Родька, один раз я на тебя здорово наехал и даже, кажется, орал. Прости, если можешь.

— Да чего там, — напряженно сказал Родислав.

Люба поняла, что речь идет о том разговоре насчет Лизы и ее детей, после которого Родислав был сам не свой, думал, что потерял друга, и Любе пришлось ехать домой к Бегорскому и принимать удар на себя.

— Ну и все, пожалуй, — закончил Андрей. — Перед Денисом, Юлей и Кириллом я провиниться вроде не успел. Но если что не так — простите.

— Теперь я скажу, можно? — послышался голос Дениса. — Любовь Николаевна, простите меня за все, пожалуйста.

— Это за что же? — поинтересовалась Аэлла.

«Ах ты, паршивка, — подумала Люба. — Ты же все знаешь. Зачем тебе нужно, чтобы мальчик говорил об этом при всех? Ему и так тяжело».

— Я тебя прощаю, Денис, — ласково сказала она вслух.

— И ты, Юлька, меня прости, я все время с тобой спорю, — продолжал юноша. — Ты имеешь право на свое мнение, но я постоянно забываю об этом и начинаю спорить. И еще прости меня за то, что я не хожу. Уж какой есть.

— Не смей так говорить! — рассердилась девушка. — Я тебя люблю, и для меня этого достаточно. Бабушка всегда говорит, что если бы ты мог ходить, ты вообще был бы другим человеком, у тебя был бы другой характер, и я вряд ли влюбилась бы в тебя, а ты — в меня. Ты же рад, что я тебя люблю?

— Конечно, еще бы.

— Вот и не выступай. Теперь моя очередь. Денис, прости меня, пожалуйста, за то, что я все время с тобой спорю.

За столом раздался смех.

— Ну и безгрешная молодежь пошла, — заметила Аэлла. — Самое большое преступление у них — несходство мнений. Неужели вы друг друга за столько лет ничем не обидели?

— Иногда я делала Денису больно, когда уколы ставила

или во время массажа. Но я же не специально. Дениска, прощаешь?

— А то!

Легкость, с которой Денис и Юля справились с задачей, придала разговору менее серьезное направление. Следующей слово взяла Тамара.

— Граждане присутствующие, язык мой — враг мой, я это знаю. Я часто бываю резкой и говорю неприятные вещи. Если я кого-то из вас обижала, простите меня.

— Ну, меня-то фиг обидишь, — подал голос Бегорский. — Но я тебя прощаю на будущее, заранее.

— А вот Родика я часто обижала, — продолжала Тамара. — Родик, дорогой, прости меня, если можешь.

— Прощаю тебя, о, Тамара, — с наигранной торжественностью ответил Родислав.

— И ты, Любаня, прости меня, я в детстве часто называла тебя дурищей и вообще плохо с тобой обращалась.

— Ну что ты, Тома, — растроганно пробормотала Люба. — О чем ты говоришь? Ты мне всегда хотела только добра.

— Я закончила, — сообщила Тамара.

— Как? — со смехом воскликнула Аэлла. — А я? Неужели ты ни в чем передо мной не виновата? Неужели ты за столько лет ни разу не сказала обо мне какую-нибудь пакость? Никогда не поверю!

— Говорила, и не один раз, не буду отпираться, — отпарировала Тамара. — Повторить при всех?

— Ой, не надо, не надо, — замахала руками Аэлла. — Лучше помолчи. Проси прощения немедленно!

— Прости, дорогая, — улыбнулась Тамара. — Теперь давай ты.

— Почему я? — капризно возразила Аэлла. — У нас еще Кирилл не выступал, я уж не говорю о хозяевах этого гостеприимного дома.

— Хозяева высказываются последними, это правило хорошего тона, — немедленно сказал Родислав. — Кирилл, ваше слово.

— Ну что ж, я готов. Всех присутствующих, кроме Аэллы, я вижу сегодня в первый раз, так что прощения просить мне не за что. Но я хочу покаяться в грехе гордыни. Когда-то, много лет назад, я очень удачно снялся в одном фильме, меня заметили и стали хвалить, мне предложили в театре очень, как теперь говорят, престижную роль в новом спектакле, и мне показалось, что я настоящая звезда, и меня теперь все будут узнавать на улице, и мне море по колено. Как оказалось, я ошибался. Успех мой был очень кратковременным, но даже за это короткое время я успел совершить столько ошибок, что это искалечило всю мою жизнь на долгие годы. И я прошу прощения у самого себя и у своей жизни.

— А у меня? — снова встряла Аэлла, которая терпеть не могла, когда внимание отвлекалось от ее персоны надолго.

— У тебя я прошу прощения за то, что не соответствую твоим высоким стандартам. Я счастлив, что такая женщина, как ты, обратила свою благосклонность на такого замшелого неудачника, как я. Я недостоин тебя, но ты меня терпишь рядом с собой. И я тебе очень за это благодарен.

— Принимается, — царственным тоном отозвалась Аэлла.

Тамара придвинулась ближе к Бегорскому и склонила голову к его уху.

— Все-таки этот Кирилл — классный парень, нашей Аэлле не чета.

— Может, поэтому она и держится за него, — прошептал в ответ Андрей. — Чувствует, что он сильнее ее в своей откровенности и открытости. Для Алки это совершенно непривычно, она не понимает, как с этим можно жить и что с этим делать.

— Наверное, ты прав, — согласилась Тамара. — Она чувствует его превосходство.

«Ну вот, — мелькнуло в голове у Любы, — все высказались, остались только Аэлла, Родислав и я. Аэлла всеми силами пытается отвертеться, да и Родик ни за что не станет просить прощения в серьезном тоне, надо как-то им помочь, иначе у них испортится настроение, и весь праздник пойдет насмарку».

— Я прошу прощения у всех сразу, — начала она, — за то, что я недостаточно вас любила.

— Вот это номер! — тут же заговорила Аэлла. — Мы столько лет вместе, и вдруг оказывается, что ты нас всех ненавидишь! Ай да Любка! Ай да притворщица! Ну-ка признавайся, за что ты к нам так плохо относишься.

— Я вас всех очень люблю. Но думаю, что каждому из вас, за исключением Кирилла, в какие-то моменты казалось, что я люблю вас недостаточно. Вам не хватало моего внимания, моей заботы, моей теплоты. Я виновата в том, что такие моменты были, и прошу у вас за них прощения. Еще я прошу отдельно прощения у Аэллы, которой мы слово не предоставим...

— Это еще почему? — возмущенно закричал Бегорский. — Пусть кается в грехах наравне со всеми. А то получается, что мы тут все в коричневом, а она одна в белом!

— Объясняю, — мягко продолжала Люба. — Аэлла много лет помогала нам, помогала бескорыстно, от души, она сделала нам столько хорошего, что даже если она в чем-то и провинилась перед нами, мы прощаем ее за все, что было, и за все, что будет. Спасибо тебе, Аэлла.

— Да пожалуйста, не за что, — смущенно сказала Аэлла.

— И еще я прошу прощения у Родика за то, что вчера пересолила суп, — закончила Люба с улыбкой.

Все снова засмеялись, и на этой веселой ноте слова Родислава прозвучали вполне естественно:

— И ты меня прости за то, что я посмел вчера сделать тебе замечание за этот злосчастный суп. Прощаешь?

— Прощаю. А теперь пришло время зажигать свечи! — объявила Люба, довольная, что все так удачно закончилось и ей удалось избавить Аэллу, а главное — Родика от неприятных минут.

Началась веселая суета, все делились впечатлениями о том, стало ли легче после покаяния и очистилась ли душа, долго спорили о том, можно ли пользоваться зажигалками или праздничные свечи все-таки полагается зажигать только спичками, кто-то опрокинул стул, кто-то уронил свечу...

Без трех минут час все вышли на балкон и взялись за руки. Люба стояла между Родиславом и Тамарой, чувствуя горячую ладонь мужа и прохладную маленькую ладошку сестры, и прислушивалась к себе. Вот они стоят все вместе, самые близкие и любимые ее люди, и сейчас, вот уже через несколько мгновений, откроется космический тоннель, и они смогут ощутить благотворные лучи гармонии и загадать желание. Она смотрела в ночное майское небо и думала о том, что должна в этот момент чувствовать себя совершенно счастливой. Все рядом, все здоровы и благополучны, насколько это возможно с учетом личной ситуации каждого, и можно за всех порадоваться.

Но она ощущала только мертвенный холод, которым словно дохнуло на нее из космоса.

* * *

Кирилл Тарнович стоял вплотную к Родиславу, за его спиной, и пытался разобраться в себе. Радоваться ему или огорчаться?

Родислав Романов его не узнал. Он не узнал его сейчас и

не узнал тогда, в восьмидесятом году, когда столкнулся с Кириллом на лестнице. А ведь тогда, двадцать шесть лет назад, Тарнович ни секунды не сомневался в том, что мужчина, вошедший в подъезд ночью, узнал Робин Гуда из кинофильма, прошедшего по всем экранам.

После выхода фильма и его успешного проката о молодом актере заговорили в восторженных тонах, и кто-то из высокого руководства «наверху» заметил между делом, что такой талантливой молодежи можно даже доверять серьезные роли, вот, например, Тарновичу вполне по силам было бы сыграть Ленина в молодые годы. Эти слова немедленно были доведены до сведения главного режиссера театра, где служил Тарнович. К шестидесятипятилетию Великого Октября и к очередному съезду партии нужно было выпустить спектакль соответствующей тематики, и с учетом мнения руководства была выбрана пьеса из жизни Ленина в тот период, когда он учился в Казанском университете. На роль будущего вождя предполагался Кирилл Тарнович, которому объяснили, какая это высокая честь и огромная ответственность. Насчет чести молодой резвый Кирилл сильно сомневался, но вот насчет ответственности все понимал правильно. Если он получит эту роль и сыграет ее, перед ним будут открыты все двери на долгие годы. Единственная загвоздка состояла в том, что он пока еще не был членом партии, а не члену партии играть роль Ленина не доверяли. Его быстро провели через партсобрание, и вскоре он прошел парткомиссию, которая рекомендовала его в кандидаты в члены КПСС. Через год кандидатского стажа он должен был стать полноправным членом партии коммунистов.

Кандидатство позволило Кириллу быть утвержденным на роль и приступить к репетициям. Более того, его включили в состав труппы для выезда на гастроли за рубеж. Он был уверен, что началась лучшая полоса в его жизни и полоса эта никогда не закончится. Он съездит на зарубежные гастроли, вступит в партию, сыграет Ленина — и все, он в обойме, теперь он будет каждый раз ездить с театром за границу и его начнут приглашать работать на самых кассовых картинах.

Он был красив, молод, полон сил и беззаботен, у него было много друзей и огромное количество поклонниц, которые не давали ему прохода. Но его не устраивал уровень театрально-киношной молодежи, ему хотелось злачности, порока, риска и сильных ощущений. Кирилл стал злоупотреблять спиртным и отдавал предпочтение проституткам и случайным связям, от которых никогда не знаешь, чего ждать.

Одной из таких случайных любовниц и стала Надежда Ревенко, с которой он познакомился в ресторане и к которой через двадцать минут после знакомства поехал домой. Ему даже в голову не пришло поинтересоваться, замужем ли она и насколько безопасна та квартира, куда она его привела. Риск, азарт и хмель — вот основные составляющие эмоционального фона Кирилла Тарновича образца 1980 года. Когда в самый разгар любовных игрищ в квартире появился муж Надежды, здоровенный рассвирепевший мужик с накачанными мускулами и огромными кулачищами, Кирилл испугался настолько, что едва сумел одеться, с трудом попал ногами в штанины джинсов, а с пуговицами на рубашке так и не справился. Он трясся от страха, видя, как муж Надежды схватил нож и замахнулся на лежащую в постели оцепеневшую от ужаса женщину, он видел, как нож вошел в ее тело, но ничего не мог с собой сделать, он даже не мог закричать — горло как будто сдавило шершавой войлочной повязкой.

— Чего стоишь? — грубо окликнул его Надин муж. — Вали отсюда, пока цел. Сейчас я с Надькой разберусь, а потом и до тебя очередь дойдет.

И нанес жене еще один удар ножом. Вид крови, растекающейся по белому пододеяльнику, привел Кирилла в чувство, и он опрометью кинулся бежать из этой страшной квартиры. На лестнице он столкнулся с мужчиной, который поднимался вверх и посторонился, чтобы пропустить Кирилла.

«Он меня видел, — думал Кирилл, вернувшись домой и постепенно обретая способность хоть как-то рассуждать. — Видел и узнал. Завтра ко мне придут из милиции и будут спрашивать, что я делал в квартире, где произошло убийство. А может, обойдется? Может, он ее не до смерти... Хотя какая разница, все равно ко мне придут, ведь я — свидетель. Меня заставят давать показания, обо всем узнают в театре, это невозможно будет скрыть, потому что выяснится, что я, актер, которому доверили играть роль Ленина и приняли в кандидаты в члены партии, напился и отправился на квартиру к случайной знакомой. Аморалку пришьют, из кандидатов выгонят, роль отнимут, зарубежные гастроли накроются. И вообще вся карьера псу под хвост. Какой кошмар! Надо же было так вляпаться! Идиот!»

Он клял себя последними словами и несколько дней напряженно ждал, когда к нему придут из милиции или вызовут на допрос к следователю. Он взял больничный и сидел дома: если его найдут и будут задавать неприятные вопросы, то пусть хотя бы не в театре.

Но никто не пришел. И никуда его не вызывали. Через неделю Кирилл немного успокоился, закрыл больничный и вернулся к репетициям. Человек, которого он встретил на лестнице, его не выдал. Узнал и никому не сказал. «Вот она, слава, — думал Тарнович. — Он любит моего Робин Гуда, он узнал меня и решил не выдавать. Ничем другим невозможно объяснить тот факт, что ко мне до сих пор не пришли. Спасибо ему, этому неизвестному человеку, моему поклоннику, огромное ему спасибо».

Склонность к риску и страсть к азартной игре взяли верх, и через какое-то время Кирилл уже познакомился и даже подружился с одним из оперативников, работающих в отделении милиции, обслуживающем территорию, где находился тот злосчастный дом. Ему не составило большого труда узнать о жестоком убийстве Надежды Ревенко и о том, что главным подозреваемым является ее ревнивый и агрессивный муж. Ни о каких свидетелях речи не было.

Напряжение понемногу отпускало, и на его место пришел жгучий интерес к человеку, который пожалел популярного и любимого артиста и ничего не рассказал о нем милиции. Еще небольшое усилие — и Кирилл выяснил, что этого человека зовут Родиславом Романовым и что живет он с женой Любой и двумя детьми — Колей и Олей, которую все называют Лелей. Он сам удивился, до чего легко оказалось получить эти сведения, даже проще, чем это показывают в детективных кинофильмах. Но окончательно Тарнович успокоился только после суда над мужем Надежды. Он сперва хотел пойти на суд и послушать, кто и что будет говорить, придумал образ сорокалетнего, помятого жизнью мужичка, сделал грим, подобрал подходящую одежонку, но в последний момент струсил. Понял, что не может смотреть на человека, который у него на глазах зарезал собственную жену. Пока шел суд, он сидел в сквере и ждал, чем дело закончится. Заодно посмотрел на жену Родислава и выяснил, какая у него машина. В тот момент он еще очень смутно представлял себе, зачем ему это нужно. Мысль оформилась позднее, когда звездные перспективы совсем затмили Кириллу реальное восприятие жизни. Он много пил, позволял себе появляться в театре в нетрезвом виде, плохо учил роль, и закончилось все весьма плачевно. На зарубежные гастроли он съездить еще успел, а вот сыграть роль Ленина ему так и не довелось. Из театра его выгнали.

Кирилл остался без работы. Первое время он продолжал пьянствовать и даже попал в вытрезвитель, потом опомнился, взял себя в руки и принялся оглядываться по сторонам в поисках работы. Он ездил на Мосфильм и на Студию имени Горького к друзьям, предлагал попробовать себя сначала на главные роли, потом уровень притязаний постепенно снизился сперва до ролей второго плана, затем до эпизодов. Он никак не мог понять, почему его не хотят снимать, ведь он так замечательно, так блестяще сыграл Робин Гуда, и у этой роли была такая восторженная пресса!

— Кирюха, ты можешь быть только Робин Гудом, — сказал ему знакомый режиссер. — У тебя такой типаж. И такая у тебя планида. Но про Робин Гуда в ближайшие двадцать лет никто больше снимать не будет.

Ему давали крошечные роли, которых зритель даже не замечал. Кирилл страдал от собственной актерской невостребованности и с тоской вспоминал те времена, когда вышел звездный фильм и Кирилл Тарнович стал знаменитым. Пусть всего лишь на короткое время, но время это был сладостным и упоительным. Роль Робин Гуда, справедливого защитника обиженных и обездоленных, не давала ему покоя, не отпускала, будоражила и память, и воображение.

«Я должен защищать того, кто меня спас, — решил Тарнович в один прекрасный момент. — Я должен знать о нем все, что можно, я должен быть начеку и всегда быть рядом, чтобы помочь».

Свободного времени у безработного актера было хоть отбавляй, а вот стремления к риску и азарта меньше не стало. Он полностью погрузился в жизнь семьи Романовых, он часами просиживал или прогуливался вокруг их дома, наблюдая, кто, когда и куда уходит, кто когда возвращается, кто во что одет и с каким выражением лица идет на работу и домой. Он провожал Любу и Родислава по утрам и быстро выяснил, где они работают. Он знал, в какой школе учатся Леля и Коля. Он узнал о Лизе и Дашеньке — видел, как Родислав гуляет с ними. Более того, своему знакомому оперативнику он пропел жалостливую песню о приятеле, младшая сестра которого якобы встречается с Колей Романовым, и с того момента имел о Колиных похождениях самую исчерпывающую информацию.

Кирилл предавался своему новому занятию с упоением, он менял образы, подолгу тренировался дома перед зеркалом, изобретая походку, придумывал особенности речи, интонации и акценты. Он понимал, что слишком много времени проводит в районе дома, где живут Романовы, и следует принимать особые меры, чтобы его не заметили и не запомнили. Все это было для Кирилла намного интереснее работы в театре и кино.

Только денег за это, к сожалению, не платили. А жить на что-то нужно было. И он брался за любую работу, снимался в эпизодах, вкалывал на озвучании зарубежных кинофильмов, трудился в бригадах шабашников. Каждую свободную минуту он проводил возле Романовых, которые об этом даже не подозревали, и постепенно досье, которое Тарнович собирал на них, становилось все более пухлым и информативным. Кирилл и сам не знал, зачем он все это делает, но постоянно твердил себе: «Настанет момент — и моя помощь будет им нужна. Я буду спасать их, как когда-то Родислав Романов спас меня». Он и сам не замечал, что постепенно заменяет собственную неудалую жизнь выдуманной жизнью Робин Гуда и Ангела-Хранителя. В этой выдуманной жизни ему все удавалось.

О том, что Коля Романов балуется азартными играми, Кирилл знал от своего приятеля-оперативника и предполагал, что рано или поздно это может закончиться не очень хорошо. Был период, когда Тарнович в течение двух месяцев ежевечерне сидел в своей машине во дворе и ждал, когда Николаша вернется домой. Только после этого он позволял себе оставить свой пост. В один из таких вечеров он и заметил двоих парней, которые, не понижая голоса, обсуждали, как будут бить морду Валету. О том, что эта кличка принадлежит Коле, Кирилл был осведомлен, поэтому ситуация его врасплох не застала. К появлению Николаши план был готов, и история гостя с Кавказа, который оказался в день своего рождения в столице, без родных и близких, была разыграна как по нотам. Кирилл очень гордился собой: он помог сыну Родислава Романова, а это все равно что помочь самому Родиславу.

Тарнович считал, что должен постоянно держать руку на пульсе, а для этого недостаточно было тупо торчать у подъезда. Он следил за Родиславом, когда тот отправлялся к Лизе, следил за самой Лизой, и однажды, проследовав за ними в ресторан, заметил подругу Любы Романовой. Яркая, хорошо одетая женщина звонила по телефону и приглашала Любу в этот самый ресторан, где сидели Родислав и его любовница. Столкновение было неминуемым, и Кирилл сделал все возможное, чтобы оно не произошло. Он немедленно позвонил знакомому администратору и выклянчил у него пропуск на три лица на сегодняшний просмотр, а потом кинулся знакомиться с яркой красавицей, которую он однажды видел вместе с Любой Романовой и которую, как выяснилось, зовут Аэллой. Ему удалось уговорить Аэллу пойти на просмотр вместе с Любой, и был счастлив, что благодаря его усилиям опасная для Родислава ситуация рассосалась.

Потом он встретил женщину, которая помнила его блистательного Робин Гуда и в которую он влюбился. Они поженились. Но семейная жизнь довольно существенно отличалась от жизни привыкшего к полной свободе холостяка. Кирилл не появлялся рядом с Романовыми, ему нужно было зарабатывать деньги на семью, он не вылезал из шабашек, а жена постоянно пилила его за то, что он не снимается и не стал известным актером. И снова начались унизительные шатания по коридорам киностудий и совместные выпивки в актерско-режиссерских компаниях: а вдруг заметят, а вдруг вспомнят, позовут, предложат попробоваться. Его замечали, приглашали на пробы и не утверждали на роль. Жена злилась и пилила Кирилла еще сильнее, он еще сильнее пил и изменял ей. В конце концов она от него ушла.

Неожиданно для себя Тарнович вздохнул с облегчением, ибо понял: стабильная семейная жизнь не для него. В этой спокойной и размеренной жизни нет места подвигу, риску, азарту и благородным порывам, в которых не было недостатка, когда он изображал из себя Робин Гуда и Ангела-Хранителя. Роль кавказца-именинника была его лучшей ролью, о которой не стыдно вспомнить.

Он достал свое досье, полистал его и отправился прямиком к приятелю-оперативнику, с которым не общался к тому моменту года два. Приятель, к счастью, оказался все на том же месте работы и даже успел за это время стать заместителем начальника по оперативной работе. По старой дружбе он сообщил Кириллу о маньяке, который объявился в их районе. С этого момента жизнь Кирилла Тарновича была подчинена одному: защитить пятнадцатилетнюю Лелю, не допустить, чтобы с ней случилось несчастье. И снова в ход пошли бесконечные переодевания и разнообразный грим, и снова он целыми днями болтался то вокруг школы, где училась Леля, то вокруг ее дома.

И он дождался своего звездного часа. Он предотвратил беду, он спас Лелю.

Шел 1987 год, разрешили частное предпринимательство, и заработать деньги стало проще. Кирилл отвлекся от Романовых, многочисленные знакомые давали ему возможность поучаствовать в мелком бизнесе, и на какое-то время Тарнович целиком погрузился в дела. Заработав достаточно, чтобы можно было какое-то время нормально существовать, он вновь вернулся к дому на Юго-Западе Москвы и к жизни его обитателей. На этот раз долго ждать не пришлось, ему повезло почти сразу, на четвертый или пятый день: какой-то отморозок попытался вырвать сумочку у Любы. В тот раз Кирилл даже заговорил с ней, обменялся несколькими фразами. Люба показалась ему потухшей и поникшей, но это и не удивительно, ведь у ее мужа уже двое внебрачных детей, и это не может не сказываться на их семейной жизни.

В 1991 году из мест лишения свободы вернулся Геннадий Ревенко, и, когда Кирилл его увидел, он испытал странное чувство. Это был одновременно и страх, и стыд, и смятение. Он явственно вспомнил свой ужас перед человеком с ножом, и свои дрожащие руки, которые не могли справиться с пуговицами на рубашке, и свое оцепенение, и трусливое бегство без малейшей попытки защитить женщину, с которой он только что исступленно занимался любовью. Видеть Геннадия ему было неприятно. Ну что ж, Коля уже самостоятельный, взрослый мужик, Леля выросла и учится в институте, пожалуй, здесь, возле дома Романовых, ему больше делать нечего.

Он снова занялся бизнесом с приятелями, дело шло с переменным успехом, его знакомые то прогорали начисто, то поднимались, и Тарнович вместе с ними. А потом началась волна съемок российского кино и сериалов. Сериалы были малобюджетными, на то, чтобы снимать настоящих звезд, денег не хватало, и актеры вроде Кирилла Тарновича оказались весьма востребованными. Кирилл много работал и получил в результате очень хорошие деньги. О Романовых и о своей благодарности Родиславу он вспоминал все реже.

Прошло около десяти лет, в течение которых Кирилл Тарнович активно снимался, а в перерывах между съемками зарабатывал деньги всеми доступными ему способами. Иногда он появлялся возле дома Романовых, вступал в разговоры с пенсионерками и гуляющими с малышами мамами и няньками, узнавал о Родиславе, Любе и их детях. Ему сказали, что Кольки Романова давно не видать, наверное, уехал на заработки, а Лелечка — девушка строгая, себя соблюдает и с парнями возле подъезда никогда не целуется.

Однажды он случайно увидел на улице Лизу, любовницу Романова, и поразился произошедшей в ней перемене. Лиза была сильно постаревшей и выглядела совершенно больной. Правда, понаблюдав за ней буквально полчаса, Кирилл понял, что она просто спилась. Он отчего-то испытал неловкость, словно в Лизином пьянстве была какая-то его вина: вот он оставил заботу о Романовых — и все пошло наперекосяк. Несколько дней наблюдений позволили ему сделать вывод о том, что роман у Родислава с Лизой окончен, но детей он не бросает и навещает их.

Лиза Кириллу не понравилась. Помимо испитости в ней было что-то еще, какая-то внутренняя пустота, безнадежность, безрадостность. Воспользовавшись перерывом в съемках, он ходил за Лизой по пятам, наблюдая за каждым ее передвижением и за выражением ее лица. И, как оказалось, не зря. В метро он едва успел оттащить ее от края платформы. «Я должен защитить Романова, — твердил себе Тарнович. — Если эта женщина погибнет, кто будет заниматься детьми? Родиславу придется во всем признаться своей жене, и это может разрушить его брак. Я не имею права это допустить».

Ему нужно было возвращаться в Киев, где снимали очередной сериал, но он регулярно звонил оттуда Даше и узнавал, как дела у ее мамы. Даша тронула его до глубины души, давно уже он не встречал девушек, которые бы помнили его в роли Робин Гуда и даже собирали его давние фотографии. Кирилл твердо решил, что, вернувшись в Москву по окончании съемок, он будет навещать Дашу и ее маму и оберегать их. В конце концов, это тоже помощь Романову, который, разумеется, не будет рад, если с матерью его детей что-нибудь случится.

Но реализовать свой благородный план он не успел. Лиза покончила с собой, когда он еще был в Киеве.

После этого сериала снова возникла пауза, его опять не снимали, Тарнович маялся, не зная, куда себя девать. Идея охраны семьи Романовых изжила себя, и как ни странно, большую роль в этом сыграла смерть Геннадия, узнав о которой Кирилл почему-то подумал: «Ну вот и всё». Что именно «всё», он объяснить не смог бы. Ушел навсегда, исчез с лица земли свидетель его трусости и его позора, и больше не нужно быть Робин Гудом, чтобы реабилитировать себя в собственных глазах. О том, что Геннадий умер, Кирилл узнал не сразу, а только после смерти Лизы. Так получилось. Вернувшись из Киева, он решил поинтересоваться, как дела у Романовых, снова начал крутиться возле дома, вот тогда и узнал.

С ролью защитника и хранителя семьи Романовых было покончено раз и навсегда. Кирилл больше не испытывал в этом нужды. А когда в начале 2005 года встал вопрос о его участии в съемках очередного сериала, один из продюсеров сказал ему:

— Я уже поговорил с режиссером. Ты подходишь по темпераменту и по типажу, только морда у тебя больно помятая. Пил, что ли, много? В общем, имей в виду, у тебя есть полгода, пока будут писать сценарий. Если за полгода не приведешь себя в порядок, роли тебе не видать.

Об Аэлле Александриди, той самой, которую он вместе с Любой Романовой водил в Дом кино, Кирилл Тарнович слышал не один раз, услугами ее клиники пользовались многие актеры. Ну что ж, если делать пластику, то по крайней мере у знакомого врача с хорошей репутацией.

Повторное знакомство с Аэллой вызвало у него противоречивые чувства. С одной стороны, ему хотелось смеяться — до того эта женщина выглядела «крутой» и самодостаточной, но с другой стороны, ему хотелось пожалеть ее, приласкать и поддержать. А с третьей стороны, она ему очень нравилась именно как женщина. Она понравилась ему еще тогда, в далеком 1984 году, но в то время перед ним стояли совсем другие задачи, и открыто приближаться к семье Романовых он не собирался. Теперь же все было иначе, теперь он не был нищим безработным актером, у него были деньги и роли, и семья Романовых давно перестала иметь для него такое значение, как прежде.

Аэлла сама сделала ему операцию, но еще до операции они стали любовниками. И вот прошел год, прежде чем Аэлла ввела его в круг своих друзей. За этот год Кирилл многое узнал о Романовых, Аэлла не делала никакого секрета из семейной жизни Родислава и Любы и рассказала ему и о Лизе, и о ее детях, и о том, что Даша ушла в секту, а Денис теперь живет с отцом и его женой. Она и о смерти Коли Романова поведала. «Значит, он не за деньгами погнался, а ушел в бега, — с горечью думал Тарнович. — Ах, если бы я вовремя узнал, может быть, смог бы уберечь парня. Я бы обязательно что-нибудь придумал, чтобы его спасти. И от Даши я отстранился, а ведь она, наверное, нуждалась в помощи после смерти матери. Если бы я был рядом, я бы ее удержал».

Когда Аэлла заявила, что 3 мая они идут в гости к Романовым, Кирилл в первый момент испугался: Родислав, несомненно, узнает его и вспомнит, при каких обстоятельствах они встретились когда-то. И придется признаваться в том, что он был там, где на его глазах убивали молодую женщину. Был — и ничем не помешал, не попытался остановить убийцу, а позорно ретировался, поддерживая руками штаны. Он всерьез подумывал о том, чтобы под благовидным предлогом уклониться от визита, но потом все-таки решил пойти. Если неприятный разговор возникнет, он как-нибудь выкрутится.

Но никакого разговора не произошло. Более того, Кирилл понял, что Родислав не знает такого актера Тарновича и фильма о Робин Гуде он никогда не видел. Выходит, он не сдал его милиции вовсе не потому, что являлся поклонником его таланта, а по каким-то абсолютно другим причинам, не имеющим к Кириллу ни малейшего отношения. И совершенно напрасно он столько лет испытывал к Родиславу Романову чувство глубокой и искренней благодарности. И Кирилл не знал, радоваться ему или огорчаться.

...Он стоял на балконе в квартире Романовых, ждал, когда на него снизойдут космические лучи гармонии, и думал о том, что ему страшно повезло: он за пятьдесят один год прожил две параллельные жизни: жизнь средненького и не особенно удачливого актера и жизнь благородного защитника Робин Гуда. Разве это плохо? А теперь судьба дарит ему еще один шанс: он может пожить жизнью мужа, если Аэлла согласится выйти за него замуж. Он будет заботиться о ней, опекать ее, защищать, помогать. В общем, он снова сможет стать Робин Гудом и снова играть привычную для себя роль, ту, которая принесла ему звездные часы славы, ту, которая позволяла ему на протяжении многих лет ощущать свою нужность и полезность.

* * *

— Так ты все знал! — сиплым от возмущения голосом воскликнул Камень. — Знал и молчал столько времени! Тебе не стыдно?

— Мне? Ни капельки, — невозмутимо ответил Змей. — Ты представь, какого удовольствия ты лишился бы, если бы я сразу тебе все рассказал. Ты размышлял, сомневался, спорил с Вороном, удивлялся — смотри, сколько разных эмоций ты испытал. А так узнал бы — и всё, и никакой радости открытия.

— И давно ты знал?

— Давно. Как только Родислав на лестнице с неизвестным мужчиной столкнулся, так я сразу и посмотрел, как там и чего. Мне же интересно было, кто и за что Надежду Ревенко убил. Я, честно признаться, все ждал, когда же ты меня туда сам зашлешь, а ты молчишь, ничего не говоришь, ну, и я не лез со своей информацией.

— Ага, теперь уже я сам во всем виноват, — проворчал Камень. — Да мне и не так уж интересно было, кто ее убил, для меня было важно, что Геннадий невиновен, а его осудили и посадили, и мои Романовы из-за этого страдают и мучаются. А уж кто там на самом деле несчастную угробил — не суть важно для нашей истории.

— А в том, что Геннадий невиновен, ты, стало быть, не сомневался?

— Ни одной минуты. И Ворон со мной соглашался. И Романовы так думали. А уж когда Геннадий сам признался, что жену убил, тогда вообще вопрос об истинном убийце отпал сам собой. Но ты-то, ты-то! Не ожидал я от тебя такого.

— Глупый ты, — вздохнул Змей. — Знаешь, кто главный враг писателя?

— Наверное, издатель, — предположил Камень, изрядно удивленный такой резкой сменой темы.

— Нет, не издатель. Вторая попытка.

— Ну, тогда, наверное, редактор.

— Ничего ты не понимаешь в творческом труде. Главный враг писателя — читатель, который сразу заглядывает в конец книги. Писатель старается, придумывает, пишет, строит повествование, ведет читателя за собой и подводит его к развязке, да так, чтобы читатель испытал на этом пути разные чувства и обдумал разные мысли. Писатель вкладывает свой труд, гигантский труд, а неблагодарный читатель отправляет весь этот труд на помойку одним тем, что, едва прочитав первые десять-пятнадцать страниц, сразу смотрит в конец. Я просто не хотел, чтобы ты был неблагодарным по отношению к Ворону и к той истории, которую он тебе так долго и старательно рассказывает. Он же хочет тебя развлечь, он хочет, чтобы ты не скучал, он делает для тебя все, что может, понимаешь? И если я начну вмешиваться и рассказывать тебе то, чего он не знает, весь его труд пойдет насмарку. Я и так нарушаю собственные принципы, когда по твоей просьбе то и дело что-то уточняю, но обрати внимание, это касается только тех случаев, которые не затрагивают интересы Ворона как повествователя. А история Кирилла Тарновича — это очень важный момент, принципиальный, и я должен был дождаться правильного момента, чтобы все тебе рассказать.

— Ну естественно! — фыркнул Камень. — Ты дождался, пока мое терпение лопнуло и я послал Ворона с конкретным заданием посмотреть, как так получилось, что Кирилл, который спас Лизу в метро, а до этого следил за Романовыми, вдруг оказался любовником Аэллы. И только после того, как он мне в общих чертах все поведал, ты явился и начал доставать кроликов из шляпы и бомбардировать меня интересными деталями. А если бы я его не отправил за Кириллом?

— Я бы молчал, — признался Змей.

— Долго молчал бы?

— Пока ты сам не спросишь. Я был уверен, что ты спросишь уже тогда, когда выяснилось, что Кирилл — это тот, кто следил за Романовыми. Ведь было же у вас с Вороном такое предположение, вы его обсуждали, я знаю. Но ты интереса не проявил, вот и я промолчал. Любая информация хороша ко времени, как ложка к обеду. А занятный тип этот Тарнович, ты не находишь? Яркий образец психологического типа фаната.

— Почему? — удивился Камень. — Фанаты, насколько я помню, это те, кто творят себе кумиров из известных личностей, артистов там, певцов, музыкантов. Какое отношение к этому имеет Кирилл?

— Да самое прямое! Что такое фанат? Это человек, у которого нет собственной жизни или она бедна и скучна, и он создает себе искусственную вторую жизнь, наполненную событиями из жизни своего кумира. Ведь ты посмотри, сколько времени девочки-фанатки проводят у подъезда какого-нибудь своего любимца, какими жадными глазами они смотрят, во что он одет, как горячо интересуются, что он ел на завтрак и какое у него настроение. А некоторые тратят собственные деньги на то, чтобы ездить следом за своим кумиром на гастроли.

— Им что, делать больше нечего? — с изумлением спросил Камень, которому такие подробности из бытия фанатов даже в голову не приходили.

— Так в том-то и дело, что нечего! Нет у них другой жизни, в которой были бы события и переживания. А чем Кирилл от них отличается? Да ничем. Когда у него появляется собственная жизнь, работа или, к примеру, женщина, он отлично живет этой жизнью, но как только все заканчивается и становится пусто, он вспоминает о том, что можно бы и Робин Гудом побыть. Пожить, так сказать, второй жизнью. И знаешь, что самое интересное? Кирилл этот — пример феномена зеркальности.

— Это как же? — заинтересовался Камень.

— Он мечтал о том, чтобы у него были свои фанаты. Он хотел славы, хотел, чтобы его все и всюду узнавали и просили автограф, хотел, чтобы у его подъезда дежурили влюбленные девочки. И это было, но, конечно, не в таких масштабах, о которых он мечтал. А поскольку он этого всего так сильно хотел, он и не усомнился в том, что Родислав его узнал и только из огромной любви к знаменитому артисту не сказал о нем в милиции. То есть Кириллу очень хотелось, чтобы было именно так, и он в это всей душой поверил. А поверив, сотворил, в свою очередь, себе кумира из Родислава и сам превратился в его фаната. Понял теперь?

— Теперь понял, — шевельнул бровями Камень. — И что же будет дальше?

— Слушай, я тебе для чего целую лекцию прочитал про писателей и читателей? — сердито отозвался Змей. — Чтобы ты нахально заглядывал в конец?

— Нет, про самый конец не надо, но так, в общих чертах, а? — жалобно попросил Камень. — Раздразнил ты меня этим Кириллом. Скажи хотя бы, как Аэлла к нему относится?

— Любит, — коротко констатировал Змей. — Но сама пока об этом не догадывается. Только сама себе удивляется, как это она, такая требовательная, у которой за сорок лет ни одного мезальянса в личной жизни не случилось, вдруг спит с малоизвестным актеришкой, да еще на одиннадцать лет моложе себя. Ладно бы, если бы он был младше лет на двадцать-тридцать, тогда можно было бы гордиться собой независимо от его социального статуса, вот, мол, я какая удалая и красивая, в меня и на седьмом десятке молодые мальчики влюбляются. А одиннадцать лет — это не та разница в возрасте, на которую можно обращать внимание. Значит, у любовника должен быть или статус, или очень большие деньги, или еще что-нибудь, что делает его не таким, как все. У нашей Аэллы, как ты помнишь, все должно быть самым лучшим и не таким, как у всех. А у Кирилла ничего такого нет. Вот она и удивляется сама себе. Но ей рядом с ним спокойно и уютно, она даже воображать меньше стала, как-то подуспокоилась насчет своей необыкновенности. Кирилл на нее в этом смысле положительно влияет.

— Что ты имеешь в виду?

— А то, что он спокойно рассказывал ей о себе всякую правду, в том числе и такую, которая его не особенно украшает, а она слушала и понимала, что его откровенность не делает его хуже в ее глазах. Он ей — про то, что и пил, и гулял неумеренно, и зазнавался, и зазвездился, и унижался, и жене изменял, а Аэлле важно только то, что он добрый и надежный, родной и теплый, а тот факт, что когда-то ему приходилось и унижаться, и на рынке торговать, и чужие машины перегонять, никоим образом его не портит. И стала она понемножку задумываться о том, что если у нее самой бывали неудачи и проколы, то это никоим образом не портит ее в глазах окружающих. И вообще, нет ничего зазорного в том, чтобы в чем-то быть как все, не выделяться и не возвышаться.

— Поздновато на седьмом-то десятке, — заметил Камень.

— Ну, в таком деле лучше поздно, чем никогда. Теперь она ждет, когда Кирилл наберется храбрости сделать ей предложение. Она уже для себя решила, что обязательно выйдет за него.

— Жалко, Ветер не слышит, — вздохнул Камень. — Вот уж он порадовался бы.

* * *

Сумка, битком набитая проспектами, каталогами и альбомами с образцами, оттягивала руку. Поднимаясь в лифте к себе домой, Люба Романова мысленно составляла график вечерних мероприятий и определяла их последовательность. Родислав уже дома, он вернулся прямо с работы, а ей пришлось еще встречаться с мастерами, отделывающими новый загородный дом. Наверное, муж сидит голодный и ждет, когда его кто-нибудь покормит. Кто-нибудь — это Юля или Люба, но Юля и Денис сегодня собирались в Государственный центр современного искусства на видеопоказ работ молодых художников из коллекции мультимедиа. Это была идея Юли, она почему-то вдруг очень заинтересовалась современным искусством, представленным на Московской биеннале, и почти каждый день возила Дениса на мероприятия то в галерею Церетели, то в Музей современного искусства, то еще куда-нибудь.

Значит, первым делом следует покормить мужа, потом обсудить с ним ряд вопросов отделки дома, потом, когда он плотно усядется перед телевизором, можно будет взяться за уборку — все манипуляции с пылесосом надо непременно закончить до того, как Родик уйдет спать, чтобы шум ему не мешал. А уж когда он ляжет, можно будет заняться приготовлением обеда для Юли и Дениса на завтра.

— Почему так долго? — капризно спросил Родислав, когда Люба вошла в гостиную, где муж, устроившись в мягком глубоком кресле, читал газеты.

— Пробки, Родинька, — виновато ответила Люба. — Ты же знаешь. Сейчас я тебя накормлю.

— Я не понимаю, почему с этими мастерами и дизайнерами нельзя встречаться в выходные, когда дороги свободны? — раздраженно проговорил он. — Ты постоянно ездишь туда среди недели, тебя никогда нет дома.

— Родинька, — Люба присела на подлокотник кресла рядом с мужем, — если мы будем решать текущие вопросы только по выходным, мы никогда не въедем в этот дом. Рабочие не могут простаивать и ждать, когда мы с тобой соизволим приехать. Сегодня мы обсудили все вопросы по розеткам, а нам с тобой надо вместе решить, где и какие будут светильники. И еще выбрать плитку для ванных комнат и ткань для штор.

— Почему обязательно сегодня? — нахмурился Родислав. — Я голоден, я устал, в конце концов, могу я хотя бы дома не заниматься проблемами?

Люба поднялась и пошла к лестнице, чтобы уйти наверх и переодеться.

— Через пять минут я позову тебя ужинать.

Она быстро сменила деловой костюм на домашнюю одежду и накрыла в столовой ужин. Родислав ел молча, ничего не рассказывая и не задавая никаких вопросов о доме. Любе стало обидно и даже неприятно. Он так хотел этот новый дом, он так настаивал на том, чтобы они купили участок и начали строительство, но уже на этапе работы над проектом почти полностью устранился от всех проблем, предоставляя Любе самой не только принимать решения, но и контролировать их воплощение в жизнь. Люба через день ездила после работы в Жуковку, где шло строительство, что-то обсуждала, что-то решала, договаривалась, искала, находила, платила, а Родислав на все ее предложения поехать вместе только отшучивался:

— Дураку полработы не показывают. Я все равно не пойму, как там что будет. Все свои пожелания я высказал, когда делали проект, и я уверен, что под твоим руководством, Любаша, все будет в лучшем виде.

Когда заказывали проект, он высказал свои требования: в доме должно быть не меньше четырех санузлов, из них три — с ваннами, не меньше двух гостевых спален, его кабинет и бильярдная, а также просторная терраса и гараж на три машиноместа. Все остальное — на усмотрение жены в рамках оговоренной максимальной площади дома.

— Зачем тебе бильярдная? — удивлялась Люба. — Ты же не играешь.

— Буду играть. Все в нашем кругу играют. И потом, мало ли какие гости у нас будут.

Теперь, в марте 2007 года, дом уже был построен и шли отделочные работы. Люба ужасно устала от длящихся полтора года бесконечных хлопот, связанных с таким не нужным ей домом, которым она занималась только ради мужа. А ведь еще предстоит обставлять его, и заниматься подбором мебели тоже нужно уже сейчас, потому что Родик ни за что не захочет покупать то, что выставлено в салонах, он будет выбирать мебель, которую придется заказывать и ждать месяца три, а то и все шесть.

А муж ни в чем не хочет участвовать, он предпочитает, чтобы Люба занималась всем сама, и злится, когда она пытается привлечь его к решению вопросов, в которых он сам должен быть заинтересован.

Закончив ужинать, Родислав сразу же поднялся и вернулся в гостиную, чтобы вновь предаться чтению прессы под негромкое бормотание телевизора. Люба отправилась за ним следом и уселась рядом со стопкой каталогов и проспектов на коленях.

— Нужно выбрать плитку для твоей ванной комнаты, — твердо сказала она. — Для остальных санузлов я все выберу сама, но в твоей ванной...

— Ладно, — обреченно вздохнул он, — давай показывай, что у тебя там.

Ее больно резанули и его слова, и тон, которым они были сказаны, но Люба не подала виду и стала открывать каталоги на заранее заложенных страницах. Терпения Родислава хватило ненадолго, уже минут через пять он ткнул пальцем в картинку, на которой была красивая голубая с кремовым плитка.

— Давай вот эту.

— Посмотри, есть почти такая же, — сказала Люба, открывая следующую закладку, — они мало чем отличаются, но эта в два раза дешевле.

— Да? — он чуть шевельнулся в кресле. — Бери ту, которая дороже. Она лучше.

— Но ты посмотри внимательно, — настаивала Люба, — она не только дешевле, она, по-моему, гораздо красивее.

— Мне не нужно то, что дешевле. Бери дорогую. Всё? Больше нет вопросов?

— Еще шторы.

— Ну что там еще со шторами? Любаша, выбери сама.

— Посмотри, — она открыла перед ним альбом с приклеенными образцами тканей. — Хотя бы для своего кабинета, тебе же в нем работать.

— Я все равно ничего в этом не понимаю. Выбирай самое дорогое, оно будет хорошего качества.

Люба стиснула зубы, но сдержалась.

— Я хочу, чтобы ты посмотрел светильники, — сказала она. — Тоже хотя бы только для кабинета и для бильярдной.

Родислав несколько минут молча листал каталог, потом захлопнул его.

— Я не представляю, как это должно выглядеть. Любаша, ну выбери уже сама, а? Что ты меня дергаешь по таким мелочам?

— Это не мелочи, Родинька, это то, в чем ты собираешься жить. Неужели тебе все равно?

— Мне не все равно, но я не умею это выбирать, я ничего не

понимаю. Я хочу, чтобы было дорого и красиво, разве не понятно? Вот и выбери в соответствии с этими требованиями.

Люба молча сложила каталоги в сумку и ушла наверх. Когда она закончит уборку и приготовление обеда, она сядет в своей комнате, не торопясь все посмотрит и выберет, чтобы уже завтра можно было ехать и заказывать. Она смертельно устала. Не только сегодня. Она устала вообще. Устала от этого дома, от этого строительства, устала от вечно надутого, как индюк, мужа с его претензиями и амбициями, устала быть ласковой и терпеливой. В последнее время ей все чаще хотелось сорваться на Родислава и повысить голос, а то и закричать. Недавно она поймала себя на исступленном желании начать бить посуду, когда он в очередной раз отказался обсуждать что-то важное, связанное с домом. Сегодня ей захотелось ударить его тяжелой стопкой глянцевых каталогов по голове. «Нервы сдают, — думала Люба, доставая из встроенного шкафа пылесос. — Возраст сказывается. Мне нужно отдыхать и лечиться, а я вместо этого строю ненужный мне дом. Как только мы его достроим и переедем, вопрос с Денисом решится сам собой. Купит Родик ему однокомнатную квартиру или оставит жить здесь — значения не имеет. Денис в любом случае не сможет жить с нами за городом, он ни за что не расстанется с Юлей. Значит, мне придется расстаться с ним. Надо же, помнится, когда-то давно я думала о том, что не люблю детей Лизы и не испытываю к ним никаких теплых чувств, несмотря даже на то, что в них течет кровь моего любимого Родика, а теперь мне не хочется расставаться с этим мальчиком. И дело даже не в том, что я к нему привязалась, я привязалась вовсе не к нему конкретно, а к тому ощущению полноценной семьи, которое он мне дарит своим присутствием и присутствием Юленьки. Как будто у меня есть не только муж, но и сын с невесткой. Конечно, Денис никогда и ни при каких обстоятельствах не заменил бы мне Колю, но он дает мне возможность цепляться за иллюзию, за видимость...»

С уборкой и обедом она провозилась почти до двух часов ночи. Ужасно хотелось спать, но нужно было закончить все запланированное. Люба устроилась в своем кабинете, достала плеер с наушниками, вставила диск с музыкой Скрябина и открыла каталоги. Глаза слипались, от усталости немного кружилась голова, в голове было странное ощущение мокрого песка, забившего мозг и не пропускающего сквозь себя ни одной мысли. Люба внезапно заметила, что на глянцевые страницы капают бессильные слезы. Льющаяся из наушников музыка была нервной, тревожной, резкой, а яркие краски на картинках только добавляли остроты ощущений. «Я ненавижу эту плитку, — пронеслось у нее в голове, — я ненавижу эти шторы, и эти светильники, и весь этот дом. Я больше не могу! Я ненавижу своего мужа».

Подумала — и испугалась. Что это, минутная слабость, вызванная усталостью и раздражением, или первый звонок? А может быть, уже далеко не первый? А может быть, последний? Господи, неужели так бывает: пятьдесят лет любить человека — и вдруг разлюбить? Нет, этого не может быть, не может, не может!!! Но ведь это есть, и невозможно больше закрывать на это глаза. Родислав вызывает у нее не просто раздражение, он вызывает отторжение, переходящее во враждебность. Чем он так провинился перед Любой? Разве он сделал в последнее время что-то плохое? Разве совершил гадость или подлость? Нет, нет и нет. Просто он стал другим, таким, каким ей трудно его любить так же сильно, как любила раньше. Или она стала другой, такой, которая уже не может слепо и беззаветно любить своего мужа. И Родик в этом не виноват. Виновата сама Люба, потому что изменилась.

Но разве так может быть, чтобы на седьмом десятке вдруг измениться до неузнаваемости и разлюбить человека?

Она глубоко вздохнула, перевела дыхание, отерла ладонью слезы и перелистнула страницу. Надо выбрать плитку и переходить к шторам, а завтра ехать и оформлять заказ и доставку. А еще светильники... Наверняка Родик захочет муранское стекло, да еще с запасными подвесками, и все это нужно будет заказывать и ждать, и стоить это будет — даже страшно подумать сколько.

В ней снова поднялась волна раздражения и ненависти, и Люба, чтобы успокоиться, прикрыла глаза, откинулась на спинку кресла и несколько минут просто слушала фортепианный этюд Скрябина. Этюд по интонациям напоминал ей отчаянные рыдания, успокоиться не удалось, и Люба горько расплакалась.

* * *

Наступил июнь, все санузлы в новом доме были выложены плиткой, окна завешаны шторами, оставалось только дождаться мебели и светильников, которые обещали доставить в середине июля, и Люба вздохнула свободнее. Правда, Родислав хотел, чтобы в загородном доме не было никаких старых вещей, кроме одежды, и нужно было покупать новую посуду, постельное белье, скатерти и все прочее, но по сравнению с уже пройденным путем предстоящие покупки казались полной ерундой. Она даже воспользовалась отъездом мужа в командировку и пошла на третий тур конкурса имени Чайковского, выбрав день, когда исполнялись сразу два фортепианных концерта Прокофьева — третий, до мажор, и ее любимый второй, соль минор. Она по-прежнему скрывала от Родислава свои музыкальные пристрастия: муж любил музыку совсем другого плана, более современную и полегче, а Любе в свое время, много лет назад, достаточно было всего лишь тени неуверенности на его лице, когда он услышал имя Прокофьева, чтобы понять, что лучше не делать акцента на своих предпочтениях. Пусть Родик думает, что у них одинаковые вкусы. Теперь, в шестьдесят один год, ей казалось нелепым, что она всю жизнь прятала от мужа сначала пластинки, потом диски со своими любимыми записями, но сложившийся за сорок с лишним лет брака стереотип поведения было не так легко сломать. Да и нужно ли?

После концерта Люба вышла на улицу, достала телефон и набрала номер сестры.

— Я тебя вижу, — сообщила Тамара. — Я стою на противоположной стороне.

Они условились провести время вместе, и Люба отпустила водителя и договорилась с Тамарой, что та заберет ее после концерта и они поедут домой к Романовым и проболтают до утра. Тамара предлагала переночевать у нее, но Люба не рискнула оставить Дениса одного.

— Пусть Юля с ним останется, — говорила Тамара. — А ты отдохни.

— А кто их накормит? — возражала Люба. — И потом, Родику может не понравиться, что я ночую не дома.

— Любаня, Юле двадцать один год, Денису — двадцать два, ну уж наверное они как-нибудь прокормятся без тебя, не умрут с голоду. А на Родьку наплюй. Мало он в свое время ночей провел вне дома? Сколько можно на него оглядываться?

— Тома, у меня есть определенный порядок, и я не хотела бы его нарушать. Я знаю, что приготовить на ужин, на завтрак и на обед, у меня куплены продукты и составлен план. И я должна ночевать дома, потому что я — мужняя жена.

— В тебе никогда не умрет плановик, — вздохнула Тамара. — Ладно, уговорила, поедем к тебе.

Они уже парковались возле Любиного дома, когда у Тамары зазвонил телефон. Она в недоумении взглянула на часы.

— Кто это в такое время?

К ее немалому удивлению, это был Бегорский.

— Что-то случилось? — встревожилась Тамара.

— Надо поговорить, — коротко ответил Андрей.

— Тогда перезвони через полчаса, — попросила она.

— Не будет поздно? Уже и так двенадцатый час.

— Я не буду спать.

Она вытащила из багажника сумку с продуктами и поставила машину на сигнализацию.

— Любаня, я купила всякой всячины нам с тобой на радость.

— Том, ну зачем? У меня все есть.

— Пусть будет. А вдруг мы засидимся до рассвета? У меня после часа ночи зверский аппетит. Как ты думаешь, что нужно Андрюшке?

— В такое время? — Люба задумалась. — Может, надо кого-то срочно записать к тебе на стрижку? Или кто-нибудь едет в Нижний Новгород, и Бегорскому нужна твоя квартира.

Однако ни одно из предположений не оказалось верным. Когда через полчаса Бегорский перезвонил, он с места в карьер задал Тамаре вопрос:

— Тебе интересно причесывать пенсионеров и делать их красивыми?

Тамара сразу же вспомнила Михаила Михайловича и свой опыт работы с его волосами. Как он тогда сказал? «Ты вернула мне облик, который я считал давно утраченным». Что-то в этом роде.

— Интересно, — искренне ответила она. — А почему ты спросил?

Но Бегорский не удостоил ее ответом.

— Завтра в восемь утра выезжаем. Соберись на три дня, возьми обувь попроще, там пока еще дорога не достроена, грязи много. Машина придет за тобой в половине восьмого, потом заберете меня, и ровно в восемь выдвигаемся.

— Куда? — оторопела Тамара.

— Я же тебе рассказывал про усадьбу Вяземского в Томилине и про свою идею. Ты должна посмотреть все своими глазами. Усадьба практически готова, ты должна определить, где будут твои апартаменты и салон, чтобы можно было начинать дизайн и отделку.

— Подожди, Андрюша, я ничего не понимаю. При чем тут я?

— Но ты же сказала, что тебе интересно делать стариков красивыми. Вот и займешься. Ты все поняла? Завтра к половине восьмого ты должна быть готова. И позавтракай поплотнее, первая остановка для приема пищи будет не раньше двух часов дня. Если хочешь, возьми с собой термос с кофе или чаем, завари себе, какой ты любишь.

— Бегорский, — очень серьезно произнесла Тамара, — я завтра никуда с тобой не поеду.

— Почему?

— Во-первых, потому, что у меня другие планы. Я, между прочим, работаю, если ты не забыл.

— Это можно решить, было бы желание.

— А у меня его нет.

— Чего нет?

— Желания нет.

— Почему? Ты же сказала, что тебе интересно, — настаивал Бегорский.

— Одно другого не касается. Есть еще и во-вторых: на такие расстояния я не езжу на машине. Только поездом.

— Почему?

— Не люблю, когда нет возможности встать, походить, подвигаться, прилечь. Терпеть не могу долго находиться в одном положении. Короче, Андрюша, я никуда завтра с тобой не еду.

— А когда поедешь? — Андрей слегка сбавил напористость тона.

— Не раньше, чем через неделю. И то если удастся поменяться сменами и у меня будет четыре свободных дня подряд. А если не удастся, то жди до моего отпуска, до октября. И только на поезде, никаких машин.

— Значит, ты говоришь мне «нет»? — уточнил он.

— Совершенно верно, я говорю тебе «нет». И кстати, имей в виду: если я и поеду с тобой, то только потому, что мы дружим много лет и мне интересны твои планы и проекты, а вовсе не потому, что я собираюсь устраивать в твоей усадьбе парикмахерский салон. На это я тоже отвечаю твердое «нет».

— Посмотрим, — загадочно ответил Бегорский. — Значит, договорились, ты меняешься сменами, и через неделю мы едем. Билеты я возьму сам.

— Я сказала «может быть», — поправила его Тамара. — Может быть, мне удастся поменяться, и, может быть, я поеду.

— Я понял. Значит, едем через неделю.

Тамара положила телефон на стол и расхохоталась.

— Наш Андрюшка неисправим. Он уже все за всех решил. Если он что-то вбивает себе в голову, то прет как танк и остановить его невозможно.

Она пересказала сестре разговор с Бегорским.

— Он что же, хочет, чтобы ты уехала из Москвы? — с испугом спросила Люба.

— По-видимому, да.

— А как же я? Я останусь тут совсем одна, без тебя?

Она вдруг почувствовала себя маленькой девочкой, которую старшая сестра собирается бросить в чужом городе среди чужих людей.

— Да что ты, Любаня, ну куда я поеду? Я умру от тоски по тебе, — тихо сказала Тамара. — Даже не думай об этом. Мы теперь всегда будем рядом. Это всего лишь завихрения в голове у нашего Андрюшки. Бес в ребро. Я не собираюсь ни в какую усадьбу.

— Ты же обещала ему поехать через неделю, — напомнила Люба с улыбкой.

— Во-первых, я не обещала точно, я сказала «может быть», — возразила Тамара. — А во-вторых, почему бы не съездить и не посмотреть на предмет его гордости? Мне действительно интересно, что он там устраивает и как все это выглядит. Но посмотреть — это вовсе не означает соглашаться на все, что он придумает.

Сестры просидели за разговорами до пяти утра и, конечно же, съели и все то, что было приготовлено Любой, и то, что привезла Тамара. Под конец в ход пошли «лимонные дольки», купленные еще месяц назад и благополучно забытые в кухонном шкафчике. Просто удивительно, сколько чаю можно выпить во время таких бесед, а с чаем так хорошо идут печенье, конфеты и прочие сладости!

— Здравствуй, лишний килограмм, — со смехом произнесла Люба, когда они уже расходились, чтобы поспать хотя бы два часа.

Тамара беззаботно махнула рукой.

— Да брось ты, Любаня, ты в отличной форме, даже если килограмм прибавится, он тебя не испортит. О себе я уж не говорю, как была тощей — так и осталась, ничто меня не берет.

На цыпочках, чтобы не разбудить Дениса, они поднялись по лестнице наверх. Перед дверью Лелиной комнаты, где будет спать Тамара, Люба остановилась, обняла сестру и крепко поцеловала.

— Спасибо тебе, Томка, мне всегда легче становится после того, как мы с тобой так посидим. Хорошо, что ты у меня есть. Только не бросай меня, ладно? У меня никого нет, кроме тебя.

— Ну что ты выдумываешь? — строго произнесла Тамара. — У тебя есть муж, у тебя есть дочь, у тебя есть Дениска, разве тебе мало?

— Лели у меня нет, это я уже поняла. Она сама по себе, даже не приезжает, ее не тянет домой. И Дениски у меня нет, — грустно ответила Люба. — Он есть у Родика, а у меня — нет. А что касается мужа... Я же тебе все рассказала. Иногда я даже думаю, что, может быть, было бы лучше, если бы его у меня не было.

— Перестань! — рассердилась Тамара. — У тебя прекрасный муж, и ты прожила с ним сорок три года. Сорок три года! Это ж подумать страшно. Просто он тебе немножко надоел, но это временное явление и, кстати, совершенно естественное, если учесть ваш семейный стаж. Иди спать и выброси из головы всякие глупости.

* * *

Андрей Сергеевич Бегорский слов на ветер не бросал, он взял билеты на поезд и не отставал от Тамары до тех пор, пока она твердо не пообещала поехать с ним. Билетов было четыре, в спальный вагон, чтобы каждый мог ехать в отдельном купе.

В поезде Тамара сразу переоделась в лосины и яркую свободную майку, убрала дорожную сумку под сиденье и вытянулась на полке. После четырех смен, которые она отстояла на ногах, больше всего на свете ей хотелось снять обувь и принять горизонтальное положение. На вокзал к поезду, отходящему в 23.20, она приехала прямо с работы, и ноги гудели и ныли.

Едва она успела надеть очки для чтения и открыть книгу, как в дверь постучался Андрей.

— Устроилась? Можно зайти?

— Заходи, — Тамара отложила книгу и сдвинула очки на лоб.

— Попросить чайку для тебя?

— Чайку? — удивилась Тамара. — Мы же еще не тронулись. По-моему, чай дают только когда поезд уже едет.

— Это всем, — поправил ее Андрей. — А нам с тобой дадут тогда, когда мы попросим.

Он вышел из купе и через несколько секунд вернулся.

— Сейчас принесут, — сообщил он. — Одна проводница стоит на перроне и проверяет билеты, а вторая сделает нам чай. Ты очень устала?

— Очень, — призналась Тамара. — Видишь, даже легла сразу, ног не чувствую.

— Хочешь спать?

— Спать? Нет. А что, ты хотел поговорить?

— Ну да, — кивнул Андрей. — Хотел ввести тебя в курс дела, чтобы завтра утром, когда мы приедем, ты уже понимала, что к чему.

За чаем, который принесла немолодая полная проводница, Бегорский рассказал о том, как продвигается его проект с учебным центром. Усадьба полностью отреставрирована, сейчас по уже утвержденному проекту будут планироваться внутренние помещения. Дочь Бегорского Лена занимается подготовкой учебных пособий с подробными иллюстрациями и упражнениями. Вместе с ней этим занимаются два толковых компьютерщика. Бывшая жена Вера учится на бухгалтерских курсах, чтобы потом работать в центре.

— А Ленкин жених сам ко мне пришел, — с довольной улыбкой рассказывал Андрей. — Папаша, говорит, не найдется ли у вас для меня работы? Я и сам собирался его позвать, но он меня опередил. Так что он теперь тоже у меня работает. За это время он на Ленке жениться успел.

— А когда строительные работы закончатся, ты его уволишь? — спросила Тамара.

— Ну зачем же? Он останется, если захочет, будет самым главным по ремонтным работам. Я Веру планировал использовать как главного инженера всех построек усадьбы, но она сказала, что это слишком маленькая нагрузка и ей будет скучно. Она сама захотела попробовать бухгалтерскую работу. А жаль, я-то думал, что Ленкин муж будет подчиняться Вере, это укрепило бы их семейные связи.

Тамаре стало смешно. Опять Андрюшка пытается во все

влезть и всем руководить! Как будто Вера, Лена и ее муж сами не разберутся.

— А Виктор? Как у тебя с ним отношения складываются?

— Отлично! У него действительно очень хорошая фирма, я ни разу не пожалел, что заключил с ним договор. Работают быстро и качественно. Анютка перестала на меня дуться, даже Филиппа не боится со мной оставлять наедине.

— Не боится? — удивилась Тамара. — Что это значит? Ты что, такой страшный?

— Ну как же, ребенок Виктора считает своим папой, а Анютка боялась, что я начну парню рассказывать, что дядя Витя — не настоящий папа, а настоящий — я. Просто монстра какого-то из меня вылепила. Теперь больше не боится. Томка, я открою тебе страшную тайну, только поклянись, что никому не скажешь.

— Обижаешь. Тебе поклясться под салютом всех вождей, как в детстве, или обойдешься одним моим честным словом?

— Честного слова хватит, — рассмеялся Андрей.

Она поставила чашку на столик, поджала под себя ноги и приготовилась слушать.

— Ну, давай свою страшную тайну.

— На меня Денис работает.

— Кто?!

От изумления она чуть не подпрыгнула на полке.

— Дениска. Я с ним потихоньку договорился, чтобы Родька и Люба не узнали.

— И что он для тебя делает?

— Компьютерную игру для пожилых людей с учетом всех их особенностей. Зрение, скорость реакции, объем знаний, память и все прочее. Он придумывает сценарий и вместе с группой ребят-компьютерщиков, которых я подобрал, пишет программу.

— С ума сойти! — выдохнула Тамара. — А почему ты не хочешь, чтобы Люба с Родиком знали?

— Да мне-то все равно, это Денис попросил ничего им не говорить пока. Понимаешь, у меня планы грандиозные и далекоидущие, я смотрю вперед, а к подбору и расстановке кадров я всегда относился очень ответственно. Я люблю собирать команду единомышленников.

— Знаю, — кивнула Тамара.

— Ну вот, и мне пришло в голову, что Дениска — талантливый программист, а его Юля — будущий врач. Улавливаешь ход моих мыслей?

— Кажется, да. Лихо ты придумал.

— Ну а то! За работу я Дениске хорошо заплачу, он давно уже подрабатывает написанием программ, но это так, по мелочи, а я дам ему достойный заработок. И в дальнейшем положу хорошую зарплату. И Юле тоже. Я заберу их в Томилин, дам жилье прямо в усадьбе, да такое, о котором они в Москве и мечтать не могут. Пусть живут и работают, пусть детей рожают.

— Все это замечательно, — задумчиво произнесла Тамара, — но я не поняла, почему надо скрывать это от Любы и Родика. Денис чего-то боится?

— Конечно. Он боится, что отец начнет его отговаривать. Ты же знаешь Родьку, для него столица — единственное место, подходящее для достойной жизни, а все, что находится за пределами Кольцевой дороги, уже глухая провинция, в которой приличному человеку не место. Ума не приложу, откуда в нем появилась эта барская спесь! Ведь был же нормальным мужиком, а превратился черт знает во что.

— Да, — согласилась Тамара, — спеси в нем много. Дениска, пожалуй, прав, отец его просто не поймет.

— Денис хочет сделать для меня работу, а если все получится и меня устроит результат, они дождутся, пока Юля получит диплом, и поставят отца перед фактом. Все равно о переезде говорить пока рано, помещения еще не готовы для проживания. Кстати, о проживании. На какую зарплату ты рассчитываешь?

— На свою, — машинально ответила Тамара и тут же спохватилась: — Ты, собственно, о чем?

— О твоей зарплате, когда ты будешь работать в усадьбе. Какая сумма тебя устроит?

— Ты с ума сошел! — рассмеялась она. — С чего ты взял, что я собираюсь работать в твоей усадьбе?

— Но ты же едешь со мной.

— Ну и что? Я тебя люблю, ты мой старый друг, и мне небезразлично, чем ты занимаешься, особенно если это что-то совершенно новое и необычное. Но это вовсе не означает, что я собираюсь принимать в этом участие. Тормози, Андрюша, ты едешь не в ту сторону.

— Значит, нет? — он хитро прищурился.

— Разумеется, нет.

— А знаешь, Томка, ты единственная женщина, которая смеет говорить мне «нет», — произнес он чуть удивленно.

— Это твои жены тебя избаловали, они во всем тебе потакали и не смели отказывать, вот ты и привык, что все с тобой соглашаются.

— А ты, стало быть, не соглашаешься?

— Как видишь, нет. У меня есть своя голова, и я не выношу, когда за меня принимают решения.

— Ох, какая ты! — расхохотался Бегорский. — Томка, у меня к тебе есть предложение.

Она удивленно приподняла брови.

— Еще одно? Или все то же?

— Еще одно. Выходи за меня замуж.

Она лениво повернулась на бок, подперла голову согнутой в локте рукой.

— Очередной грандиозный план? Тебя заносит куда-то не туда, Бегорский.

— Том, я серьезно. Из нас получится отличная пара. Я буду командовать, ты будешь со мной спорить и не соглашаться, мы начнем ссориться, в общем, скучно не будет, обещаю.

Она внимательно посмотрела на него и вдруг поняла, что Андрей не шутит. Губы его улыбались, но глаза были серьезными и почему-то тоскливыми. Тамара поменяла позу и села, облокотившись на столик.

— Андрюша, — мягко и негромко заговорила она, — нам с тобой по шестьдесят три года. Ну куда нам жениться, а? Курам на смех. И потом, мы столько лет знаем друг друга, что никакой романтизм тут не пройдет. Мы с тобой как брат и сестра.

— Значит, опять «нет»?

— Нет, — твердо произнесла Тамара. — Прости, Андрюша, я ценю твой порыв, я благодарна тебе за него, но — нет.

Он помолчал немного, потом вымученно улыбнулся.

— «Нет» — это твое любимое слово вообще или только в разговорах со мной?

— Не знаю, — она пожала плечами, — никогда не обращала внимания.

Он вышел из купе и вернулся в сопровождении проводницы, которая несла еще две чашки чаю. «Странно, — подумала Тамара. — Разговор вроде бы не самый приятный получился, и было бы вполне логично, если бы после моего отказа Андрюшка распрощался и ушел к себе спать. А он собирается еще сидеть и пить чай. Что он задумал?»

Андрей устроился напротив нее, поднес чашку к губам, сделал глоток и недовольно поморщился.

— В первый раз было лучше, а сейчас плохо заварили.

— Не капризничайте, сударь, вы в поезде, а у не себя во дворце, — заметила Тамара.

— Томка, ты принципиально не хочешь выходить замуж или не хочешь конкретно за меня?

Вопрос ее насмешил. Значит, Андрей не отказался от своей безумной и непонятно откуда взявшейся идеи.

— Андрюша, даю тебе честное слово: если бы я собиралась замуж, то о лучшем муже, чем ты, и не помышляла бы. Ты умный, порядочный, добрый, ответственный, такие, как ты, большая редкость. Но я была женой Гриши и останусь ею до самой смерти. Я не вдова, пойми это, я не свободна.

Он кивнул.

— Это аргумент, который я могу принять. Значит, дело не во мне?

— Конечно, нет. Дело во мне. Но я все равно не понимаю, как тебе такое могло в голову прийти. И ведь ни с того ни с сего!

— А вот тут ты не права, — он улыбнулся и с хрустом разгрыз кусочек сахара. — Все началось еще в детстве.

— Не выдумывай! — фыркнула Тамара. — В детстве ты был влюблен в Аэллу, это было видно невооруженным глазом.

— Это правда, — рассмеялся Бегорский, — был грех. Вернее, глупость. А вот Родьку я все время шпынял за то, что он дружит с Любкой, а не с тобой. В тебе была видна неординарность, непохожесть на других, самостоятельность мышления, и мне это очень нравилось. Уже лет в восемнадцать я был уверен, что Родьке нужна именно такая девчонка, как ты, которая будет говорить ему «нет» и тем самым лечить от слабости и мягкотелости. А Любаша при всем своем уме смотрела ему в рот и во всем потакала, и рядом с ней он еще больше размягчался. Поэтому я считал, что Родьке надо обратить внимание на тебя, а не на твою сестру.

Тамара улыбнулась, потом не выдержала и тоже рассмеялась.

— Ну надо же! А я все время твердила Любане, чтобы она обратила внимание на тебя, потому что ты умный и рядом с тобой она сможет развиваться, а рядом с Родиком затухнет.

Как мы с тобой оба ошибались! Они прекрасно живут уже сорок три года.

— Ну, насчет того, как прекрасно они живут, я бы поспорил, если вспомнить историю с Лизой и ее детьми, — возразил Андрей. — Но я не о том. Помнишь, как я приехал к ним на свадьбу, и мы с тобой потом ходили на выставку, и после армии тоже встречались?

— Конечно, я помню. Но в наших отношениях не было ни капли романтики, мы даже не целовались. Я тебе совершенно не нравилась.

— Как женщина, — подхватил Андрей. — Но как человек ты мне очень нравилась, мне с тобой всегда было интересно. А в прошлом году, когда мы собрались у Романовых и я стал рассказывать тебе про свой план с центром обучения пенсионеров, ты меня так слушала, так сопереживала и высказывала такие суждения, что я обомлел: как же я раньше тебя не разглядел? Зачем я женился на всех моих женах, когда есть такая женщина, как ты?

— Наверное, ты женился на них потому, что я уже была замужем за Гришей, — пошутила Тамара.

— Нет, просто я был дураком.

— А теперь ты, стало быть, умный? — поддела она его.

— Ну, во всяком случае, умнее, чем был. В общем, год назад я начал всерьез подумывать о тебе. Но именно подумывать, не стану врать, что я думал о тебе дни и ночи напролет. А вот когда ты заявила мне, что никуда со мной не поедешь, а если и поедешь, то не сразу и не на машине, я страшно удивился, что ты отказалась. И понял, что мне как раз и нужна женщина, которая может сказать мне «нет».

— Чтобы жизнь не казалась пресной?

— Чтобы я мог развиваться рядом с ней, — очень серьезно ответил Бегорский. — Для меня очень важно движение вперед, развитие, а для развития нужно сопротивление. Согласие — это путь в болото, в никуда. Твое «нет» открыло мне глаза. К сожалению, я понял это только в шестьдесят три года. Если бы я понял эту истину раньше, я бы женился на тебе еще в далекой молодости. Скажи честно, Томка, если бы я тогда, после армии, позвал тебя замуж, ты бы пошла?

— Ни секунды бы не колебалась, — призналась она. — Ты мне нравился.

— Значит, я козел?

— Выходит, что так, — Тамара снова рассмеялась. —

А знаешь, Андрюша, я сейчас поймала себя на том, что ни с кем я так много и охотно не смеюсь, как с тобой.

— Даже с Любкой?

— Ну, с Любаней у нас разговоры в основном грустные, серьезные, там уж не до смеха.

— А со мной, значит, несерьезные?

— Ну почему же, насчет того, что ты козел, все очень серьезно.

И опять расхохоталась, звонко и весело. Следом за ней рассмеялся и Бегорский.

— Ладно, Тамара Николаевна, — он отодвинул пустую чашку на середину столика, подальше от края, — пойду я спать. Завершим нашу дискуссию на оптимистической ноте. Обещай мне, что подумаешь над моими словами.

— Нет, — с улыбкой ответила Тамара, — не буду обещать.

— И думать не будешь?

— Нет, не буду.

— Ну, тогда спи, отдыхай. Имей в виду, прибываем в семь пятнадцать, в половине седьмого подъем. Тебя будить?

— Не надо, я на телефоне выставлю будильник.

— Не проспишь? А то не успеешь ни умыться, ни чаю выпить.

— Нет, не просплю, — ответила Тамара делано противным голосом и показала Андрею язык. — И не смей мной руководить. Надо быть полной дурой, чтобы выйти замуж за такого зануду, как ты. И как тебя твои жены терпели?

— С трудом, — улыбнулся Бегорский. — Спокойной ночи.

Он ушел в свое купе. Тамара сходила умыться и стала укладываться. Сняла яркую майку и остановилась, разглядывая себя в зеркале. Ей шестьдесят три. И все они — как на ладони. Она, Тамара Виноградова, далеко не Аэлла, которая выглядит не больше чем на полтинник. Замуж! Смешно...

* * *

Люба сидела на скамейке перед зданием клиники и пыталась собраться с мыслями. Машина с водителем стояла неподалеку, за углом, на парковке, но Люба никак не могла решить, куда ей ехать. Домой не хотелось. Тамара на работе. Она не только не могла принять такое простое решение, она не могла заставить себя подняться с этой жесткой холодной скамейки.

Осенью 2007 года они с Родиславом переехали в загородный дом. Денис переехал вместе с ними, решение вопроса о жилье для него временно откладывалось. Разумеется, основные заботы и хлопоты переезда легли на Любу, она чувствовала себя ослабевшей и измученной двумя годами, которые ей пришлось угробить на этот ненавистный дом, у нее иногда кружилась голова, все чаще стал пропадать аппетит. «Ничего, — утешала она себя, — скоро все закончится, мы переедем, Родик успокоится, будет доволен, а я смогу отдохнуть. Возьму отпуск и буду целый месяц сидеть дома. Можно будет ездить только за продуктами. От одного вида машины, от одного только воспоминания о бесконечном стоянии в пробках меня мутит».

Родиславу не терпелось позвать гостей в новый дом и устроить настоящий прием, но Любе удалось уговорить его ограничиться встречей Нового года в компании друзей. Ей нездоровилось, подташнивало и просто не было сил.

В феврале неожиданно началось кровотечение. Месячных у Любы не было уже несколько лет, и гинекологу она давно не показывалась. Ей казалось, что если наступил климакс, а половой жизни все равно нет, то и нечего к врачу ходить. У нее и без того дел достаточно.

Но с кровотечением, которое было непохожим на месячные и почему-то не прекращалось, пришлось все-таки обратиться в поликлинику. Гинеколог задала дежурные вопросы, посадила Любу в специальное кресло, провела осмотр.

— Так, кровотечение мы сейчас будем останавливать, сделаем процедурку, — ласково заговорила врач, — заодно возьмем на биопсию.

— Будет больно? — равнодушно спросила Люба.

— Нет, больно не будет. Но будет неприятно. Вы уж потерпите, Любовь Николаевна.

Процедуру Люба вытерпела, хотя почему-то ей очень хотелось плакать.

— Можете вставать и одеваться, — разрешила врач.

Люба оделась и присела на стул напротив врача.

— И что это?

Врач задумчиво покрутила в пальцах шариковую ручку, которой делала запись в карте.

— Вес не теряли в последнее время?

— Да, немного похудела, — кивнула Люба.

— Сидели на диете?

— Нет, как-то само получилось. Забот было много, крутилась, как белка в колесе.

— Устали? — врач посмотрела на нее сочувственно.

— Очень устала, — призналась Люба. — Такая слабость иногда наваливается — хоть ложись и не вставай. Наверное, мне нужно уехать куда-нибудь отдохнуть.

— Головокружения?

— Бывают иногда.

— Аппетит хороший?

— В последнее время нет. И после еды часто подташнивает. Вообще-то у меня язва, давно уже. Так что вы мне скажете, доктор?

Та вздохнула и отвела глаза.

— Ничего хорошего, Любовь Николаевна. То, что я увидела при осмотре, не дает возможности для двойного толкования. Вы запустили болезнь, и теперь излечение более чем проблематично. Я взяла ткань на биопсию, она покажет, права я или нет. Я вас направляю на рентген малого таза, УЗИ и хорошо бы сделать томографию. И кровь сдайте обязательно. После этих исследований можно будет сказать точно, как далеко зашло заболевание.

Страшного слова врач в тот раз не произнесла, и Люба надеялась, что речь идет все-таки о чем-то другом, менее опасном, менее ужасном. Она ничего не сказала Родиславу, не хотела его пугать и заранее расстраивать. А вдруг окажется, что все поправимо? Она пройдет курс лечения, выздоровеет, а муж ни о чем и не узнает.

Прошла неделя, результаты биопсии и анализ крови были готовы, рентген, ультразвук и томографию Люба сделала и снова пришла на прием. На этот раз все было более определенно и еще более безнадежно.

Рак шейки матки, четвертая стадия, метастазы в паховые лимфоузлы, в почки и в легкие. Неизлечимо. Срок оставшейся жизни — от двух до шести месяцев.

Со всеми результатами на руках Люба поехала в специализированную клинику, и там диагноз полностью подтвердили.

— Я вам рекомендую операцию по удалению матки, это позволит избежать процесса разложения тканей, и вы будете чувствовать себя не так плохо, — сказал онколог. — Кроме того, разлагающаяся ткань продуцирует крайне неприятный запах.

— Да, конечно, — убито пробормотала Люба. — Это может помочь?

— Не стану вас обманывать, это не поможет продлить жизнь, но вам самой будет немного легче. После операции вам сделают химиотерапию, для этого тоже придется побыть в стационаре. Потом вернетесь домой и будете проводить поддерживающее лечение.

Он подробно рассказывал о том, как будет протекать лечение, какими препаратами, как будет развиваться симптоматика и течение болезни, но Люба плохо слышала его. В голове билась только одна мысль: она умирает. Ей осталось всего несколько месяцев. И ничего нельзя сделать.

На негнущихся ногах она вышла на улицу и села на скамейку. «Почему я? — билось в голове. — Почему это должно было случиться именно со мной? Чем я провинилась, Господи? Что я сделала не так? За что ты меня так наказываешь?» И параллельно, каким-то непересекающимся курсом крутилась другая мысль, о муже. Сказать ему или нет? Конечно, рано или поздно он обо всем узнает, врач предупредил, что она начнет быстро худеть и слабеть, и скрыть это будет невозможно. Более того, невозможно будет скрыть и операцию, и химиотерапию. Так что сказать все равно придется, весь вопрос в том, когда сказать и какими словами. Сразу поставить его в известность о том, что бороться бесполезно и ей осталось совсем немного, или обнадежить, сказать, что лечение может помочь? Сказать прямо сегодня или подождать, когда назначат день операции?

Она не понимала, что ей теперь делать. Ехать за город, домой, где Дениска обязательно увидит ее перевернутое лицо и спросит, что случилось, или поехать в отцовскую квартиру, ключи от которой у нее есть, сидеть там в одиночестве и ждать Тамару с работы? Или отсидеться в пустой московской квартире, где после их переезда никто не жил и где пусто, мертво, мебель закрыта полиэтиленом и в воздухе витает заброшенность и одиночество? Куда ей деваться со своим горем? Как смириться с приговором? Как жить дальше, зная, что осталось так мало? Сказать ли Леле?

Она собралась с силами, рывком подняла себя со скамейки и побрела, спотыкаясь, в сторону парковки. Долго шарила пустыми глазами по рядам машин, стараясь понять, какая из них — ее. Водитель увидел Любу и сам выехал ей навстречу.

— Куда, Любовь Николаевна? — спросил он. — Домой или в офис?

— Домой, — как можно ровнее ответила Люба.

— За продуктами будем заезжать?

— Пока не знаю...

— Как скажете.

Она пыталась вспомнить, нужно ли покупать что-то домой, может быть, хлеб или молоко, но не могла сосредоточиться ни на чем, кроме сурового и не подлежащего обжалованию вердикта, который ей вынесли. Люба хотела отодвинуть навалившееся на нее известие обычными заботами и начала перебирать простые бытовые мысли: что она вчера приготовила для сегодняшнего обеда, какие дома есть продукты, нужно ли что-то купить. Внезапно мозг буквально взорвался отчаянием: да какая разница, есть дома еда или нет?! Пропади оно все пропадом! Пусть все умрут с голоду, пусть зарастут грязью, пусть ходят в нестираных и неглаженых вещах! Какое все это имеет значение, если она умирает, а они остаются, здоровые и счастливые.

Ей все-таки удалось справиться с собой и вспомнить, что нужно купить кефир для Родислава и фруктовый йогурт для Дениса. И еще красную фасоль. Но сил идти в магазин не было. Она попросила водителя остановиться возле первого попавшегося на пути супермаркета, дала ему деньги и отправила за покупками, а сама осталась в машине. «Почему я? Почему это случилось именно со мной? За какие грехи я наказана?»

Дома она сразу услышала голоса, доносящиеся из комнаты Дениса, и поняла, что приехала Юля, которая теперь была за рулем — родители подарили ей машину. В этом новом доме Денис, как и в городской квартире, обитал на первом этаже. Люба старалась производить как можно меньше шума, чтобы скрыть свой приход, ей хотелось подняться в спальню и рухнуть на кровать, зарывшись лицом в подушку. Ей удалось незаметно пройти в кухню, чтобы поставить в холодильник упаковку йогурта и кефир и сунуть в шкаф пакет с фасолью, но на пути к ведущей на второй этаж лестнице она лицом к лицу столкнулась с Юлей, которая шла ставить чайник.

— Ой, Любовь Николаевна, а мы не слышали, как вы пришли. Кушать будете? Вас покормить?

— А вы сами-то обедали? — спросила Люба вместо ответа.

— Да, спасибо. Что вам разогреть?

— Ничего не нужно, детка, я пойду к себе. Я не голодна.

— Вы заболели? — Юля внимательными и тревожными глазами принялась ощупывать Любино лицо.

— Нет, моя хорошая, я совершенно здорова, просто устала. Пойду прилягу.

— Вы бледная, и глаза у вас плохие, — настаивала Юля. — Давайте давление померим, если что, я вам укольчик сделаю — и сразу станет лучше. Давайте, а?

— Не нужно, — Люба прошла мимо и стала подниматься по лестнице. — Спасибо тебе за заботу, но со мной все в порядке.

— Любовь Николаевна, мне нужно с вами поговорить. Пожалуйста, всего несколько минут, — попросила Юля.

Люба медленно повернулась и сделала несколько шагов по ступенькам вниз.

— Что случилось, Юленька?

— Я хотела спросить... это, конечно, не мое дело, но для нас с Денисом это важно... Вы не собираетесь продавать или сдавать квартиру в Москве?

— Пока нет. А что? Ты хочешь ее купить? Или, может быть, снять?

Люба даже нашла в себе силы слегка улыбнуться.

— Да вы что, откуда у меня такие деньжищи! Просто если вы пока ее не продаете и не собираетесь сдавать, можно, мы с Дениской там поживем?

— А что, Денису плохо у нас? Его что-то не устраивает?

— Он хочет быть ближе к друзьям, к клубу, он же киберспортсмен, ему нужно тренироваться, в соревнованиях участвовать. А здесь он от всех оторван, тренируется только в Сети, ему неудобно каждый раз просить у отца машину, ведь такие концы... Одно дело — по Москве ездить, и совсем другое дело — за город. А в Москве я бы сама его в клуб на тренировки возила, и к Родиславу Евгеньевичу не нужно обращаться. И мне удобнее, я ведь тоже каждый день приезжаю. Денис давно хотел с вами поговорить, но ему неловко, а я считаю, что молчать — только хуже, всегда надо говорить, если есть какая-то проблема. Вот.

Она выдохнула и вопросительно уставилась на Любу. Господи, какая теперь разница, кто где будет жить? Пусть живут, как хотят и где хотят. Чем меньше людей будут видеть, как она гаснет и умирает, тем лучше. Молодые, здоровые, счастливые, пусть они держатся подальше от смерти и тлена, незачем им быть рядом.

— Конечно, Юленька, вы можете жить в Москве. Вам без нас с Родиславом Евгеньевичем будет удобнее, свободнее. Да и концы немалые, ты права. Я поговорю с мужем, думаю, он не будет возражать.

— Спасибо! — воскликнула девушка и умчалась на кухню ставить чайник.

Люба поднялась в спальню и легла на кровать, не раздеваясь. В этом доме у них с Родиславом были отдельные спальни. Родислав сам этого не предлагал, но Люба точно знала, что он этого хочет, и предусмотрела в проекте две разные комнаты, ссылаясь на то, что с возрастом стала спать беспокойно и ей лучше быть одной. Родислав тогда удивился и даже пытался возражать, но настолько слабо и неуверенно, и такой радостью вспыхнули его глаза, что Люба поняла: она все угадала правильно.

Это невозможно. Невозможно поверить, что через несколько месяцев ее не будет. Ведь она чувствует себя совсем здоровой, только немного усталой и ослабевшей, но это и понятно, за спиной остались два года строительства и обустройства дома, да еще февраль только-только заканчивается, после мрачной московской осени и сырой серой зимы все чувствуют себя плохо, это нормально. Авитаминоз. Отсутствие солнца. Она, Любовь Романова, такая же, как все. Только эти «все» будут жить, а она — нет. Почему? Как так вышло? Ведь она еще так мало прожила, она так отчетливо помнит детские годы, словно они были вчера. Вчера она жила в начале своей жизни, а сегодня уже конец. Ну как же так? Несправедливо. Почему жизнь оказалась такой короткой? Она даже не успела насладиться ею, пожить в полную силу, радостно, счастливо. Все время были какие-то заботы, проблемы, все время за кого-то болела душа, она волновалась, переживала, нервничала, беспокоилась, и не было, казалось, ни одной свободной минутки для того, чтобы сделать глубокий вдох и открыто, не стесняясь и не оглядываясь, порадоваться жизни. А теперь такой минутки уже не будет никогда. Теперь Люба будет жить в постоянном, непрекращающемся аду, кожей ощущая, как каждая прожитая секунда — это еще один шаг по направлению к концу.

Она не замечала течения времени, погруженная в свои черные мысли, она все лежала лицом вниз, дышала в подушку, даже не осознавая, насколько ей душно и неудобно. Звонок городского телефона заставил ее поднять голову.

— Ты дома? — послышался в трубке недовольный голос Родислава. — Почему у тебя мобильник выключен? Я полдня не могу до тебя дозвониться.

Она вспомнила, что выключила телефон перед тем, как войти в кабинет онколога, да так и не включила.

— У меня села батарея, — соврала она. — Ты уже едешь домой?

— Да, буду через час, если в пробке не застряну. Садовое кольцо стоит, попробуем объехать.

Ну вот, у нее есть шестьдесят минут, чтобы принять решение, как быть с Родиславом. Сказать сейчас или попозже?

К приезду мужа Люба была переодета и причесана, правда, без макияжа. Ей пришлось умыться, чтобы хоть немного взбодрить осунувшееся бледное лицо, и краситься заново уже не хотелось. Юля вывезла Дениса на воздух, и они весело болтали о чем-то в беседке для барбекю. Подавая мужу ужин, Люба краем глаза посматривала на них через окно столовой. Молодые, веселые, влюбленные, у них впереди еще так много времени, и они еще так много всего могут успеть. А она уже ничего не успеет, как бы ни торопилась.

— Родинька, тебе не кажется, что детям было бы лучше остаться жить в Москве?

Родислав, не переставая жевать, поднял голову и удивленно посмотрел на жену.

— С чего вдруг?

— Ты вспомни себя в их годы. Вспомни, каким ты был, когда тебе было двадцать три.

— Ну, в это время я уже был давно и глубоко женат.

— Вот именно. Мы с тобой жили отдельно, у нас уже был Коля. Почему ребята должны жить с нами? Тем более Денис тяготится мной, ты сам говорил. Он твой сын, ты собирался решить его жилищную проблему...

— Сейчас это сложно, — недовольно перебил ее Родислав. — На новый дом ушло слишком много денег, я не могу позволить себе покупать квартиру для Дениса. С этим придется подождать.

— Но они могут пожить в нашей квартире.

— В нашей? — брови Родислава взлетели вверх. — А не слишком ли жирно им будет? Они ничего собой не представляют, ни копейки пока собственным трудом не заработали, а жить должны в шикарной двухэтажной квартире в элитном доме?

Любе стало неприятно. А сам-то Родислав как жил в далекой молодости? Тоже ничего собой не представлял, тоже ни копейки собственным трудом не заработал, был студентом юрфака, когда благодаря тестю и матери переехал с молодой женой в трехкомнатную квартиру. В трехкомнатную! По меркам 1964 года это был просто дворец. Хотя он, выросший в четырехкомнатных профессорских хоромах, наверное, так не считал. А вот для Любы, до этого всю жизнь прожившей в бараке, их первая квартира была не просто дворцом — она была райскими кущами.

— Квартира все равно стоит пустая, в ней никто не живет, — спокойно сказала Люба, скрыв, как обычно, свои истинные чувства. — А Дениска и так обделен жизнью, он пережил страшную смерть матери, предательство сестры, он инвалид. Мы с тобой должны радоваться, что у него есть такая любящая и преданная Юля. И еще мы должны радоваться, что можем дать ему возможность пожить в хороших условиях. Подумай, Родинька, если бы ты женился на его матери, то он бы жил в Москве, в просторной квартире, но не как приживалка, а как полноправный член семьи. Ведь весь свой достаток ты бы использовал на благо Лизы и ее детей, а не на нас.

— Ты что, упрекаешь меня в том, что я тебя не бросил? — нахмурился Родислав, резким сердитым движением отодвигая пустую тарелку.

— Я счастлива, что ты меня не бросил. И я хочу, чтобы твой сын, такой чудесный мальчик, тоже был счастлив. Подумай, Родинька, — повторила она. — Денису нужно общение с друзьями, он тут с нами совсем закиснет. К нему ведь только Юля приезжает, а в его возрасте этого недостаточно. Да и Юле сложно каждый день по пробкам приезжать сюда. Они с удовольствием жили бы вместе, но девочка не остается здесь ночевать, потому что утром не успевает к первой паре, приходится слишком рано вставать. Они, может быть, и не поженились до сих пор потому, что им негде жить вместе. Ну пожалей ты ребят!

— Ладно, — проворчал Родислав. — Наверное, ты права. Зови их сюда, я им объявлю свое решение.

Ему хотелось быть царем и повелителем, милостиво раздающим подарки. Люба позвала Дениса и Юлю, которые вошли с улицы порозовевшие, с сияющими глазами. Выслушав Родислава, Юля бросила на Любу благодарный взгляд, а Денис подкатился на кресле к отцу и обнял его.

— Спасибо, папа. Ты даже не представляешь, что это для нас значит. Когда можно переезжать?

— Я распоряжусь насчет машины, собирайте вещи, а завтра переедете.

Ребята радостно кинулись в комнату Дениса, а Люба убрала со стола, поменяла скатерть с белоснежной на клетчатую и стала накрывать чай со сладкими пирожками.

— Родинька, а давай съездим к Лельке в Лондон, — предложила она.

— Когда?

— Да вот прямо сейчас. Не сегодня, конечно, — Люба улыбнулась, — но в ближайшее время.

— Но мы же были у нее недавно.

— В декабре, перед католическим Рождеством. А я соскучилась.

— Ну, не знаю, не знаю, — он неодобрительно покачал головой. — С чего вдруг?

— Родинька, пожалуйста, — умоляюще проговорила Люба. — Сделай мне подарок. Считай, что это на Восьмое марта. Или на день рождения.

— Твой день рождения уже прошел.

— Но ты мне ничего не подарил, — заметила она.

— Да, правда... Ну, хорошо, займись билетами, отелем. Что у нас с визами?

— У нас с тобой мультивизы до конца апреля, и в них есть еще неиспользованные восемь дней.

— Так ты что, хочешь лететь в Лондон на все восемь дней? Я не могу, у меня много дел.

— Ну хотя бы на пять, Родинька.

— На три, — отрезал он. — Или лети одна. А кстати, это мысль, — Родислав оживился. — Зачем я тебе? Ты прекрасно побудешь с Лелькой неделю, а я останусь и займусь делами.

— Хорошо, — согласилась Люба, — я полечу одна, если ты меня отпускаешь.

Она уже приняла решение. Сначала она съездит к Леле, повидается с ней в последний раз. Пусть дочь увидит ее, пока она еще нормально себя чувствует и более или менее прилично выглядит. Пока еще болезнь не видна невооруженным глазом. Она побудет с Лелей, наговорится с ней, насмотрится на нее. В последний раз. В следующий раз Леля увидит мать только в гробу. Конечно, Лелька не очень-то стремится с ней разговаривать и проводить время вместе, у нее своя жизнь, работа, друзья, у нее есть мужчина, который с ней живет. Нынче официальные браки не в моде, люди годами живут вместе «просто так», даже детей заводят, а отношения все равно не оформляют. Люба понимала, что ее приезд не обрадует дочь, она будет Леле в тягость, но все равно не могла отказаться от этой поездки. Жить она будет в отеле, чтобы не стеснять Лелю и ее бойфренда. И что она будет делать в Лондоне одна целых восемь дней? С Лелькой можно будет видеться только по вечерам, да и то... У ее дочери насыщенная жизнь, в которую никак не вписываются восемь проведенных дома вечеров подряд. Лелька начнет нервничать и злиться на мать либо потому, что ей придется отказаться от привычного времяпрепровождения, либо потому, что она будет проводить вечера как привыкла и знать, что мать сидит одна в гостинице, и чувствовать себя виноватой. Нет, пожалуй, идея никуда не годится. Надо ехать на три дня, этого достаточно. А что делать днем, если Леля работает? Слоняться по улицам? Шопингом не займешься, в этом теперь нет смысла, новые вещи Любе уже никогда не понадобятся. Если только купить что-то для Родика...

— Знаешь, Родинька, ты, пожалуй, прав, мне совершенно нечего делать в Лондоне целую неделю. Поедем вместе на три дня. Повидаемся с Лелькой, погуляем с тобой по городу, купим тебе запас новых сорочек, носков и галстуков. Как тебе такой вариант?

— Годится, — кивнул Родислав.

Перспектива сделать покупки в престижных магазинах Лондона его явно вдохновила. Ну и хорошо, подумала Люба. Они съездят в Англию, она мысленно попрощается с дочерью, а потом, после возвращения, когда ей назначат день операции, она все расскажет Родику. Не следует портить ему поездку, пусть у него будет хорошее настроение, пусть он с удовольствием походит по дорогим магазинам. Это будет их последняя совместная поездка. Это будут последние дни, когда можно будет хотя бы притвориться, что все в порядке.

В этот вечер Люба, против обыкновения, не занималась ни уборкой, ни стиркой. Она внезапно поняла, что ей все равно, насколько чисто в доме. Не может она сегодня тратить на это время, его осталось так мало, так ничтожно мало... Она вспомнила, как Родислав сидел за столом, как ел, как резко отодвинул тарелку, как не хотел, чтобы Денис с Юлей жили в их московской квартире, вспомнила свою неприязнь к мужу в этот момент и вдруг подумала: «Я уйду, а он останется, такой сытый, такой довольный, такой богатый. Такой спесивый барин. Когда он узнает, чем я больна, он начнет сторониться меня, будет брезговать даже прикоснуться ко мне. Ему не понравится, что я слабею, что не могу ухаживать за ним так, как раньше, как он привык, и еще больше ему не понравится, что я сама буду нуждаться в уходе. Его все это будет раздражать — и моя немощь, и запах лекарств, и все прочее. Он будет злиться на меня за то, что я умираю. Все это никак не соответствует его представлениям о богатом, успешном и благополучном бизнесмене и его счастливой семье. Может быть, он окажется настолько слабым, что бросит меня, как только узнает, что я умираю. Может быть, мне уйти в хоспис, чтобы избавить Родика от страданий рядом с умирающей от рака женой... Господи, ну почему я все время думаю о нем, вместо того чтобы подумать о себе?! Это же я умираю, я, я! Я, а не он. Это обо мне надо сейчас думать, а не о нем. С ним-то все в порядке, он здоров и, бог даст, будет здоров еще много лет. Он не любит меня уже очень давно, и ему станет только легче, если я умру. Он сможет жениться на молодой женщине и наслаждаться любовью и богатством. А я уже ничего не смогу в этой жизни, которой осталось так мало. Я ненавижу его, его самодовольство, его самоуверенность, его барственность, его амбиции... Боже мой, откуда такие мысли? Как я могла даже про себя произнести эти слова? Неужели я действительно его ненавижу? Да нет же, нет, я его люблю, я всю жизнь его любила. Я столько сделала ради этой любви, столько перетерпела... И что? Зачем все это было? Чтобы вот так, за несколько месяцев сгореть в шестьдесят два года? Какой глупой и бессмысленной выглядит жизнь, когда понимаешь, что она заканчивается, какой короткой и неправильно прожитой, какой до слез жалкой и ущербной... Все время кажется, что впереди еще много времени, и можно все успеть, и все наверстать, и доделать все недоделанное, и испытать все неиспытанное, и так бездарно тратится время на всякую ерунду. А потом выясняется, что ты уже ничего не успеешь, не наверстаешь, не испытаешь и не доделаешь, потому что времени не осталось. У Родислава время есть. А у меня его уже нет. Но почему я? Почему?»

* * *

Ворон захлебывался слезами и сморкался в крыло. Камень удрученно молчал. Да и что тут скажешь? Такого поворота он никак не ожидал. Он все надеялся, что вот-вот из Лондона вернется Леля с мужем, желательно беременная, и Денис с Юлей останутся навсегда в семье Романовых, и снова у Любы и Родислава будет полная семья с детьми и внуками. Камень хорошо помнил самое начало, когда они только присматривались к будущим героям, и Ворон рассказывал о загородном доме, где за большим столом сидят не то двенадцать, не то десять человек «в возрасте от двадцати до шестидесяти», в том числе Люба с Родиславом, и все ждал, когда же настанет черед этого чудесного эпизода, чтобы можно было порадоваться. А теперь, похоже, все будет выглядеть совсем не так.

— И что дальше было? — осторожно спросил Камень.

— Они съездили в Лондон, повидались с Лелей. Леля что-то учуяла, она же у них чувствительная, даже была с матерью более внимательна, чем прежде, и все спрашивала, не болеет ли она, но Люба отнекивалась и рассказывала о зимнем авитаминозе и об усталости от эпопеи с домом. В конце концов Леля поверила и вроде бы успокоилась и даже с гордостью показывала родителям поэтический сборник с ее иллюстрациями. Она не забросила занятия рисованием и вполне преуспела в этой области, даже гонорар получила. Вернулись они в Москву, Любе назначили день операции, и ей пришлось все рассказать Родиславу.

— И как он отнесся?

— Испугался, конечно. Впал в панику, его даже рвало. Давно уж такого за ним не наблюдалось. Потом начал судорожно метаться, поднимать на ноги всех знакомых, в первую очередь Аэллу, чтобы нашли самых лучших врачей. Он все никак не мог поверить в окончательность диагноза и надеялся, что найдется самый лучший и самый умный доктор, который скажет, что все не так и Любину болезнь можно легко вылечить. Он таскал Любу на консультации к самым крутым специалистам, но все они говорили одно и то же. Ну, и где-то дня за три до операции Романовы собрали в своем доме друзей и близких. Любочка попросила Родислава позвать гостей, хочу, говорит, еще побыть хозяйкой дома, пока есть силы.

— И кого собрали?

— Да всех, кого обычно. Аэллу с Кириллом позвали, Тамару, Бегорского, Ларису с Василием и детьми, Дениса с Юлей, которые уже в Москву съехали, — Ворон несколько оживился и принялся передавать сцены в лицах. — Это как раз и было то загородное сборище, про которое я тебе в самом начале рассказывал, помнишь?

— Помню. А я все жду, когда ты до него дойдешь.

— Ну вот, дошел. Очень славно они все посидели, поговорили, посмеялись даже, хотя все уже знали про Любину болезнь.

— А ты, помнится, что-то про любовь бормотал, когда про эту сцену говорил, — напомнил Камень. — Кто-то кого-то любит, или не любит, или не верит... В общем, что-то невнятное.

— Это тогда было невнятное, а теперь очень даже понятно. Значит, смотри, — Ворон устроился поудобнее, чтобы можно было загибать перья, не теряя равновесия. — Аэлла любит Кирилла, но сама об этом не догадывается, она уверена, что ей просто хорошо с ним, удобно и пусть он будет рядом, если ему так хочется. А Кирилл ее любит, но знаешь, как-то по-отечески, хоть она и старше его. Он к ней относится как к неразумному ребенку, которого надо опекать и оберегать, а то он глупостей наваляет. Теперь дальше: Тамара и Бегорский. Он точно знает, что любит ее, и терпеливо ждет, пока она дозреет.

— А она? — с интересом спросил Камень.

— Ну, она-то уверена, что никогда никого, кроме своего Григория, полюбить уже не сможет. И сама не замечает, что все больше проникается чисто женским интересом к Андрею. Она его всю жизнь любит как друга, а теперь в ней и другое просыпается, но она пока ничего не замечает.

— А дальше что будет? Они поженятся?

— Эк ты хватил! — фыркнул Ворон. — Я настолько дальше-то еще не смотрел. Ты меня не сбивай, я тебе про весну восьмого года рассказываю. Василий обожает свою Лариску, надышаться на нее не может и насчет третьего ребеночка разговоры заводит, очень ему хочется много детей. А Лариска все счастью своему не верит, что ее, мать-одиночку, хоть и с квартирой, но без особых доходов, взял замуж такой работящий, добрый и непьющий мужик. Ей все кажется, что это вот-вот кончится. Никак она в Васину любовь поверить не может. Ну, с Юлей и Денисом все более или менее ясно, они друг друга так давно любят, что никакие сомнения их не гложут. А вот с Любочкой и Родиславом все очень непросто.

— Господи! — перепугался Камень. — Да что ж там может быть непростого? Ведь столько лет игра шла в одни ворота: она его любит, а он ее — нет. Неужели что-то изменилось?

— Ой, Камешек, ты не представляешь, что такие испытания с людьми делают! Я уж насмотрелся за свою жизнь. В общем, слушай меня внимательно: Люба сперва начала испытывать к Родиславу жуткую неприязнь, но люди говорят, что у смертельно больных это естественный момент. Они начинают негодовать на всех, кто останется, когда они уйдут. И вот он сейчас колотится изо всех сил, по врачам Любу возит, пытается выяснить возможности лечения за границей, а она уверена, что он это всё делает исключительно из нежелания иметь проблемы после ее смерти. Она думает, что он не хочет ее болезни, потому что ему это неудобно. Уход, угасание, умирание — это же очень тяжело, просто страшно тяжело не только для самого больного, но и для окружающих. Ничего этого ему не надо. Люба думает, что он ее не любит и заботится в первую очередь о себе самом. И еще она думает, что она его теперь тоже не любит.

— Что значит — думает? А на самом деле как? — уточнил Камень.

— Да откуда я знаю! Я тебе рассказываю, как она думает и чувствует, — огрызнулся Ворон. — Не мешай излагать. А Родислав перед лицом утраты вдруг понял, что никого дороже Любы у него на свете нет. Он даже сам не понимает, что, оказывается, он ее очень любит. И на самом деле всегда любил. Поэтому и не уходил от нее. Он жить без нее не может.

— Ничего себе! — протянул Камень. — И когда же он это поймет?

— А ты не лезь поперед батьки, и до этого дойдет.

— Но он хотя бы успеет Любе-то об этом сказать?

— Ну прошу же, не лезь, — взмолился Ворон. — Не мешай ты мне. Мне и без того муторно, такая тяжесть на сердце — передать невозможно. Я уже из последних сил с тобой разговариваю, а мне еще столько горестного предстоит рассказывать. Пожалел бы ты меня, каменная твоя душа.

— Ну хорошо, хорошо, прости. Рассказывай дальше. Операцию сделали?

— А как же. И операцию сделали, и курс химиотерапии.

Ой, как Любочке было плохо после этой химии! Все суставы и мышцы болят, тело ломит, голова кружится, тошнота, рвота. Ужас! У нее уже аппетит начал совсем пропадать, она стала быстро худеть. В общем, Камешек, грустно все это. Где-то месяца через полтора, уже в мае, Любе сделали вторую химию, она, бедненькая, облысела, пришлось ей парик носить. Слабенькая такая, худая, кушать ничего не может, только мороженое немножко полижет — и все.

— И что, лечение не помогает?

— Нет, конечно. Врачи говорят, что ничего нельзя сделать.

— А зачем же тогда эти мучительные процедуры?

— Чтобы продлить жизнь, насколько можно.

— Бедная Люба, — горестно вздохнул Камень. — Сердце разрывается. За что ей такие муки? Такой хороший человек, такая добрая, такая ласковая, такая терпеливая. И такой страшный конец. А как Родислав и все остальные? Ухаживают за ней?

— Можешь порадоваться за своего любимчика, он оказался лучше, чем мы с тобой о нем думали. И Люба тоже ошибалась. Он как понял, что теряет жену, так его будто подменили. Ходит за Любой по пятам, подносит ей то чайку, то мороженого, поддерживает под локоток, читает ей вслух, сидит с ней рядом и телевизор смотрит. И спать перебрался в ее спальню, представляешь? Обнимет ее, поцелует, прижмет к себе и баюкает.

— Неужели не брезгует? — удивился Камень. — А Люба-то боялась...

— Да вот, выходит, зря она боялась. И никаких таких мыслей насчет бросить больную жену у него не появилось, это я тебе крыло дам на отсечение. Знаешь, люди — они интересно устроены, в спокойном благополучии они одни, а в беде — совсем другие. Вот Родислав твой — яркий тому пример. Ты же помнишь, как он себя повел, когда мама Зина умерла.

— Да, — согласился Камень, — его поддержка дорогого стоила. И когда Григорий погиб, он тоже Любу поддерживал и с Николаем Дмитриевичем помогал. Он тогда очень Тамару жалел.

— Вот и здесь так же. Корчил из себя эдакого... даже и не знаю, какое слово подобрать, а как горе свалилось — так он совсем другим стал. Мягкий, ласковый, заботливый. Просто ему деньги глаза застили, знаешь, у многих, кто внезапно разбогател, крышу сносит. Ну и потом, он же понял, что теряет Любу, и по-настоящему испугался, он не хотел оставаться без нее и искренне надеялся, что если будет хорошо за ней ухаживать, то обманет и судьбу, и врачей, и болезнь.

— Всегда трудно поверить в то, что ничего нельзя изменить, это верно, — отозвался Камень. — Люди говорят, что надежда умирает последней. А как остальные?

— Ну как... Рядом, естественно. Тамара сразу же переселилась к Романовым за город. Сначала она вообще-то хотела Любу к себе забрать, Люба очень ее просила, потому что не хотела, чтобы Родислав видел, как она угасает, но тут Родислав встал насмерть. Не пущу, говорит, не отдам, буду сам ухаживать. Только это все одни благие намерения, потому что ему ведь работать надо, а как Любу на целый день одну оставишь? Тут Тамара выступила с инициативой, она с работы уволилась и стала с сестрой сидеть. Юля Дениску раз в неделю привозит, но он все больше с отцом общается, они вместе спорт по телевизору смотрят, там же в мае и Чемпионат мира по хоккею показывали, и кубок УЕФА, и матчи Лиги чемпионов. Лариска приезжает Любу проведывать, они всем семейством являются, с Василием и детьми. Костику-то уже скоро двенадцать. Ой, Камешек, ты бы видел, какими глазами Люба на него смотрит!

— А что такое? — не понял Камень.

— Так она же все пытается понять, Колин это сыночек или нет. Смотрит, Колины черты в мальчонке выискивает, и то ей кажется, что она их видит, а то будто и нет ничего. Зато Надюшка маленькая — как картиночка, чистый ангелочек, вылитая Лариска пополам с Василием, на обоих похожа, тут никакой экспертизы не надо, чтобы определить, чья она дочка. Аэлла регулярно бывает, Бегорский тоже чуть ли не через день наведывается. В общем, Люба одна не остается. Только ей это все тяжело ужасно.

— Почему?

— Понимаешь, она, конечно, рада всех их видеть, она их любит, это ее близкие люди, но у нее совсем уже нет сил, ей бы полежать, подремать, а приходится выходить и сидеть за столом, участвовать в разговорах. Кушать она все равно ничего не может, ее даже от запаха еды тошнит, а стол-то накрыт, Люба же не может допустить, чтобы гости за пустым столом сидели, вот и просит Тамару приготовить и подать. Для Любы эти гости — и радость, и одновременно мука мученическая. Сидит она за столом, смотрит на них, слушает их разговоры, а сама думает: они останутся, а я уйду. Знаешь, как это больно?

— Могу догадаться, — вздохнул Камень. — Ты дальше-то посмотрел?

Ворон отвел глаза и промолчал.

— Ты что, не слышишь? — окликнул его Камень, чуть повысив голос. — Я спрашиваю, ты дальше посмотрел?

— Не глухой, — огрызнулся Ворон. — Посмотрел.

— А чего молчишь? Рассказывай.

— Да не могу я! — выкрикнул Ворон. — У меня сердца не хватает такое рассказывать! Можешь ты это понять, дубина стоеросовая?! У меня и без того ком в горле стоит, я уж и так все подробности пропускаю, не пересказываю тебе, потому что плакать начинаю.

— Ворон, миленький, — ласково заговорил Камень, — я тебя очень хорошо понимаю, у меня у самого душа болит, но какой ты видишь выход? Бросить историю, не досмотрев до конца?

— Жалко, — всхлипнул Ворон, — мы столько времени и сил на нее положили. А может, пропустим грустное и будем дальше смотреть? А вдруг Люба поправится? Представляешь, я загляну сразу в конец года, в она там здоровая и веселая.

— Думаешь, так может быть? — засомневался Камень.

— Ну а вдруг? Вдруг нашелся какой-нибудь чудесный врач или изобрели какое-нибудь новое лекарство, и все станет хорошо. А?

— Но ты ведь знаешь, что все не так, — печально сказал Камень. — Ты сам признался, что уже посмотрел дальше. Зачем эти пустые мечтания?

— Так хочется надеяться... — Ворон смахнул крылом слезу. — Не могу поверить, что все заканчивается так плохо. Ладно, слушай. Только я вкратце, потому что сердце разрывается.

* * *

Финал конкурса «Евровидение» решили смотреть все вместе в гостиной на первом этаже дома. Теперь рядом с длинным кожаным диваном, на котором любил сидеть перед огромным, висящим на стене экраном Родислав, стоял отдельный удобный диван для Любы. Тамара помогла сестре устроиться и села рядом в мягкое глубокое кресло.

— Любаша, тебе что-нибудь принести? — заботливо спросил Родислав. — Может, чайку?

— Не хочу, спасибо, Родинька.

— А мороженого?

— Чуть-чуть можно, — улыбнулась она.

Тамара тут же вскочила на ноги.

— Я принесу.

Родислав жестом остановил ее.

— Я сам. Сиди, отдыхай, ты и так целый день была на ногах.

Он давно забыл о своей неприязни к сестре жены и теперь был благодарен ей за помощь.

Люба несколько раз лизнула мороженое и отдала его Тамаре.

— Все, больше не могу.

Программа началась. Родислав любил смотреть этот конкурс и каждый год сидел до глубокой ночи, ожидая результатов голосования. Люба никогда прежде «Евровидение» не смотрела, но сейчас в ней проснулась жадность ко всему, чего она никогда не видела. Жаль только, что не было сил. Если бы она могла, она бы поехала путешествовать, посмотрела бы далекие страны, но самое большее, что она теперь могла, это лежа на диване посмотреть никогда не виденную телепрограмму или прочесть новую книгу.

— Это что, песня? — громко возмущался Родислав после очередного номера. — По-моему, это бессмысленный набор звуков.

— Ну что это за исполнение! — яростно негодовал он после другой песни. — Мелодия про одно, а певец поет совершенно про другое. И вообще, где у него голос?

— Тома, принеси, пожалуйста, блокнот, — попросила Люба тихонько.

— Зачем?

— Я хочу кое-что записать, пока не забыла.

Тамара принесла блокнот в твердой обложке и ручку, Люба пристроила блокнот на коленях и начала записывать. Тамара, скосив глаза, наблюдала за сестрой. Без очков для чтения она не могла разобрать слова, но точно понимала, что это не черновик завещания, слова были короткими и написаны в столбик, рядом с каждым словом — цифры. Концерт продолжался, Родислав с интересом следил за выступлениями участников конкурса и не замечал, что жена что-то пишет.

Тамара не выдержала.

— Любаня, что ты пишешь?

— Список, — коротко ответила Люба.

— Список чего?

— Покупок. Я попрошу тебя в ближайшие дни поехать и все это купить.

— Что — все это? — не поняла Тамара. — Ты можешь толком объяснить?

— Рубашки, носки, белье для Родика, бытовая химия, всякие припасы. Пусть у него останется после моей смерти запас хотя бы на какое-то время, пока не найдется тот, кто будет о нем заботиться. Может быть, он наймет помощницу по хозяйству, он же всегда хотел.

— Господи, Любаня, ну о чем ты думаешь?! — громко прошептала Тамара. — Зачем тебе такие мысли? Гони их, они негативные.

— Они позитивные, — улыбнулась Люба. — Я хочу позаботиться о Родике. Он ведь даже не знает, какие у него размеры, он сам не сможет себе ни ботинки купить, ни трусы, я всегда сама этим занималась. Ходила вместе с ним в магазины и разговаривала с продавцами, а он только примерял то, что они приносили. И я не хочу, чтобы после моего ухода он совсем растерялся. Я пишу отдельные списки для него и для того, кто потом будет его обслуживать. Мне надо записать, какие продукты следует покупать и в каких магазинах, что и как нужно ему готовить, какой бытовой химией пользоваться. Но это на будущее. А завтра ты, пожалуйста, поезжай с этими списками и все-все-все купи, чтобы ему хватило на какое-то время.

Тамара сходила за очками и просмотрела исписанные неуверенным, изменившимся Любиным почерком страницы. Ей стало так больно и так горько, что захотелось завыть. Она оглянулась на Родислава, но тот сидел к ним спиной и не отрывался от экрана.

— Родик, сделай, пожалуйста, чуть погромче, — попросила Люба.

Родислав нажал кнопку на пульте, прибавил громкость, и теперь тихий разговор сестер был совсем не слышен. Тамара поняла, что Люба хочет скрыть от мужа и свои списки, и свои черные мысли.

Люба сделала Тамаре знак наклониться поближе.

— Знаешь, Тома, у меня был такой период, когда я Родика

разлюбила, а потом даже начала его ненавидеть, — прошептала она. — Это было не очень долго, примерно год. А теперь я так себя корю за это! Ведь год — это же очень много, и весь этот год я могла его любить. А я, дура, не воспользовалась такой возможностью. И потратила целый год на то, чтобы злиться на него и раздражаться. Простить себе не могу. Теперь я понимаю, какой он на самом деле чудесный, добрый, заботливый, и чувствую себя ужасно виноватой и за то, что разлюбила его, и за то, что теперь он так мучается со мной.

— Ты его разлюбила, когда появился молодой любовник? — шепотом спросила Тамара.

Родислав обернулся.

— Эй, девчонки, что за секреты вы там развели? Почему шепчетесь?

— Да мы о своем, о девичьем, — с деланой веселостью ответила Тамара и снова наклонилась к Любе.

— Ой, про Олега я уже давно забыла... — Люба усмехнулась. — Хотя ты права, тогда я тоже Родика разлюбила, но это было столько лет назад! Нет, я говорю о времени, когда мы заканчивали строительство дома. Вот тогда у меня началось отторжение, я тебе не рассказывала, потому что стеснялась. А когда я узнала, что больна, то начала его ненавидеть. Он мне казался таким сытым, таким довольным, и я была уверена, что он меня обязательно бросит из-за моей болезни. Я ведь даже хотела у тебя дожить, чтобы он мной не тяготился. Ну, ты все это помнишь... Теперь я его люблю так сильно, как, кажется, никогда не любила. И мне так жаль, что это не продлится долго...

Люба часто переводила дыхание, пораженные болезнью легкие вызывали одышку.

— Любаня, ты устала, давай договорим в другой раз.

— Нет, — Люба вцепилась в руку Тамары, — ты не понимаешь... Другого раза может не быть. Все может кончиться в любой момент, а я обязательно должна тебе сказать... Родик очень хороший. Он самый лучший на свете, теперь я это знаю точно. Ты не бросай его сразу, когда меня не станет, хорошо? Позаботься о нем хотя бы первое время. Он совсем не может быть один, он такой беспомощный... Пообещай мне, что ты его не бросишь, пока он не придет в себя.

— Обещаю. — Тамара погладила тонкую исхудавшую руку сестры, покрытую сухой кожей в мелких морщинках. — Но об этом рано думать, у тебя еще много времени.

— Мало, — упрямо возразила Люба. — У меня мало времени, я боюсь не успеть, поэтому я должна все сказать сейчас. Томочка, я знаю, какой ты можешь быть резкой и непримиримой, и я знаю, как ты меня любишь. Если вдруг Родик захочет жениться, не говори ему ничего плохого, ладно? Не надо всех этих слов о том, что он предает память обо мне и все такое. Пусть женится, если захочет, и пусть будет счастлив. Мне будет спокойнее, если я буду знать, что о нем кто-то заботится.

— Не думай об этом, Любаня, Родик тебя очень любит, и ему никто не нужен, кроме тебя. Ты сама видишь, как он к тебе относится, как заботится о тебе.

— Время покажет, — усмехнулась Люба. — Если он наймет помощницу по хозяйству, проследи, пожалуйста, сама, чтобы ей передали мои записи. Родик очень капризен в еде, ему нужно готовить строго так, как я напишу.

— Напишешь? — переспросила Тамара. — Я думала, ты уже все написала.

— Что ты, я только перечислила, что и где покупать. А завтра, если у меня будут силы, я запишу все, что касается кулинарии.

— Будут у тебя силы, будут, — Тамара старалась, как могла, подбодрить сестру. — Завтра ты все напишешь, я все куплю по твоим спискам, и ни о чем не волнуйся.

— Ты оптимистка, — Люба покачала головой, — а я чувствую, как силы тают прямо на глазах. Еще неделю назад я могла гулять, пусть немного, минут двадцать, и медленно, но сегодня я уже и этого не могу. Сегодня у меня еще есть силы на эти списки, а завтра их может уже не оказаться. Как все быстро, Тома, как все быстро...

По ее лицу покатились бессильные слезы. Тамара протянула руку к стоящему здесь же столику с лекарствами и накапала успокоительные капли.

Выступления конкурсантов закончились, началось голосование. Люба то проваливалась в дрему, то просыпалась, и Тамара шепотом сообщала ей, что происходит.

— Ура!!! — закричал Родислав, когда окончательные итоги голосования подтвердили победу российского участника Димы Билана. — Мы и здесь первые! Наша страна уходит в отрыв! Вы только подумайте, девчонки: мы стали чемпионами мира по хоккею, наш «Зенит» обыграл шотландских футболистов, а теперь мы еще и «Евровидение» выиграли! Девчонки, я вас поздравляю!

Он вскочил с дивана, подошел к Любе и расцеловал ее, потом обнял Тамару.

— И я тебя поздравляю, Родинька, — сказала Люба.

Тамара увела ее в ванную и помогла вымыться, потом уложила в постель. В спальню заглянул Родислав

— Ты уже легла? Сейчас я приду, только выкурю последнюю сигарету, ладно?

— Не торопись, Родинька, — ответила Люба, — занимайся спокойно своими делами.

— Нет-нет, я скоро приду, не засыпай без меня.

Слушая его удаляющиеся вниз по лестнице шаги, Люба снова заплакала. Она теперь плакала часто, у нее не было сил бороться со слезами, и ей казалось, что теперь из нее выходит все, что она не выплакала за прежние годы.

* * *

18 июня сборная России по футболу выиграла у сборной Швеции на Чемпионате Европы и впервые за 20 лет вышла в четвертьфинал. Родислав смотрел матч вместе с Бегорским, приехавшим проведать Любу, которая, как всегда в последнее время, лежала на своем диване в гостиной. Футбол был ей не интересен, но она не могла не проводить рядом с мужем каждую минуту, если была такая возможность. Ей все время казалось, что эта минута — последняя. Она чувствовала себя очень слабой и понимала, что осталось совсем немного. Совсем немного времени, и просто невозможно тратить его попусту.

— ...Зырянов отправил мяч в штрафную, Анюков продлил передачу дальше в центр, на Павлюченко... Го-о-ол! — доносился из динамика голос комментатора.

— Го-о-ол!!! — дружно закричали Родислав и Андрей.

И в распахнутые настежь окна влились крики из окрестных домов. Футбол смотрел весь их поселок. Люба, зараженная энтузиазмом мужчин, тоже негромко прокричала «Го-ол!» и вскинула вверх иссохшую руку. Родислав подскочил к ней и поцеловал.

— Любаша, мы забили!

В конце матча, когда российская сборная разгромила шведов со счетом 2:0, Родислав выглядел таким счастливым, он так громко и возбужденно обсуждал итоги матча с Бегорским, что Люба на какое-то мгновение забыла о своей болезни и почувствовала себя так, как в молодости, когда была легкость, радость и уверенность в том, что все обязательно будет хорошо, потому что по-другому быть просто не может.

— Какой же молодец Акинфеев, — восхищался Бегорский. — Ибрагимовича упустили в штрафной зоне, он головой пробил прямо в нашего вратаря, но мы удержались.

— А Зырянов что, не молодец? — подхватил Родислав. — А Павлюченко как бил головой? Это же песня!

Через три дня, 21 июня, нашей сборной предстояло встречаться в четвертьфинале с голландцами. С самого утра Родислав был в приподнятом настроении и во время завтрака говорил только о футболе, объясняя Тамаре, как трудно будет нашим игрокам в Базеле, потому что голландских болельщиков на трибунах ожидается раз в десять больше, чем российских. А ведь поддержка своих — это так важно, не зря же болельщиков называют двенадцатым игроком. Он даже пытался обсуждать с Тамарой решение тренера сборной Гуса Хиддинка о том, что Иван Саенко заменит в стартовом составе Билялетдинова, но если по вопросам болельщиков на трибунах Тамара еще могла что-то сказать, то по поводу замены никакого мнения не имела.

— Родька, — прямо сказала она, — не морочь мне голову, я в вашем футболе ни черта не смыслю.

Люба в дискуссии участия не принимала — рано утром приехала медсестра ставить капельницу. С капельницей Люба предпочитала лежать в спальне, чтобы не мозолить глаза мужу лишним напоминанием о своей болезни.

Вечером, как обычно, устроились перед телевизором: Родислав на большом диване, Люба — на своем, поменьше, и рядом с ней Тамара в кресле. Люба смотрела не на экран, а на профиль мужа, теперь она могла предаваться этому занятию часами. Она смотрела и вспоминала всю свою жизнь, которая, за исключением первых одиннадцати лет, была связана с ним, с Родиком. Она вспоминала их прогулки по дачному поселку, их свидания в Москве, смерть Евгения Христофоровича и ночь перед его похоронами, которую Люба провела в квартире Романовых, она вспоминала свадьбу, свою первую беременность, маленького Николашу... Много чего вспоминала Люба Романова, пока российская сборная безуспешно атаковала ворота голландских футболистов. Вспоминала и удивлялась: как много, оказывается, было событий в ее жизни! Почему же сама эта жизнь кажется ей такой короткой?

Первый тайм закончился со счетом 0:0, во время перерыва Родислав попросил покормить его, и Тамара отошла на кухню, чтобы приготовить ужин. Любе захотелось встать с дивана, подойти к мужу и обнять его, она приподнялась и поняла, что не может. Сил совсем не осталось. Даже от такого незначительного напряжения резко закружилась голова, и она снова откинулась на подушку и прикрыла глаза. Голова кружилась как-то непривычно, не так, как раньше. Любе даже показалось, что она падает назад...

«Вот оно, — подумала она с неожиданным спокойствием. — Сейчас это случится».

Ей не хватало воздуха, стало нечем дышать... Но головокружение прошло, и ничего не случилось. Она снова попробовала спустить ноги на пол, на этот раз у нее все получилось. Медленно, осторожно она сделала несколько шагов до дивана и присела рядом с Родиславом.

— Любаша, ну что ты! — тут же накинулся на нее муж. — Почему ты мне не сказала, что хочешь встать? Я бы тебе помог.

— Но я могу ходить, — возразила она. — Я не настолько слаба.

— И я тоже хорош, — не переставал сокрушаться Родислав. — Воткнулся в телевизор, ничего вокруг не замечаю. Прости, Любаша!

— Перестань, Родинька, все в порядке, я прекрасно хожу. Знаешь, я сегодня намного лучше себя чувствую. Может быть, когда кончится футбол, мы с тобой выйдем на воздух?

— Конечно, — обрадовался он. — А ты точно сможешь?

— Ну хотя бы по участку походим, минут пятнадцать я выдержу. Очень хочется подышать, подвигаться.

Это было ложью от первого до последнего слова, Люба чувствовала себя очень плохо, и двигаться ей совсем не хотелось. Но ей очень, просто до спазмов хотелось оказаться на воздухе, среди теплой июньской ночи, и чтобы светили звезды и нежно пахла сирень и чтобы рядом был Родислав. Она хотела этого так сильно, как, наверное, ничего и никогда в жизни не хотела. «Если у меня есть силы так страстно чего-то желать, значит, это еще не конец», — подумала она.

Тамара принесла Родиславу ужин в гостиную на подносе, и он поел прямо перед телевизором, поставив поднос на низкий широкий стол. Люба вернулась на свой диван и замерла, экономя силы.

— ...Аршавин... пас Семаку... передача в штрафную... Павлюченко... Го-о-ол! Итак, дорогие друзья, на пятьдесят шестой минуте мы выходим вперед, и счет становится один-ноль в пользу российской сборной!

— Девчонки! — радостно закричал Родислав. — Мы забили! Слушайте, а ведь у нас есть шанс выиграть, как ни фантастично это звучит!

Поселок взорвался радостными криками, кто-то начал сигналить автомобильным клаксоном, и тут же его поддержали все те, кто в этот момент сидел за рулем на территории поселка. Любе показалось, что она теряет сознание. Она усилием воли заставила себя не закрывать глаза, но вдруг стало темно, она ничего не видела, и снова где-то в затылке возникло странное ощущение головокружительного полета. «Теперь точно, — мелькнуло в ее голове. — Я не смогу удержаться. Я больше не смогу... Я умираю...» Стало трудно дышать. «Нет! Нет. Я не могу испортить Родику вечер. Он так болеет за наших футболистов, он так радуется этому голу... Я должна продержаться. Я должна. Я выйду вместе с ним на улицу и буду стоять, держа его за руку. Больше мне ничего не нужно».

— Любаня, ты как?

Зрение вернулось к ней, и она увидела испуганное лицо Тамары прямо перед собой.

— Что тебе дать? Обезболивающее? Успокоительное?

— Ничего не нужно, Томочка, я в порядке, — проговорила Люба, с трудом разжимая стиснутые зубы.

За четыре минуты до конца второго тайма голландцы сравняли счет. Родислав начал нервничать и говорить, что если наши сейчас не постараются, то придется играть дополнительные 15 минут, а сил у них уже не осталось. «У меня тоже», — подумала Люба.

Основное время закончилось с ничейным счетом, и назначили дополнительные четверть часа, которые тоже прошли без голов. Во время второй пятнадцатиминутки Родислав весь извертелся, и когда Аршавин выполнил навес с левого фланга, а Торбинский забил гол, он так кричал, что, казалось, стены дома сотрясались. Люба, зараженная его радостью и волнением, даже почувствовала себя лучше. Ей показалось, что в нее вливаются новые силы и что она сможет пройти не только несколько десятков метров по участку, но и проделать более длинный путь. Еще через четыре минуты россияне забили третий гол, и Любу оглушили взрывы петард и вопли болельщиков. Матч закончился победой российской сборной, которая вышла в полуфинал Чемпионата Европы.

— Ну, как ты, Любаша? — обратился к жене Родислав. — Не передумала выйти?

Люба собрала в кулак всю волю, чтобы выглядеть бодрой и полной сил, насколько это вообще было возможно в ее положении. Ей снова показалось, что она и двух шагов не сможет сделать. Но она их все равно сделает, эти шаги, и не два, а гораздо больше, потому что она это запланировала. Она не станет портить Родику такой чудесный вечер.

Тамара помогла сестре надеть спортивный костюм и удобную обувь, и они все втроем вышли из дома. Родислав заботливо держал жену под руку и шел медленно, чтобы она поспевала за ним.

— Давай подойдем к воротам, — попросила Люба. — Там люди гуляют, я хочу на них посмотреть.

По дороге мимо их дома шли обезумевшие от счастья болельщики. В поселке был свой спортбар, где молодежь смотрела футбольные матчи, а многие обитатели собирались в этот вечер у кого-нибудь дома, и теперь все они вышли на улицы, чтобы вместе отпраздновать победу. В ход пошли петарды и фейерверки, кто-то палил из ружей в воздух, кто-то гудел клаксоном, и все размахивали российскими флагами и дружно пели старые советские песни. В воздухе висела такая аура восторга, радости и надежды, что невозможно было ею не заразиться. Это был праздник, и так хорошо было стоять посреди праздника и вспыхивающих то тут, то там огней, держать за руку любимого мужа и знать, что он счастлив. Пусть только в эту короткую минуту, пусть всего лишь благодаря футболу, но он счастлив.

Тамара вышла за ворота, чтобы поговорить с проходящей мимо в компании мужа и двоих сыновей соседской дамой по поводу платья, которое Тамара для нее придумывала. Неожиданно Родислав наклонился к Любе и негромко сказал:

— Любаша, я тебя очень люблю. Я хочу, чтобы ты это знала. Я очень тебя люблю. Очень.

Она покачнулась и прижалась к нему. Родислав подхватил ее и крепко взял под руку.

— Пойдем домой, ты устала. Тебе нельзя тратить столько сил.

Медленными неверными шагами, поддерживаемая мужем и сестрой, Люба вернулась в дом.

После душа, который она принимала, сидя в ванне, при

помощи Тамары, Люба стала укладываться. Сняла парик, который носила с тех пор, как потеряла все волосы из-за химиотерапии, и Тамара повязала ее голову красивой косынкой: Люба стеснялась Родислава и не хотела, чтобы он видел ее облысевший череп. Парик был очень хорошим и полностью имитировал обычную Любину прическу.

— Ну что, Любаня, спокойной ночи?

Тамара аккуратно подоткнула одеяло со всех сторон. Стояло теплое лето, но Любу все время знобило.

— Тома...

— Да?

— Томочка, спасибо тебе за все.

— Перестань, Любаня, — отмахнулась Тамара. — Спи. Отдыхай. Завтра приедут Денис и Юля, тебе придется сидеть за столом, силы понадобятся. Будь умницей.

«Буду, — отстраненно думала Люба, поворачиваясь на бок. — Сейчас придет Родик, ляжет рядом со мной спать, и я буду умницей. Хотя какая теперь разница? Все равно я умру, и уже не будет иметь ни малейшего значения, была я умницей или нет... Значение имеет только одно: Родик сказал, что любит меня. Сказал в первый раз за все... сколько?... Пятьдесят лет знакомства. Даже пятьдесят один. Он никогда не говорил мне этих слов, даже когда мы впервые были близки, даже когда решили пожениться, даже в день свадьбы. Даже когда я рожала ему детей, он мне этого не говорил. Как-то так сложилось, что не говорил. А мне так хотелось, чтобы он сказал. И вот он сказал. И я теперь не знаю, что с этим делать. Еще час назад я думала только о том, что, когда меня не станет, некому будет заботиться о нем, и все мои мысли крутились вокруг того, как сделать его жизнь более удобной, более комфортной без меня. Я знала, что жизнь без меня для Родика неудобна и сложна, и старалась по мере возможности ее облегчить. Я была уверена, что он давно уже меня не любит и не станет страдать, когда я уйду. Он испытает облегчение. А теперь что мне думать? Если он действительно меня любит, как же больно ему будет, когда я умру! И тут я уже ничего не смогу сделать. Я никак не могу ему помочь. Я ничем не могу облегчить его страдания. Мне теперь нельзя умирать, мне нужно жить как можно дольше, чтобы Родик не страдал и не мучился. Мне нельзя умирать... Завтра приедут Денис с Юлей, а три дня назад у нас был Андрюша... При чем тут Андрюша?.. Мысли путаются... Я не могу сосредоточиться... Коля, мама, папа, Бабаня... Мне не хватает воздуха, я не могу сделать вдох... Родинька... Я куда-то падаю, падаю, падаю...»

Когда через какое-то время Родислав вошел в спальню, снял халат, лег и привычно обнял жену, он даже не сразу понял, что Люба умерла.

* * *

— Ты все-таки сделал это, негодяй, — с упреком произнес Змей, подползая к Камню. — Как ты посмел?

Ворон, убитый горем, не смог остаться с Камнем, ему нужно было отвлечься и развеяться, и он улетел к своей подружке белочке. Теперь Камень мог безбоязненно разговаривать со Змеем.

— Я тебя спрашиваю, мерзавец, как ты посмел? — с угрозой в голосе повторил Змей. — Кто дал тебе право?

— Я хотел как лучше, — виновато пробормотал Камень. — А как ты узнал?

Люба Романова должна была умереть вечером во время футбольного матча, как раз тогда, когда российские игроки забили первый гол. Именно так рассказал Ворон. В его повествовании Родислав, сидя возле умершей жены, держал ее за руку и сокрушался, что так и не сказал ей ни разу о своей любви. Ни разу за все годы, что они знали друг друга. Он плакал и говорил о том, что только теперь понял, как сильно любит ее, и как ему жаль, что она его не слышит.

И Камень не выдержал. Он забыл свои принципы, вернее, он не забывал о них, но решил в данном случае пренебречь жесткими правилами и подправить реальность. Ну совсем чуть-чуть. Никому от этого никакого вреда не будет. Он быстро прикинул все варианты и решил, что реальность не сильно пострадает, если Люба проживет на три часа дольше. Всего каких-то три часа, за которые Родислав, может быть, успеет сказать ей те самые главные слова, которых она от него за пятьдесят лет так и не дождалась. И тогда Люба умрет счастливой.

— Как узнал? — сердито переспросил Змей. — Да элементарно. Я в том дне много раз был, пока мы сериал смотрели, я давно все знал. А тут наткнулся случайно — смотрю: что-то не так, как раньше. И сразу все понял. Зачем ты это сделал? Как ты мог?

— Ну а что я такого особенного сделал? — огрызнулся Камень. — Три часа ничего не решали. Зато Люба теперь знает, что Родислав ее все-таки любит, она умерла счастливой, а это дорогого стоит.

— Да ни черта это не стоит! — взорвался Змей. — Ты что, не понимаешь, что только хуже сделал?

— Почему хуже? — растерялся Камень. — Кому хуже?

— Да Любе, кому же еще! Она ушла бы спокойно, зная, что позаботилась о Родиславе, как смогла, и теперь, избавившись наконец от постылой больной жены, он вздохнет свободно и будет спокоен и доволен. Да, ей неприятно так думать, но зато она за мужа не волнуется. А теперь что? Теперь, когда она услышала от него, что он ее любит, она не может уйти с легким сердцем, потому что знает, что он будет страдать, а не облегчение испытывать. Вот чего ты добился своими дурацкими фокусами.

Камень удрученно молчал. Об этом он как-то не подумал. Наверное, он и в самом деле плохо разбирается в людях.

— Я не хотел, чтобы так вышло, — виновато произнес он. — Прости.

— Да при чем тут я-то? Чего ты у меня прощения просишь? Ты перед Любой провинился. Теперь уж ничего не поделаешь.

— Я могу переделать, — предложил Камень. — Сделаю, как было с самого начала. Хочешь?

— Да ну тебя, — Змей с досадой махнул хвостом. — Переделает он. И что получится? Твой любимый Родислав не успеет сказать Любе, что любит ее, и будет после ее смерти мучиться этим. Час от часу не легче.

— Тогда я не понимаю, чего ты хочешь, — обиделся Камень. — В моем варианте Любе плохо, в твоем — Родиславу. Что ты предлагаешь?

— Я предлагаю, нет, я категорически настаиваю на том, что нельзя соваться в жизнь реальных людей и распоряжаться ими, как марионетками в кукольном театре. В их жизни, в реальности, есть свои собственные законы, по которым строится их судьба. Родислав много крови Любе попортил, и за это он должен быть наказан. Невозможность вернуть жену и сказать ей, что он ее любит, — это и есть его наказание, и он этим должен мучиться и от этого должен страдать. Это будет справедливо. Понял?

— Кажется, понял, — вздохнул Камень. — А Люба за что наказана такой страшной болезнью и ранним уходом? Она вроде никому кровь не портила.

— А себе? Ты ее саму-то скинул со счетов? Она растоптала

свою бессмертную душу, она наплевала сама на себя, и вот результат.

— Ты чушь городишь, — рассердился Камень. — Не может такого быть, чтобы человек старался всю жизнь для других, забывая о себе, а его за это наказывали. Уж в этом-то точно нет никакой справедливости.

— Может быть, может быть, — задумчиво ответил Змей. — Кстати, ты помнишь, я как-то давно просил тебя напомнить мне о том, что я хотел с тобой обсудить один вопрос. У меня тогда времени не было, наш винтокрылый информатор был на подлете, и мы отложили обсуждение до лучших времен.

— Припоминаю, но смутно, — признался Камень. — А что ты хотел обсудить?

— А мне пришел в голову один парадокс. Чем больше на свете любви, тем меньше справедливости.

Камень задумался на короткое время, потом моргнул обоими веками, что было равнозначно кивку головой.

— Кажется, я тебя понял. Я вспомнил, мы тогда с тобой, кажется, обсуждали, насколько справедливо Люба относится к своему сыну-подонку, а ты мне объяснял, что материнское сердце лукаво и, поскольку в этом сердце живет любовь, оно никогда не будет объективно смотреть на предмет своей любви и не будет справедливо по отношению к нему. Правильно?

— Совершенно верно. Вот и получается, что там, где любовь, там нет места справедливости. По определению. Если люди хотят, чтобы все было справедливо, они должны быть готовы к тому, что у них не будет любви, вообще никаких чувств не будет, они превратятся в холодные механизмы. Зато справедливости будет навалом. А если люди стремятся построить мир, основанный на любви, то в нем изначально справедливости не будет. Людям придется выбирать: или одно, или другое. Согласен?

— Как философ — согласен, с точки зрения логики твои рассуждения безупречны.

— А в чем не согласен?

— Да я не знаю, — грустно ответил Камень. — Чем больше я смотрю сериалы про людей, тем больше убеждаюсь, что ты был прав и чистая философия имеет очень отдаленное отношение к реальной жизни. Я уже ничего не понимаю и ни о чем не берусь судить. Слушай, а ты на меня очень сердишься за Любу?

— Очень, — строго ответил Змей.

— И долго будешь сердиться?

— Долго. А что ты хотел?

— Я хотел спросить, как там дальше было. Ворон только про смерть Любы рассказал, разрыдался и улетел, я даже слова сказать не успел.

— Ну, спрашивай, — неохотно разрешил Змей.

— Леля приехала на похороны?

— Конечно. Она ужасно сердилась на отца за то, что ей никто не сказал о болезни Любы. Люба запретила дочери рассказывать. Она же понимала, что Леля приедет, и хотела, чтобы дочь запомнила ее здоровой и веселой, какой она была, когда приезжала в марте в Лондон. Люба не хотела, чтобы тонкая и чувствительная Лелечка видела мать ослабевшей и исхудавшей.

— А как Родислав?

— Плохо. Что тут еще скажешь? Он только перед смертью Любы спохватился и понял, как на самом деле к ней относится. Сначала испугался, что теряет ее, а потом опомнился, и до него дошло, что он на самом деле без нее жить не может. И никогда не мог, иначе давно бы уже ушел. Знаешь, у людей это часто бывает, я бы даже сказал — сплошь и рядом: только страх утраты открывает глаза на истинные чувства. К сожалению, иногда такие открытия делаются слишком поздно.

Об этом Камень уже знал от Ворона, но промолчал, чтобы еще больше не рассердить Змея. Он чувствовал себя ужасно виноватым за то, что натворил.

— А Аэлла с Кириллом как? Поженились? — робко спросил он.

— Представь себе, да, — усмехнулся Змей. — Тихо так, скромно, никаких пышных торжеств. Родислава позвали, Бегорского, Тамару, еще кое-кого, в общей сложности человек пятнадцать получилось. Живут себе и вполне довольны друг другом. Аэлла оперирует в своей клинике и деньги гребет лопатой, Кирилл снимается понемножку.

— А Родислав больше не женился?

— Вот тут ничего не могу тебе сказать. Я посмотрел только девятый год, через год после смерти Любы. Через год он еще был один. Но если вспомнить его сексуальную проблему, то крайне маловероятно, что он женится. У него даже любовницы быть не может. Так и прокукует один до самого конца, наверное.

— А Тамара? Она же Любе обещала, что не бросит Родислава. Неужели бросила?

— Как тебе сказать... Год она рядом с ним продержалась,

поддерживала, занималась хозяйством, подыскивала ему домработницу, памятник Любе на могилу делала. А потом...

— Что — потом? — нетерпеливо произнес Камень. — Ну, говори же, не тяни.

— Ладно. История у нас получилась грустная, даже трагическая, и чтобы подсластить тебе пилюлю, я расскажу, что было через год. Поправлю тебе настроение.

* * *

Ранним августовским утром поезд подходил к вокзалу города Томилина. Тамара, как и два года назад, поставила будильник на телефоне на половину седьмого и к семи пятнадцати сидела в своем купе одетая, причесанная и с макияжем. Она продала квартиру в Нижнем Новгороде и машину, у нее еще оставались средства, полученные от продажи салона, так что на обустройство новой жизни в усадьбе Вяземских ей вполне хватит, еще и останется. Родислава она передала в надежные руки помощницы по хозяйству, которую долго искала и тщательно выбирала. Любы больше нет, так что в Москве ее ничего не держит. Московскую квартиру Тамара продавать не стала, пусть стоит, мало ли как сложится жизнь. А вдруг ей захочется вернуться?

Поезд начал притормаживать, и Тамара вышла в коридор и встала у окна.

Андрея Бегорского она увидела сразу, тот быстро шел по платформе вдоль состава, невысокий, худощавый, седой, в элегантном, хорошо сидящем костюме, с огромным букетом в руках. Заметив в окне Тамару, он кивнул и зашел в вагон.

— С приездом, — он протянул ей букет. — Ты ведь любишь герберы?

— Да, — кивнула она, — спасибо, что ты помнишь.

— Твой багаж в купе?

— Да. Чемодан очень тяжелый, я не стала сама его таскать. В Москве меня Родик проводил, он его и закинул на багажную полку.

Андрей легко снял тяжеленный чемодан, и Тамара, с улыбкой глядя на него, подумала, что в свои шестьдесят пять лет Бегорский находится в отличной форме.

Они вышли из вагона, и тут же к ним подскочил симпатичный молодой мужчина.

— Андрей Сергеевич, давайте чемодан, я донесу.

— Знакомьтесь, — сказал Андрей. — Это Саня, мой зять и

одновременно работник широкого профиля, в том числе и водитель. А это Тамара Николаевна, она будет у нас работать.

— Добро пожаловать, Тамара Николаевна, — широко улыбнулся Саня. — Прошу в машину.

— Ну что, Томка, едем прямо в усадьбу? — спросил Бегорский, когда они сели в машину. — Или ты хочешь сначала в гостиницу?

— Нет, какая гостиница, давай сразу в усадьбу, — ответила Тамара.

— Ах ты, черт возьми! — воскликнул Андрей. — Прокололся все-таки, болван.

— Кто болван? Ты?

— Конечно, я. Ты с момента приезда два раза сказала мне «да». Не заметила?

— Нет, — удивилась Тамара. — Неужели сказала?

— Сказала. Я специально считал. И я загадал: если ты мне в третий раз скажешь «да», значит, мои шансы достаточно высоки. И надо же мне было так поставить вопрос, что у тебя появилась возможность сказать мне «нет»! Да еще два раза.

— Ну прости, — засмеялась она. — Я не думала, что у тебя все так серьезно с учетом и контролем. Если бы ты меня предупредил, я была бы аккуратнее.

— Ну конечно! Если бы я тебя предупредил, ты бы ни одного «да» не произнесла, знаю я тебя.

— Уверен? — Тамара лукаво прищурилась.

— В чем?

— В том, что знаешь меня.

— Уверен. Знаю тебя как облупленную.

— Ну, коль так, тогда тебе не нужны мои «да», а мои «нет» не должны тебя пугать.

Андрей повернулся и внимательно посмотрел на нее.

— Ты что, серьезно?

— Абсолютно.

— Не врешь?

— Я же приехала, Андрюша. Я приехала.

Тамара рассеянно смотрела на улицы и дома, на вывески и витрины, на идущих и стоящих людей. Как это все непохоже на Москву. И как ее новая жизнь будет непохожа на прежнюю. Рискованно это — так круто менять жизнь в шестьдесят пять лет. Но еще более рискованно ничего не менять и закисать в болоте привычного и постылого.

Бегорский взял ее руку и поднес к губам.

— Ты приехала, — произнес он негромко. — Спасибо тебе.

* * *

Ветер осторожно, стараясь не задеть верхушки сосен, заглянул сверху на небольшую поляну, где лежал Камень. Змей, обвившись вокруг Камня, что-то тихонько рассказывал, приподняв овальную голову и приблизив ее прямо к уху старого друга, а Камень тихо улыбался, чуть опустив веки. Хорошая картина, мирная, от нее на сердце у Ветра стало тепло и как будто бархатно. Он на цыпочках отступил и полетел искать Ворона.

Ворон играл в догонялки с белочкиными детками, пока сама белочка хлопотала по хозяйству и готовила обед.

— Алё, птица, — дунул Ветер, стараясь быть аккуратным, чтобы не простудить малышей. — Остановись на секунду, давай попрощаемся.

Ворон позволил бело-рыжему бельчонку «запятнать» себя и взлетел повыше, к самой верхушке дерева.

— Здорово, — сказал он, отдуваясь. — Куда намылился на этот раз?

— В Исландию. Давно я там не был, пора местных ребят навестить. Как вернусь — загляну к вам на огонек.

— Ты с Камнем-то простился? — спросил Ворон.

— Я хотел. Подлетел, а он спит, — соврал Ветер, — не стал уж я его будить, пусть отдыхает. Ты ему передай от меня привет.

— Передам, — Ворон кивнул иссиня-черной головой. — Ну, бывай, старина.

— И тебе не хворать.

О тайных свиданиях Камня и Змея Ветер знал уже очень давно. Ему и в голову не приходило сказать об этом Ворону — зачем старого приятеля расстраивать? Все считают Ветра легкомысленным болтунишкой и вообще существом ненадежным и поверхностным, ну да это их личная головная боль, пусть считают как хотят. А у него, у Ветра, есть собственные представления об устройстве жизни: каждый имеет право на свою тайну, свой выбор и свой путь. И судить никому не дано.

Литературно-художественное издание

КОРОЛЕВА ДЕТЕКТИВА

Александра Маринина

ВЗГЛЯД ИЗ ВЕЧНОСТИ

Книга третья

Ад

Ответственный редактор *А. Дышев*
Редактор *Г. Калашников*
Художественный редактор *А. Сауков*
Технический редактор *Н. Носова*
Компьютерная верстка *Л. Панина*
Корректоры *Н. Сгибнева, Е. Чеплакова*

ООО «Издательство «Эксмо»
127299, Москва, ул. Клары Цеткин, д. 18/5. Тел. 411-68-86, 956-39-21.
Home page: **www.eksmo.ru** E-mail: **info@eksmo.ru**

Подписано в печать 16.12.2009.
Формат 84×108 $^1/_{32}$. Гарнитура «Гарамонд». Печать офсетная.
Усл. печ. л. 25,2.
Тираж 200 100 экз. Заказ 1444

Отпечатано в ОАО «Можайский полиграфический комбинат».
143200, г. Можайск, ул. Мира, 93.

ISBN 978-5-699-40138-3